무적자
WITHOUT MERCY

무적자 1

초판 1쇄 찍은 날 2009년 9월 18일
초판 3쇄 펴낸 날 2009년 10월 30일

지 은 이 | 임준욱
펴 낸 이 | 서경석

편 집 장 | 문혜영

펴 낸 곳 | 도서출판 청어람
등록번호 | 제1081-1-89호
등록일자 | 1999. 5. 31

주소 | 경기도 부천시 원미구 심곡2동 163-2 서경B/D 3F (우) 420-822
전화 | 032-656-4452 팩스 | 032-656-4453
http://www.chungeoram.com
E-mail | eoram99@chollian.net

ⓒ 임준욱, 2009

ISBN 978-89-251-1930-4 (SET)
ISBN 978-89-251-1931-1 04810

※ 파본은 구입하신 서점에서 교환하여 드립니다.
※ 저자와 협의하여 인지를 붙이지 않습니다.
※ 이 책은 도서출판 청어람과 저작자의 계약에 의해 출판된 것이므로 무단 전재 및 유포·공유를 금합니다.

CHUNGEORAM SPECIALIST NOVEL

임준욱 장편 소설

무적자
WITHOUT MERCY

무적자 1권
차례

글쓴이의 변 / 6

들어가기 전에 / 8

제1장 그래도 그때보다는 낫잖아? / 15

제2장 이 도마, 점토로 만든 거예요 / 59

제3장 아빠! 중국엔 언제 올 거야? / 95

제4장 네놈만은 반드시 죽여 버린다 / 139

제5장 마음껏 울 수 있는 곳, 아십니까? / 183

제6장 그 아이가 없는 전 유령입니다 / 239

제7장 잘 지냈냐? 나 칼 다 갈았다 / 297

제8장 네 한목숨 가지고는 이자도 안 돼 / 349

제9장 이제 편히 주무셔도 됩니다 / 393

글쓴이의 변

〈무적자(無籍者)〉는 전작을 쓰던 중에 우연히 접한 중국의 장기 밀매와 관련된 두 개의 기사, 파룬궁 수련자 탄압 관련 기사와 한국 관광객의 납치 사건 기사를 바탕으로 시놉시스를 만들어두고 묵혀두었던 글이다. 새 글을 쓰지 못해 방황하다가 시대 배경이라도 바꾸면 어떻게든 쓸 수 있지 않을까 하여 시작했는데, 다행히 마무리하여 이렇게 책으로 묶어낼 수 있게 되었다.

〈무적자〉는 선악의 대결 구도를 가지는 전형적인 복수물이다. 평범하게 살려고 노력했던 주인공이 복수행에 나서면서 벌어지는 이야기인데, 그 과정이 고군분투라고 할 만큼 고독한 것이어서 제목을 소속이 없는 사람이라는 뜻의 〈무적자〉로 지었다.

연재했을 때 밝혔던 바와 같이, 이 이야기는 주인공의 원맨쇼에 가깝게 전행된다. 그 때문에 주인공의 스펙도 '상대적인 먼치킨'이라고 할 만큼 우월한 편이다. 주인공의 행보 때문에 독자들이 답답함을 느끼는 일은 그다지 없으리라고 본다.

〈무적자〉의 배경은 현대고 주인공은 환생자다. 그러므로 독자 입장에서 이 이야기의 장르를 구분하자면 퓨전이나 현대물 혹은 환생물이 될 것이다. 무협적인 요소가 바탕이 되지 않으면 이야기가 성립이 되지 않을 테니까 현대 무협이라고도 할 수 있을 것이다. 그러나 글쓴이는 어디까지나 무협을 쓰는 사람이다. 어떤 주제나 소재 혹은 어떤 배경으로 글을 쓰더라도

글쓴이가 만든 이야기는 무협일 수밖에 없다. 배경이 조금 다른 무협소설로

받아들여 주신다면 글쓴이의 의도와 어긋나지 않게 읽어주신 셈이 된다. 늘 하는 말이지만, 모쪼록 재미있게 읽혔으면 좋겠다.

〈무적자〉는 장르문학 전문 사이트 〈문피아〉에서 일부 연재되었던 글이다. 연재 중에 도움을 주셨던 독자분들과 문피아 운영진 여러분들께 감사드린다. 글쓴이의 게으름을 비난하지 않고 끈기있게 기다려주신 청어람의 서경석 사장님과 〈무적자〉를 멋진 책으로 만들어주실 편집부 직원 여러분께도 깊이 감사드린다.

임준욱 拜上..

들어가기 전에

내용에 들어가기에 앞서 글을 쓰면서 느꼈던 것, 미리 알면 이해에 도움이 되는 것, 양해를 구해야 할 것, 감사를 드려야 할 분들에 대해 생각나는 대로 간단히 정리해 본다.

1. 중국

한때 배낭 메고 세상 여기저기 자주 싸돌아 다녔다. 삼가고 조심해서 그런지 몰라도 사람 때문에 불쾌한 경험을 한 적은 거의 없다. 재수가 좋은 편인가 보다. 덕분에 사람 사는 세상 대개는 비슷하다고 생각한다. 어디에나 좋은 사람들과 나쁜 놈들이 함께 살고 있을 뿐이다. 재수가 없어 사기꾼을 만나고 범죄자를 만나게 되면 그 나라 인간들 다 나쁜 놈이라고 욕하게 된다. 악덕 기업주를 만난 동남아 산업 연수생이 '한국 놈, 모두 나쁜 놈들'이라고 말하는 것과 마찬가지다. 반대로 호의를 베푸는 사람을 만나게 되면 다시 가고 싶은 나라가 된다.

개인적으로 중국은 다시 가고 싶은 나라다. 우선 음식을 즐기고, 넓은 땅 곳곳에 자리한 웅장하고 기기묘묘한 산하를 부러워한다. 지금껏 여섯 번 정도 중국 여행을 다녀왔는데, 그 가운데 음식 때문에 고생한 적은 한 번밖에 없고, 풍광에 감탄하지 않은 적은 한 번도 없다. 사람들에게도 딱히 실망한 적 없다. 만났던 사람들이라고 해봐야 대부분이 친절한 게 당연한 서비스업 종사자들이라서 그렇겠지만, 세련됨이 부족하고 순박함이 남아있어서 종종 미소를 지었다(특히 낙후된 서부쪽 사람들이 그랬던 것 같다).

〈무적자〉는 중국을 혐오하게 만들 목적으로 쓴 글이 아니다. 편안한 마음으로 갈 수 있는 나라가 되었으면 하는 바람을 담아 쓴 글이다. 독자 여러분께서 이 이야기로 인해 막연히 중국은 갈 곳이 못 된다는 생각을 하지 않았으면 한다. 무공을 가지고 싸워야 말이 되는 이야기인 까닭에 무공이라는 환상이 태어난 배경인 중국을 무대로 삼았을 뿐이다.

2. 배경

서문에서 밝힌 바와 같이 무적자는 현대 무협이다. 정확히 말하자면 2000년부터 2006년까지의 이야기다. 지리적 배경은 대한민국과 중국을 주 무대로 삼고 기타 몇몇 나라들도 잠깐씩 언급된다.

현대를 배경으로 삼았지만, 현실을 배경으로 하지는 않았다. 쓰는 쪽과 읽는 쪽의 상호 편의성을 생각해서 지명 정도는 공유하나 실존 인물들이나 실존 단체들은 거의 등장하지 않는다. 독자에 따라 소설 속 인물들로부터 실존 인물을 연상할 수도 있을 것이다. 하지만 그것은 오로지 독자 개인의 느낌일 뿐, 글쓴이의 의도와는 아무런 상관이 없음을 분명히 밝히는 바이다.

이야기 속의 지리 혹은 지형에 관한 묘사나 설명은 인터넷 지도와 여행서 등에 의존한 바 크다. 직접 답사해 보고 쓸 수 있었다면 좋았겠지만, 주머니 사정상 그렇게 하지 못했다. 허술하더라도 양해해 주시기 바란다. 그리고 일부 설명이나 묘사는 편의상 이야기 진행에 맞춰 왜곡했음을 미리 밝혀둔다.

또한 주요 등장 인물의 배경으로 이리유카바 최의 책을 중심으로 한 음모론을 일부 차용했다. 등골이 오싹할 정도로 흥미롭지만 음모론 자체를 좋아하는 편이 아니고, 또 스케일이 너무 커질 것 같다는 걱정 때문에 〈무적자〉 전체를 관통하는 소재로써가 아닌, 등장인물의 배경으로만 썼다.

3. 방언

전권에 걸쳐 드문드문 경상도 방언이 나온다. 다채로운 인물 표현에 도움이 될 것이라는 판단에 따른 설정이다. 경상도 방언 가운데서도 부산 쪽 방언에 가깝다고 생각하지만 확신은 할 수 없다. 부산에서 오랜 세월 살아왔지만 토박이는 아닌지라, 스스로는 자연스럽게 구사한다고 생각하는데 듣는 쪽에서는 아니라고 할 수도 있다. 많이 어색하지 않았으면 좋겠다.

방언에는 정해진 맞춤법이 없다. 발음에 가장 가깝다고 생각하는 방식으로 표기했다. 표준말에서는 거의 찾아보기 어려운 발음상의 장단고저까지 표현할 수가 없어서 안타깝다.

연재 당시 해석의 어려움을 호소한 분들이 있었다. 그 때문에 주인공은 방언을 쓰지 않는 방향으로 수정했다. 생소한 표현이 나와도 앞뒤를 맞춰보면 미루어 짐작하실 수 있을 것이다. 하필 경상도 방언이냐, 하시는 분들도 있었다. 다른 이유는 없고 경상도 방언이 그나마 글쓴이에게 어색하지 않기 때문에 선택했다. 글쓴이는 의정부 출생자이고 전남 나주 원적자이며 부산에서 인생의 반 이상을 산 사람이다. 대한민국 사람 정도면 족할 뿐, 거기서 더 쪼개지기를 원하지 않는다.

4. 시간 표시

가끔씩 날짜를 명기했다. 특별한 의미가 있다기보다는 읽는 분들이 시간의 흐름을 쉽게 파악했으면 하는 바람 때문에 표기했을 뿐이다. 시간대가 자주 언급되고 있다면 나름의 의미가 있다고 생각하고 읽어주시면 되겠다.

5. 무술

　대분류로 두 가지 무술이 언급되어 있다. 이야기 속의 무공과 실존하는 현대 무술이다. 두 종류의 무술이 같이 나오다 보니 실존하는 무술들은 찬밥이 될 수밖에 없다. 그렇게 하지 않으면 이야기가 성립되지 않기 때문이다. 아시다시피 이 글은 환상소설이다. 소설의 개연성에 유용한 것은 이용하고 불리한 것은 숨기는 쪽으로 이야기를 만들어 나간다. 실존하는 무술을 수련하시는 분들은 실존 무술을 폄하했다고 속상해하지 마시고, 용언 마법을 구사하고 브래스를 토하는 환상 속의 동물 드래곤과 백수의 제왕 사자 정도의 비유로 생각해 주시면 좋겠다.

　태권도 도장 한번 못 다녀봤다. 참고 서적 몇 권 뒤적이고 거기에 상상력을 덧붙여 겨우겨우 썼다. 실존 무술에 대한 표현이 박하더라도 양해해 주시기 바란다. 자세히 쓰면 쓸수록 파탄이 드러날 것이기 때문에 자제하는 것뿐이다.

6. 정치적 성향

　불혹을 넘겼다. 자연스럽게 삼가고 조심하는 일이 많아졌다. 나쁘게 말하면 소심해지는 것이고, 좋게 말하면 조금씩 온건해진다고 할 것이다. 그리고 서민이다. 따라가지 못할 만큼의 변화는 싫지만, 오늘보다는 내일이 낫기를 바란다. 굳이 성향을 말하라면 온건진보 정도가 되겠다.

　이야기 속에서 개인적 성향을 드러내지 않으려고 노력했다. 주인공은 무학(無學)의 요리사이자 돈 걱정할 필요가 없는 알짜배기 식당의 오너이며 오백 년 세월을 건너뛴 환생자다. 주인공의 입장에서 세상을 바라보다 보니 저절로 중도를 취하게 되었다. 혹시라도 행간에 성향이 드러난다면 그것은 글쓴이의 의도와는 상관없다. 신경 쓰시지 않았으면 좋겠다. 어차피 정치나 정치인 이야기는 거의 나오지 않는다.

7. 도움을 주신 분들

무협을 쓰기 시작하면서부터 자료로 쓸 만한 책들을 모으기 시작했다. 꽤나 많이 모여서 책장을 바라볼 때면 뿌듯하다. 물론 완독한 책은 십분지 일도 안 되지만 언젠가는 도움이 될 것이라는 생각에 책값 아까운 줄 모른다.

현대를 배경으로 무적자를 쓰기 시작하면서 당황했다. 책은 꽤 많은 것 같은데 내용들이 하나같이 과거지향적이라 참고할 만한 책이 없었다. 부랴부랴 책방을 뒤져 몇 권을 구하기는 했지만 만족스러울 리 없다.

난감할 때 가장 큰 도움을 주신 분들은 다방면의 열혈 블로거들과 친절한 지식인들이다. '십인십색이라더니, 이런 것에도 관심을 가진 분들이 있구나' 하며 놀란 적이 많았다. 의도한 것은 아닐지라도 어쨌든 큰 도움을 주셨다. 지면이나마 엎드려 감사의 인사를 올린다.

쓰면서 가장 곤란했던 점은 의학 지식의 부족이었다. 일반 지식이야 인터넷을 비교 검색해 보거나 책에서 대충 얻을 수 있다지만, 상황에 따른 의학 지식은 전혀 다른 문제였다. 인터넷 검색하고 의학 관련 사전을 뒤적이고 드라마 장면을 떠올려 가며 겨우 묘사했지만 엉망이었던 모양이다. 보다 못한 독자 한 분께서 장문의 편지로 조언을 해주셨다. 의료 관련 묘사를 최대한 줄이고, 조언을 참고해서 수정을 했지만 그럴듯한지 모르겠다. 조금이라도 나아졌다면 백 퍼센트 그분의 덕이고, 여전히 엉망이라면 조언을 이해하지 못한 내 탓이다. 결과가 어찌 되든 간에 그분께 고개 숙여 감사드린다.

그 외에 연재 중에 오타와 비문을 잡아주시고 오류를 지적해 주신 분들께 진심으로 감사드린다.

8. 법륜공 수련생 장기 적출에 관하여

현실이 드라마보다 더 드라마틱하고 잔인하다는 사실을 이번 글을 쓰면서 실감했다. 현대를 배경으로 하고 사실을 바탕으로 글을 쓰다 보니 묘한 느낌이 들었다. 강호를 배경으로 했을 때 아무렇지도 않게 썼던 잔인한 장면 묘사들이 훨씬 더 섬뜩하게 느껴졌다. 그 덕분에 잔인한 장면 묘사들은 가능한 한 줄이려고 노력했다.

법륜공 수련생 장기 적출 문제와 관련된 묘사나 설명 또한 마찬가지다. 두루뭉술한 설명과 묘사만으로도 충분히 상상이 가능할 것이기 때문에 굳이 많은 지면을 할애하지 않았다.

혹시라도 정보가 충분하지 못하다고 생각하시는 분들은 인터넷을 이용해주시기 바란다. 보통 사람들이 치를 떨 만한 내용들이 그대로 수록되어 있다. 전시가 아니더라도 인간은 상상보다 훨씬 더 잔인해질 수 있는 모양이다. 씁쓸한 기분이 오래도록 가시지 않는다.

9. 양해를 구해야 할 것들

내용 중에 오류를 알고도 수정하지 않은 부분과 실제보다 과장 혹은 과소평가한 부분, 그리고 제대로 된 정보를 구하지 못한 채 필요해서 어쩔 수 없이 표현한 부분들이 있다. 재미없는 지면을 대폭 늘여야 하는 경우와 이야기의 재미를 위해 필요하다고 판단한 경우라서 수정하지 않고 그대로 두었다. 의료 관련 분야, 밀리터리 관련 분야, 도청 관련 문제, 중국의 선불폰 사용 문제 등이 그 예가 될 것이다. 그런 방면들에 관심이 많은 분들께는 거슬릴지 모르겠다. 자신이 없는 분야라 지면을 최소한으로 할애했다. 그 정도로 양해해 주시기 바란다.

제1장
그래도 그때보다는 낫잖아?

인언(引言)

　내가 존재하지 않았던 때는 결코 없었고, 그대와 저 왕들도 모두 그렇다. 그리고 미래에도 우리는 모두 영원히 존재할 것이다.
　이 몸속에 살고 있는 아트만은, 이 몸속에서 소년 시절과 청년 시절, 노년 시절을 지냈듯이, 또 다른 몸속으로 들어가는 날이 온다. 지혜로운 사람은 이 진리로 인하여 미혹되지 않는다.

〈바가바드기타 중에서〉

1974년 10월, 부산.

범전동 300번지로 통칭되는 기지촌 주변에는 미군 전용 클럽이 몇 군데 있다. 하야리야 부대에 주둔한 미군들이 부대에서 나와 기지촌에 들어가기 전까지 주로 시간을 보내는 곳들이다. 그 가운데 '와싱톤(Washington)'은 클럽 중에서 그나마 고급스럽다고 할 만한 극장식 클럽이다.

입구 쪽으로는 서서 즐기는 바가 있고, 좌우에는 앉아서 술을 마실 수 있는 자리가 있다. 가운데에 춤추는 공간이 마련되어 있고, 그 앞에 가수와 무희들이 설 수 있는 무대가 있다. 밝은 분위기와 미국 노래를 부르는 여가수들의 실력이 만만치 않은 덕에, 음침하고 끈끈한 분위기의 주변 클럽들과는 달리 클럽 '와싱톤'은 사병뿐만 아니라 젊은 사관이나 부사관들의 출입이 잦은 편이다.

오전 11시의 클럽 '와싱톤'은 개점 전이다. '뽀이(Boy)'라고 불리는 다섯 명의 웨이터가 분주하게 움직이고 있다.

"임 선배, 청소 끝났어요."

20대 초반쯤으로 보이는 청년이 바 테이블을 걸레질하는 청년에게 다가와 말했다. 청년도 걸레질을 끝내고 싱그럽게 웃으며 고개를 끄덕였다.

"수고했어. 밥 먹어."

보고하러 온 청년이 걸레를 받아 들고 돌아가자 청년은 바 의자에 걸터앉아 호주머니에서 문고판 사이즈의 책 하나를 꺼내 들고 읽기 시작했다.

벽돌색 비닐 커버로 된 초급 영어 회화 책이다. 읽고 또 읽기를 반복한 듯 비닐 커버의 귀퉁이는 찢어지고 종이는 손때가 묻어 시커멓다.

청년의 이름은 임화평(林和平)이다. 천생 고아로, 나이 열셋에 보육원에서 도망쳐 온갖 궂은일과 더러운 경험을 하다가 열여섯에 클럽 와싱톤의 웨이터로 취직했다. 그리고 4년. 남다른 총명함과 성실함을 무기로 꿋꿋하게 생활하다 보니 어느새 클럽의 웨이터 장(長)이 되어 자신보다 나이 많은 웨이터들을 무리없이 이끌어가고 있다.

"어이! 색색아, 또 공부하나? 진짜로 좆 빠지게 한대이. 그래, 열심히 해 가꼬 마이 좀 도와주라."

밤색 줄무늬 양복을 입은 20대 후반의 청년이 손에 중절모를 든 채 임화평에게로 다가왔다.

"오늘 무슨 날입니까? 왜 이렇게 일찍 오셨어요? 어? 신사 형님, 양복 또 샀어요? 번쩍번쩍하는 게 비싸 보이네."

그는 클럽 '와싱톤'의 젊은 관리자 이중원이다. 늘 정장을 입고 중절모를 쓰고 다녀서 신사라고 불린다. 그가 양복 깃을 슬쩍 잡아당기며 기름진 미소를 지었다.

"좋제? 이 정도는 입어주야 후까시를 안 세우겠나. 니도 인자 한 벌 뽑지? 뽀이들 보스 됐으이 양복 입어도 된다. 내가 큰행님한테 허락 맡아주꾸마. 입어라."

임화평은 피식 웃으며 자기 옷을 내려다보았다.

검은 정장 바지에 흰 와이셔츠, 그 위에 붉은색 조끼를 입고 붉은색 나비 넥타이를 맸다. 처음에는 남의 옷을 입은 것 같더니 이제는 전혀 어색하지 않은 모습이다.

"됐거든요. 벌써부터 멋 내고 다니면 언제 돈 모아서 집 삽니까? 집 한 채는 있어야 장가갈 거 아닙니까?"

이중원은 코웃음 치며 임화평의 옆에 걸터앉았다.

"지랄하고 자빠졌네. 인자 스무 살 아이가? 벌써 장가간다꼬?"

"주방 아줌마가 남자는 장가가야 돈을 모은다고 하더라고요."

이중원이 눈웃음을 살살 치며 어깨로 임화평을 슬쩍 밀었다.

"이 자슥! 존나 빠구리하고 싶은가 보네."

"내가 언제 여자 집적거리는 거 봤어요? 여급들한테도 눈길 한 번 안 주잖아요. 형님도 알다시피 저 고아 아닙니까? 내 집하고 가족이란 게 생기면 좋을 것 같아서 이왕이면 빨리 가보려는 겁니다."

새삼스럽게 임화평이 고아인 것을 재확인한 이중원은 정색을 하고 고개를 끄덕였다.

"그 말도 일리가 있네. 가족이란 거 말이다, 있으믄 고로븐데 또 음쓰믄 서글픈 기다. 음는 돈 달라 캐사치, 빨리 오라 캐사치, 술 묵지 말라 캐사치, 간섭이 심하거든. 근데 아플 때는 또 좋은 기라. 옆에서 물수건 갈아주고 죽이라도 미기주믄 그기 누구든 엄청시리 이뻐 보인다. 그라고 우리 할매 하는 말이, 얼라들 싫어하는 놈들도 지 새끼 생기믄 역시로 이뻐한다 카더라. 좋다! 니 장가갈 때 내가 최고급으로 양복 한 벌 빼주꾸마. 사나이 약속이다!"

임화평이 킥킥거렸다.

"형님 좌우명이 건달은 폼에 살고 의리에 죽는다, 맞죠? 그 폼하고 의리 때문에 돈 남아날 날이 없잖아요. 언제 돈 모아가지고 양복 사줄래요? 그 양복도 외상인 게 뻔한데."

이중원이 임화평의 뒤통수를 툭, 치며 말했다.

"자슥아! 니 양복 사주는 기 바로 사나이 의리 아이가. 그런 돈은 음따가도 닥치믄 생기는 기라."

'와싱톤'의 사장 박태일은 단순한 클럽의 사장이 아니다. 두 개의 클럽 소유자이면서 동시에 집창촌의 구역 일부를 책임진 조직의 두목이다. 또한 미군 PX의 물건을 뒤로 빼돌려 깡통시장에 납품하는 납품업자이기도 하다. 이중원은 박태일의 두 심복 가운데 한 사람이다.

흔히들 '와싱톤파'라고 부르는 박태일 조직에는 오십여 명의 조직원이 있는데, 이중원은 그 가운데 서열 세 번째로, 클럽 '와싱톤'의 관리와 미군 PX에 관련된 일을 맡고 있다. 마음만 먹으면 적지 않은 돈을 쥘 수 있는 자리다. 호탕하고 사람 사귀는 것을 좋아하는 성격 탓에 호주머니에 돈이 남아나지 않는다는 것이 문제지만, 독한 마음 먹는 순간 돈 모으는 것 정도는 한순간일 것이다.

'저 성격에 독한 마음 먹는다는 게 가능한지 모르겠지만……'

임화평은 이중원의 호탕한 성격을 좋아한다. 비록 배운 것이 주먹질이라 조직원으로 살고 있지만, 낭만파 건달이라고 불릴 만큼 정이 많고 뒤끝이 없다. 그렇다고 해서 임화평이 조직의 일원으로 그를 따르는 것은 아니다. 그는 클럽에서 일하는 웨이터일 뿐이다. 그가 클럽 '와싱톤'의 관리사장 격인 이중원과 호형호제하는 데에는 따로 사연이 있다.

집창촌 근처에는 와싱톤파를 포함해서 모두 세 개의 조직이 있다. 돈을 버는 방법은 세 조직이 모두 비슷하다.

클럽의 술, 기지촌의 여자, 미군 PX의 물품이 그것이다.

세 조직은 한동안 피 터지게 싸우다가 결국 공존을 택했다. 이득없는 소모전과 주변 신생 조직들의 위협 때문에 차라리 적게 먹고 오래 살자는 쪽으로 합의했던 것이다.

일단 클럽은 각자 능력껏 운영하기로 하고, 기지촌은 구역을 삼 등분으로 나눴다.

문제는 PX였다. 줄을 그을 수 있는 구역도 아니고 등기할 수 있는 부동산도 아니다. 사람을 상대하는 일이다. 그것도 말이 안 통하는 미군을 상대해야 한다. 결국 능력껏 알아서 해먹자는 결론을 내릴 수밖에 없다. 와싱톤파에서 이 문제를 책임진 사람이 바로 이중원이다.

자기 일에 대해서만큼은 건달 이중원도 나름대로의 노하우를 가지고 있다. 그가 가장 먼저 손댄 것은 일견 PX와 상관이 없어 보이는 클럽의 분위기다.

원래 기지촌으로 통하는 관문 역할을 하는 대개의 클럽 운영 방식은 술 다음에 기지촌이라는 공식으로 굳어져 있다. 그러다 보니 그 분위기란 것이 대개 어둡고 칙칙하다.

이중원은 '와싱톤'을 50년대 미국 영화에서 본 사교 클럽의 방식을 모방하여 남다름을 꾀했다. 미국에서 유행하는 노래를 최대한 빨리 구해놓고, 무대 가수들에게 익히게 했다. 여급들에게 사교춤을 가르쳤고, 가게 분위기도 밝게 꾸몄다. 그 결과, 사병들보다도 젊은 사관들과 부사관들의 출입이 더 잦아지고, 부대 내에 근무하는 군무원들도 소문을 듣고 종종 찾아오게 되었다.

사관들과 사병들이 끈적끈적한 분위기를 공유하기란 쉬운 일이 아니다.

그러나 쇼와 사교춤을 즐길 수 있는 밝은 장소라면 다른 문제다. 근처에 집창촌이 있는데 굳이 음침한 분위기를 고집할 필요가 없다. 차별화된 '와싱톤'은 사병들뿐만이 아니라 그들 뒤에서 거래를 조정하던 부사관과 사관들까지 함께 끌어내는 도구가 되었다.

다른 조직들이 사병들을 통해 주먹구구식으로 일하는 데 반해, 이중원은 사병, 부사관, 사관, 군무원 할 것 없이 두루 안면을 터두었다가 필요할 때 말을 건네고 통역을 고용해 일을 명확하게 마무리해 왔다. 의사 불일치로 뒤탈이 나는 일이 없다 보니 그와의 거래는 미군들에게도 만족스러울 수밖에 없다. 이중원이 다른 조직들에게 미움을 받은 것은 당연한 일이었다.

이중원이 잔나비파의 습격을 받은 이유도 거기에 있다. 잔나비파가 다 된 밥이라고 생각한 것을 이중원이 직속상관을 통해 재를 뿌리고 가로채 버렸다. 물론 이중원은 모르고 한 일이지만 결과는 그렇게 되었다.

2년 전 이중원이 습격받을 당시, 임화평과 그의 관계는 사나이 의리를 내세울 정도로 친분이 있는 사이가 아니었다. 이중원에게 임화평은 능력이 돋보이는 기특한 웨이터였고, 임화평에게 이중원은 다른 놈들보다는 사람 냄새를 풍기는 구식 건달이었을 뿐이다.

귀갓길에 술에 취한 이중원이 세 사내에게 공격받는 광경을 보게 된 임화평은 잠시 갈등했다. 그 당시에도 사내 셋 정도야 문제도 아니었지만, 괜히 구해주었다가 조직원으로 엮일까 두려웠다. 그러나 사람의 생사를 가르는 위기 앞에서 갈등은 오래가지 않았다.

필요도 없는 각목을 줍고 주머니 가득 고운 모래를 담은 채 끼어들 기회를 찾았다. 위태위태한 상황에서도 치명상만큼은 용케 피해 나가던 이중원이 결국 벽까지 몰려 주저앉았다. 사정없이 몰아치던 세 명의 사내가 한숨 돌리려는 듯 손속을 늦췄다.

임화평은 그때 그들 뒤로 다가가서 기척을 냈다. 세 사람은 약속한 듯이 돌아섰고, 그 순간 고운 흙가루를 그들의 얼굴에 흩뿌렸다. 각목으로 사정없이 두들긴 후 차분하게 이중원을 구해냈다. 그 이후로 이중원과 임화평은 점차 더 친해져 결국 호형호제하게 되었다.

이중원이 탐색하는 눈빛으로 임화평의 얼굴을 살폈다.
"근데 색색이 니, 발바리 아아들 팼다매?"
임화평의 얼굴이 와락 구겨졌다.
"하! 그 자식들은 양아치도 아니고, 그걸 형님한테 일렀단 말입니까? 건달들이 뽀이한테 깨진 게 뭐가 자랑이라고 동네방네 소문내고 다닌답니까? 인과응봅니다. 새끼들, 지나갈 때마다 뒤통수 툭툭, 치고 다니잖아요. 계속 참으면 안 되겠다 싶어서 맞짱이란 거 한번 떴습니다. 형님 아이들이고 또 그 자식들 건달 체면도 생각해서 얼굴은 안 때렸는데 그걸 일러바쳤단 말이지요? 차라리 아빠 손잡고 오지, 양아치 새끼들!"
이중원이 피식 웃으며 고개를 저었다.
"맞짱? 일 대 삼으로 붙는 것도 맞짱이라 카나? 그것도 글마들이 일방적으로 얻어터지따 카던데, 그기 구타지 맞짱이가? 야, 니 인자 뽀이 고마하고 내하고 정식으로 일하자. 그라믄 글마들, 니 눈치 살살 보고 다일 긴데."
안 그래도 잔나비파의 습격을 받았던 날 이후로 이중원은 임화평을 살살 꼬드기고 있다. 실력을 숨긴다고 숨긴 임화평의 손속이 보통 매서운 것이 아니었기 때문이다.
보통 사람이 몽둥이로 사람을 팰 때는 눈에 보이는 것이 없다. 사람을 팬다는 것에 공포심을 가지고 있든, 반대로 희열을 느끼든 간에 마구 휘두르게 된다. 그러나 그날 임화평은 아주 차분하게 때려야 할 곳과 피해야 할 곳을 구분했다. 그 정도의 냉철함이라면 주먹이 여물지 못해도 도움이 될 것인데, 주먹질까지 건달 싸대기 후릴 정도로 한다는 것을 알아버렸으니 더욱 욕심날 수밖에 없다.

임화평이 갑자기 정색하고 말했다.

"형님! 그건 싫다고 했지요. 우리 신부님이 천국에서 화내십니다."

벽안의 신부 니콜라스. 임화평의 인생 스승이면서 마음의 아버지다. 한국전 이전부터 헐벗은 고아들을 모아 돌보는 헌신의 삶을 살다가 죽어서야 고국 땅을 밟은 미국인이다.

한국전이 끝나고도 계속된 그 혼돈의 시절, 이름 모를 숲에 버려진 임화평을 거둔 사람이 니콜리스 신부다. 숲에서 주웠다고 성을 포레스트로, 평화를 바라는 마음을 담아 이름을 피스로 지어준 사람도 그다. 한국인 수녀가 피스 포레스트를 한국식으로 바꾼 이름이 바로 임화평이다.

아무것도 없는 나라의 고아, 영어라도 몇 마디 하면 밥줄은 생길 거라며 영어의 기초를 가르친 사람도 그다. 그가 시시때때로 주지시킨 영어 격언, 'Honesty is the Best Policy'는 임화평이 늘 가슴 한가운데 품고 사는 인생의 지침이다. 만약 그와의 인연이 없었다면 임화평은 이미 주먹으로 살고 있었을 것이다.

이중원은 임화평의 표정을 보고 아쉬움을 드러내며 슬그머니 물러섰다.

"알았다, 알았다. 근데 색색아, 요 근래 죠지 그 자슥 안 왔나? 그 새끼, 말보로 빼준다 카든만 아직까지 말이 음네."

"엊저녁에 왔길래 물어봤습니다. 윗대가리 하나가 새로 왔는데 좀 빡빡하다던데요. 구워삶는 데 시간 좀 걸린다는 것 같던데, 정확히 알아들은 건지 모르겠네. 어떻게 할까요? 다음에 오면 형님 보고 가라고 할까요?"

이중원은 얼굴을 일그러뜨리며 고개를 저었다.

"아이, 그 씨바랄 놈! 웃대가리? 그기 운젯적 이바군데 아직까지 그카노? 사뱅보다 힘음는 새끼! 아이다. 내가 글마 만난다꼬 말이 통하나. 그라지 말고 글마 사정 마차 가꼬 약속이나 정해놔라. 그래야 통역 델고 만날 수 있지. 개자슥! 도대체 얼매나 빼줄라고 이리 속을 섹이노? 한 차(車)라도 내줄라꼬 그카나?"

그때 문이 열리면서 정장 차림의 청년 하나와 젊은 여자 하나가 들어왔다. 왠지 여자가 끌려오는 듯한 분위기다.

"절마 창길이 아이가? 절마가 여는 뭔 일이고? 그라고 저 가스나는 또 뭐꼬?"

강창길은 이중원의 직속이 아니다. 와싱톤파의 이인자라고 할 수 있는 오문식 아래 있는 사내다. '와싱톤'에 올 이유가 없기 때문에 웨이터 4년차 임화평도 초면이다.

"창길아! 가는 뭐꼬?"

강창길이 이중원을 알아보고 고개를 숙였다. 떨떠름한 기색도 없이 고개를 숙이는 것으로 보아 그에게 반감은 없는 듯했다.

클럽 '미시시피(Mississippi)'와 집창촌의 구역 관리를 맡고 있는 오문식은 이중원을 경계하고 있다. 이중원이 그에게 별다른 감정이 없는 데 반해, 오문식은 수하들에게 인심을 얻고 있는 그를 위협적인 존재로 여기고 있다. 하나 강창길의 태도로 보아 오문식의 그런 경계심이 그 수하들에게까지 심어져 있는 것은 아닌 듯했다.

"아! 행님, 벌써 출근하싯네요. 야 말이지요, 빚 대신 델고 온 아라예."

창백한 낯빛을 한 예쁘장한 아가씨다. 이제 갓 고등학교나 졸업했을 나이쯤인데, 끌면 끄는 대로, 당기면 당기는 대로 움직이는 것이, 정신이 나간 듯했다. 그 공허한 속내를 내보이는 듯 두 눈은 이미 빛을 잃었다.

이중원은 미간을 찌푸려 안쓰러움을 감췄다.

"또? 이쪽 일 잘 갠딜 수 있는 아가 아인 것 같은데……. 그런 아픈 사무실로 델고 가야지 여로 델고 오믄 우짜노?"

"야가 상업고등학교 다니따 카네예. 사장님이 그 말 듣고 일로 델고 오라 카셨습니더. 오늘은 여로 출근하신다꼬예."

이중원의 눈빛에 못마땅한 심사가 드러났다.

동네 아이들 모아 형님 놀이하다가 나이 열아홉에 박태일을 만나 8년째 따르고 있다. 사람도 많이 때려봤고 반대로 칼침을 먹은 적도 있다. PX 물품 빼돌리는 것이 불법이라는 것을 알지만 꺼림칙하게 여긴 적은 없다. 서로 다칠 것 알고 한 주먹질이고, 서로 불법인지 알면서도 하는 거래이기 때문이다.

그러나 이중원은 박태일이 하는 일 가운데 단 한 가지, 여자 장사만큼은 못마땅하게 여기고 있다. 몸으로 돈을 벌겠다고 스스로 나선 여자라면 몰라도, 원하지 않는데 끌려오거나 아예 납치되어 온 여자들이 더 많기 때문이다. 대가라도 제대로 받을 수 있다면 그나마 다행인데, 늙어서 손님을 받지 못하거나 중병이 날 때까지 혹사당하기만 하니 노예나 다름없는 신세다. 보는 것만으로도 죄책감을 느끼지 않을 수 없다. 그렇다고 박태일에게 여자 장사를 그만두라고 할 입장은 아니다 보니 그가 할 수 있는 반항은 때려죽여도 그쪽 일만큼은 못한다고 선언하는 정도다.

클럽 '와싱톤'에서 일하는 여급들은 그런 성향 때문에 이중원에게는 호의적이다. 강제로 몸을 취하지도 않고 여자 사정을 나름대로 잘 보아줄 뿐만 아니라, 가능한 한 성격 나쁘지 않은 미군들과 엮어 시집보내려고 노력한다. 돈에 팔려가는 것이나 마찬가지지만, 그렇게 되는 것이 그녀들 처지에서는 차선이나마 되는 것이기에 이중원을 원망하지 않는다.

이중원은 연민 어린 눈으로 다시 한 번 아가씨를 바라보았다.

"쯧! 넉시 빠지 삔 것 같네. 방에 델고 가서 잠시라도 쉬게 해주그라."

강창길이 다시 고개를 숙이고 여자의 팔을 끌었다. 여인은 아무런 저항도 하지 않았다. 그저 끄는 대로 따라갈 뿐이다.

"쯔쯔쯧! 안됐네. 인자 막 필라 카는 꽃봉오리구만, 무참하게 찢어지겠네. 우짜다가 사채를 썼노? 그기 지옥행 특급열차 타는 긴지 모리나?"

이중원이 안쓰러움에 혀를 차던 그때, 임화평이 바르르 떨리는 목소리로 물었다.

"혀, 형님! 저 아가씨는 이제 어, 어떻게 되는 겁니까?"

이중원이 임화평의 목소리에 놀라 고개를 돌렸다. 얼굴은 하얗게 질려 있고 눈시울은 붉게 물들어 있다. 가슴 위에 얹어진 손은 옷자락을 뜯어낼 듯 움켜쥐고 있고 두 다리는 끊임없이 후들거리고 있다.

"뭐꼬? 니 우나? 아까 가 아는 아가?"

임화평은 부르르 떨리는 손을 겨우 들어 붉어진 눈시울을 훔쳤다.

"모, 모릅니다. 뭐가 뭔지 모르겠습니다. 그 아가씨를 보는 순간 여기가, 이 가슴이 찢어지는 것 같네요. 분명히 모르는 여잔데 내가 왜 이러지요? 형님! 이거 뭡니까? 그냥 좋다거나 같이 자고 싶다거나 하는 마음 아닙니다. 심장이 빵빵하게 부풀어 올라서 딱 멈추는 것 같거든요. 터져 버릴 것 같거든요. 저 아가씨는 이제 어떻게 되는 겁니까? 여기 오는 여급들처럼 되는 겁니까?"

임화평도 자신의 상태를 이해할 수가 없었다. 아가씨가 안 보이는데도 심장에서는 여전히 기관차가 질주하고 있다. 등은 식은땀에 흠뻑 젖었고 얼굴은 하얀 대리석, 그 자체다. 전신에서 온기가 쉬지 않고 빠져나가 얼음 구덩이에 빠져든 것만 같다.

이중원은 놀란 눈으로 임화평을 바라보다가 그의 두 어깨를 잡아 흔들었다.

"야야, 색색아! 진정해라. 정신 차리라이. 뭔 일인가 모리겠다만, 하여튼 진정해라. 아직은 개안타 아이가. 숨 시라. 후우! 후우! 후우! 그래, 그렇게 숨 시라."

이중원의 안달에 임화평은 겨우 평정을 되찾았다. 이중원은 임화평의 어깨 토닥이는 것을 멈추지 않은 채 차분히 말했다.

"저 아가씨 같은 갱우를 많이 봤거든. 대개는 두 가지야. 여 있는 여급 아아들처럼 일하다가 운이 좋으믄 미군 놈들 마누라로 팔리갈 기다. 그것도 운이 좋아야 그리된다는 거 니도 알제? 그기 안 됐는데 나이를 무우뻘믄 그때는 300번지로 가는 기다. 그라고 두 번째 갱우는 300번지로 직행하는 기다. 거서 미군 놈들 상대하든가 여관발이로 돌리지겠지. 내 보기에 저 아가씨 정도 되믄 우서는 여서 일할 기야. 모리것다. 아까 상업고등학교 다니따 캤제? 잘하믄 큰행님 비서 겸 애인이 될 수도 있겠네. 근데 지금 니한테는 우찌 돼도 지랄 같은 갱우겠제? 니 여서 잠시만 기다리라."

이중원이 자리를 떴다가 이 분쯤 후에 돌아왔다.

"색색아! 홀어무이하고 같이 살았는데, 뱅원비 한다꼬 뒷생각도 몬하고 사채를 빌릿는갑다. 어메 죽어뻘고 나이 돈 갚을 길이 막막했겠지. 니 혹시 모아논 돈이 한 10만 원 되나? 그 아가씨 빚이 그 정도 된다 카는데, 그 돈 들고 사장님한테 사정해 보믄 우찌 안 되겠나?"

버스비, 라면 값이 20원, 30원이다. 부산에 새로 지은 여덟 평짜리 서민아파트 가격이 30만 원 조금 넘는다. 웨이터에게 10만 원이면 엄청나게 큰돈인 것이다.

그래도 임화평의 얼굴에는 화색이 돌았다. 쥐꼬리도 못 되는 월급으로야 생활비 충당하기도 빠듯하다. 그러나 명색이 미군 클럽 웨이터다. 그는 그 웨이터들 가운데서도 발군이다. 눈치만큼이나 행동이 재빨라 쌕쌕이라고 불린다. 사전을 달달 외운다는 대학생들도 미국인이 말을 걸면 슬금슬금 눈치를 보지만, 임화평은 어떻게든 의사소통을 할 수 있다. 4년 동안 모은 팁이 꽤 될 수밖에 없다. 달러당 환율이 400원이 조금 못 된다고 들었으니까 한화 10만 원이면 300달러 정도로도 차고 넘친다.

"원화는 없어도 달러는 충분히 있습니다. 형님, 그걸로 되겠어요?"

"되게 해야지. 내하고 같이 함 사정해 보자. 그기 안 되믄 그 아가씨 죽을 기다. 보이까네 혼이 음는 사람 같더라. 일 당하믄 미치 뻘 기라. 일로 온 기 천만다행이제? 사무실로 갔으믄 벌써 꽃잎 떨어짓을지도 모린다. 야야! 정말로 그 아가씨가 니 운명처럼 느끼지거든 일 당하기 전에 구해내야 한다. 알겠제?"

이중원은 일의 어려움을 알고 있다. 여급으로 있다가 미군의 눈에 들어서 결혼할 수만 있다면 그것이야말로 대박이다. 몸값이 보통 3천 달러. 한화로 120만 원에 가깝다. 시민 아파트 네 채 값에 가까운 거금이다. 그런 상품을 원금만 받고 넘겨줄 거라고 낙관할 수는 없다.

물론 그것도 운이 좋아야 그렇게 된다. 재수없으면 혼혈아만 가진 채 버려진다. 그렇다 해도 업주 입장에서는 손해가 아니다. 여급으로 굴리는 동안 그들이 생각하는 본전 정도는 뽑고도 남는다. 빚을 늘여놓고 나중에 300번지로 돌려 굴리면, 시간이 오래 걸려서 그렇지 이자도 너끈히 뽑아낸다.

인신매매도 서슴지 않는 인간들이다. 자살 말고는 중간에서 빠져나갈 길이 없다. 이중원이 지옥행 특급열차라고 말했던 것처럼, 그들에게 있어 예쁘장한 여자란 어떻게 굴리든지 이득을 볼 수 있는 상품이다.

"색색아, 니 말이다. 그 아가씨하고 어릴 때부터 아는 사이다 캐라. 니가 어릴 때 좋아했던 아가씨다 캐라. 알겠나? 그래야 일이 쪼매 더 쉬워질 기다. 우리 행님, 모진 구석이 있기는 해도 자기 사람한테는 나름대로 정을 주신다 아이가. 니 음스믄 이 와싱톤 잘 돌아가겠나? 니도 큰행님 사람 맞는 기다. 그라이까네 지금 가가꼬 아가씨하고 미리 말부터 마차나라. 알겠나?"

임화평은 사장실이 있는 쪽으로 눈길을 돌리고 몇 차례 깊은 심호흡을 했다.

※

방문 여닫는 소리를 듣지 못한 듯 아가씨는 소파의 한구석에 두 다리를 모은 채 가만히 앉아 있다. 낡은 청바지에 직접 뜨개질한 것으로 보이는 녹색 스웨터를 입었다. 화장기없는 창백한 얼굴에 오관은 반듯하나 조금 작다는 느낌이다. 키는 155㎝에서 160㎝ 사이. 조금 큰 듯한 스웨터로 가렸음에도 불구하고 몸이 애처롭다 할 만큼 가냘프게 느껴진다.

예쁘장한 용모지만 색기가 흐른다거나 아름답다는 느낌은 아니다. 그저 정갈한 느낌이다. 삶의 서글픔을 진한 화장으로 덮고 미래에 대한 두려움을 성장(盛裝)으로 가린 여급들에 비하면 아직은 촌스럽다 할 용모다.

임화평에게 있어 중요한 것은 외모가 아니다. 분명히 처음 보는 얼굴임에도 불구하고 그의 가슴이 그녀를 안다고 외치는 사실이 중요하다. 그 외침이 미칠 것 같은 그리움이라는 사실이 중요하다.

가쁜 숨을 억지로 가라앉히고 그녀 앞에 쪼그려 앉았다. 그녀는 그래도 임화평을 보지 않았다. 그의 가슴에 시선을 둔 채 멍하니 앉아 있다. 일부러 가슴을 보는 것이 아니다. 그가 쪼그려 앉음으로써 다리에 고정되어 있던 시선이 가슴으로 옮겨진 것뿐이다. 그럼에도 불구하고 임화평은 그녀가 그의 가슴이 토해내는 외침을 알아듣고 있다고 생각했다.

냉장고에서 갓 꺼내온 칠성 사이다를 유리잔에 따라 그녀의 얼굴 앞에 내밀었다. 그녀는 꼼짝하지 않았다. 그녀가 놀라지 않게 천천히 손을 뻗었다. 그녀의 무릎 위에 가지런히 놓인 두 손을 들어 그 사이에 유리잔을 끼워주었다.

차가움을 느끼는 순간 그녀의 눈망울이 처음으로 흔들렸다. 그녀가 천천히 고개를 들어 임화평을 마주 보았다. 아무런 의지도 느껴지지 않는 공허한 눈이다.

임화평은 여인의 눈을 뚫어져라 바라보면서 입을 열었다.

"샤오지에, 니 짜오 선머 밍즈(아가씨, 이름이 뭐죠)?"

힘없는 그녀의 눈에 희미한 의혹이 어렸다. 임화평은 그것을 그녀가 중국어를 모른다는 뜻으로 받아들였다. 갑작스러워서 못 알아들었을지도 몰라 다시 한 번 확인했다.

"샤오지에, 니 짜오 리동동 마(아가씨, 이름이 이동동(李冬冬)입니까)?"

마찬가지 반응이다. 하지만 그녀가 이동동이라는 그의 확신에는 한 치의 흔들림도 없다. 우습지만 그는 운명을 믿는다. 운명적인 만남을 믿는다. 다시 태어났다. 그라는 사람 자체가 운명이라는 것을 부인할 수 없는 존재인데, 심장의 떨림을 어떻게 부인할 수 있겠는가.

'나도 열세 살이 되어서야 알았다. 원장 놈에게 몽둥이로 머리를 맞은 후에야 내가 전에도 존재했던 사람임을 기억해 냈다. 동동한테는 그런 일이 없었을 테지. 동동이다. 틀림없어.'

임화평은 여전히 잡고 있는 그녀의 두 손을 그녀의 마른 입술에까지 살며시 밀었다.

"마셔. 마시고 정신 차려. 호랑이 굴에 빠진 건 틀림없어. 하지만 정신 바짝 차리면 살길이 생긴다. 이거 마시고 정신 차려."

여인의 동공이 크게 흔들렸다.

"와 내한테?"

처음으로 그녀의 입이 열렸다. 낮고 힘없는 목소리다. 의혹 어린 목소리다. 하지만 그녀의 입이 열렸다는 것만으로도 임화평은 충분히 기뻤다. 그러나 한순간에 그 기쁨이 슬픔과 자리를 바꿨다.

'또다시 이런 상황에서 만나게 되냐? 너무하시는 것 아닙니까? 다시 태어나게 해줬으면 조금은 더 나은 삶을 주셔야 하는 것 아닙니까? 왜 또다시 이런 밑바닥 수렁입니까? 저야 그렇다 쳐도, 동동이 그렇게 죄를 많이 지었습니까? 장난이 너무 심하신 것 아닙니까?'

감상에 빠질 때가 아니다. 임화평은 힘겹게 정신을 되돌리고 억지로 미소 지었다.

"꼭 이렇게 하라 그러네. 이 가슴이 말이야. 우선 마셔."

임화평은 유리잔 밑바닥에 손가락을 대고 조금씩 힘을 더했다. 유리잔이 그녀의 메마른 입술에 가 닿았다. 입술만 적시던 그녀가 마침내 사이다를 마셨다. 아주 조금. 그것만으로 충분했다. 시키는 대로 따라주었다는 것만으로도 충분히 만족스러웠다. 임화평의 입가에 처음으로 진정 어린 미소가 어렸다.

"이름이 뭐야?"

그녀는 조금 더 또렷해진 눈으로 임화평을 바라보다가 중얼거리듯 대답했다.

"이정인(李淨仁)."

임화평은 입가의 미소를 지우고 이정인의 손에서 유리잔을 받아 탁자 위에 놓았다. 그리고 정색한 채 그녀의 눈을 뚫어지게 바라보았다.

"이정인? 이름 예쁘네. 지금부터 내가 하는 말 잊지 마. 잘못 말하면 여기서 평생 못 나가. 알겠어? 아냐. 기억만 하고 다른 인간들한테는 입도 뻥

끗하지 마."

이정인은 혼란스러운 눈빛으로 바라볼 뿐, 가타부타 대답하지 않았다.

"너랑 나랑은 어릴 때부터 아는 사이다. 내가 널 좋아해서 졸졸 따라다녔어. 무슨 말인지 알겠어? 그렇게 알고 있어야 내가 조금 더 편하게 너를 여기서 빼줄 수 있어. 나중에 내가 무슨 소리를 하더라도 놀라지 마. 알겠어?"

"와 지를 도와줄라꼬 하는 깁니꺼?"

이해할 수 없다는 눈빛이다. 임화평은 그녀의 눈빛을 충분히 이해했다. 그는 최대한 부드럽게 미소를 지어 보이며 그녀의 오른손을 잡았다. 그 손을 천천히 끌어당겨 심장 위에 얹었다.

"느껴지니? 쿵쾅거리지? 미칠 것 같다. 장난하는 거 아니야. 너하고 난 틀림없이 아는 사이다. 전생에서부터 아는 사이가 틀림없어. 여기가 그렇다고 말해주고 있잖아. 그게 아니면 이 두근거림을 도대체 어떻게 설명하겠어? 미친놈 같지? 그래, 내 착각일 수도 있을 거야. 그래도 할 수 없네. 네가 내 눈에 띈 자체가 운명, 아니, 숙명이야."

운명이 앞에서 날아오는 화살이면, 숙명은 등 뒤에서 날아오는 화살이라서 피할 수 없다는 말이 있다. 임화평은 스스로도 미친 짓이라고 생각하면서 숙명이라는 말로 두 사람의 인연을 묶어버렸다. 록 음악이 흘러나오는 스피커 같은 가슴과 엉킨 실타래 같은 머리로는 길게 설명할 방법이 없다. 스무 살의 혈기왕성한 나이임에도 불구하고 여자에 별 관심이 없었던 그가 이정인을 보고 가슴을 쥐어뜯으며 눈물을 흘렸다면 그것을 어떻게 설명할 수 있을까.

이정인은 멍한 눈으로 임화평을 바라보았다. 길거리에서 그 같은 소리를 들었다면 그의 말대로 미친놈이라고 생각했을 것이다. 그러나 벼랑 끝에 몰린 상황에서 작은 온정을 베풀어주는 사람이다. 짧은 순간이나마 예의상 맞장구쳐 주고 싶었다. 억지로나마 웃어주고 싶었다. 하지만 그렇게 해줄 마음의 여유 같은 것은 남아 있지 않았다. 손을 거두려 했다. 그때 그녀의 손바닥이 들썩거렸다. 팔이 전율했다. 어깨가 떨리고 심장이 뛰었다.

쿵, 쿵, 쿠쿵, 쿠쿠쿠쿵, 쿠쿠쿠쿠쿠쿠쿠쿠…….

이정인은 눈을 크게 치떴다. 가라앉다 못해 박동조차 느끼지 못하던 심장이다. 임화평의 가슴에서 손을 떼어내려던 순간, 그의 세찬 심장박동이 그녀의 가슴으로 전이됐다. 그녀는 지금껏 단 한 번도 이처럼 세찬 심장의 박동을 느껴본 적이 없다.

그 두근거림이 너무나 부담스러워서 남은 손을 얹어 가슴을 지그시 눌렀다. 소용없는 일이었다. 심장의 박동에 따라 그녀의 손바닥이 쉴 새 없이 진동했다. 손을 떼려 했지만 손목을 잡고 있는 임화평의 손을 뿌리칠 힘이 없었다. 머리가 지끈거려 깨어질 것만 같았다.

거친 박동에 숨이 가빠졌다. 그 박동은 그녀가 평생토록 의식해 보지 않은 심장의 깊고 깊은 곳을 찌르고 헤집었다. 찢어질 듯 부릅떠진 두 눈에서 갑자기 뜨거운 눈물이 솟구쳤다. 그곳에 무엇인가가 있다. 죽은 듯이 숨어 있던 그것이 기지개를 켜는 순간 다 말라비틀어졌을 것이라고 생각했던 눈물샘이 끊임없이 눈물을 토해냈다.

'아! 아아아! 악!'

숨이 막혔다. 비명을 토해내고 싶었지만 입이 벌어지지 않았다. 그녀는 원망스러운 눈빛으로 임화평을 바라보았다.

'이, 이기 뭡니꺼? 당신 누굽니꺼? 도대체 내한테 무슨 짓을 하는 깁니꺼?'

숨어 있는 감정을 찾아내는 고통스러운 마법이다. 마법에 의해 찢어진 심장을 헤집고 나온 그것은 왠지 모를 서러움이다. 아득한 그리움이다. 미칠 것 같은 반가움이다. 하나같이 초면의 남자에게 느낄 수 없는 감정들이다. 그것들이 뒤섞여 하나처럼 소용돌이쳤다. 그녀에게는 그 혼란함을 수

습할 방법이 없다.

 감정의 소용돌이가 너무나 커져 그녀가 도저히 수용할 수 없는 상태가 되어버렸다. 심장이 터져 버릴 것만 같았다. 전신으로 안 된다고 거부한 순간 언제 그랬냐는 듯이 그것이 가슴 깊은 곳으로 빨려들어 가버렸다. 그녀는 겨우 안도하며 가슴을 다독였다.

 쿵! 쿵! 쿠쿵!

 그래서는 안 된다는 듯이 임화평의 심장박동이 다시 그녀의 심장을 자극했다.

 '그만! 그만해! 도대체 내한테 바라는 기 뭡니꺼? 우짜라꼬예?'

 그녀의 심장 안에 있는 그 무엇은 그녀의 의지를 반하여 활동했다. 거의 느낄 수 없을 만큼 조그마한 꿈틀거림으로 시작했다. 신생아의 손가락 꼼질거림 같던 그 작은 파문이 남자의 심장박동과 어울려 한순간에 폭발하듯 전신으로 퍼져 나갔다. 미지의 느낌이건만, 이번에는 이상하게도 두렵거나 배척하고픈 감정은 일지 않아 그대로 내버려 두었다.

 그것은 전신 구석구석에서 그녀가 알지 못하는 무언가를 긁어모아 그것으로 실선을 꼬고 다시 가느다란 줄을 만들어 가슴 밖으로 튀어나왔다. 그것은 그녀의 핏줄을 파고들어 전신을 휘돌다가 갈 길을 찾았다는 듯이 어깨와 팔을 따라 흘러 손바닥을 꿰뚫고 임화평의 가슴까지 파고들었다. 그의 가슴은 당연하다는 듯 그것을 받아 스스로를 꽁꽁 묶었다. 그의 심장에서 기다렸다는 듯이 일어난 힘찬 기운이 그 줄을 감싸 굵은 동아줄로 만들고 다시 그녀의 가슴속을 파고들었다.

 심장이 작살에 꿰뚫린 듯한 아픔이다. 그 고통 뒤에 온갖 감정이 또다시 폭발했다. 그녀에게 비명을 지르고 싶게 만들었던 감정들. 그것들이 심신을 아득하게 만들었다가 따뜻한 기운으로 변하여 전신으로 퍼져 나갔다.

그 기운이 지금껏 가슴을 지배하며 그녀를 떨게 만들었던 두려움이라는 감정을 뿌리째 뽑아냈다.

화석같이 굳어버렸던 심장은 또다시 굵은 동아줄에 결박당해 놓고도 갓 잡아 올린 생선처럼 펄떡거렸다. 오랜 기다림 뒤에 끝내 연결되었다는 느낌, 더 이상 혼자가 아니라는 느낌이 그녀의 심장을 다시 살려냈다.

"아!"

그녀는 그제야 모든 것을 알게 되었다. 그녀는 기저귀를 적셔놓고 한참을 울던 아이였다. 차가워서 울고, 어머니의 부재에 놀라 울던 아이였다. 하늘 아래 홀로 남아 기댈 곳 없다는 그 막막함에 소리없이 울부짖던 아이이다. 그런데 혼자가 아니었다.

따뜻한 물에 깨끗이 씻겨주는 손이 있다. 포근한 모포에 감싸 부드럽게 얼러주는 팔이 있다. 혼자가 아니라며 세찬 심장박동 소리를 들려주는 가슴이 있다. 이제 혼자가 아니다. 잠시 혼자라고 착각했을 뿐이다. 태곳적부터 함께였던 그 손과, 그 팔과, 그 가슴이 찰나의 부재를 미안해하며 따뜻한 안식처를 보여주고 있다.

이정인은 그제야 확실하게 느꼈다. 전생에서부터 아는 사이라는 임화평의 말이 무엇을 뜻하는지. 그 안식처는 원래부터 그녀에게 주어진 것이었다. 그녀만을 위해 만들어진 공간임을 안 순간 그녀는 아무런 의심 없이 그 속으로 뛰어들었다.

안도감. 정녕 임화평의 말처럼 전생에서부터 이어진 인연인지는 몰라도 그를 믿고 그의 말에 따른다면 어떻게든 난관에서 벗어날 수 있겠다는 안도감이 물밀듯이 밀려왔다.

믿고 의지하라.

운명의 신은 그렇게 소곤거렸다.

이정인의 변화를 바라보는 임화평의 눈에 그렁그렁 눈물이 맺혔다.
"내 말, 믿어주는 거니?"
또르르르.
임화평의 눈썹에 힘겹게 매달려 있던 눈물에 다시 한 방울의 눈물이 더해졌다. 눈물은 스스로의 무게를 견디지 못하고 흘러내렸다. 이정인은 가슴에 얹고 있던 손을 자연스럽게 내뻗어 그 눈물을 닦았다. 미안했다. 값어치를 따질 수 없는 따뜻한 안식처를 제공받았는데 당장 그녀가 할 수 있는 것이라고는 눈물을 닦아주는 것뿐이었다.

임화평도 그녀의 얼굴로 손을 뻗었다. 턱에서부터 거슬러 올라간 그의 두 손이 뺨을 지나 눈에 이르렀다. 이정인은 두 눈을 꾹 감아 남은 눈물을 짜냈다. 임화평이 두 엄지손가락으로 그 눈물을 닦아냈다. 그의 손은 다시 아래로 내려와 두 뺨을 감싸 쥐었다.

이정인은 눈을 뜰 수 없었다. 그 손의 감촉이 너무나 포근하여 꿈처럼 느껴진 탓이다. 눈을 뜨는 순간 그 안식처가 산산이 부서져 버릴 것만 같았기 때문이다. 그때 임화평의 확고한 목소리가 들렸다.

"여기서 빼줄게. 지켜줄게. 어떤 짓을 해서라도 반드시 지켜줄게. 날 믿어. 날 믿고 차분하게 기다려. 알았지?"

그의 마음속 굳센 의지가 가슴에 연결된 그 줄을 타고 그대로 이정인의 가슴까지 파고들었다. 꿈이 아니었다. 제발 부탁한다거나 제발 살려달라고 애걸할 필요가 없다. 당연히 그렇게 되어야 할 일인 것이다.

이정인은 그에게 작게나마 보답해 주었다. 보기 싫을 정도로 처연했지만 임화평은 어쨌든 그녀의 입가에 걸린 미소를 볼 수 있었다.

⚜

고풍스런 마호가니 책상 너머에 앉아 있는 마흔한 살의 박태일은 조직의 두목답지 않게 왜소한 체구를 지녔다. 162㎝나 겨우 될 듯한 작은 키에 살집도 별로 없는 마른 체격이다. 그러나 독사라는 별명이 이유없이 붙은 것은 아니다. 가늘게 뜬 두 눈에 섣불리 접근하지 못할 독기가 맺혀 있다.

"행님! 색색이 절마 진짜로 도움이 마이 되는 놈입니더. 깡다구 좋지요, 눈치도 빠르고 영어도 됩니더. 영어는 깡다구다, 절마가 한 말입니더. '와싱톤'의 피스(Peace)라 카믄 미군 놈들도 엄지손가락을 치키둡니더. 통역 읎슬 때는 절마가 미군 놈들 다 상대한다 아입니꺼. 행님이 이번에 사정 함 봐주시믄 절마 진짜로 열심히 일할 깁니더. 좋아하는 가스나가 여급이 되가꼬 미군 놈들 품속에 있으믄 지라도 일 못합니더. 사정 쪼매 봐주이소. 500딸라믄 본전은 훨씬 넘는다 아입니꺼?"

이중원이 박태일의 옆에 붙어 서서 사정했다.

박태일은 묵묵히 이정인의 얼굴만 바라보았다. 이중원의 체면을 생각하면 당연히 들어주어야 할 일이다. 그런데 이정인이라는 존재가 박태일을 갈등하게 만들고 있다. 예쁘다거나 귀엽다거나 섹시하다는 느낌과는 뭔가 다른 여자다. 그저 깔끔한 인상일 뿐인데 묘하게 호기심이 동했다. 기지촌 주변에서 흔하게 볼 수 없는 타입인 탓이다.

'얼음장 같아도 벳기놓으믄 그런대로 볼만하것제? 지금은 좀 음서 보이도 잘 믹이다 보믄 얼굴도 뽀시시해질 기고, 분칠 쪼매 해놓으믄 마이 이뻐질 기라. 상업고 다닛다캤제? 귀하다 아이가. 낮에 비서로 쓰고 밤에 베개로 쓰믄 딱 좋겠는데 말다. 비서라꼬 옆에 달고 다이믄 권 사장 글마가 부러워할 긴데. 생긴 거 보믄 끈끈하게 달라붙어서 귀찮게도 안 할 거 같고, 일은 일대로 잘할 것 같다 아이가. 그라고 저런 얼굴은 나이가 들수록 이뻐진다꼬 그카던데. 권 사장이 전에 쟈 비스무리하게 생긴 가스나 보고 뭐라 카드라? 우아해질 기라 캤제? 근데 그기 뭔 뜻이고? 좆도 어렵네. 아! 그나저나 고민되네. 색색이도 쓸 만하다 카던데. 맞다. 중원이 구해준 것도 절마라 캤제. 하! 우짜믄 좋노?

"사장님! 열심히 일해서 결초보은(結草報恩)하겠습니다. 한 번만 도와주십시오."

임화평이 무릎을 꿇은 채 머리를 조아렸다.

'갤초보은? 문자가? 새끼, 가방 끈이 쪼매 길다, 이 말이제? 근데 뭔 뜻이고? 보은이 들어가는 거 보이까네 좋은 말이겠제?

박태일은 그제야 이정인에게서 눈을 떼고 임화평의 정수리를 내려다보았다. 그것도 잠시뿐이다. 그의 눈은 다시 이정인에게로 돌아갔다. 그가 혓바닥으로 가느다란 입술을 핥았다.

이정인은 눈을 감고 싶었다. 전신을 핥아대는 박태일의 시선이 너무나 끔찍했다. 고개를 돌려 엎드려 있는 임화평을 보고는 피나도록 입술을 깨물었다. 다시 박태일에게로 눈을 고정시켰다. 처음 왔을 때의 공허함은 간 곳없다. 건드리면 죽어버리겠다는 강한 의지가 어려 있다.

박태일은 이정인의 무언의 의사 표시에 피식거렸다.

'가스나야, 니가 뭘 모리네. 그리 꼬나보는 자체가 사나이 가슴에 불을 댕기는 기다. 니 같은 가스나가 전에 음섰는 줄 아나? 손톱 바짝 세우고 발악하는 년들 마이 있었다. 그 지랄을 해도 갤국에는 다 내 배 밑에 깔리가꼬 제발 버리지만 말아달라꼬 애걸했다. 색색이한테는 미안하다만, 아무래도 니는 쓸모가 많을 것 같다. 근데 그리할라믄 색색이 절마를 빙신 맹글어야 되는데, 그기 쪼매 접접하네. 뭐, 우쩔 수 음나?

박태일은 가느다란 입술 끝에 차가운 미소를 머금고 임화평을 내려다보았다.
"색색아, 미안하다이. 아무래도 풀어주는 거는 어렵것다. 대신에 미군 놈들한테 팔아넘기지도, 300번지로 보내지도 않겠다는 거 하나는 내가 약속한다. 내 비서로 쓸 테이까네 쟈 걱정은 하지 마라. 좋은 거 묵고 좋은 데서 생활할 기다."
이중원이 눈살을 찌푸리며 낮게 소리쳤다.
"행님! 제 얼굴 봐서라도 그라지 마이소. 절마 제 생명의 은인입니더."
"지랄한다. 니 은혜는 니가 직접 갚아. 와 내보고 대신 갚으라는데? 니 지금 내보고 사장이 종업원 눈치 보라꼬 하는 기다. 그거 아나? 그리할 거믄 내가 뭐 한다꼬 이 자리까지 용을 써가꼬 올라왔는데?"
그 말이 끝나기도 전에 납작 엎드려 있던 임화평이 천천히 일어섰다.
이중원과 박태일이 동시에 그를 바라보았다.
"됐어. 주둥이 닥쳐, 개좆 같은 새끼야! 평범하게 산다는 게 쉬운 일이 아니라는 걸 니가 정말 엿 같은 방법으로 가르쳐 주는구나."
박태일이 새우눈을 찢어져라 부릅떴다.
"뭐, 뭐라꼬? 다시 함 말해봐라. 니 지금 뭐라 캤노? 내가 잘못 들은 기 맞제?"
임화평이 차갑게 웃으며 아주 느리게 한 자 한 자 짚어가듯 말했다.
"귓구멍에 좆대가리 처박았어? 자식이 말귀를 못 알아듣네."
이중원도 깜짝 놀라서 임화평에게로 황급히 다가가 그의 어깨를 잡았다.
"색색아! 니 이라믄 안 된다. 죽는단 말다. 얼른 죄송하다 캐라. 실수했다 캐라."
박태일은 임화평이 너무나 큰 충격을 받아서 잠깐 정신이 나갔다고 생각했다. 어차피 병신 만들 놈이니까 느긋하게 사과부터 받기로 했다.

'하기사 내라 캐도 속 디비질 기다, 절마 입장이믄. 여서 내가 참는 척하 믄 보스 가오가 쪼매 느끼지겠지.'

여유롭게 생각하니 화가 나기보다는 피식피식 웃음이 났다.

그때 임화평은 무심해서 차갑게 느껴지는 얼굴로 이중원을 바라보았다. 이중원은 당황했다. 그가 아는 임화평의 얼굴이 아니다. 어깨가 으슬으슬 해질 정도로 한기가 어린 얼굴을 보고 있자니 왠지 서럽다. '색색아, 내다. 중원이 행님이다. 모리겠나?' 하고 소리치고 싶은 심정이다.

"형님! 저런 좆 같은 새끼 밑에서 계속 일하고 싶습니까? 약한 여자들 약점 잡아가지고 골수까지 쪽쪽 빨아먹는 아귀 같은 새끼잖아요. 인간성이 조금이라도 남아 있는 새끼면, 내가 아니라 형님 얼굴을 봐서라도 아까처럼은 못합니다. 형님한테 예쁜 형수님 생기면 그때도 미안하다면서 깔아뭉갤 생각부터 할 쥐새끼입니다. 그런데도 저런 놈 밑에서 계속 있고 싶습니까?"

어찌할 바를 모르던 이중원이 갑자기 정색을 하고 한 걸음 물러섰다.

"그 주디 닥치라. 주디에서 뱉어낸다꼬 다 말이 아인 기다. 벌써 8년째 한마음으로 모시는 행님이다. 아무리 니라 캐도 계속 이라믄 내도 우쩔 수 음따."

임화평은 기척도 없이 손을 뻗어 이중원의 왼쪽 어깨를 잡아 눌렀다.

"어어?"

이중원은 상황을 이해할 수가 없었다. 그저 어깨를 잡힌 것뿐인데 전신의 힘이 모두 빠져나가 버렸다. 의지와는 아무런 상관 없이 그대로 주저앉아야 했다. 그는 혼란한 눈빛으로 임화평을 올려다보았다.

임화평이 미안함을 엿보이는 눈으로 이중원을 바라보며 말했다.

"이따위로 말하는 거 치사하다는 거 압니다. 하지만 형님, 내가 구해드린 목숨이지요? 어깨에 못 하나 박았다고 해서 너무 원망하지 마세요. 깨끗한 걸로 골라 보드카로 소독까지 했으니까 뒤탈없이 금방 나을 겁니다."

임화평은 바지 호주머니에서 은색 못 하나를 꺼냈다. 길이 2cm 정도의 작은 못이다. 문으로 눈길을 돌린 채 잠시 기다렸다가 이중원의 양복 왼쪽 깃을 당겨 어깨를 드러내 놓은 후 서슴없이 못을 찔러 넣었다. 못은 망치로 박은 것처럼 너무나 쉽게 쇄골 아래쪽 부위를 파고들었다.

"으아!"

이중원은 어깨를 붙잡고 바닥에 나뒹굴었다. 비명 소리가 작지는 않았지만 새어나가지는 않았을 것이다. 홀을 들썩이게 할 정도로 소리가 큰 '마마스 앤 파파스(Mamas & Papas)'의 '캘리포니아 드리밍(California Dreaming)'이 비명 소리를 상쇄시켜 버렸을 것이다.

2cm의 짧은 못에 불과했지만 그것으로 충분했다. 손가락으로 누르는 것만으로도 힘을 쓸 수 없는 부위다. 상처는 남겠지만 후유증도 거의 없다. 그 작은 못 하나로 이중원은 완전히 무력화된 셈이다.

임화평은 안쓰러운 눈빛으로 이중원을 내려다보았다. 혈도를 제압하기에는 수련 기간이 너무나 짧았다. 타격을 가하여 기절을 시킬 수도 있지만, 그것은 그가 원하는 바가 아니다. 이중원이 일의 전말을 모두 알기를 원했다. 그래서 어쩔 수 없이 못질을 한 것이다.

임화평은 이중원의 오른쪽 겨드랑이 아래에 손을 넣었다. 웅크리고 있던 이중원이 너무나 간단하게 들렸다. 임화평은 그를 이정인의 맞은편 소파에 앉혔다.

이중원은 어깨를 잡고 낮은 신음성을 흘리면서도 눈빛으로 이유를 물었다. 왜 못질을 했는지를 묻는 것이 아니다. 그건 그럴 수 있다고 이해했다. 제압당하고 나서 생각해 보니, 임화평은 박태일을 상대할 만한 실력을 가지고 있다. 싸울 생각을 했다면 박태일을 도울 수밖에 없는 그를 미리 무력화시키는 게 당연했다.

이중원의 의문은 일이 틀어질 것을 어떻게 알고 미리 못까지 준비했느냐는 것이다. 이중원이 10만 원으로 어떻게 해보겠다고 했을 때, 임화평은 200달러를 더 보태 500달러 정도는 마련할 수 있다고 했다. 이중원은 500달러면 박태일을 설득할 수 있을 거라고 확신했다. 그런데 시작도 하기 전에 실패를 대비했다. 그것을 이해할 수 없었던 것이다.

'500딸라가 아까웠던 기가? 그래, 그 정도믄 니한테는 큰돈일 기다. 전 재산일 긴데 그거 주삘믄 둘이서 생활하기가 막막했을 기야. 하지만 그기 정말이믄 니 내한테 배신 때린 기다. 정말 그런 기가?'

이중원은 눈으로 많은 것을 물었지만, 임화평은 대답 대신 무심한 눈을 박태일에게로 돌렸다. 박태일은 생각보다 차분한 얼굴로 임화평을 대했다. 입가에 차가운 미소를 머금고 있는 것이, 뭔가 믿는 구석이 있는 듯했다.

임화평이 다시 이중원을 내려다보며 말했다.

"형님은 좀 맹한 구석이 있거든요. 그거 압니까? 저 새끼가 나한테 미안하다고 말했을 때, 나를 죽일 생각을 한 겁니다. 모르겠어요? 곁에 두믄 늘 뒤통수가 근질근질할 건데 나를 가만히 놔둘 것 같아요? 저 쥐새끼한테 그런 배포가 있다고요? 조금 떨어져서 지켜본 내가 형님보다 저 새끼를 더 잘 압니다. 그러니까 만약을 대비한 거지요. 어이, 쥐새끼! 내 말 맞지?"

임화평의 눈이 다시 박태일에게로 돌아갔다.

박태일이 천천히 일어섰다.

"훗! 새끼, 눈치 빠르다 카드만 정말이네. 서울내기 다마내기라 카드만 그 말도 맞제. 정체가 뭐꼬? 아이다. 인자 스물쯤 됐제? 정체라꼬 할 기 있겠나? 하! 그 자슥, 갤국에는 발라당 까짓다는 소리 아이가. 나이도 어린 노무 새끼가 이 바닥 생리를 그리 잘 알아가꼬 되겠나? 주먹 쪼매 쓴다꼬 간이 배 밖으로 나온 기제? 하지만 내 눈으로 보기에 니는 아직 얼라다."

부산 말을 쓰지 않으니 서울 사람으로 착각한 모양이다. 하지만 양파를 뜻하는 일본말 다마내기라는 비유는 임화평에게 잘 어울렸다. 조금 전까지 무릎을 꿇고 사정하다가 돌변하여 사나운 기세를 드러냈다. 하지만 그것도 박태일에게는 가소로울 뿐이다.

박태일은 양복 상의를 느긋하게 벗어 던졌다.

차가운 비웃음이 임화평의 만면으로 퍼져 나갔다.

"서둘지 마라. 그래 봐야 너만 손해다. 정인아, 걱정 말고 일어서 봐."

무서운 분위기에 눌려 어찌할 바를 몰라 하던 이정인이 부들부들 떨면서도 용케 자리에서 일어났다. 임화평은 박태일에게 시선을 둔 채 그대로 소파를 향해 발을 내뻗었다.

쾅!

발길질 한 번에 삼인용 소파가 단숨에 구석까지 밀려가 버렸다. 애초부터 의도한 것처럼 소파와 벽 사이에는 사람 하나 들어갈 삼각형의 좁은 틈이 남아 있다.

"일 다 끝날 때까지 저 안에 들어가 엎드려 있을래? 좀 갑갑해도 나오라고 할 때까지는 꼼짝하지 말고 거기 있어. 내 걱정 하지 말고."

별다른 일이 생길 거라고는 생각지 않았다. 아직은 전생의 수준에 크게 못 미치지만, 그렇다고 깡패 두목 정도가 범접할 실력은 아니다. 그러나 만에 하나를 대비해야 했다. 혹시라도 박태일의 믿는 구석이 미군과 관계된 것이라면 가장 먼저 위험해질 사람은 이정인이다.

'작업할 때는 안전제일이잖아.'

그때 지금껏 느긋하게 움직이던 박태일이 갑자기 허리 뒤에서 검은색 막대기 같은 것을 뽑아 들었다. 임화평은 손을 쓰려다가 그 막대기의 정체를 눈치채고서 슬그머니 손속을 늦췄다.

박태일이 차갑게 웃으며 칼집을 잡아당겼다. 예상대로 사시미 칼이다. 그 새파란 서슬에 임화평은 오히려 마음을 차분히 가라앉혔다.

"큭! 느긋하게 보이길래 미군 놈들한테 권총이라도 한 자루 구한 것 아닌가 걱정했는데, 겨우 그거냐? 믿고 있던 게 그것뿐이라면 우리 정인이 쓸데없이 고생시켰다."

박태일이 들고 있는 칼은 야나기바, 혹은 야나기보초라고 불리는 일본식 회칼의 대표 선수다. 손잡이와 칼집이 비싼 흑단목으로 된 것을 보니 전문가용 수제 칼이다. 칼날 길이 30㎝ 정도에 폭은 3㎝ 정도 되어 보인다. 관리를 잘해온 듯 손목을 살짝살짝 비틀 때마다 섬뜩한 광채를 사방으로 흩뿌렸다.

박태일은 임화평의 심드렁한 반응에 당황했다. 보는 것만으로도 살벌한 사시미 칼 앞에서마저 담담할 거라고는 예상치 못했다.

사시미 칼에는 묘한 마력이 있다. 몸을 찌른다는 어의(語意)에 어울리는 도신(刀身)은 칼을 들고 있는 사람의 마음마저 섬뜩하게 만든다. 살짝 비틀어 빛에 반응하게만 만들어도 칼 앞에 있는 사람은 오금이 저릴 수밖에 없다.

임화평이 싸움질을 제법 하는 것 같기는 해도, 박태일이 보기에는 스무 살 애송이다. 그것도 뒷골목 출신이 아닌 웨이터다. 평생 동안 사시미 칼 한 번 보지 못하고 죽을 수도 있는 일반인이 그 서슬 앞에서 담담해서는 안 될 일이다.

'저 어린노무 새끼가 배시떼기에 철판을 둘렀나? 우찌 저리 팬안한 얼굴을 하고 있노?'

사시미 칼이 주었던 자신감에 흠집이 생겼다. 박태일은 느긋했던 마음을 긴장시키고 몸을 살짝 비튼 후 칼을 명치 앞으로 들어 임화평에게로 겨누었다.

임화평이 피식 웃으며 말했다.

"많이 비싸 보인다만, 그거 쓰면 생선들이 많이 싫다고 그러겠다. 포 떠져서 죽는 것도 억울한데 구린 네 똥냄새까지 맡아야 하면 얼마나 고역이겠어? 그나저나 그동안 뒷구멍이 찌릿찌릿했을 텐데 어떻게 거기에 꽂고 다녔을까? 너, 그걸로 사람 포는 떠봤어?"

핏! 피빗!

미약한 파공음과 함께 세 줄기 은빛이 박태일을 스쳐 지나갔다. 파바박, 소리와 함께 그의 등 뒤에 있는 마호가니 벽장에 세 개의 작은 못이 삼각형 형태로 꽂혔다.

임화평은 무심한 얼굴로 박태일을 바라보며 앞으로 내뻗은 손을 내렸다.

"서둘지 말라고 그랬지, 이 쥐새끼야?"

박태일은 임화평에게 사시미를 겨눈 자세 그대로 화석이 되어버렸다. 모르는 사람이 봤다면 빗맞았다고 생각할 테지만 그는 임화평이 일부러 그랬음을 확신했다. 두 어깨를 스치고 지나간 못들은 와이셔츠의 어깨와 팔의 연결부를 정확히 뜯어놓았고, 머리 위를 스쳐 지나간 못은 두피를 훑으며 몇 가닥 머리카락을 잘라 버렸다. 빗맞았다면 그렇게 절묘하게 스치고 지나가지 못했을 것이다.

그제야 박태일은 소파로 눈을 돌렸다. 사시미 칼 생각에 임화평이 소파를 차서 2m 가까이 밀어버렸다는 사실을 간과했다. 싸구려 소파가 아니다. 장정 두 사람이 용을 써야 겨우 옮겨놓을 수 있는 이태리제 고급 소파다. 박태일 그가 혼신을 다해서 찬다고 해도 한 뼘 옮겨놓기가 힘들 것이다.

'저, 절마, 보통내기가 아이구마. 내 손으로 호래이를 방에 들이꾸나. 우짜노? 중원이가 멀쩡하다 캐도 우찌해 볼 수 음는 놈 아이가. 뭐 저런 놈이 다 있노? 저런 실력이 있었으면서 뭐 한다꼬 뽀이 짓거리를 하고 살아스꼬?'

임화평은 조끼의 호주머니에서 한 움큼의 못을 꺼내어 왼손 손바닥 위에 올려놓았다. 이중원에게 쓴 것과는 달리 길이 5㎝ 정도의 중간 길이 못이다.
"쥐새끼 같은 놈! 애초부터 나한테 미안하다고 말하지 말았어야 했다. 신사 형님 말처럼 주둥이에서 나온다고 다 말이 아닌 거야. 쥐새끼! 이제 생각해 보자. 널 어떻게 처리해야 잘했다는 소리가 세계만방에 널리 퍼질까?"
임화평은 천천히 걸음을 옮겨 이중원이 앉은 소파와 마호가니 책상 사이에 섰다. 그리고 보란 듯이 책상 위에 못을 주르륵 늘어놓았다.
"여기가 사층 정도 되면 밑으로 집어 던져 자살한 것처럼 만들어 버리면 될 텐데, 아쉽게도 일층이네. 어떻게 죽여줄까? 허리띠로 목을 졸라줄까? 문고리에 걸어놓으면 그것도 대충 자살한 걸로 보일 거야. 어떻게 해줄까? 곧 죽을 놈이니까 방법 정도는 선택하게 해주지."
핏!
다시 파공음이 들리는 순간 박태일이 비명을 지르며 왼손으로 오른손을 감싸 쥐었다. 손등에 못이 꽂히는 순간 사시미 칼이 바닥에 떨어져 요란한 소리를 냈다.
"오늘 화요일이잖아? 그런데 왜 밖에서는 먼데이를 찾지? 하기야 상관없지. 다른 날은 괜찮다고 하잖아. 월요일만 아니면 되는데 무슨 상관이겠어."
임화평은 비명을 질러봐야 밖에서 들리지 않는다는 것을 확인시켜 주었다. '캘리포니아 드리밍'이 사라지고 '먼데이 먼데이(Monday Monday)'가 이어졌다. 그것도 Every other day로 시작되는 뒷부분의 고음 파트다. 임화평이 한 말은 그 파트의 가사 일부를 인용한 것이다.
간단한 의미가 아니다. 음악의 고저마저 일일이 확인해 가면서 일을 진행시키고 있다는 뜻이다.
박태일은 손을 감싸 쥔 채 무릎을 꿇었다.
"색색아! 내가 잘못했다. 용서해라. 잠깐 정신이 우찌 됐었나 보다. 함만 용서해 도."

공교롭게도 바닥에 떨어진 사시미 칼이 박태일의 무릎 앞에 있다. 그의 눈동자가 핥듯이 사시미 칼에 머물렀다가 떨어졌다. 그 눈동자가 다시 그와 이정인이 몸을 숨기고 있는 소파 사이의 거리를 찰나의 순간에 파악하고 바닥에 고정되었다.

임화평은 피식 웃으며 못 세 개를 손가락 사이사이에 넣어 장난처럼 집어 던졌다.

파바박!

못은 사시미 칼의 고급스러운 흑단목 손잡이에 일렬로 꽂혔다.

"이제 어쩔래? 잡기 조금 힘들게 됐지? 잔대가리 굴렸으니까 벌 받자. 시끄럽게는 하지 마라. 아이들 들어오기 전에 네 이마의 무사 안녕부터 생각해야지. 판판해서 아무렇게나 던져도 다 꽂히겠다."

핏!

"끄으으으으!"

박태일이 감히 비명을 지르지 못하고 무릎을 움켜쥔 채 바닥을 뒹굴었다. 못을 뽑아보려 했지만 너무 깊이 꽂혀 손톱 끝에 걸리는 것이 없었다.

그때 이중원이 소파에서 팅기듯이 일어났다.

임화평이 보지도 않고 그의 어깨를 지그시 내리눌렀다.

"가만히 좀 있어요. 그게 저 새끼를 돕는 일입니다. 야, 쥐새끼! 내가 왜 안 가고 너를 괴롭히는 줄 알아? 내가 그냥 가면 아이들 시켜서 귀찮게 할 거잖아? 그러면 그 애들 다 죽여야 한다. 귀찮잖아? 그래서 못 가고 고민하는 거다. 네가 아이디어를 좀 내봐. 내가 어떻게 했으면 좋겠어?"

박태일은 식은땀을 뻘뻘 흘리며 계속해서 고개를 저었다. 임화평의 나이를 생각하고 사회적 위치를 생각한 후 그 실력을 높게 잡는다고 잡았다.

그러나 많이 모자랐다. 애초부터 박태일 정도가 평가할 수 있는 수준이 아니었던 것이다. 호주머니에 못 한가득만 있으면 혼자서 300번지를 일통하고도 남을 실력이다. 박태일은 공포심에 찌들어 생각할 능력마저 잃어버리고 그저 고개를 저을 뿐이다.

임화평은 무심한 얼굴을 박태일을 내려다보았다. 과거에 그가 늘 그랬던 것처럼 죽여 버리면 후환없이 끝날 일이다. 죽을 만한 짓을 넘치도록 한 인간이다. 그러나 시대가 달라졌다. 평생 도피 생활을 할 생각이 아니라면 살인은 쉽게 생각할 문제가 아니다.

임화평은 박태일의 어깨를 잡아당겨 의자에 앉히고 컵에 물을 따라서 그의 앞에 밀어놓았다. 그는 덜덜 떨리는 두 손으로 컵을 잡아 벌컥벌컥 마셨다. 컵 주위에 피가 묻어 장미꽃 무늬를 이루었다.

임화평은 다시 컵을 채워주면서 차분한 톤으로 말했다.

"알아? 당신, 이제 병신 됐다. 손이야 치료하면 낫겠지. 그런데 그 다리는 천하의 명의가 와도 고치지 못해. 그렇게 되라고 손을 썼거든. 어떻게 할래, 오문식이가 좋다고 달려들 건데. 그러면 잔나비파하고 허리우드파 놈들도 신났다고 달려오겠지. 내가 살려준다고 살아남을 수 있겠어? 죽고 싶다고 하면 이 못, 전신 구석구석에 남김없이 꽂아줄게. 말만 해."

차가운 물이 정신을 되돌려준 듯, 박태일은 식은땀이 흘러내리는 창백한 얼굴을 들어 임화평을 바라보았다. 임화평은 미소를 지었으나 박태일은 그 미소로 인해 몸을 떨어야 했다.

박태일은 다시 임화평을 외면하고 그가 한 말을 생각해 보았다.

'오문식! 하이에나 같은 놈이제. 내가 약해지믄 당장 물어뜯을 놈이다. 내가 그래서 중원이를 곁에 두는 거 아이가. 독한 놈이라 괜하게 은퇴하라 꼬 안 놔둘 텐데 우째야 하노?'

잔나비파와 허리우드파의 눈은 한동안 막을 수 있다. 그러나 오문식은 다른 문제다. 당장 '와싱톤'만 벗어나려 해도 그의 촉수에 걸릴 것이다.

오문식은 그가 관리하는 클럽 '미시시피' 같은 놈이다. 그곳의 분위기처럼 오문식의 성격도 음침하고 끈적끈적하다. 잠깐 방심하면 마음속 음흉한 악어를 내보내 박태일을 물어뜯게 할 인간이다.

'글마는 내하고 같은 과다.'

오문식은 박태일의 거울 속에 비치는 상이다. 그가 어떻게 할지 가장 잘 아는 사람이 박태일이다. 돈도 그가 멀쩡할 때 제 위력을 발휘하는 것이다. 절뚝거리고 다니면 얕잡아 보일 게 틀림없다. 그가 오문식의 입장이라면 틀림없이 욕심을 내볼 일이다. 이중원까지 다쳤다는 것을 안다면 당장에라도 아이들을 동원할 것이다.

"내가 우짜믄 용서해 줄래?"

"그래. 이제 대화할 분위기가 됐네. 당신이 여생을 편안하게 살려면 신사 형님한테 조직을 넘기는 수밖에 없어. 형님 의리는 당신이 더 잘 알 거야. 오문식이가 보스 되면 당신은 잘돼봐야 길거리에서 구걸하는 거지 신세야. 그것도 알지? 그나마 다행스럽게도 신사 형님은 오문식의 아이들한테도 인심을 얻고 있더라. 당신은 무슨 수를 쓰더라도 형님한테 자리를 넘겨야 돼. 그래야 돈푼이라도 만지면서 살지. 적어도 내 판단은 그래. 결정은 당신한테 맡기지. 어떻게 해도 좋아. 다만 나를 귀찮게는 하지 마. 길거리 가다가 뒤통수에 못 박히고 싶지 않거든."

피피피핏!

잠깐 손이 번득이는 순간 마호가니 옷장에 네 개의 못이 꽂혔다. 그것도 조금 전에 미리 던져 놓은 삼각형 모양의 못 안에 사각형 모양으로 고스란히 꽂혀 있다. 얼마나 깊이 박혔는지 못 머리 말고는 보이는 것이 없다.

끔찍한 위협이다. 총알보다 더 무서운 못이다. 총은 소리라도 낸다. 길을 걷고 있는데 소리없이 못이 날아와 뒤통수에 박힌다면 찍소리도 못 내고 죽어줄 수밖에 없을 것이다.

"정인아, 이제 나와도 돼."

임화평은 소파 뒤에서 이정인이 나오는 것을 보면서 박태일의 양복 상의를 뒤졌다. 두꺼운 장지갑이 나왔다. 지갑의 내용물도 확인하지 않고 뒷주머니에 넣었다.

"퇴직금 삼아 챙기는 거다. 이의없지?"

임화평은 대답을 듣는 대신 양복 상의의 팔소매를 뜯어낸 후 이중원에게로 다가가 그의 상의를 조심스럽게 벗겼다. 그리고 손바닥으로 못 박힌 곳의 반대편을 가격했다. 못이 튀어나오면서 핏줄기가 솟구쳤다.

"윽!"

임화평은 뜯어낸 팔소매를 뭉쳐 상처 위를 누르면서 말했다.

"못질은 미안합니다. 상처가 깊지는 않으니까 금방 나을 겁니다. 이거 누르고 계세요. 형님, 보스 되면 불쌍한 여자들 도와주지는 못할망정 등골은 빼먹지 마세요. 형님이 그런 사람 아닌 줄은 아는데, 보스 됐다고 변할까 봐 하는 말입니다. 그리고 이 상의는 기념으로 내가 입고 갈게요. 내가 가고 나면 동생들부터 불러요. 오문식이가 먼저 알아버리면 형님도 당합니다. 아! 그렇게 생각하니까 그 어깨 정말 미안하네. 몸조심하세요."

이중원은 임화평의 눈을 피했다.

"됐다, 마! 빨리 꺼지라. 꼴도 보기 싫다."

임화평은 피식 웃으며 이중원의 어깨를 부드럽게 쓸었다.

"가요. 다시 볼 인연이면 언젠가는 또 만나겠지요. 잘사세요."

이중원은 임화평을 외면하고 이정인을 바라보았다.

"제수씨, 고생했소. 힘들었던 거 다 잊고 행복하게 사이소."

이정인은 박태일을 열심히 설득하던 이중원의 모습을 잊지 않았다. 임화평이 그를 존중하는 모습도 기억하고 있다. 이정인은 말없이 이중원에게 고개를 숙였다. 그사이에 임화평은 빨간 나비넥타이를 풀고 조끼를 벗은 후 이중원의 양복 상의를 걸쳤다. 그리고 만면에 환한 미소를 담고 이정인을 향해 손을 내밀었다.

이정인은 쑥스러운 표정으로 살며시 그 손을 잡았다. 손끝만 겨우 잡은 격이다. 임화평은 이정인의 작은 손을 손바닥 안에 넣고 그녀가 얼굴을 찌푸릴 만큼 꽉 움켜잡았다.

이정인의 붉게 물든 얼굴에 작지만 밝은 미소가 어렸다.

안도감!

그 손을 잡고 있으면 절대 안전하다는 안도감이 그녀에게 새로운 힘을 주었다. 함께 걸을 수 있는 힘, 몇 번이고 넘어져도 다시 일어설 수 있다는 믿음의 힘이다.

임화평이 정색한 얼굴로 이정인을 대하며 말했다.

"나 개털이다. 고생 많이 해야 된다."

이정인은 임화평이 처음 보는 환한 미소를 지어 보이며 고개를 끄덕였다.

"갠찮아예."

임화평이 피식 웃으며 다시 한 번 손에 힘을 주었다.

"어디로 갈지 모르겠지만 한번 가보자. 끝까지 가보자. 둘이서!"

"예, 둘이서예."

임화평이 먼저 걸었다. 이정인도 걸었다. 임화평이 앞서고 이정인이 따라갔다. 그녀가 처음 클럽 '와싱톤'에 올 때와는 달리 끌려가는 것이 아니다. 임화평의 넓은 등이 만들어내는 안온한 그늘 속에서 한 발 뒤처져 걷는 것뿐이다.

임화평은 평생 처음 택시를 타고 자취방으로 향했다. 뛰어서 10분이면 갈 거리지만 지친 이정인과 박태일의 든든한 지갑이 택시를 멈춰 세우게 만들었다.

박태일의 지갑에는 한 사람이 들고 다니기에는 너무나 많은 돈이 들어 있었다. 과시욕이 그대로 드러나는 그 지갑은 마치 미국 졸부의 지갑 같았다. 임화평도 처음 보는 미화 50달러짜리가 12장에, 10달러짜리가 33장이나 들어 있었다. 지갑 한쪽에 있는 한국 돈 5천5백 원이 잔돈처럼 느껴지는 액수다. 한마디로 횡재한 셈이다.

자취방의 허름한 이불장을 밀어 512달러가 든 깡통을 챙긴 후 동거인인 강춘식에게 간단한 편지를 남겼다. 작별 인사와 함께 부산을 뜨니까 남는 건 알아서 처리하라는 내용이다. 몇 벌 안 되는 옷가지와 몇 개 안 되는 소지품을 챙겼을 뿐인데 군용 더블 백(Duffle Bag)이 거의 다 차버렸다.

택시를 타고 이정인의 집으로 향했다. 다시 가는 것이 겁이 나는지 이정인은 챙길 것이 없다고 말했지만 임화평은 믿지 않았.

혈혈단신인 그도 더블 백 하나 정도는 채울 물건이 있다. 여자인 이정인에게는 필요한 것이 더 많을 것이다. 여급들을 곁에서 지켜보았기 때문에 잘 알고 있다.

금방이라도 무너질 것 같은 집이다. 임화평의 자취방에 비해 낫다고 할 수 없을 정도로 가난한 살림이다. 어머니 병환 때문이었을 것이다.

임화평은 누군가가 잔뜩 어질러 놓은 방 안을 살폈다. 서랍은 서랍대로 다 열려 있고, 이불장은 텅 비어 있다.

이정인의 눈이 새빨갛게 달아올랐다. 눈물이 그렁그렁 고였다. 훔쳐 갈 것은 없지만 그래도 난장판이 된 집을 보니 서러울 수밖에 없다.

"청소 잘 안 하고 사네. 알았어. 내가 다 하고 살지, 뭐."

이정인은 눈물을 쏟아내려다가 임화평의 말에 억지로 눈물을 삼켰다.

임화평은 주위를 휙 둘러보다가 이불장 구석에 뒹굴고 있는 낡은 가방을 꺼냈다. 담요 두 장 말아 구겨 넣으면 꽉 찰 크기의 보스턴 백이다.

"자! 여기에다가 당장 필요한 것만 담아. 그리고…… 어이쿠! 여기 계셨네요?"

임화평은 방 벽에 걸린 중년 여인의 사진을 떼어냈다.

"장모님, 지금 바쁜 거 아시지요? 나중에 정식으로 인사 올리겠습니다. 조금 불편하게 모시더라도 용서하세요."

임화평은 더블 백에서 가죽 잠바를 꺼내 여인의 사진을 쌌다. 그리고 다시 조심스럽게 백 안에 넣었다. 이정인이 기어이 눈물을 쏟아냈다.

임화평은 이정인의 눈물을 닦아주면서 말했다.

"울 시간 없어. 우는 건 나중에 같이 울자. 일단 짐부터 싸."

이정인은 소매로 눈물을 훔치고 가방에 낡은 속옷 몇 벌과 소매가 다 해진 오래된 자주색 모직 코트 하나, 그리고 사진첩 하나를 챙겼다.

"다 대써예."

안쓰러웠다. 돈은 안 돼도 추억이 될 만한 물건은 있을 것이다. 하지만 그마저도 남은 것이 없다. 모직 코트라도 건진 것이 그나마 다행인 셈이다.

"이 집, 전세야?"

"사글센데예, 보증금은 다 까무으서예."

"잘됐네. 그냥 가면 되겠네. 가자!"

임화평은 이정인의 손을 꼭 쥐어주었다.

다시 택시를 타고 부산역으로 향했다. 부산역 앞에 내리자마자 이정인이 속삭이듯 물었다.

"저기예, 보이소. 어데로 가실 건데예?"

처음으로 먼저 건넨 질문이 반가웠던 임화평은 벙긋 웃으며 대답했다.

"말은 제주로, 사람은 서울로 보내라 그랬지? 우리 서울 가자!"

"거는 사는 데 돈이 마이 든다 카든데. 그라고 눈만 깜빡하믄 코 베간다 카든데……."

불확실한 미래에 대한 두려움이 담긴 목소리다. 임화평은 이정인의 어깨를 살짝 쥐어주며 싱긋 웃었다.

"괜찮아. 60만 원 정도 있으니까 전셋집 구하고도 많이 남을 거야. 그리고 하던 가락이 있는데 일자리 하나 못 구하겠어? 아무 걱정 하지 마. 무서워할 것도 없고. 다 들었지? 깡패 두목도 내 앞에서는 얼굴도 못 들어. 내 옆에만 있어. 알겠지?"

"예."

그때 공교롭게도 이정인의 배에서 꼬르륵 소리가 났다. 그녀의 얼굴이 빨개졌다. 임화평이 오만상을 찡그렸다. 그녀가 오랫동안 먹지 못했다는 사실을 그제야 깨달았던 것이다.

"한참을 굶었겠네. 미안해. 요 뒤에 화교들이 하는 중국집 몇 개 있거든. 밥 먹고 가자. 나도 배 많이 고파."

임화평은 텍사스촌을 피해 상해 거리로 이정인을 이끌었다. 눈에 보이는 첫 번째 중국집으로 들어가 자리를 잡았다. 오후 5시. 저녁을 먹기에는 이른 시간이라 손님이라고는 그들뿐이다.

"뭐 먹을래?"

이정인은 메뉴판을 보다가 기어들어 가는 목소리로 말했다.

"자장면."

선택할 것이 그것뿐이다. 가격은 차치하고라도 자장면마저 두 번 정도 먹어본 것이 다였기에 다른 것을 시킬 엄두가 나지 않았다.

임화평은 자장면 두 개와 탕수육 하나를 시켰다. 오래 기다리지 않아 자장면이 나왔다. 임화평은 이정인의 자장면을 먼저 비벼 건넸다.

"내 눈치 보지 말고 먹어. 자장면 맛있게 먹다 보면 입가에 자장이 묻어. 얌전히 먹으면 맛이 없어. 고춧가루 조금 쳐줄까?"

그렇게 말을 해도 이정인은 조심스러웠다. 고개조차 들지 않았다. 대여섯 젓가락 만에 그릇을 비운 임화평은 이정인을 애잔하게 바라보다가 두루마리 휴지와 엽차를 그녀 앞으로 밀어주었다. 그때 탕수육이 나왔다.

임화평은 반 정도밖에 먹지 못한 이정인의 자장면을 빼앗듯이 자기 앞으로 가져갔다. 이정인이 놀라 눈을 치떴다.

임화평은 어떻게든 이정인을 안정시키려던 지금까지와 달리 퉁명스럽게 말했다.

"한 그릇 가지고는 배가 안 차네. 이거, 내가 먹을 거야. 정인인 그거나 먹어."

말투는 퉁명스러웠지만 얼굴에는 쑥스러움이 가득했다.

임화평은 탕수육을 통째로 이정인 앞에 밀어두고 간장과 식초, 그리고 고춧가루로 장을 만들어 다시 그녀 앞으로 밀었다.

"이거 찍어서 먹으면 돼."

임화평으로서도 두 번째 보는 탕수육이다. 이중원과 함께 텍사스촌에 구경 왔을 때 그가 사주어서 먹어보았지 직접 시켜본 것은 이번이 처음이다.

이정인이 처음 보는 탕수육을 집어 간장 소스에 찍어서 입에 넣었다. 두어 번 오물거린 후에 그녀의 입가에 작은 미소가 걸렸다.

"맛있어?"

입안에 그대로 남아 있는 탓에 이정인은 대답 대신 고개를 끄덕였다.

"많이 먹어."

전생에서도 첫사랑이었다. 그의 나이 열 살, 그녀의 나이 아홉 살에 서로 신랑각시하기로 했던 사이이다. 200년을 살아왔음에도 불구하고 해동에 그 뿌리를 두었다는 사실 하나 때문에 집안이 풍비박산 나버리자 어쩔 수 없이 헤어져야 했다.

십수 년이 지나 다시 만난 후, 그는 그녀를 단 한 번도 미소 짓게 해주지 못했다. 그녀가 유곽의 여인이 되어버린 스스로의 처지 때문에 자격지심을 가진 탓도 있었지만, 당시 가야 할 길이 가시밭길이었던 임화평 역시 일부러 그녀를 모질게 대할 수밖에 없었다. 복수를 끝낸 후에 행복하게 해주겠다고 속으로 다짐했지만 약속을 지키지 못했다. 원흉의 목숨을 끊음과 동시에 그도 죽었기 때문이다.

이제 다시 만나게 되었고, 탕수육을 도구로 미소를 이끌어냈다. 임화평의 입가에 저절로 미소가 지어졌다. 그녀에게 해주고 싶었던 만 가지 일 가운데 한 가지를 겨우 끝낸 기분이다.

탕수육을 삼키고 입안이 비자 이정인은 그제야 입을 열었다.

"이거 이름이 탕수육이라예?"

"응. 왜?"

"이렇게 맛있는 거 첨 무으봐예."

"그렇게 맛있어?"

이정인은 미소 띤 얼굴로 다시 고개를 끄덕이며 탕수육을 식탁 중앙으로 밀어놓았다.

"알았어. 나도 먹을게. 일단 이거 먼저 먹고. 어서 먹어."

임화평은 이정인에게 빼앗은 자장면 그릇을 들었다.

'탕수육 정도는 지금이라도 비슷하게는 만들 수 있을 것 같은데. 이거, 류채(溜菜)의 일종이잖아. 어디 보자. 돼지고기, 갈분, 밀가루, 식초, 간장, 야채 몇 가지 있으면 될 것 같은데? 나도 기본은 하잖아. 조금 다르다 그래도 어차피 기본은 같을 텐데, 차라리 중국 요리사가 될까? 맛있는 거 많이 만들어줄 수 있을 건데…….'

과거의 그는 낭인무사이자 살수였다. 두 가지 모두 복수를 위해 택한 직업들이었다. 겉으로는 낭인으로 행세했고, 실제로는 살수로 살았다. 살수로서의 실력을 쌓으면서 그는 어설프게나마 몇 가지 기술을 익혔다. 그 가운데 그나마 내세울 만한 것은 목공 일과 요리였다.

목공 일은 신분을 위장할 때 유용할 뿐만이 아니라 살수의 무기를 만드는 데도 유용했기 때문에 익혔다. 요리 역시 신분 위장을 위해서 배웠지만, 2년 동안 거지 생활을 했던 기억 때문에 배웠다는 것이 더 맞는 말이었다. 물론 제대로 된 목수나 요리사에 비할 실력은 아니었다. 겨우 행세나 할 정도였다. 그 두 가지 기술들 중에 조금 더 나은 것이 요리였다.

'제대로 배우지 못해서 그 정도였지, 전문적으로 배웠으면 꽤나 잘했을 거야. 용산 쪽으로 가는 건 관두고 차라리 중식 요리사가 되자. 처음에는 조금 힘들어도 평생 파먹고 살 기술이 생기는 거잖아.'

임화평은 얌전하게 탕수육을 먹고 있는 이정인을 훔쳐보면서 입가에 미소를 지었다.

'그래도 그때보다는 낫잖아? 이렇게 마주 앉아 웃을 수 있고 웃는 모습을 볼 수도 있어. 다 갚아줄게. 평생 그 입에서 미소가 사라지지 않게 해줄게.'

제2장
이 도마, 점토로 만든 거예요

2000년 10월 22일.

초영반점(初英飯店)이 그나마 한가해지는 오후 2시 반 무렵. 반점의 주인이자 주방장인 임화평은 마지막 주문인 해물누룽지탕을 내주고 벨을 누른 후 손을 씻었다.

"형만아, 나머진 맡긴다."

면을 면기에 옮겨 담던 20대 청년이 돌아보며 환하게 웃었다.

"예, 쉬세요."

임화평은 수건으로 손을 닦으면서 오형만의 옆모습을 바라보았다.

피곤할 텐데도 미소가 해맑다. 키 170cm 정도에 마른 체구. 스물네 살의 청년 오형만의 겉모습은 가냘프다. 미소 짓는 얼굴도 너무 선해서 중국 냄비[鍋子]조차 들지 못할 정도로 약해 보인다. 물론 겉모습만 그렇다. 강골, 흔한 말로 통뼈다. 볶음밥을 만들어낼 때면 중국 냄비가 그의 손끝 움직임을 따라 춤을 춘다. 처음부터 그랬던 것은 아니고, 6년간의 끊임없는 수련의 결과다.

'음! 이제 체력적으로도 문제없겠네. 요리 재능이야 타고났으니 한가한 시간대는 맡겨놔도 될 거야.'

점심시간대의 주방은 전쟁터다. 11시 반부터 2시까지 팔리는 자장면이 평균 120그릇, 초영반점의 역사나 다름없는 짬뽕밥과 볶음밥이 자장의 반 정도다. 손님들이 흔하게 시키는 사천 탕수육도 30그릇 이상 팔린다. 이마에서 흐르는 땀조차 닦을 시간이 없을 정도로 바쁘게 돌아간다. 그 시간대의 노역을 감당하고도 팔팔하다면 보통 체력이 아닌 것이다.

임화평은 위생모와 와인 색상의 앞치마를 벗는 것으로써 걱정을 떨쳐 버리고 주방을 벗어났다.

중국집답지 않은 밝고 깔끔한 공간이다. 눈을 어지럽히는 장식없이 꼭 필요한 최소한의 것들로만 채웠다는 느낌이다.

마흔 평 남짓의 공간에 여덟 개의 식탁이 놓여 있다. 그 가운데 두 개는 의자 여덟 개짜리 긴 식탁이다. 따뜻하고 고급스러운 느낌의 옐로베이지색 원목 식탁들이다. 아쉬운 점은 의자가 예쁘기만 하고 편해 보이지 않는다는 것인데, 회전율과 공간 활용이라는 면을 고려한 선택인 듯하다. 그래도 식탁 사이의 간격은 손님들끼리 서로를 의식하지 않아도 될 정도로 넓다.

바닥은 옅은 베이지 색상의 미끄러지지 않는 넓은 타일을 썼다. 광택이 나는 타일만큼 깔끔하지는 않지만 기름을 많이 쓰는 중국집이라면 당연한 선택이다.

벽은 갤러리 분위기가 난다. 바닥에서 허리 어림까지는 타일 형식의 스테인리스 스틸로 되어 있다. 차가운 느낌을 줄이기 위해 와인 색상을 쓴 듯한데, 은은한 광택이 고급스럽다. 그 위쪽은 검은색과 와인 색상의 스테인리스 스틸 타일을 교차 사용하여 열두 개의 액자 형식을 취했다. 액자 안쪽은 아이보리 색상의 스테인리스 스틸이다. 그곳에 열두 개의 심플한 중국풍 그림들이 걸려 있고 그 그림 위로 앙증맞은 조명등이 있다. 그림 아래에는 혼자 온 손님을 위한 바 형식의 긴 붙박이 식탁이 있다.

자동문이 있는 입구 쪽은 통유리로 되어 있다. 반대쪽 주방 역시 마찬가지다. 배꼽 어림까지는 건물 내관과 마찬가지로 와인 빛의 스테인리스 스틸 타일이지만, 그 위로는 통유리여서 주방에서 일하는 모습이 환하게 드러나 보인다.

주방의 벽은 청결함이 요구되는 하얀색 타일로 되어 있다. 조리대를 비롯한 주방 기구 역시 은빛의 스테인리스 스틸 제품이 주종을 이룬다. 기름을 많이 쓰는 중국집의 특성상 늘 청소에 신경 써야 할 것이다. 한 번이라도 더 청소해야 하는 탓에 일은 늘겠지만, 일하는 사람 입장에서도 깨끗해서 기분이 좋을 듯하다.

모든 것이 임화평의 전부라고 할 수 있는 외동딸 임초영의 솜씨다.

임초영은 3년 전 '예쁜 공간' 이라는 토털 건축 서비스 회사의 인테리어 팀 디자이너로 입사했다. 거창하게 토털 건축 서비스를 표방하고 있지만 '예쁜 공간' 은 삼사 층 정도의 소규모 빌딩 리모델링에 중점을 두는 작은 회사다.

임초영은 입사하자마자 대학 선배인 사장을 협박하고 임화평을 설득하여 초영반점부터 리모델링했다. 처음 도안을 받았을 때 임화평은 전통적인 중국집 분위기와는 너무나 달라서 당황했다. 특히 주방이 환하게 보인다는 사실에 기겁했지만, 임초영의 협박에는 버틸 재간이 없었다. 다행히 결과는 만족스러워서, 리모델링 이전에 비해 매상이 두 배로 뛰었다. 주위에 퓨전 요리를 표방하는 중국집들이 늘어 경쟁이 치열해졌음에도 그런 결과가 나왔으니 성공적이라고 해도 틀린 말은 아니다.

'하지만 너무 바빠.'

임화평은 속으로 투덜거리며 홀을 지났다. 그때 익숙한 음악 소리가 귀를 두드렸다.

등려군의 만보인생로(漫步人生路).

좋아하는 가수고 좋아하는 노래다. 원곡이 일본 곡이라는데 들어본 적이 없으니 알 길이 없다. 그저 등려군의 감미로운 목소리로 듣는 것이 좋을 뿐이다.

"그렇지. 바람 속에서 눈 구경하듯, 안개 속에서 꽃구경하듯 인생사 그렇게 좋고 나쁜 일이 섞인 채 돌고 도는 거지. 아현이 네가 인생을 아는구나."

임화평은 계산대를 향해 엄지손가락을 치켜들었다.

해 넘기면 스물하나가 되는 앳된 아가씨 송아현이 환하게 웃어 보였다.

어여쁜 아가씨다. 물 실크 소재의 붉은색 치빠오를 입고, 생머리를 들어 올려 심플한 중국제 칠예비녀(漆藝胡蝶簪)로 고정시켰다. 신발도 중국풍의 붉은색 계열 누비 신발이다. 남자들의 색정을 불러일으키는 차림이지만, 웃을 때 보조개가 쏙 들어가는 그녀의 귀여운 용모가 색정을 누그러뜨린다.

'참 괜찮은 녀석이야.'

고아로 자수성가한 임화평은 매주 월요일마다 소망원이라는 용인 근교의 한 고아원을 찾아가 봉사 활동을 하고 있다. 우연한 계기로 하게 되었는데, 지속하다 보니 생각이 많아졌다.

임화평은 문득 초영반점이 홀로 삶을 개척해 나가야 하는 고아들의 작은 발판이 될 수 있음을 깨달았다. 이익을 남겨야 하는 장사라서 많은 아이들에게 혜택을 줄 수는 없지만, 요리에 관심을 가지는 몇몇에게라도 도움이 되어줄 수 있을 것이라고 생각했다. 그 첫 혜택을 받은 이가 오형만이고, 홀 서빙과 배달을 하면서 조리사 수업을 받고 있는 성인철과 박동수가 그다음이다.

송아현은 원래 임화평의 계획에 없던 아이다. 짧은 시간에 200인분의 식사를 준비해야 하는 주방 일은 강한 체력을 요구한다. 무시당하거나 희롱당할 수 있는 배달 일 역시 송아현 같은 귀여운 아가씨가 쉽게 감당할 수 있는 일이 아니다. 그녀를 받아들인 것은 오형만 때문이다.

"이렇게 멋진 가게에 시커먼 남자들만 있다면 남 보기에 얼마나 삭막하겠습니까? 사부님, 아현이 어떻습니까? 아현이가 어떤 아인지 아시지요? 홀에서 서빙하고 계산대만 맡아줘도 큰 도움이 될 겁니다."

리모델링 이후 일손이 부족해졌다. 엎친 데 덮친 격으로, 제법 오랫동안 함께했던 부주방장마저 독립한다고 지방으로 이사가 버려 정신이 없을 만큼 바빠졌다. 새로 사람을 구하려다가 소망원의 원장과 상의 끝에 당시 고등학교 생활을 힘들어하던 성인철과 박동수를 들였다. 오형만이라는 선례가 있었기에 어렵지 않게 들였다. 한 사람 더 들이기를 고려하던 중에 오형만이 송아현의 영입을 간절히 청했다.

어쩔 수 없이 들였는데 송아현은 의외로 자신의 가치를 재빨리 증명했다. 일단 가게의 분위기가 달라졌다. 소망원의 고아들을 돌보던 맏언니의 부드러운 분위기가 가게를 따뜻하게 만들었다. 홀에는 늘 잔잔한 음악이 깔렸고, 구석구석 잘 보이지 않는 먼지도 사라졌다. 계산대로 향하는 손님들의 입가에 미소가 감돌았고, 청년들의 출입도 늘었다. 그 와중에 고통을 받는 사람은 송아현에게 사심이 있는 오형만뿐이다.

'형만이 놈 마음 좀 알아주지. 하기야 형만이 놈 숫기없는 게 더 문제구

나. 아현이라고 모를 턱이 있나. 확실하게 다가오지 않으니 모른 척할 뿐이지. 형만아, 어리다고 방심하면 안 된다. 열심히 키웠는데 애먼 놈이 채가면 어떡할래?'

임화평은 피식 웃으며 주방을 돌아보았다. 주방 정리에 여념이 없는 오형만에게는 안타깝게도 여자를 휘어잡을 만한 배포가 없다. 오누이로 오래 살아서 더 힘들지도 모를 일이다. 그러나 임화평은 그가 그랬던 것처럼 두 사람도 잘될 것이라고 낙관했다.

임화평의 낙관은 송아현의 태도에서 비롯된 것이다. 사회 적응 차원에서 일하고 틈틈이 미래를 설계하라고 했는데, 송아현은 다른 것을 배우려고 하지 않았다. 독학으로 부기 같은 것을 공부하는 것 같기는 한데, 그렇다고 따로 학원을 다니거나 다른 관심거리를 두는 것 같지는 않다. 오형만이 독립할 즈음이면 좋은 내조자가 될 수 있을 것이다.

'초영이 엄마가 저랬지. 하! 저 녀석들이 또 마누라 생각나게 만드네.'

임화평은 머리를 흔들며 만보인생로를 흥얼거렸다. 그러나 금세 입을 다물었다. '당신과 함께' 라는 대목이 그를 더 울적하게 만든 탓이다.

입구에 다가서자 자동문 좌우에서 청피죽(靑皮竹)이 푸름을 자랑하며 그를 반겼다.

임화평은 자동문을 노려보다가 '하일 히틀러'를 외치는 독일군처럼 손을 앞으로 뻗었다.

"열려라, 짬뽕. 이 자식아!"

송아현의 큭큭거리는 웃음소리가 들려옴과 동시에 문이 스르륵 열렸다.

임화평은 인도도, 차도도 아닌 이상한 길 너머의 상가들을 멍한 눈으로 바라보았다.

오륙 층이 넘지 않는 작은 빌딩들이 줄줄이 서 있다. 옷가게, 술집, 은행,

학원에 병원까지 있다. 그리고 그 너머로 대단위 아파트 단지도 있다. 길 건너 빌딩을 지나면 대로가 나오고, 오른쪽 대각선 방향 멀리로 임화평이 한 번도 가보지 않은, 갤러리아라는 이상한 이름의 백화점도 있다.

"세상 정말 빨리 변하는구나."

임화평의 하루는 대부분 좁은 주방 안에서 시작되고 끝난다. 오늘이 어제와 같고 내일도 오늘과 같을 것이다. 밀레니엄이니 21세기니 하는 말과는 담을 쌓은 삶이다. 하루가 다르게 세상이 변해간다지만, 그에게는 그 변화를 체감할 만한 경험이 많지 않다. 그저 신문을 뒤적이거나 오늘같이 가끔 가게 앞에서 세상의 변화를 실감할 따름이다.

"그래, 저 아파트였지? 그때는 참 컸는데 이제는 잘 안 보이네. 선생님은 잘 계시려나?"

건물들이 앞을 가려 버려 위쪽만 살짝 보이는 아파트. 세월의 흔적이 적지 않게 묻어나는 아파트 단지다. 그곳을 바라보는 임화평의 두 눈이 시간을 넘어선 아련함으로 물들었다.

옛날에 그 아파트에 한 사람이 살았다. 압구정의 변화를 몸으로 느껴보겠다며 허허벌판에 집을 지었던 괴짜 경제학자 박승광. 정치적인 문제로 쫓기듯이 조국을 떠나야 했던 그는 임화평에게 거저나 다름없는 가격으로 집을 떠넘겼다. 당시 임화평으로서는 장사할 수 없는 집 따위는 무용지물에 가까웠다. 그것을 알고 박승광은 주변의 공사장들을 보여주며 살아갈 수 있는 방법을 알려주었다. 죽고 싶다는 생각이 들기 전에는 포기하지 않는다는 조건을 걸고.

"격변의 시대가 올 거라 하셨지. 두루 신문을 보고 행간을 읽는 능력을 길러 변화를 감지하라 하셨지. 그리고 그 변화를 두려워 말라고도 하셨지. 열심히 공부하며 변화를 주시하면 능히 대처할 수 있다 하셨지. 선생님, 저 그렇게 했습니다. 버티다 보니 선생님 말씀대로 부자 됐네요. 한 번쯤은 봐주셔야 하는 거 아닙니까? 발음 좋다고 놀리셨던 우리 신부님 말씀, Honesty is the Best Policy, 선생님이 당부하신 대로 지키고 살았습니다. 오셔서 장하다고 칭찬 한번 해주셔야지요. 저 요즘 피곤합니다. 오셔서 침 한방 놔주시면 정신 번쩍 들 텐데, 언제나 오시려는지요?"

임화평은 그 사람이 없는 아파트에서 눈을 떼고 하늘을 올려다보았다. 그곳에도 그 사람의 흔적이 없음을 알고 있다. 그 사람이 사는 곳은 너무나 가까워 눈에 보이지 않는다. 임화평이 살아 있는 동안 그 사람 또한 가슴속에 살고 있을 것이다.

"스스로가 갑자기 변하려 하면 조심하라고도 하셨지. 아직은 때가 아닌가? 아니지. 은퇴하는 것이 욕심은 아니잖은가? 욕심이 맞으려나? 한참 일할 나이에 편해지는 것도 일종의 욕심이지?"

임화평은 다시 멍한 눈으로 하늘을 바라보았다.

"와리바시 행님, 거서 멍하이 뭐 하능교? 실연이라도 당했소? 누요? 우떤 문디 가시나가 우리 행님 가슴을 작살을 내놨노?"

몸에 달라붙는 청바지, 후드가 달린 붉은 옷, 압구정에서나 구할 수 있을 듯한 가죽 조끼, 알록달록한 운동화, 뽀글뽀글한 파마머리. 영락없이 철없는 20대 청년의 차림새다. 그러나 그의 눈 주변의 자글자글한 주름은 그의 나이가 적지 않음을 말해주고 있다. 초영반점의 좌측에 자리한 압구정 유일의 슈퍼마켓 '한송'의 주인 한송이다.

임화평은 한송의 아래위를 훑어보면서 눈살을 찌푸렸다.

"이제 나잇값 좀 하고 살지? 그게 뭐 하자는 꼬락서니야? 그리고 일본말 좀 그만 쓰고."

다른 나라 말 같은 경상도 방언이지만 임화평은 쉽게 알아들었다. 평택의 고아원에서 도망쳐 나온 것이 열세 살 때였다. 그 후 7년 동안이나 부산에서 지냈다. 아내 이정인도 부산 사람이었다. 그 덕에 그도 한때 경상도 방언을 흉내 내어 쓰기도 했는데, 임초영이 따라 해서 안 쓰다 보니 이제는 아예 쓰지 않게 되었다.

한송은 아랫입술을 쭉 빼며 툴툴거렸다.

"내 꼬라지가 우때서요? 발악한다꼬요? 쪼매라도 젊어 보이야 나도 장가 한번 가볼 거 아입니꺼? 그라고 내가 언제 쪽발이 말 했능교?"

남들이 보면 시비 거는 듯한 말투다.

"그 꼴 보면 올 여자도 모두 도망치겠다. 그리고 너, 와리바시가 일본말인 거 몰라? 젓가락이라는 우리말 있잖아?"

한송은 뒷머리를 긁적였다.

"와리바시가 일본말이구나. 어릴 때부터 쭉 써와서 생각도 몬했네."

"딱 들으면 표 나잖아? 끝에 '시' 자 붙는 말은 대개가 일본말이야. 스시, 오이시, 후까시, 고바야시, 오마시, 하꼬마시. 전부 일본말 맞지?"

한송은 입을 벌리고 고개를 끄덕였다.

"그라고 보믄 행님 진짜 머리 좋소. 중학교도 몬 다닛다 캤지요, 학력이? 근데, 그, 그 뭐라 카드라? 맞다! 언어능력! 그기 엄청시리 좋은 것 같소. 짱깨말 하는 거는 내가 잘 알고, 인철이 글마가 하는 말 들어보이까네 양코재이 아아들이 왔을 때도 행님이 주문받았다 카데요, 영어로. 근데 인자 쪽발이 말까지 하네. 와! 우리 행님 진짜 대단하다카이."

임화평은 멋쩍은 얼굴로 한송의 놀라는 얼굴을 마주했다.

'이 자식은 당구장도 한번 안 가봤나?'

임화평에게는 남에게 밝힐 수 없는 속사정이 있다. 생이지지(生而知之), 즉 나면서부터 안 것은 아니지만 중국어는 배우지 않고도 알게 되었다. 그가 아는 중국어와 지금 쓰이는 중국어는 차이가 좀 있지만, 미디어를 통하여 그 괴리를 어렵지 않게 극복했다.

영어는 어릴 때 벽안의 신부님에게 조금 맛보고 그것을 밑천으로 미군 전용 클럽의 웨이터를 하면서 조금씩 익혔다. 제대로 된 영어일 턱이 없다. 아는 단어 다 합쳐 봐야 삼백 개도 안 될 것이다. 그것만이라도 제대로 쓰냐 하면, 문법을 무시하고 단어만 나열하여 억지로 의사소통을 하는 정도다.

일본어는 전혀 모른다. 당구장에서 쓰는 일본 용어의 잔재 몇 개를 듣고 일본말까지 한다고 감탄하는 한송의 무식함에 어처구니없을 따름이다.

임화평은 한송의 감탄 어린 얼굴을 더 볼 수가 없어서 말을 돌렸다.

"그리고 너, 와리바시 형님 소리 좀 그만해라. 차라리 주방장 형님이라고 불러. 와리바시 하면 뭔가 없어 보이잖아? 내가 삐쩍 마른 사람도 아니고 말이야."

임화평의 신체적인 조건은 나이에 비해 상당히 좋은 편이다. 키 175㎝에 몸무게가 73㎏ 정도다. 허리는 80㎝가 조금 넘는다. 보디빌더의 갑옷 같은 근육은 아니지만 마흔을 훌쩍 넘긴 나이를 떠올리기 어려운, 잘빠진 몸이다. 늘 불 앞에서 생활하면서도 그의 피부 역시 건강한 20대 청년을 연상시킬 만큼 윤기있고 탄력적이다. 얼굴도 건장한 육체에 어울리게 선이 굵고 반듯한 호남형이어서, 얼굴로도 나이를 짐작하기 어렵다.

임초영은 임화평을 보면서 늘 한탄한다. 20년만 늦게 태어났으면 한국 최고의 액션 배우가 됐을 거라고. 한송도 임초영의 말에 동의했다.

'와리바시 행님이라꼬 부르는 이유를 모리능교?'

한송은 임화평의 건장한 육신을 가리는 위생복의 앞주머니를 내려다보았다. 거기에 상아를 흉내 낸 강화 플라스틱 젓가락 몇 개가 있다.

한송은 작년 겨울의 일을 생각하며 미소 지었다.

한송은 매트 위에서 몇 차례 발을 굴러 신발 바닥에 묻은 눈을 털어냈다. 초영반점 안에 발을 들이는 순간 꾀꼬리 같은 목소리가 들려왔다.

"어서 오세요, 아저씨!"

한송은 눈살을 찌푸리며 송아현을 바라보았다.

"예쁜이, 니 자꾸 아저씨라 부를래? 함 더 아저씨라 부르믄 나도 니 몬나이라 부른다이."

한송은 입을 가리고 킥킥거리는 송아현을 쨰려보다가 벽에 걸린 오래된 도마를 흘끔 보고서 걸음을 옮겼다. 자리를 찾기 위해 두리번거리다가 벽에 붙은 붙박이 식탁의 한 자리를 차지했다.

"으, 추버라. 인철아, 어라? 니 여드름 다 음서짓네? 이기 우찌 된 천재지 밴이고? 기름밥 묵는 놈이니까네 더 생기야 할 긴데, 우짜다가 다 음서지 뿌릿노?"

열일곱 살의 앳된 소년 성인철은 뿌듯한 미소를 지었다.

"사장님이 요가 때문이라고 그러시던데요. 맞는 것 같아요. 동수 장 안 좋던 것도 다 나았거든요. 이제 우유 잘 먹습니다."

"진짜로? 나도 함 배아보까?"

"아침 7시까지 오실 수 있으면 가르쳐 드릴게요. 한 반년은 같이해야 하거든요."

가게 문을 늦게 열고 늦게 닫는 한송으로서는 무리다.

"됐다, 마. 이대로 살다가 뒤질란다. 볶음밥 주라. 사장님한테 내가 시키따 캐라. 짜장 서비스, 짬뽕 국물에 건대기 듬뿍. 알았제?"

뜨거운 말리화차 한 잔을 마시는 동안 성인철이 볶음밥을 카트에 담아 내왔다. 한송은 나무젓가락을 쓰던 습관대로 한 벌의 플라스틱 젓가락을 두 손바닥 사이에 넣고 비빈 후 먼저 올려진 단무지 한 조각으로 입맛을 돋 웠다.

한송은 아삭거리는 식감에 즐거워하며 빙그레 웃음 지었다.

'신기하제. 집에서는 있어도 치다보지도 않는데, 여만 오믄 와 이리 맛있는지 몰라.'

그사이에 작은 도자기 그릇에 정갈하게 담겨진 나박김치 몇 조각과 볶음밥, 그리고 사천식의 매콤한 자장과 뜨거운 김이 채 가시지 않은 짬뽕 국물이 식탁에 올려졌다. 초영반점과 역사를 공유한 짬뽕밥과 함께 한송이 가장 즐겨먹는 메뉴다.

첫술을 떴다. 한송은 오물거리며 눈을 감았다.

'하! 바로 이긴 기라. 꼬돌꼬돌한 밥알들이 주디 안에서 지 맘대로 회오리치 삔다 아이가. 언놈이 볶음밥이 질척질척하다 캤노?'

초영반점의 볶음밥은 맛없게 먹으라고 저주해도 맛있게 먹을 수밖에 없다. 내용물이 특이한 것은 아니다. 잘게 다지듯 썰어놓은 당근과 양파는 조금 덜 익은 듯 아삭거리고 파 역시 그 향기를 잃지 않았다. 밥알은 뭉친 것 없이 낱낱이 해체되어 혓바닥 위에서 각자 놀고 있는 듯한 느낌이다. 계란은 따로 풀어 느긋하게 익힌 듯 부드럽고, 장식한 듯 야박하게 올려놓은 다섯 마리의 새우는 여전히 바다 냄새를 품고 있다. 가끔씩 퍼 먹는 사천식 자장과 야채, 버섯 외에도 새우, 오징어, 홍합이 풍성하게 헤엄치고 있는 짬뽕 국물은 개운하기 그지없다. 뭐니 뭐니 해도 최고의 포인트는 기름기가 거의 느껴지지 않아 질리지 않는 밥맛이다.

'이러이 내가 기름밥은 몸에 안 좋은데 안 좋은데 카면서도 묵고 또 묵을 수밖에 없는 기라.'

한송이 한 수저 한 수저 맛을 음미해 가면서 먹던 그때, 갑자기 계산대

쪽이 소란스러워졌다.

한송은 숟가락을 입에 문 채 고개를 돌렸다.

"손님, 분명히 싫다고 말씀드렸습니다."

두 명의 젊은 청년이 계산대에 붙어 송아현에게 치근덕거리고 있다. 그들은 검은 슈트를 입고 회색 모직 코트를 들고 있다. 단정한 옷차림으로 봐서는 술 안 마시고 행패 부릴 것 같지 않은데, 정색하는 송아현의 태도에도 불구하고 물러설 기미를 보이지 않았다.

"에이! 자꾸 그러면 오빠 삐친다. 오빠하고 오늘 밤 신나게 한번 놀아보자. 오빠가 좋은 데 소개시켜 줄게. 오늘 오빠하고 같이 가서 웨이터들하고 친해두면 나중에 친구들 하고 갈 때 폼 나잖아? 그리구 이런 곳 말고 제대로 돈 벌 수 있는 곳 찾아봐 줄게. 동생 스타일 괜찮아. 그 정도면 한 달에 몇 백 버는 건 문제도 아니거든. 운 좋으면 연예인도 될 수 있구. 그렇게만 되면 남은 인생 고속도로 타는 거야."

능글맞게 웃으며 말하던 청년은 아예 계산대 위에 두 팔을 얹었다. 남 보기에도 예쁘장한 얼굴이다. 스스로도 그것을 잘 알고 이용하는 타입 같았다. 그러나 잘생겼다고 할 수 없는 한송의 입장에서는 정감이 뚝뚝 떨어지는 얼굴이다.

위협감을 느낀 듯 송아현은 치빠오 위에 입고 있는 베이지색 퀼트 패딩 조끼의 앞섶을 여몄다.

'절마들 싸롱 삐끼들 아이가? 저 시끼들이 죽을라꼬 환장을 했네. 거서 딱 기다리라. 내 밥만 다 묵고 나믄 느그들 다 뒤졌어.'

발 떼면 세 발자국 거리다. 마음은 일어나서 말리라고 하는데 몸이 말을 듣지 않았다.

그들은 검은색 슈트가 잘 어울리는 늘씬한 몸매에 얼굴도 험악하지 않다. 머리는 헤어 젤을 떡칠하여 단정하게 빗어 넘겼다. 겉보기에는 압구정 골목을 돌아다니며 나이트 전단지를 돌리는 청년들처럼 보인다. 그러나 그들과는 계통이 조금 다르다. 그들은 룸살롱의 호객꾼이면서 철없는 아가씨들을 꼬드겨 암흑의 나락으로 끌어들이는 아가씨 모집책이기도 하다. 동시에 '관리'라는 명목하에 화류계 아가씨들의 등골을 빼먹는 인간 말종들이다.

룸살롱은 조직과 연을 맺지 않고는 할 수 없는 업종이다. 그 계통에서 일하는 아가씨들을 함부로 손대는 것은 쉬운 일이 아니다. 룸살롱 측 입장에서 돈 잘 벌어들이는 아가씨는 곧 좋은 상품이다. 쓸데없이 기둥서방을 붙여 흠집 낼 필요가 없다. 그러나 모두가 원해서 화류계로 빠지는 건 아니다. 상품성이 좋다는 이유만으로 원하지 않았는데 자신도 모르는 사이에 그 길로 들어서는 여자들도 있다. 바로 그런 여자들을 만드는 자들이 그들이고, 여자들이 체념하고 운명으로 받아들일 때까지 길들이는 조련사 역할을 하는 자들 또한 그들이다.

일반 사람들은 조직폭력배라고 하면 보통 검은 양복에 덩치가 크고 깍두기형으로 머리를 짧게 자른 사람들 정도를 연상하지만, 그들도 일종의 조폭이다. 싸움에 동원되는 조폭은 아닐지라도, 그 바닥의 생리상 독종일 수밖에 없다. 샐샐 웃고 있다고 해서 얕보고 잘못 건드리면 칼부림 나는 건 순식간이다.

한송이 선뜻 나서지 못하는 이유가 그것이다. 사람들이 뻔히 보는 앞에서 칼이야 휘두르겠는가마는, 압구정에 생활 터전을 가진 한송으로서는 후환이 두렵지 않을 수 없다.

"오빠 나쁜 사람 아니거든. 이렇게 예쁜데 이런 데서 인생 낭비하는 게 안타까워서 그래. 이제 막 사회생활 시작했지? 구질구질하게 이런 데서 일할 필요 없잖아? 여기서 한 달에 얼마 벌어? 오빠 아는 데서 일하면 만날 나이트에서 놀고 다달이 해외여행 다녀와도 삼사백을 너끈히 벌어. 어디 보자! 우리 함께할 수 있는 인연인지 손금 봐줄게. 그 예쁜 손 좀 줘볼래?'

돈으로 도배하여 평범한 용모를 억지로 꾸민 청년은 뭐가 그리 좋은지 옆에서 싱글거리고, 지금까지 대화를 주도하던 예쁘장한 청년은 거침없이 송아현에게로 손을 뻗었다. 계산대와 벽 사이의 공간이 워낙 좁아서 피할 데가 없다. 송아현의 손목은 어느새 계산대를 넘어선 사내의 손에 잡혔다.

한송은 눈을 찔끔 감고 입에 물고 있던 숟가락을 내려놓으며 자리에서 일어섰다. 나중에 생길지 모르는 후환은 둘째 치고, 당장 나서지 않으면 내일부터 밥 먹으러 오기가 민망할 것 같았기 때문이다.

혹시 다른 사람은 나서지 않는지 확인하기 위해 고개를 비틀었다. 그 순간 그의 눈앞으로 하얀빛 하나가 번쩍 지나갔다.

뽁!

한송은 하얀빛이 날아온 방향으로 고개를 돌렸다. 거기에 임화평이 있고 그의 뒤쪽에 성인철과 오형만이 화난 표정으로 서 있다. 한송은 자신이 나서지 않아도 됨에 안도하며 슬그머니 자리에 앉았다.

한송과 달리 소리에 놀란 청년은 송아현의 팔목을 붙잡았던 손을 움츠리며 주위를 두리번거렸다. 그때 홀의 끝에서 하얀색의 무언가가 날아와 그의 머리 위를 지나 다시 한 번 예의 소리를 냈다.

뽁!

청년은 소리의 진원지를 확인했다. 계산대 위에 걸려 있는 도마. 깔끔한 가게 분위기와는 전혀 어울리지 않는 낡은 도마. 그 도마 위에 그가 방금 탕수육을 먹으면서 사용했던 것과 같은 종류의 젓가락 두 개가 꽂혀 있다. 칼이 아니라 끝이 뭉툭한 젓가락이다. 쇠로 된 젓가락이라면 억지로라도

이 도마, 점토로 만든 거예요

이해해 볼 텐데, 젓가락의 재질은 어이없게도 플라스틱이다.

그때 젓가락이 날아온 홀의 끝에서 중저음의 위협적인 목소리가 들려왔다.

"거기까지만 합시다."

청년뿐만이 아니라 가게 안에 있는 모든 이들이 홀의 끝으로 시선을 돌렸다. 그곳에 마흔 정도 되어 보이는 사내가 위생복을 입은 채로 서 있다. 청년도 잘 아는 얼굴이다. 음식이 나올 때까지 몇 번이나 쳐다봤던 주방장. 청년의 시선이 주방장의 얼굴에서 어깨를 타고 오른손 끝으로 내려갔다. 그 손끝에 가느다란 젓가락 한 짝이 쥐어져 있다.

주방장 임화평이 홀을 가로질러 계산대 쪽으로 걸어왔다.

"손님, 우리 집 음식이 맛이 없던가요?"

청년이 뭐라 말하려는 순간 임화평이 청년에게만 정확히 들릴 정도의 낮은 목소리로 말했다.

"대답 똑바로 합시다, 내 손가락 비틀어지기 전에. 가끔가다 이 젓가락, 딴 데로도 날아갑디다."

말을 끝맺는 그 순간 임화평은 청년의 코앞까지 다가와 원래부터 그 자리에 존재하던 사람처럼 서 있었다.

청년은 대답할 수 없었다. 피하려고 해도 피할 수 없는 그 눈이 그의 전신을 옭아맸다. 끝이 날카롭게 매듭지어진 철망에 똘똘 말린 듯 전신이 따끔거렸다. 그만 그런 것이 아니다. 청년의 동료 역시 뱀 마주친 개구리마냥 꼼짝도 못하고 있다. 임화평과 직접 눈을 마주친 것도 아닌데 보는 것만으로도 두 다리를 올바르게 지탱하지 못한다. 공간을 지배하는 것은 눈빛이 아닌 무형의 기세. 결국 임화평의 의지에 따라 만들어진 상황인 것이다.

송아현의 미모에 혹한 일반인의 치근덕거림 정도였다면 임화평도 말로 조용히 해결하려 했을 것이다. 괜히 무력을 먼저 선보인 것이 아니다. 임화평은 청년들이 어떤 종류의 일을 하는 사람들인지 알고 있다. 말로 조용히 해결하려고 나섰다면 오히려 더 시끄러워질 공산이 컸다. 폭력의 힘을 믿는 자들이기에 힘의 우위부터 보여 먼저 기세를 꺾어놓았다.

그 수단이 굳이 젓가락인 것은 보통의 사람들은 신기해하고, 알 만한 사람들은 두려움을 느낄 만한 도구인 까닭이다. 젓가락같이 무언가를 던져서 공포를 불러일으키는 방법은 직접적으로 타격하지 않음으로써 법적인 문제를 야기하지 않는다는 이점도 있다.

임화평이 슬그머니 한 걸음 물러섰다.

"문제없지요?"

두 청년은 아무런 대답도 하지 못하고 계속해서 고개만 끄덕였다.

임화평은 한기 풀풀 나는 미소를 지으며 젓가락을 와인 색 앞치마 속으로 넣었다. 그리고 송아현에게로 고개를 돌려 물었다.

"손님들 계산하셨어?"

그때까지도 긴장이 풀리지 않았는지 송아현은 경직된 얼굴 그대로 고개를 저었다. 임화평은 밝게 웃으며 그녀의 옆으로 다가가 귀에 대고 속삭였다.

"아저씨가 옆에 있을 때는 세상 누구도 무서워할 필요없다. 알겠니?"

그제야 송아현은 긴장을 풀고 어설프게나마 미소를 지었다.

임화평은 계산대를 내려다보며 말했다.

"음! 자장면 두 그릇에 사천 탕수육 작은 것 하나 드셨네요? 1만 7천 원입니다."

청년은 말없이 지갑을 꺼냈다. 제대로 끼워 넣지 못한 명함 한 장이 계산대 위로 떨어졌다. 검은색 바탕 위에 은박으로 상호와 주소, 그리고 전화번호만 써놓은 심플한 명함이다.

임화평은 명함을 주워 건네려다가 우연히 상호를 보았다.

"은마(銀馬)? 신사동 은마? 어디선가 본 기억이 있는데?"

그사이에 청년이 빳빳한 만 원권 두 장을 계산대 위에 내려놓았다.

임화평은 명함과 청년의 얼굴을 번갈아 바라보았다. 돈을 주고 빨리 가게를 빠져나가려 했던 청년은 다시 매서워진 그의 눈을 대하고는 돈에서 손도 떼지 못하고 그대로 굳어버렸다.

"아현아, 내 명함철 꺼내서 이 명함하고 비슷한 거 찾아줄래? 뒤쪽에 있을 거야."

안 그래도 찜찜했다. 상대는 조직과 연관있는 자들. 대충 넘어갈 게 아니라 확실하게 매듭을 짓는 게 낫다. 당장은 기가 눌려 물러서지만 나중에 뒤탈이 날 소지가 많다. 최소한 가게의 간판과 대형 유리창 깨지는 정도는 각오해야 할 것이다. 그렇다고 다른 손님들 앞에서 확실하게 해둘 수 있는 문제 또한 아니다. 그런데 우연찮게도 기회가 생겼고, 임화평은 그 기회를 걷어찰 생각이 없었다.

송아현이 계산대 밑에서 가죽으로 만든 명함철을 꺼내 같은 모양의 명함을 찾아냈다. 같으면서도 달랐다. 은마라는 상호 밑에 이중원이라는 이름과 또 다른 핸드폰 전화번호가 있다.

"맞네."

임화평은 바로 수화기를 들었다.

"여보세요. 화평이오. 잠깐만요. 손님들, 성함이 어떻게 되십니까?"

명함철에 꽂힌 명함을 뚫어지게 바라보고 있던 청년들이 임화평의 말에 바르르 떨었다.

임화평이 낮게 깔린 목소리로 다시 물었다.

"성.함! 이름이 어떻게 되냐고 묻고 있잖아요, 지금."

이름을 말하는 청년들의 목소리가 가늘게 떨렸다.

임화평이 그들에게서 눈을 떼지 않은 채 다시 수화기를 입으로 가져갔다.

"들었소? 문수하고 정철이라네요. 예. 형님네 집에서 일하는 청년들 맞소? 우리 둘째 딸이 마음에 들었는지 안 가고 조금 귀찮게 하고 있소. 이건 좀 아닌 것 같은데? 형님이 아직도 그런 일 하는 것 같아서 못마땅했는데, 오늘 정말 실망했소. 그런 거 아니라고요? 어떻게 됐든 형님네 아이들, 다시는 우리 집에 출입 안 하면 좋겠소. 예! 한 번만 더 이런 일 생기면 나 화낼 거요. 나 화나면 눈 뒤집어지는 거 잘 알지요? 형님은 오시오. 지난번에는 제대로 얘기도 못했잖소? 뭐라고요? 예, 그렇게 전하지요. 예, 나중에 보기로 하고 일단 끊읍시다."

임화평은 전화를 끊고 청년들에게 미소 지었다.

"손님들, 그쪽 사장님께서 지금 당장 들어오라고 하시네요."

두 청년은 사실 은마의 사장 이중원의 직속이 아니다. 신사동 일대를 관리하는 조직 소속이다. 그러나 이중원 역시 전직이 주먹이고 또한 자신들의 보스와 호형호제하는 사이다. 때리면 맞을 수밖에 없는 관계라는 뜻이다. 더 큰 문제는 이중원이 두 청년과 같은 존재들을 그리 달가워하지 않는다는 점이다.

조직과 연계해서 장사하다 보니 어쩔 수 없이 용인하고 있지만, 이중원의 개인 성향은 적극적으로 돈을 벌겠다고 나서는 아가씨들을 선호하는 쪽이다. 그는 화류계에 몸담은 이상 적극적으로 나서서 젊을 때 한밑천 쥐어 나중에 편하게 살라고 아가씨들에게 말하고 다니는 사람이다.

단지 말만 그렇게 하는 사람이 아니다. 은마에 소속된 아가씨들은 화류계의 상식과 달리 이직률이 상당히 낮은 편이다. 은퇴한 후 이중원의 도움으로 카페나 옷가게, 혹은 베이커리 같은 가게를 차린 아가씨들이 꽤 많다. 속는 남자들 입장에서는 억울한 일이 될 테지만, 그런 아가씨들이 여자를 잘 모르는 순진한 남자를 만나 아이들 낳고 평범하게 사는 경우도 적지 않다. 이중원은 그런 사례를 적극적으로 알리고 아가씨들에게 인생을 길게 보고 설계하도록 유도해 왔다.

이중원의 지론은 마지못해 일하는 아가씨가 분위기를 망치고 결국 사고 친다는 것이다. 실제로도 그렇다. 원치 않는 일을 하는데, 그 단물마저 쏙 빨아가 버리니 좋은 얼굴로 일할 수 없다. 스트레스가 쌓이고 쌓이다가 어느 날 폭발하면 그것이 결국 사고로 이어진다. 그런 실례(實例)가 잦다 보니 이중원은 청년들을 기생충처럼 여기고 있다.

두 청년은 서로를 마주 보며 침을 꿀꺽 삼켰다.

'좆 됐다. 그 늙은이, 안 그래도 벼르고 있는 것 같던데.'

임화평은 거스름돈 3천 원을 예쁘장한 청년의 떨리는 손에 꾹 쥐어주면서 귀에 대고 소곤거렸다.

"한 번만 더 내 눈에 띄면 그때는 진짜로 이마에 구멍 뚫릴 줄 알아라. 알아들었어?"

엿들은 통화 내용만 봐도 전직 주먹이다. 그것도 이중원을 윽박지를 수 있는 굉장한 고수다. 청년은 정신없이 고개를 끄덕였다.

임화평은 환하게 웃으며 출입구를 향해 손을 뻗었다.

"눈길 조심해서 가세요."

욕설도 없고 두고 보자는 말도 없다. 두 청년은 끝까지 말 한마디 하지 못하고 도망치듯 빠져나갔다.

임화평은 스산한 눈빛으로 청년들의 뒤통수를 노려보다가 묘한 압박감을 느끼고 놀란 눈으로 주위를 둘러보았다.

눈이 쌓이도록 오는 날인데다가 파장이 얼마 남지 않은 터라 손님이 많지는 않다. 그래도 홀 안에는 일곱이나 되는 손님이 남아 있다. 그들의 시선이 한꺼번에 임화평에게 꽂혀 있다.

"응? 분위기가 좀 싸하네. 아하하하하하!"

임화평은 얼른 도마 앞으로 움직였다. 그리고 손님들을 돌아보며 어색하게 미소 지었다.

"이, 이게 도마처럼 보이지만, 점, 점토로 만든 거거든요. 보시다시피 이렇게……."

임화평은 검지를 갈고리처럼 구부려 도마를 연달아 다섯 번이나 두드렸다. 손가락이 닿았던 곳마다 구멍이 숭숭 뚫렸다. 임화평의 말처럼 정말 이제 막 점토로 빚은 도마처럼 보인다. 그러나 손님들의 눈은 더욱 커졌다. 애초에 그 말을 믿는 사람은 없었다. 믿는다고 쳐도 마른 점토에 구멍 뚫는 것과 나무 도마에 구멍 뚫는 것이 다를 바 없다는 것을 모를 사람이 어디 있을까.

임화평은 수습할 수 없다는 것을 깨닫고 뒤통수를 긁적이다가 등을 돌려 도마에서 젓가락을 빼냈다. 그리고 고개를 푹 숙인 채 홀을 가로질렀다. 그래도 시선은 끈질기게 그의 뒤를 따라붙었다.

주방의 입구에 이른 임화평은 잠시 망설이다가 몸을 돌렸다. 그때까지도 사람들의 시선은 그에게서 떨어지지 않았다. 사람들의 시선 하나하나를 확인했다. 놀람과 경계심, 그리고 호기심이 혼재된 시선들이다.

임화평은 오만하게 턱을 치켜들고 시선을 내리깔며 말했다.

"강호를 동경하여 저 멀리 중국의 소림사를 찾았다. 진 땅에 장화, 마른 땅에 운동화. 열심히 말을 익히며 고수를 찾았으나 전설은 전설일 뿐. 사람은 많았으나 배움을 주는 이 찾기 힘들어, 주방에 박혀 눈물로 젓가락만 씻었다. 소림사에서 30년, 범어사에서 30년, 계룡산에서 다시 40년을 일심으로 젓가락만 던졌다. 지극한 마음이 하늘에 닿아 무공의 극의를 깨치고 젊음을 되찾았으나, 강호는 사라지고 총과 대포가 세상을 지배하더라. 실의에 빠져 은거하니 그 누가 있어 천하제일의 고수가 주방에 있음을 알 것인가? 실의가 평화를 낳고 평화는 다시 안식을 낳았도다. 심중의 강호마저 사라지고 진정한 평온만 남았는데, 얄궂도다. 하늘의 장난인가? 둘째 딸의 곤경에 젓가락은 다시금 허공을 가르고 말았으니, 천하제일고수의 정체가 드러나고 말았도다. 오늘 본 자여! 부디 부탁하노니, 그대 입 다물라. 그저 꿈이런가 하여라. 천기를 누설하면 천벌을 받을지니. 합! 합! 합!"

젓가락 하나를 던지고 세차게 발길질하며 또 하나, 몸을 휘돌려 허공에서 하나의 젓가락을 던졌다. 젓가락 세 개가 홀을 가로질러 도마 위에 나란히 꽂혔다. 기마세를 취해 과장되게 호흡을 가다듬고 자세를 풀었다. 그렇게 한바탕 연기를 했음에도 정적은 가시지 않았다.

임화평이 뜨끔한 표정으로 슬그머니 주방 문을 잡았는데, 그때 박수가 터져 나왔다.

"와! 아저씨 끝장이다! 아주머니 진짜 좋겠다!"

아주머니가 왜 좋은지는 몰라도, 어쨌든 두 명의 젊은 아가씨가 열렬히 환호해 주었다. 다른 손님들도 얼굴에서 경계심에서 비롯된 놀람을 걷어내고 박수를 쳤다.

임화평은 위기에서 구해준 두 아가씨에게 눈을 찡긋하며 말했다.

"예쁜 아가씨들, 혹시 나쁜 놈들이 쫓아오면 바로 우리 집으로 달려와. 이 젓가락으로 털끝 하나 못 건드리게 지켜줄 테니까."

임화평은 서부의 총잡이가 결투를 맞이하여 옷자락을 제치듯이 앞치마를 제쳤다. 위생복 주머니에 십여 개의 젓가락이 꽂혀 있다.

손님들의 얼굴이 밝게 변하자 임화평도 환하게 웃었다.
"인철아! 동수야! 손님들 서비스 좀 드려라. 아현아, 뭐 하니? 뮤직 온!"
월량대표아적심(月亮代表我的心)이 등려군의 부드러운 목소리로 분위기를 가라앉히는 동안 성인철이 손님들 각자에게 초영반점만의 수제 월병을 건넸다. 키가 껑충하게 큰 박동수가 뒤따라 따뜻한 짬뽕 국물을 내왔다. 홀의 분위기는 원래의 그것에서 약간의 흥을 더한 정도로 바뀌었다.
임화평은 그제야 안도의 한숨을 내쉬고 주방 문을 열었다.

한송은 그가 나중에 선물한 과녁 모양의 예쁜 나무 도마를 떠올리며 빙긋이 웃었다.
'그때 젓가락 댓 벌 음서지따꼬 했제? 나도 한 벌 째비갔었잖아. 사내새끼들은 다 한 벌씩 챙기 갔을 기야.'
임화평은 퉁명스럽게 말했다.
"뭐가 그렇게 좋아서 실실거리고 있어? 맞다! 깜빡할 뻔했네. 너 정말로 리모델링 안 할 거야?"
웃고 있던 한송이 정색을 하면서 임화평의 눈을 피했다. 임화평은 고개를 돌려 초영반점을 보고 우측에 자리한 바 형식의 주점 '블루 씨(Blue Sea)'를 보고 다시 좌측의 슈퍼마켓 '한송'을 보았다.
전면은 와인 빛 스테인리스 스틸 타일을, 좌우에는 광택이 나는 검은색 대리석을 붙인 삼층 건물 초영반점은 누구라도 한눈에 알아볼 만큼 강렬하고 깔끔했다. 초영반점의 리모델링에 자극받은 '블루 씨' 역시 임초영에게 부탁하여 푸른빛으로 내, 외관을 새로 단장했다. '한송' 만 10년 전의 낡은 모습 그대로다. '한송' 만 리모델링하면 주변이 깔끔해질 것 같은데 한송은 요지부동이다.

"너네 집 때문에 우리 집까지 칙칙해 보이잖아. 초영이가 싸게 해준다 할 때 너도 좀 해라. '블루 씨'도 매상 많이 늘었다고 하잖아. 좀 해라."

"쳇! 이자는 딸아 영업까지 대신해 주나?"

한송은 고개를 숙이고 발로 애꿎은 땅을 괴롭혔다. 그때 임화평의 호주머니에서 음악이 흘러나왔다. 기계음으로 된 '엘리제를 위하여'다. 한송을 흘겨보던 임화평의 눈매가 부드럽게 늘어졌다.

"여보세요. 아빠지롱!"

임화평은 사실 핸드폰이 필요없는 사람이다. 임초영이 메모리해 준 단축다이얼을 보면 1번이 임초영, 2번이 초영반점, 3번이 사위 윤석원, 4번이 사돈 윤태수, 그리고 5번이 소망원이다. 그 외에 다른 번호는 없다. 핸드폰으로 이루어지는 통화 가운데 95퍼센트는 임초영과의 통화다. 딸이 사준 것이 아니었다면 가지고 다니지도 않았을 것이다.

"내일 아침에? 너도 가려고? 그럼 회사는? 그랬어? 알았다. 그럼 내일 얼굴 보면서 얘기하자. 오냐. 뭐라고? 알았다. 우리 딸이 먹고 싶다는데 해줘야지. 그래, 내일 보자."

전화를 끊는 임화평의 얼굴에는 어느새 울적함의 그늘이 사라져 버렸다.

❦

새벽 4시다. 침대 위에서 반듯이 누워 자던 임화평의 입에서 긴 날숨이 흘러나왔다. 이불이 흐트러지면서 왼팔이 밖으로 삐져나왔다. 그는 그 팔로 두 눈을 지그시 눌렀다.

"내가 당신 생각한 거 알았어? 좋아 보이네. 거기서는 편안한가 보지? 그렇게 보이기는 한데 정말인지 모르겠다. 나는 괜찮아. 초영이도 여전하고. 걱정 안 해도 돼."

임화평은 5분 정도를 그 자세 그대로 누워 있다가 차분히 침대를 벗어났다. 이불을 반듯이 펴두고, 침대 머리맡의 창문을 열었다. 차가운 공기가 신경과 세포를 완전히 깨어나게 만들었다.

어두운 공간을 익숙하게 가로질러 전등을 켰다. 환하게 불이 들어오면서 방의 전모가 드러났다.

스물다섯 평 정도의 공간이다. 방이라기보다는 원룸 형식의 집에 가깝다. 전등 스위치 옆에 외부 출입문이 있고, 좌측으로 붙박이장과 침대가 있다. 우측으로는 책장과 책상이 있고, 전면 좌측에는 화장실로 짐작되는 문이 보인다. 전면 우측에는 주방 역할을 할 수 있는 작은 공간이 자리해 있다. 그렇게 벽에 가까운 공간이 모두 차 있는 반면, 원목 마루 형식의 방 중심은 카펫 한 장 덜렁 깔린 채 텅 비어 있다. 모든 것이 임화평만을 위한 시설이요, 공간이다.

원래 초영반점은 일반 주택의 형식에 가까운 이층집이었다. 일층을 가게로 쓰고 이층을 살림집으로 썼다. 그것을 리모델링하면서 삼층으로 개축했다. 이층은 임화평이 후원하는 고아원에서 데려온 종업원들이 차지했다.

이층은 옛날 구조 그대로 두고 약간의 보수만 한 반면, 삼층은 좋은 자재를 써서 튼튼히 지었다. 임화평은 사치라고 생각했지만, 임초영의 생각은 달랐다.

임초영은 임화평의 재혼을 바라고 있다. 나이 마흔이 훌쩍 넘었다고 하지만 마흔이라 보기도 쉽지 않은 임화평이 남은 세월을 홀로 산다는 것은 딸 입장에서 상상할 수 없는 일이다. 만혼의 신혼부부가 생활하는 데 불편함이 없는 공간을 미리 만들어둔 것은 그 때문이다.

임화평은 책상 쪽으로 걸음을 옮겼다. 열 자 폭의 5단 책장이 유독 눈에 띈다. 책상에 가까운 쪽으로 꽤 많은 책이 꽂혀 있다. 요리 관련서, 장사에 관련된 How To 서적, 중국어 책, 인도와 중국에 관련된 여행서, 불경과 요가 관련서 등이 대중을 이룬다. 그 외에 낡은 어린이 국어사전과 중학 영어 사전, 그리고 초급 영어 회화라는 책이 눈에 띄고, 태권도와 합기도 같은 각종 무술 관련 서적 이십여 권과 성경 한 권도 있다. 그러나 책장을 가장 많이 차지하고 있는 것은 책이 아니라 비디오테이프다. 장르를 막론한 중국 영화나 중국 드라마 테이프가 반을 차지하고, 전쟁 영화와 첩보 영화, 그리고 액션 영화가 나머지 반을 채우고 있다.

임화평은 의자에 앉아 책상 위에 놓여 있는 액자를 집어 들었다. 세 사람이 환한 미소를 짓고 있는 가족사진이다. 임초영의 대입 기념으로 사진관에서 찍은 사진이고, 세 사람이 함께 찍은 마지막 사진이기도 하다.

임화평은 씁쓸한 미소를 지으며 엄지손가락으로 한복을 입은 아내 이정인의 고운 얼굴을 쓰다듬었다.

"왜 그렇게 일찍 가버렸어? 미안하잖아, 고생만 시켰는데. 이제는 뭐든지 해줄 수 있는데. 초영이도 시집보냈으니까 원하는 건 뭐라도 다 해줄 수 있는데 뭐가 급하다고 그렇게 빨리 가버렸어? 다시 만나면 그때는 반드시 행복하게 해주겠다고 다짐했는데, 또다시 고생만 시키고 보내 버렸잖아. 당신이 너무한 거야. 이왕에 기회를 줬으면 조금 더 기다려 줬어야지."

사진 속의 이정인은 환하게 웃고 있다. 괜찮다고, 행복했다 대답하고 있다.

임화평은 카펫 위에서 눈을 감고 가부좌를 튼 채 앉았다. 발바닥은 천장을 보고 무릎 위에 얹어진 두 손은 무드라(手印)를 맺었다. 호흡은 즉시 깊은 의식과 연계되어 세 번째 불의 차크라에서 똬리 튼 채 잠들어 있던 선천지력을 깨웠다. 불속에서 형태를 만들어낸 선천지력은 한 마리 황금 뱀이 되어 맹렬한 기세로 하초를 건드리고 항문까지 파고들었다.

첫 번째 대지의 차크라를 깨워 세차게 휘돌린 황금 뱀은 경동하는 땅을 박차고 다시 위로 솟구쳐 두 번째 물의 차크라에 뛰어들었다. 파문과 함께 가볍게 일렁이던 바다가 소용돌이쳤다. 황금 뱀은 그 소용돌이를 거침없이 빠져나와 원래 자리해 있던 불의 차크라를 지나쳤다. 그 순간 불길이 거칠게 일어 황금 뱀을 떠받쳤다.

황금 뱀은 당당하게 심장까지 치솟아 올랐다. 황금 뱀을 부드럽게 받아들인 네 번째 대기의 차크라는 태풍처럼 휘돌아 똬리를 틀고 안주하려는 황금 뱀을 위로 밀어 올렸다. 인후까지 밀려 올라간 황금 뱀은 주둥이로 다섯 번째 여명의 차크라를 건드렸다.

호흡하는 와중에도 의식과 무의식의 경계를 오가며 혀로 입천장의 극점들을 쉴 새 없이 자극하고 있었다. 그때 황금 뱀이 다섯 번째 차크라를 건드린 셈이다. 그의 입에서 '앙~' 하는 소리가 흘러나왔다.

그것은 자연스러워야 했다. 의식하지 못해야 했다. 아쉽게도 그는 새끼 고양이가 가릉거리는 듯한 그 소리를 의식했고, 어쩔 수 없이 무의식의 경계에 걸쳐 둔 발을 빼냈다.

의지로써 황금 뱀을 돌려보냈다. 톱니바퀴처럼 맞물려 맹렬하게 돌아가던 네 개의 차크라가 속력을 줄였다. 황금 뱀은 세 번째 차크라의 불길 속으로 뛰어들어 똬리를 튼 채 서서히 불길 속에 녹아들었고, 그때 그도 눈을 떴다.

"후우! 역시 안 되는군."

임화평이 수련하는 것은 일반적인 요가라고 할 수 없다. 아는 사람에게는 천축의 신비한 기공으로, 모르는 사람에게는 기괴한 사술로 강호에 알려진 유가술(瑜伽術)이다. 전생의 그는 유가술을 집안의 식객으로 머물던 천축인에게서 배웠다. 갑자기 코가 커졌다가 줄어들고 귀가 날개처럼 펄럭거리는 것을 보고 나서 호기심으로 배운 것인데, 언어 소통의 문제로 깊이 배우지 못했다. 천축인의 말은 어눌했고 그의 나이는 너무 어려 여러모로 소통에 문제가 있었다. 수련법은 겨우 배웠으나 그것에 담긴 심오한 뜻은 알아듣지 못했으니 정수를 얻었다고는 할 수 없을 것이다.

과거에 그가 그나마 고수 소리를 들었던 것은 요행히 세 번째 차크라를 열었을 무렵 그것을 가전의 오류귀해공(五流歸海功)과 성공적으로 연계시켰기 때문이다. 당시 내공을 절실하게 필요로 했지만, 두 가지 가운데 하나로는 평범함을 넘지 못할 것임을 깨닫고 모험했던 것이다.

원래 오류귀해공은 내공을 쌓는 여타의 중국 심법들과는 달리, 굴강한 육체를 만들고 그것으로 대지정력(大肢定力)을 얻는 해동 뱃사람들의 수련법에 중국 심법의 이점을 결합시킨 공부다.

이 대지정력을 얻는 것만으로도 고대 해동의 뱃사람들은 한때 대양의 지배자가 되었다. 그들은 무림인이 아닌 뱃사람에 불과했지만 배 위에서만큼은 무적이었다. 수적이면 수적, 폭풍이면 폭풍… 배 위에서라면 그들은 그 어떤 난관 앞에서도 굳건한 심신을 유지할 수 있었다. 그들이 중국의 바닷가에 정착하여 대지정력과는 또 다른 힘인 내공을 알게 되면서 만들어낸 심법이 오류귀해공이다.

단순히 내공을 효율적으로 쌓는 수단으로써 심법을 분류한다면 이 오류귀해공은 중급 이상의 심법이 되지 못한다. 그러나 오류귀해공에는 내공을 빠르게 쌓고 정순하게 만든다는 상승심법도 갖지 못한 장점이 있다. 따로 외공을 연성하지 않으면 비슷하게라도 흉내 낼 수 없는, 오류귀해공만의 대지정력과 상대적으로 빠른 치상대법이 그것이다.

오류귀해공은 중국의 심법들과 달리 모은 기를 쌓지 않고 그 기운을 촉매로 원기를 일으켜 오장을 먼저 다스린다. 시작은 원기의 발원지 신장(腎臟)에서부터다. 반드시 겨울철 물가에서 그 수련을 시작해야 하는 이 연신공(鍊腎功)은 혈관을 튼튼하게 하고 정력(精力)을 강화시킨다. 두 다리가 짱짱해져 폭풍을 만난 배 안에서도 굳건하게 버틸 수 있다. 연신공 수련은 오래하지 않는다. 하나가 성하면 반드시 하나가 쇠하는 것이 오행이다. 연신공으로 지나치게 단련된 신장은 불의 장부인 심장의 기능을 쇠약하게 만듦으로, 봄이 되면 수생목(水生木), 즉 간장을 단련한다. 더운 여름에는 심장을, 여름과 가을 사이에 비장을, 가을에 폐장을 단련하면 오장을 일순하는 셈이 된다.

범재가 평균 5년 정도를 수련하면 사지로 강한 힘이 뻗히고 정력이 넘친다. 이때가 되어야 대지정력을 얻었다는 소리를 듣게 되고, 이때부터 계절에 관계없이 하루의 수련으로 오장을 두루 단련할 수 있다. 이 기간이 지나면 쌓이는 기운이 소모되는 기운보다 많아지는데, 오류귀해공 이전의 해동인들은 그 기운을 전신으로 퍼뜨려 노동으로 소모했다. 그러나 오류귀해공 이후의 해동인들은 쓸모없이 소모되는 기운을 단전에 끌어모아 내공으로 전환할 수 있게 되었다. 강건한 육체를 먼저 얻고 내공까지 얻게 된 것이다. 또한 장부의 단련을 우선시하는 수련법임으로 여타 심법에 비해 내상에 대한 자체 방어력이 뛰어나고 치상력 또한 우월하다. 반면 내공을 쌓는 속도는 여타 심법들에 비해 느린 편이다.

이 오류귀해공과 유가술은 추구하는 바가 달랐다. 유가술은 인간이 원래부터 가지고 태어난 것을 찾아내어 다듬고 발전시키는, 즉 자신을 알아가는 수련법이다. 사술처럼 알려진 기이한 능력은 수련을 통해 얻을 수 있는 부차적인 능력에 불과했다. 반면에 오류귀해공은 밖에서부터 불러들인 기운을 촉매로 원기를 불러일으키고 그것으로 육체의 강건함을 추구한다.

정신을 갈고닦는 유가술과 굳강한 육체를 만드는 오류귀해공. 그가 이 두 가지 수련법을 따로 떼어 익히지 않고 하나로 연계시키려 시도한 것은 강건한 육체에 건전한 정신이 깃든다는 평범한 이치를 믿었기 때문이다.

원래 유가술이 다스리는 기는 선천지력이고 강호의 내공은 후천지력이다. 두 가지를 합일한다는 것은 강호의 상식에 어긋나는 일이었지만, 그는 생사를 걸고 단전의 내공을 불의 차크라에 녹여 버렸다. 남들이 보기에는 목숨을 건 모험이었다. 다행히 그의 믿음처럼 유가술과 오류귀해공은 상충을 일으키기는커녕 그 어떤 상승심법에서도 얻을 수 없는 순수한 기운을 만들어냈다. 이는 오류귀해공을 통해 얻은 기운이 일반 강호의 심법과는 달리 원기를 바탕으로 하고 있기 때문일 것이고, 불의 차크라가 선천지력에 어울리지 않는 불순한 기운들을 정화시켰기 때문일 것이다.

기대와는 달리 내공이 비약적으로 상승하지는 않았지만 연계된 두 가지 수련법은 전생의 임화평에게 무공을 펼치는 데 가장 효율적인 에너지를 제공했다. 단전을 대신한 불의 차크라에서 나오는 에너지는 같은 수준의 무공을 펼치면서도 그 기운의 소모량을 최소화시켰다. 그로 인해 그는 밤하늘에 별처럼 많았던 평범한 무인의 수준을 벗어날 수 있었다.

묘한 것은 전생과 현생의 수련 성과다. 전생에서 생사를 오가며 내공 증진에 목을 맸다면, 현생에서는 건강 증진을 위한 수단 정도로 부담없이 익혔다. 그럼에도 불구하고 수련의 성과는 전생의 그가 얻은 것이 현생에 못 미친다.

상식적으로 원인을 꼽자면 수련 기간을 들 수 있을 것이다. 시행착오 없이 수련할 수 있는 환경에서 15년 가까이 더 살아가고 있는 현생의 그가 더 많은 것을 얻는 게 어쩌면 당연한 일일 것이다. 그러나 수련에 투자한 시간과 노력, 상대적으로 걸러야 할 것이 많지 않은 대기의 상태라는 조건을 따지면 상대적 이점은 상쇄되고 남는다.

　임화평은 다른 요인 두 가지를 꼽는다. 개량된 유가술과 집착하지 않는 마음 상태다. 취미 삼아 무술서와 관련 서적들을 뒤적이던 그가 6년 전에는 결국 요가서들까지 손에 쥐었다. 별생각 없이 시작한 일인데 과거의 배움을 현대의 요가서를 통해 재정립하기에 이르렀다. 그 과정에서 그는 유가술이 모든 요가 수련법의 근원이 될 수도 있음을 깨달았다. 그때부터 중국어로 익힌 유가술의 상징적인 용어들이 우리말로 대체되었다. 모호하던 의미들이 요가서의 해석과 그의 깨달음이 합쳐져 새롭게 드러났다. '아하! 그게 그런 뜻이었구나' 라는 말을 수십 번 되풀이하는 과정에서 수련 성과도 신경지에 이르렀다. 진보를 갈망했던 것도, 내공의 상승을 원했던 것도 아닌, 유가술 본래의 취지로 돌아가려는 시도였을 뿐이다. 그 결과 그는 3년 전 다섯 번째 여명의 차크라를 열게 되었다. 기대하지 않았던 내공 상승이 자연스럽게 이루어졌을 뿐만 아니라 내공의 수발 또한 전에 비할 수 없이 자연스러워졌다. 전생에서의 성취를 크게 넘어서는 쾌거였다. 그러나 임화평은 그 같은 진보에 그다지 연연하지 않는다. 내공이 늘고 그 수발이 자연스러워진다고 해도 쓸 곳이 없을뿐더러, 그 진보가 없다 하더라도 충분히 건강하기 때문이다. 그가 느끼는 기쁨은 멈추지 않고 더 나아갈 수 있게 되었다는 정도다.

　조금 전의 수련에서는 평소의 경지를 맛보지 못했다. 40km를 뛰어놓고 컨디션 난조로 나머지 2.195km를 채우지 못한 격이다. 심상에 맺혀 있는 이 정인이 그의 수련을 방해한 것이다. 그러나 그 아쉬움은 그다지 큰 것이 아니다. 시합이 아니라 일상의 일이기 때문이다.

임화평은 허공에 대고 툴툴거렸다.

"당신 때문이야. 알지? 요새 너무 자주 나타나는 거 알아? 괜히 나타나 가지고 사람 심란하게 만들지 말란 말이야."

씁쓸한 미소가 입가에 드리워졌다. 투정을 해도 받아줄 사람이 없음을 아는 탓이다.

"안 되지. 계속 이렇게 헛소리하다가는 입마경에 빠지고 말겠다. 정신 차리자. 몇 시냐? 이런!"

어느새 6시가 넘었다. 평소만큼 수련하지 못했는데 추억에 빠져 있던 시간이 너무 길었다. 자리에서 벌떡 일어나 가볍게 심호흡하고 나서 섀도복싱을 시작했다.

"후! 후! 후! 후!"

5분 정도 이어진 섀도복싱의 동작들은 새롭게 진화했다. 주먹이 손칼이 되어 사방을 휘저었다. 스텝을 밟던 두 발이 허공을 갈랐다. 팔방에 무릎과 다리가 난무하고 손칼이 그 그림자를 잘라냈다. 손끝과 발끝으로 찌르고, 손날과 발꿈치로 가격했다. 그의 주변에 머물던 공기가 비틀리고 밀려나 비명을 질렀다. 움직임은 20여 분간 쉴 새 없이 이어지다가 한순간에 멈췄다. 임화평은 마보세를 취하고 두 팔을 옆으로 뻗어 호흡을 가다듬고 자세를 바로 했다.

조금 서두른 감은 있지만, 어쨌든 그 정도가 평소 수련의 전부라고 할 수 있다. 과거에 익힌 무공들이 아니다. 과거의 그는 쾌검류로 분류할 수 있는 검법 한 가지와 일격필살의 살수 무공들을 익혔다. 그러나 그것들은 이제 시대에 어울리는 것들이 아니다. 1m 길이의 쇠꼬챙이 같은 검을 들고 다닐 시대도 아니고, 한 수에 사람을 죽이는 살수 무공 또한 필요가 없는 세상이다.

그가 몸에 익숙해지도록 익힌 과거의 것들은 내공을 지닌 자가 요령만 알면 어렵지 않게 익힐 수 있는 암기 투척술 몇 가지. 빠른 접근을 위한 속도 위주의 단순한 보법, 사영보(捨影步). 그림자를 잡는다는 거창한 이름의 금나수, 포영수(捕影手) 정도다. 세상이 그다지 밝게 보이지 않았던 어린 시절, 자위 수단으로 익혔던 것들이다.

현대 무술은 가게를 갖게 되고 여유가 생기면서부터 취미로 익히기 시작했다. 물론 도장에서 정식으로 배운 것들은 아니다. 몇천 원이면 서점에서 쉽게 구할 수 있는 무술 교본들을 임화평식으로 이해하고 재해석해서 몸에 맞게 체화시켰다.

비급으로 무공의 정수를 깨우치기 힘든 것처럼, 무술 교본으로 제대로 된 무술을 익히기는 어렵다 할 것이다. 그러나 그것은 초보자에게나 통하는 말이다. 전생에서 이미 고수 소리를 들었던 임화평이다. 비급과는 달리 친절하게 의미를 설명해 주고 상세한 그림과 사진으로 정확한 자세까지 알려주는 무술 교본은 기본을 익히기에 충분한 무술서가 되어주었다. 특히 한글로 된 무술 교본은 한자로 두루뭉술하게 표현된 무술서와는 달리, 명확하게 그 의미를 알려주어 시행착오를 확연하게 줄여주었다.

기본이라고 할 수 있는 다양한 무술들이 연계되고 거기에 임화평의 경험과 지식이 합쳐졌다. 과거의 살상 무공을 사용하지 않고도 현대를 살아가는 데 필요한 호신술의 역할은 충분히 하고도 남는다. 좋게 평가해 주면 종합격투기요, 비하한다면 짬뽕무술이 될 테지만, 그것을 뭐라 부르든 간에 지금까지 체력을 단련하는 훌륭한 수단이 되어주었고, 이제는 오래토록 반복되고 개선되어 나름대로 체계화된 자위 수단이 될 것이다.

임화평은 다시 벽시계를 확인했다. 6시 28분이다. 보통 사람들이 꿈나라에서 벗어나려고 발버둥 칠 시간이다. 그러나 그는 진즉에 깨어 있으면서도 마음이 급했다.

"아침이면 몇 시란 거야? 자식이 대충이라도 말을 해줘야 맞춰서 준비를 할 거 아니야. 여보! 그 녀석이 또 아빠표 햄버거를 먹고 싶다네. 지 아빠 중식 요리산 거 모르나 봐."

임화평은 핸드폰을 들었다가 고개를 저으며 내려놓았다. 혹시라도 잠을 깨울까 봐 걱정스러웠기 때문이다. 임화평은 그 즉시 욕실로 들어갔다.

제3장
아빠! 중국엔 언제 올 거야?

원래 임화평표 햄버거는 지금처럼 고급스럽지 않았다. 닭 내장을 갈아서 만든 길거리표 햄버거를 본 임초영이 먹고 싶다고 보챘을 때, 돼지고기 조금에 양파와 표고버섯을 많이 다져 패티를 만들고 탕수육 소스를 발라 그것을 식빵에 끼워 먹인 게 시초였다.

세월이 흐르면서 재료가 고급화되고 풍성해졌다. 우선 빵이 슈퍼마켓 식빵에서 제과점 식빵으로 바뀌었다. 두께를 두껍게 썰 수 있기 때문이다. 두껍게 썬 빵에 버터를 발라 한쪽만 굽는다. 패티는 돼지고기와 소고기를 반씩 섞어 쓴다. 후추, 마늘, 양파, 버섯, 피망 등 패티에 넣는 재료가 조금 더 다채로워졌다. 치즈가 들어가고 야채로는 양배추, 오이, 피망을 잘게 다져 마요네즈와 케첩에 버무린 후 양상추와 함께 넣는다. 소스 또한 단쯔[糖醋] 대신 데리야끼 소스나 브라운 소스 등도 쓴다. 가끔 임초영의 요청에 따라 짙게 만든 단쯔에 케첩을 많이 섞어 쓰기도 한다. 오늘도 요청에 따라 식초를 덜 쓰고 케첩을 많이 넣어 짙게 만든 단쯔와 마요네즈를 소스로 썼다.

손님 하나 없는 홀에서 어렵게 구한 진짜 용정차를 마시면서, 햄버거를 먹고 있는 임초영의 등을 느긋하게 바라보았다.

'그것참! 잘들 먹네. 저게 저렇게 맛있나? 그런데 저것도 패스트푸드 아닌가? 뭐 어때? 만날 먹는 것도 아니고. 그런데 오늘은 무슨 일로 우유하고 먹나 몰라.'

몸에 별 영양가가 없는 수돗물도 맛있다고, 고맙다고 생각하면서 먹으면 몸에 좋은 육각수 형태로 변한다는 기사를 읽은 적이 있다. 임화평은 그 기사에 동의했다. 죽지 못해 먹는 것이 아닌, 감사하고 맛있게 먹는다면 무엇이든지 나름의 좋은 효과가 있을 것이라고 믿고 있다.

'오물거리는 저 입, 딱 지 엄마네.'

오물거린다고 할 수 없는 모습이다. 왈패라는 별명에 어울리게 입을 딱 벌리고 덥석 씹었다. 입가에 묻은 소스를 손가락으로 훑어서 아무렇지도 않게 쪽쪽 빨아 먹는다. 그래도 그 얼굴만은 사진 속의 이정인이 20년 젊어진 듯한 모습이다. 키가 7㎝ 더 큰 165㎝ 정도라는 것과 이목구비가 조금 더 명확하여 선이 굵은 임화평의 피도 엿보인다는 점이 조금 달랐다.

임화평과 임초영의 눈이 마주쳤다. 임초영이 눈으로 웃었다.

"석원이는 요즘 바빠?"

윤석원. 임초영보다 네 살 더 많은 사위의 이름이다. 입학과 동시에 군대부터 다녀온 윤석원은 대학 2학년 때부터 신입생 임초영의 뒤를 졸졸 따라다니며 초영반점에서 살다시피 했다. 그래서 지금도 그냥 이름을 부르고 있다.

임초영이 입에 남은 것들을 삼키고 우유를 마신 후 대답했다.

"응. 인수인계해야지, 중국어 공부 해야지, 정신없어."

윗입술 위쪽에 우유로 수염을 그린 채 대답하는 모습도 임화평에게는 예쁘게만 보였다. 하지만 다른 아이들의 눈도 있다. 임화평은 손가락으로 인중을 가리켰다.
"됐어. 나중에 한번에 닦지, 뭐. 야, 새가슴! 누나 우유."
오형만이 미간을 찌푸리며 대용량 우유팩을 들었다.
"정말 무지하게 많이 먹네. 이거 마시고 돼지나 돼버려라."
패티의 두께가 2㎝는 되었다. 빵도 두터웠다. 우유 두 잔에 따로 올리브 드레싱을 한 샐러드도 잔뜩 먹고 있다.
"됐거든. 이 누나 살 안 찌는 체질인 거 알잖아. 너나 많이 먹고 살 좀 쪄라. 그렇게 빈약한 몸으로 장가나 가겠니? 아현아, 너 같으면 저렇게 비실비실한 남자하고 같이 살래? 난 아니라고 봐. 요새 외롭지? 크리스마스도 다 돼가는데 내가 남자 친구 하나 소개시켜 줄까?"
송아현은 가만히 있다가 벼락 맞은 사람처럼 깜짝 놀라다가 아랫입술을 깨물고 임초영에게 웃어 보였다. 송아현의 눈치를 보던 오형만의 얼굴이 울긋불긋해졌다. 성인철과 박동수가 키득거렸다.
오형만이 발끈하여 소리쳤다.
"석원이 형은 약골 아닌가?"
임초영이 샐쭉샐쭉 웃으며 근육을 자랑하듯 팔을 접어 보였다.
"내가 철골이니까 괜찮아. 부려먹기 좋거든."
임초영은 과장되게 눈웃음쳐 보이고 다시 먹는 일에 열중했다.
'초영이가 다른 때보다 많이 먹는 것 같다.'
임화평이 보는 가운데 임초영은 햄버거와 우유, 그리고 샐러드를 깨끗하게 먹어치웠다.
"아! 끝장이다. 난 왜 이 맛이 안 나지? 아빠, 내가 해주면 우리 그이 죽지 못해서 먹는다는 얼굴이다. 왜 그렇지? 똑같이 하는 것 같은데."

임화평은 직접적인 대답을 피했다.

"넌 김치찌개가 맛있어."

임초영의 김치찌개는 적당량의 물에 신김치와 김칫국물을 넉넉히 넣고 송송 썬 청량고추, 간 마늘, 물엿, 그리고 고추장을 조금 푼 다음 채를 썬 양파와 파를 넣고 참치 캔이나 꽁치 캔 한 통을 다 넣는 것이다. 김치만 제맛이 들었다면 10분 정도 푹 끓이는 것만으로 대충 먹을 만한 찌개를 만들 수 있는 조리법이다.

"손맛이 없어서 그래, 손맛이. 철근, 콘크리트, 타일 같은 거 만지는 손으로 밥을 하면 맛이 있겠어? 돌 안 씹히면 다행이지. 설거지하다 보면 알 수 없는 이유로 그릇들이 다 깨지지? 로봇 태권 브이는 그 이유를 알 거야. 살림 다 없어지기 전에 그냥 석원이 형보고 하라 그래."

오형만이라면 그렇게 말할 자격이 있다. 엄마의 빈자리를 조금이나마 메운다는 생각인지, 임초영은 의외로 음식을 해보려는 타입이다. 이상하게도 맛은 없지만, 집에서만큼은 임화평도 임초영에게 주방을 양보했다. 오형만은 초영반점으로 온 지 1년 만에 그런 임초영을 밀어내고 주방을 차지했다. 그것은 임초영도 4년 동안이나 오형만에게 밥을 얻어먹었다는 의미다.

임초영은 아무렇지도 않게 웃었다. 눈이 가늘어지도록 웃었다. 그 눈에서 한기가 번뜩였다. 오형만은 자신이 선을 넘었음을 그제야 깨달았다. 그러나 이미 늦어버렸다.

임초영은 살벌하게 웃는 얼굴 그대로 송아현을 바라보았다.

"아현아, 너 다음 주에 옷 예쁘게 입고 기다려라. 그거 있지, 허벅지까지 쭉 찢어진 치빠오, 그거 입어. 사무실 신입 중에 최원배라고, 괜찮은 녀석이 하나 들어왔거든. 너도 봤을걸. 키 크고 몸 잘빠진 녀석 말이야. 삼대독자라고 군대도 안 가서 나이도 어려. 안 그래도 지난번 회식 때 너 보고 눈 돌아갔나 보더라."

오형만은 눈을 크게 치뜨고 임초영의 눈앞에 손을 흔들었다.

"누나! 초영이 누나! 내가 밑반찬 몇 가지 만들어줄까? 뭘로 해줄까? 인삼찜? 녹용탕? 백사 구이? 뭐든지 말만 해."

임초영은 기다렸다는 듯이 눈에서 힘을 빼고 방긋 웃으며 말했다.

"네 월급으로 그런 걸 어떻게 감당하니? 다 필요없고, 멸치 고추장볶음하고 오징어채 무침하고 메추리알 장조림하고 나물 두어 가지면 화가 조금은 풀릴 것 같아. 나중에 그이한테 물어보구 먹고 싶은 거 있다면 다시 전화할게."

오형만에게는 남다른 손맛이 있다. 집에서 먹는 식사를 이정인에게 맡겼던 임화평이 그저 먹을 만한 반찬을 하는 정도라면, 오형만이 간단하게 만드는 밑반찬들은 수고에 비해 상당히 맛깔스럽다.

"응, 전화만 해. 동수야, 인철아! 애들 기다리겠다. 어서 치우자."

아이들이 키득거리며 그릇들을 들고 우르르 주방으로 몰려갔다.

임화평은 홀로 남은 임초영에게 조심스럽게 물었다.

"너 오늘 다른 때보다 많이 먹던데, 별일 없어?"

"별일? 뭐? 혹시 임신한 거 아니냐구?"

임화평이 고개를 끄덕였다. 결혼한 지 1년이 다 되어간다. 따로 피임하고 지내는 것이 아니라면 아이가 생기는 것이 정상일 것이다.

임초영이 키득거리며 대답했다.

"왜? 아빠, 벌써 할아버지 되고 싶어? 그 나이 그 얼굴에? 미안하지만 아닙니다요. 어제저녁을 일 마무리하느라고 못 먹어서 배고팠어."

실망스러운 대답이지만, 임초영 말마따나 임화평도 아직 할아버지가 될 마음의 준비가 되어 있지 않다. 하지만 평소 콜라를 먹던 녀석이 갑자기 우유를 먹었다. 그것도 두 컵씩이나.

"확신하니? 너도 모르는 사이에 생길 수도 있잖아?"

임초영은 주저했다. 아무리 아버지라지만 부부 관계에 대한 이야기를 편하게 할 수는 없다. 대답을 해줘야 될 것 같은데 돌려 말하기가 궁색했다.

"사실 피임하고 있어. 하는 일도 있고 또 신혼으로 2년만 살자고 했더니 그이도 아직 아빠가 될 준비 안 됐다며 그러자 그러더라고."

임화평에게는 상관없는 일이다. 그러나 시댁이라면 또 다른 반응일 것이다. 하지만 중국에 가게 될 아이에게 그걸 굳이 상기시키고 싶지 않았다.

"그래? 아! 맞다. 재검받는다는 건 어떻게 됐어? 결과 나왔니?"

사실은 크게 걱정하지 않는 문제다. 6년 전 이정인이 느닷없이 간암 말기 판정을 받아 손쓸 새도 없이 세상을 떠나 버리자 임화평은 임초영에게 강압하다시피 오류귀해공을 전수했다. 한겨울 새벽에 강가로 나가 수련을 해야 했던 임초영도 죽을 맛이었지만 그것을 지켜봐야 하는 임화평도 편하지 않았다. 하지만 강행했고, 시집갔던 그해에 임초영은 결국 대지정력을 얻었다. 그 같은 빠른 성취는 물론 임화평의 열성적인 보조 덕이었다. 시집간 이후로는 게으름을 피우는 모양이지만, 그 정도만 해도 신체 내부의 이상 증후 정도는 쉽게 자각할 수 있는 수준이다. 그 덕에 임초영은 지난 6년간 잔병치레 한 번 하지 않고 건강하게 살아왔다. 임화평이 여자가 아니라서 확신할 수는 없지만, 아이를 가졌다면 뭔가 이상한 것을 느꼈을 것이다.

임초영은 4년 전부터 임화평에 의해 개량된 요가도 익히기 시작했다. 하기 싫어 눈치를 슬슬 보던 오류귀해공과는 달리, 세간에서도 종종 화제가 되는 요가 수련법이라서 임초영도 거부감없이 익혔다. 그 효과를 제법 본

듯 이제는 윤석원까지 동참시켜 적극적으로 수련하고 있다. 물론 무공이라고 생각해서 수련하는 것은 아니고 건강과 미용, 그리고 원만한 부부 관계를 위해서다.

임초영의 대답은 임화평의 짐작과 다름이 없었다.

"응! 그저께. 그런데 그 인간들 아주 웃겨. 내 피 잔뜩 뽑아놓고는 착오였다네. 다른 사람하고 데이터가 바뀌었다나. 아무런 이상 없대. 웃기지? 그것 때문에 속으로 얼마나 긴장했는데. 그래도 양심은 있는지 귀찮게 해서 미안하다고 힐튼 호텔 숙박권을 다 주더라고. 봉 잡았지."

이정인의 사후 임초영은 안 그런 척하면서도 병에 대해 민감해졌다. 그녀가 하도 안달을 해서 2년 전 임화평은 건강함을 알면서도 어쩔 수 없이 종합검진을 받아야 했다. 물론 결과는 그의 예상과 같았다.

"석원이는?"

임화평은 윤석원을 키만 멀대같이 큰 약골이라고 놀렸다. 겉보기에는 그렇지만 실제로 그렇지는 않다. 군대도 잘 다녀왔고, 꾸준히 하는 수영은 선수 뺨칠 실력이다. 다만 무인이라고 할 수 있는 임화평의 눈에만 약해 보일 뿐이다.

"그이도 괜찮아."

사위 윤석원이 이번에 중국과의 합자 공장의 한국 측 회계 담당자로 발령 났다. 밀려난 것이 아니라 2년 후 승진하여 돌아오게 되는 케이스다. 그 때문에 예정에 없는 건강검진을 받았는데, 동반 가족에게도 무료 건강검진의 혜택을 주었다.

중국행을 결정한 임초영은 어제 회사에 휴직계를 냈다. 육아 부담이 없는 동안 중국의 이국적인 풍물을 두루 구경하고 독학으로나마 인테리어 감각을 넓힐 계획이다. 회사에서도 그녀의 계획을 지지하여 기꺼이 휴직계를 받아주었다.
 "그런데 너, 그렇게 오래 쉬면 안 잘리니?"
 "잘려? 박 선배가 나를 자른다구? 에이, 아빤 농담도……."
 임초영은 대학에 입학하자마자 학교 선배 박정호가 세운 신생 회사 '예쁜 공간'에서 아르바이트를 시작했다. 4년 동안 매 방학마다 일했고, 4학년 때부터 직접 현장 실무까지 책임졌다. 그녀의 괄괄함과 털털함은 현장감독자의 적인 인부들의 마음까지 사로잡았다. 박정호는 그녀를 창업 공신 정도로 예우하고 있다. 회사가 망하지 않는 한 그녀를 잘라낼 일은 없을 것이다.
 '하지만 사람 일이란 건 모르는 거지. 2년이면 꽤나 긴 세월인데……. 하기야 상관없나? 따로 모아둔 돈이면 작은 인테리어 사무실 정도는 만들 수 있겠지.'
 아내 이정인에게 해줄 수 없었던 모든 것을 그녀의 분신이나 마찬가지인 임초영에게 해주고 싶었다. 늘 지켜는 보되 방임하듯이 키운 것도 그 때문이었다. 딸만큼은 좀 더 자유롭게, 그늘없이 좀 더 활기차게 살아줬으면 하는 바람이었다.
 임초영은 기대에 크게 어긋나지 않게 자라주었다. 주관이 뚜렷하고 책임감이 강하다. 남을 배려하는 마음도 있고 나름대로 측은지심도 있다. 여자치고는 기가 좀 센 편이지만, 며느리가 아닌 딸이므로 임화평에게는 불만이 없다.
 그렇다고 고부 갈등 같은 것이 있다는 의미는 아니다. 털털하고 뒤끝없는 성격 때문에 귀여움받고 있다고 들었다. 요리에 재능이 없다는 것이 조금 섭섭했지만, 스스로 원한 일을 직업으로 삼아 즐겁게 하는 것으로 충분했다.

"아빠, 근데 중국엔 언제 올 거야? 빨리 와야 돼. 나 아빠 믿고 중국 가는 거 알지?"

임초영이 아무리 대담하더라도 혼자 중국 각지를 돌아다닐 용기는 없다. 윤석원하고야 휴일이나 휴가를 맞춰 근거지 가까운 곳을 돌아보는 정도일 것이다. 임초영이 기대하고 있는 것은 아버지와의 여행이다. 윤석원에게는 미안하지만, 완벽한 보디가드에 훌륭한 통역사인 아버지와 함께라면 중국 그 어떤 오지라도 안심하고 다녀올 수 있을 테니까.

"노력 중이다. 조금만 더 조이면 형만이 녀석, 주방장 역할 충분히 할 수 있을 거야. 너도 알다시피 그 녀석 손맛은 나보다 낫잖아. 문제는 인철이하고 동순데, 한 1년 정도 더 실력을 쌓아야 지금 형만이가 하는 일을 맡길 수 있을 것 같다. 그렇게 돼야 아빠도 마음 놓고 돌아다닐 수 있을 거고."

임초영이 2년씩이나 중국에 나가 있을 거라고 말했을 때 임화평은 걱정스러웠고 또 많이 섭섭했다. 하지만 한국인이 제법 많이 산다는 청도 근처로 간다는 말에 일단 안심했고, 임초영이 그와의 여행을 꿈꾸고 있음을 알고는 오히려 설레었다. 말을 해줄 수는 없지만, 딸을 데리고 그가 과거 살았고 그녀의 어머니가 살았던 곳을 돌아볼 수 있을 거라는 기대감에 자못 흥분했다.

"1년씩이나?"

임초영의 얼굴에 그늘이 졌다. 1년이면 나머지 1년 정도는 여행 다닐 수 있다. 그런데도 만족스럽지 못한가 보다.

"애들, 죽여 버릴까? 죽을 만큼 조이면 한 육 개월이면 될 텐데. 그래, 죽여 버리자."

임초영이 환하게 웃으며 주먹을 불끈 쥐어 보였다. 임화평에게는 앙증맞은 모습이라 그의 입가에 저절로 미소가 맺혔다.

"정말 육 개월이다? 중국 생활 적응하려면 그 정도는 필요하겠지? 좋았어! 그리고 아빠! 이거."

임초영이 들어올 때부터 가지고 있던 종이 가방을 내밀었다. 아이들이 있어서 뒤로 미룬 모양이다.

임화평은 의아한 얼굴로 가방 안을 살폈다. 언뜻 보기에 검은색 가죽이다. 꺼내어 보니 안에 탈부착할 수 있는 패딩 조끼가 들어 있는 양복 상의 모양의 재킷이다.

임화평은 임초영의 얼굴을 빤히 바라보았다.

"중국은 춥다고 해서 그이 오리털 하나 사러 갔다가 아빠한테 어울릴 것 같아서 샀어. 만날 추리닝에 등산복만 입고 다니지 말고 그 정도라도 좀 입어. 등산복 바지에도 어울릴 거야. 그렇다고 그 군인 신발 비슷한 거 신은 채 입지 말고. 랜드로바 있지? 그거 신고 입어. 알았지?"

임화평은 일주일에 겨우 한 번 외출한다. 소망원에 가자마자 아이들과 놀아주고 음식을 준비해야 한다. 당연히 편한 차림이 좋다. 예전에는 트레이닝복을 주로 입었는데, 작년에 임초영이 허름하게 입는다고 난리를 치며 등산복 일체를 구해주었다. 고가일 것이 틀림없는 외국 등산 브랜드의 등산 바지와 기능성 재킷인데 그나마 편해서 늘 입고 다니고 있다. 그런 그에게 가죽 재킷은 과한 옷이다.

신발도 그렇다. 적당한 무게감이 있는 것을 선호해서 사제 워커나 등산화를 주로 신는다. 신발이 가벼우면 오히려 어색하다. 임초영이 가볍고 발이 편하다며 사다 준 랜드로바도 신발장에 고이 모셔두고 있다.

'어설픈 칼질 한두 번 정도는 막아주겠군. 그나저나 그 구두 비슷한 걸 신어야 된단 말인가? 할 수 없지. 관공서 갈 일 있을 때 입으면 되겠구나.'

양복을 입히고 싶었을 것이다. 입지 않을 것을 잘 알기에 절충형인 가죽 재킷을 샀을 것이다. 성의를 무시할 수는 없는 노릇이다. 장단을 맞춰주었다.

"신발은 랜드로바, 바지는 등산 바지. 그럼 안에는 뭘 입을까?"

임초영의 얼굴이 환해졌다.

"안에는 폴로 티 있지? 몇 개 사다 줬잖아? 칼라 달리고, 단추 두 개 달린 면티 말이야. 겨울이니까 검은색이나 회색, 또는 자주색 목폴라를 입어도 멋있을 거야."

"음, 알았다. 그런데 이건 또 뭐야?"

재킷 밑에 있는 작은 전자 기기를 꺼내 들었다.

"그거? 휴대용 CD 플레이어야."

"CD? 오디오에 달린 거?"

홀에 있는 오디오는 신형이다. CD 플레이어를 모를 리 없다. 그러나 포터블을 본 것은 처음이다.

"응. 들고 다닐 수 있게 만든 거. 그이 거야. 요새 안 쓰길래 내가 아빠 좋아하는 곡 녹음해서 가져왔어. 밖에 다닐 때 가지고 다녀. 이거, 노래 목록."

목록상으로 두 장의 CD에 마흔세 곡이 녹음되어 있다. 제일 좋아하는 곡인 김국환의 '타타타'도 있고, 최백호의 '낭만에 대하여'도 있고, 이동원의 '향수'도 있다. 그가 즐겨 듣는 등려군의 노래 몇 곡도 있고 팝송도 제법 있다. 팝송의 경우 그가 좋아하는 곡은 몇 개 없고 아내 이정인이 좋아하던 아바(Abba)와 카펜터스(Carpenters)의 노래가 주종이다. 그도 노래가 들릴 때마다 흥얼거렸으니 임초영이 착각할 만도 했다. 그래도 '어니스티(Honesty)', '블로윙 인 더 윈드(Blowing in the Wind)', '이매진(Imagine)' 같이 그가 좋아하는 곡들도 들어 있어서 충분히 만족스럽다.

'이런 귀여운 짓을 하는 걸 보니 혼자 있을 제 아비 외로울까 봐 걱정이 많은가 보네. 나한테는 소망원도 있다, 이 녀석아!'

임화평은 CD를 들어 흔들어 보였다.

"이거 좋네. 낮에는 아현이 보고 틀어놓으라고 하고 밤에는 방에서 들어도 되잖아."

상대가 기분 좋아하는 모습을 보고 기뻐하는 것이 정이고 사랑이다. 임화평과 임초영은 서로에게 그 감정을 진하게 느끼고 있었다.

임화평은 종이 백을 챙기면서 지나가듯 물었다.

"중국어 공부는 잘돼?"

임초영의 환하던 얼굴이 순식간에 울상이 됐다.

"아빠, 난 정말 어학에 재능이 없나 봐. 독학한 아빠는 원어민 수준으로 하는데, 난 두 달 넘게 학원에서 공부하고도 만날 거기서 거기야. 그놈의 사성(四聲), 정말 징그러워 죽겠어. 그이가 조금 낫긴 하지만 오십보백보야. 이러다간 물건도 하나 못 살 텐데 어떡하지?"

안타까웠다. 가르쳐 줄 수 있으면 좋을 텐데, 그는 그냥 아는 사람이지 배워서 아는 사람이 아니다. 그가 현대적인 중국어를 익히기 위해 한 노력은 보통화(普通話)를 사용하는 영화와 드라마를 열심히 본 것뿐이다. 그 속에서 자연스럽게 신어를 업데이트하고 미묘하게 틀리는 발음들을 교정했다. 그 외에 책도 몇 권 봤지만, 시간 죽이기 소설책 읽는 정도로 슬렁슬렁 읽었을 뿐이다. 발음 교정 정도면 몰라도 이치를 따져 가며 말을 가르친다는 것은 쉽지 않은 문제다.

"걱정할 것 하나도 없다. 외국어는 깡다구다. 가서 그냥 밀어붙여. 네가 물건 살 거야, 팔 거야? 살 거지? 돈 쓰는 사람과 벌어야 할 사람 중에 어느 쪽이 더 답답해? 답답한 놈은 개떡같이 말해도 찰떡같이 알아듣는다. 부딪치다 보면 느는 거지, 뭐. 너 누구야? 내 딸이잖아. 밀어붙여!"

임초영이 밝게 웃으며 장난스럽게 거수경례했다.

임화평은 빙긋 웃으며 시계를 흘끔 보았다. 10시가 다 되어가고 있다. 임화평은 종이 가방을 다시 챙기고 자리에서 일어났다.

"그만 가자! 한동안 못 볼 거니까 오늘 많이 놀아줘야지."

"오늘은 아빠, 내 차 타고 가자!"

임초영은 어릴 때처럼 찰싹 매달렸다. 임화평이 웃고 있다. 어릴 때는 턱수염을 올려다보았는데, 이제는 얼굴에 맺힌 웃음까지 다 볼 수 있게 되었다. 임초영도 마주 웃으려 했지만 그게 쉽지 않았다. 왠지 아버지의 웃음 속에 쓸쓸함이 숨어 있는 것 같아서다.

'이제 그만 재혼하셔도 될 텐데, 엄마도 기꺼이 그러라고 하실 텐데.'

엄마의 유언. 당시에는 몰랐지만 지금의 임초영은 그 의미를 어렴풋이 깨닫고 있다. 당신이 갈매기처럼 자유롭게 날고 싶은 것이 아니라, 아버지가 당신에게 얽매이지 말고 자유롭게 살라는 의미였을 것이다.

3년 전까지만 해도 임초영은 그 의미를 깨닫지 못해 임화평의 재혼을 생각해 보지 않았다. 마음이 바뀐 것은 윤석원과의 장래를 진지하게 고민하게 되면서부터다. 아버지는 아버지였을 뿐인데, 혼자가 될 아버지도 한 사람의 남자라고 생각해 보니까 갑자기 정신이 번쩍 들었다.

20대 청년 못지않게 건강하다. 2년 전, 임초영의 강압에 따라 종합검진을 받았을 때는 의사를 요가의 유혹에 빠뜨릴 정도로 놀라게 만들었다. 그토록 건강한 아버지를, 어머니가 자유롭기를 바랐던 아버지를 늙어 죽을 때까지 홀로 살도록 내버려 둘 수는 없는 일이다. 그러나 임초영은 재혼을 권하지 못했다. 재혼 이야기를 꺼내려 할 때마다 어머니를 보낼 때의 아버지 모습이 떠올랐기 때문이다.

※

"화장해서 뿌려주세요. 그 태안의 앞바다에 뿌려주세요. 갈매기처럼 훨훨 날고 싶어요. 그러면 나 어디든지 갈 수 있겠지요?"

그것이 어머니의 매정한 유언이었다. 아버지는 찾아가서 투정할 곳이 없다며 싫다고 했지만, 어머니는 가쁜 숨을 몰아쉬면서 다시 부탁했다.

태안은 임초영의 가족과 아무런 연고도 없는 곳이다. 그런데도 어머니가 굳이 그곳에 뿌려 달라고 고집한 이유는 그곳에 잊지 못할 추억이 있기 때문이다. 그녀의 삶에 있어서 가장 즐거웠던 한때를 보냈던 곳. 삶에 있어서 가장 느긋한 한때를 보냈던 곳. 태안이 그곳이다.

고아와 고아가 만나 부부가 되고, 딸을 낳아 가족이 되었다. 태안은 세 사람이 함께 처음이자 마지막으로 긴 휴가를 즐겼던 곳이다. 1992년 그해는 어머니가 겨우 서른다섯이 되던 해였기에 아버지는 그것이 시작일 뿐이지 마지막이 될 것이라고는 생각지도 못했다. 어머니는 그때로부터 겨우 1년 반을 더 살았다.

6박 7일. 해수욕 시즌이 지난 때여서 수영은 못했지만 그래도 충분히 즐겁고 느긋한 휴식이었다. 만리포, 안면도, 백화산, 수목원, 외도 등 근처에 볼만한 곳은 쫓기지 않고 두루 구경하고, 갯벌에서 한가롭게 조개를 캐기도 하고 먹을 수 있는 것들은 모두 먹어보았다. 그래서 그곳에 뿌려달라고 유언했을 것이다. 그리고 그 유언은 결국 지켜졌다.

이미 예정된 죽음이었기에 아버지와 그녀가 마음의 준비를 할 시간은 충분했다. 그럼에도 불구하고 임초영은 많이도 울었다. 죽기 전의 그 앙상한 모습이 불쌍해서 울고, 상을 치르는 동안 조문객들이 한마디 할 때마다 울었다. 염할 때 울고, 화장장에 들어가는 그때도 울다가 지쳐 기절했다.

임초영이 그렇게 울었는데도 아버지는 눈시울만 붉혔을 뿐, 끝내 눈물을 흘리지 않았다. 임초영은 그때 평생 처음으로 아버지가 독하다고 원망했다. 아무리 마음의 준비를 했더라도 그럴 수는 없다고 생각했다.

택시를 대절하여 태안까지 가는 동안 부녀는 한마디 말도 섞지 않았다. 아버지를 원망하는 마음이 천 근 돌을 매단 듯 그녀의 입을 무겁게 만든 탓이다.

어머니의 유해는 그날 늦은 오후에 다니는 사람이 없던 바닷가에 뿌려졌다. 등골이 시린 바람이었고 얼음처럼 차가운 바다였다. 눈물이 마르지도 않는지 임초영은 어머니가 추워할 것이라며 다시 울었다. 그런데도 아버지는 묵묵히 날아가는 유해를 바라보고만 있었다.

그날 임초영에게 의외였던 것은 아버지가 대절해 온 택시로 돌아가지 않고 여관을 잡았다는 것이다. 임초영은 방 안에서 가만히 앉아만 있었다. 옆방에 있을 아버지를 볼 생각도 하지 않았다. 그대로 앉은 채 밤을 꼴딱 새우고 서울로 돌아갈 생각이었다. 자정이 다 된 시간 즈음에, 옆방 문이 열리는 소리를 들었다. 그리고 복도를 걷는 소리도 들었다.

창문으로 밖을 바라보았다. 여관 현관의 희미한 전등불 아래 보이는 사람은 분명히 아버지였다. 아버지는 발을 끌듯 걸어 어둠 속으로 사라지고 있었다. 아무도 없을 바닷가로 가고 있었다.

임초영은 당황하여 급히 방을 빠져나갔다. 아버지마저 사라져 세상에 홀로 남겨질 것 같다는 두려움 때문이었다. 아버지가 사라진 방향으로 뛰어갔다. 한참을 뛰어 달빛에 반사되는 바다가 희미하게 보이는 곳까지 이르렀다.

임초영은 걸음을 멈췄다. 멈출 수밖에 없었다. 아버지의 절규가 그녀를 그렇게 하도록 만들었다.

"개새끼야! 착하게 살았잖아! 당신이 원하는 게 이거 아니었어? 이 이상 어쩌라고? 나보고 뭘 더 하라고? 죄를 지었다면 내가 지었잖아? 데려가려면 나를 데려가야지 왜 정인이야? 이 개새끼야! 이렇게 만들려고 만나게 했어? 이렇게 장난치려고 또 태어나게 했어? 왜? 이 좆 같은 놈아! 으흐흐흐흑!"

갯벌을 파고 있었다. 한없이 파고 있었다. 임초영은 아버지가 하늘을 흠집 내지 못하여 어쩔 수 없이 갯벌을 상처내고 있다고 생각했다.

임초영은 멀리서 아버지를 한참 동안 바라보았다. 넋을 잃고 바라보았다. 머리가 멍해졌다. 찬바람에 콧물이 줄줄 흐르는데도 모른 채 그냥 바라만 보고 있었다. 그러다가 문득 정신을 차리고 보니 어느새 바닷가에 엎드려 울고 있는 아버지의 등 뒤에 서 있었다.

임초영은 조심스럽게 무릎을 꿇고 아버지의 등을 끌어안았다. 그 차가운 바닷바람 속에서도 온기는 느껴졌다.

"아빠! 아빠! 아빠!"

그만 울라는 말도, 들어가자는 말도 하지 못한 채 그저 아빠만 불렀다. 아버지는 그제야 울음을 멈추고 천천히 몸을 일으켰다. 임초영은 아버지의 등에 기댄 채 딸려 일어났다.

아버지는 그녀를 업고 천천히 걸음을 옮겼다. 임초영은 서럽게 울었다. 어머니의 죽음이 슬퍼 운 것이 아니었다. 슬퍼하는 아버지가 불쌍해서 울었다.

힘없이 발을 끌어 갯벌에 긴 줄을 만들며 걷던 아버지가 몸을 조금씩 흔들었다. 업은 아이를 어르는 듯 조금씩 좌우로 흔들며 걸었다. 그것이 위안이 되어 울음을 그쳤다. 이미 흘러내린 콧물이 아버지 등에 범벅이 되어 있었다.

임초영은 콧물에 아랑곳하지 않고 아버지 등에 더 깊숙이 파고들었다. 아버지는 몸을 좌우로 흔들며 자장가를 부르듯이 조용히 노래를 불렀다.

그때부터 임초영이 좋아하기 시작한 중국 노래, '월량대표아적심' 이었다.

❦

분당과 죽전을 지나 수지로 들어섰다. 난개발이다 어쩐다 말이 많았지만 결국 개발은 시작되었다. 2년 전부터 시작된 수지 개발 붐은 고속도로변에서부터 시작되어 점차 안쪽으로 진행되어 가고 있다. 이미 아파트가 들어선 곳도 있고 땅만 파헤쳐 놓은 곳도 있다.

이차선 도로변에서 소망원까지 이르는 길은 시멘트로 포장되어 있는 좁은 길이다.

"다 왔다, 내 작품."

낮은 언덕 위에 집 한 채가 있다. 담쟁이넝쿨이 자라는 어른 가슴 높이의 낮은 담에 둘러싸인 이층 건물이다. 원래는 12년이 된 낡은 회색 건물이었지만, 재작년에 임초영의 손을 빌어 알록달록한 원색의 옷을 입었다. '후앙 미로(Joan Miro)' 라는 스페인 미술가의 작품 '빛나는 날개의 미' 에서 모티브를 얻었다는데, 그 덕에 건물은 주택가의 유치원처럼 예뻐졌고 아이들은 한층 더 밝아졌다. 그곳이 바로 깨끗한 바람(望)이 머무는 동산, 소망원(素望園)이다.

임초영이 오늘 소망원에 기증하기로 결정한 98년형 빨간색 아토스가 먼저 들어갔다. 그 뒤로 오형만이 모는 97년형 자주색 카니발이 들어갔다. 정문에서 건물 앞까지의 길 좌우에는 잔디가 깔려 있다. 건물 우측에는 아파트 단지 안에 하나쯤 있을 법한 작은 놀이터가 있고, 건물 좌측에는 색색의 빨래가 줄줄이 널려 있다.

차가 건물 앞에 서기도 전에 놀이터에서 놀던 이십여 명의 아이들이 달려왔다. 모두 유치원이나 초등학교 저학년 연령의 어린아이들이다. 그 외의 아이들은 아직 학교에 있을 시간이다.

오형만 등은 차에서 내리자마자 아이들에게 둘러싸여 쪽쪽거리며 인사하기에 바빴다. 임초영도 거기에 합류했다.

"허! 완전히 찬밥이네."

오형만 등은 아이들의 우상이다. 꼬박꼬박 찾아와 맛있는 것, 예쁜 것, 재밌는 것들을 꺼내놓는 영웅들이다. 임화평이 주도하는 점심과 저녁 식사도 아이들에게는 오형만 등이 해주는 것이 된다. 임화평은 그저 좋은 아저씨일 뿐이다. 영웅인 언니, 오빠들이 왔는데 아저씨가 눈에 들어올 리 없다.

임화평은 멀뚱히 서서 주위를 둘러보았다. 그의 눈이 반짝였다. 다른 아이들과 합류하지 못하고 뒤에서 작은 곰 인형을 안은 채 우물쭈물하고 있는 아이가 있다. 세 달 전에 새로 들어온 여섯 살배기 한소은이라는 아이다.

임화평은 아이를 못 본 척 딴청을 부렸다. 한소은은 주춤거리며 조금씩 다가와 몸으로 임화평의 다리에 살짝 부딪쳐 왔다. 임화평이 여전히 모른 척하자 조금 더 세게 부딪쳐 왔다. 임화평은 그제야 고개를 숙이고 환하게 웃었다.

"아이고, 우리 소은이 잘 있었어? 곰돌이도 잘 있었고?"

임화평은 아이를 안아 드는 대신 쪼그리고 앉아 아이와 눈을 맞췄다. 아이는 무표정한 얼굴로 고개를 끄덕였다. 임화평은 그제야 아이를 품속 깊이 안아 한참 동안 그대로 있었다. 아이가 사람의 따뜻함을 느껴주기를 바랐기 때문이다.

한소은은 말을 하지 못하는 아이다. 선천적인 농아가 아니라 실어증에 걸린 아이다. 정확한 병명이 '히스테리성 실성증'이라는데, 학대받고 방치된 아이들에게서 종종 나타나는 증상이라고 한다.

한소은의 엄마는 열일곱에 가출하여 열아홉에 아이를 낳고 술집에서 아르바이트를 하며 아이를 키웠다. 술에 취해 때리는 것은 예사였고, 때때로 외박하여 아이 굶기기를 밥 먹듯이 했다. 그러다가 결국 돌아오지 않았고, 아이는 아사 직전의 상태에서 발견되었다. 며칠 동안 아이 엄마로 인한 소란스러움이 없었다는 점과 간헐적으로 들리는 문 긁는 소리를 수상쩍게 여긴 옆집 여자가 창문 너머로 확인한 것이다.

죽지 않은 것만으로도 천만다행이었다. 발견될 당시 아이의 상태는 너무도 처참했다. 몸은 갈비뼈가 드러나 보일 정도로 앙상했고, 문을 긁고 두드린 손은 온통 피투성이였다. 냉장고에 먹다 남은 과자와 콜라가 있었기에 망정이지, 그것마저 없었다면 굶어 죽었을 것이다. 아이를 치료하는 동안 구청에서 연고자를 찾아보았으나 엄마의 신분 자체가 불분명하여 찾을 수가 없었고, 결국 소망원에 맡겨졌다.

소망원으로 온 뒤에도 아이는 쉽게 적응하지 못했다. 말을 못하니 또래들 사이에 섞이지 못하는 것은 당연했고, 아이들 돌보는 데 주축이 되는 고등학교 재학 중인 원생들의 접근마저 거부했다. 아이들이 줄줄 따르는 송아현과 임초영 역시 거부당했다.

한소은이 접근을 허락한 사람들은 대개 나이가 지긋한 사람들이다. 원장 부부와 노숙자에서 건물 관리인이 된 장씨, 그리고 봉사 활동을 나오는 아주머니들이 그들이다. 임화평도 먹는 것과 곰 인형을 가지고 그 대열에 은근슬쩍 끼어들었다.

오늘로서 열한 번째 만남이다. 그것도 일주일에 한 번씩 띄엄띄엄 만난 것에 불과했다. 그럼에도 불구하고, 먼저 찾아와 알은체를 한 것은 한소은으로서는 아주 큰 인사다.

"으라차차!"

임화평은 한소은을 들어 안았다. 안아도 통나무처럼 뻣뻣하기만 하던 한소은이 무서웠던지 그 작은 팔을 들어 임화평의 목을 끌어안았다. 임화평은 미소 지으며 왼손으로 아이의 머리를 눌러 자신의 뺨에 아이의 뺨을 가져와 붙였다.

'이런! 아침에 수염을 안 깎고 왔구나. 따가울 텐데.'

임화평은 전기면도기라는 문명의 이기를 사용하여 이틀에 한 번씩 수염을 깎는다. 오늘이 깎는 날이었음에도 아침에 허둥대다가 잊고 말았다. 슬며시 손을 올려 왼쪽 뺨을 쓰다듬었다. 손에 와 닿는 느낌이 제법 거칠었다.

'사람의 온기가 수염의 따가움을 이긴 셈인가?'

한소은은 뺨을 붙인 그대로 숨만 쌕쌕거렸다. 임화평은 뺨을 비틀어 수염이 없는 곳으로 아이의 뺨을 옮겨놓았다.

'정인아! 너 있으면 이 녀석 당장 임재영(林再英)으로 만들었을 텐데, 혼자라서 결정을 못하겠구나. 상처가 많은 녀석이라 혼자 감당할 자신이 없다.'

이정인과는 아이를 낳을 수 있을 때까지 낳기로 했었다. 둘 다 외로운 사람들이었기에 떠들썩한 집안을 원했다. 첫 번째 꽃봉오리로 딸의 이름을 지은 것도 그 때문이었다.

이정인은 둘째를 가지지 못한 것을 많이 아쉬워했다. 임화평이 그녀를 처음 이곳 소망원에 데리고 온 날, 그녀의 아쉬움은 많이 가셨다. 이곳에 오는 날이면 그녀가 먼저 서둘렀다. 만약 그녀가 한소은을 봤다면 그녀가 먼저 임화평을 설득하려 했을 것이다.

임화평은 한소은을 안은 채 이정인의 손길이 닿은 소망원 구석구석을 살폈다.

'그러고 보니 소망원에 들락거린 지도 꽤 오래되었구나. 그게 벌써 9년 전 일인가?"

 도미했던 박승광이 11년 만에 방한했다. 그에게 마음의 빚을 지고 있던 임화평이 그를 극진하게 모셨음은 당연한 일이다. 그러나 그것으로 충분하지 못했다. 박승광은 한 가지 부탁으로 그의 마음을 가볍게 해주었다. 후배가 경영하는 소망원이라는 신설 고아원에 자주 찾아가 아이들에게 가끔이라도 자장면을 맛보여 달라는 것이었다. 그때가 지금으로부터 9년 전이다.

 소망원 원장 한용우는 임화평이 내어놓은 봉투를 사양하지 않고 받았다.

 "매번 고맙네."

 쉰여덟이 된 한용우의 얼굴은 편안해 보였다. 주름살이 눈매를 부드럽게 만들고 얼굴 아래쪽을 덮다시피 한 회백색의 수염이 그의 인상을 푸근하게 만들었다. 황토색 개량 한복이 잘 어울리는 그의 얼굴을 보면 인생오십지천명(人生五十知天命)이라는 말을 떠올리게 된다. 천명을 알고 그에 순응하는 사람이 가질 법한, 한 점 악기(惡氣)가 느껴지지 않는 얼굴이다.

 "매번 별말씀을 다 하십니다. 형님, 작게나마 목욕탕 하나 지읍시다. 무릎 높이 정도로 지어놓으면 아이들 한꺼번에 씻기기도 좋을 거고 그놈들끼리도 잘 놀 것 같은데, 어떠세요?"

 한용우가 미소 지으며 임화평의 눈을 지그시 바라보았다.

 "왜? 소은이 때문에?"

 임화평이 쓰게 웃으며 대답했다.

 "왜 그 아이에게 유독 눈이 가는지 모르겠습니다."

 "자네가 그 아이 사연을 아니까 그런 거지. 고아치고 사연없는 사람이 어디 있겠나? 다른 아이들 중에도 학대받은 아이들 많다네. 하지만 지금은 잘 지내지 않는가? 소은이도 곧 말문을 다시 열고 다른 아이들처럼 어울려 놀게 될 걸세. 너무 걱정하지 말게. 그렇게 애가 쓰이면 데려가서 키우던지."

안 그래도 자꾸 눈에 밟혀 입양을 생각하는 중이다. 이정인 없이 혼자라서 절차가 까다롭기는 할 테지만, 한용우가 돕는다면 크게 어려울 것 같지도 않다. 그러나 일하는 동안 아이 혼자 덩그렇게 방 안에 둘 수는 없는 일이다. 과거의 악몽이 되살아날 것이 틀림없다. 영화에서 본 것처럼 주방과 방을 화상으로 연결하여 일하는 모습을 보여준다든지, 강아지를 키우게 만든다든지 하는 방법들도 생각해 보았지만 그러기에는 너무 어렸다. 어울려 놀지는 못해도 또래의 아이들과 있는 것이 좋다고 판단했다.

"그 사람 없이 잘 키울 자신이 없습니다. 아무래도 일하는 동안은 어렵겠지요. 형만이 그 녀석이 이제 제법입니다. 조금 더 가르치고 인철이와 동수가 뒤를 받쳐 줄 수 있게 되면 물러날 생각입니다. 그때쯤에 결정을 하지요. 그때는 아예 제가 여기 들어와 살아도 되지 않겠습니까?"

"나야 좋지. 그런데 이제 옮길 때가 된 것 같아. 땅 팔라고 찾아오는 사람이 점점 많아져. 그리고 요새 힘들어하는 애들이 좀 많아졌어. 학교 그만두고 싶다는 놈들이 제법 돼. 그래서 시골로 가보면 어떨까 생각 중이야."

아직은 멀었다지만 길어봐야 2년이다. 그때가 되면 소망원 인근에도 불도저가 밀어닥칠 것이다. 물론 소망원 인근의 땅은 한용우가 정당한 소유자다. 세입자가 아니니 철거반들에 밀려 울고불고할 필요는 없지만, 그전에 용역이나 토건이라는 이름을 내건 조폭들이 간 좀 보겠다고 들이닥칠 수도 있다.

"더 기다리지 말고 넘기십시오. 힘없는 사람에게는 보물을 가진 것이 죄가 될 수도 있습니다. 날파리들이 꼬이기 시작하면 애들이 고생합니다."

"그래. 아직 몇백은 더 오를 여지가 있지만 적기는 지금쯤인 것 같아. 요즘 적당한 사람이 없나 알아보는 중일세. 지금 팔고 새 둥지 만들 때까지 살 수 있도록 합의하면 될 것 같아."

"예, 잘 생각하셨습니다. 혹시라도 팔기 전에 날파리들이 꼬이면 저한테 연락 주세요. 제가 소싯적에 주먹깨나 썼습니다. 저 허풍 떠는 놈 아닌 거 아시지요? 그런 놈들은 제가 잘 다룹니다. 꼭 연락하셔야 합니다?'

"알았네. 하지만 그럴 일 없을 걸세."

"그러면 다행이구요. 그런데 학교 그만두고 싶어하는 녀석들이 있어요? 제 잘못이 없지 않군요."

오형만, 박동수, 성인철 모두 고등학교를 다니다가 그만두었다. 흔히들 왕따라고 하는, 집단 따돌림을 견디지 못했던 것이다. 하지만 이제 그들의 삶은 고달파 보이지 않는다. 아이들은 그들의 모습에 자신들을 대입해 보았을 것이다.

"자네 잘못이 어딨어? 고마울 뿐이지. 아이들이 잔인해진 것이고, 그것은 결국 어른들이 모범이 되지 못하는 탓이야. 요즘 세상에 바로 선 것이 별로 없어. 모두 그렇게 조금씩 삐뚤어지다가는 한순간에 무너져 내릴 텐데, 걱정이야. 하기야 나부터 그랬으니 내가 할 말은 아니구먼."

원래 한용우의 성격은 오만하고 독선적이었다. 고아원 같은 것을 운영할 만한 사람이 아니었다. 그를 바꾸어놓은 것은 제대로 살아보지도 못하고 죽어버린 아들이었다.

한용우는 한때 대한민국 일, 이위를 다투던 기업, 태명실업에서 최연소 이사가 된 사람이었다. 그는 친구도 애인도 없이 오직 일에만 매달려 서른셋에 과장을 달고, 그제야 중매로 결혼을 했다. 결혼 후에도 생활은 달라지지 않았고, 그 결과는 승진으로 이어졌다. 서른여섯에 부장이 되고, 서른아홉에 이사가 되었다. 신기록 제조기라는 별명을 얻을 정도로 대단한 성과를 거두고 다시 그 명성에 빠져 가정을 도외시했다.

휴일도 없었다. 일 중독자에게 휴일이란 일하는 장소가 사무실에서 집으로 바뀐 것뿐이었다. 사고 당일 부인이 목욕을 가면서 아이를 잠시 맡겼는데, 여섯 살 아들이 놀아달라는 말에 보지도 않고 귀찮으니까 나가서 놀라고 말해 버렸다. 아이는 울먹이며 집을 나갔다가 트럭에 치여 죽고 말았다.

한용우는 그제야 후회했지만 이미 늦은 일이었다. 도대체 누구를 위해서 그렇게 열심히 일했던가를 생각해 보니 모든 것이 허망해질 수밖에 없었다. 결국 회사를 그만두고 칩거했다. 잠을 자지도 못했다. 꿈에서 피 흘리는 아들이 놀아달라고 하는 바람에 잠에서 깰 때마다 가슴을 쥐어뜯으며 오열해야만 했다.

한용우는 독실한 천주교 신자인 부인 차지숙을 따라 그녀가 봉사 활동을 해왔던 한빛보육원을 찾았다. 늘 정에 목말라 있던 아이들이 기다렸다는 듯이 그에게 매달렸다. 그때 그는 그 아이들에게서 아들의 모습을 보았다.

한용우는 보육원에서 봉사 활동을 하면서 다시 공부를 시작했다. 보육 업무와 관련된 것이라면 무엇이든 공부했다. 사회복지사부터 보육 교사까지 도움이 될 만한 자격증이라면 무엇이든 취득했다.

한빛보육원에서 봉사 활동을 한 후로 꿈에 나타나는 아이의 모습이 점차 변해갔다. 피를 흘리지 않게 되었고, 옷이 깨끗해졌고, 얼굴이 맑아졌다. 미소를 지었고, 깔깔 웃었다.

한용우는 오히려 꿈을 즐기게 되었다. 웃으면서 아이를 맞이할 수 있게 되었고, 품 안에 안아 놀아줄 수 있게 되었다. 그리고 5년이 지난 어느 날, 아이는 그의 품속에서 빛으로 화하여 맑은 웃음을 남긴 채 사라졌다.

한용우는 기쁜 마음으로 아이를 떠나보낸 후 부인과 상의하여 얼마 남지 않은 가산을 정리했다. 그 돈으로 이곳 수지에 보육원을 세웠던 것이다.

한용우의 사정을 알고 있는 임화평은 분위기가 침울해지기 전에 대화의 방향을 바꿨다.

"우선 형님이 살펴보시고, 정말로 견디기 힘들어하는 녀석들 중에 우리 쪽 일을 해보겠다는 녀석들은 제게 보내세요. 두 명 정도는 괜찮습니다. 동수와 인철이도 슬슬 주방에 들어올 때가 됐습니다. 밖에서 일할 녀석도 필요하니까 저 힘들까 걱정하지 마시고 말씀하세요."

임화평 그가 나름대로 성공을 해서 그런지 몰라도 그가 생각하는 요리사라는 직업은 다른 직업에 비해 상대적으로 정직하다. 혈연, 지연, 학연 등 무엇이든 도움이 되는 것은 없는 쪽보다 있는 쪽이 좋을 테지만, 그것들로 실력을 누를 수 없는 것이 요리사의 세계다.

요리사의 세계에서는 허세가 통하지 않는다. 사람들은 맛없는 음식을 두 번 용납하지 않는다. 10년 단골이라고 해도 두 번 연속 맛없는 음식이 나오는 순간 발길을 끊는다. 30년 전통의 음식점이 주방장 하나 바뀜으로써 순식간에 몰락하기도 한다. 망하겠다고 작정하지 않는 이상 아무리 자식이라도 실력없는 요리사를 주방장으로 내세울 음식점은 없다.

건물을 화려하게 짓고 여종업원들을 발가벗겨 놓아도 음식점을 표방하는 이상 맛없는 집은 결국 망한다. 반대로 아무리 교통이 불편해도, 아무리 외양이 허름하다 해도 맛있다고 소문난 집에는 발길이 끊이지 않는다. 그것이 냉혹하고도 정직한 요리사의 세계다.

세상을 홀로 서야 하는 사람에게 요리사라는 직업만큼 도전하기 좋은 직업은 많지 않다. 고아라는 것이 큰 장애가 되지 않는다. 맛있는 것을 먹어본 아이들, 주위의 지원을 받을 수 있는 아이들에 비해 시작이 불리할 수는 있겠지만, 그 정도는 극복해야 성공을 기대할 수 있다. 실력이 최고의 미덕이 되는 세계에서 독기없이 성공할 수 있는 사람은 없는 법이다.

초영반점은 요리사가 되기를 원하는 소망원 아이들에게 최적의 수련장이다. 고아가 맞부딪쳐야 할 장애들을 최소화시켜 줄 수 있는 장소다. 또한 가르치는 사람들이 모두 형제자매나 마찬가지라서 외롭지도 않다. 스스로만 노력한다면 홀로 설 때까지의 기간을 최소한으로 줄여줄 수 있는 곳이다.

'형만이 녀석을 좀 더 다그쳐야겠군.'

요즘의 임화평은 목적지없이 떠도는 표류선이다. 그가 중식 요리사가 된 것은 이정인 때문이고 열심히 살아온 것은 가족들 때문이었다. 이정인이 죽고 임초영마저 스스로의 의지에 따라 삶의 길을 가고 있다 보니 임화평의 삶은 태워야 할 손님 없는 여객선이 되어버렸다.

그렇다고 애초에 관심도 없던 최고의 중식 요리사를 목표로 삼을 생각도 없고, 쓸모도 없는 무공을 수련한답시고 정력을 소모할 생각도 없다. 그나마 관심을 가지고 임하는 것이 소망원의 일 정도인데, 그 또한 왠지 해야만 할 것 같다는 의무감 때문에 하는 것이지 불타는 사명감 때문에 하는 것은 아니다.

'돈이야 쓸 만큼 벌어놓았다. 형만이를 제대로 가르쳐 놓고 일이 년 여행이나 하다가 여생을 여기서 보내는 것도 괜찮겠지.'

오형만은 임화평의 첫 번째 제자이자 소망원의 일호 요리사다. 그 말은 그가 요리사를 희망하는 소망원 아이들의 표상이 된다는 의미다. 임화평은 책임감을 느끼고 그를 좀 더 확실히 키우기로 재차 다짐했다.

점심을 먹이고 놀아주고, 저녁을 먹이고 씻겨주었다. 몸은 찌뿌드드해도 마음은 기쁨으로 충만했다. 설거지는 알아서 하겠다는 고학년 아이들에게 떠밀려 밖으로 나온 오형만은 그만의 추억의 장소로 나섰다. 빨래가 다 걷힌 공터에는 소망원의 튼튼한 다리가 되어주는 15인승 노란색 이스타나 한 대가 서 있을 뿐이다.

"으다다다다! 좋다."

오형만은 기분 좋게 기지개를 켜고 공터 한구석에 있는 바위 가운데 하나에 엉덩이를 실었다.

"오빠! 거기서 뭐 해?"

송아현이다. 자신을 찾아 나온 것 같아 기분이 좋았지만, 오형만은 또다시 솔직한 마음을 드러내지 못했다.

"너도 밀려 나왔어? 여기 좀 앉아 쉬어."

송아현이 오형만의 옆 바위에 앉았다.

"여기서 뭐 하냐니까."

오형만은 자신이 앉은 바위를 손으로 쓰다듬으며 말했다.

"옛날 생각."

"옛날 생각? 뭔데?"

"흠! 오늘 기후 얼굴 봤지?"

송아현의 안색이 어두워졌다. 이제 고등학교 2학년이 된 송기후가 어디서 맞았는지 눈이 시퍼렇게 변해서 돌아왔다. 무슨 일이 있었냐고 물어도 대답을 하지 않았다.

송아현이 아는 송기후는 그다지 활동적인 아이가 아니다. 체격이 작고 행동이 느렸다. 몸을 움직여 놀기보다는 책을 읽고 사색하기를 좋아하는 아이다. 그런 아이가 먼저 나서서 누군가와 주먹다짐을 했을 리 없다.

"내가 옛날에 기후처럼 맞고 들어와서는 화나고 쪽팔려서 차마 들어가지 못하고 여기에서 시간을 보낸 적이 있었지. 그때 사부님이 나오셔서 지금 네가 앉아 있는 그 자리에 앉으셨어."

송아현이 호기심이 동한 듯 허리를 쭉 빼서 상체를 내밀었다.

"그래서?"

송아현은 이미 동생이 아닌 여자다. 오형만은 송아현의 체취에 아찔해졌으나 그녀에게서 눈을 떼는 것으로써 겨우 참아 넘겼다.

"그때 사부님이 이렇게 말씀하셨지."

임화평은 무심한 얼굴로 물었다.

"아프겠다? 얼음찜질 좀 하지 그러냐? 그런데 이상하구나. 겉보기는 약골 같아도 뼈는 꽤나 튼튼한 것 같은데, 왜 맞고 다녀?"

오형만은 임화평의 눈길을 외면하고 고개를 숙였다.

'이 아저씨 지금 누구 약 올리는 거야? 제기랄!'

욕설이라도 퍼부어주고 싶은 심정이지만, 그동안 임화평에게 얻어먹은 게 너무 많았다. 오형만은 무시하는 쪽을 선택했다.

"이런 일 한두 번이 아니라면서? 어떤 식으로 때리던? 당연히 마구잡이였겠지. 그저 크게 휘두르고 크게 발길질하는 게 다였을 거야. 태권도를 배우고 유도를 배웠다고 해서 네 나이대 아이들 싸움이 크게 달라질 게 있을까. 한 발 움직이면 피할 수 있고 살짝 건드리면 넘어뜨릴 수 있을 거다. 물론 그렇게 하려면 약간의 수련이 필요하겠지만 말이다."

'수련? 이 아저씨, 자기가 소림사 주방장이라도 된다는 거야, 뭐야?'

오형만은 갑자기 나와서 뜬금없는 소리를 해대는 임화평을 멍한 눈으로 바라보았다.

임화평이 말릴 틈도 없이 말을 이어갔다.

"문제는 눈이다. 한 발로 피하고 한 손 뻗어 넘어뜨리기 위해서는 눈이 좋아야 한다. 아! 그건 수련이 필요하구나. 아프지 않게 맞는 법, 가르쳐 줄까? 힘이란 모으는 데 시간이 필요하고 일단 모이면 쉽게 흩어져 버린다. 주먹을 휘두른다고 생각해 보자."

오형만을 억지로 일으켜 세운 임화평은 엉거주춤 서 있는 그를 향해 슬로모션으로 주먹을 내뻗었다. 주먹은 임화평의 팔이 다 뻗어지기도 전에 얼굴에 닿았다.

"자, 이렇게 먼저 맞으면 아플까? 상대적으로 훨씬 덜 아프지. 힘이 모이기 전에 맞았기 때문이다. 상대가 손발을 내뻗을 때 피하지 않고 달려들면 덜 아프게 맞을 수 있다. 힘이 흩어질 때 맞아도 아프진 않지만 그건 타이밍 맞추기가 어렵지. 그 타이밍을 맞출 수 있다면 피할 수도 있거든. 아프지 않게 맞는 것으로 만족하지 못한다면 다른 방법도 있다. 그 해결법이 바로 눈이다. 무술을 수련할 때 먼저 안법이란 것을 배운다. 물론 네게 안법을 수련하라고 할 생각은 없다. 너희들 같은 아이들 싸움에 필요한 안법이란 고작 각오를 단단히 하여 두려움을 극복하고 똑똑히 바라보는 것만으로도 충분하기 때문이지. 내가 너를 때릴 리 없겠지? 그걸 염두에 두고 내 주먹을 한 번 봐라."

슈슈슈슉!

권투의 원투 스트레이트와 같은 주먹이 오형만의 코앞을 연이어 스치듯 지나갔다. 오형만은 맞지 않는다는 것을 알고도 본능적으로 눈을 감고 말았다. 바람이 일어날 정도로 강렬한 기세라서 반드시 맞을 것 같았기 때문이다.

"싸울 때는 늘 가슴에 분노를, 머리에 이성을 담고 있어야 한다. 어렵니? 싸움이 당장 급한 건 아니니까 우선은 그냥 눈을 부릅떠라. 맞아도 반드시 보겠다는 각오를 해라. 그 녀석 주먹이 나보다 빠를 수는 없다. 볼 수 있다면 쉽게 피할 수 있어."

맞지도 않을 건데 겁부터 먹었다고 생각하니 창피했다. 처음에는 중국집 아저씨하고 내가 지금 뭐 하는 짓인가 하다가 갑자기 오기가 생겨나기 시작했다. 그것이 그대로 눈에 드러났다.

임화평이 다시 주먹을 내뻗었다. 주먹 끝에서 미풍이 생겨 눈을 아프게 했지만 오형만은 눈물이 나도록 눈을 부릅뜨고 주먹을 보려고 노력했다.

"단발로 끊어서 칠 것이다. 지금 네 머리가 있는 곳을 칠 것이다. 피하지 않으면 맞는다."

슉!

오형만은 피하지 못했다. 미풍이 먼저 콧등을 건드렸고, 주먹이 코끝에 닿았다. 피하지 못하면 맞는다고 생각하니까 두려움이 일어 주먹을 보고도 피하지 못했다. 다행히 충격은 없다. 그저 손가락에 살짝 짓눌린 느낌이다.

"눈을 감지 않아 그나마 다행이구나. 그 정도 근성이면 됐다. 이제 제대로 보는 법을 가르쳐 주마. 주먹을 보면 안 된다. 상대의 눈을 봐. 얼굴을 보고 어깨를 봐. 거울을 앞에 두고 슬로모션으로 상대를 타격할 수 있는 동작을 모두 취해봐라. 인간의 육체 구조는 똑같잖아? 네 표정이, 네 움직임이 곧 상대의 표정이요, 움직임이다. 그걸 미리 캐치하면 상대가 어떻게 움직일지 예상할 수 있다. 예상하고 있으면 눈으로 보기도 쉽지."

임화평은 한동안 타격할 수 있는 기본자세에 대해 설명하고 또 실현해 보였다. 그것을 다시 오형만에게 재현해 보라고 시켰다. 그는 또한 잘못 때리면 사람이 크게 상하는 곳을 알려주고, 그곳만큼은 반드시 피해야 하고 또 때리지 말아야 함을 강조했다. 머리에 이성을 담아야 하는 이유를 세세하게 설명한 것이다.

"상대의 움직임이 눈에 들어오면 한 발 옆으로 물러서는 것으로도 피할 수 있다. 이렇게 한 발 물러설 때도 많이 움직이면 안 된다. 중심이 흐트러지면 곤란해지거든. 멀리 가려고 하면 네 자세도 흩어져 반격이 어려워. 이렇게 살짝 물러서서 상대의 손이 완전히 뻗어나갔을 때나 발이 떨어질 때를 기다렸다가 몸통을 슬쩍 밀면서 발을 후려 차는 것만으로 충분하다. 무릎 뒤, 그러니까 이렇게 접히는 곳이 제일 좋지만, 여의치 않거든 무릎 뒤에서 발목까지 어디를 차도 괜찮다. 후려 찰 때는 반드시 넘어뜨린다는 마음으로 강하고 짧게 후려 차라. 그리고 이렇게 올라타면 묵사발을 만들어 버릴 수 있다. 또 한 번 강조해서 말하마. 두려움은 몸을 움츠리게 한다. 분노로써 두려움을 극복하고 이성으로써 상대를 패라. 분노만으로 상대하다가는 잘못될 경우 사람을 죽일 수도 있다."

임화평은 올라타고 있던 오형만을 일으켜 세운 후 그의 등을 털어주었다.

한참 열중했던 오형만이 갑자기 침울해졌다.

"한 놈 올라타면 뭐 해요? 다른 놈들이 뒤통수 깔 텐데."

임화평은 껄껄거리며 오형만의 어깨를 두드렸다.

"하하하! 그렇구나. 당연히 혼자가 아니겠구나. 가만히 있는 사람을 괴롭히는 양아치가 홀로 다닐 턱이 없겠지. 늘 몰려다니며 세를 과시하려고 하겠지."

임화평은 오형만에게 자리를 권하고 자신도 앉았다.

"사람을 때리려면 맞을 각오도 해야 하는 법이다. 그래서 양아치들이 패를 이루는 거야. 녀석들도 혼자로는 겁나거든. 너는 혼자니까 더 겁날 거다. 한 방 때리면 수십 방으로 돌아올 테니까. 안 때리고 덜 맞자, 이 생각이지?"

오형만은 고개를 끄덕였다. 덤벼봐야 매만 번다는 게 그의 생각이지만, 결국 안 때리고 덜 맞겠다는 것과 마찬가지 의미다.

"그런데 어쩌냐? 계속 맞아주면 넌 평생 그놈들 앞에서 당당하지 못할 거다. 설사 네가 성공을 하더라도 그놈들은 평생 너를 버러지, 장난감으로 기억할 거다. 그래, 살다 보면 포기해야 할 일도 있는 거야. 그러나 그냥 포기하면 그건 남자가 아니지. 포기할 땐 하더라도 네가 할 수 있는 건 모두 해보고 포기를 해야 후회가 없겠지? 이래도 맞고 저래도 맞는다면, 과연 네가 아직 해보지 못한 것이 무엇인지를 생각해 봐야 하지 않겠니? 잘 생각해 봐라. 그놈들에게 맞아서 아픈 게 정말 네 몸인지, 아니면 네 가슴인지. 남자는 뼈가 부러지는 것보다 마음이 부러지는 것을 더 두려워해야 한다."

오형만은 입을 꾹 다물었다. 그리고 곰곰이 생각했다. 맞을 땐 정말 아팠다. 지금도 아픈가 생각하면 고개를 저을 수밖에 없다. 욱신욱신하지만 그 정도는 엎어져서 무릎을 찧은 것에 비하면 아무것도 아니다. 잊고 있던 통증이 되살아났다. 한 번 욱신거릴 때 분하고 두 번 욱신거릴 때 원통했다. 너무나 화가 나 가슴을 잡아 뜯어버리고 싶은 심정이었다. 진정으로 아픈 것은 불의에 저항하지 못하고 굴복해 버린 마음이었다.

임화평은 구겨지고 일그러지는 오형만의 얼굴을 보면서 어깨를 토닥였다.

"주동이 된 놈을 자빠뜨리고 한동안 저항하지 못하게 발끝으로 여기 이 골반을 걷어차 버려라. 다리를 차면 효과가 없고 다른 곳을 차면 위험하다. 그런 후에 눈은 패거리들에게 두고 볼펜을 꺼내 들던지 돌멩이를 주워 들어 자빠진 놈의 머리맡을 정말 죽일 듯이 찍어버려. 그리고 분노한 네 눈을 보여줘라. 다시 건드리면 그때는 죽어도 죽여 버리겠다는 의지를 보여줘. 그게 통하면 자유로워질 것이고 안 통하면 학교생활이 더 괴로워지겠지. 어떠냐? 말릴 생각은 하지 않고 싸우라고 충동질하면서 통하면 좋고 안 통하면 그만이라고 하니 이 아저씨 참 무책임하지?"

오형만이 고개를 저으며 임화평의 눈을 직시했다. 임화평은 피식 웃으며 오형만의 머리카락을 흐트러뜨렸다.

"아니라고 해주니 고맙구나. 네 경우, 말리는 것은 미봉책에 불과하다. 네가 참는다고 해서 그쪽에서 참아주지 않을 테니 늘 너만 당할 수밖에 없지. 그것은 불의라고 생각한다. 저기 미국 아래쪽에 쿠바라는 나라가 있는가 보다. 거기에 체 게바라라는 사람이 이런 말을 했다고 한다. '이 세계 어디선가 누군가가 불의를 당하면 분노할 줄 알아야 한다'. 나도 주워들은 말이라서 어떤 상황에서 한 말인지는 모르겠다. 어쨌든 멋진 말 아니냐? 그 누군가가 넌데, 너를 위해 분노해 줄 사람이 없다면 스스로 일어설 수밖에 없지. 분노하지 못하면 굴종해야 하니까."

물론 임화평이 대신 분노해 주면 간단하게 해결할 수 있는 일이다. 굳이 때릴 필요도 없이 위력 시위 한 번만 해주면 다시는 오형만을 건들지 못할 것이다. 하지만 그렇게 일을 처리하면 오형만은 홀로 설 수 없게 된다. 오형만은 이날 이후에도 많이 맞았고 한참 후에야 임화평이 나섰다면 간단히 해결할 수 있었음을 알았지만, 원망하지 않고 지금까지 고맙게 생각하고 있다.

임화평이 오형만의 어깨를 꾹 쥐며 물었다.

"할 마음이 생기면 어떻게 한다고? 가슴에는……."

"가슴에는 분노를, 머리에는 이성을 담는다."

"시작하면 끝을 봐야 한다. 어중간한 마음으로 시작하면 안 돼. 정말 해내고야 말겠다는 확고한 결심이 섰을 때 딱 한 번으로 끝내라. 두 번 하면 무조건 역효과난다. 그럼 한 번에 끝내려면 어떻게 한다? 마음이 굳건해도 몸이 따르지 않으면 아무런 소용이 없겠지? 스스로 확신이 설 때까지 훈련해라. 그동안 맞는 것은 굴욕이 아니다. 한 대를 벽돌 하나로 생각해라. 그것으로 가슴에 분노의 탑을 쌓는 거다. 그리고 여기에는?"

임화평은 손가락으로 오형만의 이마를 짚었다. 오형만이 대답했다.

"이성의 탑을 쌓아라?"

"문을 만들어야지, 이성이란 놈이 쉽게 드나들 수 있도록. 어렵지 않지? 싸울 때의 이성이란 별거 아니다. 여기 때리면 이 자식 죽는다는 생각을 할 수만 있으면 돼."

임화평은 다시 한 번 때려서 위험한 곳을 손가락으로 짚어가며 설명해 주었다.

송아현은 믿을 수 없다는 듯이 눈을 치떴다.

"아저씨가 정말 그런 말을 하셨단 말이야? 그러다가 잘못되면 어쩌려고 그런 무책임한 말씀을 하신 거지?"

오형만의 선한 얼굴에 쓸쓸한 미소가 어렸다.

"무책임하다? 그때 이런 말씀도 하셨지. '원장님이 내가 한 말을 들었다면 노발대발하시겠지만, 세상에 홀로 서야 하는 고아에게 물러서는 버릇이 생기면 평생 밑바닥을 벗어나지 못한다' 하셨어. 그때 이후 그 말은 늘 내 가슴속에 있었어."

송아현은 무겁게 고개를 끄덕이다가 다시 물었다.

"그럼 그때 어떻게 했어?"

"싸웠지. 거울과 싸우다가 결국 그 자식들과 싸웠다."

"성공했어?"

오형만은 밝게 웃으면서 고개를 저었다.

"반만. 사부님이 그렇게 강조했는데도 이성을 가지고 사람을 때린다는 게 참 어렵더라. 눈이 홱 돌아가 버리더라고. 잘못해서 강충식이라는 놈의 갈비뼈를 두 대나 부러뜨렸어."

오형만은 그때의 심정을 떠올리면서 쓴웃음을 지었다. 정말 눈앞에 보이는 것이 없었다. 1년이 넘도록 그를 괴롭혀 오던 녀석들 가운데 하나가 간단한 손짓과 발길질 한 번에 어이없이 무너져 버리는 순간, 싸우기 전의 긴장감과 임화평의 충고가 한 번에 날아가 버렸다.

강충식은 오형만이 발끝으로 골반을 찍어버리기도 전에 넘어지면서 등을 찍은 돌멩이 때문에 이미 무력화되어 있었다. 그 순간 그도 모르는 사이에 쌓이고 쌓였던 분노가 한꺼번에 터져 나왔다. 그것은 임화평의 충고에 따라 오형만이 의식적으로 쌓아온 분노의 탑 정도와는 비교도 할 수 없는 것이었다.

먼저 발로 얼굴을 밟아버렸다. 강충식은 비명을 지르며 두 손으로 얼굴을 감쌌다. 그때 오형만의 눈에 들어온 곳은 텅 빈 옆구리였다. 발등으로 연이어 가격했다. 찢어지는 듯한 비명과 함께 강충식이 몸을 말아 데굴데굴 굴렀다.

눈 깜짝할 사이에 벌어진 일이었다. 늘 함께 몰려다니던 두 녀석은 꼼짝도 하지 못하다가 강충식이 바닥을 굴러 오형만에게서 멀어지는 순간에 정신을 차렸다. 그들이 욕설을 퍼부으며 달려들려고 했던 그때, 오형만은 이미 주먹 두 개 합친 것만 한 길쭉한 돌멩이를 들고 두 녀석을 노려보고 있었다.

그들은 의식적인 분노가 아닌, 정말로 살의를 지닌 눈빛을 보았을 것이다. 그때 오형만은 '한 번만 더 건드려 봐라. 다 죽여 버린다!'와 비슷한 의미의 말을 절규처럼 토해냈을 것이다. 그랬기 때문에 그들이 서로의 눈치를 보다가 오형만을 외면했을 것이다.

"그래서 그 뒤로 어떻게 됐어?"

"어떻게 되긴, 당연한 수순을 밟았지. 부모가 찾아와서 죽이니 살리니 했고, 원장 아버지가 찾아와서 고개를 숙이셨지. 나는 끝까지 사과하지 않았어. 오히려 큰소리쳤다. 1년 동안 매일같이 맞아봤냐고 하니까 내 뺨을 때리려던 사람이 아무 말도 못하더라. 그때 선생님이 나섰지. 골치 아픈 문제다 보니 빨리 해결하고 싶었을 거야. 사과하고 끝내자 하더라고. 지금껏 참고 맞은 것이 수백 댄데, 겨우 한 대 잘못 때렸다고 사과할 수는 없다고 버텼지. 결국 나와 그놈들 셋 모두 정학을 당했어. 이상하게도 억울한 기분이 들지 않더라. 속이 정말 후련했어. 교무실에서도 그놈들, 내 눈과 마주치지 않으려 했지. 정말 죽일 듯이 노려봤던 것 같아. 물러서지 않고 나아간 것 같아서 기분 정말 최고였다. 돌아오는 내내 히죽거리니까 원장 아버지가 얄미웠던지 뒤통수를 때리시더라. 그래도 웃었지."

송아현은 그제야 기억나는 게 있는지 박수를 쳤다.

"아하! 오빠가 그때 학교 안 갔던 게 그 때문이었구나? 근데 정학이라면서 왜 그만뒀어?"

송아현은 호기심에 눈을 반짝였다.

오형만은 송아현의 관심에 기분 좋게 웃었다.

"무기정학이 안 풀렸거든. 반성문 써오라는데 반성할 게 있어야지. 안 쓸 거면 오지 말라고 해서 놀아버렸지. 그 일에 대해서만큼은 물러서기 싫었거든. 노는 동안 사부님이 오셨어. 아이들 점심 먹이는데 곁에서 도왔지. 뭐, 특별히 한 건 없었어. 이것 달라시면 드리고 저것 하라시면 했지. 자장면 담아 나눠 주고 설거지도 했어. 근데 말이야, 아이들이 너무 맛있게 먹는 걸 보니까 나도 괜히 기분이 좋은 거야. 왜 그거 있잖아, 다른 입장에서 보는 내 모습. 늘 얻어먹다가 주는 입장이 되니까 기분이 또 다른 거야. 그때 요리사가 되는 것도 괜찮겠다 생각했지. 한동안 고민하다가 사부님에게 '이렇게 된 거, 아저씨 탓이니까 책임지세요' 해버렸어. 그랬더니 사부님이 물끄러미 바라보시다가 갑자기 반에서 몇 등 하냐고 물으시더라고."

"그게 뭐야? 요리사가 되고 싶다고 정중하게 부탁했어야지."

오형만이 쑥스러움을 미소를 감추며 대답했다.

"너도 알다시피 내가 숫기가 좀 없잖아. 대놓고 말할 수가 있어야지."

송아현은 무슨 말인지 알겠다는 듯이 고개를 끄덕이고 다음 이야기를 해달라고 보챘다.

"몇 등인지는 왜 물으신 건데?"

"크크크! 반에서 한 이십 등 한다고 그랬더니, '그럼 공부로 성공하기는 글렀구나' 하시더라고. 그다음은 뭐 애들하고 똑같지. 원장아버지한테 결심이 확고하다고 말씀드리고, 자퇴서 내고, 원장아버지 동의서 받아놓고 기다리다가 사부님 따라나선 거지."

"그래도 잘 풀려서 다행이다. 그때 잘못됐으면 어쩔 뻔했어?"

오형만은 정색을 하고 송아현의 맑은 눈을 바라보았다.

"그때 이후 지금껏 늘 벼랑에 선 기분으로 살아왔다. 월급도 쓸 만큼 되고 요리도 제법 한다는 생각이 들 때마다, 그때 그냥 대충 맞고 견디며 고등학교를 졸업했으면 지금 어떻게 되었을까 생각하면서 각오를 새롭게 다져. 아현아, 너도 이제 세상을 조금 경험해 봤잖니? 너, 만약에 말이다, 나이가 차서 그냥 소망원을 나섰다면 어떻게 됐을 것 같아? 네 뒤에 원장아버지나 어머니도 없고, 사부님도 없다고 생각하면 어떻게 살았을 것 같아? 상상이 되니?"

송아현은 오형만의 심각한 표정과 갑작스런 질문에 놀라 흠칫했다. 그러고 나서 질문에 대한 답을 떠올리자 몸을 떨지 않을 수 없었다. 즉시 상상할 수 있었다. 그동안 짓궂게 굴던 손님들 얼굴이 하나하나 떠올랐다. 좋은 쪽으로 상상이 되는 그림은 하나도 없었다. 온갖 끔찍하고 추악한 영상들만 떠올라 전신에 소름이 돋았다.

일과가 끝나는 피곤한 시간에도 깔깔거릴 수 있었던 까닭은 주위에 늘 오형만이 있고 동수와 인철이가 있었기 때문이다. 술에 취해 수작을 거는 사람들 앞에서도 당당할 수 있었던 것은 임화평이 등 뒤에서 태산같이 버티고 서 있었기 때문이다.

'혼자였더라면?'

송아현이 눈에 보일 정도로 몸을 떨자 오형만이 그녀의 손을 끌어당겨 그의 존재감을 느낄 만큼 꽉 쥐었다.

"나 말이야, 사부님이 지금 우리한테 해주시는 일들을 이어받고 싶어. 소은이, 은수, 성현이가 세상에 나와 다치지 않도록, 걔들이 혼자 설 수 있을 때까지 지켜봐 주고 싶어. 우리 동생들이잖니? 그런데 나 혼자하면 오래 버티지 못하고 금방 지쳐 버릴 것 같아. 아현아, 나와 같이해 주지 않을래? 너하고라면 아무리 힘들어도 어떻게든 해나갈 수 있을 것 같거든."

송아현은 붉게 달아오른 얼굴을 감추려고 고개를 숙였다. 처음에는 정말 동생으로만 여기는 것인가 하고 실망했지만, 얼마 지나지 않아 여자로 생각하고 있음을 느낄 수 있었다. 그때부터 쭉 기다렸다. 남자다운 박력이 없음을 진즉에 알고 있었기에 진득이 참고 기다렸다. 2년이었다. 기다림에 지쳐 이제는 먼저 나서야 하는 것이 아닌가 하고 망설이던 참이다. 2년 동안 한결같이 듣고 싶었던 말을 겨우 듣게 되었다. 너무나 오랜 기다림이었기에 메아리가 되어 그동안 참아왔던 대답을 한꺼번에 토해놓고 싶은 심정이었다. 다시 고개를 든 그녀의 두 눈에 보석 같은 눈물이 맺혔다.

"응. 같이해. 우리 동생들 우리가 지켜주자."

송아현은 오형만의 손아귀에서 한 손을 빼내어 눈물을 닦고 미소 지었다.

"그런데 오빠, 아저씨가 옛날에 '내가 옆에 있는 한 세상 그 누구도 무서워할 필요없다' 그러셨거든. 오빠도 그렇게 해줄 수 있지?"

오형만의 입에서 끙, 소리가 흘러나왔다.

"세 번째 차크라까지만 열려도 누구한테 맞고 다니지는 않을 거라 하셨어. 조금만 기다려 줘. 열심히 노력할게."

기대감으로 달아올라 있던 송아현의 얼굴이 와락 구겨졌다.

"이 바보야! 그럴 때는 그냥 그렇게 해준다고 해야지."

송아현이 나머지 한 손마저 빼내려 할 그때, 장난기 어린 목소리가 들렸다.

"니들 거기서 손잡고 뭐 하고 있니? 소꿉장난하니? 호! 분위기가 좀 심각해 보이네? 나름대로 연애라도 해볼 모양이구나?"

게슴츠레하게 눈을 뜨고 있는 임초영의 등장이다.

송아현은 다시 얼굴이 벌게져서 고개를 숙였다.

오형만은 내심 안도의 한숨을 내쉬고 임초영을 바라보았다.

"됐거든. 이제 시작할 참이니까 방해꾼은 좀 사라져 주시지."

"오호, 그래? 그렇다면야 결혼의 쓴맛을 보고 있는 이 유부녀는 먼지가 되어 바람과 함께 사라져 드리지. 클라크 게이블이 없어서 안타깝구나. 대타로 윤석원이라도 있었으면 좋았을 텐데."

"어이, 거기, 신혼 주부! 나이에 안 어울리는 구닥다리 대사 치지 말고 빨랑 사라져 주셔."

이상하게도 임초영은 순순히 물러났다.

오형만은 소리없이 입만 벌려 말했다.

'누나, 고마워!'

임초영은 빙긋 미소 지으며 손을 한차례 휘젓고는 다시 들어가 버렸다.

오형만은 임초영이 돌아가자는 말을 하러 왔음을 알면서도 때를 놓치기 싫어 송아현의 두 손을 꽉 움켜쥐었다.

"나 거짓말 잘 못하는 거 알지? 나 사부님처럼 대단한 사람 아니잖아. 하지만 한 가지만은 약속해. 내가 죽기 전에는 누구도 너를 괴롭히지 못하게 할게. 그리고 노력할게. 사부님처럼 될 때까지 방심하지 않고 열심히 노력할게."

송아현은 그제야 고개를 들었다. 그리고 오형만의 진실 어린 눈을 지그시 바라보았다. 그렇게 바라만 보았다. 오형만도 그랬다. 송아현은 오형만의 눈치없음을 아쉬워하며 다시 한숨을 내쉬었다.

⚜

2000년 10월 30일.

서재라고 불릴 것이 틀림없는 고급스런 방이다. 여덟 평 남짓 될 방의 좌, 우측 벽에는 책으로 벽을 만든 듯한 붙박이 책장들이 있고, 그 중앙에 고풍스러운 밤색 원목 책상이 있다. 책상 뒤쪽 벽은 벽이라기보다 유리창에 가깝다. 벽의 양 끝 환기창을 제외하고는 무릎쯤에서부터 천장까지 한 장의 커다란 통유리로 되어 있는데, 그 너머로 한강이 보인다.

방문이 열렸다. 한 사람이 들어와 유리창에 블라인드를 치고 책상 앞에 앉았다.

깔끔하게 정리된 책상 위에 봉투 하나가 덩그렇게 놓여 있다. 연인에게 보내는 연하장에나 사용할 법한 분홍색 봉투다. 밀봉된 봉투는 주소도 없고 우표도 없다. 새 봉투처럼 깨끗하다.

봉투를 집어 든 하얀 손이 바르르 떨렸다. 손의 주인이 서랍을 열었다. 서랍 안에는 책상에서 당연히 필요할 법한 물건들이 일목요연하게 정리되어 있다. 하얀 손은 봉투 칼 대신에 서슴없이 가위를 집어 들었다.

하얀 손은 봉투의 위쪽을 반듯하게 잘라내고 내용물을 꺼냈다. 봉투에 어울리는 붉은색 카드인데, 중앙에 검은색의 커다란 눈 하나가 덩그렇게 그려져 있다.

하얀 손이 카드를 열었다.

Invitation

먼저 고객님의 성의 어린 협조에 감사드립니다.
고객님을 위한 우리 쪽 준비 역시 완료되었음을 기쁜 마음으로 알려드립니다. 부디 내방하시어 광명으로 가득 찬 신천지를 확인하십시오.
날짜와 장소는 이틀 내에 따로 통보하겠습니다.

광목(廣目) 배상.

카드를 책상 위에 내려놓은 하얀 손이 전율했다.
하얀 손은 의자에서 일어나 블라인드를 올리고 환기창을 활짝 열었다. 다시 의자로 돌아온 하얀 손은 가위를 서랍에 넣고 대신 금색 듀폰 라이터를 꺼내 들었다.

　책상 다리 옆에 있는 스테인리스 쓰레기통 위에서 카드와 봉투가 불에 타올랐다. 카드와 봉투가 완전히 타서 검은 재가 될 때까지 하얀 손은 끈기 있게 기다리다가 방문을 나섰다. 걸음걸음에 들어올 때는 느껴지지 않던 힘이 실려 있었다.

제4장
네놈만은 반드시 죽여 버린다

2000년 11월 7일.

초영반점의 아침 분위기는 밝다. 위생복 차림의 임화평은 밝은 미소를 머금은 채 맞은편에 일렬로 서 있는 초영반점의 여섯 식구를 바라보았다. 오형만이 좌측에 서고, 그 옆에 송아현, 성인철, 박동수가 서 있다. 그리고 새 식구가 된 윤철원과 송기후가 상기된 표정으로 박동수 옆에 서 있다.

"하아! 이렇게 세워두니까 드라마에 나오는 큰 레스토랑 아침 조회 같다, 그지? 형만이하고 아현이는 좀 떨어져 서라. 간격이 안 맞잖아?"

"사부님!"

오형만은 낮게 소리쳤고, 송아현은 얼굴이 빨갛게 달아올랐다. 아이들은 아이들대로 킥킥거렸다.

"좋아! 철원이하고 기후는 당분간 아현이 밑에서 홀 서빙 배우면서 근처 지리부터 익혀라. 가능한 한 빨리 원동기 면허증 따고. 알았지?"

"예!"

업무 첫날이라 긴장됐는지 둘 다 목소리가 컸다.

"음! 기합이 너무 들어갔다. 손님들 놀라시겠어. 힘 좀 빼. 그리고 기후는 공부 잘한다며? 굳이 요리사 되겠다고 애쓸 필요 없다. 한번 해보고 재미있다, 할 만하다 싶으면 하고, 적성이 아니다 싶으면 일하면서 검정고시 준비해라. 노력하는 놈이 재능있는 놈을 못 따라가고, 재능있는 놈이 즐기는 놈 못 따라간다는 말 들어본 적 있지? 해보고 아니다 싶으면 시간낭비할 필요없다. 아직 어린데 무얼 못해보겠니? 이것저것 경험해 보다가 맞는 것 찾으면 된다. 알겠니?"

송기후가 고개를 끄덕이자 임화평은 빙긋 웃어주고 윤철원을 보았다.

"철원이 네 녀석은 재능이 있든 없든, 재미가 있든 없든 간에 무조건 열심히 해. 너같이 특별나게 잘하는 것도 없이 공부까지 못하는 놈은 먹고살 길이 장사 아니면 기술밖에 없다. 기술 하나 제대로 익혀놓으면 아무리 힘든 처지에 빠지더라도 살길을 찾을 수 있다. 고되겠지만 나한테는 이것뿐이다 하는 생각으로 살아. 알았어?"

윤철원은 인상을 쓰며 뒤통수를 긁적였다.

"에이, 아저씨, 너무하시네요. 그렇게 적나라하게 진실을 까발리시면 듣는 놈 섭섭하잖아요."

윤철원은 고아답지 않게 그늘이 없는 아이다. 공부 쪽으로는 관심이 없는 듯하지만, 누구에게나 쉽게 다가서고 금방 친해지는 성격이라서 학교생활이 어려울 것이라고는 생각지도 않았다. 임화평으로서는 윤철원이 도대체 왜 학교에서 따돌림을 당했는지 이해할 수가 없었다.

'이유가 뭐든 간에 내 품에 들어왔으니 제대로 가르쳐야겠지. 요리 쪽으로 정 재능이 없다 싶으면 장사를 시켜도 될 거야.'

성격으로 보면 장사 쪽이 오히려 더 잘 어울릴 거라고 생각하며 임화평은 한송을 떠올렸다. 요리에 정 재주가 없다면 한송에게 맡길 생각이다. 그러나 아직은 머릿속 생각일 뿐이다.

"아저씨 아니다. 가게 안에서는 무조건 사장님! 주방에서는 사부님! 알았어? 다시 말하지만 틀림없이 고될 거다. 그렇다고 꾀부리지 마. 너만 열심히 하면 남들 군대 갔다 와서 대학 다니며 취직 걱정할 때, 넌 주방장 돼서 장가갈 궁리할 수 있을 거다. 동수하고 인철이는 이놈 잔머리 굴리면 패!"

박동수가 윤철원의 머리를 짓누르듯 쓰다듬으며 그렇게 하겠다고 대답했다.

임화평의 눈길은 다시 성인철과 박동수에게로 돌아갔다.

"철원이하고 기후가 원동기 면허증 따고 배달 다닐 수 있게 되면 너희 둘은 주방에 붙박여서 조리사 자격증 딸 준비해라. 송 선생한테는 말해뒀으니까 오전 오후 순번 나눠서 학원 빼먹지 말고 다니고."

성인철과 박동수는 들뜬 표정으로 고개를 끄덕였다. 자신이 있다는 표정들이다. 임화평도 낙관하고 있다. 두 사람 모두 기본은 탄탄했다. 필기는 오형만이 공부시켰고, 실기는 임화평이 지도했다.

조리사 자격시험은 그다지 어렵지 않다. 우선 필기는 백 점 만점에 육십 점 이상 맞으면 합격이다. 실기 시험은 기본, 즉 음식의 맛보다는 적정한 재료 사용법, 정확한 재료 손질법, 위생 상태 등을 더 중점적으로 따져 당락을 결정한다. 결국 조리사 자격 획득자는 맛있는 요리를 만드는 사람이라기보다는 주방에 설 준비가 된 사람이라는 의미가 강하다. 그런 의미에서 성인철과 박동수는 시험 칠 준비가 되어 있다고 해도 무방하다. 그럼에도 불구하고 학원에 다녀야 하는 이유는 공부의 효율성을 높이고 시간낭비를 줄일 수 있기 때문이다.

임화평의 눈길은 송아현을 건너뛰어 오형만에게로 옮겨졌다.

"형만이는 당분간 계속 강훈이다. 인철이하고 동수가 본격적으로 합류하면 그때는 네가 아이들을 가르쳐야 한다. 나는 나 몰라라 하고 놀러 다닐 거니까 나 있는 동안 열심히 배우고 훔쳐 가. 알았어?"

강훈은 진즉부터 시작되었다. 평소의 일은 일대로 하고, 조금 한가한 시간에는 임화평의 지도 아래 직접 요리를 했다. 다른 사람은 쉬어도 오형만은 쉴 틈이 없다. 체력 훈련까지 같이하는 셈이다. 그럼에도 불구하고 오형만은 질린 기색 하나 없이 빙그레 미소 지었다. 이미 각오가 충분히 되어 있는 얼굴이다.

"좋아! 그럼……."

그때 송아현이 뾰로통한 표정으로 손을 번쩍 들었다.

"사장님! 저한테는 왜 아무 말도 안 하세요? 지금 남녀 차별하시는 거예요? 초영이 언니한테 일러줄 거예요."

임화평은 엄지손가락으로 1㎜도 안 되는 턱수염을 쓰다듬으며 고민하는 표정으로 송아현을 바라보았다.

"음! 음! 할 일 자기가 알아서 다 하는 녀석한테 따로 할 말이 뭐가 있을까. 그래! 형만이하고 좀 떨어져서 서라니까."

"사장님!"

"그래, 알았어. 기후하고 철원이 잘 적응할 수 있도록 세심하게 살펴줘. 영어 공부 열심히 해서 반드시 영어 메뉴판 만들고."

며칠 전 송아현은 내국인이 끼지 않은 외국인 손님들을 맞이해 주문을 받느라고 진땀을 뺐다. 마침 바쁜 점심시간이어서 임화평도 주방에서 몸을 빼내지 못했다. 그 일 때문에 송아현은 영어 공부를 하겠다고 작정했다. 유창하게 말하지는 못해도 메뉴 설명 정도는 할 수 있을 정도로 공부하고, 사진이 포함된 영어 메뉴판도 꼭 만들겠다는 결심이다.

임화평은 기분 좋은 미소를 지으며 아이들을 낱낱이 바라본 후 크게 고개를 끄덕였다.

"구호 외치고, 업무 시작! 오늘도 즐겁게!"

임화평의 말을 받아 오형만 등이 외쳤다.

"손님께 진미를!"

⚜

2000년 11월 9일, 북경.

윤석원은 여장을 풀자마자 배가 사르르 아프다며 욕실로 직행했다. 반면 임초영은 넓지도 않은 호텔방을 구석구석 살펴보느라 정신없다. 그도 그럴 것이, 자그마치 일박에 미화 400달러나 되는 힐튼 호텔의 스위트룸이다.

방문을 여는 순간 보이는 것은 싱글 룸만 한 넓이의 쾌적한 거실이다. 침실은 방문 앞에서 볼 수 없도록 왼편에 따로 분리되어 있다. 붉은 기가 은은하게 감도는 분위기에서 중국에 와 있음을 실감할 수 있다. 그렇다고 노골적으로 중국풍을 취한 것은 아니다. 딱히 중국 것이라고 할 만한 소품은 그다지 눈에 띄지 않았다. 전체적으로 느껴지는 분위기가 그렇다는 것이다. 그러나 창문에서 내려다본 거리의 모습은 그녀가 있는 곳이 중국임을 확연하게 보여주었다.

힐튼 호텔이 위치해 있는 조양구는 각국의 대사관과 고급 호텔이 밀집해 있는 지역이다. 현대화의 극치를 보여주는 빌딩들 사이사이에 중국풍이라고 할 만한 건물들이 많이 보인다. 그 너머로 고색창연한 건물들도 제법 보인다. 호텔 안내문에 따르면, 자금성이 10㎞, 천단이 15㎞, 이화원이 20㎞ 정도 거리에 있다고 하니 그러한 역사적 건물들은 아닌 듯하고, 그저 겉모습을 흉내 낸 쇼핑몰 정도일 것이다. 그러나 그것만으로도 임초영은 중국에 와 있음을 충분히 실감했다.

임초영은 창문에서 떨어져 나와 침실로 들어갔다. 옐로베이지 색을 바탕으로 하고 창문, 침대, 벽장 등 방 안의 가구들은 모두 붉은색 테두리를 두르고 있다. 따뜻한 느낌의 조명을 받아 아늑한 분위기를 만들어낸다. 푹신푹신하게 밟히는 카펫마저 은은한 핑크 빛을 띠고 있어 신혼여행을 다시 온 느낌이다.

임초영은 기분 좋은 미소를 지으며 침대를 향해 몸을 날렸다. 등으로 푹신한 침대의 쿠션을 느끼는 순간 그녀의 미소는 더욱 짙어졌다.

"하오! 페이창 하오(좋아! 엄청 좋아)!"

임초영은 잘하지도 못하는 중국어를 연신 내뱉으며 중국에 온 기분을 만끽했다.

딸깍!

문 열리는 소리에 침대 위에 대자로 누워 있던 임초영이 고개를 들었다. 욕실 문 열리는 소리라고 짐작했는데 윤석원이 보이지 않았다. 임초영의 눈에 의문이 감도는 순간 문짝이 없는 침실 입구의 구석에서 윤석원이 고개만 빼꼼히 내밀었다. 물기 젖은 머리카락 밑에 드러난 눈매가 두드러지게 선해 보여 어렸을 때부터 순둥이 소리를 많이 들었을 얼굴이다.

"뭐야? 응가하는 데 무슨 시간이 그렇게 오래 걸려?"

윤석원은 아무런 대답도 하지 않고 빙긋 미소 지었다. 그리고 갑자기 펄쩍 뛰어 침실 문 앞에 전신을 드러냈다. 나신이다. 대형 목욕 수건이 아닌,

일반적으로 쓰는 작은 수건 한 장으로 하물을 가린 채 보란 듯이 서 있다. 180㎝가 넘는 키에 비해 상체가 빈약해 보인다. 임화평이 허약해 보인다고 타박하던 몸이다. 임초영이 보기에는 사랑스럽기 그지없다. 옷을 입혀놓으면 근사하게 보이기도 하고.

임초영은 피식 웃으며 말했다.

"미스터 윤! 지금 뭐 하자는 수작입니까?"

윤석원의 미소가 짙어졌다.

"장, 자가장, 장장, 자가장장! 장, 자가장, 장장, 자가장장!"

윤석원은 두 손으로 수건의 양끝을 잡고 하반신만 가린 채 춤을 추었다. 하반신의 움직임을 최소화하고 상반신을 좌우로 연신 흔들며 조금씩 임초영에게로 다가왔다.

임초영은 깔깔 웃으며 일어나 앉았다. 그리고 두 엄지를 앞으로 내밀며 윤석원처럼 어깨춤을 추었다.

"표절 같지만 어쨌든, 하오! 페이창 하오! You are so hot, so sexy! 앗싸! 돌리고, 돌리고!"

세 나라 말을 함께 뱉어내는 임초영의 열렬한 호응에 윤석원은 재빨리 몸을 휘돌렸다. 엉덩이가 적나라하게 두 번 연이어 드러났다가 사라지자 임초영은 침대 위에서 자지러졌다.

윤석원은 선한 눈매에 어울리지 않는 눈웃음을 치며 콧소리까지 섞어 느끼하게 말했다.

"싸모님! 북경에 오신 것을 환영합니다. 베이징 힐튼의 하나밖에 없는 오성 급 제비, 윤석원 인사드립니다. 싸모님! 지금부터 싸모님의 뼈와 살을 낱낱이 해체해서 남김없이 태워드리겠습니다."

윤석원은 갑자기 뒤돌아서 엉덩이를 쭉 내밀었다가 다시 몸을 돌렸다.

"꺄아악! 윤 군 궁둥이는 탱탱해! 쓰읍! 워매 좋은 거. 윤 군아, 오늘 한 섹시 하는데. 좋아! 오늘 밤 지갑 다 턴다. 뭐가 필요한데? 말만 해."

임초영은 침대 위에서 책상다리를 한 채 방방 떴다.

어느새 침대 모서리까지 다가선 윤석원은 미끄러지듯이 무너져 임초영의 전신을 내리눌렀다. 윤석원은 임초영의 배 위에 엎드린 채 그녀의 얼굴을 내려다보았다. 그의 입가에 부드러운 미소가 맺혔다.

"같이 와줘서 고마워. 그리고 사랑해."

"나도."

임초영이 배시시 웃자 윤석원은 조심스럽게 그녀의 입술을 취했다. 가볍게 부딪쳤다가 아랫입술을 취하고 다시 윗입술을 탐했다. 숨이 가빠진 듯 그녀의 입술이 살짝 벌어졌다. 윤석원은 틈을 놓치지 않고 그녀의 입속까지 탐했다.

윤석원은 임초영의 머리를 감싸고 있던 손을 내려 그녀의 가슴을 부드럽게 쥐었다. 그 순간 임초영이 그의 목을 감고 있던 두 손으로 그의 머리를 잡아 뒤로 당겼다.

"윤 군아, 너무 들이댄다. 좀 이르지 않니? 나 아직 씻지도 않았거든."

윤석원은 코를 찡긋하며 임초영의 옆으로 굴렀다.

"쳇! 여자가 무드없기는."

임초영은 빙긋 웃으며 윤석원의 가슴 위에 머리를 올렸다. 그리고 손을 뻗어 윤석원의 하물을 슬그머니 움켜쥐었다.

"얘 봐. 잠자코 있잖아. 애초부터 할 생각도 없었지?"

"야! 야! 그러지 마! 걔 화내면 너 진짜 못 나간다."

늘어져 있던 하물이 임초영의 손놀림에 반응하여 금세 부풀어 올랐다. 그 순간 임초영이 손바닥으로 하물을 때렸다.

"아초!"

윤석원이 눈을 부릅뜨고 벌떡 일어나 하물을 움켜쥐었다. 임초영은 벌써 침대에서 벗어나 침실 입구에 가 있었다.

"야! 임초영! 아파! 너 죽을래?"

임초영은 침실 입구에 기대어 서서 방긋 웃었다.

"이상하네. 그거 내거잖아? 내 거 내가 때렸는데 왜 자기가 아파? 서방님, 엄살 그만 부리시고 빨리 옷 입으시지요."

윤석원은 수건을 말아 임초영에게 집어 던지고 침대에서 내려섰다. 그러나 한번 찌푸려진 얼굴은 쉽게 펴지지 않았다.

"넌 여자니까 몰라. 말도 못하게 아프단 말이야."

"어머나! 정말 아팠나 보네? 좋아, 오늘 밤에 화끈하게 보상해 줄게. 됐지, 자갸?"

윤석원이 반색했다.

"정말이지?"

임초영이 눈웃음치며 앙중맞게 몸을 흔들었다.

"물론이지. 이 좋은 방을 차지해 놓고 맨송맨송하게 지낼 수는 없잖아?"

임초영이 몸을 배배 꼬며 말하자 윤석원은 언제 아파했냐는 듯 벙긋 웃으며 여행 가방을 뒤적였다.

"그런데 어딜 가자구? 벌써 3시거든. 너무 늦은 거 아냐?"

임초영은 가방에서 윤석원의 옷들을 꺼내주고 박정호가 일본에서 구입해 선물한 디지털카메라를 챙겼다.

"차 타야 하는 곳 말고 이 근처만 좀 돌아보자. 각국 대사관 건물이랑 작은 가게들 정도만 둘러봐도 서너 시간 정도는 걸릴 것 같거든. 날 저물 때쯤 저녁 먹고 들어오면 딱 좋잖아."

느긋하게 돌아볼 수 있으면 좋으련만, 윤석원과 임초영이 북경에서 보낼 수 있는 시간은 3박 4일뿐이다. 그 가운데 하루는 벌써 반 이상 지나가 버렸고, 마지막 날도 호텔에서 떠나는 순간 공항으로 이동해야 한다. 제대로 놀 수 있는 시간은 이틀뿐인데, 그 이틀 가운데 또 반나절 정도는 북경 지사에 인사 보고하는 것으로 보내야 한다. 공장이 있는 청도로 내려가면 언제 다시 북경에 올 수 있을지 알 수 없는 상황이라서 마음이 급했다.

윤석원은 노곤함을 느끼면서도 기꺼이 등산복을 걸쳐 입으며 고개를 끄덕였다. 자신의 일 때문에 휴직계까지 내고 따라온 임초영이다. 어지간히 과한 요구가 아니라면 어떻게든 들어주고 싶었다.

❧

2000년 11월 10일, 북경. 오후 12시 55분.

호텔에서 제공하는 뷔페식 아침 식사를 마치자마자 중국 지사로 향했다. 도착 보고를 하고 짧은 면담을 나눈 뒤 다시 호텔로 돌아왔다. 호텔과 멀지 않은 곳에 중국 지사가 있었기 때문에 두 시간 반 남짓의 짧은 시간 만에 공식 업무를 모두 끝낼 수 있었다.

간편복으로 옷을 갈아입은 윤석원이 가이드북을 뒤적이며 물었다.

"어디 먼저 갈까? 그래도 북경에 왔으니 자금성하고 만리장성 정도는 봐줘야 할 것 같은데, 어디가 좋겠어?"

임초영은 방금 탄 인스턴트커피를 윤석원에게 내밀었다.

"자금성 근처에는 볼 게 많더라구. 내일 하루 종일 뽈뽈거리며 돌아다녀도 다 못 볼 것 같던데?"

"그럼 만리장성 먼저 가야겠네. 여기 보니까 택시 대절하는 데 400위안

정도면 된다고 쓰여 있어. 프런트에 부탁하면 택시 불러주지 않을까?'

두 사람 모두 사성(四聲)의 마역(魔域)을 넘지 못한 상태라서 중국어로 교섭할 엄두를 내지 못했다. 그나마 다행인 것은 리셉션 데스크에 영어가 통하는 사람이 제법 있다는 사실이다.

"400위안? 우리 돈으로 얼마? 5만 2천 원?"

"응. 여기서 60㎞ 넘는다니까 왕복으로 따지면 비싼 건 아니지. 더구나 시외잖아?"

임초영은 망설였다. 돈 때문이 아니라 만리장성행 자체가 그다지 내키지 않는다. 사진으로 몇 번 봤는데, 산에 장대한 성벽을 쌓아둔 것뿐이다. 건축과 관련된 일을 하고는 있다지만 임초영이나 '예쁜 공간'이 추구하는 것은 만리장성 같은 거대 건축물과는 거리가 멀다. 자금성은 거대 건축물이 아니냐고 반문할 수도 있겠지만, 자금성을 조각조각 내어보면 임초영의 구미에 맞는 것들이 꽤나 많이 나올 것이다. 그러나 윤석원의 눈치를 보니 꼭 가보고 싶은 모양이다.

'하기야 세계 불가사의 가운데 하나가 코앞에 있는데 안 보고 넘어가면 섭섭하겠지. 진시황제는 뭐 하러 그따위 토목 공사를 벌였을까? 불경기가 그렇게 심했나? 포클레인도 없던 땐데 사람들 얼마나 힘들었을까? 그 덕에 나도 힘들게 등산하게 생겼네.'

만리장성 같은 규모의 건축물을 한 세대 만에 지을 수는 없는 일이다. 진시황제는, 중국인들이 흉노(匈奴)라고 낮춰 불렀던 북방 유목 민족 훈(Hun)족의 침입을 막기 위해 춘추시대부터 존재해 있던 산성들을 이어 붙이고 증,개축했을 뿐이다. 그리고 오늘날 사람들이 구경하는 만리장성은 명나라가 몽고의 재침을 막기 위해 고쳐 쌓은 것이다. 진시황제 제위 기간에 다 쌓을 수 없다는 것 정도는 잠간의 생각만으로 쉽게 짐작할 수 있을 테지만, 건축가가 아닌 인테리어 디자이너 임초영은 애초부터 남의 나라 역사 따위는 관심이 없다.

또 한편으로 임초영의 기분이 그다지 좋은 편이 아니다. 육체적인 밸런스를 망칠 정도는 아니지만 찜찜한 구석이 있다. 멘스 때문이다. 그녀의 멘스 주기는 일정한 편이다. 보통 그날이라고 생각하는 날에서 하루를 넘기지 않았다. 그런데 닷새나 지났는데 소식이 없다. 물론 그럴 수도 있다는 것은 알고 있다. 결혼할 즈음에도 닷새나 늦은 적이 있었기 때문이다.

'생활환경이 급격하게 바뀌거나 정신적인 스트레스가 쌓이면 늦을 수도 있는 거잖아. 괜찮아. 청도 가면 병원에 가보지, 뭐.'

임초영은 싫은 내색 하지 않고 물었다.

"그런데 점심은 어떻게 해결할까?"

임초영의 질문은 끼니를 때운다는 정도의 뉘앙스를 풍겼다. 중국에서의 음식 탐방은 아쉽지만 청도에 내려가서 느긋하게 하기로 합의한 때문이다.

"택시 대절해 갈 거니까 가다가 맥도날드나 들르지, 뭐. 택시 기사한테 빅맥 하나 떠안기면 조금 더 편하게 갈 수 있지 않을까?"

"그거 좋은 생각이네. 중국 기사들 너무 무뚝뚝해. 아! 아침에 탔던 그 벤츠 택시의 기사는 그래도 친절하더라. 그런 사람 걸리면 좋을 텐데."

윤석원은 중국 지사에 갈 때 이용했던 택시를 떠올리며 미소 지었다. 한국에서도 찾기 힘든 벤츠 택시였다. 임초영은 엠블럼을 보고 놀랐지만, 차에 대해 관심이 많은 윤석원은 '벤츠 E280이 택시라니······.' 하면서 뒤집어졌다.

그 정도 되는 택시면 다른 택시보다 요금이 비쌀 테지만 왠지 안전할 것 같아서 덥석 집어타고 말았다. 결과는 기대대로 '하오!' 였다. 중국말로 이야기해 보겠다고 시도하다가 결국 종이에 적은 주소를 보여주어야 했지만,

그래도 그다지 둘러 가는 것 같지 않았고, 용모 단정한 기사의 미소 또한 마음을 편하게 해주었다. 자신이 모는 차에 대한 자부심이 대단한 것 같았다.

"그러게. 그런 기사 같으면 걱정없이 다녀올 수 있을 텐데. 어쨌든 일단 가자."

두 사람은 작은 배낭 하나씩을 메고 곧장 방을 나섰다. 복도는 오가는 사람이 없어 조용했다. 하기야 관광을 하러 왔든지 비즈니스를 하러 왔든지 간에 대낮에 호텔에 남아 있는 사람은 얼마 되지 않을 것이다.

엘리베이터 쪽으로 걸어가다 보니 벨맨(Bellman) 복장을 한 청년이 보였다. 청년이 그들을 보고 엘리베이터의 하강 단추를 눌러주었다.

윤석원이 미소를 지으며 말했다.

"씨에씨에(고마워요)."

청년도 미소로써 화답했다.

"부커치(천만에요)."

엘리베이터 문이 열리자 두 사람이 안으로 들어갔다. 청년이 다시 미소를 지으며 목례했다. 윤석원과 임초영도 같은 방식으로 화답했다. 엘리베이터의 문이 닫히자 임초영이 말했다.

"다른 사람들하고 다르게 친절하네."

명색이 힐튼 호텔이지만, 대개의 접객원들의 태도는 호텔리어 같지 않게 수동적이다. 마지못해 일한다는 느낌, 억지로 미소 짓는 듯한 느낌이다. 사회주의 국가라서 그럴 거라고 짐작하여 익숙해지려고 노력하는 중이라서 조금 전 종업원의 태도가 오히려 신선하게 느껴졌다.

"지금쯤 팁 안 줬다고 욕하고 있을지도 모르지."

두 사람이 마주 보며 빙긋 웃었다. 한낮이라 엘리베이터는 중간에 멈추지 않고 로비에 도착했다.

윤석원은 바로 리셉션 데스크로 다가가 영어로 택시 대절을 요청했다. 여성 리셉셔니스트가 벨맨 복장의 청년을 불러 이야기하고 윤석원에게 그를 따라가라고 말했다.

호텔 문을 나서자마자 검은색 택시 한 대가 올라와 윤석원 앞에 정차했다.

"앗! 벤츠다!"

임초영의 눈에 반가움이 드러났다. 운전석에서 문을 열고 나타난 기사 정복 차림의 중년인을 한눈에 알아봤다. 경찰 옷 비슷한 검은색 기사 유니폼에 모자까지 갖춰 썼다. 콧수염도 잘 관리한 듯 깔끔했다. 중국인은 잘 안 씻는다는 한국 사람의 선입견을 날려 버릴 만큼 단정한 모습이다. 차의 상태나 옷차림만으로도 벤츠를 모는 기사로서의 자긍심을 쉽게 느낄 수 있다.

임초영이 목례하며 자신있게 '니하오!' 라고 말하자, 사내도 임초영을 알아보았는지 환하게 웃으며 인사했다.

벨맨이 고개를 갸우뚱하다가 이내 기사에게로 다가갔다. 잠시 말을 주고받다가 벨맨이 돌아와 또박또박 영어로 말했다.

"60 US dollars for 10 hours. OK to you, Sir?"

리셉셔니스트처럼 유창하지는 않았지만, 거추장스러운 주어나 술어 없이 핵심만 말한 까닭에 오히려 쉽게 알아들었다. 열 시간 대절에 60달러면 한화로 6만 9천 원 정도다. 예상보다 1만 7천 원 정도 더 써야 하지만 벤츠라고 생각하면 큰 무리가 없는 가격이다. 그리고 이미 한 번 경험했던 기사다. 전혀 모르는 기사와 함께 먼 길을 다녀오는 것보다 마음이 편할 것 같았다.

그래도 윤석원은 임초영을 돌아보았다. 물건 값 깎는 것을 게임처럼 생각하는 임초영이어서 허락을 받아야 했다. 임초영이 의외로 환하게 웃으며 말했다.

"벤츠타고 만리장성 다녀왔다고 하면 사람들 안 믿을 거야. 증거 사진 찍어놔야지."

적정 가격을 모르고 당하는 것이 바가지다. 알면서도 수긍을 할 수 있다면 그것은 이미 바가지가 아니다. 임초영의 생각이 그러했다.

"그렇지? 그럼 오케이 한다?"

"오케이! 근데 달러 있어? 달러로 달라는 이유가 있을 텐데."

윤석원이 있다고 말하고 벨맨에게 다시 한 번 대절 시간과 금액을 확인했다.

벨맨과 택시 기사의 합의가 끝나자 기사가 친절하게 차문을 열어주었다. 윤석원은 벨맨에게 인민폐 10위안과 감사 인사를 건네고 임초영의 뒤를 따라 택시에 탔다. 벤츠라서 그런지 역시 쿠션이 좋다고 생각하며 흐뭇해했다.

임초영은 엉덩이를 몇 차례 굴러 쿠션의 느낌을 즐기다가 운전석을 감싼 아크릴 안전벽을 보며 말했다.

"이거, 정말 거슬리네. 중국에는 택시 강도가 많은가 봐. 이게 벤츠의 품위를 팍 떨어뜨리잖아."

택시마다 운전석과 승객석이 분리되어 있다. 운전석만 고립된 듯 두꺼운 아크릴 판으로 막아두었다. 벤츠는 더 특이했다. 위쪽에 말소리가 통하도록 뚫어놓은 작은 구멍 몇 개와 아래쪽에 돈을 주고받을 수 있도록 만들어놓은 큰 구멍이 있을 뿐이다. 안쓰러웠다. 아무리 벤츠면 무엇 할까. 기사에게 허락된 공간은 아크릴 벽으로 꽉 막힌 작은 공간뿐이다.

"그래도 이 정도면 양반이지. 어제 공항에서 탄 택시 생각해 봐. 완전히 닭장차였잖아. 그게 뭐야?"

벤츠의 격벽은 그나마 투명한 아크릴이지만, 어제 공항에서 호텔까지 왔을 때 이용했던 택시의 안전벽은 쇠기둥으로 되어 있었다. 군데군데 녹까지 슬어 죄를 짓고 죄인 호송차에 탄 듯한 느낌이었다.

기사가 운전석에 앉은 후 뒤를 돌아보며 뭔가를 말했다. 아침에도 그랬지만 역시 알아들을 수 없다.

윤석원은 할 수 없이 가이드북을 꺼내어 아크릴 벽 가까이 가져갔다. 한자로 표시된 만리장성, 팔달령, 거용관을 하나씩 짚어 보이자 기사가 웃으며 고개를 끄덕였다. 간자체가 아니라서 걱정했는데 의외로 쉽게 알아보는 것 같았다. 그가 또다시 무언가를 말했는데, 그 안에 창청이 나오고 쥐융관이 나오고 바다링이 나오는 것으로 보아 여정을 설명하는 듯했다.

알아듣지 못하니 어색하게 웃으며 고개를 끄덕일 수밖에 없다. 임초영이 윤석원의 옆구리를 찌르며 맥도날드라고 소곤거렸다. 윤석원은 미리 생각해 둔 문장을 말했다.

"쉬푸, 칭따이워취 마이땅라오(기사님, 맥도날드로 가주세요)."

역시 사성에 문제가 있는지 기사가 고개를 갸웃거렸다.

윤석원은 어쩔 수 없이 배를 쓰다듬고 두 손으로 무언가를 잡고 먹는 시늉을 하며 마이땅라오를 되풀이해서 말했다.

"아! 마이당라오!"

확실히 발음과 억양이 달랐다. 윤석원은 겨우 한숨을 내쉬고 좌석 등받이에 등을 기댔다. 윤석원은 차가 움직이는 진동을 느끼며 임초영에게 넋두리하듯 말했다.

"에휴! 진땀 뺐네. 1년 전에만 통보해 줬어도 생활 회화 정도는 할 수 있었을 텐데, 이러다가는 정말 물건 하나 못 사겠다. 그러고 보면 장인어른은 정말 대단하시다."

"그걸 이제 알았어? 나중에라도 우리 아빠 중학교도 못 나왔다고 무시하면 안 돼?"

"무슨 소리야, 무시하다니? 나 그런 마음 먹은 적 한 번도 없다. 장인어른은 내 정신적 스승이야. 뛰어난 요리사에, 요가와 젓가락신공의 대가에, 독학으로 2개국어를 하시는 분을 겨우 학력 가지고 무시한다고? 말도 안 되지."

임초영은 자신이 칭찬받은 듯 기분 좋게 미소 지었다.

외국 대사관과 고급 호텔이 밀집한 조양구라서 그런지 맥도날드 찾기는 쉬웠다. 기사를 기다리게 해놓고 함께 맥도날드로 들어갔다. 홀로 남은 기사는 맥도날드로 들어가는 두 사람을 바라보며 입맛을 쩝쩝 다셨다.

5분 만에 다시 나온 두 사람은 기사 몫의 햄버거와 커피를 건네 그의 기분을 한껏 고조시켰다. 기사는 몇 번이나 고맙다는 말을 되풀이하고 윤석원 부부 옆에 서서 햄버거를 먹었다.

임초영은 차 옆에 선 채로 길거리 풍경을 구경하면서 햄버거를 맛있게 먹으며 연신 고개를 끄덕였다. 한국 맥도날드에는 없는 메뉴라서 시험 삼아 시켜보았는데, 기대보다 훨씬 맛있다.

"이거, 제법 맛있다. 이름이 뭐였지?"

"그릴드 치킨. 안에서 먹을 때는 3번 세트 시키면 돼. 근데 정말 맛있냐?"

"응. 우리 아빠 거만큼은 아니지만, 빅맥보단 훨씬 나아."

윤석원이 들고 있던 빅맥을 내려다본 후 임초영의 햄버거를 빤히 바라보았다. 임초영은 어쩔 수 없다는 듯이 햄버거를 윤석원의 입에 대주었다.

"조금만 먹어야 돼?"

고개를 끄덕임과 동시에 윤석원은 햄버거를 왕창 뜯어 먹었다.

"씨! 조금만 먹으라니까."

윤석원은 이미 멀찌감치 물러서서 빙긋 웃고 있다.

"진짜네. 나도 다음에는 그거 먹어야겠다."

옆에 서서 조용히 햄버거를 먹고 있던 기사가 사람 좋은 미소를 지어 보였다.

번화가를 벗어나자 차의 소통량이 줄어들었고, 넓은 도로의 좌우에 보이는 건물들도 낮고 허름해졌다.

그르륵, 그르륵!

조용하던 차에서 묘한 기계음이 들렸다. 기사가 고개를 갸웃거리며 속도를 줄이기 시작했다.

"시엔셩, 덩이샤(손님, 잠깐만요)."

기사는 심각한 표정으로 차를 세웠다. 사거리를 앞둔 길 한가운데다. 그럼에도 불구하고 뒤따라오던 차나 스치고 지나가는 차들은 불평 한마디 없이 당연하다는 듯이 차를 피해갔다.

기사는 차에서 벗어나 차 주위를 한 바퀴 돌고 보닛을 열었다.

윤석원이 기사의 행동을 살피며 말했다.

"이 차, 혹시 껍데기만 벤츠 아냐?"

"짝퉁 천국이니까 그럴 수도 있지. 근데 이러다가 못 가는 거 아닐까?"

임초영의 말에 윤석원의 얼굴이 구겨졌다. 하지만 그가 할 수 있는 일은 없다. 운전만 할 줄 알지 차의 메커니즘에 대해서 아는 것은 아무것도 없다.

그때 기사가 보닛을 닫고 굉장히 난처하다는 표정으로 운전석에 앉아 다시 시동을 걸었다. 시동은 걸리려다가 계속 꺼져 버렸다. 기사는 연신 머리를 흔들며 거듭 시동을 걸어보았으나 결과는 마찬가지다.

기사는 윤석원에게 어색하게 웃어 보이며 밖으로 나가 핸들을 잡은 채로 차를 밀기 시작했다. 핸들을 조금씩 돌리는 것으로 보아 도로변으로 밀고 갈 모양이다. 땀을 뻘뻘 흘리는 것이, 어제저녁 열심히 발마사지를 해주던 아가씨 같았다.

"도와줘야겠지?"

사람 손으로 미는 차에 탄 채 가만히 있으려니까 바늘방석에 앉아 있는 것처럼 마음이 불편했다. 윤석원은 차에서 내려 기사에게 뒤에서 밀겠다는 시늉을 해 보였다. 기사는 거듭 고맙다고 말하고 손을 뻗어 도로변을 가리켰다. 대각선으로 움직인다고 해봐야 기껏 10m 정도다. 윤석원은 일단 대로변으로 가서 차를 바꿔 타든지 돌아가든지 해야겠다고 생각하며 차를 밀기 시작했다. 차는 어렵지 않게 밀려 나갔다. 임초영이 후면 유리창으로 바라보며 혀를 쏙 내밀었다.

그때였다.

"어어? 뭐야?"

기사가 갑자기 차에 타고 차문을 닫아버렸다. 딸깍, 하는 소리와 함께 시원스럽게 시동 걸리는 소리가 들렸다. 어리둥절한 표정으로 서 있던 윤석원이 눈을 부릅뜨고 임초영이 있는 차문으로 뛰어가 문을 열어보려고 했으나 문은 열리지 않았다. 임초영도 놀란 얼굴로 문에 매달렸지만 안에서도 열리지 않는 모양이다.

윤석원은 다급하게 움직여 운전석의 유리창을 두드렸다. 기사가 이를 드러내며 웃었다. 윤석원은 두 손을 맞잡고 오른쪽 팔꿈치로 유리창을 세차게 후려쳤다. 퉁, 소리와 함께 팔꿈치는 맥없이 튕겨 나왔다. 그 순간 차가 앞으로 나아갔다. 차는 순식간에 속도를 높였다. 윤석원은 문손잡이를 붙잡고 차와 함께 뛰었다.

"야! 이 씨팔 놈아! 세워! 차 세워! 야! 이 개새끼야! 차 세우란 말이야!"

속도가 너무 빨라 손잡이를 놓치고 말았다. 엎어지려던 윤석원은 겨우 중심을 잡고 전력으로 차를 따라 달렸다.

"초영아! 초영아!"

차 뒤쪽 창을 통해 울부짖는 임초영의 얼굴이 보였다. 윤석원은 사거리까지 정신없이 차의 꽁무니를 쫓아갔다.

끼익!

쾅!

윤석원은 우측에서 달려오던 작은 트럭에 치여 허공으로 떠올랐다.

윤석원은 차에 치여 5m 정도를 날았다가 바닥에 떨어졌다. 일어서지 못하고 부들부들 떨고 있다. 전혀 현실적이지 못한 그림이다. 어젯밤의 뜨거운 숨결이 전신 구석구석에 아직도 남아 있다. 조금 전까지 잡고 있던 손의 온기가 그대로 남아 있다. 당연히 꿈이어야 했다.

"악! 안 돼! 오빠!"

윤석원이 작은 점이 되었다가 사라졌다.

차는 막힘없는 도로를 타고 순식간에 시 외곽으로 빠져나갔다.

"개새끼야! 차 세워!"

임초영은 눈물을 흘리며 주먹으로 아크릴 판을 후려쳤다. 기사는 꿈쩍도 하지 않았다. 오히려 백미러를 통해 조소를 지어 보였다.

임초영은 뒷좌석에 머리를 기댄 후 발로 아크릴 판을 찼다.

쿵! 쿵! 쿵!

망치로 사정없이 후려쳐도 금조차 가지 않는다는 두꺼운 아크릴 판이다. 소리만 요란할 뿐, 깨질 기미조차 보이지 않았다. 임초영은 뒷좌석에 몸을 누이고 두 발로 차 문의 유리를 찼다.
　쿵! 쿵! 쿵!
　방탄유리라도 단 것처럼 발바닥만 아플 뿐, 유리창에는 실금 하나 가지 않았다.
　임초영의 입에서 피가 흘러나왔다. 힘주어 깨물다 보니 입술이 터져 버린 것이다. 그녀는 유리창 깨기를 포기하고 뒷좌석에 그대로 누운 채로 소매를 들어 눈물을 닦았다.
　'살아 있을 거야. 지금 힘을 빼면 안 돼. 어떻게든 오빠 곁으로 돌아가야 해. 기회가 올 때까지 기다려야 돼. 아빠! 나 어떡해? 무서워.'
　임초영은 다시 흘러내리려는 눈물을 억지로 참아내고 심호흡했다. 그리고 생각했다. 생각하고 또 생각했다.
　'나를 왜 납치해 가는 걸까? 인신매매? 돈을 목적으로 한 유괴? 이유가 뭐든지 간에 저놈 혼자 저지르는 짓은 아닐 거야. 목적지에 이르면 공범이 있겠지? 아빠! 나 어떻게 해야 돼?'
　임초영은 태권도 공인 이단이다. 임화평에게 배우기보다는 친구 따라 강남 간 결과다. 임화평이 섭섭해했지만, 지도 대련 몇 번 해보고는 여자라고 얕보는 사내놈 두엇 정도는 너끈히 제압할 수 있을 거라며 흡족해했다. 고등학교 1학년 때 그만두었지만, 요즘도 아침마다 발길질로 잠을 깨고 태극팔장과 고려의 품새로 윤석원을 위협한다. 게다가 그녀는 여자답지 않게 힘이 셌다. 대지정력 때문이다. 무게가 조금만 나가도 무겁다고 내숭을 떨지만 윤석원과 팔씨름을 해도 결코 지는 일은 없을 것이다.
　대지정력은 임초영의 육체뿐만이 아니라 정신력까지 강화시켰다. 보통의 여자들 같으면 공황 상태에서 헤어나지 못할 것이다. 그러나 임초영은 독한 눈빛으로 사내의 뒤통수를 노려보았다.

'개자식! 네놈만은 반드시 죽여 버린다.'

임초영은 운전석 뒷좌석에 앉아 백미러로부터 사각을 만들고 가방을 뒤졌다. 윤석원의 가방도 뒤졌다. 아쉽게도 500원짜리 동전은 단 두 개뿐이었다. 100원짜리가 몇 개 더 있지만 그것으로 위력을 발휘할 정도의 실력은 아니다. 임초영은 500원짜리 동전을 충분히 구하지 못한 대신 열쇠 뭉치에서 묵직한 열쇠 두 개를 풀어 왼손에 쥐었다.

섭섭해하던 임화평에게 따로 배운 것은 나한전 투사법이다. 치명적인 수법은 못 될지라도 상대방이 접근하기 전에 미리 우위를 점할 수 있는 방법이라는 설명에 열심히 배웠다. 500원짜리라면 5m 거리를 두고 태권도 시범에 쓰이는 송판 두 장 정도는 쉽게 깰 수 있다. 눈에 맞출 수 있다면 치명상을 입힐 수도 있을 것이다. 그러나 열쇠는 던져 본 경험이 없다. 임초영은 열쇠를 쥔 채 무게를 가늠하고 손끝에 와 닿는 느낌에 익숙해지려고 노력했다.

'가까운 거리라면 각을 세워 던질 수 있어. 이 무게라면 제 위력이 나올 거야.'

임초영은 눈알이 터진 기사의 얼굴을 상상하면서 계속해서 손을 놀렸다.

멀리 목적지인 창고가 보이자 조국방의 입가에 맺힌 미소가 더욱 짙어졌다. 백미러를 통해 여인을 살폈다. 발광을 하더니 지쳤는지 뒷좌석을 침대로 쓰고 있다.

'이제 말 그대로 고생 끝, 행복 시작인가?'

이번 작전에 투입된 인원은 모두 다섯 명이다. 여인의 호텔 방이 있는 층에 교대로 상주하던 나렴과 오기붕, 로비에서 대기하던 이군명과 황도산, 그리고 조국방 그가 있다. 그들 가운데 조장인 조국방이 가장 많은 돈을 받게 될 것이다.

'남편 새끼하고 떨어지지 않아서 정말 애가 많이 탔지. 그런데 그 자식, 죽었으면 어떡하지? 몰라. 내가 죽인 게 아니잖아? 어쨌든 난 시간 안에 끝낸 거야. 자그마치 10만 위안이다, 10만! 크크크크크! 생각해 보니 저년 정말 비싼 계집이네.'

두목은 조국방의 몇 배나 되는 돈을 벌게 될 것이다. 여자의 몸값이 최소 100만 위안은 된다는 뜻이다.

'한번 안아볼 수 있을까? 두목이 허락할까? 비싼 계집 안는 기분은 색다를 텐데. 어라? 생각만으로 하초가 꿈틀거리네.'

여자를 납치해 돈을 버는 게 조국방의 직업이다. 물건을 넘기기 전에 재미 보는 정도는 굳이 허락을 받을 필요가 없다. 그러나 이번 물건은 임의로 가져온 것이 아니라 의뢰에 따라 가져온 것이다. 두목이 아끼는 특수 제작 벤츠의 사용 허가까지 받았고 곧 수고비도 듬뿍 받게 될 비싼 의뢰여서 임의대로 손을 대기가 꺼림칙하다. 그래서 더 갈증이 났다. 모델처럼 늘씬하고 예쁜 외국인이다. 조국방은 부풀어 오른 하물을 톡톡 두드려 진정시키고 백미러를 통해 여인의 몸을 훑었다.

조국방이 갑자기 몸을 부르르 떨더니 품속으로 손을 넣어 핸드폰을 꺼내 들었다.

"웅! 문 열어. 다 왔어."

조국방은 창고 문이 열리는 것을 보면서 속도를 줄였다. 두 사내가 손을 흔들었다. 조국방은 웃으며 주먹을 쥐어 보이고 창고 안으로 들어갔다.

세단 수십 대는 들어갈 크기의 창고다. 그 가운데 삼분지 일 정도가 술로 짐작되는 박스로 채워져 있고, 그 외에 스타렉스 스타일의 미니버스 한 대와 세단 한 대가 있을 뿐, 나머지는 빈 공간이다.
　　조국방의 차가 멈춰 서자 검은색 세단의 앞좌석에 앉아 있던 사내 둘이 캔 맥주를 든 채 밖으로 나왔다. 창고 문이 닫히고 다시 두 명의 사내가 차로 다가왔다. 그들이 차를 빙 둘러섰다.
　　조국방은 미소를 지으며 차에서 내렸다.
　　"와우! 끝났다!"
　　조국방이 환호하자 사내들이 호응하여 소리치고 저마다 조국방을 칭찬했다. 그들 가운데 하나가 캔 맥주를 던져 주었다. 조국방은 캔을 따서 거품을 뒤집어쓰는 것으로써 작업 성공을 자축했다.
　　"확실하게 끝내놓고 실컷 마시자고!"
　　조국방의 흥분된 눈이 임초영에게 가 닿았다. 그가 고개를 갸웃거렸다. 그가 내렸으니 뒷문도 열린다. 그런데도 임초영은 뒷좌석에 아기처럼 웅크린 채 가만히 누워 있다.
　　"넋이 나갔나 보네. 아붕! 아주 비싼 분이시다. 모셔라!"
　　힐튼 호텔에서 엘리베이터 단추를 눌러주었던 도어맨 오기붕이 피식 웃으며 뒷문으로 다가갔다.
　　"이제 그만 나오시지요, 황금공주!"
　　오기붕은 공주를 영접하는 것처럼 장난스럽게 허리를 접고 문손잡이에 손을 대었다. 창문을 통해 보이는 임초영은 웅크린 자세 그대로다.
　　딸각!
　　걸쇠가 풀리는 순간 문이 폭발하듯 열렸다.
　　쾅!

문 앞에서 허리를 접고 있던 오기붕이 문짝에 머리를 맞아 비명을 토하며 뒤로 넘어갔다. 오기붕은 피가 줄줄 흘러나오는 이마를 잡은 채 바닥을 굴렀다. 잔뜩 웅크리고 있던 임초영이 두 발로 사정없이 문짝을 차버린 것이다.

"뭐, 뭐야?"

조국방이 어리둥절해하는 사이에 임초영은 재빨리 차를 빠져나왔다. 그리고 그 즉시 오기붕의 머리를 세차게 걷어찼다. 얼마나 세게 찼는지 오기붕의 상체가 50㎝ 이상 밀려갔다. 고통에 겨운 비명이 뚝 끊어지며 오기붕의 육신이 축 늘어졌다.

죽이겠다는 의지를 가지고 찬 것은 아니다. 하지만 등산화다. 그것의 앞굽으로 모을 수 있는 모든 힘을 다해 걷어찬 곳이 하필 숨골이다.

"이런 개 같은 년! 편하게 넘겨주려고 했더니만 지랄발광을 하는구나."

조국방이 모자를 팽개치고 달려들었다. 그 순간 어깨 위로 넘어갔던 임초영의 오른손이 앞으로 쭉 뻗어나갔다.

쉭!

은빛 섬광이 조국방의 얼굴을 향해 날아갔다. 조국방의 눈이 부릅떠지는 순간 섬광이 그의 뺨을 파고들었다. 눈을 노렸던 것인데 열쇠라 방향이 비틀어졌다. 그러나 500원짜리 동전보다 훨씬 무거운 아파트 열쇠다. 홈이 파진 사각형 몸체라서 무게중심이 앞쪽에 가 있고 끝이 피라미드 모양으로 뾰족한 열쇠다. 제대로 맞으면 그 위력은 동전에 비할 바가 아닐 것이다. 그리고 제대로 맞았다.

"크악!"

조국방은 비명을 토하며 피가 흐르는 얼굴을 잡고 고개를 숙였다. 임초영은 쇄도하며 그대로 발을 내뻗어 밑으로 숙여지는 조국방의 얼굴에 발끝을 꽂아 넣었다. 조국방은 백 텀블링을 하는 개구리처럼 허공으로 떠올랐다가 뒤통수로 먼저 땅을 맞이했다.

임초영은 독기 어린 눈빛으로 조국방을 노려보면서 그의 사타구니 사이에 다시 한 번 발끝을 꽂아 넣었다. 조국방의 인생이 그것으로 끝났다고 해도 무방한, 사정없는 일격이다.

"끄아아아아아아아!"

조국방은 두 손으로 사타구니를 감싸 쥐고 몸을 둥그렇게 말았다.

"개새끼! 죽어!"

윤석원이 차에 치여 허공을 나는 모습을 본 임초영이다. 인정사정이 남아 있을 턱이 없다. 나중에 어떤 죄책감을 느낄지 모르겠지만 당장은 정말로 죽여 버리겠다는 의지가 확고했다. 허공으로 몸을 날려 두 발로 조국방의 머리와 목을 밟아버렸다. 전신의 모든 신경과 힘이 하초에 몰려 있던 그때 48kg의 무게가 한순간에 머리와 목에 집중되었다. 목뼈가 나무젓가락 부러지듯 부러져 버렸다. 차 반대쪽에 서 있던 세 명의 사내가 '어, 어?' 하는 사이에 조국방과 오기붕이 연달아 죽어버린 것이다.

세 사내의 입장에서는 정말 어이없는 일이다. 물론 그들도 잡혀온 여자들이 저항하는 모습을 종종 보았다. 대개는 살려달라고 빌지만, 가끔 자해하는 여자들이나 물어뜯고 할퀴려고 덤벼드는 여자들도 있었다. 그러나 어떤 저항을 하더라도 결국에는 그들에게 오락 시간을 제공하는 정도에 불과했다. 그런데 오늘 눈 깜빡할 사이에 동료 두 사람이 죽어버렸다.

세 사내 가운데 가장 먼저 정신을 차린 나렴이 독기를 내뿜으며 칼을 꺼내 들었다.

휘리리릭! 휘리리릭!

손끝에서 휘돌아 칼날을 드러낸 것은 보통 나비칼이라고 부르는 발리송 나이프다. 홍콩 영화에서 발리송 나이프를 보게 된 나렴은 그 즉시 그것을 구했고, 지금은 묘기 수준으로 다룰 수 있다. 눈앞에서 몇 번 휘돌리고 나면 얌전해지지 않는 여자가 없어 늘 애용하고 있다.

"정신 차려, 자식들아!"

이군명과 황도산이 그 소리에 정신을 차리고 엉겁결에 무기를 꺼내 들었다. 이군명이 허리춤에서 꺼낸 것은 군용 대검이고, 황도산이 바지 포켓에서 꺼낸 것은 잭나이프다. 여자 하나를 앞에 두고 세 남자가 모두 칼을 꺼내 든 것이다.

임초영은 겁먹지 않았다. 오히려 독기를 드러내며 나렴을 쏘아보았다. 그 눈빛에 움찔한 나렴은 거침없던 발걸음을 죽여 조심스럽게 차의 트렁크 쪽으로 움직였다. 이군명과 황도산은 보닛 쪽으로 이동했다. 앞뒤로 감싸려는 움직임이다.

임초영은 나렴에게서 눈을 떼고 이군명과 황도산을 향해 고개를 돌렸다. 그리고 그 즉시 손을 내뻗었다.

"악!"

나렴이 나이프를 떨어뜨리고 두 손으로 왼쪽 눈을 감싼 채 바닥에서 데굴데굴 굴렀다.

일종의 페이크다. 나렴의 위치를 파악하고 동전의 가상 궤적을 그린 후에 이군명과 황도산을 확인하는 척하면서 바로 나렴의 왼쪽 눈에 동전을 날렸다. 눈을 가린 손가락 사이에서 검붉은 물이 흘러내리는 것으로 보아 눈알이 터진 듯했다.

임초영은 동전을 던진 후 결과를 확인해 보지도 않고 그 즉시 쇄도했다. 동전으로는 눈에 맞추지 못하는 한 무력화시킬 수 없다는 판단 때문이다. 두 걸음을 뛴 후 내디딘 왼발을 축으로 몸을 휘돌렸다. 허공에서 반원을 그린 그녀의 오른발이 정확하게 나렴의 머리를 강타했다.

"크악!"

돌려차기에 직격을 당한 나렴은 1m나 튕겨 나가 자동차 트렁크 뒤에 널브러졌다. 그 순간 황도산이 잭나이프를 던졌다. 나이프는 막 발을 내리려던 임초영의 허벅지에 꽂혔다.

"악!"

임초영은 무릎을 꿇으며 허벅지를 움켜쥐었다.

이군명이 놀라서 소리쳤다.

"너 미쳤어? 잘못돼서 죽으면 어쩌려고 그래?"

"살아 있잖아. 일단 잡아, 이 새끼야!"

이군명과 황도산은 동시에 걸음을 떼며 임초영에게로 시선을 돌렸다. 그때 임초영이 고개를 들었다. 이군명과 황도산은 임초영은 부릅뜬 눈을 보고 막 떼어낸 발을 되돌렸다. 그녀의 손에 두 자루 칼이 들려 있음을 본 것이다.

임초영은 두 사내를 무섭게 노려보며 잭나이프를 든 오른손을 번쩍 치켜들었다. 두 사내가 겁을 집어먹고 보닛 뒤쪽으로 물러났다. 그렇게 할 수밖에 없었다. 차에서 내리자마자 한 점 망설임없이 동료 둘을 죽여 버린 독한 여자다. 나렴도 죽었는지 살았는지 확인할 수 없는 상태. 독기에 못지않은 실력까지 갖춘 여자다. 암기는 특히 무서웠다. 동전과 열쇠로도 그런 실력을 보이는데 지금은 나이프를 들고 있다. 그것도 두 자루나. 어줍지 않게 덤벼들었다가는 동료들 꼴 나기 십상이라 몸을 사릴 수밖에 없었다.

임초영은 그녀대로 긴장했다. 나이프가 꽂히는 순간 손에 쥐고 있던 열쇠 하나와 동전을 놓쳐 버렸다. 다행히도 그녀 앞에 발리송 나이프가 떨어져 있었다. 엉겁결에 그것을 줍고 잭나이프를 뽑았다. 고통이 그녀의 정신을 번쩍 들게 만들었다. 하지만 마음은 편하지 않았다. 나이프를 던져 본 경험은 한 번도 없다. 다행스럽게도 상대는 임초영의 실력을 과대평가하여 몸을 사렸다.

"개뿔도 없는 새끼들! 지옥에나 떨어져라."

임초영은 두 사람을 노려보면서 절뚝거리며 걸어 엉덩이로 벤츠의 뒷문을 닫고 왼손으로 운전석의 문을 열었다. 그녀는 그 즉시 운전석에 뛰어들어 가 문을 닫고 오토 도어록을 찾아 걸었다.

딸깍!

그 소리는 해방과 안전을 의미했다. 납치되어 올 당시, 그 소리 이후 임초영은 아무런 저항도 하지 못했다. 대지정력을 얻은 임초영의 발길질로도 깨지지 않은 유리창이다. 차 안에 다시 갇혔음에도 아까와는 반대로 외부로부터 완벽하게 안전해진 것이다.

임초영은 서둘지 않았다. 키가 꽂혀 있다는 것은 차에서 내리기 전에 확인한 사항이다. 우선 급한 것은 허벅지의 상처다. 그녀는 두 사내가 멍하니 보고 있는 가운데 차분하게 등산복 상의를 벗어 칼로 찢었다. 세 개의 임시 붕대를 만들어 잇고 상처를 압박하듯 단단하게 동여맸다.

통증은 여전했지만 그녀가 그 이상 할 수 있는 일은 없었다. 그녀는 안전벨트를 맨 후 시동을 걸고 앞 유리창으로 이군명과 황도산을 노려보면서 차를 출발시켰다. 이군명과 황도산이 놀라서 진로를 터주었다.

임초영은 창고를 한 바퀴 도는 것으로 가속력을 얻은 후 핸들을 한 손으로 잡고 나머지 한 손으로 피 묻은 잭나이프를 거꾸로 쥔 채 그대로 창고 문을 향해 질주했다. 바닥에 가라앉아 있던 먼지가 안개가 되어 공간을 뿌옇게 만들었다.

쾅!

차가 거대한 나무 문을 들이받았다. 문이 박살 남과 동시에 에어백이 터졌다. 정면에서 터져 나온 에어백이 나이프에 찢겨 바람 빠진 풍선이 되어 버린 순간 임초영은 브레이크를 밟아 차를 세웠다. 사이드 에어백이 터질 것에 대비했는데, 다행스럽게도 에어백은 운전석 전면에서만 터져 나왔다.

임초영은 나이프로 에어백을 찢어내고 그것을 등 뒤에 구겨 넣었다.

"오빠! 나 지금 갈게! 조금만 기다려!"

⚜

같은 날, 서울. 오후 2시 45분.

사람들이 썰물처럼 빠져나가고 남은 사람들이라고는 청바지에 화사한 티를 입은 젊은 사람 몇 명뿐이다.

임화평은 손을 씻고 앞치마를 벗어 벽걸이에 걸어둔 후 오형만을 바라보았다.

"바람 좀 쐬고 오마."

오형만에게 한 말이지만 대답은 동수와 인철이 합세한 합창으로 이루어졌다.

"예! 천천히 오세요."

아직은 허드렛일이 주를 이루지만 위생복을 입게 되었다는 것만으로도 동수와 인철이의 대답에는 힘이 넘쳤다. 임화평이 떠넘기는 일이 많아졌음에도 오형만의 얼굴도 밝았다. 송아현과 잘 풀린 이후부터 부쩍 더 밝아졌다.

'파워 오브 러브라는 노래가 있지?'

임화평은 피식 웃으며 주방을 벗어났다. 입구 앞에 다가가 부동자세를 취한 후 앞으로 손을 뻗었다.

"열려라, 짬뽕. 이 자식아!"

늘 그렇듯이 문은 부드럽게 열려 임화평의 진로를 열어주었다. 밖으로 나서는 순간 임화평의 얼굴이 찡그려졌다. 괜히 나왔다는 표정이다.

"예수천당, 불신지옥! 주 예수를 믿어라. 그리하면 너와 네 집이 구원을 얻으리라."

외치는 사내는 멀쩡한 40대 중년인이다. 왼손에는 성경을, 오른손에는 붉은 십자가로 좌우를 갈라 예수천당과 불신지옥을 써놓은 깃발을 들었다. 가슴에도 구호를 적은 붉은 띠를 교차하여 둘렀다.

자극적이고 선동적인 문구다 보니 같은 기독교인들도 눈살을 찌푸린다. 막연히 이단 종파일 것이라고 믿는 사람들도 많지만, 일제시대부터 시작된 역사적 문구다.

신문 기사에 따르면, '예수천당, 불신지옥'은 일제의 고문으로 순교했다고 알려진 최권능이라는 목사의 전도 문구다. 하지만 그 문구가 통하는 시대는 지났다. 배우지 못한 사람들에게 전도하기 위해 함축적인 전도 문구가 필요했기 때문에 나온 것이다. 오늘날같이 대개의 사람들이 고등교육을 받은 경우에는 반발심만 불러일으킬 것이다.

초등학교 저학년 아이들에게 '예수님 믿으면 천국 가고 안 믿으면 지옥 가요'라고 이야기한다면, 아이들은 아빠에게 달려가 사실이냐고 물을 것이다. 무교자인 아빠라면 누가 그런 소리를 했냐고 화를 벌컥 내고 착하게 살면 천국 간다고 대답해 줄 것이다.

암울했던 일제시대 때 절실히 의지처를 찾던, 배우지 못한 사람들에게는 통했을 것이다. 임화평이 생각하기에 그 구호에서 핵심은 예수천당이다. 불신지옥은 대구로 씀으로써 예수천당을 강조하는 역할밖에 되지 못한다.

일제 치하의 불쌍한 민중들에게 희망을 주고 싶었을 것이다, 지금은 힘들지만 믿음을 잃지 않으면 끝내 구원을 받을 것이라는 희망을.

오늘날처럼 지옥에 떨어질 사이비 종교인들이 많은 세상이 아니었다. 더 벗겨먹을 것도 없는 민초들을 대상으로 공포를 주입하고 사리사욕을 취하려고 한 행동이 아니었을 것이다.

"불쌍한 사람들아! 믿음 속에서 위안받고, 믿음으로써 희망을 얻어라. 희망을 잃지 않으면 곧 좋은 세상이 올 것이다."

임화평은 최권능 목사의 이야기를 읽으면서 행간의 의미를 그렇게 파악하고 고개를 끄덕였다. 그것이야말로 독실한 기독교인인 최 목사가 자신의 전부였던 믿음 안에서 불쌍한 민초들을 위해 할 수 있는 최고의 선택이었을 것이다. 물론 무교자인 임화평만의 해석이다. 그것이 아니라면 난감할 뿐이다. 최 목사에 대한 호감이 뚝 떨어질 것이다.

지금은 시대가 다르다. 대개의 사람들이 자극적인 광고 문구에 익숙해져 있고 최 목사보다 더 고학력자들이다. 믿음의 말씀에 논리적, 과학적 잣대를 들이대고 대답해 보라고 따질 것이다.

'저 양반은 도대체 뭐 하는 사람일까? 이 시간에 왜 일 안 하고 저러고 있어? 저 양반한테는 이 세상의 삶은 아무런 의미가 없는 걸까? 그렇다고 해도 저런 겁나는 말을 내뱉는다고 전도가 되는 건 아닐 테고, 차라리 그 시간에 봉사 활동 하는 게 천국에 더 가까워지는 길일 텐데. 에이, 몰라. 나하고 무슨 상관이야? 아니지. 상관이 있구나. 왜 하필 우리 집 앞이야?'

종교에 관심이 없는 임화평에게는 그나마 사내가 확성기를 쓰지 않는 게 불행 중 다행일 뿐이다.

'가라고 해도 말 안 듣겠지?'

임화평은 사내의 옆으로 다가가 갑자기 소리쳤다.

"초영자장, 불식배탈! 초영반점의 자장면을 먹으라. 먹지 않으면 배탈이 날 것이다. 초영자장, 불식배탈!"

사내를 피해 가급적 멀리 돌아가던 사람들이 킥킥거리며 다가왔다. 임화평은 무표정한 얼굴로 다시 한 번 소리쳤다. 남녀 한 쌍이 웃으며 입구 쪽으로 다가왔다. 임화평은 그제야 미소 지으며 안으로 손을 내뻗으며 말했다.

"어서 오세요. 안에 들어가서 사장이 서비스 드리라 했다고 반드시 말씀하세요."

두 사람이 들어가자 뒤따라 또 세 여자가 입을 가리고 웃으며 들어갔다.

임화평은 더 이상 들어가는 사람이 없자 슬쩍 사내의 눈치를 살폈다. 눈이 정통으로 마주쳤다. 불길이 솟구치는 듯한 눈빛이다. 임화평은 피식 웃으며 사내 옆으로 한 발짝 더 다가가 쪼그리고 앉았다.

"나는 따라 하니까 손님이 들어왔는데, 오리지널인 당신은 어떻소? 당신이 예수천당 불신지옥을 외친 이후로 한 사람이라도 당신 따라 교회에 간 사람이 있소? 그냥 궁금해서 묻는 거요."

사내가 불타오르는 눈빛으로 외쳤다.

"주 예수를 모독하는 당신은 사탄의 미혹을 받아 이미 그의 종이 된 자로다! 지옥의 유황불에 던져져 영원토록 고통받을 것이다!"

반발에 많이 부딪쳐 봤을 텐데 발끈하는 것을 보니, 예상대로 전문적인 전도사가 아닌 듯했다.

'지옥이 당신 눈 속에 있구려. 그런데 풍덩 빠질 만큼 유혹적이지는 않소이다.'

벌써 후회하는 중이다. 통하지 않을 것을 뻔히 알면서도 괜한 장난을 친 셈이다. 그러나 예수천당, 불신지옥을 외치는 사람을 만나면 반드시 물어

보고 싶은 말이 있었다.

"내 보기에는 당신이 지금 하나님, 예수님, 기독교를 싸잡아서 모독하고 있는 거요. 예수천당, 불신지옥이라니? 언제부터 사랑과 용서의 하나님께서 그렇게 편협해지셨소? 당신, 자식 있소? 자식이 아버지 말 안 따르고 나가서 나쁜 짓 하다가 감옥 가면 당신, 그 자식 버릴 거요? 자식은 부모에게 등 돌릴 수 있어도 부모가 자식 버리는 짓은 못하는 법이오, 제대로 된 부모라면. 욕망 덩어리 인간들도 자식들은 안 버리는데, 자식들이 외면 좀 했다고 하나님이 자식들을 버릴 것 같소? 무슨 계약 관계도 아니고, 그분의 종이라고 자처하면서 왜 그분을 인간 아버지보다 더 속이 좁은 양반으로 만드는 거요? 정녕 그런 분이면 믿고 따를 가치가 있는 분이 아니잖소?"

신의 말씀에 인간의 윤리적, 도덕적 잣대를 들이댔다. 기독교인들이 들었다면 성경 공부 좀 더 해보고 물으라고 할지도 모르겠다. 하지만 임화평은 윤리 도덕과 상충하는 종교는 종교로서의 가치가 없다고 생각하는 사람이다. 그리고 믿지 않는데 성경 공부 할 사람이 몇이나 될까. 전도의 대상이 누구인가를 생각하면 묵살하지 않고 성심껏 대답해 주어야 한다. 믿지 않는 사람을 믿음의 길로 이끄는 것이 전도니까.

"주 예수 가라사대, 내가 곧 길이요, 진리요, 생명이니, 나로 말미암지 않고는 아버지께 올 자가 없느니라 하셨으니, 주님을 믿지 아니 하고는 천국에 이를 방도가 없음이라."

대답은 요한복음 말씀의 인용뿐이다. 자주 인용되는 말씀이라서 무종교자에게도 생소하지 않다. 감동을 주는 말씀이 아니라 광고 문구처럼 느껴질 뿐이다.

'하기야 요새는 전도하기도 어렵겠다. 나같이 못 배운 사람도 이러는데 배운 사람들을 어떻게 설득시킬 수 있을까?'

꾸준히 고아원을 방문하여 봉사 활동을 하면서 동네 사람들의 동참을 유도한다거나, 생색내지 않고 매주 동네를 청소하면서 친절하게 인사하는 정도만 하더라도 길거리에서 생판 모르는 사람들에게 전단지를 나눠 주는 것보다는 훨씬 효과적일 것이다.

다른 종교를 믿고 있거나 애초부터 종교에 관심이 없는 사람들에게는 그 어떤 전도 방식을 택하더라도 쇠귀에 경 읽기다. 생판 모르는 사람에게서 예수님 믿고 구원받으라는 소리를 들으면 오히려 짜증을 낼 것이다. 하지만 막연하게 의지처를 찾는 사람이라면 과연 어디를 택할까. 적어도 임화평이 생각하는 좋은 전도의 방법은 그랬다.

"장난쳐서 미안하오. 이렇게 될 줄 알고 있으면서도 우리 집 앞이다 보니 짜증이 났소. 사과하겠소."

사내의 눈빛이 조금은 누그러졌다.

임화평은 고개를 숙여 사과하고 돌아섰다가 다시 돌아섰다.

"그런데 당신, 밥은 먹고 하는 거요? 우리 집 자장면 맛있는데, 생각있으면 들어오시오. 가게 안에서 전도만 하지 않으면 사과하는 의미로 기꺼이 대접하겠소. 그리고 밤에 혼자 깡소주 마시지 마시오. 지금도 당신 간, 반은 작살난 것 같으니까."

임화평은 사내에게 고개를 끄덕여 보이고 안으로 들어갔다.

송아현과 윤철원이 문 앞에 서 있었다. 송아현이 임화평을 흘겨보면서 말했다.

"왜 그러셨어요?"

임화평이 쓰게 웃으며 윤철원의 머리를 쓰다듬었다.

"며칠 전 꿈에 마누라가 나타나서 한 말이 생각났거든."

"뭐라 그러셨는데요?"

"요즘 행복하대. 이번에 극락 1동 1번지로 이사했다며 자기만 좋은 곳에 살아서 미안하다고 하더라. 미안하다면서 무슨 이웃 자랑을 그렇게 해대는지. 옆집이 천국 10동 9,999번지인데, 거기 사는 아주머니가 사람이 너무 좋대. 미국 슬럼가에서 평생 파이 장사를 하시던 아주머닌데 남는 파이 들고 교회 가시다가 갱단 싸움 때문에 총 맞고 그 자리에서 돌아가셨다더군. 그런데도 원망하지 않으시고 고통없이 죽게 돼서 너무 좋다고 하신다네. 그 아줌마 파이 맛이 내 요리만큼 맛있어서 요즘 살찔까 봐 고민이란다. 나도 죽어서 거기 갈 수 있을지 몰라? 한 조각 얻어먹고 싶은데."

윤철원과 송아현이 마주 보며 낄낄거렸다.

"사모님, 부처님 믿으셨어요?"

"극락동 살아서? 음! 그 사람, 하늘을 믿었어. 착하게 살면 하늘이 복 주신다고 믿었지. 하늘이나 하나님이나 어차피 같은 분 아냐? 한 분뿐이잖아? 부르는 이름이 조금 다를 뿐이지. 나 봐. 임화평, 초영이 아빠, 피스 포레스트, 초영반점 사장, 중식 요리사… 보는 각도에 따라서 부르는 이름이 다양하잖아. 하나님 정도 되면 이름이 얼마나 많겠어? 하늘나라에 천국동, 극락동, 도원동같이 수많은 동네가 있는 이유가 그 양반 부르는 이름 따라 거기에 맞는 동네에 배정하기 때문이라던데. 위쪽 나라 사람들은 우리처럼 편안 가르나 봐. 천국동 사람, 극락동 사람 해봤자 다 같은 하늘나라 사람일 뿐이래. 윽!"

임화평이 갑자기 인상을 찌푸리며 가슴을 쥐었다.

송아현이 깜짝 놀라 임화평의 팔을 붙잡았다.

"아저씨, 왜 그러세요? 어디 아프세요?"

쥐어뜯는 듯한 통증이 서서히 가셨다.

"먹은 게 체했나?"

그럴 일이 없다는 것은 그가 더 잘 알고 있다. 전생에 살수였던 그는 그때의 버릇을 지금도 가지고 있다. 느리게 먹고 꼭꼭 씹어 먹는다. 그 습관 때문에 평생 체해본 적이 없다. 또 오류귀해공은 임화평에게 쇠도 소화시킬 튼튼한 위장을 제공했다. 그러니까 위통일 리도 없다. 그것은 심장이 멈추는 듯한 충격이었다.

"휴우! 왜 그랬지? 아무렇지도 않은데."

윤철원이 킥킥거리며 말했다.

"크크크, 하나님 놀리니까 벌주신 거예요."

임화평은 윤철원의 이마에 꿀밤을 먹였다.

"예끼, 이놈아! 내가 언제 하나님을 놀렸어? 물론 내가 그 양반을 좀 싫어하기는 하지. 마누라 일찍 데려가 버렸으니까. 그런데 너 인마! 하늘 같은 사장님하고 마주 서서 노닥거릴 생각 말고 가서 손님들 서비스나 돌려라."

윤철원이 입술을 쭉 내밀어 삐쳤음을 대놓고 드러낸 후 주방으로 향했다.

송아현은 여전히 걱정스러운 얼굴이다.

"아저씨, 정말 괜찮으세요?"

"음, 지금은 아무렇지도 않네. 걱정하지 마라."

임화평은 웃으며 송아현의 어깨를 두드려 주고 주방으로 향했다. 송아현을 등진 임화평의 얼굴이 심각하게 굳어졌다. 이해할 수 없는 일이다. 가슴을 찢는 듯한 그 통증은 전신으로 퍼져 나가서야 사라졌다. 개운치 않은 느낌이다.

'이런 적이 없는데. 오늘 밤에는 제대로 확인 한번 해봐야겠군. 하나님 말고 하늘님! 제가 정말 놀렸다고 생각하시는 건 아니겠지요? 원망한 적은 있지만 조롱하는 마음은 품은 적 없습니다. 저 나름대로 착하게 살려고 노력하고 있지 않습니까? 이 삶을 평온하게 끝낼 수 있도록 놔주신다면 나중에 지옥 구덩이에 빠뜨리셔도 원망하지 않겠습니다. 그러니 저한테는 신경 꺼주세요. 지옥 갈 줄도 모르고 당신 이름 빌려서 폭주하는 인간들 많지 않습니까? 그 인간들이나 구원해 주세요.'

임화평은 심호흡하며 굳었던 얼굴을 펴고 주방으로 들어갔다.

⚜

같은 날, 북경. 오후 2시 54분.

다행히 외길이다. 창고로 향할 때 분명히 우회전했다. 큰길로 나가 좌회전하면 왔던 길을 비슷하게 되짚어갈 수 있을 것이다.

임초영은 큰길에 이르자마자 좌회전하여 속력을 높였다. 속도계의 숫자가 100km를 훌쩍 넘었다. 마음이 급한 임초영은 그래도 속력을 늦추지 않고 앞서 가는 차들을 계속해서 추월해 나갔다.

무작정 달려야만 하는 임초영의 마음은 참으로 막막했다. 한국이라면 하나쯤 보였을 방향 표시판이나 거리 표시판을 전혀 보지 못했다. 제대로 가는지 확신하지 못한 채 그냥 대로만 따라 갈 뿐이다. 길거리에 세워두고 손짓발짓을 섞어 물어볼 수도 있겠지만, 모든 사람이 납치범처럼 느껴지는 임초영에게는 쉬운 일이 아니었다.

'도움이 필요해. 누가 좀 도와줘. 아빠!'

그때 멀리서 청홍등이 반짝였다. 길가에 세워진 하얀 차. 몇 번 보았던 공안 차량이다. 그 앞에서 교통 경찰복을 입은 두 사람이 붉은 봉을 흔들어 보이고 있다.

영화에서처럼 차체로 창고 문을 부수며 나왔다. 벤츠가 아무리 튼튼한 차라고 해도 멀쩡할 리 없다. 라이트가 깨져 나가고 범퍼가 확연하게 찌그러졌을 것이다. 공안이 차를 세우는 것은 당연한 일이다.

도움이 절실한 임초영으로서는 반가울 수밖에 없다. 분명히 병원으로 이송되었을 텐데, 어디 가서 어떻게 찾아야 할지 알 수가 없다. 대사관이나 영사관에 연락하면 도와줄 테지만 당장 연락할 방도가 없다. 그런데 때마침 공안을 발견한 것이다. 말은 안 통할 테지만 한자와 영어를 섞어 필담을 시도할 수는 있을 것이다. 윤석원의 가방이 남아 있으니까 전화를 쓸 수 있게 되면 대사관뿐만이 아니라 중국 지사에 연락하여 도움을 구할 수도 있을 것이다.

"아! 나 사람을 죽였어."

공안을 반가워할 일만은 아니다. 다른 사람은 몰라도 기사만큼은 죽였음을 분명하게 기억하고 있다. 그 사실을 자각하자마자 팔이 부들부들 떨리기 시작했다.

"정당방위야. 몰라! 일단은 오빠부터 찾아야 돼. 그리고 아빠! 아빠한테 연락해야 돼. 아빠가 있어야 돼."

임초영은 입술을 꽉 깨물고 두 팔에 불끈 힘을 불어넣었다.

육안으로 사람의 얼굴을 확인할 수 있는 거리에까지 이르자 임초영은 차의 속도를 줄였다. 다행히 두 사람 가운데 하나는 여자다. 안심이 되었다. 임초영은 공안의 지시에 따라 공안 차량의 뒤쪽에 차를 세웠다.

문을 열고 밖으로 나왔다. 입가에 묻은 피는 그대로 말라붙어 있고 청바지를 검게 물들인 피 역시 선명했다. 그것을 본 공안의 얼굴이 굳어졌다.

"조밍아. 워쓰 한궈런(살려주세요. 저는 한국인입니다)."

도와달라는 말이 기억나지 않아 아버지와 함께 본 중국 영화에서 자주 들어본 조밍아를 썼다. 마음은 급한데 그 이상의 말을 할 수가 없었다. 임초영이 조급한 얼굴로 가슴을 치자 30대 초반의 여자 공안이 그녀의 어깨를 잡고 심호흡하게 만들었다.

임초영은 여공안과 함께 세 차례 심호흡을 하고 왼손 손바닥 위에 무언가를 쓰는 시늉을 했다. 여공안이 젊은 남자 공안에게 필기구와 종이를 가져오게 했다. 젊은 공안에게 종이와 볼펜을 받아 든 여공안은 벤츠의 보닛 위에 그것을 내려놓았다.

임초영은 여공안에게 고맙다고 말하고 보닛 위에 엎드려 글을 쓰기 시작했다. 아버지 무릎에 앉아 배운 것이 적지 않은데도 막상 쓰려니 아무 생각도 나지 않았다. 납치의 한자가 생각나지 않아 할 수 없이 키드냅(Kidnap)을 썼다. 남자(男子) 오 인(五人)이라고 쓰고, 부군(夫君)과 교통사고(交通事故)를 썼다. 병의 한자가 기억나지 않아 호스피탈(Hospital)에 물음표를 붙였다.

"뭘 어떻게 써야 되지? 침착해. 침착해, 임초영! 그래, 전화!"

경찰이니까 핸드폰 정도는 가지고 있을 거라고 생각하고 아예 만국 공통어 보디랭귀지를 쓸 생각으로 펜을 내려놓았다. 그 순간 뒷골이 화끈해지면서 눈앞이 캄캄해졌다.

여공안이 수도를 만든 거친 손을 내리며 눈살을 찌푸렸다.

"자라 같은 새끼들! 도대체 일을 어떻게 하는 거야? 남자 새끼들 다섯이 계집 하나를 못 당해내? 병신 같은 놈들! 내 벤츠 다 찌그러졌잖아!"

여공안이 눈짓하자 젊은 공안이 임초영을 안아 벤츠 뒷좌석으로 밀어 넣었다.

"야! 뒤로 수갑 채워. 그 계집, 암기를 귀신같이 쓴다더라."

젊은 공안은 임초영의 두 손을 뒤로 모아 수갑을 채웠다.

여공안이 핸드폰을 꺼내 단축다이얼을 눌렀다.

"나다. 와서 데려가. 그리고 이 개자식들아! 각오하고 있어. 무슨 일을 그따위로 하는 거야? 끊어!"

여공안은 임초영의 뒤통수를 표독스럽게 노려보며 중얼거렸다.

"쌍년! 네년 때문에 쓸 만한 놈들이 셋이나 죽었어. 대가를 치러야 할 거다. 각오해. 에이! 일조를 보냈어야 하는데, 생각을 잘못했어."

여공안의 밑에는 모두 네 개의 팀이 있다. 그 가운데 조국방 팀이 삼조다. 남편을 떼어놓고 여자만 몸 성히 데려오라는 지시였기 때문에 꾀를 많이 쓰는 조국방 팀을 보냈다. 부부가 모두 평범한 직장인이라는 사전 정보를 바탕으로 내린 결정이었다. 그런데 예상외로 여자의 무력이 상당해서 조장 조국방을 포함한 삼 인의 조원이 목숨을 잃었다. 그 정도일 것이라고 예상을 했다면 무력을 앞세우는 일조를 보냈을 것이다. 하지만 후회해 봐야 끝난 일이다.

"아추, 지금 인민병원에 연락해 봐. 도대체 트럭 기사는 왜 달고 간 거야? 쓸데없는 말 지껄이기 전에 빨리 끌고 돌아오라고 해. 가만히 놔두면 되는 일이 없어, 되는 일이!"

젊은 공안이 고개를 끄덕이고는 공안차로 향했다.

여공안은 몇 차례 심호흡으로 마음을 가라앉히고 핸드폰의 단축다이얼을 눌렀다.

"어르신, 소빙빙입니다. 예! 물건 무사히 확보했습니다. 예! 거기 그 장소로? 예! 알겠습니다. 예? 영광입니다. 기꺼이 찾아뵙겠습니다. 예! 편히 쉬십시오."

여공안은 핸드폰을 주머니에 놓고 길게 한숨을 내쉬었다. 그림자 밟기도 두려운 양반과 식사를 할 수 있게 되었으니 기쁘지 않을 수 없다. 하지만 그것은 일을 잘했을 때의 이야기다. 뒷일을 생각하니 마음이 편하지 않다. 남자는 살려두라고 했음에도 생사가 오락가락하고, 온전히 데려오라던 계집마저 상처를 입혔다. 낱낱이 따지고 들면 일의 반은 망친 셈이다.

"곤란하군. 뭐라고 말씀드려야 하지?"

소빙빙은 수하 스물을 둔 한 조직의 장이다. 인민에게 무소불위의 힘을 발휘하는 공안 열 명도 그녀의 휘하에 있다. 그 정도면 중국 어디에서도 고개 바짝 들고 다닐 수 있는 지위다. 하지만 그녀가 속한 조직 안에서의 지위는 수장이 누구인지조차 모를 정도로 말단에 가까웠다. 조직이 죽으라고 하면 죽을 수밖에 없다. 두렵지 않을 수 없다. 변명이 받아들여지지 않으면 죽을 것이다.

'변명할 일이 아니야. 먼저 살려달라고 엎드려 빌고 보고서는 따로 작성해서 올린다. 참작은 해주시겠지.'

그녀도 알지 못하는 거대한 조직 산하의 광목당. 그녀는 그곳에 소속되어 있다. 그녀가 아는 것이라고는 그녀가 두려워하는 어르신이 광목당의 당주일 거라고 짐작하는 정도다.

'그래도 난 어르신의 신임을 받고 있어. 용문관의 다른 아이들과는 달리 어르신과 직접 소통하잖아? 용서해 주실 거야.'

소빙빙은 말썽 많은 임초영을 다시 노려보며 호주머니에서 담배를 꺼냈다. 용서받을 거라고 자위했지만 담배를 쥔 손이 잔 경련을 일으키고 있었다.

제5장
마음껏 울 수 있는 곳, 아십니까?

2000년 11월 11일, 오전 10시.

임화평은 위생복을 걸치고 가게로 내려갈 준비를 했다. 주방의 일은 오형만에게, 홀의 일은 송아현에게 대부분 떠넘긴 터라 느긋하게 움직이는 것이다.

위생모를 집어 들고 빠뜨린 것이 없는지 주위를 둘러보았다. 걸리는 것은 단 하나, 책상 위에 놓인 휴대폰이다. 그저께 밤에 온 임초영의 전화도 집 전화로 온 탓에 굳이 가져갈 필요를 못 느꼈지만, 그래도 왠지 허전해서 챙기기로 했다.

핸드폰을 잡아 바지 호주머니에 넣었다. 그 순간 '엘리제를 위하여'가 울렸다. 임화평은 고개를 갸웃하고 핸드폰을 받았다.

"여보세요? 예, 사돈! 오랜만입니다. 예? 석원이가요? 어, 어떻게?"

임화평은 가슴을 쥐고 그 자리에 주저앉았다. 핸드폰을 든 손이 부들부들 떨렸다.

"그, 그럼 초, 초영이는요? 예? 아, 알 수 없다? 어떻게, 어떻게? 끄으!"

윤석원의 아버지 윤태수의 음성도 임화평처럼 떨렸다. 주중 대사관을 통하여 윤석원이 교통사고를 당해 사경을 헤맨다는 전갈을 받았다고 했다. 의식이 없는 상태인데, 그나마 호주머니에 여권이 있어 연락을 받을 수 있었다고 했단다.

임화평의 입술이 파르르 떨렸다. 저절로 흘러나오는 신음을 막으려고 입을 꾹 다물었음에도 사정없이 흔들렸다.

"여, 여권? 예! 있습니다. 비, 비자 말입니까? 명동으로요? 예, 지금, 지금 출발하겠습니다."

임화평은 전화를 끊고 그것을 품속에 안은 채 부서지도록 움켜쥐었다.

"끄으윽!"

벌벌 떨리는 손을 바닥으로 늘어뜨려 핸드폰을 내려놓으려고 안간힘을 썼다. 혹시라도 핸드폰으로 전화가 올지 모르는데, 들고 있다가는 그대로 부숴 버릴 것만 같았기 때문이다.

핸드폰이 손에서 떨어지지가 않았다. 손이 오그라들어 핸드폰을 놓을 수가 없었다. 바닥에 엎드려 왼손으로 오른쪽 손가락을 하나하나씩 폈다.

"아, 아직 몰라. 우리 초영이는 무사할 거야. 아무 일 없을 거야."

겨우 핸드폰을 내려놓고 두 손으로 바닥을 짚어 힘겹게 일어났다. 발이 떨어지지 않았다. 두 주먹으로 허벅지를 후려쳤다. 후려치고 또 후려쳐 겨우 발걸음을 옮겼다. 비틀비틀 걸어 옷장에 기대어 서서 위생복의 단추를 풀려 했다. 손가락이 떨려 제대로 풀 수가 없었다. 옷을 잡고 찢듯이 당겨 버리자 단추가 후드득 떨어졌다.

옷을 어떻게 갈아입었는지 기억도 나지 않았다. 머릿속에서 떠도는 생각은 단 하나, 어떻게든 중국에 가야 한다는 것이다.

"가야지. 우리 초영이 찾아야지. 가, 빨리!"

천근만근이 된 다리를 질질 끌어 겨우 핸드폰을 줍고 책상 앞에 섰다. 제정신이었다면 첫 번째 서랍 안쪽에 여권이 고이 모셔져 있다는 사실을 기억해 냈을 것이다. 하지만 그가 택한 방법은 서랍을 다 뽑아 뒤집어엎는 것이었다. 난잡한 바닥을 헤집어 겨우 여권을 찾아냈다. 만들어놓으면 중국에 가고 싶은 마음이 더 강해질 거라면서 임초영이 미리 신청해 둔 여권이다.

임화평은 손바닥으로 가족사진을 수차례 쓰다듬다가 이를 악물고 방을 나섰다.

긴급 비자는 당일 바로 발급되었지만, 비행 편을 구하지 못해 어쩔 수 없이 하루를 속절없이 보내야 했다. 가슴이 바짝바짝 말라갔지만, 어찌해 볼 방도가 없었다.

그것만큼이나 답답한 일이 또 있었다. 평생 한 번도 한국을 벗어나 보지 못한 임화평은 긴급 비자 발급부터 비행기 예약까지의 모든 절차를 회사원인 사돈 윤태수에게 맡겨야 했다. 자신만큼이나 답답하고 정신없을 사돈에게 모든 것을 떠맡기자니 죄스럽기 그지없었다. 평생토록 단 한 번도 그렇게까지 스스로가 무력하게 느껴진 적이 없었다.

집으로 돌아와 짐을 싸놓고 충전기에 꽂아둔 핸드폰을 눈앞에 놓아둔 채 하루 종일 멍하게 앉아 있었다. 밤새도록 잠 한숨 못 자고 있다가 책상 위에서 가족사진을 끌어안은 채 선잠이 들었나 보다. 그때가 새벽 5시경이었다.

"안 돼! 안 돼!"

임화평은 책상 위에 엎드린 채 두 손을 앞으로 뻗어 허우적거렸다.

"초, 초영아! 네, 네가 왜 거기 있어? 안 돼! 정인아! 초영이 돌려보내! 개가 왜 당신하고 있는 거야?"

이정인이 울고 있다. 만신창이가 된 임초영을 껴안고 울고 있다. 갈라진 배를 부여잡고 앞을 보지 못한 채 비틀거리는 임초영을 껴안고 통곡하고 있다.

임초영이 움직이지 못하도록 꽉 껴안은 이정인이 그를 원망하는 눈으로 바라보았다. 울부짖으면서 마구 도리질 쳤다. 임초영이 아프다고 소리 질렀다. 원통하다고 소리 질렀다.

"으헉!"

임화평은 벌떡 일어났다가 의자가 부서지도록 주저앉았다. 가슴을 부여잡고 거칠게 숨을 쉬었다. 겨우 진정시키고 이마에 맺힌 식은땀을 닦는 순간 눈에서 주르륵 눈물이 흘러내렸다.

"아닐 거야. 내가 걱정이 너무 많아서 그런 꿈을 꾼 걸 거야. 아니야."

소매로 눈물을 훔쳤다. 훔치고 또 훔쳤는데도 그대로였다. 꿈은 깼는데 영상을 그대로 눈앞에서 생생하게 살아 움직이고 있다. 공포에 질린 초영이의 비명 소리가 귀에서 쟁쟁거리고 있다.

"흑! 끄으으윽! 으허허허허허헝! 초영아! 도대체 무슨 일을 당한 거냐? 네가 왜 그러고 있어? 으아아아!"

책상을 후려친 두 주먹에서 핏물이 흘러 부서진 책상 틈새로 스며들었다.

대한항공 편으로 북경에 도착한 임화평과 윤태수가 북경의대 부속병원인 인민병원에 도착한 것은 오후 3시경이다. 한국에서 무기력했던 임화평이 북경에서는 윤태수를 대신하여 만사에 앞장섰다. 말이 통하기 때문이다.

임화평이 무학(無學)에 가깝다고 알고 있는 윤태수에게는 놀랄 일이었지만, 아들이 생사지간에 있다 보니 표시할 틈도 없이 그저 임화평의 뒤만 졸졸 따라다닐 수밖에 없었다.

희망을 잃지 않고 있던 두 사람은 미라처럼 전신에 붕대를 감은 채 가쁜 숨을 몰아쉬고 있는 윤석원을 보고 망연자실했다. 윤태수는 넋을 잃고 털썩 주저앉아 버렸고, 임화평은 환자 보호를 위해 침대에 달려 있는 철봉을 부서져라 움켜쥐었다.

임화평은 윤석원의 손목을 잡고 조심스럽게 기운을 흘려보내 상태를 살폈다. 기혈은 뒤틀린 채 막혀 있고 장기는 온전한 구석이 없다. 그저 숨만 쉬는 상태, 살아 있다는 자체가 기적에 가깝다. 하지만 그의 지식은 구시대의 경험에 따른 것이다. 현재 그가 있는 곳은 중국의 엘리트들만이 갈 수 있다는 북경대학의 부속병원이다. 현대 의학이라면 그의 판단과는 다른 결과를 만들어낼 수도 있을 것이라는 희망을 가졌다.

윤석원을 바라보는 임화평의 눈은 붉게 물들었다가 한순간에 냉정을 되찾아 오히려 차갑게 느껴질 정도로 변해 버렸다.

슬픔에 동참하는 것은 쉬운 일이다. 윤석원에 대한 애틋한 기억과 감정을 풀어버리면 될 일이다. 그러나 그렇게 할 수 없었다. 윤석원의 모습 위로 임초영의 처참한 모습이 겹쳐졌기 때문이다. 심장이 굳어버린 듯 가슴이 차가워졌다.

'너, 왜 이렇게 됐니? 초영이 지키다가 이랬어? 내가 찾겠다. 반드시 찾아내겠어.'

윤석원의 머리카락을 조심스럽게 쓰다듬다가 돌아서서 넋을 잃은 윤태수를 조심스럽게 일으켜 세웠다. 정신을 차린 윤태수는 임화평의 손을 거칠게 뿌리치며 비틀비틀 걸어 침대 앞에 무릎을 꿇고 윤석원의 손을 잡았다.

"으허허허허! 석원아! 이놈아! 아버지다! 아버지 왔어! 눈 좀 떠봐!"

윤태수가 윤석원의 손에 이마를 가져다 붙이는 모습을 외면하고 임화평은 자리를 떠 담당 의사를 찾았다.

무뚝뚝한 간호사 두 명을 거쳐 겨우 선한 눈매의 담당 의사를 만나 윤석원의 상태를 들었다. 여러 가지 전문 용어가 나왔지만 결론은 결국 임화평의 예상대로 회생 불능. 지금 당장 숨이 넘어가도 이상하지 않은 상태라서 환자를 위해 할 수 있는 것이 마약이나 마찬가지인 진통제로 고통을 줄여주는 것 말고는 아무것도 없다고 했다. 죽기 전에 친인이 와준 것만으로도 다행이라는 의례적인 말을 했다. 뼈마디 부러진 것은 차치하고, 내부 장기들이 크게 손상된 상태에서 병원까지 이송하는 데 시간이 너무 오래 걸려 손대기는 너무 늦었다고 했다. 한마디로 포기했다는 뜻이다.

현대 의학의 기적을 기대했던 임화평은 눈을 질끈 감아 아득해지려는 정신을 되돌렸다. 억지로 되돌려야만 했다. 초영이를 찾아야 하기 때문이다. 몇 차례 심호흡을 한 후 아무런 감정이 실리지 않은 목소리로 물었다. 감정을 실으면 무너질 것을 알기 때문이다.

"혹시 가해자가 어디 있는지 아십니까?"

"어제 왔다가 공안들과 함께 갔습니다."

"혹시 연락처나 남긴 말 같은 것은 없었습니까?"

"저를 붙잡고 한참을 하소연했습니다. 자기 잘못이 아니라고 하더군요. 자기는 신호를 지켰는데 검은 차 한 대가 휙 지나가고 뒤따라 피해자가 갑자기 튀어나왔다고 했습니다. 사거리 한가운데에서 사람이 뛰어다닐 거라고는 생각도 못했다면서요. 연락처는 담당 경찰에게 물어보시는 게 빠르겠지요."

담당 의사는 간호사와 달리 친절했다. 시종일관 귀찮은 기색없이 질문에 성의껏 대답해 주었다.

"혹시 대사관이나 영사관 직원이 어디 있는지 아십니까?"

담당의는 고개를 저었다.

"어제 잠깐 봤습니다만, 지금은 모르겠네요. 잠깐만요."

담당의는 간호사를 불러 대신 물어봐 주었다.

"그 사람도 어제 왔다가 바로 돌아갔답니다. 내일 오전에 다시 온다고 했다는군요."

"감사합니다."

어떻게든 사건 경위를 알아야 했다. 임초영을 찾아야 했다. 그런데 어디서부터 시작해야 할지 막막하기만 했다.

두 손으로 거칠게 얼굴을 비빈 후 병실로 돌아갔다. 윤석원의 손을 잡고 누군가에게 간절히 기도하고 있는 윤태수의 어깨를 어루만지듯이 잡았다.

윤태수가 눈물과 콧물이 범벅된 얼굴로 돌아보았다. 임화평은 손수건을 꺼내 건넸다. 윤태수는 얼굴을 닦고 손수건을 다시 돌려주려다가 침대 옆 탁자에 내려놓았다.

윤태수가 다시 임화평을 바라보았다. 임화평은 윤태수 옆에 의자를 가져와 그를 올려 앉히고 말없이 바라보다가 윤석원을 힐끔 본 후 마침내 입을 열었다.

"담당의를 만났습니다."

잠시 말을 끊은 임화평은 선 것도 아니고 앉은 것도 아닌, 엉거주춤한 자세로 침을 꿀꺽 삼키는 윤태수와 눈높이를 맞추었다. 그리고 그의 손을 끌어 잡고 담당의의 말을 차분히 옮겼다.
"큭! 크흐흐흐흑! 으허허허허허허! 안 돼! 지금, 지금 옮길 거야! 중국 놈들을 어떻게 믿어? 이보시오, 사돈! 옮기겠다고 말해주시오! 빨리!"
그때 윤석원의 전신이 부들부들 떨리며 입에서 괴이한 신음이 흘러나왔다.
"흐으으!"
윤태수가 놀라서 달려갔다. 윤석원은 금방이라도 숨이 넘어갈 듯 헐떡거렸다.
"석원아! 석원아! 안 된다! 이러면 안 돼!"
임화평이 급히 뛰어나갔다. 이내 담당의와 간호사가 왔다. 담당의는 윤석원의 상태를 확인한 후 다른 어떤 조치를 취할 생각도 하지 않지 않고 임화평을 향해 고개를 저어 보였다.
담당의의 얼굴만 바라보던 윤태수가 털퍼덕 주저앉았다가 갑자기 무릎걸음으로 담당의에게 다가가 그의 오른쪽 다리를 안았다.
"살려주세요. 내 아들 살려주세요. 제발!"
못 알아들을 것이 뻔한데도 윤태수는 사정하고 애걸했다.
담당의가 안쓰럽다는 눈빛으로 임화평을 바라보며 말했다.
"의사로서 할 말은 아니지만, 이 환자가 어떻게 아직까지 숨 쉬고 있는지 모르겠습니다. 말을 못해서 그렇지, 말로 다 할 수 없는 고통을 느끼고 있을 겁니다. 놓아버리면 편해질 텐데, 어떻게 견디고 있네요. 아버지를 기다렸나 보지요? 이 환자의 경우 골절 때문에 심폐 정지가 와도 심폐소생술을 함부로 하지 못합니다. 친인께서 오셨으니 이제 편해질 수 있도록 보내주세요."
이미 윤석원의 상태가 절망적인 것을 아는 임화평은 의사의 말을 윤태수에게 그대로 전했다.

"사돈, 한국에서는 살릴 수 있을 거요. 숨통만 트이게 해달라고 해주시오. 사돈!"

아버지의 마음을 무시할 수 없다. 임화평이 그의 입장이라도 그랬을 테니까. 의사에게 윤태수의 뜻을 전하려 했다. 그 순간 헐떡거리던 윤석원의 호흡이 잦아들었다.

"석원아! 안 돼!"

윤태수가 절규했다. 임화평은 의사를 바라보았다. 무겁게 고개를 젓는 의사를 보면서 임화평은 부들부들 떨리는 윤태수의 어깨를 감쌌다.

"흐흐흑! 이, 이대로, 이대로 보내야 한단 말입니까? 유언 한마디 못 듣고 이렇게 보내야 합니까?"

호흡이 멈춘다고 당장 죽은 것은 아니다. 보통 심장이 정지하기까지 4분의 시간이 있다고 한다. 4분이 지나면 뇌세포가 죽어가고 그때부터 심장이 죽어간다. 보통 호흡이 정조된 후 10분이 지나야 사망 판정을 내리게 된다.

임화평은 잠시 망설이다가 입을 열었다.

"사돈, 아직은 제가 잠깐이나마 석원이를 깨어나게 할 수는 있습니다. 그러나 그 방법이 석원이를 더 고통스럽게 할 것이고, 살리는 방법 또한 아닙니다. 그렇게 해서라도 유언을 들으시겠습니까?"

그렇게까지 하고 싶진 않았다. 윤석원이 임초영을 얼마나 사랑해 주었는지 알고 있다. 팔불출 임화평이 팔불출 소리를 할 정도다. 사건의 경위는 늦게라도 알 수 있을 것이다. 이제 10분이면 죽음이 확정되어 고통에서 벗어나 안식을 취할 수 있는데 또 다른 고통을 주고 싶진 않다.

윤태수는 갈등했다. 마지막 가는 길, 편히 가라고 말이라도 해주고 싶다. 그리하려면 고통에 고통을 더해야 한다니 망설일 수밖에 없다.

윤태수는 윤석원을 바라보았다. 윤석원의 입장이라면 어떤 선택을 할 것인가를 생각해 보았다. 윤태수는 윤석원의 손등을 연신 쓰다듬으며 임화평을 바라보았다.

"이 녀석, 틀림없이 할 말이 있을 겁니다. 그래서 기다렸을 겁니다. 한을 남겨서는 안 되겠지요. 사돈, 부탁합니다."

임화평은 윤석원에게 다가가려는 담당의에게 말했다. 담당의는 쓸데없는 짓을 하려 한다고 못마땅한 듯 눈살을 찌푸렸지만 윤태수의 간절한 눈빛을 보며 한 걸음 물러섰다.

무엇보다도 환자의 고통을 먼저 생각하는 것 같아서, 임화평은 의사가 나름대로 좋은 사람이라고 판단했다. 임화평은 의사에게 목례한 후 윤태수를 조금 뒤로 물리고 침대에 바짝 붙어 섰다.

눈을 지그시 감고 차크라를 돌렸다. 똬리 튼 채 꼼짝도 하지 않던 황금 뱀이 움직이자마자 첫 번째와 두 번째 차크라가 기다렸다는 듯이 맹렬하게 휘돌았다. 뫼비우스의 띠처럼 몸을 꼬아 두 차크라를 휘감고 세 번째 차크라를 돌리는 순간, 불의 속성을 지닌 세 번째 차크라가 불길을 토해냈다. 황금 뱀은 더 이상 전진하지 않았다. 그 긴 몸체로 세 개의 차크라를 오가며 속도를 더할 뿐이다.

불의 차크라에서 나온 기운이 임화평의 전신을 지배했다. 그 기운을 두 손의 엄지로 이끌었다. 붉게 달아오른 두 손가락이 윤석원의 하초에 가 닿았다.

꿈틀!

선천지력이 투입되자 꼼짝도 하지 않던 윤석원이 가볍게 몸을 떨었다. 임화평은 윤석원의 하물에 닿은 두 엄지에 지그시 힘을 가한 채 그대로 배꼽으로 밀어 올렸다. 두 엄지는 배꼽 근처를 마사지하듯이 쓰다듬다가 심장으로 올라갔다.

전기 충격이라도 받은 듯 윤석원의 몸이 튕기듯이 뛰어올랐다가 다시 가라앉았다.

"합!"

기합성을 토해낸 임화평이 두 손을 그대로 턱 아래까지 밀어 올렸다.

"푸우!"

윤석원의 입에서 검은 피가 토해져 나와 얼굴과 시트를 검붉게 물들였다. 그 순간 임화평의 두 손이 윤석원의 얼굴 옆선을 타고 정수리까지 올라갔다.

"컥! 끄어어어!"

또다시 피거품이 솟아오르고 윤석원의 상체도 풀쩍 뛰어올랐다가 내려앉았다. 두 무릎 위에 가지런히 놓여 있는 윤태수의 손이 바들바들 떨렸다. 그의 입에서 쉴 새 없이 신음이 흘러나왔다. 윤석원이 한 번 요동칠 때마다 부러진 뼈마디가 어긋나는 것처럼 보였기 때문이다. 그 순간마다 그의 뼈마디도 조각조각 부러지는 것 같았기 때문이다.

임화평은 윤석원의 아귀를 잡아 입을 벌리고 오른손으로 입을 막았다. 그 순간 기도를 막으려 했을 것이 분명한 핏물이 한 덩어리가 되어 손바닥에 붙어 딸려 올라왔다.

임화평은 휴지통에 핏물을 털어내고 침대 탁자에서 휴지를 풀어내 입 주변을 닦아냈다.

"거즈!"

임화평이 소리치자 눈을 둥그렇게 치뜨고 있던 간호사가 얼른 거즈를 내밀었다. 임화평은 왼손으로 윤석원의 아귀를 붙잡아 입을 벌리고 입속에 남은 피를 닦아냈다.

"후우!"

윤석원은 가느다란 숨을 내쉬고 힘겹게 눈을 떴다.
"석원아!"
윤태수가 소리치며 달려들자 임화평이 손을 뻗어 그를 멈춰 세웠다.
"건드리지 마세요. 오래 못 갑니다."
사람을 살리는 방법이 아니다. 임화평의 선천지력으로 힘을 잃고 소멸되어 가는 윤석원의 선천지력을 남김없이 끌어모아서 한순간에 불태우게 만들어 강제적으로 회광반조를 일으키게 하는 방법이다. 잠깐 동안 깨어나기는 하겠지만 그 기운이 다 소진되는 순간 다시는 숨을 쉬지 못한다. 외부로부터 충격을 받으면 거기에 반응하기 위해 힘이 나뉘므로 기운은 더 빨리 소모될 수밖에 없다. 이미 죽은 것이나 마찬가지인 육체에 남아 있는 기운이라고 해봐야 티끌에 불과하다. 임화평의 기운을 빌려 최대한 버틴다 해도 2, 3분을 넘기지는 못할 것이다.
"곧 말할 수 있을 겁니다. 건드리지는 마시고 마지막 말을 들어주세요."
윤태수는 침상에 바짝 붙어 섰다. 자신도 모르게 윤석원을 건드리게 될까 봐 덜덜 떨리는 두 손을 깍지 낀 채 침대 모서리와 몸으로 바짝 밀어 움직이지 못하게 해두었다.
윤석원의 눈에 흐릿하게나마 초점이 잡혔다.
"아, 아버지, 머, 먼저 가서 죄송……."
윤태수는 울음이 터져 나올 것 같아 말을 못하고 고개만 가로저었다.
윤석원은 자신의 죽음이 얼마 남지 않았음을 자각하고 있는 듯했다.
"어, 엄마한테 미안하다고, 사랑한다고……."
윤태수는 울먹이며 연신 고개를 끄덕였다.
조금 더 또렷해진 윤석원의 눈동자가 윤태수를 벗어나 임화평에게로 옮겨갔다.

"자, 장인어른, 초, 초영이 지켜주지 못해 죄, 죄송……."

임화평은 붉게 물든 눈으로 바라보며 억지 미소를 지었다.

"넌 네가 할 수 있는 일, 다 했다. 나머지는 내게 맡기고 이제 그만 쉬어라. 나중에라도 우리 초영이 다시 만나게 되면 지금까지 해왔던 것처럼 사랑해 다오."

윤석원의 눈가에 흐릿한 주름이 잡혔다. 웃고 싶은 것이리라. 그러나 그 주름은 곧 사라졌다.

"우읍!"

그의 입에서 한 줄기 핏물이 솟구쳤다.

임화평은 다시 핏물을 빨아내고 거즈를 받아 조심스럽게 입을 닦아주었다.

"자, 장인어른, 노, 놈. 거, 거, 검은 베, 벤츠 택시… 그놈!"

임화평은 붉은 눈을 부릅뜨고 윤석원의 얼굴 앞으로 고개를 숙였다.

"내 눈 보아라. 내가 어떻게 할지 알겠지? 걱정 마라. 초영이, 반드시 찾아내겠다. 놈들을 반드시 찾아내겠어. 대가를 치르게 해주겠다. 누구를 건드렸는지 알게 해주마."

윤석원의 눈가에 다시 주름이 잡혔다. 그리고 눈에서 빛이 서서히 사라져 갔다.

"초, 초여아! 가, 간다!"

한순간 바짝 들렸던 턱이 아래로 떨어지고 머리가 비틀렸다. 창창한 젊음이 그렇게 꺾였다, 입가에 한줄기 미소를 남긴 채. 무엇을 보았는지 알 수 없지만, 윤석원은 임초영이 살아 있음을 암시할 만한 그 어떤 말도 하지 않았다. 마치 먼저 간 임초영에게로 갈 것처럼 말하고 숨을 멈췄다. 임화평은 가슴속에 몇 가닥 남지 않은 희망의 실이 뚝뚝 끊기는 듯한 참담함 속에서도 윤석원의 안식을 기원했다.

'웃느냐? 너는 나와는 다른 초영이의 모습을 보았나 보구나. 더 이상 아프지 않을 거다. 편히 쉬어라.'

임화평은 참고 참았던 눈물을 쏟아내며 윤석원의 얼굴을 부드럽게 쓸어주고 물러섰다. 윤태수는 통곡하며 윤석원의 배 위로 엎어졌다. 그의 울부짖음에 동화되어 같이 곡할 수도 있으련만 입을 꾹 다물었다. 울음을 터뜨리기에는 그의 심장이 뿜어내는 피가 너무나 차가웠다.

임화평은 윤태수를 외면하고 담당의에게로 고개를 돌렸다.

죽음을 보는 것은 그의 일상이다. 죽은 사람을 붙잡고 울고불고했다면 내심 시간을 아까워했을 것이다. 그러나 절대 깨어날 수 없다고 생각했던 환자가 깨어나 유언까지 남기고 죽는 모습을 눈으로 확인했다. 담당의는 놀란 눈으로 임화평을 바라보다가 자신이 할 일이 있음을 깨닫고 고개를 끄덕이며 윤석원의 상태를 확인했다. 그리고 시계를 보며 기다리다가 윤석원이 사망했음을 공식적으로 선언했다.

⚜

밤 11시 45분. 병원 뒷문이 열리고, 이군명과 황도산이 방수포로 감싼 무언가를 들고 나왔다. 소빙빙이 녹색 스테이션 왜건의 후문을 열었다. 두 사내가 방수포를 차 안에 넣고 문을 닫았다.

소빙빙이 자동차 키를 이군명에게 넘겼다.

"창고에 있는 소지품까지 하나 남기지 말고 깨끗이 태워. 알았어? 특히 카드, 여권. 괜히 푼돈 욕심내다가 실수하면 네놈들은 물론이고, 나도 살아남지 못해. 명심해."

이군명이 뜨끔한 표정으로 고개를 끄덕였다. 소빙빙은 이군명과 황도산을 다시 한 번 노려보고 품속에서 돈다발 한 뭉치를 꺼냈다. 100위안짜리 여섯 다발, 6만 위안이다.

"일 끝내놓고 나서 한 열흘 놀다 와. 그렇다고 연락 끊지 말고."

살살 눈치를 보던 이군명의 입이 찢어졌다.

"그래도 되겠어요? 저 차, 가지고 가도 돼요?"

차는 신차처럼 깨끗한 98년형 폭스바겐 발리안트다. 세단이 아닌 왜건이지만, 중국 공장에서 조립하는 품목이 아닌 수입품이다. 차에 관심있는 사람이 본다면 무시당하지는 않을 것이다.

소빙빙이 눈살을 찌푸리며 돈다발로 이군명의 머리를 후려쳤다.

"이 자식아! 지금 실은 게 뭔지 알면서도 그러고 싶니? 니 맘대로 해."

소빙빙은 질렸다는 듯이 고개를 내젓고 돈을 건넸다. 이군명은 돈다발을 움켜쥐고 희희낙락하며 황도산을 바라보았다. 황도산이 주먹을 쥐어 때리는 시늉을 했다.

"자식들아, 일 끝내기 전에 술 마시지 마. 술 처마시고 사고 치면 그때는 정말 용서없다. 명심해."

이군명은 걱정 말라는 듯이 손을 내젓고 돈다발에 입을 맞춘 후 차에 올랐다. 황도산도 소빙빙에게 고개를 숙여 보이고 차 문을 열었다.

소빙빙은 멀어지는 차의 뒤꽁무니를 바라보면서 중얼거렸다.

"국방이 놈이 있었으면 내가 이런 뒤치다꺼리까지 하지 않아도 될 텐데."

아쉬울 수밖에 없다. 조국방은 불혹에 이른 나이만큼이나 침착하고 꼼꼼했다. 일일이 지시할 필요없이 할 일은 알아서 처리했다. 괜히 그에게 보수를 더 지급하고 조장의 자리를 준 것이 아니었다.

"휴우! 저놈들을 어떡하지? 어차피 규모를 줄여야 하는데, 이번에 차라리 잘라 버릴까?"

장기 매매 시장의 규모는 커졌는데 일은 오히려 줄어들었다. 수요가 늘었는데도 한편으로는 공급 과잉이다. 소빙빙은 그 이유를 잘 알고 있다. 앞으로는 쓸데없이 길에서 사람을 납치할 일은 줄어들 것이다. 앞으로는 이번 일과 같이 특별한 요청이 있을 때만 움직여야 할 가능성이 크다. 수입이 줄어드는 안타까운 일이지만 세상일이 원하는 대로 돌아가지는 않는다. 적응할 수밖에.

"월급 주는 놈들 아니잖아? 그냥 데리고 있어도 상관없으려나?"

소빙빙은 결론을 못 내리고 고개를 저으며 어둠 속으로 사라졌다.

병원을 빠져나온 차는 곧바로 시 외곽으로 빠져 창고에 도착했다. 거기서 또 다른 짐을 싣고 창고 북쪽에 만들어놓은 소각장으로 향했다. 만리장성으로 가는 40번 공로에 합류할 때까지는 2차선 도로지만, 그래도 2년 전에 새로 난 길이라 상태가 좋고 통행량이 많지 않아 자주 이용하는 길이다.

이군명이 중남해 한 개비를 빼어 물자 황도산이 불을 붙여주었다. 살짝 열어놓은 창문을 향해 연기를 뿜어내자 황도산도 못 참고 담배를 꺼내 물었다.

"썩을! 세상 참 좆 같지. 누구는 벤츠 몰고 누구는 짐차 모는구나. 벤츠에는 트렁크 없나?"

차 욕심이 많은 이군명이 투덜거리자 황도산이 방수포를 힐끔 보며 말했다.

"부러우면 죽는 거야, 병신아. 벤츠 핸들 잡은 인간들은 다 뒈진 거 몰라? 난 지금도 쩝쩝해 죽겠다, 이 자식아! 나도 잠깐 몰았잖아."

이군명도 백미러를 통해 뒤를 보고는 고개를 끄덕였다.

"듣고 보니 그러네. 하기야 이 정도면 수준급이지. 청소 좀 해놓으면 여자들 태우고 놀러 가기 좋을 거야. 야, 우리 어디 갈까? 천진? 대련? 요새 대련이 물 좋다며?"

딸깍!

황도산이 맥주 캔 하나를 따며 대답했다.

"거긴 늘 물이 좋지. 일본 놈들이 많잖아."

황도산이 맥주를 벌컥 들이켰다. 이군명은 황도산의 목울대가 오락가락하는 것을 안타까운 눈으로 바라보며 소리쳤다.

"이런 개자식! 두목이 술 마시지 말랬잖아?"

황도산은 다시 한 모금 마시고 심드렁하게 말했다.

"운전을 니가 하지, 내가 하냐?"

"나도 줘!"

"까는 소리 하지 마. 뒈지려면 무슨 짓을 못해?"

"지랄! 맥주도 술이냐? 하나 줘봐. 목마르다."

황도산은 앞을 봤다. 오가는 차 한 대 없는, 뻥 뚫린 도로다. 보이는 것이라고는 희미하게나마 길을 밝히는 가로등뿐이다. 도로 좌우에 있는 것은 시커먼 땅이다. 논밭으로도 쓰지 못할 황무지일 것이다.

황도산은 소각장까지 가는 동안 급격한 경사나 크게 꺾어야 할 곳이 없음을 생각해 내고 맥주 캔 하나를 따서 선심 쓰듯 이군명에게 넘겼다.

이군명은 단숨에 반 캔을 마시고 백미러를 힐끔 보며 말했다.

"캬! 좋아, 야! 시간 넉넉한데 우리 청도나 한번 가볼까? 거기 한국 놈들 많이 산다 그러잖아? 이번엔 재미도 못 봤는데 혹시 알아, 대타로 한두 년 걸릴지?"

황도산도 힐끔 뒤돌아보고 고개를 끄덕였다.

"청도 좋지. 살기 좋다더라. 한국식 룸살롱인가 뭔가 하는 것도 가보면 재미있다던데."

"이 씨밤바야, 한국식 룸살롱은 북경에도 잔뜩 있어. 비싸서 그렇지. 어쨌든 청도로 가는 거다."

"차 있고 돈 있고 시간 있는데 어딜 못 가겠냐? 가자! 가서 신나게 놀아보자!"

의기투합한 이군명과 황도산이 활짝 웃으며 손바닥을 마주쳤다.

그때 황도산이 갑자기 앞을 보며 눈살을 찌푸렸다.

밝은 불빛 하나가 빠른 속도로 다가오고 있다.

"저건 뭐야? 졸라리 빠르네. 미친 새끼 아냐? 뒈질라고 아주 용을 쓰는구나."

자동차인 것은 분명한데, 그 속도가 너무나 빨랐다. 이군명이 지금 80km 정도 밟고 있다. 그런데도 상대적으로 거북이처럼 느낄 수밖에 없는 속도다. 200km 가까이 밟지 않고는 불빛이 그렇게 빨리 달려올 수 없을 것이다.

이군명도 불빛에 눈이 부시는지 눈살을 찌푸렸다.

"공안들은 뭐 하는 거야, 저런 놈들 안 잡아가고? 확 받아버릴까?"

"신경 꺼! 부모 잘 만나서 법 위에서 사는 놈들이야. 우리 같은 밑바닥 인생들은 숨죽이고 살아야 돼. 야밤에 총질까지 하는 놈들이니까 모른 척하고 지나가. 까닥했다가는 사고는 저놈들이 치고 감옥은 우리가 가."

"저놈들이 전광횐가 뭔가 하는 놈들이야?"

전광회(電光會)는 고위층과 부유층 자녀들로 이루어진 스피드 클럽이다. 속도를 즐긴다고 하지만, 그것보다는 외제 스포츠카를 모는 젊은이들의 모임이라고 보는 것이 타당했다. 막나가는 경향이 있어 원성이 대단하지만 집안들이 워낙 대단하기 때문에 공안들도 단속하기를 꺼렸다.

부아아앙!

차는 어느새 코앞까지 다가왔다. 이군명은 하이 빔 때문에 눈을 가늘게 뜨고 속도를 줄였다. 바로 그 순간 그 차의 뒤쪽에서 또 하나의 밝은 빛이 갑자기 튀어나왔다. 한 대가 아니라 두 대였던 것이다.

이군명은 갑작스럽게 차선을 넘어서는 밝은 빛에 놀라 급하게 핸들을 틀며 급브레이크를 밟았다. 뚜렷한 스키드 마크를 남기며 차가 빙글 돌면서 아슬아슬하게 도로 끝에 걸렸다. 그 순간 튀어나왔던 불빛이 제자리로 돌아가 스쳐 지나갔다. 속도가 현저하게 줄어든 차 안에서 왠지 웃음소리가 흘러나오는 것 같았다.

이군명은 차 문을 열고 소리를 질렀다.

"야! 이 씹할 놈들아! 죽도록 달리다가 뒈져 버려라, 이 개새끼들아!"

이군명은 분을 참느라 한참이나 씩씩거리다가 다시 시동을 걸었다. 보통 놀란 것이 아닌 듯 이군명은 안전벨트를 끌어당겼다.

"어이, 씨팔! 십년감수했네. 후우!"

황도산도 놀람이 컸던지 노랗게 뜬 얼굴로 급히 맥주 캔 하나를 따 들이붓듯 마셨다. 그는 다 마신 맥주 캔을 구겨 창밖으로 던진 후 중남해 두 개비를 꺼내 불을 붙이고 한 개비를 이군명의 입에 물려주었다.

담배도 이군명의 분노를 가라앉혀 주지 못했다.

"개새끼들! 저런 새끼들은 돼지우리에 처넣고 한꺼번에 총살시켜 버려야 돼."

사이드미러에 반사된 밝은 빛이 이군명을 눈부시게 만들었다.

"이런 씨팔! 오늘 무슨 날이야?"

부아아아아앙!

작은 돌 하나만 밟아도 전복되고 말 속도다. 30m 후방까지 쫓아온 차는 추월을 할 셈인 듯 옆 차선으로 옮겨갔다.

황도산이 눈살을 찌푸리며 말했다.

"속도 줄여. 빨리 지나가 버리게 내버려 둬."

조금 전에 혼비백산했던 터라 이군명은 황도산의 말에 따랐다. 80km를 가리키던 속도계의 바늘이 55km로 뚝 떨어졌다. 그 순간 바로 옆에 이르렀던 차도 속도를 떨어뜨리고 이군명과 나란히 달리기 시작했다.

이군명은 얼굴을 와락 구기고 옆을 살폈다. 조금 전 그를 식겁하게 만들었던 빨간 스포츠카다.

"저 새끼들이 뭐 하자는 거야? 경주라도 하자는 거야?"

이군명이 투덜거리던 그때 어둡게 선팅된 창문이 내려갔다. 조수석에 앉은 20대 초반의 청년이 이군명을 향해 싱긋 미소 지어 보였다. 귀티는 안 나도 부티는 나는, 재수없는 얼굴이다. 조수석에 탄 주제에 야간 운전용 노란색 선글라스를 쓰고 머리카락은 헤어 젤로 잔뜩 힘을 주었다. 굵은 금목걸이가 돋보이도록 가죽처럼 번들거리는 소재의 검은색 티를 입었다. 돈지랄했다고 광고하는 모습이다.

이군명이 인상을 쓰자 청년의 미소는 더욱 짙어졌다.

청년이 차창 밖으로 손을 내밀었다.

"뭐야? 악수라도 하자고? 이런 씨팔! 총이잖아."

이군명이 급브레이크를 밟으려는 순간 앞바퀴에 겨눠진 권총이 불꽃을 토했다.

탕!

"씨파아아알!"

바퀴에 총알이 박히는 순간 이군명은 본능적으로 핸들을 틀고 급브레이크를 밟았다. 차가 앞으로 살짝 기울어지는 듯하더니 갑자기 허공으로 치솟았다가 도로 위를 데굴데굴 구른 후 도로 밖으로 튕겨 나갔다.

빨간 스포츠카는 원래부터 없었던 것처럼 사라져 버렸다.

❦

새벽 2시의 적막함 속에서 회복실에 격리되어 있던 환자 하나가 비닐 커버 같은 것으로 감싸인 이동 침대에 실려 조용한 병원 복도를 지나 VIP용 병실로 옮겨졌다. 전신에 연결된 복잡한 기계들과 함께 병원 침실로 옮겨진 환자는 의식이 없는 상태인지 움직임이 없다.

환자를 옮긴 두 명의 남자 간호사가 병실을 빠져나간 후, 병실에 남은 사람은 하얀색 아르마니 정장 차림의 젊은 여인과 하얀 가운을 입은 중년 남자뿐이다.

의사임이 틀림없을 중년 남자의 모습은 어느 우스갯소리처럼 의사가 갖춰야 할 대개의 것을 다 갖춘 듯하다. 40대로 보이는 나이답지 않게 머리를 하얗게 수놓은 백발은 사내를 권위적으로 보이게 만든다. 각이 지고 얇은 은테 안경은 사내를 학구적으로 느껴지게 만든다. 치질이 있어 걱정스러운 듯 은근히 얼굴을 찌푸릴 수 있다면 환자를 걱정하는 의사의 표본, 그 자체일 텐데, 아쉽게도 사내의 얼굴에는 조금 야비하게 느껴지는 미소가 어려 있다.

여인은 아름답다. 늘씬한 몸매에 얼음을 깎아놓은 듯한 미모다. 하얀색 아르마니 정장이 마치 그녀를 위해 디자인된 듯 잘 어울린다. 차가운 얼굴이 어색하지 않고 오히려 그녀를 귀티 나게 만들지만, 그래도 미소가 아쉽다. 일단 웃어 보이면 남자들이 넋을 잃을 것 같은데, 그녀의 얼굴에 드리워진 냉기는 병실 안에 들어온 후로 단 한 번도 걷히지 않았다.

의사가 반짝이는 은테 안경을 고쳐 쓰며 말했다.

"환자분 나이가 있다 보니 걱정을 많이 했는데, 수술이 아주 성공적으로 끝났습니다. 의학지에 실을 수 있다면 최고의 수술 성공 사례로 꼽혔을 겁니다. 사실 수술 전에는 우리 중국에서도 환자에게 적합한 심장을 구할 수 있는데 굳이 한국에서 구해오겠다고 해서 의아해했습니다만, 이제는 이해할 수 있겠습니다. 좋은 선택을 하셨으니 좋은 결과를 기대하셔도 좋습니다. 그러나 아시다시피 심장이식 수술은 수술만큼이나 수술 후의 관리가 중요한 것이지요. 거부반응이나 감염 등 주의해야 할 일이 한두 가지가 아닙니다만, 우선 면역억제제……. 어려우신가요?"

의사는 여인의 얼굴이 살짝 찌푸려지자 말을 끊었다. 얼굴을 드러내지 않았다면 미국인으로 여겼을 유창한 영어다. 여인은 고개를 끄덕이며 영어로 대답했다.

"전문 용어는 따라가지 못하겠네요."

간단한 말이지만 정확한 발음으로 비추어 보아 그녀 역시 제대로 된 영어를 구사할 수 있는 듯했다.

"그러시다면 전문적인 것은 굳이 말씀드리지 않겠습니다. 결론적으로 육 개월 절대 안정, 퇴원은 그사이의 경과를 봐야 고려해 볼 수 있겠습니다."

여인은 감정이 드러나지 않는 하얀 얼굴로 환자를 힐끔 쳐다본 후 의사에게 고개를 숙였다.

"수고하셨습니다. 앞으로도 잘 부탁드립니다."

의사는 빙긋 웃으며 고개를 끄덕였다.

"환자가 행복해져야 저도 행복합니다. 다만 한 가지, 이제부터 담당의가 바뀔 겁니다. 물론 저도 집도의로서 경과를 확인할 것이고 전반적인 관리 또한 하겠습니다만, 매일 뵙지는 못하겠네요. 양해해 주시기 바랍니다. 그리고 곧 두 명의 상주 간호사가 올 테니, 그때부터는 하루 종일 병실에 머물지 마시고 숙소에서 편히 쉬십시오. 꼭 병원에 계실 필요는 없습니다. 간병은 저희가 할 일이고, 보호자께서는 말동무로서 여기 계시는 겁니다. 그러니까 한국에 다녀오실 일이 있거든 언제든지 다녀오십시오. 저하고 연락만 되면 되니까요."

"알겠습니다. 다시 한 번 감사드립니다."

의사는 미소 띤 얼굴로 고개를 숙이고 방을 나섰다.

혼자 남은 여인은 여전히 차가운 얼굴로 환자의 얼굴을 뚫어지게 바라보았다. 한숨을 토한 여인은 의자에 털썩 주저앉아 두 손으로 얼굴을 감쌌다. 수술이 잘되었다는 의사의 말과는 대조적인 태도였다.

⚜

주중 베이징 대사관 영사부 소속의 박원철은 3년차 사건 담당 영사다. 전임자들에 비하면 상당히 욕을 덜 먹고 사는 사람이다. 그럼에도 불구하고 그는 중국을 싫어한다. 3년을 다 채우는 삼 개월 후에는 지긋지긋한 중국을 떠날 것이다. 그는 국방부 시계를 바라보는 심정으로 그때를 학수고대하고 있다. 가능하면 그때까지 조용히 지내다가 떠나고 싶은데, 중국에서는 불가능한 바람일 뿐이다. 그래서 중국이 더 싫다.

사건 담당 영사라는 자리는 아무리 열심히 일해도 욕을 먹을 수밖에 없는 자리다. 북경과 그 인근 관할 안에서 벌어지는 재중 교포 및 여행객들의 사건 사고를 담당하는 영사는 박원철 한 사람뿐이다. 그런 사정도 감안해 주지 않고 불친절하다느니 무능하다느니 오만하다느니 하는 비난이 쉴 새 없이 쏟아진다. 지금 이동하는 중에도 영사가 자리를 비우고 농땡이 친다는 비난이 빗발치고 있을지도 모를 일이다.

'물론 내가 열심히 일한다는 건 아니야. 그래도 좀 너그럽게 봐줘. 나도 이런 일 하게 될 것이라고는 상상도 못해봤거든. 남의 뒤치다꺼리하려고 좆 빠지게 공부했을 것 같아? 그래도 그저 운명이려니 생각하고 맡은바 소임을 다하려고 노력은 해. 그 정도로는 부족하다고? 그래서 어쩌라고? 여기 중국이야. 말발이 먹히는 줄 알아? 좆도 힘이 없는데 나보고 어쩌라고? 이래도 욕먹고 저래도 욕먹는다면 너희들은 어떻게 할 건데? 나도 사람이야. 남들 쉴 때 나도 좀 쉬고 싶다고. 나만큼 하는 놈 있으면 나와보라고 그래.'

박원철은 사건 사고 영사만큼은 공무원 가운데서 뽑으면 안 된다고 생각하는 사람이다. 차라리 종교계에서 남을 위해 성심성의껏 봉사하는 사람들을 뽑는 것이 효율적이라고 생각하고 있다.

몸을 아끼지 않는 수고와 측은지심이 팍팍 드러날 그들의 언동을 대하다 보면 욕할 수 있는 사람은 많지 않을 것이다. 자신의 월급을 반으로 쪼개 두 사람을 쓴다면 외근, 내근 바꿔가면서 지금보다는 훨씬 수월하게 일할 수 있을 것이다. 월급이 좀 작기는 하겠지만, 무료 봉사도 기꺼이 하는 분들이니 그 정도는 감수할 수 있을 것이라는 생각이다.

'후우! 그나마 이번 연고자들은 양반이지.'

박원철은 치밀어 오르는 짜증을 억지로 내리눌렀다. 토요일에 벌어진 교통사고 건만도 충분히 골치가 아픈데 이번에는 살인 사건이다. 그것도 아주 추저분하고 극악한 장기 매매를 위한 살인이다. 그나마 다행인 것은 연고자들이 이미 입국해 있다는 것과 두 사건이 연관이 있어 동분서주할 일이 줄어들었다는 것 정도다.

박원철은 옆자리를 힐끔 보았다. 도저히 마흔이 넘었다고 봐줄 수 없는 임화평이라는 사내인데, 살인 사건 피해자의 아버지다. 신문에 날 사건인데 울고불고 난리난동을 피우지 않고 눈을 감은 채 가만히 앉아 있다.

'이 양반 덕분에 그나마 일이 쉬웠어.'

사건 사고가 일요일을 피해 다니지 않는 한, 사건 담당 영사에게 일요일이란 건 있으나마나 한 날이다. 적당히 눈치 보며 쉬어줄 수밖에 없다. 그런데 하필 윤석원이라는 교통사고 피해자가 그의 부재중에 죽어버렸다. 또다시 멱살 잡히고 욕 좀 들어먹겠다고 생각했다.

'처음엔 나도 이해할 수가 없었어, 내가 사고랑 무슨 상관이 있다고 내 멱살을 잡는지. 나중에야 그나마 그게 낫다는 걸 느꼈지. 대개가 나중에 이성을 찾고 사과하거든. 부둥켜안고 통곡이라도 하면 정말 고역이야. 세탁비도 만만찮거든.'

다행히 일은 원만하게 처리되었다. 임화평이라는 사내 때문이다. 유창한 중국어를 구사하는 임화평이 담당의에게 협조를 구하여 사망 확인을 끝내고 중국에서의 화장 절차까지 다 밟아놓았다. 박원철 그가 할 일은 사망확인서 발급뿐이다. 명백한 교통사고이기 때문에 달리 신경 쓸 일이 없다.

'문제는 이제부터 시작인 이 양반의 일이지.'

이제부터 처리해야 할 일은 아주 극악한 살인 사건이다. 보통은 증거가 하나도 남지 않아 욕먹는 일 말고는 할 일이 없는데, 이번에는 하필 교통사고가 겹쳐 시신이 그대로 발견되어 버렸다. 그것도 신원 미상으로 발견된 것이 아니라 여권과 소지품까지 같이 발견되었다. 시신이나마 건졌으니 임화평에게는 천지가 무너질 불행 중에 티끌 같은 다행이겠지만, 박원철은 골치 아프기 그지없었다.

'이 양반, 헐크처럼 변신하지는 않겠지? 조용한 사람이 노하면 더 무서운데.'

박원철은 좌회전하고 나서 다시 한 번 임화평의 눈치를 살폈다.

"저기, 임 선생님!"

임화평이 눈을 뜨고 박원철을 바라보았다. 아무런 감정도 느껴지지 않는 공허한 눈이다.

"곧 공안국에 도착합니다. 그런데 꼭 확인하셔야겠습니까? 여권도 있고, 나중에 따로 지문 감식을 통해 확인하는 방법도 있습니다만."

보지는 않았지만 대강 전해 들었다. 부검할 것이 별로 남지 않은 만신창이 시신이라고 들었다. 사후에 교통사고까지 겹쳐 뼈마디마저 온전한 것이 없다고 했다. 박원철은 그것을 보게 될 임화평을 진심으로 걱정했다.

임화평은 박원철의 옆얼굴을 빤히 바라보다가 입을 열었다.

"박 영사님, 바쁘신 거 잘 압니다. 딱 세 가지만 부탁드리겠습니다. 영화 보니까 부검하고 나서 기록을 남기던데, 그 서류 좀 볼 수 있게 해주십시오. 그리고 담당 경찰 소개 좀 해주시고, 제 사위를 치었던 그 운전기사 좀 만나게 해주십시오. 운전기사에게 행패 부리려는 것 아닙니다. 그때의 상황을 듣고 싶어서 그렇습니다. 그렇게만 해주시면 박 영사님께 폐를 끼칠 일은 더 이상 없을 겁니다."

전화 서너 통으로 해결할 수 있는 부탁이지만, 동시에 꺼림칙한 요청이다. 세 가지를 합쳐 보면 개인적으로 수사하겠다는 의미밖에 안 된다.

'그렇게 해서 무엇을 하겠다는 것일까, 복수?'

수사는 경찰이 하는 것이다. 피해자 측이 할 수 있는 일이 아니다. 그것도 남의 나라에서 벌어진 일. 중국말을 유창하게 한다지만, 일개 요리사가 무엇을 할 수 있을까.

임화평이 박원철의 의문을 풀어주려는 듯 말을 이었다.

"어떤 일을 당했는지 알아야 원혼이라도 달래주지 않겠습니까? 담당 경찰을 알아야 박 영사님 귀찮게 하지 않고 수사 결과를 물어볼 것 아닙니까? 제 사위와 딸의 죽음은 별개의 사건이 아닙니다. 하지만 중국에서는 별개의 사건으로 처리할 수도 있지 않겠습니까? 그 범인들, 꼭 잡아야 합니다."

박원철도 수긍했다. 지금 시신을 보러 가는 중이지만, 기껏 확인할 수 있는 것은 얼굴 정도일 것이다. 그것으로는 어떤 일을 당했는지 제대로 알 수 없다. 박원철이 들은 대로의 처참한 시신이라면 굿판이라도 벌여야 남은 사람들 속이 조금이나마 편해질 수 있을 것이다. 또 임화평의 말처럼 중국에서는 단순 교통사고와 흔한 장기 밀매 사건으로 각각 분류하고 미적거리다가 미결 도장 찍어 끝내 버릴 수도 있다. 중국어를 잘하는 임화평이 옆에서 애원하고 닦달이라도 하면 하는 시늉이라도 할 것이다.

'이 양반, 중국을 잘 아는군. 그래, 그 정도야 해줄 수 있지. 시간 많이 빼앗기는 것도 아니고. 부검 서류야 요청하면 영사부로 넘겨줄 것이고, 담당 경찰이야 조금 이따가 만나게 될 거잖아. 나머지는 교통사고 담당 경찰에게 전화 한두 통 하면 해결할 수 있는 문제야. 부검 서류 보여 달라는 게 좀 찜찜하긴 하지만 이렇게 협조적으로 나오는 양반한테 그 정도 못해주려고.'

박원철이 알겠다며 확답해 주었을 때야 임화평은 다시 눈을 감았다.

박원철은 눈앞의 회색 건물을 싫어한다. 하기야 칙칙한 건물을 좋아할 사람이 몇이나 될까. 하지만 박원철은 그 건물의 정체를 알고 있어서 더 싫어한다.

시체 공시소.

3년 동안 한 손으로 다 꼽지 못할 만큼 와본 곳이지만, 볼 때마다 기분 나쁘다.

'에이, 개자식들! 지들도 기분 나쁠 텐데, 겉모양만이라도 그럴듯하게 꾸며놓으면 안 돼?'

박원철은 속으로 혀를 차다가 유리창 너머의 문이 열리는 것을 보며 숨을 들이켰다. 임화평이 비틀거리며 나오고 있다. 그는 등 뒤로 문이 닫히자마자 돌아서서 벽에 머리를 찧기 시작했다. 소리가 들릴 정도여서 박원철은 보는 것만으로도 통증을 느꼈다. '저러다 죽을 텐데'라는 생각하는 순간 임화평이 돌아서서 벽에 등을 기댔다. 주르륵 미끄러져 바닥에 주저앉았다. 그는 두 손으로 얼굴을 가리고 한동안 앉아 있었다. 문틈 사이로 울음소리가 흘러나왔다. 그리고 잠시 후 그가 손으로 얼굴을 훔치고 천천히 일어나서 밖으로 나왔다.

박원철은 안도했다. 담당 경사까지 또 보고 싶지 않다며 들어가지 않은 곳이다. 난리를 칠까 봐 걱정했다. 다행스럽게도 임화평은 두 주먹을 꼭 쥔 채로 건물을 빠져나왔다. 한 걸음 한 걸음이 위태롭게 보이기는 했지만 다행스럽게도 부축해 줄 만큼 비틀거리지는 않았다.

박원철이 부축하지 않은 것은 정말 다행이었다. 손끝이라도 닿았다면 손가락이 부러졌을지도 모를 일이다. 세상이 온통 적대적으로 보이는 그때, 자극이 있었다면 임화평은 반사적으로 대처했을 것이다.

임화평은 붉게 물든 눈으로 하늘을 올려다보았다. 흰 구름만이 몇 조각 있을 뿐, 맑고 푸른 하늘이다. 그러나 그의 눈에는 온 하늘이 피처럼 붉었다.

'아가, 얼마나 아팠니? 얼마나 추웠어? 죽어서도 고통을 당했더구나. 그걸 어떻게 해줄 방법이 없다. 풀지 못한 한은 이 아빠에게 넘겨주고 그냥 잊어버리렴. 이 땅의 고통은 모두 잊고 네 엄마하고, 석원이하고 행복하게 살

아. 너는 이 아빠가 하는 일, 신경 쓰지 마라. 이 세상의 일은 이제 너하고 아무런 상관이 없는 일이야.'

이정인이 죽었을 때는 원망할 것이 하늘밖에 없었지만 임초영의 죽음에는 원망할 실체가 분명하다. 아직 찾아내지는 못했지만, 곧 찾아내게 될 것이다. 임화평은 놈들을 찾아서 그가 할 일을 임초영이 보지 않기를 원했다. 고통은 차고 넘칠 만큼 겪었다. 임화평이 살인하는 것을 보는 것은 또 다른 고통일 것이다. 임화평은 임초영이 모든 것을 잊고 하늘에서나마 행복하게 지내기를 원했다.

임화평은 30대 중반의 박원철과 그 비슷한 연배로 보이는 중년 사내를 향해 걸었다. 임화평은 두 사람을 동시에 보면서 중국어로 말했다.

"제 딸이 맞습니다. 언제쯤 화장해 줄 수 있을까요? 너무 추워 보였습니다."

북경 공안국 산하 수사과의 이급 경사 왕소명은 임화평의 기묘한 언동에 놀라 눈을 치떴다. 붉디붉은 눈에서는 눈물이 흘러내렸다. 입에서 흘러나오는 목소리는 누구보다도 차분했다. 가슴으로 울고 이성으로 말한다고 하면 이상할까. 왕소명은 임화평이 자신이 눈물을 흘리고 있음을 알지 못할 것이라고 생각했다.

만약 그의 딸이 그런 일을 당했다면 그는 당장 누군가 원망할 대상을 찾아 난리를 쳤을 것이다. 뒷골목을 뒤집었을 것이고, 용의 대상자라는 이유만으로 이마에 총알을 박아 넣었을 것이다.

왕소명은 눈앞의 기묘한 사내에게 자신도 모르게 예의를 다해 말했다.

"빨리 잡아야 하는 만큼 최대한 빨리 끝내겠소. 그러나 절차가 있는 이상 사나흘은 걸려야 할 것이오. 양해하시오."

중국 공안에게 친절함을 기대하는 것은 무리다. 그들의 존재는 과거의 한국 경찰처럼 죄없는 사람에게조차 두려움의 대상이다. 왕소명의 정중한 말투에 박원철은 고개를 갸웃거렸다.

왕소명은 스스로 생각해도 이상할 만큼 호의를 베풀고 있다. 임화평의 이해할 수 없는 반응과 박원철의 부탁 때문일 것이다. 왕소명은 업무 처리 문제로 박원철과 자주 만난다. 늘 투덜거리던 박원철이 이번에는 잘 좀 도와달라고 정중하게 부탁했다. 미운 정도 정이라고, 그런 부탁까지 받고 보니 무의식적으로 더 정중한 태도를 보이고 있을 것이다.

'내가 울고 있었던가? 가슴을 분노로 채우지 못하고 눈물로 감정을 낭비하고 있었던가?'

임화평은 턱 끝에 매달려 있던 눈물이 툭, 떨어지는 순간 눈물을 흘리고 있음을 깨닫고 손수건으로 얼굴을 닦았다.

"알겠습니다. 우선 숙식할 곳을 정하고 박 영사님을 통해 연락처를 알려 드리겠습니다. 수사에 진전이 있으면 꼭 연락해 주십시오. 내 아이 보셨지요? 인간들이 아닙니다. 꼭 잡아야 하지 않겠습니까?"

타인에게 호감을 얻는 방법은 의외로 간단하다. 외양이 아주 추레하거나 용모가 상대의 눈살을 찌푸리게 할 정도가 아니라면, 예의 바르고 겸손하게 행동하고 진정을 느낄 만큼 간절하게 청하면 호감도를 쉽게 상승시킬 수 있다.

만약 임화평이 울고불고 짜증내고 빨리 범인을 잡으라고 악을 썼다면 왕소명은 공안 특유의 고압적인 태도로 윽박지르고 화를 내며 돌아가 버렸을 것이다. 임화평은 그것을 알고 금방이라도 터질 것 같은 노화를 절제하며 협조를 구했다. 박원철을 대하는 태도 역시 마찬가지다. 한마디로 계산된 행동이고, 그러한 점이 복수심으로 들끓는 임화평의 무서운 점이다. 살수의 피는 진즉에 깨어나 있었던 것이다.

왕소명은 떠올리는 것만으로도 진저리칠 수밖에 없는 그 시신을 떠올리지 않으려고 머리를 흔들 듯이 흔쾌히 고개를 끄덕였다.

"우리 중국의 국가적 위신을 추락시킨 패륜적 범죄요. 반드시 범인을 잡아내어 총살대에 올리겠소. 믿고 기다려 주시오."

장기 밀매 사건이 극성을 부리는 중국임에도 불구하고, 정치성이 강한 중국 공안답게 보기 드문 사건으로 포장했다. 피해자가 외국인이기 때문일 것이다.

왕소명은 보기 드문 호의를 한 가지 더 베풀었다. 그는 임화평에게 북경 공안국 수사과 이급 경사 왕소명이라고 인쇄된 명함을 건넸다. 이름 밑에는 간단히 핸드폰 번호만 적혀 있다. 아마도 왕소명이 개인적인 용도로 만들었을 것이다. 그것이야 어쨌든 인간관계를 중요시하는 중국에서 명함을 건넨다는 것은 작은 호의가 아니다.

임화평은 고맙다고 말하고 왕소명과 악수한 후에 시체 공시소를 떠났다.

박원철이 안쓰럽게 바라보며 말했다.

"어떻게든 빨리 끝낼 수 있도록 닦달해 보겠습니다."

임화평은 무표정한 얼굴로 대답했다.

"신경 써주셔서 고맙습니다."

"인민병원으로 모셔다 드리면 되겠습니까?"

임화평은 잠시 침묵했다. 박원철은 굳이 침묵을 방해하지 않았다.

임화평은 마음의 갈피를 잡을 수가 없었다. 살수 임화평이 깨어났는데 그 마음속에 아빠 임화평 역시 조금도 죽지 않고 살아 있다. 그는 쓰게 웃으며 대답했다.

"혹시 마음껏 울 수 있는 곳을 아십니까?"

박원철은 대답하지 못했다.

박원철에게는 다행스럽게도 임화평이 가기를 원하는 곳은 대사관이 있는 조양구의 힐튼 호텔이다. 그는 임화평의 요청에 따라 가는 도중에 왕소명에게 전화를 걸었다. 사건과 연관이 없는 피해자의 소지품을 수습할 수 있도록 조치를 취해 달라고 부탁하기 위해서다.

호텔에 도착했을 때가 11시 20분경이다. 되는 것도 없고 안 되는 것도 없다는 만만디 중국답지 않게, 왕소명은 박원철의 부탁을 재빠르게 처리해 놓았다. 전화만 건 것이 아니라 팩스로 따로 협조 공문까지 발송해 놓았다. 박원철이 감동할 만한 친절이다.

중국 공안의 위력은 막강했다. 리셉션 데스크에 가서 신분을 밝히고 사정을 이야기하자 곧바로 협조하겠다는 대답을 들을 수 있었다.

임화평은 억지 미소를 지으며 박원철에게 악수를 청했다.

"바쁘신 분 오래 붙잡고 있었습니다. 여기서부터는 제가 알아서 할 테니 그만 일보시지요. 인민병원 근처에 숙소를 정해놓고 연락드리도록 하겠습니다."

박원철은 내심 다행이라 생각하면서도 의례적으로 응답했다.

"제가 병원까지 모셔다 드리겠습니다."

임화평은 쓰게 웃으며 고개를 저었다.

박원철은 임화평의 손을 잡고 고개를 끄덕였다.

"숙소 잡으시면 연락 주십시오. 저녁때 들르겠습니다. 윤석원 씨의 유해를 옮기는 데 필요한 서류 작업을 끝내서 가지고 가지요."

박원철이 돌아간 후 임화평은 다시 리셉션 데스크로 갔다. 협조를 약속한 아가씨에게 물었다.

"우리 애들 택시를 탔다던데, 여기 오는 외국 손님들은 만리장성 갈 때 그냥 아무 택시나 타고 가오?"

"택시를 타셨다면 대절하셨을 가능성이 높겠네요. 손님들은 보통 가이드북에 적힌 대로 하시니까, 맞을 겁니다. 그게 요금 때문에 생기는 시비를 피하는 길이기도 하구요."

"대절? 우리 애들 중국어 못하는데, 혹시 여기서 도움을 주었는지 알 수 있겠소?"

중국어가 서툰 그와 임초영이 택시 대절을 위해 직접 나서지 않았을 것이라고 보고 혹시나 하여 물어본 것이다.

아가씨가 반듯한 이마에 주름을 잡았다. 잠시 생각한 후에 다시 방 번호를 확인하고 나서 말했다.

"아! 그렇군요. 한가할 때라 기억이 납니다. 저에게 대절을 요청하셨습니다. 이 시간 즈음에 늦게 나오셔서 부탁하셨지요. 콘시어지를 불러 택시를 잡아드리라고 했습니다."

"그랬구려. 소지품 정리를 해야 하는데, 이왕이면 그 콘시어지라는 사람에게 도움을 청해도 되겠소?"

데스크 아가씨의 입장에서 윤석원 부부는 스위트룸에 묵은 신혼여행객 정도로 보였을 것이다. 한 사람이 옮기기에는 짐이 많을 것이라고 짐작했고, 안내를 위해서도 사람을 붙여야 했다.

아가씨는 그날 불렀던 사람이 누구였는지 떠올린 후에 사람을 불러 지시했다. 벨맨 차림을 한 사람이 고개를 끄덕인 후 임화평에게 다가와 엘리베이터를 향해 손을 뻗었다.

엘리베이터를 조작하는 벨맨에게 물었다.

"그날 우리 딸 부부에게 택시 대절을 해주었다는데, 기억나시오?"

벨맨은 고개를 갸웃거렸다. 하루에도 몇 번씩 하는 일이 택시 대절을 위한 교섭인 탓이다.

임화평은 벨맨의 눈치를 살피면서 물었다.

"검은색 벤츠 택시라고 하던데?"

벨맨은 주저하지 않고 바로 대답했다.

"아하! 예, 택시가 워낙 특이해서 기억나는군요."

"특이하다면?"

"벤츠 택시는 그날 처음 봤습니다. 렌터카라면 몰라도 택시가 있다는 소리는 들은 적이 없거든요. 시범 운행 중인가 하고 의아하게 생각은 했지만 젊은 부인께서 기사를 반기는 듯해서 아는가 보다 했습니다. 대절비도 적당한 수준이었습니다. 미화 60달러로 합의했거든요. 다른 차 같으면 10달러 정도는 더 깎을 수 있었겠지만, 고급차다 보니 저도 그랬고 손님들께서도 수긍하셨지요."

말하는 동안 벨맨의 표정을 유심하게 살폈지만, 의심할 만한 구석은 찾아보기 힘들었다. 거짓말하는 것이라면 배우로 직업을 바꿔도 성공할 것이다.

그때 엘리베이터 문이 열렸다. 벨맨의 안내를 받아 방으로 향했다. 방문이 열려 있다. 리셉션 데스크로부터 연락을 받은 룸 메이드(Room—Maid)가 문을 열어놓은 것이다.

임화평은 냉장고를 열어 내용물을 확인하고 있는 룸 메이드의 목례를 받으며 안으로 들어갔다. 방은 깨끗하게 정리되어 있다. 너무나 깨끗해서 임초영이 머물렀던 흔적이라고는 침실 구석에 놓여 있는 여행용 캐리어 가방 세 개뿐이다.

임화평은 멍한 눈으로 한참 동안 가방을 바라보았다. 벨맨 입장에서는 짜증나는 일이겠지만, 오성 급 호텔의 콘시어지다 보니 손님의 기분을 상하게 하는 시도는 하지 않았다. 정신을 차리고 가방을 열어보려고 시도했다. 그러나 잠금장치를 걸어놓은 듯 가방은 열리지 않았다.

임화평은 벨맨에게 고개를 끄덕였다.

"하나는 내가 들겠소."

벨맨이 짐 옮기는 캐리어를 가지고 오지 않은 탓에 임화평은 여자 것이 틀림없을 분홍색 캐리어 가방을 잡았다. 그리고 방을 돌아보고 문을 나섰다. 엘리베이터를 기다리는 동안 다시 물었다.

"우리 딸과 아는 것처럼 보였다는 그 기사, 얼굴 기억하시오?"

벨맨이 두 검지로 인중에서부터 윗입술 끝까지 훑으며 대답했다.

"이렇게 콧수염을 기른 것 말고는 잘 모르겠습니다. 벤츠에 어울리는 검은색 기사 복장에 모자까지 눌러쓰고 있었습니다. 우리 호텔맨만큼이나 단정한 복장이었지요. 키는 저보다 요만큼 작았던 것 같습니다만 모자 때문에……."

손가락 사이가 5㎝ 정도니까 170㎝ 정도라는 의미다. 임화평이 고개를 끄덕이는 순간 엘리베이터의 문이 열렸다. 벨맨이 엘리베이터를 조작할 때 임화평은 지갑을 꺼내 100위안짜리 지폐 한 장을 꺼내 들었다.

"근무 교대 시간이 어떻게 되오?"

벨맨은 아직 임화평의 손을 떠나지 않은 100위안짜리 지폐에 시선을 주지 않으려고 노력하며 대답했다.

"저는 아침 7시에 일을 시작해서 오후 4시에 공식적인 일과를 끝냅니다."

"다른 사람도 아침조, 저녁조 그렇소? 내 말은, 그날 같은 시간대에 근무했던 사람들이 지금도 같이 근무하느냐는 것이오."

벨맨이 고개를 끄덕였다.

임화평은 지폐를 벨맨에게 건네며 말했다.

"데스크에서 정산하는 동안 하나만 좀 알아봐 주겠소?"

벨맨은 어색하게 표정으로 지폐를 받으며 고개를 끄덕였다.

"내 딸이 기사를 아는 것 같았다고 그랬지 않소? 그렇다면 한 번 정도는 더 그 벤츠 택시를 이용했다는 뜻인데… 그 사람들 있지 않소, 뭐라 부르는지 몰라도 호텔 문 앞에 늘 있는 사람들."

"손님들께서는 보통 도어맨이라고 부르시지요."

"그래요, 도어맨. 한번 물어봐주겠소, 그날이나 그 전날, 혹은 그날 이후에 벤츠 택시를 본 적이 있는지? 특이하다 했으니까 있었으면 기억하지 않겠소?"

100위안이면 적지 않은 돈이다. 꽈배기 두 개와 두유 하나로 새벽의 쓰린 속을 달래는 그에게는 한 달 아침 값에 가까운 돈이다. 팁 열 번 이상 받아야 벌 수 있는 돈이기도 하다. 너무 과한 팁이라서 혹시 어려운 부탁이면 어쩌나 했다가 너무나 간단해 미소까지 지어 보였다.

"그날 이후 저는 본 적이 없습니다만, 그런 일은 문 앞에 있는 친구들이 더 잘 압니다. 물어보겠습니다."

벨맨은 리셉션 데스크까지 짐을 옮겨다 놓고 속보로 정문을 향해 걸어갔다.

임화평은 체크아웃 절차를 밟았다. 실질적으로 묵은 것은 하룻밤인데 계산 합계는 3,450위안이나 되었다. 머릿속에서 한화로 환산해 보니 대략 48만 원 정도다. 고급 호텔에 묵어본 경험이 없는 탓에 적정한 가격인지 알 수 없었다. 모를 때는 허세부리지 않고 묻는 것이 그가 살아온 방식이다.

"그 방은 저희 호텔에서 가장 경제적인 스위트룸입니다. 객실료가 일박에 3천 위안이지요. 거기 적혀 있는 것처럼, 저희가 청구한 금액은 1박 비용에 서비스차지가 포함된 금액입니다."

가장 경제적이란 말은 가장 싸다는 말과 일맥상통한다. 그런데도 하루 숙박비가 3천 위안이라 하니 놀랄 수밖에 없었다. 물론 아가씨는 미리 예약하면 오절 할인도 가능하다는 말은 하지 않았다.

싱글 룸이나 트윈 룸같이 더 싼 방이 있다는 정도는 알고 있기에 임화평은 임초영의 씀씀이가 그렇게 컸던가 하고 놀랐다.

"3일치를 계산해야 하는 것 아니오?"

"손님께서 저희 호텔 스위트룸 이틀 숙박권을 제시하셨습니다. 사흘째부터는 싱글 룸으로 옮기겠다고 하셨습니다만, 지금까지 통보가 없었기 때문에……."

죽은 사람들의 호텔비를 물어야 하는 임화평의 심정을 고려하는지 아가씨는 말끝을 흐렸다.

그제야 임화평은 흘려들었던 임초영의 말을 떠올렸다.

재검받으면서 사과의 뜻으로 받았다고 했던 무료 숙박권.

건강검진, 장기 밀매, 숙박권이라는 단어가 머릿속에서 뒤섞여 회오리쳤다.

"숙박권? 혹시 한국에서 발행된 것이 아니오?"

"그렇습니다."

"한국에서 발행한 것을 여기서 쓸 수 있단 말이오?"

"보통 무료 숙박권은 발행 호텔에 한해 사용 가능하십니다만, 제시하신 숙박권은 힐튼 호텔이라면 세계 어디서나 사용 가능한 범용 숙박권이었습니다. 나중에 호텔끼리 상계가 가능한 숙박권으로, 호텔 안에서는 수표나 마찬가지지요."

임화평은 눈을 감았다. 울 것 같은 분위기를 느낀 듯 아가씨는 임화평을 슬쩍 외면했다. 다시 눈을 뜬 임화평은 붉어진 눈으로 아가씨를 보며 애잔한 미소를 지었다. 금방이라도 눈물이 흐를 듯한 얼굴이다. 그것은 연기라고도 할 수 없고, 그렇다고 아니라고도 할 수 없는 감정의 흐름이다. 막아두었던 슬픔의 밸브를 조금 열어버린 것이었기 때문이다.

"그저께 저녁에 전화가 왔었소. 호텔 방이 너무 좋다고 신나서 전화했더구려. 아가씨, 혹시 여기서 그 숙박권 주신 분을 알 수 있겠소? 마지막 가는 길에 좋은 곳에서 묵을 수 있도록 해주신 그분에게 감사 인사라도 했으면 좋겠는데……."

아가씨는 동정 어린 눈빛으로 바라보며 고개를 숙였다.

"죄송합니다. 여기서는 알 수가 없군요. 대신 제가 숙박권의 고유 넘버를 적어드리겠습니다. 한국의 발행처에 가서서 문의하시면 혹시 알 수 있을지도 모르겠습니다."

아가씨는 곧장 모니터를 바라보며 메모지에 긴 번호를 적어 임화평에게 넘겼다.

"고맙소, 아가씨. 여기 이것으로 계산 부탁하오."

생각은 많았지만 임화평은 우선 비자카드로 계산부터 끝냈다. 그사이에 벨맨이 돌아왔다.

"도어에 있는 친구 말로는 그 전날 오후부터 있었다고 합니다. 자기도 처음 보는 벤츠 택시라서 유심히 봤다더군요. 늘 입구 쪽에 대기하고 있었기 때문에 더 눈에 띄었답니다. 수고비를 제법 주실 것 같은 손님들 때문에 몇 번이나 불렀는데 그때마다 고개를 저었답니다. 예약 대기 중이라는데 어떡하겠습니까? 그날도 하루 종일 차 밖에 나와 전화기를 붙잡고 놀다가 딱 두 번 움직였다고 합니다. 그때 이용하신 분들이 같은 사람들이었는지는 모르겠지만 젊은 부부였다는 것은 분명히 기억한답니다. 그날 이후로 본 적은 없구요."

임화평은 눈을 감으며 고개를 끄덕였다.

'호텔 숙박권에 예약 대기까지? 우연히 초영이가 걸린 게 아니라 노렸다는 뜻인가? 예약 대기하던 놈이 두 번 움직여 모두 초영이 부부를 태웠다? 움직임을 살피던 놈이 따로 있었다는 뜻이 되나? 조질 놈이 중국에만 있는 것이 아니라는 뜻이지? 기다려라. 끝까지 쫓아가 마지막 한 마리까지 대가를 치르게 해주마.'

임화평은 100위안짜리를 헐어 쓰다 남은 잔돈에서 20위안짜리 지폐를 꺼내 다시 벨맨에게 건넸다.

"정문에서 일하는 친구에게 전해주시오. 그리고 이 짐들, 택시에 좀 실어주면 좋겠는데."

벨맨은 밝게 웃으며 짐을 끌고 앞장섰다.

❖

인민병원과 노신박물관 사이에 있는 금도가일반점(金都假日飯店)에 방을 잡았다. 영어로 Holiday Inn Downtown이라고 쓰여진 것으로 보아 홀리데이 인의 체인 호텔인 듯한데, 가격은 일박에 600위안 정도다.

짐만 방에 남겨두고 바로 인민병원으로 향했다. 걸어서 10분도 안 걸리는 거리다. 가는 중에 빵과 우유를 샀지만, 그도 생각이 없고 윤태수 또한 먹을 거라고 기대하지 않았다.

윤태수는 인민병원 로비에 홀로 멍하니 앉아 있다. 윤석원의 시신은 곧 화장장으로 옮겨질 것이기 때문에 영안실이 아닌 임시 안치소에 있다. 경찰에는 어제 사망했음을 통보했고, 오늘 아침 빈의관에 연락하여 지금 장의차를 기다리는 중이다.

모택동에 의해 주도된 중국의 화장 문화는 이미 일반화되어 있다. 장례와 화장, 그리고 납골이 모두 빈의관이라는 곳에서 시작되고 끝난다. 윤석원의 시신은 북경에 있는 열두 개의 빈의관 가운데 한 곳인 팔보산으로 옮겨지게 될 것이고, 그곳에서 염하고 입관한 후 화장될 것이다.

임화평은 윤태수의 곁에 털썩 주저앉았다.

윤태수가 피곤에 찌든 눈으로 임화평을 바라보며 말했다.

"같이 갔어야 하는데 죄송합니다, 사돈."

기대하지도 않았고 원하지도 않았던 일이다. 윤태수는 임화평이 교통사고 차량에서 발견된 임초영의 시신을 확인하러 간 정도로 알고 있다. 정신적인 공황 상태라 그사이에 무슨 일이 있었는지에 대해서는 상상조차 못하고 있다. 같이 가서 임초영을 봤다면 윤태수는 그 자리에서 기절했을 것이다. 임화평은 쓴웃음으로 대답을 대신하고 빵과 우유를 내밀었다. 예상처럼 윤태수는 고개를 저었다.

두 사람 사이에 한동안 침묵이 이어졌다. 서로 할 말이 없다. 같은 상처를 안은 사람들이 굳이 그 상처를 건드리는 말을 일부러 꺼낼 필요는 없는 탓이다.

먼저 침묵을 깬 사람은 임화평이다.

"아직입니까?"

윤태수는 고개를 숙인 채 대답했다.

"2시까지 오기로 했답니다."

임화평은 시계를 보았다. 1시 15분이다.

두 사람 사이에 다시 침묵이 이어졌다. 그리고 그 침묵을 다시 깬 사람 역시 임화평이다.

"사돈, 석원이가 외국 지사로 나오는 것이 상식적인 일입니까?"

윤태수가 고개를 들었다. 힘없는 눈에 미약한 의아함이 드러나 보였다.

"이제 입사 2년차 아닙니까? 합작 회사의 회계 담당자로 발령받기에는 이르지 않나 싶어서 여쭙는 겁니다."

기분 나쁠 수도 있는 질문이다. 윤석원의 능력을 의심한다고 생각할 수도 있기 때문이다. 그러나 임화평에게는 선택의 여지가 없었다. 윤태수는 국내 굴지의 기업, 유림산업의 부장이다. 당년 56세로 정년이 다 되어가는 나이지만 어쨌든 현업에 있는 사람이다. 기업 쪽으로 아는 사람이 없다 보니 그가 아니면 달리 물을 사람이 없다.

"현승전자의 규모로 봤을 때 조금 이르다고 생각합니다만, 그렇다고 아주 없는 일은 아니지요."

윤태수의 대답에 윤석원에 대한 자랑스러움이 담겨 있음이 느껴졌다. 그러나 한국과 중국의 합작 회사다. 그 가운데에서도 돈을 다루는 업무다. 중소기업도 아니고, 대한민국에서 다섯 손가락 안에 드는 대기업 현승이 경력이 일천할 뿐만 아니라 중국어도 잘 못하는 윤석원 같은 애송이를 보낸다는 것 자체가 이상한 일이다. 이상하다고 여기지 않았을 때는 기뻤지만, 의혹을 느끼게 되면서부터 의심할 수밖에 없는 문제가 되어버렸다.

임화평은 주위를 둘러보았다. 뒤쪽에 할머니 한 분과 함께 온 듯한 젊은 여인이 있을 뿐, 다른 사람은 보이지 않았다. 윤태수가 중국인이 아닌 탓에 처음부터 구석 자리를 잡았던 것이다.

할머니와 젊은 여인을 주의 깊게 살폈다. 그들은 서로 이야기하느라 다른 곳에 신경 쓰지 않았다. 화제는 할머니의 관절염이다.

임화평은 목소리를 죽여 말했다.

"사돈, 우리 아이들에게 벌어진 일이 우발적인 것이 아닐지도 모릅니다."

힘없던 윤태수의 눈이 부릅떠졌다.

"무슨 말씀을 하시는 겁니까?"

임화평은 오늘 알아낸 사실들을 차분히 말했다. 말이 길어질수록 피곤함에 찌들어 있던 윤태수의 눈빛은 점차 강렬해졌다. 임화평의 의심을 합당하다고 여긴 것이다. 임화평과 같은 육체적 능력은 없는 사람이지만, 자식을 사랑하는 아버지임에는 똑같다. 원망할 실체가 있다면 반드시 밝혀내려 할 것이다.

"한국에 돌아가시면 좀 알아봐 주십시오. 그게 제대로 된 인사 발령인지, 가족에게까지 건강검진을 하게 하는 것인지, 재검해서 미안하다고 호텔 숙박권까지 주는 사례가 있는지 알아볼 수 있으면 알아봐 주십시오."

윤태수는 놀란 눈으로 임화평을 바라보았다. 다시 봤다는 눈빛이다. 그동안 윤태수는 임화평을 의례적으로 대해왔다. 명절 때나 예의상 통화할 뿐, 대체로 거리를 두고 살아왔다. 물론 그는 여자답지 않게 화끈하여 말이 잘 통하고 또 그만큼 애교있는 임초영을 아꼈다. 하지만 임화평은 그저 사돈일 뿐이다. 격이 맞지 않아 만나면 서로 불편할 것이라고 지레짐작해 왔다. 가끔 윤석원에게 임화평에 대한 칭찬을 듣기는 했지만, 와이프 생각해서 예의상 하는 말이라고 흘려들었다. 그러나 중국에 와서야 그것이 모두 사실임을 깨닫게 되었다.

유창한 중국어, 시체나 마찬가지인 윤석원에게 마지막 기회를 준 신비한 기공술, 통한을 추스르기도 짧은 시간에 냉정함을 되찾은 정신력, 벤츠 택시라는 작은 실마리 하나로 많은 것을 알아낸 추리력, 그 어느 하나 놀랍지 않은 것이 없다. 윤석원의 죽음으로 인해 아무런 생각도 할 수 없는 자신과 비교하면 너무나 냉정하게 느껴져서 무서울 정도다.

"알겠습니다. 마침 현승전자에 친구 놈이 있습니다. 돌아가서 자세히 알아보겠습니다, 사돈."

윤태수의 눈에 없던 기운이 느껴졌다. 죽은 아들을 위해 무언가 할 수 있게 되었다는 것이 힘을 주었으리라.

"조심하셔야 합니다. 군자의 복수는 10년이 지나도 늦지 않다고 했습니다. 친구분이라도 드러나게 하시면 안 됩니다. 우발적인 것이 아니라면, 상대는 현승의 인사까지 개입할 수 있는 놈입니다. 잘못되면 사돈까지 위험해지십니다."

기업 세계의 더러움을 모르는 윤태수가 아니다. 젊었을 때의 친구, 관리직이 아닌 경영진에 포함된 친구. 젊었을 때의 우정을 그대로 간직하고 있을지는 그도 확신할 수 없다.

"조심하겠습니다."

그때 낯익은 간호사 한 사람이 다가와 무표정한 얼굴로 장의차가 도착했음을 알려왔다.

❖

윤태수는 빈의관으로 갔던 그 다음날 세 개의 가방과 윤석원의 유골을 지닌 채 귀국했다. 중국인들이 의례히 지내는 삼 일의 추모식을 생략하고 바로 화장했기 때문에 시간 낭비를 줄일 수 있었다. 윤석원의 장례는 한국에서 치러질 것이다.

홀로 남은 임화평은 홀리데이 인에 그대로 머물렀다. 임초영의 유해를 돌려받고, 부검 서류를 확인하고, 트럭 운전기사를 만난 후 그도 일단은 귀국할 예정이다.

임화평은 혹시라도 빼놓은 것이 없는지 다시 살피고 호텔 방을 나섰다. 택시를 타고 북경의 북쪽에 해당하는 해천구의 해천 공안 분국을 찾았다. 입구에서 물어 교통과를 찾아갔다. 책상만도 사십 개가 넘었다. 아침 9시 40분. 주인이 있는 책상은 여섯 개에 불과했다.

임화평은 입구 쪽의 젊은 공안에게 물었다.

"소빙빙 경사님을 찾아왔소만, 어디에 계시오?"

젊은 공안은 자리에 앉은 채 임화평의 위아래를 훑어보았다. 옷이 날개고 또한 계급이다. 새 신과 마찬가지인 랜드로바에 꽤나 고급이라고 할 수 있는 검은색 등산 바지, 내피를 떼어낸 가죽 재킷을 확인한 젊은 공안은 자리에서 슬쩍 일어서며 물었다.

"무슨 일로 소 계장님을 찾아오셨지요?"

생각해 보니 한국 경찰의 경사가 경찰서 내에서 어느 정도 위치인지도 모르고 살아왔다. 지금까지 그에게 경찰은 그냥 경찰일 뿐이다. 하물며 중국 공안의 계급 체계를 알 리 없다.

'계장? 삼급 경사가 계장 급인가? 그렇다면 이급 경사라고 했으니까 왕소명도 생각보다 높은 사람인가 보구나.'

임화평은 왕소명에게 받은 명함을 내보이며 말했다.

"왕 경사님 소개로 왔소. 미리 약속해 두었으니 불청객은 아니라오."

중국에서는 교통사고가 나면 당사자 두 사람이 거의 동시에 전화를 하고 둘 가운데 뒷배가 더 든든한 사람이 피해자가 된다는 우스갯소리가 있다. 한국에서도 가끔 현실이 되는 일이기는 하지만, 중국에서는 노골적인가 보다. 그것이 흔히들 말하는 중국인들의 '관시[關係]'일 것이다.

젊은 공안이 관계의 실체를 보여주었다. 명함을 확인한 젊은 공안은 거의 부동자세를 취하다시피 하여 안쪽 깊은 곳에 앉아 있는 30대 여자를 향해 손을 뻗었다.

"저분이 소 계장님이십니다."

임화평은 명함을 돌려받고 고맙다고 말한 후 소빙빙에게로 다가갔다. 소빙빙의 책상 앞쪽에는 십여 개의 빈 책상이 있다. 휘하에 십여 명의 교통경찰이 있다는 뜻이다.

"안녕하십니까? 조금 전에 통화했던 임화평입니다."

조금 검게 느껴지는 얼굴에 살짝 찢어진 눈과 매부리코가 독살스럽게 느껴졌다. 성격도 그다지 친절한 편은 아닌 듯 앉은 채로 임화평을 맞이했다. 그녀도 젊은 공안처럼 임화평의 전신을 훑어보았다.

"일단 거기 의자 끌어서 앉으세요."

중국어 특유의 사성 때문에 그러기도 힘든데 지극히 사무적인 목소리로 느껴졌다.

'외국인이라서 윽박지르지는 않을 테지만 친절함은 기대조차 하지 말라더니, 박 영사 말 그대로구나.'

임화평은 옆의 빈 책상에서 의자를 끌어와 앉았다.

"부탁대로 연락은 해보았지만 부재중이었습니다. 트럭 하나 가지고 생계를 이어가는 사람이라 어디에 있는지 찾을 수가 없군요."

임화평은 소빙빙의 얼굴에서 한 점 감정을 찾지 못했다.

"그렇습니까? 그렇다면 혹시 그 사람 진술 서류를 좀 볼 수 있겠습니까?"

소빙빙은 눈살을 찌푸리며 반문했다.

"한국에서는 경찰들이 내부 문서를 함부로 내돌리는가 보지요? 공안국의 부탁도 있고 그쪽의 사정이 딱하기도 해서 오시라고 했습니다만, 요구가 너무 과하시군요. 그 사람 잘못이 아닙니다. 사위 되시는 분이 신호를 무시하고 뛰어든 것이지요. 도대체 무얼 알고 싶어서 그 사람을 만나겠다는 겁니까? 주먹질이라도 할 생각인가요?"

소빙빙은 의자 등받이에 깊숙이 머리를 묻고 내려다보듯이 말했다. 오만함의 극치다. 그러나 그것은 치밀어 오르는 짜증을 오만함으로 포장한 것뿐이다.

이번 일은 여러모로 골치 아팠다. 애초부터 윤석원을 상하게 할 생각이 없었다. 살려놓으라는 명령을 받기도 했고, 윤석원이 살아서 임초영이 납치되었음을 증언하면 중국에서 흔하게 발생하는 납치 사건의 하나로 흐지부지하게 끝나 버렸을 것이다. 그런데 윤석원이 죽어버리고 임초영의 시신이 발견되었다. 설상가상 격으로, 사고를 친 두 사람 가운데 하나인 이군명이 살아남아서 6만 위안을 지닌 채 잠적해 버렸다. 문책이 두려워 도주했을 것이다.

직위를 이용해 어떻게든 덮어보려 했지만, 시체가 드러나면서 신고가 수사과로 들어갔기 때문에 손을 쓸 수가 없었다. 그 때문에 그녀도 조직으로부터 사형선고를 받을 뻔했다. 바퀴에서 총알 자국이 발견되지 않았다면, 그녀는 지금쯤 차가운 시신이 되어 뒷골목에 버려져 있을지도 모를 일이다.

임화평은 소빙빙의 오만함에 반응하지 않고 담담한 얼굴로 대답했다.

"거기는 만리장성 가는 길목이라고 들었습니다. 중국이 초행인 제 사위가 볼거리도 없는 거기서 도로 한복판에 뛰어들 이유가 없지 않습니까? 그 트럭 기사에게 그때의 정황을 듣고 싶은 것뿐입니다. 분명히 무언가를 쫓고 있었을 것이고, 그것은 아마도 내 딸을 납치한 놈들이었을 것입니다. 그런 나쁜 놈들은 잡아야 하지 않겠습니까?"

윤석원이 깨어나 무언가 유언을 남기는 것을 본 사람은 담당의와 간호사 밖에 없다. 그들이 담당 경찰에게 사망신고를 했다고 해서 그 정황까지 미주알고주알 말했다고 볼 수는 없다. 그래서 일부러 벤츠 택시 이야기는 언급하지 않았다. 왕소명에게도 마찬가지다. 힐튼 호텔에서의 그의 언행을 추적하여 스스로 밝혀내면 어쩔 수 없지만, 알려주면서까지 남에게 일을 맡길 생각은 없다. 그리고 왕소명이 호텔까지 가서 수사할 정도의 성의를 보일 것이라고는 생각지 않았다.

소빙빙은 임화평의 마지막 말을 듣는 순간 자신도 모르게 입꼬리를 말아 올렸다. 애타는 부정이 우습게 보였기 때문이다. 그가 말한 나쁜 놈들의 두목을 앞에 놓고 잡아야 한다고 말하니 웃지 않을 수 없었던 것이다.

"진술서는 제가 작성했습니다만, 사위 되시는 분이 갑자기 뛰어들었다는 말뿐이었습니다. 고인의 죽음은 저도 안타깝습니다. 하지만 그 이상 조사할 사항은 없더군요. 따님의 일 또한 안타깝고 이 땅에 사는 사람으로서 분노를 금치 못하겠지만, 제가 어떻게 도와드릴 수 있는 일은 아닌 것 같습니다. 그만 돌아가 주시지요."

임화평은 그녀가 조소하는 것을 분명히 보았다. 상황에 어울리지 않는 웃음이고, 그녀의 입에서 흘러나온 말과도 어울리지 않는 웃음이다.

임화평은 그녀가 한 말들을 돌이켜 생각해 보았다. 처음에는 그저 자국민인 트럭 기사를 옹호하는 말이라고 생각했다. 그런데 그것이 그가 아는 바와는 다른 점이 있다.

벤츠라고는 말하지 않았지만, 트럭 기사는 분명히 자신이 윤석원을 치기 전에 그 앞을 지나간 것이 검은 차라고 진술했다. 그것은 기사가 직접 담당 의에게 하소연했던 내용이다. 의사에게 한 말을 무서운 공안에게 하지 않았을 턱이 없다. 게다가 십여 명의 경찰을 휘하에 둔 소빙빙이 교통사고의 진술서를 직접 작성했다는 사실도 이상했다.

'그 조소의 의미는 무엇이냐? 설마 공안인 너도 연관되어 있는 것이냐?

헛다리 짚은 것일 수도 있다. 그녀 입장에서는 그냥 미결로 끝날 것이라고 생각해서 웃음을 흘렸을지도 모를 일이다. 사건 자체를 정치적인 관점으로 보고 일부러 미적거릴 생각을 했을지도 모른다. 하지만 당장 뒤쫓을 만한 사람이 없는 임화평으로서는 지푸라기라도 잡는 심정으로 소빙빙을 머릿속에 담아두었다.

임화평은 감정을 지워 버림으로써 소빙빙을 향한 의심이 드러나려는 눈빛을 다스렸다.

'티끌만큼이라도 연관이 되어 있다면, 남은 삶 충분히 즐기기 바란다.'

아직은 때가 아니다. 임화평은 그녀가 사건과 연관이 있다 하더라도 뒤처리나 맡은 쥐꼬리에 불과할 것이라고 생각했다.

그의 짐작대로라면, 한국의 대기업과 종합병원까지 연관되어 있다. 그냥 몇 놈 모아 약한 여자들을 노리는 작은 조직이 아니다. 납치하는 놈들이 있고, 뒤처리하는 놈이 있고, 지시하는 놈들이 있고, 브로커가 있고, 장기이식을 소화시킬 능력이 있는 큰 병원이 있을 것이다.

소빙빙이 정말 관련이 있다면 그녀를 따라 몸통을 찾아 올라갈 수 있을 것이라는 생각이다. 그 일을 하려면 지금처럼 공식적으로 중국에 있어서는 안 된다. 유령으로서 다시 와야 할 것이다. 그리고 다른 무엇보다도 중요한 것은 임초영을 윤석원의 곁에 데려다 주는 일이다.

임화평은 책상 위에 올려져 있는 소빙빙의 거친 손을 보며 뜬금없는 말을 했다.

"손이 아름답습니다."

"예?"

"열심히 일하는 사람의 손은 아름다운 법이지요."

소빙빙은 실없다는 듯이 피식 웃으며 자리에서 일어났다.

"순찰 나갈 시간이군요. 그럼 안녕히 돌아가십시오."

소빙빙은 가볍게 목례하고 자리를 떴다.

'계장이 직접 순찰을 나간다? 중국 경찰이 모두 그런 것이냐, 아니면 네가 부지런한 것이냐?'

임화평은 소빙빙의 뒷모습을 바라보다가 그녀가 문을 나서자 과장되게 한숨을 내쉬고 어깨를 늘어뜨린 채 문으로 향했다.

✤

임화평은 임초영이 좋아했던 푸른 색조의 작은 도자기를 받아 소중하게 품에 안았다. 품 안에 포옥 파묻히는 그 작은 도자기 안에 165㎝의 임초영이 다 들어가 있다. 그동안 분노로 대체해 왔던 눈물을 주체할 수가 없어 어쩔 수 없이 흘려 내보냈다.

"으! 으허허허허!"

그대로 주저앉아 버렸다. 안은 채 걷다가는 비틀거리다 도자기를 떨어뜨리고 말 것 같았기 때문이다.

배와 두 무릎 사이에 도자기를 놓고 조심스럽게 쓰다듬었다.

"많이 뜨거웠지? 놈들도 곧 그렇게 될 거다. 이 아빠가 그렇게 만들 거다."

뚝뚝 떨어지는 눈물. 도자기의 선을 타고 흘러내리는 그 눈물을 쉴 새 없이 닦아내며 그 위로 다시 눈물을 흘렸다.

"하아!"

혼자라서 외롭고 또 혼자라서 다행이다. 누군가의 위로를 받고 싶었지만, 누군가를 위로해 줄 수 있는 마음은 남아 있지 않았다.

한참을 쓰다듬고 또 쓰다듬다가 도자기를 구입할 때 딸려온 나무 상자에

도자기를 조심스럽게 담았다. 상자가 열리지 않도록 끈으로 묶고 보자기에 싼 후 미리 준비해 온 하얀색 대형 수건에 다시 쌌다. 그리고 그것을 천 위 안나 주고 산 검은 배낭에 넣고 가슴 앞쪽으로 멨다.

택시를 타고 홀리데이 인으로 돌아왔다. 배낭을 다시 풀어 탁자 위에 조심스럽게 올려놓고 한참을 앉아서 멍하니 있다가 겨우 정신을 차리고 쌀 짐이 있는지 생각해 보았다. 유해를 담을 배낭 하나, 속옷 몇 벌과 폴로 티 두 장이 든 보스턴 백이 전부다.

"무엇이 빠졌나?"

유골 운반 신고서는 항공사에 이미 제출한 상태다. 국내 검역을 위한 영사관 발급 사망 확인서는 곧 전달받게 될 것이다.

"그렇군. 부검 서류를 아직 못 봤구나. 증거물로 남아 있는 초영이와 석원이의 소지품, 그것도 빠졌어."

그때 전화벨 소리가 울렸다.

"임화평입니다. 괜찮다면 올라와 주시겠습니까? 예, 기다리겠습니다."

2분이 지나기도 전에 도어 벨이 울렸다. 문을 열자 박원철이 종이 박스 하나를 들고 들어왔다. 그는 그것을 탁자 위에 내려놓으려다가 거기에 유골 상자가 있음을 확인하고는 조심스럽게 바닥에 내려놓았다.

"사고 차량에 남아 있던 따님과 사위분의 유품입니다. 사건과 연관이 없어 증거물로써의 의미가 없으므로 돌려준답니다."

중국의 만만디에 대해서는 귀에 못이 박힐 만큼 듣고 또 들었다. 박원철이 나름대로 힘을 썼을 것이다.

임화평은 정중하게 고개를 숙였다.

"수고해 주셨군요. 감사합니다."

박원철은 쓰게 웃으며 양복 상의에서 봉투 하나를 꺼냈다. 그는 봉투의 겉봉을 확인하고 나서 임화평에게 건넸다.

"영사부에서 발급하는 사망 확인섭니다. 입국할 때 검역소에 제출하셔야 유해를 반입할 수 있습니다."

윤석원의 전례가 있기 때문에 알고 있는 사실이다.

"들어가시더라도 수사 진척 상황은 제가 연락해 드리겠습니다."

임화평은 말없이 다시 한 번 고개를 숙였다.

박원철로서는 더 이상 할 말이 없었지만 쉽사리 방을 나서지 못했다. 임화평은 박원철을 빤히 바라보았다. 박원철은 입술을 깨물었다. 한 가지 더 줄 것이 있기는 했다. 그러나 꼭 주어야 하는 것이 아니고, 주고 싶은 마음도 없다. 그것을 보게 된다면 임화평의 황폐한 마음은 산산이 부서져 남아나지 않을 것 같았기 때문이다.

한편으로는 또 주고 싶기도 했다. 굿의 효험은 믿지 않지만, 만에 하나라도 도움이 된다면 반드시 해야 할 것 같았다. 임화평은 박원철이 만난 그 어떤 피해자 가족보다 그를 편하게 해준 사람이다. 그런 그가 부탁한 것을 외면하고 싶지는 않았다.

망설이던 박원철은 결심한 듯 양복 상의 안 포켓에 손을 넣었다. 그리고 아주 천천히 그것을 꺼내어 임화평에게 건넸다.

"약속한 죄가 있으니 어쩔 수 없이 드립니다. 정식 부검서는 한참 기다려야 할 것 같아서 약식 부검서 사본을 가져왔습니다. 부검서라기보다는 부검의 소견서에 가깝지요. 그래도 핵심은 다 들어 있습니다. 부탁하셔서 드립니다만, 안 보셨으면 하는 게 제 진심입니다. 그럼 편히 돌아가십시오. 내일은 뵙지 못할 것 같습니다."

시간 핑계를 댔지만 박원철이 두려워한 것은 정작 정식 부검서의 보강된 내용들이다. 약식 부검서만으로도 소름이 끼치는데 더욱 상세한 정식 부검

마음껏 울 수 있는 곳, 아십니까? 235

서는 어떻겠는가를 생각하니 그냥 주고 말자는 생각을 할 수밖에 없었다.

박원철은 꾸벅 고개를 숙이고 바로 돌아섰다. 찢어진 가슴을 칼로 휘젓는 것 같은 기분이 들어서다. 악수할 생각을 하고 있던 임화평이 미처 인사할 새도 없이 박원철은 도망치듯 방을 나갔다.

임화평은 손에 들고 있는 봉투를 멍한 눈으로 내려다보았다. 박원철은 임화평이 시신을 확인했고, 또 그 대강의 피해 내용을 알고 있다는 사실을 이미 잘 알고 있다. 그런데도 보지 말라 하는 것은 그 이상의 무언가가 있기 때문일 것이다.

봉투를 개봉할 용기가 나지 않았다. 그는 그것을 조심스럽게 유골 상자 위에 내려놓았다. 그리고 그 앞 의자에 앉아 한참 동안 바라만 보았다. 몇 번이나 봉투로 손을 뻗었다가 다시 거둬들였다. 그러기를 두 시간이나 반복했다.

"손에 피를 묻히기로 작정했는데 무엇을 망설인단 말인가? 초영이는 이미 죽었다. 더 이상의 고통은 없어. 알아야 갚아줄 것 아닌가?"

마침내 뻗은 손을 거두어들이지 않고 봉투를 집었다. 그리고 그 이상 망설이지 않고 봉투를 개봉했다. 두 장의 서류 모두 사본이다. 한 장은 원문이고, 나머지 한 장은 한글 해석본이다. 원문을 펼쳐 들었다. 혹시라도 해석의 오류가 있을지도 몰라서다.

서류를 읽어나가던 임화평의 얼굴이 백짓장처럼 하얗게 질려갔다. 서류를 들고 있는 그의 손이 태풍을 만난 버들가지처럼 흔들렸다. 서류가 바닥에 떨어졌다.

의자에 앉아 있던 임화평이 벌벌 떨면서 탁자 앞에 털썩 무릎을 꿇었다. 그가 두 손을 뻗어 유골 상자를 안고 통곡했다.

"우우! 흐흐흐흐흑! 다 죽여 버린다! 한 놈도 남기지 않고 도륙해 버릴 것이다! 으흐흐흐흐흐흑!"

팔뚝을 당겨 입에 물었다.

"으으으으으으, 으으으으으으!"

피가 배어 나와 팔뚝을 감싼 옷을 검붉게 물들였다.

1. 장기 매매를 위한 적출이라는 전제하에, 심장이 가장 먼저 적출된 것으로 보인다. 살아 있는 상태에서 적출되어 심장이식이 필요한 자에게 바로 이식되었을 것이다.

심장이식은 고도의 의학 기술이 필요한 분야로, 도너와 수혜자 사이의 상성이 맞지 않으면 이식이 불가능하고 도너가 사망 상태인 경우에도 이식이 불가능하다. 그러므로 적법한 심장이식 수술은 도너가 뇌사 상태일 때만 행할 수 있다. 여기서 상성이 맞는다는 의미는 최소한 도너와 수혜자의 혈액형이 일치하고 심장의 크기가 비슷해야 한다는 뜻이다.

참고로 수술의 성공 사례에 비추어 볼 때 수혜자는 피해자와 체격이 비슷한 여성일 가능성이 높다.

위의 소견과 같이 이 사건의 핵심은 심장이식일 것이고, 아래의 사항은 부수적으로 이루어졌을 것이다.

2. 심장 외에 적출된 장기는 폐, 간, 위, 췌장, 신장, 안구다. 모두 이식이 가능한 부위로서 이식 수술이 이루어졌다면 상당한 수준의 의료 시설이 준비된 곳에서 행해졌을 것이다.

3. 피해자는 임신 5주에 이른 상태다.

…(하략)…….

제6장
그 아이가 없는 전 유령입니다

윤태수는 주위에서 뭐라 말하든 간에 아무런 응답도 하지 않고 꿋꿋하게 임화평을 기다렸다. 16일, 입국하던 그날, 윤석원의 형 윤석호가 공항에서 임화평을 픽업하여 방이동 본가로 향했다. 그로부터 삼 일 동안 윤석원과 임초영의 추모식이 조용한 가운데서 치러졌다.

상례가 아닌, 말 그대로 추모식이다. 깨끗이 치운 안방에 유골 두 구를 안치해 놓고 그 한가운데 그들이 신혼여행 때 찍었던 사진 하나를 놓아둔 채 조용히 시간을 보냈다. 두 사람이 평소 좋아하던 몇 가지 음식을 제물로 차려놓고 그것들로 객을 맞이했다. 많은 사람들에게 알리지 않고, 나중에 정말 섭섭하게 생각할 사람들에게만 연락하여 조용히 고인의 명복을 빌도록 유도했다.

윤태수 측에서는 가까운 일가친척과 윤태수 가족도 알고 지낸 윤석원의 절친한 친구 몇 명만 다녀갔고, 임화평 측에서는 한용우, 오형만, 한송, 그리고 박정호만이 다녀갔다. 송아현 등이 울고불고 난리쳤다지만, 임화평은 분위기를 생각해서 단호하게 막아냈다.

장지는 두 사람 모두에게 가까운 분당 야탑동의 공원묘지로 정했다.

임화평은 윤석원 부부의 유골이 안치된 봉안담을 한동안 멍하게 바라보다가 밖으로 나왔다. 윤태수의 처, 박향순이 넋을 잃고 앉아 있는 모습을 외면한 채 봉안동에서 빠져나왔다. 입구 한쪽 구석에서 담배 연기를 길게 내뿜는 윤태수가 보였다. 중국에서는 한 번도 보지 못했던 담배 피는 모습이다.

"그거 피면 속이 좀 풀립니까?"

윤태수는 초췌한 얼굴에 쓴웃음을 드리우며 재떨이에 담배를 비벼 껐다.

"10년 넘게 안 피웠는데……. 끊어야지요."

임화평은 윤태수를 이끌어 공원 한쪽의 벤치로 자리를 옮겼다.

"사돈, 아직 못 알아봤습니다."

"서두르실 필요없습니다. 조심조심, 스쳐 지나가듯이 묻고 아무것도 아닌 것처럼 들으셔야 합니다. 그리고 사돈, 만에 하나 일이 잘못되면, 제가 언젠가 신문에 날지도 모릅니다. 그때가 돼도 사돈께서는 제 힘이 되어주셔야 합니다."

정체를 드러내지 않고 끝낼 자신은 있다. 말도 안 되는 표현이라고 생각하지만, 피해자가 될 사람들은 신문에서 흔히 사회 지도층이라는 표현을 쓰는 사람들일 것이고, 수사 중에 그들이 한 일이 밝혀지면 그들 쪽에서 오히려 쉬쉬할 공산이 컸다. 그렇게만 되면 심증은 있다 해도 물증은 없는 상태로 일을 끝맺을 수 있다. 그러나 최악의 경우, 정체가 드러나 신문에라도 난다면 한국에서 보기 드문 연쇄살인범이 될 것이고, 인과를 모르는 사람들은 모두 그를 악마라고 부를 것이다.

윤태수는 말뜻을 파악하지 못하고 임화평을 바라보았다. 창백한 얼굴에 한기가 서려 있다. 손을 대면 얼어버릴 것 같은 얼굴이다.

"설마?"

임화평은 두 손을 들어 올려 거친 손바닥을 바라보며 차갑게 웃었다.

"그 설마가 맞을 겁니다. 제겐 초영이밖에 없었습니다. 아내가 가버린 이후로 그 아이만이 제 가슴을 벌떡벌떡 뛰게 만드는 존재였습니다. 그 아이만이 제가 이 세상에 살아 있다는 증거였습니다. 이제 제게 남은 건 아무것도 없는 셈이지요. 전 유령입니다, 이미."

이해는 할 수 있다. 윤태수가 보기에도 믿음직해 보이는 사내다. 마흔도 안 되어 보이는 호남에, 먹고살 만큼의 부(富)도 이루었다. 무학(無學)이라는 초라한 표지 속에 알찬 내용이 담겨 있는 책과 같은 사람이다. 새장가를 가려고 했다면 얼마든지 갔을 것이다. 그럼에도 불구하고 죽은 아내를 잊지 못해 지난 6년 동안 수절한 사내다. 뒤에서 임초영이 사는 모습만 묵묵히 바라보면서.

"안 됩니다. 죄를 지은 놈들은 따로 있는데, 사돈이 왜 오명을 뒤집어씁니까? 철저히 밝혀내어 감옥에 처넣으면 됩니다. 교수대에 세우면 됩니다."

임화평은 윤태수를 외면하고 품속에서 서류 한 장을 꺼내 건넸다. 의아한 눈빛으로 서류의 내용을 살피던 윤태수가 서류를 와락 구기며 그것에 얼굴을 파묻었다.

"으흐흐흐흐흑!"

임화평은 먼 산을 보면서 손만 뻗어 윤태수의 등을 쓰다듬었다.

"초영이의 고통은 끝났습니다. 우리의 손자는…… 아팠을까요? 이제 놈들이 고통받을 차례입니다."

윤태수는 울음을 참으려는 듯 어깨를 들썩거렸다. 그리고 한참을 지나서야 고개를 들었다. 품속에서 손수건을 꺼내 얼굴을 훔치고 구겼던 서류를 정성스럽게 편 후, 고이 접어 품속에 넣었다.

임화평은 의아했지만 따로 묻지 않았다. 잃어버릴 것에 대비하여 홀리데이 인 호텔 비즈니스 센터에서 복사본 몇 장을 미리 만들어두었다. 또 그에게 원문 서류가 있고 대사관과 중국에도 같은 서류가 있으니 없어도 상관없는 서류다.

"그거, 밖으로 드러나면 안 됩니다."

의외로 임초영의 사건은 뉴스가 되지 않았다. 우리나라 젊은 부부가 북경에서 교통사고로 유명을 달리했다는 식으로 몇몇 신문 구석에 몇 줄 나갔을 뿐이다. 그렇게 된 데에는 까발려지지 않기를 바라는 중국 측과 한국 측의 합의, 그리고 임화평의 협조가 있었다.

임화평으로서는 다행이다. 조용한 가운데서 일을 진행할 수 있기 때문이다.

"알고 있습니다."

'그러나 내 처와 내 자식 놈만큼은 당신을 괴물이라고 비난해서는 안 되지요.'

언젠가 윤석원이 임화평에 대해 말하기를, 요가의 대가요, 무술의 고수라고 했다. 그때는 소림사 주방장이냐고 장난스럽게 반문했다. 그러나 지금 윤태수는 믿고 있다. 그리고 임화평이 할 일에 끼어들고 싶다. 하지만 평생 단 한 번도 남을 때려본 적이 없는 그가 도움이 될 턱이 없다는 것은 스스로도 잘 알고 있다.

"제가 무엇을 해야 합니까?"

윤태수는 그가 할 수 있는 일만큼은 최선을 다할 생각이다.

"부탁드린 것 알아보는 정도로 끝내주십시오. 위험을 감수하면서 굳이 범인을 알아내려고 애쓰실 필요도 없습니다. 깊이 개입하려 하지 마세요.

제 생각에는 현승에 있다는 친구분과는 접촉하지 않는 것이 좋겠습니다. 저는 혼자지만 사돈은 아니지 않습니까? 조사는 제가 시작만 할 수 있을 정도면 됩니다. 아! 아이들 짐, 아직 안 풀어보셨지요?"

윤태수가 고개를 저었다.

"보시고 인사 발령에 관한 서류든 병원에서 받은 통지서든 간에 관련이 있다고 생각되는 것은 모두 수집해 주십시오. 참고할 만한 것이 있다면 직접 찾아다니며 물어보고 다닐 일이 줄어들지 않겠습니까?"

"그렇겠군요. 오늘 당장 확인해 보도록 하지요. 사돈, 공부했으면 잘하셨겠습니다."

윤태수와 임화평은 서로 마주 보며 쓴웃음을 지었다.

"나중에 제가 중국으로 갈 때 도움이 필요할지도 모르겠습니다."

윤태수에게 힘이 되어달라고 했던 것은 외로울까 봐 그랬던 것이 아니다. 정말 도움이 필요할지도 모르기 때문이다. 가능한 한 모든 일을 혼자 처리할 생각이지만 일이 틀어질 때를 대비해 놓아야 끝장을 볼 수 있다.

"알겠습니다."

"다시 말씀드리지만, 정말 조심하셔야 합니다. 종합병원의 의사가 있고, 대그룹의 경영진이 있습니다. 정상적인 방법으로는 상대할 수 없을 것입니다. 우리가 뒤를 캐고 있다는 사실을 알게 되면 어떠한 짓도 서슴지 않고 하려 할 것입니다. 생각하고 또 생각한 후에 행동으로 옮기십시오. 저, 당장 들쑤실 생각없습니다. 그놈들이 잊혀졌다고 생각할 때가 되면, 그때 잊지 않은 사람이 있음을 뼛속까지 각인시켜 줄 생각입니다. 그러니까 사돈께서도 절대 서두르지 마시고 위험하다 싶으면 즉시 멈추고 제게 연락을 주십시오."

그룹 자체의 일로 끝날 수도 있고 그 이상이 있을 수도 있다. 윤태수처럼 평범한 사람에게는 도저히 넘을 수 없는 벽처럼 느껴질 수도 있다.

임화평은 윤태수가 음모나 폭력에 맞서다가 피 흘리기를 원하지 않았다. 윤태수를 동참시킨 것은 그에게도 자격이 있기 때문이고 그가 하는 것이 더 효율적이기 때문이지, 위험을 나누자는 의도가 아니었다.

윤태수는 임화평의 말에서 진심을 느끼고 재차 신중하게 행동하겠다고 말했다.

⚜

임화평은 열흘 만에 집에 돌아와 모처럼 휴식을 취했다. 여덟 시간 가까이 죽은 듯이 잠을 잤고, 먹는 것에 한이 맺힌 사람처럼 배부르게 먹었다. 그러고 나서 메모지를 꺼내 생각을 정리하기 시작했다.

중국에서의 실마리는 깃털일 것이라고 생각되는 소빙빙 하나뿐이다. 사고 차량은 자신이 차가 있는지도 모르는 사람의 것으로 밝혀졌다. 그러나 한국은 달랐다. 임초영의 시신이 발견되고 그것이 심장이식 수술과 관련되어 있다는 사실을 알게 된 이상, 나머지는 단지 시간문제다. 관련된 기업도 알고 병원도 알고 있다. 윤태수에게 따로 부탁한 이유는 심중에 확신을 더하자는 것뿐이지, 확신이 없다고 해서 당장 시작하지 못할 일은 아니다. 의사부터 잡아당기면 그 뒤로 줄기에 달린 감자들처럼 줄줄이 정체를 드러낼 것이다.

"문제는 내 주변 사람들인가?"

만에 하나라도 임화평으로 인해 고초를 당할 사람이 있다면 윤태수 가족과 초영반점 아이들, 그리고 한용우 정도일 것이다. 임화평은 재산을 정리하고 한동안 잠적하여 흔적을 지워 버리기로 했다. 유령으로 살기 위한 잠적이 아닌, 아는 사람들과의 관계를 흐리기 위한 잠적이다. 그것이 심장 없는 인간으로서 마지막 할 일이다.

"그래, 그렇게 하면 돼. 이제 올 사람도 없는 이 집, 지키면 뭐 하나?"

은행에 잠깐 다녀온 후 아이들을 모두 불러 올렸다. 평소라면 아이들끼리라도 영업을 하고 있을 테지만, 임초영의 죽음이 아이들의 손발을 묶어 버렸다. 그나마 다행인 것은 임초영이 어떤 방식으로 죽었는지 아이들이 알지 못한다는 사실이다. 아이들은 임화평의 입에서 무슨 말이 나올지 궁금하여 입도 벙긋하지 않고 기다렸다.

임화평은 망설였다. 아이들의 정신건강에는 모르고 넘어가는 것이 좋을 것이다. 아이들의 안전을 위해서는 그가 취할 선택을 납득하고 넘어가는 것이 좋을 것이다. 그러나 어느 쪽을 선택해야 할지 판단할 수가 없다.

아이들의 얼굴 하나하나를 낱낱이 바라보았다. 한동안 놀았으니 몸이 지치지는 않았을 텐데 하나같이 힘이 없다. 송아현 같은 경우는 얼마나 울었는지 눈이 퉁퉁 부어 있다.

"하아! 아무래도 안 되겠구나. 형만이하고 아현이만 남고 나머지는 일단 내려가 있어라."

아이들은 주뼛주뼛하면서도 일어서려 하지 않았다. 오형만이 눈짓을 하자 그제야 일어났다.

임화평은 눈을 피하지 않고 마주 보는 오형만에게 물었다.

"형만이 너, 내가 너희들에게 하는 일, 그거 이어받기로 작정했지? 아현이하고 같이하기로 합의했지?"

오형만이 놀라서 눈을 치떴다. 반대로 송아현은 고개를 숙였다.

"형만이 네가 요 근래 하던 행동을 생각해 보면 짐작할 수 있다."

평소 같으면 부끄럽고 어색해서 눈을 외면하고 뒤통수를 긁적였을 테지만, 오늘은 그저 쓴웃음만 지었다.

"그리고 너, 내가 요리사 그만둘 생각을 하고 있었다는 거, 느끼고 있었지?"

"예!"

"그래, 너 조금만 더 단련시켜 놓고 초영이한테 들렀다가 젊은 애들이 한다는 그 배낭여행이라는 거 한번 해보려고 했다. 그 후에는 소망원에 들어가 원장 형님 도우며 아이들에게 밥해주고 요가나 가르칠 생각이었다. 그러니까 지금부터 내가 하는 말 끊지 말고 들어라."

오형만이 고개를 끄덕였다. 송아현은 임초영의 이름이 나오자마자 눈물을 주르륵 흘렸다. 임화평은 애써 눈물을 그치게 하려고 시도하지 않고 말을 이었다.

"가게 정리할 생각이다. 가게 판 돈, 너한테 무이자로 빌려주마."

"예?"

"말 끊지 말라고 그랬지? 너희들도 알다시피 원장 형님이 지금 소망원의 새 부지를 찾기 위해 동분서주하고 있다. 대도시에서 좀 벗어난 곳으로 갈 생각이라고 하시니까 너희들이 찾아가기에 부담스럽게 될 것이다. 그렇다면 차라리 내가 손을 떼는 이번 기회에 새 부지의 근교 도시로 가게를 옮기면 어떻겠니? 물론 나 없이 처음부터 새로 시작해야 하니까 힘들 거다. 하지만 형만이 네가 주방 보고, 아현이가 홀 보면 잘해 나갈 수 있을 거야. 나는 형만이 네가 사람들에게 신뢰받을 수 있는 중국집 체인점을 만들었으면 좋겠구나. 네가 일호점 하고, 인철이와 동수가 근교 도시에 이호와 삼호를 내다 보면 네가 은퇴할 즈음에는 전국 방방곡곡에 소망원 출신들이 하는 중국집이 생기지 않겠니?"

오형만은 돈에 대한 부담 때문에 망설였지만 임화평은 개의치 않고 밀어붙였다. 임화평에게는 노후를 위해 모아놓은 돈이 충분했고, 임초영을 위해 따로 모은 돈도 있다. 애초부터 초영반점은 소망원의 직업 교육장으로서 기부할 생각이었다. 무이자로 빌려주겠다고 한 것은 오형만의 심적 부담을 덜어주려는 의도일 뿐이다.

"정 부담이 되면 동업하는 것으로 하자. 지분은 네가 칠, 내가 이, 소망원 일 정도로 하면 되겠구나. 내 수익은 원장 형님에게 맡겨두어라. 나중에 늙어서 찾아 쓰게."

오형만은 결국 승낙했고, 그 뒤로 한동안 임화평과 오형만은 새로 만들 가게에 대한 아이디어를 교환했다.

임화평은 오랫동안 대화에서 소외되어 있던 송아현에게 봉투 하나를 넘겼다.

"아이들 말이다, 갑작스런 일에 크게 놀랐을 거고 또 미래에 대해서도 걱정도 많을 거다. 네가 그 돈 가지고 있으면서 당분간 아이들이 자격증 따고 따로 공부하는 데에 부족함이 없도록 살펴줘라."

"아저씨!"

송아현은 말을 잇지 못하고 울먹였다.

임화평은 송아현의 어깨를 토닥이며 미소를 지었다.

"아현아, 네 책임이 막중하다. 일호점 성공시켜야 하고, 너 자신도 행복해져야 한다. 이 아저씨, 오드리 헵번 좋아하는 거 알지? 그녀가 죽을 때 자식들에게 남긴 아름다운 글이 있다. 버릴 것 없는 글이다만, 이 아저씨는 그 가운데 특히 한 구절을 좋아한다. '네가 나이가 들면 손이 두 개라는 걸 발견하게 될 것이다. 한 손은 너 자신을 돕는 손이고, 다른 한 손은 다른 사람을 돕는 손이다'. 성자가 될 생각이 아니라면, 그녀가 옳다. 두 손을 모두 아이들 뒤치다꺼리한다고 쓴다면 네가 힘들고 불행해져. 그렇게 되면 형만이와 네가 하려는 일도 오래 못 가. 네가 행복해야 다른 아이들 역시 자신들도 행복해질 것이라고 믿지 않겠니?"

송아현은 또다시 눈물을 흘리며 임화평의 품속으로 뛰어들었다. 임화평은 송아현의 등을 토닥이며 오형만을 바라보았다.

"형만아, 미안하다. 너도 아직 못 안아봤을 텐데."

"킥!"

송아현이 울먹이다가 갑자기 웃음을 토하자 오형만과 임화평이 마주 보고 웃었다. 임화평은 등을 몇 번 더 토닥여 주고 송아현을 슬쩍 밀어냈다.

"아저씨가 이제 늙어서 말만 한 처녀는 감당을 못하겠구나."

송아현은 웃으며 소매로 눈물을 닦았다.

"그래, 일단 내일 다들 짐을 싸라. 쉬는 동안 소망원에 가서 바쁜 원장 형님 좀 도와드려라. 아이들도 봐주고 기사 노릇도 좀 해주고. 알겠니?"

⚜

아이들이 소망원으로 내려간 후, 공인중개사 사무소로 갔다. 소장도 소문을 들었는지 가게를 팔려는 이유를 묻지 않았다. 꽤 장사가 잘되었음에도 시세보다 오히려 조금 낮은 가격에 내놓은 탓에 쉽게 팔 수 있을 거라는 말을 들었다.

은행으로 가서 임초영을 위해 모은 돈 일부를 인출했다. 미리 전화를 걸어 인출 의사를 밝히고 현금 2억을 찾았다. 그것을 여행용 캐리어 가방에 담고 은행을 나섰다.

청원경찰이 차까지 따라가 주겠다고 말했지만, 거절했다. 드러나게 돈을 챙기진 않았음에도 부피 큰 가방 때문인지 뒤통수가 여간 간지러운 것이 아니었다. 괜히 청원경찰이 따라나섰다가 다치기라도 하면 입장이 난처해질 것 같아서 일부러 거절했다.

타타타탓!

아니나 다를까, 뒤쪽에서 조급한 발걸음 소리가 들린 후 누군가가 임화평의 손을 향해 잭나이프를 내지르며 동시에 캐리어 가방의 손잡이를 잡아챘다. 캐리어 가방을 놓아버렸다. 그때 앞에서 두 젊은이가 다가왔다. 하나는 들고 튀고 다른 두 사람은 진로를 방해할 생각인 듯했다.

"어?"

가방을 당기던 사내는 오히려 임화평을 향해 뒷걸음질쳤다. 가죽 잠바의 뒷덜미가 잡힌 것이다. 뒤쪽에서 사내의 다리를 툭, 치듯 걸어차며 손을 털 듯 움직이자 사내는 그대로 허공으로 들렸다가 엉덩방아를 찧었다. 사내가 넘어지면서도 가방의 손잡이를 놓치지 않았기 때문에 가방마저 넘어졌다. 그 순간 가방을 잡은 사내의 손목을 사정없이 밟아버렸다.

"끄아악!"

잡힌 사내 때문에 다가오지 못하고 엉거주춤하고 있던 두 청년이 욕설을 토하며 달려들었다. 발 하나가 먼저 날아왔다. 반보를 슬쩍 비켜서 발을 피하고 그 발이 바닥에 닿는 순간 강하게 후려 찼다.

사내가 '억!' 소리를 내뱉으며 무너지자 뒤처져 달려오던 사내가 걸음을 주춤 멈춰 세웠다. 그 순간 임화평의 몸이 솟구쳐 제자리에서 한 바퀴 휘돌았다. 발끝이 사내의 턱 끝을 스치듯 지나갔다. 임화평이 먼저 넘어진 사내의 발목 위로 떨어지는 순간 '뽀각' 하는 소리와 함께 다시 사내의 비명이 울려 퍼졌다. 그때 턱을 얻어맞아 갈지자로 비틀거리던 사내도 엉덩방아를 찧으며 주저앉았다가 몸을 지탱하지 못하고 엎어져 버렸다.

간단히 말하자면, 잡고 걸고 차는 단 세 번의 움직임 만에 끝난 일이다. 10초도 안 되는 짧은 시간 사이에 멀쩡하던 세 사내가 땅바닥에서 버둥거리고 있다. 한 사람은 손목이 부러지고, 한 사람은 발목이 부러지고, 또 다른 한 사람은 악관절이 어긋나 버렸다.

걱정돼서 내다보던 청원경찰과 지나가던 사람들이 멍한 표정으로 임화평과 세 사내를 바라보고 있다.

임화평은 아무 일 없었다는 듯이 가방의 손잡이를 잡은 후에 신음을 흘리고 있는 사내를 내려다보았다. 얼음처럼 차가운 눈이 10m 앞쪽에 서 있는 낡은 봉고차로 돌아갔다. 봉고차의 운전자가 슬며시 눈길을 외면했다.

임화평은 다시 끙끙거리고 있는 사내들을 내려다보았다. 감정 한 올 섞이지 않은 삭막한 눈이다. 눈이 마음의 창이란 말을 인정한다면, 임화평의 마음은 풀 한 포기 보이지 않는 사막이다. 인간의 마음이 심장 어느 한구석에 있다고 생각한다면, 그의 혈관을 타고 도는 피는 바스락거리는 모래일 것이다.

"다음부터는 혼자 큰돈 들고 다니는 사람한테 관심 두지 마라. 그게 오래 사는 법이다."

날치기들의 일진이 사나운 날이다. 평소의 임화평이라면 제압해서 경찰에 넘겼을 것이다. 그들이 알 턱이 없겠지만, 어쨌든 시기를 잘못 택한 것이다. 특히 그들 가운데 가방을 낚아챘던 자는 장애자가 될 가능성이 컸다. 단순히 부러진 것이 아니라 바스러져 버렸기 때문에 제대로 된 치료가 불가능할 것이다. 그 사실을 알게 되면 너무나 가혹한 응징이라고 울부짖겠지만 그렇게 될 수밖에 없다. 임화평은 사내가 칼을 들이댄 순간 그가 거기에 상응하는 대가를 치를 각오를 했다고 간주했다.

임화평은 겁에 질려 일어서지도 못한 채 끙끙거리고만 있는 사내들에게서 시선을 떼고 차분하게 주차장으로 걸음을 옮겼다. 카니발에 가방을 싣고 그가 향한 곳은 룸살롱 은마가 있는 신사동이다.

⚜

사내는 맞은편 소파에 앉아 홀쩍거리고 있는 여인을 못마땅한 눈초리로 노려보다가 거칠게 담배를 빼 물었다. 날카롭게 노려보는 눈매만 빼면 50대 중반의 중후한 멋이 느껴질 외모다. 사내답게 선이 굵은 얼굴, 그 나이대 평균을 넘어서는 건장한 체구, 조금은 나온 듯한 아랫배를 제대로 감춰주는 고급스런 양복이 하나가 되어 멋스럽다. 그가 바로 은마의 사장 이중원이다.

이중원은 연기를 가슴까지 깊이 들이빨고 훅 내뿜은 후~ 혀를 찼다.

"쯧! 우떤 년인가 몰라도 진짜로 팔자 좋네. 그러이까네 돈은 니가 쎄 빠지게 벌고 쓰기는 그년이 다 써삐리따, 이 말이제?"

마스카라가 녹은 눈물을 흘리며 여인이 고개를 끄덕였다. 눈물, 콧물을 흘리지 않으면 어디 가도 빠지지 않을 예쁜 얼굴이다.

이중원은 다시 담배 연기를 내뿜고 탁자 위에 있는 사각 휴지를 여인의 앞으로 던지듯이 밀었다.

"세상천지 바보 빙신 짓거리는 지 혼자 다 해노코 뭐 잘해따꼬 질질 짜쌌노? 닦아라. 꼴 보기 싫다."

여인은 휴지를 뽑아 눈을 닦고 코를 풀었다.

이중원은 천장을 향해 연기를 내어뿜고 중얼거렸다.

"금학동 누님한테 들은 말이 딱 맞제. 공부 잘하는 년이 얼굴 이쁜 년 몬 당하고, 얼굴 이쁜 년이 팔자 좋은 년 몬 당한다 카든만 니가 딱 그 짝 아이가? 돈 짜치지 않고 인물도 고 정도믄 어데 가도 빠지지 않을 긴데, 니를 사기 쳐가꼬 딴 년한테 처발라? 결국 니 팔자가 사납다는 소리 아이가?"

겨우 눈물을 그쳤던 여인이 소리까지 내며 울었다.

"흐흐흑, 저 이제 어떡해요, 사장님?"

"우쩌긴 뭘 우째? 처음부터 다시 시작해야지. 디비 잘 데는 있나?"

"향숙이가 재워준다고…….."

이중원의 입에서 절로 한숨이 나왔다. 한때 가게의 에이스였던 아가씨다. 어렸을 때는 늘씬한 몸매와 예쁘장한 얼굴로 인기가 있었고, 나이로 밀렸을 때는 화통한 성격으로 자리를 지켰다. 나이가 들면서 철이 들었는지 갑자기 알뜰하게 모으기 시작하더니, 은퇴하면서 베이커리를 차리고 그 미모를 바탕으로 인근 남자들을 모두 손님으로 만들었다. 1년 만에 그에게 빌린 돈 전액을 상환하고 2년 만에 투자금 전액을 회수했다. 그 뒤로 서른 평이 넘는 아파트도 샀다고 들었는데 떠난 지 5년 만에 빈털터리가 돼서 돌아온 것이다.

이중원은 소리 내어 한숨을 내쉬는 대신 화를 냈다.

"미친년! 세상 더러븐 놈들 다 상대해 봐 노코 남자 새끼 하나 몬 당해 가꼬 훌러덩 사기를 당해? 사업 자금 쪼매 모자란다꼬 돈 빌리 달라는 그 말, 바보도 아는 사기꾼 레파토리 아이가? 그 자슥 소개시키 줄 때 알아봤다. 내가 뭐라데? 인물 반반한 거 찾지 말라 그랬제? 그거 별거 아이라는 거 여서 다 갱험해 봤잖아? 곰 맹크로 듬직한 놈 하나 꼬시가꼬 알콩달콩 살라 안 카드나? 인물 파묵고 사는 것도 아인데, 제비 새끼한테 물리가꼬 가게 털어 묵고 집까지 털어묵어? 니가 놀부가? 사기당해도 싸다, 이년아!"

"우아아앙!"

여인은 아예 휴지 곽을 붙잡고 서럽게 울었다. 이중원은 꽁초만 남은 담배를 재떨이에 거칠게 비벼 끄고 여인의 뒤통수를 노려보며 울음이 잦아질 때까지 기다렸다. 여인은 다시 고개를 들고 휴지로 눈물과 콧물을 닦아냈다.

"빚은?"

여인이 고개를 저었다.

"그나마 다행이네."

이중원은 품속에서 장지갑을 꺼내 수표 세 장을 빼 들었다. 3백만 원이다.

"한 사나흘 디비 자다가 정신 차리 가꼬 나와. 니 밑으로 아아들 없으이까 당분간 월급제다. 알았나? 사고 칠 것 같은 아아들 댓 맹 붙이줄 테이까 잘 다독이 가면서 일하다가, 차차 니 아아들 맹글어. 니 파란만장한 인생 이바구 들리주믄 잘 안 따르것나? 새끼마담도 오래 몬하는 거 알제? 나이 서른셋 아이가, 인자? 길어봐야 오륙 년이다이. 그사이에 호구 하나 물어가꼬 후처로 들어앉든지, 착실히 돈 모아 가꼬 다시 빵가게 하든지 니 알아서 해."

여인은 코를 훌쩍거리며 고개를 끄덕였다.

이중원은 여인을 안쓰럽게 바라보며 혀를 찼다.

"쯔쯔쯧! 빌어먹을 가스나! 요조숙녀로 뺀해 가꼬 사기 치라꼬 그캐든만, 사기를 당하고 와? 여가 니 친정이가? 인자 정신 쫌 차리라. 그라고 니 글마하고 찍은 사진 있제? 낯반디 제대로 나온 걸로 몇 장 가꼬 온나. 지 버릇 개 줄 놈도 아이고, 서울 안 떠쓰믄 언젠가는 안 찾겄나. 얼반 쥑이노믄 묵은 거 반은 토해내겠지. 꼭 가꼬 와. 그라고 글마하고 자주 가면 데 생각나는 대로 적어가꼬 와, 알았나?"

"예, 사장님. 고마워요."

이중원은 오만상을 찌푸리며 고개를 내저었다.

"그만 꺼지라. 가서 화장이나 다시 해. 구신 나올까 봐 겁난다."

여인이 일어나 배시시 웃으며 고개를 숙였다. 이중원은 여인을 외면하며 진저리쳤다.

"으아! 구신 같은 꼬라지 해가꼬 뭐 잘했다꼬 쪼개노? 궁디에 털 나겠다, 이 문디 가스나야!"

여인은 사내에게 다가가 힘껏 껴안았다.

"역시 사장님이 최고! 나중에 제가 근사하게 모실게요."

이중원은 손으로 여인의 얼굴을 슬쩍 밀며 말했다.
"지랄! 영계가 천지빽가린데 뭐 한다꼬 니하고 놀아? 일음따. 예쁘지도 않은 낯반디 디밀지 말고 빨리 꺼지라. 피부 거칠어지니까 속상하다고 술 처마시지 말고, 밴장 잘해 가꼬 나와. 알았나?"
전 재산을 사기당했다면 속이 편할 턱이 없다. 그러나 여인은 원래 성격이 포기가 빠른 듯 환하게 웃으며 고개를 끄덕였다.
여인이 방을 나가자 이중원은 다시 디스 한 개비를 꺼내 물고 가슴 깊숙이까지 연기를 들이마셨다.
"잘사네 그캐뜬만 쫄딱 망해가꼬 돌아와? 그년 팔자 참! 문디 가스나야, 잘 갠다라. 갠다다 보믄 좋은 날 있을 기다."

임화평이 부산을 떠났던 그날, 이중원은 그가 와싱톤파의 보스가 될 것이라고 믿어 의심치 않았다. 임화평도 그렇게 믿고 떠났다. 이중원을 보스로 만들지 않고는 박태일이 살아날 구멍이 없다고 보았기 때문이다. 결과적으로 그런 낙관은 박태일의 잔머리를 과소평가한 것이 되었다.
이중원을 앞세워 위기를 넘긴 박태일은 약속대로 조직의 권리를 넘기기로 하고 병원에 입원했다. 물론 조직의 사업과 연관이 없는 모든 재산을 인정해 주기로 합의했다. 그 정도면 박태일이 여생을 살기에는 부족함이 없었으므로 원만한 합의였다. 박태일은 박태일대로 편한 여생을 보장받는 셈이 되고, 이중원은 이중원대로 의리를 지킨 셈이 되기 때문이었다.
이중원이 조직을 수습하느라고 바쁜 와중에 박태일은 그의 이름으로 등기된 모든 것을 잔나비파와 허리우드파에 헐값에 팔아넘기고 잠적해 버렸다. 결국 이중원에게 남은 것은 동생들뿐이었다. 돈 나올 구멍은커녕 동생들과 함께할 근거지조차 남지 않은 셈이었다.

구석에 몰린 판에 한번 물어나 볼까 생각도 했지만 결국 포기했다. 당장 동생들 밥 먹일 돈도 없는데 조직을 운영해 나갈 방법이 있을 턱이 없었다. 그때 이중원은 자신이 조직의 보스가 될 만큼 독하지 못하다는 사실을 자각했다.

이중원은 허리우드파와 잔나비파의 보스들을 만나 단판을 지었다. 유혈사태를 일으키지 않고 오문식 아래에 있던 동생들은 잔나비파에, 그의 아래에 있던 동생들은 허리우드파에 귀속시켰다. 그 방법이 아니라면 오십에 가까운 동생들을 먹여 살릴 방도가 없었기 때문이다.

빈털터리에 혼자가 되어버린 이중원은 미련을 남기지 않기 위해 부산을 떠났다. 떠나긴 떠났는데 갈 곳이 없었다. 막막한 심정으로 이리저리 떠돌다가 발길에 닿은 곳이 동두천이었다. 본능적으로 고향 같은 기지촌으로 향했던 것이다.

이중원은 아가씨 셋을 데리고 미군들을 상대하는 작은 비어홀의 기도로 취직했다. 한 조직의 보스에서 일개 조직원조차도 얕잡아 보는 기도로 전락했지만, 당장 끼니 걱정을 해야 할 만큼 절박했기 때문에 어쩔 수 없었다.

술 취한 미군들 뒤치다꺼리하며 하루하루를 생각없이 살아가던 나날이었다. 그때 그를 눈여겨본 사람이 있었다. 비어홀에 주류를 납품하던 최봉달이라는 사람이었다.

최봉달은 동두천을 잡고 있던 삼두룡파에서 막 중간 보스가 된 전라도 광주 출신의 건달이었다. 수금하러 왔다가 술 취한 미군 두 명을 무리없이 제압하고 다독여 돌려보내는 모습을 보고는 먼저 인사를 건넸다.

스물다섯의 최봉달은 이중원에게 부족한 독기와 아량을 겸비한 주먹이었다. 말을 들어보니 싸울 때는 무자비하지만 동생들한테는 넉넉한 형님 같은 존재였다. 그와 호형호제하며 타향살이의 외로움을 달래던 이중원은 그의 전력(前歷)을 듣게 된 최봉달의 주선으로 삼두룡파의 보스 김창호와 만나게 되었다.

다시 조직 생활을 하고 싶지 않았던 이중원은 김창호에게 클럽 '와싱톤'과 PX 물품 관리에 대한 그의 노하우를 설명하고 클럽 하나를 맡겨봐 줄 것을 청했다.

PX 물품을 빼돌리는 것은 쉬운 일이 아니었다. 드러난 업체를 여럿 가지고 있던 김창호는 PX 물품 밀매에 따로 관심을 두지 않고 밀매 조직에 맡겨둔 형편이었다. 하지만 이중원의 설명을 듣고 나서 제대로 한다면 제법 돈이 될 것이라는 생각을 하게 되었다.

건달 이중원은 클럽 '하와이'의 관리사장이라는 전문 경영인이 되었다. 판을 갈아엎었다. 쉬운 일이 아니었다. 조직의 보스에게 돈을 타내야 했고, 중간 보스들의 견제까지 감당해야 했다. 돈은 좀 들지만 회수하는 건 문제가 아니며 남들 보기에 '뽀다구'가 난다는 말로 김창호를 설득했고, 중간 보스들에게는 최봉달을 앞세워 조직원이 될 생각이 없음을 재확인시켰다.

일단 궤도에 올라서자 결과는 '와싱톤'과 비슷해졌다.

밝은 분위기, 전에 볼 수 없었던 사관들, 생기가 도는 여급들, 그리고 밝음 뒤에서 오가는 돈과 PX 물품들.

김창호는 동두천의 자랑이 된 클럽 '하와이'를 좋아했다. 폼 잡고 나타나 이층에 으리으리하게 지어놓은 사장실을 집무실처럼 사용했다. 그로 인해 조직의 중간 보스들도 딱히 할 일이 없음에도 클럽을 기웃거리며 분위기를 즐겼다.

이중원에게도 큰 불만이 없는 삶이었다. 와싱톤파와는 달리 삼두룡파는 마땅한 적이 없었다. 밀매 조직의 몫을 빼앗은 셈이 되었지만 위협받을 일도 없었고, 정상에 선 이후로 나름대로 호탕한 면을 보이려던 기분파 김창호 역시 이중원에게 충분한 월급을 지급했다.

이중원의 평탄한 삶은 85년까지 계속되었다. 그 사이에 군부의 득세와 삼청교육대라는 한파가 전국 주먹들을 떨게 했지만, 기지촌이라는 특수성 때문에 어찌어찌 넘어갔다.

85년 9월, 김창호가 누군가의 칼에 난자되어 죽었다. 그 일을 시작으로 동두천의 밤이 피바람으로 물들었다. 삼두룡파는 사분오열되었고, 거기에 숨죽여 왔던 군소 조직들이 끼어들었다. 이중원은 조직원이 아니었던 관계로 피바람에서 벗어나 있었지만, 김창호의 직계로서 중견 간부로 성장했던 최봉달은 아니었다.

이중원을 뒷받침해 주던 최봉달은 세불리를 감당하지 못해 동생들 몇을 데리고 피신했고, 이중원은 다시 혼자가 되었다. 묵묵히 클럽 관리를 하다가 주인이 정해지면 거취를 정할까도 생각해 봤지만, 새 주인이 김창호 정도도 못 되는 그릇이라면 그도 위험했다.

이중원은 '돈을 빼돌렸다는 누명 쓰기 싫다. 주인이 정해질 때까지 장사하지 않겠다'는 명분을 내세워 클럽 문을 닫아버렸다. 그리고 소위 '관리'를 당하고 있는 여급들의 숙소를 찾았다. 예상했던 대로 주먹 좀 쓴다는 놈들은 모두 싸움질에 동원되고 남은 놈들은 여기저기 눈치를 보고 다니는 '꼬붕들' 뿐이었다.

이중원은 그들을 어르고 뺨쳐 술과 안주를 준비시키고, 열여덟 명의 여급과 함께 미니버스에 타고 왕방계곡으로 소풍을 나섰다. 여급들을 부추겨 술을 잔뜩 먹인 후 몸을 가누지 못하는 놈들을 묶어놓고 그대로 서울로 내달렸다.

곧바로 이른 곳이 강남고속버스터미널이었다. 미리 준비해 놓은 5만 원짜리 봉투를 나눠 주고 제 갈 길을 가라고 했다. 고향으로 돌아가거나 순박한 농촌 총각 만나서 땅 파고 사는 것도 좋을 것이고, 하던 일을 계속하더라도 자발적으로 나서서 돈 제대로 받고 일하라고 했다.

열세 명이 눈물 흘리며 고속버스에 올라탔다. 그러나 나머지 다섯은 갈 곳이 없다며 울며불며 매달렸다. 난감했지만 한편으로는 또다시 혼자가 아니라서 다행이라고 생각했다. 이중원은 한양대 인근에 집을 구해놓고 다섯 아가씨와 서울을 돌아다니며 함께할 수 있는 일을 찾았다.

아가씨들과 머리를 맞대고 상의한 끝에 결정한 것은 맥주집이었다. 빈털터리로 부산을 떠났을 때 돈의 중요성을 깨달았던 이중원이 10년 남짓 낭비없이 돈을 모았기 때문에 할 수 있는 결정이었다.

그즈음 막 시작된 호프집을 해볼까도 생각했지만, 그 당시 이중원은 돈을 버는 것보다도 안정을 먼저 생각했다. 상처가 많은 아가씨들도 같은 생각이었다. 장소를 고민하다가 문득 신사동이라는 동네 이름을 듣고 즉흥적으로 가보았다.

신사는 신사동에서. 한자로 쓰면 완전히 달랐지만 그것을 알 리 없는 이중원이 자신의 별명을 생각했던 것이다.

안정과는 십팔만 리는 떨어진 듯한 동네였다. 북적거리는 유흥가, 투기 지역인데다가 곧 지하철이 들어올 예정이라서 땅값도 높은 곳. 그런데도 이상하게 끌렸다. 여기가 아니면 안 된다는 기분이었다.

이중원은 유흥가를 크게 벗어나지 않는 한도 내에서 가게를 찾았다. 그리고 '카페 에그린'이라는 다방을 하나 찾아냈다. 가게를 내어놓을 만한 분위기였다. 유흥가의 질척거리는 분위기에 전혀 어울리지 않게 너무나 밝고 선진적이었다.

이중원은 가게 주인의 얼굴을 활짝 펴게 만들어주고 인테리어 업자를 소개받아 가게 분위기를 어둡고 무겁게 만들었다. 각각의 테이블 사이마다 칸막이를 만들고 개별 조명을 했다.

공사를 하는 중에 아가씨들은 공부를 했다. 호텔 커피숍에 들어가 접대

법을 눈으로 익히고, 괜찮아 보이는 맥주집마다 들어가 메뉴판을 확인했다. 집으로 돌아오면 서로를 상대로 서빙 연습을 하고 안주를 만들어 밥 대신 먹었다.

마침내 가게를 열었다. 이중원은 손맛이 있는 아가씨 둘에게 주방을 맡기고 나머지 셋에게 홀 서빙을 맡겼다. 임화평을 떠올리며 아가씨들에게 웨이터 복장을 입혔다. 그리고 아가씨들에게 세 가지 원칙을 주지시켰다.

친절하되 아양 떨지 말 것, 예의상 잔을 받더라도 한 잔 이상 받지 말 것, 동두천에서 배운 엉터리 영어는 절대 쓰지 말고 맺고 끊음을 분명히 할 것. 이중원의 목표가 다섯 아가씨의 월급과 가게 유지비, 그리고 생활비 정도를 버는 것이기 때문에 가능한 주문이었다.

처음에는 예상처럼 고전했다. 그러나 2개월 후부터는 안정을 찾았다. 예쁜 아가씨 다섯이 가게를 운영한다는 소문이 돌았던 것이다. 호기심에서 하나둘씩 찾아왔다가 단골이 되었다. 하루에 한두 번씩 짓궂게 구는 손님들이 있었지만 대부분 아가씨들의 절도있는 행동에 함부로 대하지 못했고, 도를 넘어서는 경우 이중원이 해결했다.

마침내 지하철이 개통되고 86아시안게임과 88올림픽이 연이어 개최되었다. 장사는 꾸준했고 이중원은 그 이상 욕심 부리지 않았다. 그저 그 같은 평온한 삶이 계속되기를 바랐을 뿐이다.

89년 겨울, 이중원은 가게에서 반가운 사람을 만났다. 검은 양복으로 도배한 듯한 청년들의 호위를 받으며 최봉달이 가게에 찾아왔다. 동두천에서부터 최봉달을 따르던 동생 하나가 길거리에서 이중원을 봤던 것이다. 뒷골목 소식에 관심이 없어 몰랐는데, 2년 전 신사동 유흥가를 장악한 도깨비파 보스가 최봉달이었다.

"봉달이 그 자슥만 아니어쓰믄 꽃밭에서 그냥 팽범하게 사는 긴데."

이중원은 최봉달의 소개로 만나게 됐던 은마의 창업자이자 그의 아내인 최은순을 떠올리며 쓴웃음을 지었다. 호스티스 출신의 여걸이자 최봉달의 사촌동생인 최은순은 처음에 까칠하게 굴더니 몇 번 가게를 찾아와 아가씨들을 말동무 삼아 놀다가 어느 날 갑자기 화통하게 대시했다. 그간 아가씨들과 놀았던 것이 아니라 이중원의 평판을 들었던 것이다.

정이 많다는 점, 과거가 있다고 여자를 함부로 대하지 않는다는 점, 사업적 재능이 있다는 점이 마음에 들었다고 했다. 돈 많은 호스티스 출신의 중년 여인이 남자를 만나게 되면 당연히 경계하고 고민할 수 있는 문제들이었다.

이중원도 외로움을 느끼던 때라 두 사람은 예상보다 쉽게 가까워졌고, 곧 한집에서 살게 되었다. 그 후 이중원은 맥주집을 다섯 아가씨에게 무상 임대한 후 은마의 경영에 나섰고, 최은순은 평범한 가정주부가 되어 이중원에게 바가지 긁어가며 살고 있다.

"하기사 이 정도믄 말년 팔자 사나분 기 아이지. 얼라나 하나 있으믄 더 바랄 기 없을 긴데."

여자 장사하는 룸살롱 사장이라고 남들이 손가락질을 하더라도 이중원은 그 같은 삶을 운명이라고 느끼며 살고 있다. 남부럽지 않을 만큼 돈이 있고 최은순과의 금슬도 좋다. 호스티스 출신이라지만, 그 역시 하등 나을 게 없는 건달 출신. 서로 상처를 쓰다듬어 가며 편하게 살고 있다. 다만 한 가지 아쉬운 점이 있다면 둘 다 만혼이다 보니 아이가 없다는 것이다.

똑! 똑!

"누고? 들어온나."

방문이 열리고 검은 가죽 재킷을 입은 임화평이 들어섰다. 이중원은 한 모금 빤 장초를 그대로 비벼 끄고 환하게 웃으며 일어섰다.

"빨리 왔네. 니 개안나?"

26년 전에 헤어져 서울에서 다시 만난 후 오늘이 세 번째 만남이다. 처음에는 은행 가는 길에 우연히 스치듯 만나 제대로 회포를 풀지 못했지만, 두 번째는 그가 임화평의 가게로 찾아왔다. 이번이 겨우 세 번째다. 그럼에도 불구하고 예나 지금이나 한결같은 반가움을 드러내는 얼굴이다. 갑자기 가슴이 뭉클해졌다. 그 표정 하나로 '니는 혼자가 아이다. 내도 있잖아'라고 말하는 듯했기 때문이다. 임화평의 삭막했던 눈동자에 온기가 감돌았다.

임화평은 쓴웃음을 지으며 이중원의 손을 잡았다.

"괜찮소. 누구한테 들었소?"

임화평은 가방을 방 한구석에 놓아두고 소파에 앉았다.

이중원은 디스 한 개비를 빼어 물고 맞은편에 앉아 불을 붙였다.

"우습은 놈 안 있나? 슈퍼마켓 간판에 지 이름 떡하이 처박아놓은 그 문디 자석, 한송이라 캤제? 근데 니 글마는 불러놓고 섭섭하게 내는 와 안 불렀노? 내가 니한테 그 정도밖에 안 되는 인가이가?"

임화평이 피식 웃으며 고개를 저었다.

"나를 아는 사람이 아니라 우리 초영이하고 친했던 사람들을 불렀던 거요."

이중원이 고개를 끄덕인 후 연기를 내뿜었다. 하얀 담배 연기가 임화평을 피해 허공으로 올라가 사라졌다.

"우리 집 왔으이까네 양주 한 사바리 해야지?"

"대낮부터 술은 무슨 술이오?"

"술 마실라꼬 술 묵나? 희로애락이 있고 가스나가 있으이까 술 묵지."

딸 죽고 딸 같은 여자를 옆에 앉힌 채 술을 마실 수 있는 임화평이 아니다. 이중원 또한 정말 술 마시자고 한 말이 아니다. 아가씨들이 출근하기에도 이른 시간이다. 임화평의 울적한 마음을 풀어주고 싶어 우스갯소리로 꺼낸 말이었을 뿐이다.

"그래, 여까지 온 거 보이 내한테 부탁할 기 있제?"

임화평은 가방을 보면서 말했다.

"저기에 현금 2억 들었소. 앞으로 네 번 정도 더 가지고 올 생각이오. 가지고 있다가 내가 말하면 현금으로 딴 사람한테 좀 전해주시오."

"10억? 무슨 도이고? 훔칫나?"

"가게 내놨소."

10억 소리가 나왔음에도 이중원은 그저 싱글거렸다.

"내놨다 카믄 아직 팔린 기 아이네. 근데도 현금이 저리 많단 말이가? 그 땅만 해도 20억 가까이 될 긴데, 니 내보다 더 부자네. 근데 와? 돈빨래할라 는 기가?"

일종의 돈세탁이다. 10억이란 돈을 근거도 남기지 않고 써버린다면 나중에 임화평이 곤란해질 수 있을 것이다. 그러나 이중원과의 관계를 모르는 이상 한동안은 밝혀내기 어려울 것이다. 밝혀지면 부인하지 않고 무식해서 잘 몰랐다고 할 생각이다. 그냥 오형만 몰래 도와줄 생각으로 이중원을 내세웠다고 말하고 벌금과 세금을 낼 생각이다.

"돈세탁하는 거 맞소. 탈세하려고 하는 게 아니라, 그럴 사정이 조금 있소."

임초영의 일을 수위를 낮춰 설명했다. 그리고 때가 되면 박정호에게 돈을 넘겨 건물을 짓고 그곳을 소망원의 직업 교육장으로 사용할 것임을 밝혔다. 남은 돈 역시 박정호를 통해 오형만에게 흘러들어 갈 것이다. 생각대로 될지는 모르겠지만 어쨌든 그 정도가 임화평이 생각해 낼 수 있는 최선이다.

이중원은 저절로 드러나려는 동정심을 억지로 감추며 말했다.

"진짜가? 마음고생 심했겠네. 정말 그런 더러븐 놈들이 있었구나. 독사

보다 더한 놈들이네. 근데 글마들, 사람을 건드리도 진짜로 잘못 건드릿네. 하필 니고? 다 쥑일 기가?"

임초영이 어떤 식으로 죽었는지 들었을 때는 크게 놀랐지만, 건달 출신답게 사람을 죽인다는 소리에는 흔들림이 없다. 그것은 대답하는 임화평도 마찬가지다.

"중국에 있는 놈들까지 전부 다."

"나이 무을 만큼 무으가꼬 시뻘건 생 비디오 찍게 생깃네. 할 수 있겠나?"

"두어 달 몸 좀 다듬으면 문제없을 거요."

"하기사 니야 못 한 통 들믄 천하무적이지. 아이다. 요즘은 뿌라스틱 와르바시 쓴다매? 니 아나? 우리 아이들한테 니 엄청 유명하대이. 니 보고 싶다 카는 가스나들 억수로 많다. 뭉탱이로 밥 무로 가겠다는 거 내가 말리다. 쪼매 있으믄 아이들 올 긴데 소개시키 주까?"

이야기하자면 한정없이 무겁게 할 수 있는 화제다. 그러나 이중원은 아무것도 아닌 것처럼 가볍게 넘겨 버렸다. 임화평은 그 배려가 고마워 미소 지었다.

"쓸데없는 소리 하지 말고, 해주시려오?"

이중원이 눈을 가늘게 뜨고 웃으며 물었다.

"니 내가 그 돈 들고 날라 삘믄 우짤래?"

"어떡하긴 뭘 어떻게 하오? 사람 잘못 본 내가 잘못한 거지."

이중원은 소파에 깊숙이 등을 기대며 고개를 저었다.

"하! 나르지도 몬하겠네. 알았다. 전화만 해라. 바로 보내주꾸마. 또? 내가 더 도와줄 거 읎나?"

"대포차, 대포폰이라는 거 있다던데, 형님이 구해줄 수 있소?"

"껌이다. 뒤탈 안 나는 걸로 구해주꾸마. 또?"

"집을 한 채 구해야 하는데, 나중에 형님 이름으로 좀 사게 해주시오. 돈은 당연히 내가 낼 거요."

"잠수함?"

"잠수 탈 곳은 이미 구해두었소. 토끼 굴이오."

이중원은 눈살을 찌푸리며 뒤통수를 긁적거렸다. 고개를 갸웃거리는 것이 뭔가 생각이 날 듯 말 듯한 표정이다.

"그래, 니가 옛날에 뭐라 캤는데, 그, 뭐라꼬 했노? 교, 아! 생각이 안 나네. 대가리 썩어삐따."

임화평이 피식 웃으며 답을 가르쳐 주었다.

"교토삼굴(狡兎三窟), 교활한 토끼는 굴을 세 개 판다."

"그래, 교토삼굴. 니가 옛날에 내 구해주고 그랬제? 한군데 짱박히지 말고 동에 번쩍 서에 번쩍 하라 캤제. 인자 생각나네. 알았다. 난중에 주소 갈키 도. 내가 직접 가서 살 테이까. 그라고 또?"

"이제 없소. 나중에 또 필요하면 부탁하겠소."

"부담 음시 해삐라."

"고맙소."

"쓸데없는 말 하고 있다."

임화평이 웃으며 자리에서 일어났다. 이중원도 엉겁결에 따라 일어났다.

"와? 벌써 갈라꼬? 쪼매 있다가 같이 밥 묵고 한잔하지?"

임화평은 쓰게 웃으며 고개를 저었다.

"미리 준비할 게 많소."

"하기사 니 준비성 하나는 철저하지. 보드카에 소독한 못 같은 거 말이다."

임화평이 웃으며 손을 내밀었다.

"형님, 그렇게 안 봤는데, 은근히 뒤끝이 있구려."

이중원이 그 손을 잡으며 말했다.

"니 그 유맹한 말도 모리나? 협객은 원한을 몬 잊는 법이다. 가그라. 다음에 언제 올래? 그때는 쪼매 늦게 온나. 진짜 한잔하자. 내도 저번에 느그 집에서 마오타이 마시짢아. 니도 내 시바스리갈 한잔 받아야 말이 되지."

"그러지요."

임화평은 왼손으로 이중원의 손등을 두드린 후 악수를 끝내고 방을 나섰다.

⚜

집은 생각보다 더 빨리 팔려 내놓은 지 겨우 닷새 만에 임자를 만났다. 시세보다 조금 싸게 내놓은 탓도 있지만, 퓨전을 표방하는 중국집을 계획하고 있던 구입자가 집 자체를 마음에 들어했다. 슬하에 자식이 없는 탓에 삼층은 부부가 그대로 쓰고 이층만 별실 형식으로 개조할 생각인 듯했다. 임화평은 그들에게 '예쁜 공간'을 소개시켜 주었다.

그런 후 임화평은 분당 야탑동에서 남서울 공원묘지로 가는 길목에 버린 것처럼 방치된 집을 윤태수의 이름으로 샀다. 지은 지 30년은 된 것 같은 낡은 집이지만 마당이 있고 사랑방 형식의 별실도 있다. 잘만 손보면 나름대로 전원주택 소리를 들을 수 있겠지만, 그럴 계획은 없다.

그곳은 행정구역상으로 야탑동에 속해 있지만 새로 개발된 야탑동과는 무관한 곳이다. 야탑동이 팽창하다 보면 언젠가는 개발이 될 테지만 공원묘지에 가까운 곳이라 수년 안에 그렇게 될 가능성은 없는 곳이다.

박정호에게 부탁하여 집을 손봤다. 대대적인 개조를 한 것이 아니라 엿새 작업하여 살 수 있을 정도로 땜질한 수준이다. 벽이 무너지지 않도록 보수하고, 화장실을 고치고, 벽지와 장판을 새로 했다. 비가 새지 않도록 방수 작업하고, 재래식 주방에 타일을 붙이고, 전기 배선을 점검했다. 겉보기는 허름해도 사람 살기에는 문제가 없는 집이 되었다.

그 집으로 이사한 것은 12월 6일, 그러니까 이틀 전이다. 물론 이전 신고는 하지 않았고 할 생각도 없다.

기분이 좋았다. 언제든지 임초영 부부에게 가볼 수 있게 되었다. 인근에 다른 사람이 살지 않을 정도로 한적해서 수련을 위해 따로 장소를 찾을 필요가 없다. 주변은 모두 사람 손이 닿지 않는 녹지다. 숲이라고 하기에는 너무 초라하지만 그래서 오히려 사람들이 관심을 두지 않는다. 보통 사람이라면 밤이 무섭다고 할 만한 외딴곳이지만 그에게는 해당 사항이 없다.

"하아! 이걸로 대충 정리가 끝난 셈인가?"

별실을 서재 삼아 짐을 정리해 두고 마당으로 나왔다. 마당에는 카니발 한 대만이 외로이 서 있다.

"개 두 마리 정도 있으면 좋을 것 같은데……."

외로움을 달랠 수는 있을 테지만 현실적으로 무리다. 앞으로 할 일을 생각하면 잘 돌볼 자신이 없다. 고개를 저은 후 스트레칭으로 굳은 몸을 풀었다.

"휴우! 이제 원장 형님만 찾아가 뵈면 주변 정리가 끝나는 건가? 그전에 먼저 가서 왔다고 알려줘야지."

찬물로 냉수마찰하듯이 씻은 후 낡은 트레이닝복을 벗어버리고 등산복 차림으로 집을 나섰다. 분당의 마트에서 장을 보고 돌아와 주방에서 햄버거를 만들기 시작했다.

햄버거 두 개를 만들어 호일에 싸고 그것을 비닐 봉투에 담은 후 일 리터 대형 우유를 챙겨 집을 나섰다. 공원묘지까지는 자동차로 겨우 2분 거리다.

막상 봉안담 앞에 서니 제물을 놓아둘 자리가 없다. 봉안담이 있는 방 밖에 따로 제례를 치를 수 있는 제단이 마련되어 있지만, 임화평은 그저 인사를 하러 왔을 뿐, 제사를 지내려고 온 것은 아니다.

임초영 부부가 봉안된 그곳의 유리창에 다정한 모습의 윤석원과 임초영이 환하게 웃고 있다.

임화평은 그 사진 앞에 비닐봉지를 들어 보였다.

"아빠 왔다. 너 좋아하는 햄버거 가져왔어. 석원이 네 것도. 그런데 놓을 자리에 없네. 들고 있을 테니까 그냥 먹어라."

햄버거를 든 손을 앞으로 뻗은 채 한참이나 그 앞에 서 있었다. 임초영의 사진을 바라보는 입가에 미소가 감돌았다. 그의 눈이 웃고 있다. 머릿속 앨범이 넘겨지고 있었기 때문이다.

환희의 송가와 같던 그 첫울음 소리를 시작으로 앨범은 차근차근 넘어갔다. 기적과 같았던 두 발로 서기, 작은 방을 가로질러 끝내 임화평의 무릎을 차지한 그 승리의 날, 첫 입학식과 첫 졸업식, 그 뒤로 이어진 몇 번의 입학식과 졸업식, 웨딩드레스를 입은 천사 같은 모습과 끝내 울음을 터뜨려 다시 화장을 해야 했던 얼굴…….

마지막 한 장을 남겨놓고 주먹을 불끈 쥐어 앨범을 닫아버렸다. 인천공항에서의 그 마지막 얼굴만큼은 떠올리고 싶지 않았다.

임화평은 한순간에 굳어버린 얼굴에 억지로 미소를 드리우며 말했다.

"맛있었어? 아빠, 요 앞으로 이사 왔거든. 이제 자주 올게."

봉안담에 붙어 있는 사진을 조심스럽게 쓰다듬고 자리를 떴다. 밖으로 나와 윤태수와 같이 앉았던 그 벤치에 앉았다. 비닐봉지를 옆에 내려놓으려다가 햄버거 하나를 꺼냈다. 차갑게 식어버린 햄버거다. 호일을 벗겨 햄버거를 한입 베어 물고 봉안동을 바라보았다. 우걱우걱 씹으며 연신 고개를 끄덕였다.

"맛있다. 이래서 네가 그렇게 좋아했구나. 정말 끝장이다."

우유를 따서 벌컥벌컥 마셨다. 우유가 덥수룩한 콧수염에 묻어 하얀 수염이 되었다. 다시 햄버거를 한입 먹고 고개를 끄덕였다.

"괜찮아. 나중에 한꺼번에 닦지, 뭐. 괜찮아."

먼저 닦아야 할 것은 뺨을 타고 흐르는 눈물이었지만 신경 쓰지 않았다. 대형 햄버거 하나를 다 먹고 1리터 우유도 다 마셔 버렸다. 그리고 한참 동안 그 자리에 앉아서 봉안동을 바라보며 앉아 있었다.

그날 밤, 창문을 통해 쏟아져 들어오는 시골의 달빛이 유난히 차갑게 느껴졌다. 잠 못 이루다가 가방을 뒤적여 CD 플레이어를 꺼내고 이어폰을 귀에 꽂았다. 귓속으로 흘러들어 오는 음악소리에 맞춰 넋두리하듯이 흥얼거렸다. 네 번째로 나온 곡은 월량대표아적심이다. 옆으로 돌아누우며 CD 플레이어를 안은 채 아이처럼 웅크렸다. 등려군의 조용하고 감미로운 목소리가 자장가처럼 흘러나왔다. 임화평도 따라 불렀다. 그리고 또 하나의 울먹이는 목소리가 귓가를 두드렸다.

"오늘까지만, 오늘까지만 이러고 있자꾸나."

임화평은 가슴속에 CD 플레이어를 소중하게 품은 채 등려군의 목소리에 이끌려 잠 속으로 빠져들었다.

꿈에서 임초영을 만났다. 윤석원도 만났다. 두 사람은 환하게 웃는 얼굴로 임화평을 바라보며 그가 만든 햄버거를 먹었다. 윤석원은 자기 햄버거를 든 채 임초영의 햄버거를 뺏어 먹었다. 임초영이 버럭 화를 내었다. 임화평은 밝게 웃으며 다음에는 네 개를 만들어 오겠다고 말했다.

임초영은 그제야 윤석원을 향한 분노를 거두고 우유를 마셨다. 여지없이 입가에 우유 콧수염을 만들었다. 윤석원이 웃으며 손으로 콧수염을 지워주었다. 그 다정한 모습이 임화평을 미소 짓게 만들었다.

임초영과 윤석원의 모습이 달빛에 녹아들며 서서히 흐려져 갔다. 안타까워 손을 내뻗었지만, 사라지는 그들을 잡을 수 없었다. 다리부터 사라지기 시작해서 허리까지 사라졌다. 그때 임초영이 임화평을 바라보며 두 검지로 입가를 눌러 위로 밀어 올렸다. 환하게 웃는 얼굴이다. 그만큼 웃으라는 얼굴이다. 그리고 임초영이 연기가 되어 달빛 속으로 스며들었다.

"초영아!"

잠에서 깨어 벌떡 일어났다. 아무것도 보이지 않는 어두운 방이다. 잠옷 차림 그대로 마당으로 나갔다. 12월의 차가운 새벽바람이 얼굴에 와 닿았다. 정신이 번쩍 든 임화평은 맑은 공기를 폐 깊숙이까지 끌어들이며 하늘을 올려다보았다. 서울에서는 보기 힘든 별들이 총총한 하늘이다.

"이제 아프지 않으니 웃으라고? 아빠는 시작도 못했는데 벌써?"

꿈에서처럼 편안하다면 그 이상 바랄 것이 없다. 어차피 복수란 죽은 자를 위로하는 행위가 아니다. 남은 자의 분노를 잠재우는 행위다. 복수를 끝낼 때까지 임초영이 원혼이 되어 떠돌고 있다고 생각한다면 임화평이 견디지 못할 것이다.

"그래, 웃고 다니마. 웃으며 찌르는 놈이 더 무서운 법이지. 그렇게 할게."

임초영의 뜻은 아닌 듯했지만 임화평은 환하게 웃으며 한참 동안 어두운 하늘을 올려다보았다.

화장실 세면대 위에 걸린 거울을 바라보았다. 거기에 음울한 사내의 얼굴이 있었다. 며칠 동안 깎지 못한 수염은 덥수룩하고 생기라고는 느껴지지 않는 두 눈은 삭막했다.

"하아!"

비누 거품을 내 수염 위로 덧칠하고 면도하기 시작했다. 콧수염과 턱수염을 깎고 귀밑에서부터 턱까지 이어지는 선에서 느껴지는 잔털들과 목에 듬성듬성 난 수염을 깔끔하게 깎았다. 세수하고 물기를 닦아낸 후 다시 거울을 보았다. 조금은 나아진 얼굴이지만 눈빛은 그대로다.

억지로 웃어보았다. 웃는 것처럼 보일 수 없는 얼굴이다.

차크라를 돌렸다. 두 번째 물의 차크라에서 비롯된 기운을 전신에 퍼뜨린 후 두 손으로 얼굴을 쓰다듬었다. 그리고 두 검지로 입술 양끝을 짚어 살짝 밀어 올렸다. 다시 검지로 두 눈가를 짚어 살짝 내렸다.

삭막한 눈동자만 빼면 자연스럽게 미소 띤 얼굴이다.

억지로 웃는 것이 아니다. 유가술에 의지하여 인상 자체를 웃는 것으로 바꿨다. 따로 명칭은 없다. 유가술을 익힘으로써 얻은 부차적인 능력이다. 물론 얼굴을 완전히 다른 사람으로 바꿀 수는 없다. 그저 눈매를 비틀고 코를 조금 부풀린다거나 입매를 바꾸는 정도다. 큰 변화는 줄 수 없기 때문에 자세히 본 사람은 비슷한 사람으로 생각하고, 지나치듯 본 사람은 오히려 같은 사람으로 보기 쉽다.

임화평은 거울 속의 사내를 바라보며 중얼거렸다.

"눈빛이 문제로구나. 역시 정안결을 익혀야겠지?"

정안결은 그가 살수문에서 배운 안법이다. 기본적으로 동체시력을 강화하는 데 목적이 있지만, 그 외에 변용공과 같이 운용하면 눈빛을 바꾸어 완전히 다른 사람으로 변신이 가능하다. 전생에서 임화평은 정안결과 유가술의 신기한 기술로 약물이나 면구에 의지하지 않고 백면살귀(百面殺鬼)라는 자랑스럽지 못한 별호를 얻었다. 당시 강호에서 그의 진면목을 알고 있는 사람이라고는 살수문의 스승과 이동동, 두 사람뿐이다. 정안결과 유가술에 안경과 같은 도구를 보태면 변장은 완벽에 가까워질 것이다.

무심한 눈으로 거울을 바라보다가 부드러운 입매는 놓아두고 눈매만 원래대로 되돌렸다. 기술이 가지는 작은 부작용 때문이다. 크게 문제가 될 정도는 아니지만, 풀린 후에도 유지한 시간만큼의 위화감을 감당해야 하기 때문에 어지간하면 사용하지 않는 게 좋다.

다시 찬물로 세수를 하고 물기를 닦아낸 후 거울을 보았다. 몇 번이나 눈을 깜빡여 억지로 눈에 총기를 불어넣었다. 삭막하던 눈이 차가운 눈으로 변했다.

"조금은 낫구나. 초영아, 이 정도면 되겠니?"

거울 속 얼굴이 살짝 미소 지었다. 부드럽게 변한 입매 때문에 처음보다는 훨씬 더 자연스럽게 느껴졌다.

⚜

분당의 번화가에서 곰 인형 하나를 산 후 수지에 들어선 시간이 4시 20분경이다. 소망원으로 올라가는 외길 앞에서 중학생쯤으로 보이는 아이들 일곱을 발견했다. 여자아이 넷에 남자아이 셋이다. 가볍게 경적을 울렸다.

빵! 빵!

아이들이 동시에 고개를 돌렸다. 역시 모두가 소망원 아이들이다. 창문을 내려 얼굴을 보이고 물었다.

"너희들, 왜 걸어가?"

"앗! 주방장 아저씨다!"

"일단 타라."

중학교 아이들부터는 버스로 통학했다. 하지만 버스 정류장에서 소망원까지는 걸어서 20여 분이나 걸린다. 그래서 보통은 시간에 맞추어 데려다주고 마중을 나가는데 오늘은 걸어가고 있었던 것이다.

'원장 형님 있잖아?'

오기 전에 통화했다. 부재중이 아닌데 아이들이 걸어가고 있으니 이상할 수밖에 없다. 한용우 부부에게 갑작스런 일이 생겼다고 해도 오형만이 대신 나오면 그뿐이다.

'이상하군.'

축 늘어져 걷고 있던 아이들이 환하게 웃으며 차에 탔다.

"왜? 차가 안 나왔어?"

옆자리를 차지한 중학교 2학년 서보현이 웃으며 고개를 끄덕였다.

"원래 4시면 나오시거든요. 15분 넘게 기다렸는데 안 오셔서 할 수 없이 걸어가는 거예요. 앗! 곰 인형이다. 이거 또 소은이 줄 거죠?"

임화평은 피식 웃으며 서보현의 머리를 쓰다듬었다.

"소은이는 친구가 없잖아. 곰 인형한테도 친구가 생기면 그 녀석도 친구 사귀고 싶어할 것 같아서 사본 거야."

걸어서 15분은 가야 할 거리였지만 말 몇 마디 하는 사이에 벌써 소망원이 코앞이다.

임화평은 드러난 소망원의 정경에 위화감을 느끼고 속도를 줄였다. 입구 앞에 차를 세운 후 안을 살폈다. 뛰놀아야 할 아이들이 모습조차 보이지 않았다. 안쪽에 노란색 이스타나와 빨간색 아토스가 주차되어 있고 정문 앞에 두 대의 검은 차가 있다. 소나타 한 대와 벤츠 한 대다.

검은 양복을 입은 청년 둘이 소나타 옆에서 담배를 피며 임화평의 차를 바라보았다.

"얘들아, 너희들은 여기서 내려서 뒷문으로 들어가. 아저씨가 나오라고 할 때까지 방에서 나오지 마. 알았지?"

아이들도 위화감을 느낀 듯 고개를 끄덕이고 차에서 내렸다.

임화평은 차를 몰아 두 대의 차 왼쪽에 주차시켰다. 그가 차에서 내리자 두 청년이 동시에 담배를 버리고 보란 듯이 구둣발로 비벼 껐다. 말할 것도 없이 조폭들이다. 그리고 조폭들이 소망원에 발을 디딜 일은 단 한 가지뿐이다.

임화평은 조폭들을 상대로 어떻게 대처해야 하는지 잘 알고 있는 사람이다. 물론 과거의 조직원들과 오늘날의 조직원들은 다르지만, 언제나 변주일 뿐, 기본은 같다.

'옛날 애들이 조금 더 순진했고 조금 더 낭만적이었지. 요새 애들이 많이 잔인해지고 교활해졌다지? 얕보이면 귀찮겠군. 그렇다고 상처 내면 법을 들이댈 거고, 무르게 굴면 뒤탈이 생길 거다. 아이들이 다쳐. 어떻게 한다? 제압 후 무력시위?'

조심해야 할 일이다. 은행 앞에서도 자신도 모르게 과하게 손을 썼다. 증인이 많았고 또 그들을 데려갈 봉고차가 있어서 문제가 생기지 않았지만, 그래도 기분이 바닥인 상태라서 절제하지 못하면 사달이 날 가능성이 많다. 앞으로 할 일을 생각하면 서류상으로나마 준법 시민으로 남아 있어야 한다. 게다가 그가 서 있는 곳은 소망원이다. 피가 튀고 비명이 터지는 방식은 절대적으로 자제해야 한다.

심호흡하면서 마음속으로 행동 방식을 결정하고 감정을 조절한 후 청년들 앞으로 걸어갔다. 검은색 소나타에 기대어 있던 두 청년이 차에서 등을 떼며 목을 휘돌렸다. 임화평은 주변에 아이들의 시선이 없는지 다시 한 번 확인한 후 청년들과 바닥에 뒹구는 네 개의 담배꽁초를 번갈아 바라보았.

오른쪽 청년이 이빨 사이로 침을 찍 내뱉으며 고개를 삐딱하게 비튼 채 물었다.

"뭐요?"

임화평은 발 앞에 떨어진 침을 내려다보다가 말없이 손바닥으로 사내의 뒤통수를 툭, 쳤다. 손이 언제 올라갔는지도 모를 정도로 빠른 동작이지만 그렇다고 세게 친 것은 아니다. 그저 가볍게 박수치는 정도의 힘으로 치는 듯했다. 그러나 그 속에 경력(勁力)이 숨겨져 있다.

"어? 어어?"

뒤통수를 맞은 청년은 힘을 잃은 팽이처럼 상체를 휘청거리다가 견디지 못하고 털썩 주저앉아 버렸다. 그것으로도 모자라 두 손을 땅에 짚고 갑자기 웩웩거리기 시작했다.

"이놈이 골이 빈 거야, 아니면 내 손속이 독했던 거야?"

다른 한 청년이 홀쩍 물러서며 소리쳤다.

"당신 뭐야?"

"이런 버르장머리없는 자식들! 여기가 어디라고 담배를 펴? 뼈 삭아, 이 놈들아. 애들이 네놈들 보고 뭘 배우겠어? 그리고 이게 뭐야? 여기가 쓰레기장이야?"

2m 이상 거리를 벌렸다고 생각했는데 엉거주춤 선 채 말 몇 마디 듣는 사이에 임화평은 어느새 청년 앞에 서 있었다.

눈이 마주쳤다. 청년은 임화평의 눈에서 갑자기 솟구친 한광에 놀라 그대로 굳어버렸다. 말로 설명하기 힘든 눈빛이다. 비수 같은 눈빛이 그대로 동공을 뚫고 들어와 머리를 휘저어 버린 느낌이다. 등에서 식은땀이 흐르고 전신에서 힘이 쭉 빠져나갔다.

임화평은 손바닥으로 청년의 머리를 때리기 시작했다.

퍽! 퍽! 퍽!

소리만으로 따지면 먼저 맞은 청년과는 비교도 안 되는 강도다. 그러나 청년은 주저앉지 않고 열심히 피하려고 노력했다. 그러나 대항하거나 막아낼 수가 없다. 상대가 손을 휘두르는 족족 다 맞았다.

"안 주워? 이 자식아! 주워!"

뒤통수를 계속 맞으면서 밀려나다 보니 어느새 담배꽁초 앞에 쪼그리고 앉아 있다. 청년은 손이 더 날아오지 않자 머리를 감싸고 있던 두 손으로 얼른 담배꽁초를 주웠다.

임화평은 청년의 맞은편에 쪼그리고 앉아 청년을 노려보았다. 청년은 고양이 앞의 쥐처럼 저항해 볼 엄두도 내지 못하고 임화평의 눈을 피하기에 여념이 없다.

"몇 명 왔냐?"

"아, 아홉."

임화평이 오른손을 슬쩍 움직이며 말했다.

"쓰, 존댓말 못 배웠어? 왜 말꼬리를 잘라먹어?"

"아홉 명입니다."

"많이도 왔다. 너희 둘 포함해서?"

청년은 정신없이 고개를 끄덕였다.

임화평은 고개 숙인 청년의 뒤통수를 쓰다듬어 주고 일어섰다.

"저놈 토한 거 치워놔라. 그리고 차 빼놔. 이 아저씨, 검은색 벤츠 아주 싫어한다. 다시 나올 때도 보이면 폐차시켜 버릴 거야."

임화평은 소나타의 유리창에 손바닥을 댔다. 그 순간 퍽! 소리와 함께 유리창이 조각조각 부서져 차 안으로 떨어져 내렸다. 차 안으로 손을 뻗어 공깃돌만 한 유리 조각 몇 개를 집어 든 후 건물 안으로 들어갔다. 그리고 그 즉시 원장실 쪽으로 걸음을 옮겼다.

건물 좌측 구석방에 자리한 원장실 앞에는 세 명의 사내가 산만하게 서 있었다. 임화평이 다가오자 그 가운데 한 청년이 껌을 쫙쫙 씹으며 건들건들 다가왔다.

"어디 가시나?"

청년을 비켜서 나아가려 하자 청년은 껑충 뛰어 다시 앞을 막았다. 청년은 빙긋 웃으며 다시 물었다.

"그냥 가시면 안 되지요. 어디 가시냐고 친절하게 묻고 있잖아요, 아저씨!"

임화평은 피식 웃으며 바짝 붙어선 청년의 등 뒤로 손을 올려 그의 뒤통수를 어루만지듯 쓰다듬었다. 포옹하는 듯한 모양새다.

"아, 그 자식 참! 단물 다 빠졌나 보다. 구취 난다. 너, 위 내시경 한번 해 봐라."

그 순간 청년은 입을 헤 벌리고 비틀거렸다. 방문 앞에서 빙긋거리고 있던 나머지 두 청년이 어리둥절한 눈빛으로 청년과 임화평을 바라보았지만, 그때 이미 임화평은 비틀거리는 청년을 지나쳐 두 청년의 코앞까지 도달해 있었다.

쿵!

그때 비틀거리던 청년이 복도 벽에 머리를 찧고 그대로 주저앉았다. 두 청년이 임화평의 두 어깨 너머로 청년이 무너지는 것을 보며 눈을 치떴다.

"어?"

청년들의 입장에서는 이해할 수 없는 광경이다. 임화평의 손에 흉기가 있는 것도 아니고, 그렇다고 치고받은 적이 있는 것도 아니다. 청년 혼자 까불다가 저절로 무너졌다고밖에 말할 수 없는 광경이다.

두 청년들이 '왜'라는 의문을 품은 그 순간, 임화평은 두 청년의 발밑에 짓이겨진 담배꽁초 두 개를 내려다보고 있었다. 청년들의 시선도 자연스럽게 임화평의 시선을 따라갔다.

"이 녀석들아! 여기 보육원이야. 나이 먹을 만큼 먹었으면 할 짓과 못할 짓 정도는 구별하고 살아야지. 인생 이렇게 막사는 거 아니야."

청년들이 고개를 들려는 순간 임화평의 손이 나란히 선 두 청년의 머리 사이를 오갔다. 관자놀이에 한 대씩 얻어맞은 청년의 눈이 바로 풀려 버렸다.

"어이쿠! 잘못 넘어지면 큰일 나."

주저앉으려는 두 사내를 보듬어 안아 곱게 바닥에 내려놓았다. 두 개의 담배꽁초를 주워 청년들의 양복 포켓에 사이좋게 하나씩 넣어준 후 오른쪽 청년의 옷자락에 침을 뱉어 바닥에 남은 담뱃재를 깨끗하게 닦았다.

임화평은 청년들의 뺨을 토닥여 주고 일어나 방문을 향해 손을 뻗었다.

제법 넓은 방이다. 예닐곱 평 정도는 되는데, 가구라고는 낡은 책상과 손님맞이용 소파, 그리고 철제 캐비닛 두 개밖에 없어 더 넓어 보인다. 그 방에 다섯 사람이 있다.

한용우가 낡은 소파에 앉아 있고, 그 맞은편에 30대 중반쯤으로 보이는 사내가 다리를 꼰 채 소파 깊숙이 몸을 묻고 앉아 있다. 그리고 그 사내 뒤로 눈매가 독살스럽게 보이는 깍두기 머리의 청년 하나가 서 있고, 소망원 아이들이 야단맞는 자리라고 말하는 빈 공간 한가운데에 두 청년이 두 손을 앞에 모은 채 서 있다.

"에이, 무슨 사무실이 이렇게 추워?"

30대 중반의 사내가 검은색 모직 코트의 옷깃을 세웠다. 겉보기에는 인상이 좋은 사내다. 170㎝ 정도의 키에 풍채가 좀 있어 보인다. 모난 데 없이 둥글둥글한 얼굴에 미소도 부드러웠다. 등 뒤에 선 청년만 없다면 한용우의 얼굴이 한결 편해졌을 것이다.

사내가 손을 들었다. 청년이 공손하게 담배 한 개비를 손가락 사이에 끼워주었다. 영웅본색이나 천장지구 등의 홍콩영화 때문에 바바리코트와 함께 유달리 조폭들이 선호한다는 빨간색 말보로다. 사내가 담배를 입에 물자 청년이 허리를 숙여 불을 붙여주었다. 사내는 담배를 한 모금 빤 다음에 얼굴을 구겼다.

"어우! 무슨 담배 맛이 이래? 창열아! 무슨 이런 담배를 피우냐? 국산으로 바꿔라. 애국해야지. 그런데 재떨이가 안 보인다?"

청년이 등 뒤로 손짓을 하자 대기하던 두 청년 가운데 하나가 손바닥을 내밀었다. 담배를 건넨 청년이 말했다.

"죄송합니다, 사장님! 앞으로 디스 피우겠습니다."

사내는 담배를 내밀어진 손바닥 위에 비벼 끄면서 고개를 끄덕였다. 얼음장을 덮어쓴 것 같은 손바닥 주인의 표정은 시종일관 변함이 없다. 담배가 꺼지자 청년은 원래의 자리로 돌아가 앞으로 손을 모으고 있던 아까와는 달리 열중쉬어 자세로 섰다.

사내가 한용우를 바라보았다. 한용우의 표정은 차갑게 굳은 그대로 변함이 없다. 사내는 예상과 다른 표정에 피식 웃음 지었다.

"표정 관리 잘하시네. 괜히 멀쩡한 애 손만 지졌구먼. 우리 친구들 나오는 영화 보니까 이러면 다들 신경 좀 쓰시던데, 원장님은 신경이 좀 무디신가 봐. 그래요. 일단 그렇고, 원장님, 요구가 좀 과하시다고?"

"시세대로 쳐달라는데 과할 게 뭐가 있소? 가만히 기다리고만 있어도 삼사백은 더 오를 것이오."

사내는 다시 담배 한 대를 입에 물었다.

"에이, 그게 과하신 거지. 누구는 땅 짚고 헤엄치며 장사하는 줄 아시나. 우리도 남는 게 있어야지 장사할 맛이 나지."

한용우는 무표정한 얼굴로 말했다.

"내가 부른 적 없고, 판다고 한 적도 없소."

사내는 한용우를 향해 담배 연기를 길게 내뿜었다.

"참 각박한 세상이야. 콩 한 쪽도 나눠 먹던 시절이 있었는데, 원장님은 그때를 모르시나? 보기보다 젊으신가 봐, 세상 물정 모르시는 걸 보니. 그나저나 애들이 하나같이 이쁩디다. 아유! 꽉 깨물어주고 싶던데."

사내는 입에 고인 침을 삼키며 전신을 과장되게 부르르 떨었다. 한용우의 눈썹이 꿈틀거렸다. 사내가 입꼬리를 올렸다.

"이제부터 원장님 바쁘시겠네. 통학하는 애들 하나하나 데려다 주고 데려오고, 밤이 되면 불조심해야 하고. 암! 건조한 겨울에 불조심해야지."

한용우는 아무런 대꾸 없이 사내를 쏘아보았다.

"어이구! 무서워라. 왜 그렇게 보시나? 당연히 조심해야 할 것을 조심하라는데. 소화기라도 하나 사 드릴까? 한두 개 가지고는 안 되려나? 불을 이렇게 확실히 끄려면 말이야."

사내가 담배를 바닥에 버린 후 구둣발로 비벼 끄고 다시 손을 들었다. 청년이 다시 담배를 꺼내자 사내가 눈살을 찌푸렸다.

"나 골초 아니다. 그거 말고."

청년은 담배를 넣고 품속에서 봉투 하나를 꺼냈다. 사내는 봉투를 탁자에 내려놓으며 미소 지었다.

"한 20억 있으면 시골에 근사한 고아원 하나는 짓고도 남겠지요? 윈윈(Win—Win)이라는 말 들어보셨죠? 요새 가끔 들리던데. 뭔가 했더니만 별거 아닙디다. '좋은 게 좋은 거'라는 뜻입니다. 우리 윈윈합시다. 원장님은 애들 걱정 안 해서 좋고, 난 애들 신경 안 써서 좋고. 서로 좋게 좋게 끝냅시다. 오늘이야 내가 이 자리에 있으니까 우리 애들 얌전히 있을 테지만 내가 그냥 돌아가면 그때부터는 원장님 밤잠을 못 주무실 것 같은데, 오늘 깨끗하게 마무리 짓는 게 좋지 않겠습니까? 어디 보자, 펜이 어디 있더라?"

사내는 모직 코트 안으로 손을 넣으며 한용우에게 미소를 지었다.

그때 문이 열렸다. 사내의 등 뒤에 서 있던 청년이 안 그래도 째진 눈에 날을 세워 돌아보았다.

"누구야? 들어오지 말라 그랬잖아?"

임화평이 눈살을 찌푸리며 말했다.

"이놈의 자식들은 하나같이 버르장머리가 없어. 내가 너 같은 양아치 새끼한테 허락받아야 할 군번이냐? 하기야 몸이 도화지일 텐데 군대나 다녀왔겠냐?"

청년은 밖에 있는 다른 청년들과는 확실히 달랐다. 임화평이 들어왔다는 것에 의아함을 느꼈을 텐데도 몸이 먼저 반응했다. 바로 허공을 가로질러 발을 내질렀다.

임화평은 얼굴을 향해 날아오는 발을 주먹으로 후려쳤다. 그 순간 청년은 허공에서 몸을 비틀어 왼발로 반원을 그리며 다시 임화평의 머리를 노렸다. 임화평은 오히려 한 발을 내디뎌 청년의 품속으로 들어갔다. 오른손으로 왼쪽 허벅지를 가격하고 왼손으로 청년의 가슴을 밀었다.

퍽!

손바닥에 가슴을 얻어맞은 청년이 바닥에서 뒹굴었다. 그 순간 두 청년이 쇄도했다. 먼저 날아온 것은 담뱃불에 손바닥을 지진 청년의 발이다. 제대로 배운 발길질이다. 무릎의 탄력을 제대로 살려 임화평의 하초를 걷어찼다.

임화평은 한 발 뒤로 빠지며 왼손으로 상대의 발목을 내리누르고 다시 한 발을 내디디며 상대의 왼발 복사뼈를 툭, 걷어찼다. 청년은 허공으로 튀어 올랐다가 그대로 곤두박질쳐 바닥에 등을 찧었다. 그 순간 뒤따라 쇄도하던 청년이 벽을 박차고 임화평의 얼굴을 노렸다.

임화평은 몸을 낮췄다. 청년의 발길질이 그의 머리카락을 흩트려 놓고 지나치는 순간 오른손을 손칼로 만들어 청년의 허벅지를 찔렀다. 청년은 낮은 비명을 토하며 임화평을 등진 채 그대로 주저앉아 버렸다.

임화평은 청년의 뒤통수를 부드럽게 쓰다듬어 주고, 담뱃불로 손을 지진 청년이 일어나려는 순간 그의 이마를 미는 것처럼 가볍게 가격했다. 두 청년은 그 순간 그대로 정신을 잃고 널브러졌다.

가장 먼저 나동그라졌던 청년은 그제야 몸을 일으켰다. 그러나 가슴에서 느껴지는 격통에 다시 무릎 꿇었다. 그의 몸이 살짝 비틀렸다가 다시 임화평을 향해 돌려졌다. 어느새 청년의 손에는 한 자루 날을 잘 세운 군용 대검이 들려 있었다.

핏!

"억!"

청년의 손등에서 피가 흐르는 순간 군용 대검이 바닥에 떨어졌다. 손등에 유리 조각 하나가 박혀 있었다.

"요즘 애들은 겁나. 걸핏하면 칼부터 꺼내 든단 말이야."

핏!

또다시 날아간 유리 조각에 청년은 무릎을 쥐고 바닥에 주저앉았다. 그 순간 임화평이 단번에 거리를 단축하여 청년의 뒤통수를 쓰다듬었다. 청년은 무릎을 꿇은 그대로 앞으로 엎어졌다.

임화평은 바로 돌아서서 소파에 앉아 있는 사내의 뒤통수를 후려쳤다.

퍽! 퍽! 퍽!

청년들을 믿고 있다가 꼰 다리를 풀지도 못한 사내는 정신없이 몸을 숙여야 했다.

"이 자식아! 누가 어른 앞에서 다리 꼬고 앉으라고 가르치든. 그나마 나이 먹은 네가 이 모양이니까 밑에 애새끼들이 하나같이 그 모양이지."

그아이가 없는 전 유령입니다

퍽! 퍽! 퍽!

"아, 아픕니다. 그만 때리세요. 좋은 말 놔두고 왜 폭력을 쓰십니까? 지성인답게 대화로 풀어나갑시다."

사내는 저항할 엄두도 내지 못했다. 회사의 행동대장 격인 한창열과 두 청년을 툭탁하는 사이에 정신을 잃게 만들었다면, 그 역시 덤벼보았자 매만 벌 뿐이라는 사실을 잘 아는 탓이다.

"아프라고 때리지 심심해서 때려? 이 자식아! 그리고 누가 어른 앞에서 담배 꼬나물라든. 도대체 누가 너를 이렇게 막돼먹은 개망나니로 가르쳤어? 니 아버지 누구야?"

퍽! 퍽! 퍽!

사내는 두 손으로 뒤통수를 감싸 쥐고 두 다리 사이에 얼굴을 묻었다.

임화평은 곧 손을 거두고 사내의 옆에 앉았다. 사내는 슬그머니 고개를 비틀어 임화평을 바라보았다. 임화평이 손쓸 기색을 안 보이자 사내는 머리를 바로 세워 옷매무새를 정리하고 뒤통수를 쓰다듬으며 말했다.

"어디서 오셨습니까?"

임화평을 자신과 같은 목적으로 온 큰 조직 사람으로 본 모양이다.

임화평은 심드렁하게 대답했다.

"우리 집에서."

분당에서 제법 자리를 잡았다고 하지만 아직은 신생 조직일 뿐이다. 서울의 대조직이 꼬이면 협상을 통해 한 발 담그든지 물러날 수밖에 없다. 전쟁이라도 나면 겨우 다져 놓은 발판마저 무너질 것이기 때문이다. 그런데 힐끗 본 한용우의 입매가 부드럽게 변해 있다. 사내는 그 미소를 임화평이 같은 업종의 선배가 아니라는 의미로 받아들였다.

"하아! 초면에 폭력부터 쓰시다니, 무사하실 것 같습니까? 콩밥 좋아하십니까? 이제야 밥값할 수 있게 됐다며 저희 변호사 좋아하겠네요."

"아, 그 자식! 나 영화 많이 봤거든. 걔들 그러더라, 선수끼리 왜 이러냐고. 뭘로 걸 생각인데?"

"그야 물론 폭……."

말하려다 보니 진단서 끊을 일이 없다.

"밖에 있는 애들도 뒤통수 몇 대 때린 것밖에 없어. 쟤야 칼 들었으니까 피 보는 것 당연하잖아? 그리고 저거, 진단서 끊어봤자 필요한 만큼 안 나올 거야. 일부러 째면 몰라도. 후환이 두렵지 않으면 그렇게 해도 돼. 어디 보자!"

임화평은 탁자 위에 놓인 봉투를 집어 내용물을 읽었다.

"20억? 지금 시세가 평당 오백 아니야? 다 줄 생각한 것인지는 모르겠다만, 어쨌든 조폭이 20억 제시했으면 너그러운 거지. 그래도 당하는 입장에서는 날강도다. 알지?"

임화평은 계약서를 찢어버렸다.

"원래 협상이라는 것은 밀고 당기는 맛이 있어야 하지 않습니까?"

임화평은 피식 웃으며 유들유들한 사내의 얼굴을 바라보았다.

"역지사지(易地思之)라는 말 모르지? 입장 바뀌어도 협상이라고 말할 수 있겠어? 근데 이상하다. 넌 왜 안 덤비고 이러고 앉아 있냐? 넌 조폭 아냐?"

"저 조폭 아닙니다. 저는 시류를 아는 원방토건(元坊土建)의 사장일 뿐입니다."

"시류를 안다는 걸 보니 준걸이구나. 그래, 시류를 알고 안 덤빈 게 다행이다. 어디, 정말 조폭 아닌지 한번 확인해 볼까?"

임화평은 서슴없이 사내의 모직 코트 안으로 손을 넣었다.

"이거 왜 이러십니까? 전 정상입니다."

사내가 기겁하며 피하려고 했지만 임화평의 손은 거침없이 사내의 옷을 헤집었다.

"어휴! 이놈, 복근 봐라. 조폭 두목 맞네. 제법 단련했어. 어디 보자, 아프니? 정상이라더니, 정상 아닌데."

"윽!"

임화평이 뭔가 수를 쓴 듯 사내가 아랫배를 붙잡고 인상을 쓰며 신음을 토했다. 그제야 임화평이 손을 빼냈다.

"다시 올 생각하지 마라. 너 지금 고자 됐다. 영어로 임포텐스. 무식해서 알는지 모르겠다. 어쨌든 용을 써봐도 안 설 거거든. 평생 고자로 살 자신있거든 애들 끌고 다시 와. 병원? 가보든지. 정신적으로 문제가 있든지, 원래 고자였는데 아닌 척한다고 그럴 거다."

입은 장난스럽게 말하고 있지만, 눈은 장난이 아니라고 분명히 말하고 있다. 눈에서 흘러나오는 차가운 기운은 무형의 비수가 되어 사내의 가슴을 후벼 팠다.

능글맞던 사내의 안색이 하얗게 변했다.

"거, 거짓말!"

임화평은 빙긋 웃으며 손바닥으로 탁자를 내려쳤다. 쾅! 소리가 나야 할 텐데, 가볍게 퍽, 소리로 끝나고 말았다. 손을 떼는 순간 노란 가루가 눈앞에서 부유했다. 사내는 눈이 찢어져라 부릅뜬 채 손이 떨어져 나간 탁자를 바라보았다. 원목으로 된 탁자에 깊숙한 손도장이 찍혀 있다.

임화평은 유리 조각들을 탁자 위에 올려놓고 엄지로 꾹꾹 눌렀다. 유리 조각들이 점토에 박히듯이 쑥쑥 들어갔다. 유리 조각이 가루가 되는 게 그나마 상식적이었을 것이다. 그러나 탁자에 박힌 유리 조각들은 유리 가루 하나 날리지 않고 온전한 모양새를 유지하고 있다.

"무협소설 좀 읽어봤어? 어때? 지금도 거짓말일 것 같아? 마누라나 애인 붙잡고 한 사흘 있어봐. 알려지는 거 싫으면 손을 써도 돼. 손이 민망해질 거다. 정력제? 천 년 묵은 백사도 조루나 돼야 통하지, 고자한테는 약발 못 세워."

"어떻게, 어떻게 하면 낫습니까?"

임화평은 싱긋 웃으며 손을 내밀었다. 웃어도 역시 입매만 웃었다. 눈은 여전히 차갑다.

사내가 어리둥절한 눈빛으로 손을 쳐다보자 임화평이 말했다.

"명함 있지?"

사내는 급히 안주머니를 뒤져 지갑을 꺼내고 그 안에서 명함을 꺼내 두 손으로 내밀었다.

"흠! 원방토건 사장 강상일? 원방? 으뜸 동네? 조폭치고는 이름 제법 잘 지었다. 설마 한 방이라고 지었다가 고친 건 아니지? 어쨌든 둥지가 분당이 네. 같은 동네 사람이었구나. 됐다. 가봐라."

사내 강상일은 울상을 지으며 사타구니 사이를 내려다보면서 말했다.

"이, 이건 어떻게?"

"명함 괜히 받았겠어? 이 땅 팔리고 나면 찾아가서 풀어줄게. 만약 앞으로 애들이 다치거나 내가 화낼 일이 생기면 너 내 얼굴 평생 못 보게 될 거다. 이삼 개월 정도 지나면 피오줌이 나오기 시작할 거야. 배는 개구리처럼 튀어나올 거고 살은 갈비뼈 다 드러날 만큼 쪽쪽 빠질 거다. 의사가 처음 보는 증상이라며 신기하다고 할 거야. 치료도 못해줄 거면서 언제 어떻게 죽을지 확인하고 싶다며 입원하자고 할 거다."

임화평은 혀를 차며 바닥에 떨어진 담배꽁초를 주워 강상일의 모직 코트 포켓 안에 친절하게 넣어주었다. 그래도 강상일은 그대로 서 있었다.

"안 가고 뭐 하니?"

강상일은 한창열을 바라보며 주저주저하다가 대답했다.

"저 운전 못합니다."

"아! 애들? 밖에 제정신인 놈이 하나 남았는데. 그래, 귀찮지만 배웅해 줄게. 사람 사는 정이 다 그런 거지. 앞으로도 친하게 지내자. 같은 동네 사람끼리 인사하고 지내야지, 칼질하고 지내면 안 되지. 괜히 이웃사촌이라고 하는 게 아니잖아. 그렇게 할 거지?"

강상일이 떨떠름한 표정으로 고개를 끄덕이자 임화평은 싱긋 웃으며 한창열에게로 다가가 그의 이마에 오른손 중지를 튕겼다.

딱!

"악!"

혈도를 잡힌 것이 아니라 정신을 잃은 것이기 때문에 강한 충격으로 깨울 수 있었다. 한창열은 눈물이 그렁한 눈으로 이마를 움켜쥐고 벌떡 일어났다. 그러나 금세 정신을 차리지 못하고 휘청거렸다. 머리를 몇 번 흔들어 정신을 차린 한창열이 임화평을 보고 급히 물러서서 자세를 취했다.

"차에 장애인 스티커 붙어 있던데, 정말 장애인으로 살 생각 아니거든 까불지 마라. 나 어지간해서는 칼 든 놈 용서 안 한다. 여기가 보육원이고, 또 네놈 아직 살날이 창창하니까 봐주는 거야."

한창열은 주위를 살피다가 강상일과 눈을 맞췄다. 강상일이 힘없이 고개를 저었다. 한창열은 슬그머니 자세를 풀고 군용 대검을 주우려고 허리를 숙였다.

"위험한 장난감은 놔두고, 빨리 가. 니들이 오래 있으면 소망원 공기 썩는다. 애들 병 걸려."

강상일이 눈짓하자 한창열은 말없이 문으로 향했다. 두 사람이 나가자 임화평은 두 손가락으로 군용 대검의 검날을 집어 들고 한용우에게 싱긋 웃어 보였다. 한용우는 그 미소에 제대로 응답해 주지 못했다. 웃는 게 정말로 웃는 것이 아님을 알고 있는 까닭이다.
 임화평은 나머지 두 청년을 깨워 밖으로 나갔다. 밖에서도 악악거리는 소리가 연이어 들렸다. 그리고 잠시 후 자동차 소리가 들렸다.

"애들 어떻던가?"
 한용우가 조바심 가득한 얼굴로 묻자 임화평은 싱긋 웃음으로써 그를 위로했다. 사실 다리가 떨려서 움직이지도 못할 정도였다. 임화평이 나갈 때 같이 나가 애들부터 확인해 보려고 했지만, 긴장이 풀리는 순간 다리까지 풀려 버렸다. 이제야 겨우 한숨을 돌린 셈이다.
"괜찮습니다. 형수님하고 형만이가 잘 다독이고 있었던 모양입니다."
 임화평은 방금 전 강상일이 앉아 있던 자리에 앉으며 말했다.
"형님, 두목까지 온 걸 보니 벌써 협박 몇 번은 받으신 것 같은데, 왜 말 안 했습니까?"
 한용우는 한숨을 내쉬며 탁자 위에 찍힌 장흔을 바라보았다.
"자네가 소싯적에 주먹 좀 썼다고 말했지만 이 정도일 거라고는 상상도 못했어. 그리고 아이들 있는 데서 폭력에 폭력으로 맞설 수 있나?"
 안 그래도 임초영의 죽음 때문에 상심이 클 임화평인데 그를 끌어들여 다치게 하고 싶지 않았을 것이다. 임화평은 그 뜻을 알면서도 답답함을 토로하지 않을 수 없었다.
"맞서지 않으면요? 저런 놈들을 상대로 법에 호소하시겠습니까? 그전에 애들이 먼저 다칩니다."
 한용우는 쓰게 웃으며 고개를 끄덕였다.
"그래, 법은 멀고 주먹은 가까운 법이지. 사실 저런 놈들이 벌써부터 꼬일 것이라고는 짐작도 못했어. 나도 팔려고 했는데 자꾸 미련이 남아서 그렇게 하질 못했지. 조금만 더 받으면 아이들이 더 편해질 텐데, 지금보다 몇 배 더 받아줄 수 있을 텐데, 사람도 좀 더 쓰고 난방비도 더 쓸 수 있겠지 하면서 시간만 보냈어. 욕심인 걸 알면서도 그렇게 되더구먼."

한용우는 조금 전까지 무기력하게 늘어져 있던 두 손을 들어 빤히 바라보았다.

"공수래공수거(空手來空手去)? 그거 공염불이었어, 내겐. 애들 생각하면 욕심을 부리지 않을 수가 없어. 빈손으로 애들 내보낼 때마다 가슴이 너무 아파. 대책없이 허허벌판으로 내모는 거잖아? 급하게 미래를 결정하지 않을 수 있도록 몇 달 생활비 정도는 지원해 주고 싶었어. 어리석지, 나? 며칠 전에 저놈들 왔을 때, 중개소에 물어보니까 이 근처 땅 진즉에 서울 사람들이 다 사버렸다더군. 아직 멀었다고 생각했는데, 벌써 그렇게까지 진행되어 있었어."

임화평은 걱정스럽게 한용우를 바라보았다.

"그럼 정말 위험하게 됐습니다. 형님은 기댈 곳이 없잖습니까?"

"후우! 그게 다 젊은 날의 업보인 게지."

근처의 땅들은 서울 사람들 것이라고 했다. 조폭들도 뒷배가 든든한 그들을 건드리진 못한다. 결국 맛있게 보이는 것은 소망원밖에 없다. 그들이 작정하고 달려들면 한용우로서는 헐값에 땅을 넘길 수밖에 없을 것이다.

그의 학벌 정도라면 사회 곳곳에 힘있는 동문들이 있을 것이다. 그러나 한용우는 그들에게 도움을 청하지 못했다. 아이가 죽은 지 16년에, 소망원을 연 지 11년째다. 과거의 한용우를 잊을 만도 한 세월인데, 도움을 줄 만한 사람들은 아직도 그때의 그를 잊지 못한 채 의심스러운 눈빛으로 보았다. 지금껏 한용우는 박승광이 지원한 50만 달러와 임화평 같은 몇몇 소액 후원자들의 도움으로 고아들을 돌보아왔다.

"혹시 정우건설이라고 들어보았나?"

"예. 대형 아파트 많이 세우는 회사 아닙니까? 사겠다고 합니까?"

"음, 며칠 전에 거기서 오퍼가 왔었어. 알아보니 전무이사가 동문이더군. 얼굴밖에 모르는 사람이네만, 도움을 구하는 것이 아니라 거래를 하려는 것이니까 상관없지. 내일 만나기로 했어. 현 시세에 파는 조건으로 새 부지에 건물 하나 세워 달라고 해볼 생각이야."

"들어주겠습니까?"

"나도 회사 다니던 사람이네. 협상 불가능한 조건은 내걸지 않아. 그 정도면 들어줄 수 있는 조건이야. 보육원을 지어주었다. 생색낼 만한 일이잖아. 그리고 땅은 물론 내가 살 걸세. 연립주택 하나 짓는 정도면 될 텐데, 뭐가 어렵겠나?"

땅을 판다고 해서 당장 아파트나 상가가 들어서는 것도 아니기 때문에 집 짓는 동안 지금의 자리에서 계속 사는 건 어려운 문제가 아니다. 한용우의 생각대로만 된다면 그보다 좋을 수는 없는 일이다.

"박 사장이 섭섭해하겠습니다."

'예쁜 공간'의 박정호는 임초영과의 인연 때문에 소망원을 후원하고 있다. 그런데 새로 짓는 보육원을 대형 건설사가 맡으면 기분 좋을 턱이 없다.

"음, 그것도 생각 안 해본 게 아니야. 그래서 박 사장에게 하청 줄 수 있도록 유도할 생각이야. 그게 안 되면 뼈대만 지어달라고 부탁하고 나머지는 박 사장에게 맡기지."

그렇다면 문제가 없다. 임화평이 이미 오형만 등을 위해 주문을 낸 상태니까 전부 맡기지 않더라도 그다지 섭섭하게 생각지 않을 것이다.

"새 부지는 정했습니까?"

"양수리 지나서 양서면이라고 있어. 동고(東皐) 이준경(李浚慶) 선생 묘역이 있는 곳이지."

이준경 선생이라고 해봐야 임화평이 알 도리가 없다. 하지만 임화평은 말을 끊지 않았고 한용우도 반응을 기다리지 않았다.

"안쪽으로 조금 더 올라가면 부용리라고 있네. 형만이하고 같이 가서 땅 보고 마을 사람들도 만나봤네. 괜찮아. 근처에 고등학교까지 다 있더군."

"거기는 개발 안 될 것 같습니까? 양수리라면 저도 들어본 적이 있는 곳인데."

가본 곳이 별로 없는 임화평이다. 그가 들어서 알 정도면 꽤나 유명한 곳이다. 수지와 별다를 것이 없을 것 같아 걱정이다.

"강이 안 보이는 안쪽 땅이라 괜찮아. 적어도 나 죽을 때까지는 걱정하지 않아도 될 것 같아. 물 좋고 공기 좋고, 사람들도 아직은 순박해."

임화평은 호주머니에서 통장과 도장, 그리고 통장에 딸린 캐시카드와 비밀번호를 적은 쪽지를 꺼내 탁자 위에 놓았다.

"이거 우선 쓰십시오. 땅 팔고 나면 돈 걱정 안 해도 될 겁니다만, 당장 땅 살 돈이 없지 않습니까? 맡아두셨다가 필요할 때 쓰시고 나중에 채워두시면 됩니다."

한용우는 통장과 임화평을 번갈아 보면서 눈살을 찌푸렸다.

"여행을 도대체 얼마나 오래하려고 통장까지 맡기는가?"

"예정없습니다. 배낭 짊어지고 질릴 때까지 할 생각입니다. 세계 일주라도 할지 모르지요. 마음에 드는 곳 있으면 한동안 퍼져 있고, 싫증나면 떠날 생각입니다. 그러다 보면 1년이 될 수도 있고 수삼 년이 될 수도 있지 않겠습니까?"

한용우는 임화평의 말을 믿었다. 여행이 임초영의 죽음으로 인한 고통을 조금이라도 덜어주기를 마음속으로 기원했다.

한용우는 통장을 두 손으로 들어 보이며 고개를 숙였다.

"마음 편히 쓰고 다시 채워놓겠네."

임화평은 웃으며 일어섰다.

"다 쓰셔도 됩니다. 나중에 저 돌아왔을 때 먹여 살려주시면 됩니다."

10억이다. 오형만에게 가게 될 돈 10억을 합하면 집을 판 돈 전액이나 마찬가지다. 기부하지 않고 보관해 놓으라고 한 것은 혹시라도 나중에 오형만에게 준 돈이 문제가 되어 필요하게 될 때 사용할 생각이기 때문이다.

"둘 다 해주지. 나 부자 아닌가. 왜 벌써 일어나? 아이들한테 가보게?"

"예, 작별 인사는 하고 떠나야지요. 아! 이것저것 준비하다 보면 이삼 주는 필요할 테니까, 혹시 조금 전 그놈들 같은 양아치들 오면 바로 핸드폰으로 전화 주세요. 아까 보셨지요? 원만하게 처리하지 않았습니까? 저 다칠까 봐 걱정하실 필요없고, 뒤탈 날까 봐 걱정하실 필요도 없습니다."

꽤나 장난스러웠고, 꽤나 수다스러웠다. 원래 유쾌한 사람이지만, 한편으로는 무게가 있고 생각이 깊은 사람이다. 임초영의 죽음으로 인하여 가슴에 깊은 상처를 입은 사람이 할 수 있는 언동이 아니다. 한용우는 그것이 가슴 아픈 허허실실임을 느끼고 있다. 소망원에 후환을 남기지 않기 위해 그러했음을 잘 알고 있다.

한용우는 씁쓸하게 웃으며 문을 향해 손을 뻗었다.

⚜

오랜만에 부산스러운 시간을 보냈다. 오형만을 대동하고 분당의 마트까지 가서 대대적으로 재료를 구하여 상다리 부러질 만큼 요리를 만들어냈다. 냄새에 홀린 아이들이 6시 반부터 주방 주변을 기웃거리다가 7시에 일제히 쏟아져 들어와 게걸스럽게 먹기 시작했다. 식사는 한 시간 넘게 지속

되었다. 그동안 임화평과 오형만 등 초영반점 식구들은 정신없이 요리를 만들어내고 나르고 치웠다.

임화평은 올챙이배를 해놓고도 젓가락과 포크를 놓지 못하는 아이들을 보면서 씁쓸하게 웃었다.

'손에 피를 묻히고 나서도 아이들에게 음식을 해줄 수 있을까?'

마지막 만찬을 제공한다는 기분으로 성심성의를 다했다.

중학교 다니는 아이들이 그릇을 치우고, 고등학교 다니는 아이들이 설거지를 했다. 겨우 한숨 돌린 임화평은 흰색 곰 인형을 안고 입가에 탕수육 소스를 묻힌 채 주변을 맴돌고 있는 한소은을 발견했다. 활짝 웃으며 휴지로 아이의 입을 닦아주고 그대로 들어 안았다.

잠시 움찔했던 한소은이 임화평의 목을 껴안고 손가락을 꼼지락거렸다. 아이를 안은 채 주방을 벗어나 그의 차로 향했다. 아이를 조수석에 태워놓고 운전석에 앉아 새로 산 곰 인형을 안겨주었다.

"자! 곰돌이 친구 곰순이다. 예쁘지?"

한소은은 두 마리 곰 인형을 조심스럽게 보듬어 안고 느릿하게 고개를 끄덕였다.

"곰돌이도 친구가 생겼네. 아저씨는 소은이도 친구가 생겼으면 좋겠다. 그래, 곰돌이, 곰순이도 소은이 친구지. 그래도 친구는 많은 게 좋은 거야. 곰하고만 친구해 주지 말고 은수, 재경이, 성훈이도 소은이 친구 시켜줘. 곰돌이, 곰순이 친구도 시켜주고. 그렇게 해줄 수 있어?"

한소은은 입을 꾹 다문 채 한참이나 고민하다가 마지못해 고개를 끄덕였다.

"어이구! 우리 소은이, 예쁘고 착해요."

임화평은 한소은을 껴안아 어르듯이 흔들었다. 다시 차 밖으로 나와 한

소은을 안아 들었다. 곰 인형 두 마리가 사이에 끼어 있어 한소은이 임화평의 목을 안지 못했다.

임화평은 왼손을 한소은의 가느다란 허벅지를 받치고 오른손으로 곰 인형 두 마리와 함께 한소은의 가슴을 안았다. 한소은은 작은 손가락을 꼼지락거려 임화평의 팔소매를 잡았다.

"우리 소은이, 추워?"

한소은이 고개를 저었다.

"소은아, 아저씨가 일이 있어서 좀 멀리 가거든. 그래서 한동안 우리 소은이 만나지 못해요."

한소은의 작은 몸이 움찔거렸다.

"그러니까 우리 소은이, 친구 많이 사겨야 된다?"

한소은이 고개를 비틀어 임화평을 바라보았다. 늘 꾹 다물어져 있던 작은 입이 움찔거렸다. 뭔가 터져 나올 것 같은 느낌에 임화평은 소리는 내지 않고 대신 입을 크게 벌렸다.

"아……."

"아이구! 아이구! 우리 소은이 말문 터졌네. 목소리가 이렇게 예뻤구나."

왈칵 눈물이 쏟아지려 했다. 그러나 울어서는 안 될 일이다. 임화평은 억지로 웃음 짓고 한소은을 흔들어주는 것으로 기쁨을 표시했다. 임화평과는 달리 한소은의 커다란 두 눈에는 그렁그렁 눈물이 맺혔다. 임화평은 한소은을 내려놓고 쪼그려 앉아 다시 껴안았다. 미지근한 물기가 뺨을 적셨다.

"아, 아찌! 가, 가, 가, 가지 마."

귓가에서 들려오는 애처로운 목소리에 임화평은 눈시울을 붉혔다. 말문이 터지면서 깊숙이 숨겨두고 꼭꼭 잠가두었던 감정의 문까지 열린 듯했다. 임화평은 아이의 뺨이 짓눌리도록 꽉 끌어안았다.

"아저씨, 갔다가 돌아올 거야. 우리 소은이 이제 예쁜 목소리로 말할 수 있잖아. 친구들과 언니 오빠들이 물으면 대답할 수 있잖아. 아저씨가 약속할게. 다시 돌아왔을 때 우리 소은이 친구만큼 곰돌이 친구도 만들어줄게. 커다란 곰돌이 아저씨도 만들어줄게. 우리 소은이, 친구 많이 많이 만들어야 돼?"

달라붙는 한소은을 어르고 다독이는 데 한 시간 가까이 걸렸다. 겨우 달래서 씻기고 곰돌이 두 마리와 함께 침대에 눕힐 수 있었다. 함께 방을 쓰는 일곱 아이에게 한소은이 말을 할 수 있게 되었음을 알리고 더 빨리 말할 수 있게 같이 놀아주고 도와주라고 부탁했다. 그리고 아이들이 모두 잠들 때까지 방 한가운데서 왕자와 거지를 읽어주었다.

방을 나서기 전에 한소은의 침대에 걸터앉아 자는 아이의 머리를 한참 동안 쓰다듬어 주었다. 눈물을 흘려 부어버린 두 눈두덩이가 보기에 애처로웠다. 그러나 다행이라고 생각했다. 몇 마디 듣지 못했지만 일단 말문이 트였으니 금방 옛날처럼 말할 수 있게 될 것이고, 그것은 떠나려 하는 임화평에게 큰 위안거리가 되었다. 마음 한구석에 남아 있던 묵직함이 사라져 버린 것 같았다.

임화평은 자는 아이들을 하나하나 쓰다듬어 주고 이불을 다시 덮어준 후 작은 불만 남겨놓은 채 방을 나섰다.

제7장
잘 지냈냐? 나 칼 다 갈았다

2000년 12월 11일.

　임화평은 전자기계치다. 버튼이 많이 달린 것은 아예 관심을 갖지 않는다. 임초영이 사준 핸드폰에서 그가 사용하는 버튼은 단축다이얼 쓰는 데 필요한 것들뿐이다. 그가 필요에 의해서 어쩔 수 없이 비디오카메라를 구입했다.

　전자 대리점의 점원은 새로 출시된 디지털캠코더를 추천했다. 사이즈가 아담해서 부담스러운 가격을 무시하고 구입할까도 했지만 그 사용 방법이 임화평에게는 외계어나 마찬가지였다. 컴퓨터가 필요하다는 사실까지 알았다면 애초부터 관심도 가지지 않았을 것이다.

　비디오카메라 사용법을 숙지한다고 하루 종일 끙끙거렸다. 겨우 사용할 수 있게 된 후에는 VTR과 연결하여 복사하는 법을 배우느라 한참이나 머리를 혹사시켰다.

"휴우! 이제 대충 된 건가? 어디 보자."

VTR을 돌렸다. TV 화면을 통하여 오늘 그가 찍은 영상들이 보였다. 허름한 집과 황량한 그 주변이 녹화된 테이프는 원본이 아니라 복사본이다. 하루 종일 노력한 성과물인 셈이다.

"잘되는군. 몇 번 더 시험해서 익숙해져야겠어."

비디오카메라를 다시 챙겨 드는 순간 핸드폰이 울었다.

"임화평입니다. 예, 형님. 서둘지 않고 차근차근 준비하는 중입니다. 예? 도장까지 다 찍으셨다구요? 모든 게 형님 뜻대로 됐네요. 제 마음도 편해집니다. 예, 아! 그러네요. 그놈 일이 남아 있군요. 그 일은 제가 알아서 하겠습니다. 신경 쓰지 마세요. 알겠습니다."

소망원이 시가에 팔림과 동시에 정우건설의 이름을 내건다는 조건으로 현금 10억을 새 건물 건설비로 지원받기로 했다는 소식이다. 또한 이전(移轉)까지는 1년의 유예 기간을 받았다고 했다. 1년 안에 새 건물 짓고 옮겨가면 만사가 잘 풀리는 셈인데, 박정호가 확답했다 하니 문제없을 것이다.

"형만이 녀석도 하남시에 자리 잡는다고 했으니 대충 그쪽 일 다 끝난 셈이지? 그 조폭 녀석 금제만 풀어주면 되는구나. 지금 가볼까?"

시간을 확인하고 외투를 걸친 후에 분당으로 향했다. 금제를 풀어주고 다시 한 번 경고할 생각이다. 땅이 팔린 대신 거액의 돈이 생길 것이다. 남의 돈에 욕심을 내면 어찌 되는지 확실하게 각인시켜 둘 생각이다.

분당 서현역 앞 삼성플라자 근처에서 작은 테이프를 사용하는 녹음기를 구입한 후 왼쪽으로 걸어갔다. 손에 들고 있는 명함과 주변 풍경을 대조해 가면서 천천히 움직였다.

"여긴가?"

프린스 모텔 맞은편에 사층 빌딩 하나가 있다. 각 층의 평수가 60여 평 정도 되는 작은 빌딩이다. 주변 다른 건물들에 비해 작아 보이지만 전면에 검은색 주종의 마블 대리석을 붙여놓아 고급스럽다. 빌딩 입구에 검은색 바탕에 붉은색으로 '더 바(The Bar)'라고 적어놓은 입간판이 생뚱맞게 서 있다.

건물 벽에 붙어 있는 원방빌딩이라는 이름을 보고 피식 웃었다.

"미친놈! 토건회사를 유흥가 한가운데 차려놓는 놈이 어딨어? 조폭이라고 광고하는 것도 아니고. 흠! 그래도 여기저기 기름칠하기는 편하겠네."

입구 안쪽 벽에 각 층에 자리한 가게의 상호들이 적혀 있다. 정체를 알 수 없는 '더 바'는 지하다. 일층은 편의점, 이층은 맥주집이다. 원방토건은 삼층과 사층을 쓰고 있다.

"전부 그 녀석이 직영하나 보네. 하기야 조폭들 들락거리는 건물에 누가 세 들어오겠나."

건물로 들어갔다. 사층 올라가는 계단 입구에서 간이 의자를 놓고 앉아 있던 두 청년을 볼 수 있었다. 양복은 입었지만 이제 고등학교나 갓 졸업했을 것 같은 앳된 얼굴들이다. 사무실 안에 들어가지도 못할 서열의 애송이들일 것이다.

임화평이 삼층 사무실이 아닌 그들에게 다가서자 한 청년이 엉거주춤 일어나서 물었다.

"어떻게 오셨습니까?"

임화평은 명함을 내밀었다.

"강 사장 지금 있어?"

명함을 받아 든 청년은 그것이 보스의 명함임을 확인하고는 사층으로 손을 뻗었다.

"저 따라오십시오."

청년이 먼저 계단을 밟았다. 임화평은 살짝 열린 사무실 문틈에서 새어나오는 타이핑 소리에 실소하며 청년의 뒤를 따랐다.

'무슨 일인지는 몰라도 일을 하기는 하는구나.'

사층에 올라서자 청년이 고개를 숙이고 명함을 꺼내 사무실 문 앞에서 담배를 피던 청년에게 건넸다.

"형님! 사장님 찾아오셨답니다."

명함을 건네받은 청년이 임화평에게로 눈길을 돌렸다. 청년은 눈이 찢어져라 부릅뜨며 담배를 등 뒤로 숨겼다. 소망원 마당에서 뒤통수 맞아가며 열심히 담배꽁초를 줍던 청년이다.

임화평이 피식 웃으며 말을 건넸다.

"잘 지냈어?"

청년은 자신도 모르게 임화평에게 허리를 접었다.

"자, 잠깐만 기다리십시오. 드, 들어가서 오셨다고 말씀드리겠습니다."

"그래, 너희 사장도 눈이 빠져라 기다리고 있을 거다."

청년은 도망치듯 사무실 안으로 들어갔다. 1분도 못 되어 입구의 철문을 통해 아는 얼굴 하나가 나왔다. 임화평에게 군용 대검을 선물한 한창열이다.

한창열이 정중하게 고개를 숙였다. 그러나 눈빛은 여전히 독사 같았다. 몸과 마음이 따로 놀고 있다는 의미다.

"다리는 괜찮냐?"

절뚝거리지 않는 것으로 보아 괜찮은 듯했다. 한창열은 그에 대한 답변을 하지 않았다. 다만 건조한 목소리로 말했을 뿐이다.

"들어오시지요."

사무실 분위기가 어지럽게 보인다. 30여 평 공간에 다닥다닥 붙은 책상들이 십여 개뿐인데, 머리 짧게 자른 검은 양복의 청년들은 이십여 명이 넘는다. 제 자리가 없는 청년 몇이 소파에 둘러앉아 화투를 치고 있다.

임화평이 혀를 차며 말했다.

"명색이 토건회사잖아. 힘 좋은 놈들 놀리지 말고 막노동이라도 시키지 그래?"

한창열은 무표정한 얼굴로 대답했다.

"노는 것 같아도 할 일들이 다 있습니다. 이쪽으로."

한창열은 사무실 안쪽에서 다시 안쪽으로 들어가는 문을 열었다.

10여 평 정도의 정돈된 공간이다. 문 쪽으로 치우쳐 소파가 있고, 한구석에 일본어로 '탕비실'이라고 쓰여진 공간이 있고, 사장실이라고 적힌 문 앞에 네 개의 책상이 있다.

소파에 앉아 있던 두 청년이 임화평을 보고 쭈뼛거리며 일어섰다. 원장실에서 봤던 얼굴들이다. 책상 앞에는 처음 보는 얼굴들도 있다. 먼저 눈에 띈 사람은 손거울을 보며 화장을 고치는 예쁘장한 아가씨다. 30대 중반의 사내도 임화평을 바라보았다.

임화평은 사내를 보며 눈에 이채를 드리웠다.

"이봐, 자네 잠깐 일어나 보지."

사내의 얼굴에 기분 나쁜 기색이 어렸다. 나이도 비슷해 보이는데 반말을 해서 그럴 것이다. 그러나 그는 한창열이 임화평을 대하는 태도가 예사롭지 않음을 깨닫고 엉거주춤 일어섰다. 임화평과 비슷한 키에 조금 마른 듯한 체구다.

"운동한 몸은 아닌 것 같은데, 골격이 좋네. 당신, 주먹 아니지?"

외모로 보면 직업군인이라고 해도 별 무리가 없는데 성격은 소심한 듯했다.

"아, 아닙니다. 경리과장입니다."

정확히 말하면, 사내 강성재는 원방토건 사장 강상일의 친척이다. 원래 작은 회사의 경리 담당 직원으로 있었는데, 소심한 성격 때문에 강상일에게 끌려와 과장이라는 유명무실한 타이틀을 달고 강상일의 비서 겸 경리 담당 직원으로 근무하고 있다.

"그렇소?"

임화평은 말투를 바꾸고 사내의 옆으로 가서 나란히 서며 한창열에게 물었다.

"이봐! 우리 둘, 조금 비슷하지 않아? 분위기 말이야."

한 배에서 난 형제는 아니라도 사촌 정도는 되는 얼굴이다. 임화평의 말대로, 얼굴형이나 풍채 등에서 풍기는 분위기가 비슷하다 생각하고 보면 비슷해 보일 정도다.

한창열은 차가운 눈빛으로 둘을 바라보며 대답했다.

"전혀 다릅니다."

"그래? 반말해서 미안하오. 난 또 조폭인 줄 알고."

임화평은 연습 중이다. 앞으로 수많은 사람으로 변해가며 살 것이기 때문에 우선 조폭을 상대로 거기에 걸맞은 언동을 취하고 있다. 그러나 일반인에 가까운 사람에게까지 함부로 대할 생각은 없다. 이런 곳에 있다고 좋은 놈일 턱이 없다는 말은 건전한 곳에 있다고 나쁜 놈일 턱이 없다는 말과 같다. 사과한 것은 그 때문이다.

비서에게 가볍게 목례해 보이고 한창열을 따라 마지막 문 앞으로 다가갔다. 한창열이 노크했다. 그는 들어오라는 대답도 듣지 않고 바로 문을 열고 임화평에게 먼저 들어가라는 제스처를 취해 보였다.

앞의 두 사무실과는 완전히 다른 분위기다. 가구에 대해 알지 못하는 사람도 한눈에 고급이라고 눈치챌 수 있는 가죽 소파와 세트로 맞춘 듯한 고풍스러운 책상과 책장, 그리고 장식장이 있다. 특히 책상 뒤에 있는 유리 장식장에는 임화평이 한 번도 보지 못한 온갖 술이 진열되어 있다. 책상 위에 컴퓨터가 있고, 그 옆에 골프 퍼팅기가 있다. 그리고 사무실 한쪽에는 화장실과 샤워 부스 정도는 너끈히 들어갈 크기의 독립 공간이 있다.

임화평은 컴퓨터에 몰두하다가 엉거주춤 일어서는 강상일을 외면하고 책장에 빽빽이 꽂힌 책들을 바라보며 피식 웃었다. 헌책 하나 볼 수 없는, 완전한 장식장이다.

손끝으로 한 번도 꺼내보지 않았을 책들을 훑으면서 강상일의 앞으로 다가갔다. 책상을 돌아 강상일 옆에 섰다. 여전히 강상일에게는 눈길을 주지 않았다.

"오락하고 있었냐? 세상 참 좋아졌다. 조폭이 컴퓨터로 오락도 하고."

모니터에 이상한 화면이 있다. 화면 아래쪽에는 몇 개의 창이 있고, 그 위에 잔디밭 같은 곳에 우주선 비슷한 것이 있고, 그 우주선 왼쪽에는 푸른색 돌들이 있다. 그리고 그 사이에 작은 차들이 우주선과 푸른 돌 사이를 오가고 있다.

강상일이 임화평의 옆얼굴을 노려보며 말했다.

"저 조폭 아니라고 그랬습니다."

임화평은 강상일의 항변을 무시하며 사무실을 둘러보았다.

"침대만 있으면 살림 차려도 되겠다. 아! 좋은 소파가 있으니까 상관없으려나? 그런데 말이야, 길 가는 사람 백 명을 사무실로 데리고 와봐라. 너희 사무실 분위기 보고 누가 토건회사라고 믿겠냐?"

"업무는 삼층에서 다 봅니다. 사층 아이들은 일이 좀 다르지요. 경매, 입찰, 분양 쪽 일을 맡는 아이들이다 보니 일이 없을 때 한가해 보일 뿐입니다."

임화평은 빙긋 미소 지으며 강상일의 어깨에 손을 얹고 그와 함께 소파로 이동했다.

임화평은 강상일의 어깨를 놓아주고 소파에 앉으며 말했다.

"경매와 입찰, 그리고 분양? 왜 철거는 안 해? 그것도 짭짤하다고 하던데."

강상일이 소파 맞은편에 앉았다. 한창열이 그의 뒤에 섰다. 임화평이 한창열의 무표정한 얼굴을 바라보며 피식 웃었다.

강상일이 대답했다.

"그거 하는 애들은 따로 있습니다."

임화평은 처음으로 강상일을 직시하며 말했다.

"사무실 들어올 때 기분 좋겠다? 문 딱 들어서자마자 수십 명이 인사할 거 아니야."

"회사란 다 그런 거 아닙니까?"

"그래도 넌 좀 다르잖아? 애들이 구십 도로 허리를 접으면 임금 부럽지 않지? 그런데 말이야, 넌 이 분당에 적이 없어? 무슨 토건회사 건물이 이 모양이야? 여긴 탈출구도 없잖아? 누가 쳐들어오면 우선 앞에서 막힐 테지만, 여기까지 오는 놈 같으면 자신있어서 오는 걸 텐데, 결국 뚫릴 거 아냐? 네 발목에 칼 댈 생각으로 오는 걸 텐데, 어디로 도망칠 거야? 사층에서 뛰어내릴 생각은 아닐 거고, 저 화장실로 숨을 거야? 아! 사층 올라오는 계단에 기름 뿌리고 성냥 하나 그어버리면 그것도 참 곤란하겠다."

강상일은 아무런 대답도 하지 않았다. 유흥가가 많지 않은 분당의 노른자위 서현동을 얻기 위해 칼부림 좀 했다. 흩어진 놈들 가운데 독한 놈들이 멀지 않은 성남에서 독을 품고 있다는 것도 알고 있다. 아이들 많이 빠져나간 날 쳐들어오기라도 한다면 임화평의 말은 그대로 현실이 될 것이다.

'씨바! 비상 로프라도 준비해야겠다.'

임화평은 강상일의 멍한 눈을 바라보며 피식 웃었다. 제정신으로 돌아온 강상일이 임화평을 노려보았다.

"그런데 무슨 일로 오셨습니까?"

"내가 왜 왔겠어? 너 남자 만들어주려고 왔지."

찌푸려졌던 강상일의 얼굴이 환하게 펴졌다. 그러나 뒤에 서 있는 한창열을 의식한 듯 다시 정색했다. 조직 내에 그가 임포텐스가 되었다는 사실을 아는 사람은 아무도 없는 모양이다.

"음! 소망원 땅이 벌써 팔렸나 보군요. 그거 잘됐습니다."

"왜, 욕심 나냐?"

임화평은 빙긋이 웃으며 한창열을 올려다보았다. 강상일과 한창열은 임화평의 눈을 보면서 속으면 안 된다며 재차 마음을 단속했다. 웃는 얼굴이지만 소망원에서와 마찬가지로 눈은 웃지 않는다. 알고 보니 섬뜩했다.

"넌 좀 나가 있지?"

한창열은 꿈쩍도 하지 않았다. 그저 임화평의 눈을 외면했을 뿐이다.

"너, 네 보스 바지 벗은 모습 보고 싶어?"

한창열이 의혹 어린 눈으로 임화평을 바라볼 때, 강상일이 주먹으로 입을 막고 큼큼거리며 한창열에게 나가라고 손짓했다.

"다 벗어야 합니까?"

"상의 올리고 바지만 조금 내리면 돼."

강상일은 양복 상의를 벗고 바지를 내린 후 와이셔츠를 위로 들어 올렸다.

"소파 위에 엎어져."

강상일이 미간을 찌푸리며 말했다.

"아, 앞인데 왜 엎어집니까?"

"문 보통 안에서 눌러 닫지. 열 때는 어디서 열어? 왜? 나한테 등짝 보이기 싫어?"

강상일은 대답하지 않고 소파에 엎어졌다.

"훗! 이게 뭐냐? 고양이냐?"

강상일이 소리쳤다.

"호, 호랑입니다!"

"그래, 그렇게 말하니까 호랑이처럼 보인다."

임화평은 차크라를 돌려 불의 기운을 오른손에 끌어올린 후 족태양방광경 가운데 허리에서 엉덩이로 이어지는 혈들을 마사지하듯이 자극했다. 하지만 그것은 사기다.

강상일에게 걸어놓은 금제는 임화평도 언제까지 갈지 알지 못한다. 그가 한 것이라고는 강상일의 신장, 방광, 정낭, 전립선 주위에 불의 기운을 투사해 둔 것이 전부다. 수기를 기반으로 하는 정력에 치명적인 것은 사실이지만 일시적일 뿐이다. 불의 기운이 사라지는 순간 고자에서 탈출할 수 있다.

임화평이 한 일은 불의 기운을 투사해 강상일의 몸 안에 남은 기운을 끌어당기고 동화시켜 다시 흡수한 것뿐이다.

"어때? 화하지?"

임화평은 강상일의 등에 그려진 호랑이를 세차게 후려쳤다.

"악!"

"야옹 소리는 안 나오네. 됐다. 이삼 일 후부터는 하고 싶은 짓 마음껏 해도 돼."

강상일은 벌떡 일어나 허겁지겁 옷을 입었다.

"정말 치료된 거지요? 이제 고자 아닌 거지요?"

"이삼 일 지나면 알 일이잖아?"

"알겠습니다. 그런데 차가 없네. 이것들은 귀한 손님 오셨는데 차 대접할 생각도 안 해? 잠깐만 기다리십시오."

강상일은 급히 방을 빠져나갔다.

'소리만 질러도 될 텐데…… 하기야 괜히 조폭이겠나?'

임화평은 강상일의 뒤통수를 바라보며 차갑게 미소 짓고 책상 옆에 놓인 퍼터를 집어 들었다. 그리고 손가락으로 책상 위에 놓인 집 모양의 도자기 저금통을 툭, 쳐서 깨뜨렸다.

"흠! 많네."

500원짜리만 십여 개 주워 가죽 점퍼의 호주머니에 집어넣고 강상일이 나간 문을 바라보았다.

"아주 작정을 했구나."

임화평은 문밖에서 들려오는 소음에 쓴웃음을 지었다.

그때 문이 열렸다. 나타난 사람은 강상일이 아니라 한창열이다. 한창열은 임화평과 눈이 마주치자마자 곧바로 들고 있던 무언가를 임화평에 겨눴다. 석궁이다.

퓽!

임화평은 살짝 몸을 낮추고 비틀어 화살을 피했다. 화살은 임화평의 어깨를 스치듯 지나가 술병이 잔뜩 든 유리 장식장을 박살 냈다.

'정안결이 시급하구나. 정면에서 날아오는 화살을 피하는 데 이렇게 급하게 움직여야 하다니, 쯧쯧!'

한창열이 눈을 부릅떴다. 보자마자 들고 쐈았다. 걸린 시간이라고는 2초도 채 안 되었을 것이다. 거리 또한 겨우 4m 정도에 불과했다. 그런데 코앞에서 날아오는 화살을 피해낸 것이다.

"넌 아무래도 고생 좀 해야겠다."

그 순간 한창열이 문 앞에서 사라졌다. 임화평은 퍼터를 바닥에 끌며 천천히 걸음을 옮겼다. 품속에서 녹음기를 꺼내 녹음 버튼을 누르고 바깥 호주머니에 넣은 후 문을 나섰다.

두 번째 사무실은 이미 비어 있다. 첫 번째 사무실로 통하는 문은 닫혀 있다. 임화평은 문고리를 잡아당기며 문과 함께 움직였다. 그 순간 열린 문틈 새로 다시 화살 하나가 지나갔다.

퍼터를 앞으로 내뻗으며 천천히 문을 나섰다.

퓽!

또 하나의 화살이 날아왔다. 석궁에 새로 장전할 만한 여유가 없었으니 또 다른 석궁이 있다는 의미다.

캉!

임화평의 가슴을 노리고 날아온 화살은 퍼터에 맞고 비틀려 어깨와 귀 사이를 스치고 지나갔다.

"저 새끼 죽여!"

한창열의 찢어지는 듯한 목소리가 사무실에 울려 퍼졌다. 그 순간 야구 방망이, 쇠파이프, 진검을 든 이십여 명의 청년들이 무기를 곧추세웠다.

피핏!

두 개의 동전이 공간을 갈랐다.

"악!"

비명 소리가 연이어 터져 나왔다. 석궁에 화살을 장전 중이던 한창열과 또 다른 청년 하나가 어깨를 감싸 쥐고 허리를 숙였다.

"강 사장! 도대체 왜 이래? 뭣 때문에 이렇게 화가 난 거야?"

청년들 사이에 숨어 있던 강상일이 앞으로 나오며 소리쳤다.

"야, 이 씨발 놈아! 너 때문에 개고생한 것 생각하면 갈아 마셔도 속이 안 풀려! 그런데 뭣 때문에 이러냐고?"

"내가 강 사장한테 뭘 어떻게 했는데? 불쌍한 소망원, 제발 괴롭히지 말라고 부탁한 것밖에 더 있어? 이거, 너무하잖아? 석궁을 쏘는 것도 모자라서 애들한테 몽둥이에 칼까지 쥐어줘? 내가 섭섭하게 한 게 있으면 말을 해야지, 이렇게 다짜고짜 죽이겠다고 난리치면 나보고 어쩌라는 거야?"

묘한 위화감이 생겼다. 얼굴에는 차가운 미소가 어려 있는데 목소리는 애절한 사정조다. 하지만 강상일은 그것을 알아볼 만큼 차분하지 못했다.

"이 씨뱅아! 니가 날 고……. 개새끼! 이 씨발 놈들아! 뭐 해? 쳐! 저 새끼, 난도질해서 고기 반죽 될 때까지 다져 버려!"

사람은 많지만 공간이 좁다. 30여 평이 작은 공간은 아니지만 십여 개의 책상이 있어 많은 사람이 움직일 만큼 넓지는 않다. 결정적으로 임화평이 문 앞에 있다. 달려와 봤자 옆과 뒤를 차지할 수 없는 위치다.

일곱 청년이 일제히 달려들었다. 모두가 소망원에서 임화평을 만나보지 못한 청년들이다. 세 명은 통로로 달려들고 다른 네 명은 책상을 밟고 올랐다가 뛰어내렸다.

임화평은 차갑게 웃으며 한 걸음 물러섰다. 아무리 많이 달려와도 두 사람이 같이 문을 통과할 수는 없는 법. 달려오는 속도가 줄어들 수밖에 없다.

진검을 든 청년이 찌르기 자세로 가장 먼저 뛰어들었다. 휘둘러 봤자 문에 걸릴 수밖에 없기 때문에 그렇게 할 수밖에 없었을 것이다.

임화평은 퍼터를 놓아버리고 몸을 슬쩍 비틀었다. 서슬 퍼런 검신이 옆구리를 스치고 지나갔다. 그 순간 임화평은 검신을 비틀려는 청년의 손목을 왼손으로 움켜쥐고 오른쪽 팔꿈치를 휘돌려 바짝 다가선 청년의 얼굴을 강타했다.

퍽!

청년은 그대로 옆으로 튕겨 나가 문짝에 부딪친 후 허물어짐으로써 다음 사람을 위해 진로를 터주었다. 야구방망이가 문틀을 스치듯 지나 임화평의 머리 위로 떨어졌다.

임화평은 한 발을 빼는 것으로써 야구방망이를 흘리고 숙여진 사내의 뒤통수를 주먹으로 내리찍었다. 사내는 그대로 임화평의 발 앞에 이마를 찧었다. 그 순간 임화평은 다음 청년을 확인하고 앞으로 쇄도했다. 청년이 무기를 들기도 전에 임화평의 장이 사내의 오른쪽 가슴을 후려쳤다.

"우악!"

청년은 두 눈을 부릅뜬 채 뒤로 날아갔다. 그 뒤쪽에 있던 두 청년이 청년과 함께 넘어졌다.

임화평은 그대로 문을 빠져나가 벽에 어깨를 댄 채 공간을 가로질렀다.

어깨에 박힌 500원짜리 동전을 겨우 빼낸 한창열이 소리쳤다.

"도망친다! 막아!"

청년들이 문 쪽으로 달려가려는 그때 임화평은 이미 문 앞에 있었다.

피피핏!

앞장 서 달려오던 세 청년이 비명을 지르며 주저앉아 버리자 뒤따라오던 청년들이 주춤거렸다.

임화평은 한창열의 예상과는 달리 철문을 등지고 선 채 강상일을 바라보았다. 그의 손이 천천히 디지털 도어 록의 손잡이로 올라갔다.

퍽!

임화평의 손가락이 도어 록의 플라스틱 커버를 뚫고 들어가 기판을 부숴 버렸다. 손잡이를 잡고 문을 열어보았다. 화재가 나서 디지털 도어 록의 기판을 태워 안에 있던 사람들이 갇혀 죽었다는 뉴스를 본 적이 있다. 그 뉴스를 떠올리고 기판을 부쉈는데, 기대처럼 문이 열리지 않았다.

임화평은 손잡이를 부숴 버리고 강상일과 한창열을 차갑게 노려보며 왼손을 뻗었다. 수도로 변한 그의 손이 문 옆에 세워져 있던 양철 캐비닛의 옆구리를 뚫고 들어갔다. 임화평은 양철 캐비닛을 천천히 끌어당겨 문 앞을 막아버렸다.

모두가 놀라서 어안이 벙벙한 표정들이다. 일곱 명 정도가 쓰러졌다고 해도 아직 이십여 명 가까운 인원이 남아 있다. 문을 열고 도주할 것이라고 생각했는데, 오히려 문을 부수고 막아버렸다. 스스로를 고립무원의 처지로 빠뜨린 것이다.

청년들이 주춤주춤 다가오는 순간 임화평이 호주머니에 손을 넣었다. 그 순간 청년들이 급히 물러섰다. 이제 그들도 임화평이 무언가를 집어 던져 사람을 상하게 한다는 것을 알아차린 것이다. 그러나 호주머니를 빠져나온 손에는 예상과 달리 작은 녹음기가 들려 있다.

임화평은 보란 듯이 녹음 버튼을 끄고 그것을 품 안에 넣으며 강상일을 바라보았다.

"강상일! 내가 우습게 보였나? 건드리면 어떻게 되는지 분명히 경고했을 텐데. 그래, 좀 가볍긴 했지. 그날은 주위에 아이들이 있었어. 그 아이들에게 피가 흐르고 비명이 터지는 광경을 보여주고 싶지 않아 일부러 샐샐 웃었지. 그 때문일 거야, 제대로 알아먹지 못한 건. 오늘은 제대로 알게 해주지. 조금 전에 충고했지? 이 문 막히면 빠져나갈 길이 없다고."

핏!

또 하나의 동전이 날아갔다. 두 청년 사이의 10㎝도 안 되는 좁은 공간을 파고들었다.

"악!"

사람들 뒤에 숨어 석궁에 화살을 장전하던 청년이 어깨를 붙잡고 바닥에 나뒹굴었다. 비명 소리를 신호로 하여 임화평이 움직였다. 주춤 물러섰던 청년들이 비명 같은 기합을 내지르며 튀어나왔다.

쉬쉬쉿!

손놀림은 간단한 잽이다. 그러나 스텝은 공간을 단번에 단축하는 사영보다. 거리를 재고 무기를 내리찍으려 했던 사내들이 휘두를 틈도 없이 비명을 토하며 뒤로 튕겨 나갔다. 주저앉지 않고 튕겨 나가는 것으로 보아 충격은 중량급의 스트레이트를 맞은 것에 비견되는 모양이다.

앞과 좌우에서 쇄도하던 세 청년이 코와 입에서 피를 토하며 튕겨 나가자 뒤쪽에서 달려들던 사내들이 미처 피하지 못하고 속도를 줄였다. 두 사내가 그 사이를 빠져나와 야구방망이와 쇠파이프를 내리찍었다.

임화평은 한 발을 뒤로 빼며 몸을 반전시켰다. 그의 신형은 어느새 야구방망이의 왼쪽으로 이동해 있었다. 임화평의 손바닥이 야구방망이의 허리를 밀어버리자 쇠파이프를 든 청년이 야구방망이에 배를 맞고 주저앉았다.

임화평의 손바닥이 야구방망이를 든 청년의 턱을 후려쳤다. 청년은 피로 물든 이빨을 토해내면서 포물선을 그리며 동료들에게로 날아갔다. 임화평은 그 즉시 사내들 틈으로 쇄도했다.

임화평은 물 흐르는 것처럼 몸을 비틀고 반전하면서 야구방망이와 쇠파이프를 튕겨내고 흘려보내며 한 사람 한 사람씩 바닥에 눕혔다.

임화평이 턱을 맞고 주저앉으려는 사내의 겨드랑이에 팔을 끼고 몸을 휘돌렸다. 그의 머리를 노리고 날아오던 쇠파이프가 사내의 어깨를 내리찍었다.

"으악!"

임화평은 재반전하며 쇠파이프를 휘두른 사내의 턱을 팔꿈치로 돌려 찍었다. 옆으로 튕겨 나간 사내가 야구방망이를 들고 쇄도하던 청년과 부딪쳐 함께 넘어졌다.

임화평은 잡고 있던 사내를 원심력을 이용해 던져 버리고 다른 청년들에게로 쇄도했다. 먼 곳은 발이, 가까운 곳은 손이, 등진 곳은 팔꿈치가 뻗어 나갔다.

일타일붕(一打一崩)!

한 번 때릴 때마다 한 사람씩 바닥에 널브러졌다.

쉭!

무너져 내리는 청년의 머리 위를 지나 옆구리로 날아온 칼날을 두 손바닥을 교차시키며 후려쳤다. 칼이 댕강 부러지며 칼날이 휘돌면서 튀어 오르는 순간 손바닥으로 부러진 부위를 미는 듯이 후려쳤다. 칼날이 날아가 칼을 내뻗은 사내의 어깨에 꽂혔다.

그가 비명을 토하고 쓰러지는 순간 사무실에 서 있는 사람은 단 네 사람뿐이다. 그 가운데 두 사람은 이미 500원짜리 동전이 어깨에 꽂힌 한창열과 또 하나의 청년이고, 나머지 두 사람은 강상일과 쇠파이프를 든 채 부들부들 떨고 있는 앳된 청년이다.

임화평은 먼저 한창열에게로 다가갔다. 두려움에 가득 찬 눈으로 임화평을 바라보던 한창열의 손이 품속으로 들어갔다. 임화평이 차갑게 미소 짓자 한창열은 슬그머니 손을 뺐다.

"너, 내가 분명히 경고했다. 칼 든 놈 용서 안 한다고 했어. 그런데 오늘은 석궁까지 쏘더구나. 이걸로 방아쇠 당겼지?"

한창열의 오른손 검지가 뚝 부러졌다.

"끄윽!"

임화평은 신음을 토하며 주저앉으려는 한창열을 향해 왼손을 뻗어 그의 어깨를 쥐었다.

"이걸로 석궁 받치더구나."

"큭!"

임화평의 엄지가 500원짜리에 뚫린 상처를 짓눌렀다. 한창열은 억지로 신음을 참아내며 임화평의 차가운 눈길을 외면했다. 그 순간 임화평이 한창열의 어깨를 잡아당기며 오른손으로 팔을 뒤로 밀어버렸다. 한창열의 팔이 반원을 그리며 귀까지 돌아갔다.

"끄아아아아아아아!"

한창열은 덜렁거리는 팔을 붙잡고 바닥에서 버둥거렸다.

임화평은 팔을 휘돌려 손등으로 한창열의 옆에 있는 청년의 관자놀이를 후려쳤다. 멍하게 서 있던 청년은 반 바퀴를 휘돌아 그대로 허물어졌다. 이제 온전히 서 있는 사람은 강상일과 부들부들 떨고 있는 앳된 청년뿐이다.

임화평은 무표정한 얼굴로 앳된 청년을 바라보았다. 임화평을 처음 맞이했던 그 청년이다. 청년이 눈을 질끈 감았다. 청년은 자신이 쇠파이프를 들고 있다는 것조차 인지하지 못했다. 빨리 한 대 맞고 넘어지겠다는 생각밖에 하지 못했다.

임화평은 청년의 손에서 쇠파이프를 잡아 뺐다. 청년이 가늘게 눈을 떴다.

짝!

청년의 머리가 돌아갔다. 따귀 한 대가 청년으로 하여금 정신을 차리게 만들었다.

임화평은 쇠파이프로 청년의 이마를 콩, 때리며 말했다.

"대가리에 피도 안 마른 자식이 벌써부터 조폭질이야. 너 그러다가 스물도 못 돼 칼침 맞고 뒈진다. 가서 문이나 열어놔, 이놈아!"

청년은 부들부들 떨면서 임화평의 눈을 피했다.

"뭐 해? 문 열라고 그랬잖아."

청년은 급히 문으로 달려갔다.

임화평의 눈길이 멀쩡한 강상일에게로 돌아갔다. 임화평은 강상일의 머리카락을 움켜쥐고 끙끙 앓는 소리를 내는 조폭들 사이로 질질 끌어 사장실로 들어갔다.

강상일의 머리카락을 잡아당겨 바닥에 팽개친 임화평이 차가운 목소리로 말했다.

"고자 될래, 병신 될래?"

강상일은 머리 가죽이 벗겨지는 듯한 고통을 참아내고 급히 무릎을 꿇었다.

"형님! 한 번만 용서해 주십시오. 정말 이런 분이신 줄 몰랐습니다. 이번 한 번만 용서해 주시면 다시는, 다시는 형님의 그림자조차 밟지 않겠습니다."

탁자에 손바닥 자국을 남기는 것을 분명히 보았다. 그러나 강상일은 조폭이다. 다구리에 장사없다는 말을 신봉하는 사람이다. 협소한 장소에서 떼로 몰려들어 내려치면 어쩔 수 없을 거라고 생각했다. 명백한 오산이었다.

쇠파이프가 강상일의 머리 위로 떨어졌다.

땅!

"끄아아아!"

강상일이 두 손으로 머리를 감싸 쥐고 바닥에 이마를 찧었다.

"엎어져!"

강상일은 머리가 깨지는 고통 속에서도 임화평의 말을 찰떡같이 알아듣고 그대로 엎드렸다. 쇠파이프가 강상일의 엉덩이로 떨어졌다. 인정사정이 없다.

퍽! 퍽! 퍽!

강상일은 비명을 지르며 몸을 웅크리고 사장실을 기어다녔다. 임화평은 강상일을 뒤따르며 쉬지 않고 쇠파이프를 휘둘렀다. 엉덩이가 피투성이가 되고 엉덩이를 감싸려던 손등이 퉁퉁 부어올랐다.

땡그랑!

쇠파이프를 내던지고 임화평이 소파에 앉았다.

"일어나!"

바닥에서 꿈틀거리던 강상일이 꾸물꾸물 일어섰다.

"안 때릴 테니까 앉아."

"이, 이대로 서 있겠습니다."

엉덩이가 너덜거리는데 앉을 수 있을 리 없다.

"내 눈 봐!"

강상일이 숙이고 있던 얼굴을 들어 조심스럽게 임화평을 바라보았다.

"나 협객 아니다. 착한 사람 아니야. 네가 무슨 짓을 하고 살든 상관하지 않아. 네놈 잡아봤자 다른 놈이 또 나타나겠지. 지금이 편하단 말이야. 딱 한 가지만 명심해. 그러면 같은 분당에서 살고 있다고 해서 나를 무서워할 필요가 없어. 계통이 다르니까 말이야."

약해지면 잡아먹힌다. 조폭들의 생리일 뿐만 아니라 이 잔인한 세상에 엄존하는 이치이기도 하다. 굳이 자리를 잡은 조직을 거덜 내 피바람 불게 할 생각은 없다. 그렇게 되면 피곤해지는 쪽은 일반인들뿐이다. 혹시라도 판도가 바뀌어 강상일이 퇴출되고 새로운 조직이 생겨 한용우의 돈에 눈독이라도 들인다면 또다시 교훈을 내려야 한다. 그 때문에 손속에 사정을 두었다. 조직원들 모두가 한 방에 뻗어버렸지만 크게 다친 사람은 한창열뿐이다.

"소망원, 다시는 건드리지 않겠습니다. 그 근처에도 가지 않겠습니다."

"눈치 하나는 빠르구나. 그래, 그거면 돼. 조용히 살겠다고 은퇴한 사람이야. 우리나라에서는 법대로 좀 살자. 괜히 화 돋우지 마라. 알겠어?"

"명심하겠습니다."

임화평이 호주머니에 손을 넣었다가 빼는 순간 무언가가 손을 떠났다.

피피핏!

그것은 강상일의 뺨을 핥듯이 지나쳐 벽에 나란히 꽂혔다. 벽을 파고들어 가 정체를 알 수가 없다.

"만에 하나라도 딴생각이 나거든, 저거 봐라. 내 전공은 오늘같이 대놓고 패는 게 아니라 저걸로 뒤통수 까는 거다. 명심해. 그리고 나에 대해서는 입 다물어라. 애들 입단속시키고. 창열이라고 그랬지, 아마? 특히 그 녀석, 한 번만 더 나를 화나게 하면 그때는 쥐도 새도 모르게 죽여서 파묻어 버린다고 전해라. 알았어?"

그럴 가능성이 없다는 것은 알고 있다. 이미 임화평에 대한 공포가 한창열을 뇌리에 각인되어 있다. 떠올리는 것만으로도 경기를 일으킬 정도로 움츠러들 것이다. 만에 하나를 대비해서 다시 한 번 상기시킨 것뿐이다. 눈치 빠른 강상일이라면 알아서 말릴 테니까.

강상일이 열심히 고개를 끄덕이는 것을 확인하고서 임화평은 자리에서 일어나 문밖을 바라보았다. 두 개의 열린 문 너머로 철문을 열려고 낑낑거리는 청년이 보였다.

"쯧! 저 문으로는 못 나가겠군. 아! 그리고 동전 대신 못 가지고 다니는 젊은 놈 만나면 조심해라. 우리 계통에서는 나 못지않게 무서운 놈이다."

임화평은 책상 뒤쪽의 창문을 열었다. 주위에 보는 눈이 없음을 확인하자마자 밖으로 몸을 날렸다. 사층이다. 못 돼도 10m는 넘는 높이다. 홀로 남은 강상일은 눈을 부릅뜨며 엉덩이를 붙잡은 채 창가로 갔다. 느긋하게 걸어가는 임화평의 등이 보였다.

"후우!"

긴장감이 풀리면서 겨우 안도의 한숨을 내쉬었다. 그때부터 통증이 밀물처럼 몰려들었다.

강상일은 끙끙거리며 임화평이 사라져 안 보일 때까지 창가에 서 있다가 조금 전 벽에 박힌 무언가를 바라보았다. 절뚝거리며 벽 앞에 섰다. 그래도 알 수 없다. 너무 깊이 박혔기 때문이다. 구멍 앞에 눈을 대고 살펴보고서야 그것이 동전임을 겨우 알아차렸다.

"저 실력에 전공이 뒤통수 까기? 계통이 다르다? 무슨 뜻이야? 설마 말로만 듣던 프로페셔널 킬러? 씨발! 정말 좆 될 뻔했구나."

강상일은 몸을 부르르 떨다가 엉덩이를 붙잡고 뒤뚱거리며 밖으로 나갔다.

✤

2001년 1월 14일.

북경 수도국제공항 출국장 앞으로 검은색 리무진 한 대가 미끄러져 들어왔다. 리무진은 작은 진동이라도 일으킬세라 부드럽게 멈춰 섰다. 검은색 기사 정복에 모자까지 갖춰 쓴 기사가 먼저 나와 트렁크에서 접는 휠체어를 꺼내 펼쳐 놓고 문을 열었다.

노타이에 검정색 정장을 입은 백발사내가 먼저 나왔고, 그 뒤를 따라 붉은색 크리스천 디올 모직 코트를 입은 늘씬한 여인이 나왔다. 여인은 차문 앞에서 허리를 숙여 그녀의 뒤를 따라 나오는 여인을 부축해 휠체어에 앉혔다.

코트를 입은 여인은 얼굴 삼분지 일 정도를 가리는 검은색 디올 선글라스만을 쓰고 있어 얼굴을 대충 알아볼 수 있지만, 휠체어에 앉은 여인은 짙은 선글라스뿐만 아니라 챙이 넓은 모자와 마스크까지 하고 있어 얼굴 윤곽조차 알아보기 힘들다.

코트를 입은 여인은 다시 차 안으로 들어가 정장 바지와 같은 색의 검은 핸드백을 들고 나왔다. 그사이에 기사가 트렁크에서 캐리어 백 하나를 꺼내 여인 앞에 내려놓았다.

백발사내가 사람 좋은 미소를 지으며 캐리어를 잡은 후 영어로 말했다.

"이건 제가 들지요."

여인은 고개를 끄덕인 후 핸드백을 휠체어 여인의 무릎 위에 내려놓고 휠체어를 밀기 시작했다.

백발사내가 옆에서 걸었다.

"경과가 좋고 관리를 해줄 닥터도 있다 하시니 보내는 드립니다만, 아직 안심할 때가 아닙니다. 수술 후 사 개월에서 육 개월 사이에 거부반응이 가장 많이 일어납니다. 특별한 이상 징후가 없더라도 정기적으로 검진하시고 제게 반드시 결과를 통보해 주십시오. 제가 드린 약과 처방전, 그리고 편지를 그쪽 닥터에게 전하는 것 잊지 마시고요. 아시겠습니까?"

여인이 무표정한 얼굴로 고개를 끄덕였다.

어느새 출국 수속장 앞이다.

백발사내가 손을 내밀며 말했다.

"여권을 주시겠습니까?"

여인은 핸드백에서 여권을 꺼내 주저없이 사내에게 건넸다. 사내는 품속에서 이미 발권 수속을 마친 티켓을 꺼내 여권과 함께 쥐고 수속장 근처의 한 세관원을 향해 손짓했다. 세관원이 눈살을 찌푸리며 다가왔다.

백발사내는 부드러운 미소를 지은 채 품속에서 진짜 금으로 만든 듯한 얇은 카드 한 장을 꺼내 세관원에게 제시했다. 그 순간 세관원은 흐트러져 있던 자세를 바로 하고 두 발을 모았다.

백발사내는 여권과 티켓, 그리고 캐리어 백까지 모두 세관원에게 넘겼다.

"국빈의 수준으로 예우하시오."

세관원은 절도있게 고개를 숙여 보인 후 여인을 바라보며 수속장 안으로 손을 뻗었다.

여인은 백발사내에게 고개를 숙였다.

"그동안 수고 많으셨습니다."

"뭘요. 오랫동안 미인과 함께 있을 수 있어서 즐거웠습니다. 저 친구 따라가면 번거로움없이 면세 구역까지 가실 수 있을 겁니다. 그럼 편안한 여행되시기를."

사내는 여인에게 싱긋 웃어 보이고 휠체어의 여인을 향해 고개를 숙였다. 휠체어의 여인 역시 고개를 끄덕이고 코트의 여인도 다시 한 번 목례했다.

세관원이 대충 인사가 끝났음을 느끼고 다시 한 번 수속장 안으로 손을 뻗었다. 여인이 휠체어를 밀었다.

여인이 안으로 사라지자 백발사내는 지금껏 보이지 않았던 차가운 미소를 입가에 머금었다.

"훗! 도도한 년! 어떻게 한번 해볼까 했더니만, 끝내 틈을 안 보여주는구나. 그래 봤자 이번뿐이야. 약점을 잡힌 이상 벗어날 수 없단 말이다."

그때 그의 등 뒤쪽에서 창노한 목소리가 들렸다.

"쯧쯧쯔! 그깟 욕정 하나 참지 못해서 인생을 망칠 셈이냐?"

백발사내는 깜짝 놀라 몸을 돌렸다가 목소리의 주인을 확인하고 급히 허리를 접었다.

"헛! 어르신! 예까지 어찌 나오셨습니까?"

이제 중국에서도 흔하게 볼 수 없는 변발에 중국 전통의 비단 장삼까지 차려입은 노인이다. 170㎝가량의 키에 호리호리한 몸매다. 노인답지 않게 눈은 정광으로 번득였고, 이마는 주름살 하나 없이 반질거렸다.

노인은 사내에게서 몸을 틀어 청사 입구를 바라보았다.

"걷자."

노인이 뒷짐을 진 채 노인답지 않은 꼿꼿한 걸음으로 앞서 가자 백발사내는 종종걸음으로 급히 뒤를 따랐다.

"네놈은 다 좋은데, 계집을 너무 밝혀. 네 녀석, 돈 많잖아? 왜? 돈으로 살 수 있는 계집에게는 흥이 안 나?"

"죄, 죄송합니다, 어르신!"

"죄송할 것 없다. 네놈치고는 잘 참았으니까."

문밖으로 나오자마자 예의 리무진이 다가왔다. 기사가 백발사내를 보며 차 문을 열었지만 먼저 올라탄 사람은 비단 장삼의 노인이다. 백발사내도 차에 올라 노인의 맞은편에 두 다리를 모으고 조심스럽게 앉았다.

노인이 차가운 눈으로 백발사내를 바라보며 말했다.

"아름다운 계집이더구나. 그래도 현승가의 며느리. 네 몫이 아니다. 알겠느냐?"

백발사내는 품속에서 손수건을 꺼내 이마의 식은땀을 훔치며 고개를 조아렸다.

"며, 명심하겠습니다."

"그래야지. 공자께서 아셨다면 네놈 정리하라 하셨을 게다. 네 녀석 손재주가 아까워서 경고해 주는 게야. 두 번은 없다. 그건 그렇고, 그 늙은 계집 본은 떠놨더냐?"

노인의 눈길이 차창 밖으로 돌아가자 백발사내는 소리없이 안도의 한숨을 내쉬고 차분히 대답했다.

"예, 어르신! 바디 스캔(Body Scan)까지 완벽하게 마쳤습니다."

노인의 눈길이 다시 사내에게로 돌아왔다.

"바디 스캔이라고?"

노인이 영어에 익숙하지 않음을 뒤늦게 인식한 백발사내가 급히 고개를 숙였다.

"죄, 죄송합니다. 여인의 몸 구석구석까지 본을 떠서 전뇌(電腦)에 입력시켜 두었습니다."

"쓸 일이 있을지 모르겠다만, 어쨌든 수고했구나."

노인의 눈길이 다시 차창 밖으로 돌아갔다.

백발사내는 다시 한 번 죽다 살아난 표정을 지으며 노인의 반대쪽으로 고개를 돌려 식은땀을 닦아냈다.

백발사내는 용문관 출신 가운데 가장 크게 성공한 케이스다. 광목당 외부에서 활동하는 인물 가운데 광목당 본부에 들락거릴 수 있는 사람은 많지 않다. 큰 신임을 받고 있다는 의미다. 그러나 노인의 손짓 하나면 목이 떨어질 수밖에 없는 존재인 것도 사실이다.

　백발사내는 노인이 손가락 하나로 건강한 사내의 명줄을 간단하게 끊어 버리는 것을 본 적이 있다. 실수를 변명으로 일관하다가 그 자리에서 즉사했다. 대답은 간단명료하게, 쓸데없는 말은 주절거리지 않는 것이 오래 사는 길임을 다시 한 번 되뇌며 사내는 입을 꾹 다물었다.

❦

2001년 1월 27일.
새벽 5시다. 밤새 그렇게 눈이 오더니 집 주변의 앙상하던 나뭇가지마다 눈꽃이 활짝 피었다.
　임화평은 보는 것만으로도 적잖은 무게를 느낄 수 있는 배낭 하나를 메고 군데군데가 찢어진 땀복 한 벌을 입은 채 문밖으로 나섰다. 바람이 불지 않아 영하라는 기온을 체감할 수 없다. 가볍게 스트레칭을 한 후 심호흡하고 집 뒤쪽으로 뛰기 시작했다.
　파바밧!
　세상을 순백으로 물들였던 눈이 발에 채여 오점을 드러냈다.
　한 발자국, 두 발자국, 세 발자국.
　네 번째로 바닥에 내딛는 순간 임화평의 신형은 숲에 이르렀다. 그의 신형이 꿈틀댈 때마다 눈보라가 일면서 급격한 방향 전환이 이루어졌다. 발바닥에서 신법에 쓰이는 부위는 발가락과 발꿈치뿐이다. 방향이 바뀔 때마다 발에 채여 비산하는 눈보라의 방향도 비틀어졌다.
　알고 있는 몇 가지 상승신법들 가운데 선택한 용형신법(龍形身法)이다. 속도나 지구력보다는 방향 전환에 중점을 둔 신법으로, 단걸음에 몇 장씩 나아갈 수 있는 일반 경신공들과는 달리 한 걸음에 이 장 이상을 나아가지 못하는 제한이 있다. 급격한 방향 전환에 중점을 두다 보니 어쩔 수 없이 생긴 제한이다.

단점이 있으면 장점도 있는 법. 용형신법은 단걸음에 이동할 수 있는 거리가 짧은 대신, 그 보보(步步)마다의 이동 속도는 순간 이동을 방불케 할 만큼 빠르다. 관성을 무시한 방향 전환이 가능함에 따라 순간 회피 능력이 뛰어나고 암기를 투척하기에도 용이하다.

그가 굳이 장단점이 뚜렷한 용형신법을 선택한 것은 시대성과 수련 시에 얻을 수 있는 부수적 장점들 때문이다.

예전처럼 산과 들에서 싸울 일은 많지 않을 것이다. 오히려 사람이 많은 도심이나 구조가 복잡한 건물 안에서 싸울 일이 더 많을 것이다. 유운신법처럼 장거리에 이점이 많은 신법은 사람들 눈 때문에 사용하기도 힘들뿐더러 현대의 이동 수단으로도 대체가 가능하다. 결국 시대적으로 공방과 회피에 유용한 용형신법이 최선이라고 판단한 것이다.

또한 용형신법을 수련함으로써 얻을 수 있는 것이 많다. 급격한 방향 전환이 필요하다 보니 그 수련 자체가 하체에 스프링을 심는 것과 같은 효과를 지닌다. 탄력있고 안정된 하체를 얻음과 동시에, 방향 전환을 위한 상체의 몸놀림 그 자체로 상체의 유연성을 높여준다. 그것은 그가 앞으로 익히게 될 살수 무공들의 튼튼한 바탕이 될 것이다.

결국 용형신법을 익힌다는 것은 신법 하나를 수련하는 것이 아니라 무공의 수준을 전반적으로 끌어올리기 위한 밑바탕을 만드는 것이나 다름없다.

파바밧!

임화평의 신형은 어느새 눈꽃 나무들 사이를 파고들었다. 소나무가 대종을 이루고 가끔 참나무종이 보이는 자연림이다. 따로 길이 없다. 그가 가는 곳이 곧 길이다.

키가 큰 수종이 없다 보니 한 걸음 나아갈 때마다 나뭇가지들이 앞을 막았다. 임화평에게는 길을 막는 나뭇가지들 하나하나가 암기이기도 하고 칼날이기도 하다. 보폭을 짧게 잡아 단거리 육상선수에 비견되는 속도로 달리면서 나뭇가지들 사이사이를 헤집었다. 몸을 틀기도 하고 상체만 비틀어 피하기도 했다. 머리를 비틀거나 숙이는 것으로 피할 때도 있고 허리를 최대한 낮춰 피하기도 했다.

그가 현재의 수준으로 용형신법을 펼치기까지 한 달이 넘게 걸렸다. 전생에 능숙하게 펼쳤던 신법이라 시행착오를 겪을 필요가 없었음에도 체화시키는 데 많은 시간을 소모했다. 그가 얼마만큼 고생했는지는 그의 얼굴에 난 수십 개의 상처와 찢어져 바람이 술술 들어오는 땀복을 보면 쉽게 짐작할 수 있다.

두 달을 잡고 수련에 임했는데 한 달 이상을 신법에 써버렸다면 성과가 부진하다고 생각할 수도 있겠지만, 임화평은 충분히 만족스러운 시간을 보냈다고 자평하고 있다.

신법 수련 중에 우선 동체시력을 높이기 위해 지금껏 등한시해 왔던 사문의 안법, 정안결(靖眼訣)을 수련했다. 그가 얼굴에 상처를 더 늘리지 않을 수 있었던 것도 정안결의 도움이다.

원래 이 정안결은 소림에 그 뿌리를 둔 사문의 비전으로, 쉽게 연공할 수 있는 것이 아니다. 정안결은 눈을 수련하는 것이 아닌 인체 내부의 오장 가운데 하나인 간을 단련하여 얻는 것이다. 오장은 상생상극한다. 오장을 균형있게 단련시켜야 몸에 무리가 없다. 그런 까닭에 정안결을 익히기 위해서는 무술로써 그다지 효용이 없는 소림오권을 먼저 수련해야 한다.

살수문과 소림, 어울리지 않는 조합이다. 그러나 임화평의 사문인 회천살문이 반원복송의 기치를 내건 비밀결사에 가까웠다는 사실을 알게 되면 그다지 신기할 것도 없다. 용형신법 역시 곤륜에 뿌리를 둔 무공이니까.

어쨌든 임화평이 한 달이 조금 넘는 짧은 기간 사이에 나름대로 성과를 얻은 것은 소림오권이 아닌 그의 가문의 심법인 오류귀해공 때문이다.

이 정안결은 안법이면서 동시에 살수에게 유용한 변용법의 한 수단이 된다. 모두 여섯 가지가 있는데, 정심안(晶心眼), 독심안(毒心眼), 무정안(無情眼), 평심안(平心眼), 평혼안(平混眼), 무심안(無心眼)이 그것이다.

정심안은 정안결의 안법이면서 기본이다. 간을 다스려 시력을 강화하고 외적인 안법 수련을 병행하여 동체시력을 극대화한다. 이 정심안을 얻으면 정안결의 구 할을 얻은 것과 다름없다. 독심안, 무정안, 평심안, 평혼안은 정심안을 익히면 쉽게 익힐 수 있는 일종의 변주다.

얼굴이 천 냥이면 눈은 구백 냥이라는 옛말처럼, 눈은 사람의 인상을 결정하는 가장 중요한 기관이다. 정안결을 사용하면 그 눈빛에 적당한 인물로 쉽게 변화할 수 있다. 독심안으로 하오배가 될 수 있고, 무정안으로 냉혹한 검사가 될 수도 있다. 평심안으로 인덕 높은 학자나 고승도 될 수 있고, 평혼안으로 남의 주목을 끌지 않는 일반인이 될 수도 있다. 임화평이 익숙해진 것은 이 평혼안까지다.

물론 사람, 그 자체가 변하는 것은 아니다. 변하는 것은 눈빛뿐이다. 하지만 그에게는 유가술이 있다. 물의 차크라를 기반으로 아무런 도구 없이 얼굴에 작은 변화를 줄 수 있다. 그 작은 변화와 함께 눈빛 하나 변함으로써 사람은 백팔십도 다르게 보일 수도 있다. 다르게 보인다는 것, 살수에게는 생사를 가를 수도 있는 중요한 덕목이다.

정안결의 나머지 일 할이자 정안결이 궁극적으로 추구하는 것이 무심안이다. 이 무심안은 이론에 불과하다. 한 번 훑어보는 것만으로도 모든 정황을 뇌리에 새겨 넣고 그 전후의 변화를 예측할 수 있는 경지를 무심안이라 칭해놓고 그것을 목표로 만든 안법이 정안결인 것이다. 임화평은 그러한 경지가 있다면 그것은 그가 아직 닿지 못한 여섯 번째 차크라를 여는 것만큼이나 어려운 일일 것이라고 예상하고 있다.

정안결을 구 할 수련한 임화평은 그 뒤로 나뭇가지에 긁히지 않았다. 빠른 속도로 움직이는 물체마저 볼 수 있는 정심안으로 가만히 서 있는 나무와 나뭇가지를 파악하는 정도는 쉬운 일이다. 눈을 통하여 들어오는 정보는 예전과는 비교도 할 수 없을 만큼 빠르게 분석되고, 몸은 그 정보에 따라 순간적으로 대응했다.

용형신법을 익히면서 새로 수련한 것은 정안결이 다가 아니다. 함께 사용할 수 있는 여러 가지 경신법과 보법, 그리고 중신법도 체화시켰다. 금리도천파(金鯉倒穿波), 탄궁이형(彈弓移形), 일학충천(一鶴衝天), 철판교(鐵板橋), 천근추(千斤墜), 풍중일우(風中一羽) 등이 그것이다. 금리도천파를 제외한 나머지 신법들은 대개 육체의 움직임보다는 내공의 운용이 중시되는 신법이어서 내공이 경지에 이르면 어렵지 않게 펼칠 수 있는 수법들이다. 이미 내공이 경지에 이른 그에게는 별 어려움이 없다. 용형신법을 익힌 이상 그 응용에 불과한 금리도천파 역시 익히기 어렵지 않은 것은 마찬가지다. 쉽게 익힌 그 수법들이 용형신법과 섞이면 생각 이상의 효과를 발휘하게 될 것이다.

횟!

일학충천으로 숲을 벗어나 허공으로 튀어 올라 몸을 활처럼 구부렸다가 활짝 펼쳤다. 탄궁이형의 신법으로 순간 이동하듯 10m의 공간을 가로지르고 나서 가녀린 나뭇가지를 박차고 나무 위를 치달렸다. 60kg이 넘는 무게가 전혀 느껴지지 않는 그 신법이 바로 풍중일우다.

그렇게 20여 분간 마구잡이로 숲을 헤집고 다니다가 바위 무덤 앞에 멈춰 섰다. 어제와는 다른 경로로 진입했는데 결과적으로 같은 장소에 이르렀다.

배낭 위에 올려 묶어둔 등산용 그라운드시트를 풀었다. 사람들이 야유회 갈 때 종종 가지고 다니는 은색 방수포의 일종이다. 그라운드시트를 두 번 겹쳐 방석처럼 만들어 평평한 바위 위에 놓고 그 위에 가부좌를 틀고 앉았다. 역시 시작은 오류귀해공이다.

임화평이 정안결을 쉽게 얻을 수 있었던 것도 오류귀해공, 특히 연간공(鍊肝功) 때문이다. 이미 충분하게 튼튼한 오장인 탓에 굳이 균형을 위해 소림오권으로 단련할 필요가 없고, 연간공은 정안결을 쉽게 익힐 수 있는 토대를 마련해 주었다. 또한 정안결의 구결을 응용하여 연신공으로 청력을 극대화하는 방법을 얻었다. 옛말에 '눈으로 육로를 살피고, 귀로 팔방을 듣는다' 하였다. 사십 일가량의 수련으로 얻은 수확 가운데 하나가 바로 그것이다.

임화평의 오류귀해공 수련은 30여 분 정도로 간단히 끝났다. 그는 가부좌를 풀지 않고 바로 차크라를 돌렸다. 오류귀해공으로 모인 기운이 세 번째 차크라로 스며들어 불꽃을 일으키자 황금 뱀이 벌떡 일어나 낙하하듯 첫 번째 차크라로 떨어져 내려갔다. 황금 뱀은 순차적으로 다섯 개의 차크라를 깨웠다.

거기까지다. 임화평은 마음속 깊은 곳으로 들어가 여섯 번째 차크라를 깨우려는 시도조차 하지 않았다. 본능적으로 위험함을 깨닫고 있는 탓이다. 그의 마음은 복수심으로 가득 차 있다. 육체가 아닌 정신의 수련을 우선시하는 것이 유가술인데, 마음이 한쪽으로 치우친 상태에서 기운을 함부로 머리까지 끌어올리면 입마경에 빠질 수밖에 없을 것이다.

임화평이 유가술을 수련하는 이유는 이미 깨운 차크라를 돌리는 것만으로도 오류귀해공으로 얻은 기운을 녹여 내공을 상승시킬 수 있을 뿐만 아니라 오감을 극대화시킬 수 있기 때문이다. 결국 임화평이 유가술을 수련하는 목적은 경지의 상승이 아니라 성취의 활용에 있다.

몸 안에서 다섯 개의 톱니바퀴가 서로 맞물려 맹렬하게 회전하는 가운데 네 번째 차크라의 기운을 대기로 퍼뜨렸다. 그의 몸을 중심으로 원구를 그리며 팔방으로 퍼져 나간 기운은 그의 주위 10m를 커버했다. 그 안쪽이라면 미세한 벌레의 움직임도 임화평의 감각을 벗어날 수 없을 것이다. 그 감각은 집음기나 마찬가지다. 50여 장 안쪽에서 나는 소리라면 어렵지 않게 잡아낼 것이다.

안타깝게도 너무나 고요한 장소다. 그것도 혹한의 겨울이라 감각을 시험해 볼 대상이 느껴지지 않았다. 임화평은 기운을 거두고 황금 뱀을 돌려보냈다. 다섯 개의 차크라를 묶어 돌리던 황금 뱀이 세 번째 차크라로 돌아가 똬리를 틀었다. 그 순간 새로 얻은 기운이 황금 뱀의 입과 꼬리로 흡수되었다. 황금 뱀은 포식으로 몸체를 불린 후 불속으로 녹아들었다.

마당 한가운데에서 임화평이 눈을 감은 채 가만히 서 있다가 갑자기 움직이기 시작했다.

아침마다 일관되게 행해오던 짬뽕 무술.

섀도복싱으로 시작하여 태권도의 발기술, 합기도의 잡고 빼고 던지고 꺾는 법, 그리고 태견의 의외성을 취하고, 무예타이에서 팔꿈치와 무릎까지 자유자재로 쓰는 타격법을 취했다. 그리고 가끔씩 진각을 밟아 대지를 놀라게 했다. 그 모든 움직임들이 임화평 한 사람에게서 뒤섞이고 풀어져 나오다 보니 무술의 원류를 짐작하기 어렵다.

오늘 그의 움직임은 평소처럼 유려하게 연결되지 않았다. 한 동작 펼치고 나서는 반드시 멈칫거렸다. 한 동작 펼치고 물러서고, 한 동작 취하고 휘돌았다. 평소와 다른 점이 또 있다면 움직임 속에 숨어 있는 기의 파동이다. 손끝에서 발끝에서 바람이라도 나오는 양 대기가 비명을 질렀다.

쾅!

다시 한 번 진각을 밟으며 정권을 내지르자 대기와 대지가 동시에 비명을 질렀다.

임화평은 기마세를 취한 후 호흡을 가다듬고 천천히 눈을 떴다.

"생각보다 어렵군."

임화평은 평소 운동 삼아 행하던 것에 내기를 담아 사용 가능하도록 승화시키는 작업을 진행 중에 있다.

현대 무술에 경력을 담아내는 것은 어려운 작업이다. 일단 하체가 안정되어야 제대로 기를 운용할 수 있다. 복싱이나 무예타이 같은 현대 무술은 하나같이 스피드를 중시한다. '나비처럼 날아서 벌처럼 쏜다'는 무하마드 알리의 말처럼, 빠른 스텝으로 회피하고 재빠르게 따라붙어 타격하는 현대 무술의 움직임에서는 발경을 사용하는 것조차 쉬운 일이 아니다.

현대의 무술인들 가운데 가끔 발경을 사용하는 사람이 나오기도 한다지만 끊임없는 오랜 수련으로 달인의 경지에 들어서는 경우에나 가능한 것이지, 쉽게 볼 수 있는 것은 아니다.

기력(技力)의 세계를 넘어 기(氣)의 세계를 경험한 무술인은 함부로 발을 놀리지 않는다. 번잡한 몸놀림을 자제하고 일격을 중시한다. 기의 세계를 맛보게 되면 유파를 넘어설 수밖에 없다. 그때부터는 한도 끝도 없는 무리(武理)의 진체를 상대로 허우적거리게 된다. 과거에 많았던 무의 인도자들이 없는 세상에서 그들은 선구자가 될 수밖에 없다. 내기를 자유자재로 수발하며 평소처럼 빠른 속도로 움직이는 경지는 그들이 죽을 때까지 개척해 나가야 할 미지의 바다나 마찬가지다.

다행히 임화평은 미지의 무해(武海) 속에서 허우적거릴 필요가 없다. 더구나 그는 내공을 지니고 있다. 그 때문에 현대 무술과 무리의 접목을 시도하는 것이다. 그럼에도 불구하고 그 작업이 어렵기는 마찬가지다. 동작 간에 멈칫거리고 갑자기 진각을 밟는 것도 그런 애로 사항이 있기 때문이다.

그동안의 노력이 적으나마 성과로 돌아왔다. 매끄럽다고는 할 수 없지만, 타격계 무술에서 경력을 수발하는 정도까지는 가능해졌다. 합기도의 기술을 사용하는 중에 촌경을 쓰는 것도 가능해졌다. 아직은 갈 길이 멀어 보이지만 수련이 길어질수록 자연스러워질 것이다.

성과가 크지 않은 중에서도 임화평을 고무시킨 것은 현대 무술과 그가 아는 무리들을 접목하는 과정에서 상당한 가능성을 발견했다는 것이다.

첫째는 의외성이다. 복싱의 자세를 취하면 상대는 당연히 복싱으로 생각할 것이다. 하지만 피했다고 생각하는 순간 발경으로 인한 타격을 받게 된다면 그 의외의 충격은 상당할 수밖에 없다.

두 번째는 파워와 스피드 상승이다. 현대의 중국 무술이 영화 밖에서 위력을 발휘하는 경우는 상당히 드물다. 상대적으로 우월한 백인, 혹은 흑인들의 체격 조건. 거기서 나오는 파괴력, 이론에 집착하지 않는 효과적인 살상 수법의 발전. 동양 무술까지도 흡수하여 만들어진 현대 무술 등으로 인하여 진체를 잃은 중국 무술이 힘을 쓰기 어려운 여건이다. 내공을 쌓고 그것을 사용하는 방법을 잊었건만 초식은 여전히 그 뜻을 품고 있어 상대적으로 느릴 수밖에 없다. 가볍게 걷어낼 수 있는 권격도 내공을 잃고 나니 힘없이 무너진다.

임화평이 현대 무술에 내공을 실을 수 있게 되면 제대로 복원된 과거의 무공에도 밀리지 않을 것이다. 그리고 현재 임화평의 수준으로 보아 그가 원하는 수준에 이르는 것도 그다지 먼 훗날의 일은 아닌 듯하다.

내기를 싣기에 가장 힘든 무술은 의외성을 취한 태껸이다. 품밟기를 하지 않는 태껸은 이미 태껸이 아닐 수도 있지만, 그는 붙어 있을 때나 떨어져 있을 때나 예상치 못한 공격을 행하는 태껸에 매료된 탓에 쉽게 포기하지 못했다. 특히 백기신통비각술이라고 예찬받은 발기술은 중국의 무술에서는 쉽게 볼 수 없는 동작들이다. 발따귀, 는질러차기, 저기차기, 후려차기, 째차기, 딴죽걸기 같은 발 기술들은 예측을 불허하기 때문에 막기도 어렵다. 문제는 파괴력이다. 태껸의 고수라면 어떨지 모르겠으나, 책과 영상만으로 익힌 그로서는 각 동작에 일격필살하는 기를 실을 수 없다.

결국 태껸을 여타 무술의 보조로 섞어 쓰는 방법을 택했다. 아쉬웠지만 제대로 배우지 못했으니 어쩔 수 없는 일이다. 그래도 궁할 때 통할 수 있는 수단 한 가지를 얻은 것이라고 족하게 여겼다.

그 외에 레슬링이나 유도 등의 기술은 포기했다. 상대가 하나일 때가 아니라면 한계가 있고, 하나일 때라면 다른 것으로도 충분히 제압할 수 있다고 판단했다. 다만 상대가 그 같은 기술을 가졌을 때를 대비해 기술을 머릿속에 숙지하고 상상 수련 속에서 그 대응책으로 촌경을 취했다.

임화평은 마당 한구석에 쌓아둔 사람 키만 한 통나무들을 마당 중앙으로 옮겨놓고 노려보았다.

"놈들! 남은 생 충분히 즐기고 있느냐? 얼마 남지 않았다."

상대해야 할 사람들이 의사나 기업인이라고 생각해 볼 때 임화평의 수련은 과하다고 할 수 있다. 그러나 그에게 있어서 수련은 단순한 수단 확보의 방편이 아닌, 일종의 의식이며 스스로를 향한 다짐이다.

오랫동안 피를 본 적이 없다. 감정에 치우쳐 실수할 수도 있을 것이다.

그는 철저히 혼자다. 도와줄 동료나 유지를 이어받을 후인이 없는 이상, 끝낼 때까지 한 치의 실수도 용납해서는 안 된다. 그래서 수련이 필요했다. 수련은 가슴속에서 이글거리는 분노의 불길로 차갑고 날카로운 복수의 칼날을 제련해 내는 행위다. 날카롭고 냉철한 인간이 되어야만이 마지막까지 버틸 수 있을 것이다.

또한 중국에서의 일을 대비한다는 의미로도 수련은 필수다. 총알이 날아들어도 이상하지 않은 중국이다. 그리고 소빙빙의 손을 떠올리면 긴장하지 않을 수 없다. 여자답지 않게 거친 손. 그냥 거칠게 다루어서 그렇게 된 손이 아니다. 오랜 수련을 한 사람에게만 나타나는 단련된 손이다. 임화평의 의심처럼 그녀가 정말로 그가 상대해야 할 조직과 연관이 있다면 상부에는 고수가 있을 가능성이 컸다. 대비하지 않는다면 한 번의 실수로 한을 짊어진 채 나락으로 떨어질 수도 있다.

임화평은 통나무 하나를 앞에 세워두고 심호흡한 후에 주먹을 내질렀다. 주먹이 닿지도 않았는데 통나무는 파편을 토해내며 3m가량 날아가 버렸다. 사전 동작없이 간단한 정권 찌르기에도 사용할 수 있게 된 발경이다.

쉿!

손끝에 닿지도 않았는데 또 하나의 통나무가 넘어졌다. 이번에는 권투의 잽이다. 그저 넘어뜨리는 정도에 불과했지만 빠르게 날린 잽으로 경력을 발했다는 것만으로도 작지 않은 성과다. 그 정도만 해도 코뼈가 부러지고 이가 왕창 날아갈 것이다. 피했다고 생각한 순간 그 같은 충격을 받는다면 이격째에는 무방비 상태가 되고 말 것이다.

임화평은 두 개의 통나무를 붙여두고 손바닥으로 후려쳤다. 그가 후려친 통나무는 멀쩡하게 서 있는데 뒤쪽의 통나무가 2m가량 튕겨 나갔다. 격산타우의 수법이다. 격산타우가 가능하다면 내가중수법 역시 어렵지 않게 펼칠 수 있을 것이다.

임화평은 통나무에 대고 있던 손바닥을 살짝 떼었다가 다시 붙였다. 그 순간 통나무가 2m가량 날아가 앞서 날아갔던 통나무와 부딪쳤다. 작은 틈만 있어도 공격이 가능한 촌경이다. 미세한 동작이지만 그것만으로도 뼈를 부러뜨리고 내장을 파열시킬 수 있다.

사람만 한 통나무를 날려 버렸음에도 임화평은 마음에 들지 않는 듯 눈살을 찌푸렸다.

"지금의 공력이라면 넘어뜨리지 않고 구멍을 뚫을 수도 있었을 텐데, 참으로 한심하군. 그동안 너무 편하게 살아왔어."

당장 결과가 만족스럽지 못하다 보니 아쉬워하고 있지만 시간의 문제임을 그도 알고 있다. 호신술 이상의 무공을 필요로 하지 않는 세상에서 살아왔다. 그것에 매달려 평생을 낭비할 이유가 없었다. 하지만 이제 필요하게 되었다. 머릿속에 과거의 경험과 기술이 남아 있는 한, 머지않아 투자한 시간 이상의 성과를 얻게 될 것이다.

"후우! 오늘은 이쯤에서 끝낼까?"

임화평은 그 자리에서 옷을 훌훌 벗어 던지고 알몸이 되었다. 탄탄한 몸이다. 31inch가 조금 넘던 허리가 29inch 정도로 줄어들고 가슴둘레는 오히려 늘어났다. 나잇살이라고 할 만한 약간의 군살이 모두 사라지고 탄력있는 근육질로 바뀌었다. 겉보기에도 3, 4kg 정도 빠진 듯 느껴진다. 본격적으로 수련이 임한 후 겨우 이 개월 만에 만들어낸 변화다.

주방 벽에 붙어 있는 수도꼭지를 틀어 호스를 머리 위로 가져갔다. 얼음처럼 차가운 물이 조급한 마음으로 달구어진 육신을 차갑게 식혔다.

❖

벌써 2월 중순에 접어들었다. 임화평은 오랜만에 집을 나섰다. 키를 꽂은 차는 2000년형 검은색 그랜저다. 카니발을 오형만에게 넘겨주고 이중원에게 부탁해 구한 대포차다. 도난 차량이 아닌, 빚 변제 명목으로 캐피탈에 압류된 차여서 보험까지 들 수 있다.

카니발에 비할 수 없는 승차감을 온몸으로 느끼며 서울로 향했다. 철물점에서 삽 두 자루와 5㎝ 길이의 시멘트용 못 두 통을 구했다. 남대문에 가서 도수가 없는 검은색의 사각 뿔테 안경과 타원형의 은테 안경을 하나씩 사고, 화장품 가게에 들러 젤 한 통과 투명한 매니큐어도 하나 샀다.

남대문과 명동 사이를 오가며 할인 매장에서 검은색 양복 정장 한 벌과 감색 정장 한 벌을 샀다. 실크 느낌의 검은색 와이셔츠 두 장과 흰색 와이셔츠 두 장을 사고 매장 아가씨에게 부탁하여 두 개의 넥타이를 매듭지은 상태로 샀다. 그리고 브랜드 로고나 그림 같은 것이 없는 무지 라운드 티 열 장을 사고, 등산복 파는 집에서 신축성이 좋은 등산 바지 두 벌과 산행용 국방색 우비를 샀다. 또 남대문에서 허름한 구제 옷, 모자, 가방, 신발 등 변장하는 데 유용한 물건들을 한 아름 샀다.

워커의 발목을 잘라낸 듯한 모양의 웰트화와 정장에 어울리면서도 발볼이 넓어 편하게 보이는 구두 두 켤레씩을 사는 것으로써 길고 길었던 쇼핑을 끝냈다. 아내와 딸의 손에 이끌려 짐꾼으로 부려진 적은 있어도 스스로 물건을 사는 데 오늘처럼 오랜 시간을 투자한 것은 처음이다.

'생각나는 것은 다 산 셈인가? 몇 시야?'

주차장으로 돌아가 짐을 실어놓고 근처의 식당으로 갔다. 돼지고기 굽는 냄새가 코끝을 건드렸다.

"뭘 드릴까?"

손님이 막 떠나간 자리를 치우던 50대 아주머니가 돌아서서 물었다. 벽에 붙은 메뉴판을 살폈다. 삼겹살부터 시작해서 한식 일품요리까지 메뉴가 다양했다. 그제야 가게를 잘못 찾아 들어왔다는 것을 알아차렸다.

'혼자 맛있는 것 먹으면 뭐 하나? 배만 채우면 되지.'

쓰게 웃으며 김치찌개백반을 시켰다. 아주머니는 주방으로 가서 주문을 전하고 돌아와 옆자리를 다시 치웠다. 아무런 생각 없이 아주머니의 상 치우는 모습을 보던 중에 그의 눈빛이 반짝였다.

"아주머니, 혹시 그런 병뚜껑 몇 개 얻을 수 있을까요?"

임화평의 손끝이 가리키는 것은 양철로 된 콜라 병뚜껑이다. 초영반점을 운영했을 때는 처치 곤란할 정도로 많았던 것이다. 쇠똥도 약에 쓰려면 없다더니, 그 말이 딱이다.

아주머니가 어리둥절한 눈빛으로 임화평을 바라보았다. 멀쩡하게 생긴 사람이 별 희한한 부탁을 다 한다는 표정이다.

"아들놈 딱지 만들어 주려구요."

그제야 아주머니 얼굴에 웃음이 맺혔다.

"그러시구랴. 남는 게 병뚜껑이니까. 조금 있다가 몇 개 가져다 드리리다."

맛없다고 타박하지 않을 정도의 김치찌개백반을 먹었다. 식당을 나선 그의 손에는 병뚜껑이 제법 든 검은 비닐봉지 하나가 들려 있다.

집으로 돌아와 짐을 내려놓은 후 그 즉시 트레이닝복으로 갈아입고 병뚜껑이 든 봉지부터 챙겼다.

땅땅땅땅땅땅!

병뚜껑을 평평한 바닥에 대고 망치로 두드렸다. 손으로 펼 수도 있지만 망치로 두드리는 게 여러모로 낫다. 손끝에서 느껴지는 요철감이 줄어들뿐만 아니라 끝이 짓눌려 날카롭게 된다.

임화평은 납작하게 변한 병뚜껑을 손목의 스냅만 이용하여 가볍게 던졌다.

쉿!

병뚜껑은 마당에 널려 있는 통나무 가운데 하나에 꽂혔다. 거리는 5m. 통나무에 꽂힌 병뚜껑은 삼분지 일 정도만 그 모습을 드러내고 있다. 짧은 거리다 보니 날아가는 동안 예상치 못한 방향의 비틀림이 없다.

"흠!"

바로 던질 생각이라면 굳이 병뚜껑일 필요가 없다. 못이라면 머리까지 안 보일 정도로 박혀 버릴 것이고 10원짜리 동전으로도 비슷한 위력을 낼 수 있다.

다시 한 번 병뚜껑을 두드렸다. 이번에는 평평하게 만든 것을 손으로 주물러 일부러 끝을 구부렸다. 그것을 야구의 사이드암 방식으로 날렸다. 병뚜껑은 직선으로 날아가다가 우측으로 휘어 회색 블록으로 쌓은 담에 꽂혔다.

"재미있군!"

다섯 개를 더 시험해 보고 만든 병뚜껑은 끝이 완만한 곡선을 이루었다. 임화평은 그 병뚜껑을 눈앞으로 가져가 꺾인 각도를 유심하게 살핀 후 지금까지와는 전혀 다른 방향으로 날렸다. 손가락 끝에 걸리는 순간 긁듯이 튕겼다.

쉿!

담과 평행선을 그리며 날아가던 병뚜껑이 급격한 커브를 그리며 담에 꽂혔다. 거의 구십 도의 방향 전환이 이루어진 셈이다.

"이 정도면 모퉁이에 숨은 녀석도 문제없겠네. 괜찮은 암기야."

그 후로도 십여 개의 병뚜껑을 만들어 날린 후 그 결과를 확인했다. 병뚜껑의 비행 궤적이 일정한 규칙성을 드러내자 그때부터 동작의 크기를 줄이는 방식으로 날리기 시작했다.

"잘 안 되네. 손목의 스냅만으로 날릴 수 없다면 효용성이 떨어지는데……."

빵! 빵!

낮은 경적 소리에 하던 일을 멈추고 고개를 들었다. 눈에 익은 은색 소나타다.

"사돈? 때마침 오시는군."

임화평은 차가 들어올 수 있도록 마당에 널려 있는 통나무들을 한구석으로 집어 던졌다.

누비로 된 개량 한복으로 갈아입고 주방으로 가서 차를 준비했다. 김이 올라오는 오래된 주전자, 빈 대접, 차를 직접 우려먹을 수 있는 머그컵 모양의 다기, 그리고 녹차 한 통을 쟁반에 담아 서재로 갔다.

윤태수가 책상의 맞은편 의자에 앉아 멍하니 앉아 있다.

임화평은 다기의 뚜껑을 열고 바닥에 구멍이 숭숭 뚫린 컵 속의 작은 컵을 꺼냈다. 녹차 잎을 넣은 후 빈 대접 위에서 뜨거운 물로 두 번 헹궜다. 그것을 큰 컵에 다시 담고 뜨거운 물을 가득 부은 후 윤태수의 앞에 놓았다.

"집이 춥습니다. 드세요."

안 그래도 어깨가 시렸다. 차를 끌고 오느라 옷을 두껍게 입지 않았던 것이다. 윤태수는 두 손으로 찻잔을 쥐고 손을 녹인 후 작은 컵을 뚜껑 위에 올려놓고 차를 마셔 몸을 녹였다.

찻잔을 내려놓은 윤태수는 의자 밑에 있던 스케치북과 서류 봉투 하나를 책상 위에 올려놓았다.

"이것은 며늘아기 짐 속에 있던 것이고, 이것은 그동안 제가 알아본 것들입니다."

임화평은 두꺼운 스케치북을 먼저 보았다. 의식적으로 그렇게 했던 것이 아니라 저절로 눈길이 움직였다. 황토색 마분지 같은 두꺼운 겉표지 속에 도화지 백여 장 정도가 철해진 스케치북인데, 제법 오래 쓴 듯 상당히 낡은 상태다.

표지를 보며 책상 아래쪽에서 주먹을 불끈 쥐었다. 윤석원과 임초영의 캐리커처가 그려져 있고 임초영의 손에 들린 커다란 하트 속에 '석원이와 초영이의 인생 스케치 3'라는 제목이 붙어 있다. 윤석원과 임초영의 캐리커처를 부드럽게 쓰다듬다가 표지를 넘겼다.

자유분방한 일기장이다. 가계부이기도 하고 디자인 북이기도 하다. 한쪽 구석에 주방처럼 보이는 스케치가 있고, 다른 한구석에 그날 쓴 돈의 명세가 적혀 있다. 명세의 제일 밑에는 빨간 펜으로 'BC카드 82,000원'이라고 적혀 있고 그 옆에 따로 뿔난 소녀 모양의 그림과 함께 '윤석원 죽었어! 친구들 만나서 밥값을 왜 혼자 내는데?'라는 코멘트가 있다. 그리고 그 옆에 굵직한 남성의 글씨체로 '죄송합니다, 마님! 그래도 이차는 그놈들이 샀습니다요. 한 번만 용서해 주세요. 굽실굽실!'이라고 적혀 있다.

"큭!"

입에서 낮은 신음성을 흘리고 붉어진 눈을 스케치북에서 떼어냈다. 윤태수도 같은 경험을 했기 때문에 슬그머니 임화평을 외면했다.

잠시 정적이 있었다. 그 침묵을 깬 사람은 늘 그랬듯이 임화평이다.

"어디를 볼까요?"

"10월 15일을 한번 보시지요."

빠르게 넘겨 날짜를 찾았다. 오른쪽 상단에 작은 여자아이가 그려져 있다. 몸과 머리 길이가 일대일 비율로 그려진 귀여운 아이인데 두 손으로 턱을 받치고 고개를 갸우뚱한 모양이다. 두 눈에서 눈물이 주르륵 흘러내리고 있다. 아이의 입에서부터 시작된 말풍선에는 '재검이래. 웬 재검?' 이라고 적혀 있다. 그리고 그 밑으로 사연이 적혀 있다.

나 건강한 거 같은데 웬 재검? 잔뜩 겁먹고 갔는데 한 거라고는 다시 피 뽑고 가슴 사진 한 번 더 찍은 것뿐이다. 김 빠졌지, 뭐야. 그나마 우리의 친절한 신 박사가 직접 피 뽑아주고 X—Ray실까지 따라와 줘서 기분이 좀 풀렸다. 별일 없겠지? 없을 거야.

다 읽고 눈을 떼자 윤태수가 또 말했다.
"21일 한번 보시죠."
몇 장 넘겼다. 두 눈이 반짝반짝한 천사 소녀의 입에서 나온 말풍선에 '우와! 이게 웬 떡이래? 힐튼 스위트룸 숙박권이다. 만쉐이!' 라고 적혀 있다. 그리고 그 밑에 몇 줄 더 적혀 있는 내용은 데이터가 바뀐 바람에 받지 않아도 될 재검을 받았다는 내용과 귀찮게 해서 미안하다는 뜻으로 호텔 숙박권을 받았다는 내용이다.
익히 아는 내용이다. 그 뒤로 한 장씩 넘겨보았다. 중국으로 가는 불안감과 기대감이 범벅된 내용들이다. 아빠가 빨리 왔으면 좋겠다는 대목에서 눈길이 멈췄다.
"후!"
눈을 감고 스케치북을 덮은 후에 다시 눈을 떴다.
"나중에 차분히 보겠습니다."
윤태수는 고개를 끄덕였다. 눈물이 나서 볼 수가 없을 것을 알고 있다. 몇 군데 음모를 눈치챌 내용들을 빼면, 그 속에 두 사람의 알콩달콩한 신혼

생활이 그대로 녹아 있다. 윤태수도 중간에 몇 번이나 눈물을 쏟고 또 읽기를 중단했다. 온통 임초영의 흔적인 그 스케치북을 편하게 볼 수 없는 것은 너무나 당연했다.

스케치북을 책상 한쪽 구석으로 옮겨놓은 후 주전자에 손바닥을 댔다. 한 삼십 초나 지난 후에 손을 떼고 윤태수의 찻잔에 차를 따라 주었다. 놀랍게도 찻잔에서 김이 올라오고 있다.

윤태수가 놀란 눈으로 바라보자 쓰게 웃으며 서류 봉투를 집었다. 십여 페이지 이상 되는 서류들이다. 오랫동안 회사생활을 한 사람답게 보고서 형식으로 서류를 꾸며왔다. 서류를 뺐음에도 불구하고 봉투에 남은 것이 있는 듯해서 들여다보니 영수증 같은 것들이 여러 장 들어 있다.

"며늘아기 짐에서 나온 것들 중에 연관이 있겠다 싶은 것들만 챙겼습니다."

임화평은 고개를 끄덕이고 서류의 첫 페이지를 열었다. 한 사람의 이름과 그의 약력이 적혀 있다. 그 밑에는 윤태수의 의견이 따로 적혀 있다. 그런 식으로 현승전자와 정심종합병원 사람들에 관련된 내용들이 이십여 장의 복사지에 채워져 있다. 사진이 있는 사람도 있고 없는 사람도 있다.

딱 이놈이다 할 만큼 확신할 수 있는 자료들은 아니다. 그저 의심할 수 있을 만한 사람들을 나열해 놓고 왜 그 사람인지를 주관적으로 설명해 놓은 정도다. 나름대로 노력했지만, 아마추어의 한계가 드러나는 보고서다. 그래도 딱 한 사람, 확신에 가까운 심증이 가는 사람을 지적해 놓았다.

정심종합병원 심장 전문의 신영록.

그가 아마도 '우리의 친절한 신 박사'였을 것이다. 그 한 사람으로 충분했다. 시작할 수 있으면 끝을 볼 수 있을 것이다. 나머지 자료도 충분히 참고할 만했다. 없는 것보다는 훨씬 도움이 되는 자료들이다. 평생 주방에서 살아온 임화평이 그 정도의 자료를 얻으려면 상당한 시간과 노력을 투입해야 할 것이다.

　서류를 대충 훑고 내려놓고 윤태수를 바라보며 물었다.

　"현승전자에서 위로금이라는 명목으로 3천만 원을 보냈단 말이지요?"

　"상례(常例)에 어긋나는 일입니다. 업무 중의 사고도 아니고, 놀러 가다가 그리되었다면 그 어떤 회사도 회사 이름으로 그 정도 금액의 위로금을 내어놓지는 않지요. 찢어버리고 싶었습니다만, 의심 살까 두려워서 그냥 받았습니다."

　"큭! 뒤늦게 양심의 가책이라도 받은 걸까요?"

　임화평과 윤태수는 동시에 코웃음 쳤다. 그만한 금액의 위로금이라면 회사 최상부의 결정이었을 것이다. 최상층부 가운데서도 윤석원과 임초영을 중국으로 보낸 자의 결정이었을 것이다. 정말로 양심의 가책 때문에 보낸 것이라면 그것이야말로 조롱에 가까운 푼돈에 불과했다. 두 사람들에게는 현승을 통째로 준다고 해도 바꿀 수 없는 사람이 윤석원과 임초영이다.

　윤태수가 고개를 저으며 말했다.

　"조사가 너무 부실하지요? 현승에 있는 친구 놈에게 물어볼까도 했습니다만, 아무래도 안 하는 게 좋을 것 같아서 참았습니다. 그나마 며늘아기 스케치북에 참고할 만한 것이 많아 그것들을 기반으로 조사했습니다만, 현승의 누구인지는 결국 알아내지 못했습니다."

　"이것으로 충분합니다. 불법적인 일입니다. 여러 사람 손을 거쳐서 할 수 있는 일이 아니지요. 시작만 할 수 있으면 나머지는 저절로 알게 될 겁니다. 사돈께서 너무 깊이 파고들지 않아 오히려 다행이라고 생각하고 있습니다. 수고 많으셨습니다."

　윤태수가 안타까운 눈빛으로 말했다.

　"제가 더 할 일이 없을까요?"

임화평은 웃으며 고개를 저었다.

"이제부터는 제가 하겠습니다. 사돈께서는 되도록 움직임을 최소화하시고 먼 거리 움직이실 때는 명확히 하셔서 가능한 한 기록을 남기십시오. 저 때문에 괜한 의심받으실 수도 있습니다. 그리고 누가 제 거처를 묻는다면 그냥 가르쳐 주십시오. 제가 여기 있는 건 친분이 있는 사람들과 거리를 두려는 것이지, 종적을 숨기려는 것이 아니거든요."

종적을 감추면 더 큰 의심을 사게 된다. 경찰이든 다른 누구든 간에 임화평을 찾아온다고 해서 얻을 것이 없다. 사실 경찰은 찾아올 일이 없다. 임초영의 일이 드러나지 않는 이상, 경찰은 인과관계를 알 수가 없다. 만에 하나 찾아온다고 해도 딸 옆에서 은둔하는 것으로 생각할 것이고, 그렇게 생각지 않는 나머지는 상대할 다른 방법이 있다.

"무기력해지는군요."

"그런 생각 하지 마십시오. 각자 잘하는 게 있지 않습니까. 사나흘 후부터 시작할 생각입니다. 앞으로는 저를 찾아오지 마십시오. 가급적이면 전화도 하지 마십시오. 전화를 꼭 하셔야 할 때는 아예 도청당하고 있다고 생각하시고 말씀하세요. 그리고 제 쪽에서도 가끔 연락을 드리겠습니다. 다른 전화기 생기면 그때 다시 알려드리지요."

임화평이 일어섰다. 윤태수가 일어섰다. 두 사람은 같이 쓴웃음을 지으며 서로의 손을 맞잡았다.

⚜

책상 위에 놓인 가족사진을 바라보다가 슬그머니 돌려놓았다. 그리고 열쇠꾸러미에서 오랫동안 쓰지 않았던 열쇠 하나를 찾아 오랜 세월 닫혀 있던 서랍을 열었다.

서랍 속에서 오래된 와이셔츠 박스를 꺼내 개봉했다. 그 안에 든 물건은 단 하나, 지름이 20㎝ 정도 되는 정사각형의 동판이다. 한가운데에는 지름이 12㎝ 정도의 원형으로 텅 빈 것처럼 움푹 들어간 채 반들거리고, 그 주변부 8㎝ 정도는 아주 복잡한 문양들이 얼기설기 양각되어 있다. 언뜻 보면 오래된 청동 거울처럼 보인다.

그것이 무엇인지 짐작하고 있다. 그것은 만다라다. 정확히 말하면 만다라의 일부다. 부처께서 거한다는 중앙의 사자좌가 비어 있고, 사대문 밖의 신수좌 역시 떨어져 나간 형태다. 그러나 그것이 세상에 잘 알려진 태장계, 혹은 금강계의 만다라인 것은 아니다. 복잡한 문양과 함께 명확하게 드러나 보이는 사대문의 지킴이가 불교의 사천왕이 아닌 뭔가 다른 존재다. 정교하여 쉽게 알아볼 수 있음에도 불구하고 그 정체를 알아내지 못했다.

"이것이 과연 그것과 쌍을 이루는 것이 맞을까? 곧 알게 되겠지."

그것을 꺼내 방으로 돌아왔다. 발가벗은 후 오른손에 쟁반을 들 듯 그것을 들고 왼손 엄지손톱으로 중지를 긁어 상처를 냈다. 똑똑 떨어지는 핏방울이 그것의 중앙 오목한 곳에 떨어졌다. 피를 먹은 그것은 그대로 피를 흡수하여 흔적조차 남기지 않았다. 임화평은 더 이상 의심하지 않고 그것을 배꼽 위에 놓은 채 사지를 펼쳐 누웠다.

차크라를 돌리는 순간 그것에서 갑자기 붉은빛이 솟구쳤다. 사대문을 지키는 이상한 모양의 지킴이들 하나하나가 살아 있는 듯 꿈틀거렸다.

"으읍!"

지킴이들이 빛을 타고 허공으로 떠올라갔다가 사대문과 함께 꺼지듯이 갑자기 사라졌다. 임화평은 찌르는 듯 몸을 파고드는 기운을 참기 위해 이를 악물었다.

"크흡!"

살을 헤집는 고통이다. 뼈를 부수는 고통이다. 전신의 혈관들이 불거져 툭툭 튀어나올 것만 같다. 몸속으로 완전히 파고든 그것은 가슴 위에 문신처럼 자리 잡았다.

고통을 참아내며 차크라를 휘돌렸다. 다섯 개의 차크라가 맹렬하게 휘도는 순간 문신이 되어버린 그것이 붉은빛을 드러내며 휘돌았다. 그것들은 수백 줄기의 혈관처럼 해체되어 피부를 타고 이동했다.

왼쪽 가슴을 타고 흐른 붉은 선들이 왼쪽 어깨를 지나 팔로 내려갔다.

주먹을 불끈 쥐었다. 그 순간 붉은빛은 일시에 사라져 버리고 왼팔에는 수백 개의 붉은 철사로 가로세로 엮어 만든 토시 모양의 문신만 남았다.

"후우우우!"

긴 숨을 토해내고 일어나 앉았다. 문신을 살펴보니 어깨의 천연두 예방접종을 받은 자국에서부터 손목까지 빽빽했다. 그나마 다행인 것은 차크라를 돌리지 않으면 핏줄처럼 뚜렷하게 드러나는 것이 아니라 자세히 보지 않으면 알 수 없을 정도로 희미해진다는 것이다.

"이번에는 왼팔인가?"

그것의 정확한 정체는 알지 못한다. 그것을 본 유가술의 스승은 고대 인도의 것으로 짐작되는 만다라 보패의 일종이라고 말했다. 물론 전생에서 그와 함께했던 것은 지금의 것과 달랐다. 그때의 그것은 어머니의 유품이었다. 모양은 지금의 것과 다른, 사자좌에 해당하는 크기의 원형이었다. 과거 그는 그것을 소가죽 조끼에 부착하여 평소 호심경처럼 사용했다. 그런데 그것이 우연히 피를 먹은 후 운기조식하는 동안 오른쪽 팔에 안착되어 위기 때마다 그의 생명을 구해주었다.

"이것이 총알까지 막아줄 수 있을까?"

보패라고 해서 특별한 신력을 보인 것은 아니다. 다만 검기를 능히 막아 내는 강력하고 의외로운 방패 역할을 해주었을 뿐이다.

임화평은 누비 한복을 걸치고 천장을 올려다보며 중얼거렸다.

"당신은 정말 짓궂은 분이오."

전생의 보패와는 그의 나이 서른두 살, 그러니까 그의 죽음과 함께 인연을 끝맺었다. 그것이 어디에 있는지 알면서도 현생에서는 잊은 채 살아왔다. 그런데 그것이 그의 나이 서른두 살 때, 함께 청계천 헌책방 나들이를 나갔던 이정인의 손에 들어왔다. 평소와 달리 임화평의 의견조차 구하지 않고 왠지 끌렸다며 덥석 구입해 버렸다.

임화평은 그것을 보고 소스라치게 놀랐지만 내색하지 않았다. 그 후로 그것은 이정인 살아생전엔 장식물처럼 벽에 걸려 있다가 그녀가 죽은 후부터 지금까지 쭉 서랍 속에 봉인되어 있었다. 그것을 다시 꺼내게 될 것이라고는 생각지도 못했다. 그의 죽음과 함께 다시 세상을 떠돌거나 임초영의 집 한구석을 차지하게 될 거라고 생각했다.

'괜히 정인이 눈에 띄었던 것이 아니었어. 결국 이렇게 쓰이려고 내 손에 들어온 것이었어.'

왼팔을 내려다보며 흔들어보았다. 몸 밖에 있을 때는 꽤나 무거웠지만 몸 안으로 들어가는 순간, 전생의 그것처럼 무게가 느껴지지 않았다.

길게 심호흡하고 방을 나섰다. 그가 캄캄한 밤하늘을 올려다보며 중얼거렸다.

"잘 살아왔겠지? 다 잊은 채 웃고 떠들며 살아왔겠지? 이제 기억나게 해주마. 죽어서도 잊지 못하도록 네놈들 영혼에 각인시켜 주마."

제8장
네 한목숨 가지고는 이자도 안 돼

2001년 2월 17일.

　회색 무지 티와 검은색 양복바지를 입은 후 전기면도기로 턱수염을 깎았다. 그리고 일회용 면도기로 콧수염을 다듬었다. 멋들어진 콧수염은 아니지만, 기르겠다는 의지 정도는 보여줄 수준이다.

　"이건 됐고……."

　펼쳐진 채 뒤집어져 있던 관상학 책을 들어 내용을 살폈다.

　"흠! 그렇단 말이지?"

　변용술의 목적은 남이 못 알아보게 하는 것이 아니다. 다른 누군가로 생각하게 만드는 것이다. 임화평은 그림까지 자세하게 나와 있는 관상학 책을 교과서로 삼았다. 관상학은 일종의 통계학이다. 혼자 고민하고 상상하여 얼굴을 만드는 것보다 더 효율적으로 세상 어딘가에 있을 사람처럼 꾸밀 수 있다.

책을 다시 엎어두고, 물의 챠크라를 맹렬하게 돌리며 두 손으로 얼굴을 한참 덮고 있다가 두 손 약지로 콧등에서부터 눈두덩을 지나 귀 쪽으로 내리누르며 잡아당겼다. 어쩐지 눈끝이 날카롭게 찢어진 듯한 느낌이다. 눈만 보면 미약한 변화였지만 그것만으로도 인상이 완전히 바뀌었다.

은테 안경을 썼다. 젤로 머리를 매만지고 가느다란 빗으로 정성스럽게 빗어 올백으로 넘겼다. 휴지로 손에 남은 젤을 대충 닦아내고 다시 거울을 보았다.

"이제야 그럭저럭 모양이 나오는구나."

젤을 사용해 본 적이 없는 터라 수십 번 시행착오를 거쳐야 했다. 젤 삼분의 일을 소모하고야 어색하지 않은 모양을 낼 수 있게 된 것이다.

안경테를 살짝 들어 올려 검은색 유성 매직으로 쌀알 크기의 점을 찍었다. 안경테를 내리자 보일 듯 말 듯한 점이 되었다. 대충 봐서는 알 수 없지만 임화평의 얼굴을 정면에서 본 사람이라면 누구나 볼 수 있는 점이다.

다시 거울을 보며 정안결을 운용했다. 평혼안을 취하는 순간 그의 눈빛이 변했다. 반짝이던 정광이 사라지고 초점이 흐려지며 미약한 황달기가 드러났다.

"아이구야, 아이구야. 이거, 영 어색하네. 내가 아닌 것 같아. 이봐요, 아가씨. 시간있수? 간호사, 내 차례 언제 오는 거야? 아이구, 선생님! 오랜만에 뵙습니다. 저야 잘 있지요. 이번에 한몫 잡았습니다. 언제 한번 모실게요. 이런 개 같은 년이 있나? 돈 없어, 이년아!"

임화평은 뜻 모를 말들을 쉬지 않고 내뱉었다. 표정이 야비하게 변했고, 뺨이 살짝 들어가면서 목소리가 가늘어졌다. 눈동자는 계속해서 흔들렸고, 손과 발은 쉬지 않고 건들건들 움직였다. 10여 분 동안이나 혼잣말을 하다가 마침내 거울 앞에서 벗어났다.

임화평은 두 손을 비비며 말했다.

"이거 끈적끈적한 것이 영 기분이 안 좋구먼."

목소리며 표정이 영락없이 30대 초중반의 양아치다. 안 그래도 젊어 보이는데 간단한 터치를 더해 오륙 년 이상의 세월을 역행한 셈이다.

발끝을 차는 듯이 경망스럽게 걸어 욕실로 향했다. 손을 깨끗이 씻고 다시 방으로 돌아와 침대에 다리를 꼬고 앉은 후 투명 매니큐어를 꺼냈다. 그것으로 손가락 지문 부위를 정성스럽게 칠했다. 30분 전에 칠하고 나서 두 번째 하는 칠이다.

매니큐어를 내려놓고 두 손끝을 입으로 가져가 호호 불었다. 매니큐어가 다 마를 때까지 발을 까딱거리며 기다렸다. 행동 하나하나도 양아치다. 양복 상의를 걸치고 다시 거울 앞에 섰다. 임초영의 결혼식 이후로 처음 입는 양복이지만 원래의 얼굴이었다면 이중원만큼이나 근사하게 보였을 것이다.

임화평은 거울에 비친 자신의 모습을 향해 입맛을 쩝쩝 다시며 말했다.

"아! 그 자식 참, 야비하게 생겼다. 껌 하나 씹으면 딱 양아치네. 이제 가 볼까?"

자동차 키를 포켓에 넣고 핸드폰을 집었다. 그때 핸드폰이 부르르 떨렸다. 눈살을 찌푸리며 핸드폰을 바라보다가 뺨을 복어처럼 부풀려 연속해서 숨을 내쉰 후 핸드폰을 받았다.

"임화평입니다."

평소의 묵직한 중저음의 목소리다.

"아! 박 영사님! 예, 오랜만입니다. 들어오셨군요. 죄송합니다. 제가 지금 시골에 있어서요. 그렇습니까? 그럼 이제 중국에서는 어느 분과 이야기를 해야 할지? 예, 감사합니다. 그동안 수고 많으셨습니다. 편한 곳으로 가셨으면 좋겠네요. 예, 안녕히!"

북경 대사관의 사건 담당 영사 박원철이 임기를 마치고 귀국했다는 전화다. 임화평의 예상처럼 중국에서의 수사는 별 진전이 없다는 소식과 인수인계를 했으니 앞으로는 새로운 사건 담당 영사에게 연락을 취하라는 것이 전화 내용의 전부다.

임화평은 몇 번을 연속해서 숨을 들이마셨다. 그의 뺨이 조금씩 홀쭉해졌다.

"개인적으로 전화까지 주다니, 기특하구먼. 박 영사! 진심으로 편한 곳으로 가길 바라겠소."

임화평의 목소리는 다시 날건달의 그것이 되었다.

사당에서 경마장 가는 길목에 자리한 정심종합병원 순환기 내과 환자 대기실에 도착했다. 신문을 말아 쥔 채 입 한쪽으로만 껌을 씹으며 환자 대기실의 빈자리에 앉아 다리를 꼬고 신문을 펼쳤다.

임화평의 눈동자는 잠시도 가만히 있지 않았다. 가끔씩 신문을 내리고 지나가는 젊은 간호사들의 뒷모습을 음흉한 눈으로 쳐다보다가 주변 사람들을 훑어보기도 하고 진찰실로 눈을 돌리기도 했다. 그러나 그 눈동자는 늘 특정한 진찰실에서 멈췄다가 신문으로 돌아갔다.

환자 대기실에 출근한 것은 이틀 전부터다. 첫날은 허탕을 쳤다. 신영록의 진료가 없는 날이었다. 다행히 소득이 없었던 것은 아니다. 친절하게도 담당의의 진찰일과 시간이 상황판에 다 적혀 있었다.

어제는 신영록의 얼굴을 확인했다. 여자깨나 후릴 얼굴에 미소가 떠나지 않았다. 여유롭고 친절한 의사의 표본을 보는 듯한 얼굴이다. 간호사들도 호감 어린 눈빛으로 그를 대했다.

얼굴을 확인한 후 그의 차를 찾느라고 한참이나 헤맸다. 의외로 외제차가 아닌 흰색 그랜저다. 병원 앞에서 한참을 기다리다가 뒤를 쫓았다. 안양 성원대 자연과학 캠퍼스 내의 성원의대에 들어갔다가 세 시간 만에 다시 나왔다. 의대를 떠난 그는 곧장 서울로 향했다. 중간중간 접촉 사고를 빙자해 납치하고픈 욕망이 들끓었지만 꾹 참았다.

그가 향한 곳은 의외로 익숙한 곳이었다. 압구정 갤러리아를 지나 청담동 빌라촌으로 들어갔다. 거기서 또다시 추적을 멈췄다. 고급 빌라촌에는 각 동마다 관리인들이 있다고 들었다. 대포차이긴 하지만 눈에 띄어서 좋을 것은 하나도 없다.

오늘이 사흘째다. 임화평은 문이 열리는 진찰실로 눈을 돌렸다. 진료 시간을 채운 신영록이 웃으며 나왔다. 임화평은 병원 밖에 주차해 둔 차를 빼내 정문 근처 한갓진 곳에서 기다렸다.

신영록의 그랜저는 한 시간이 지나서야 정문을 빠져나왔다. 어제와는 분명히 다른 길로 가고 있다. 반포 방향이다. 논현동 방향으로 꺾으면 어쩌나 했는데 다행스럽게도 동작대교 쪽으로 직진했다.

답답하기 그지없는 시간이다. 손가락 하나면 기절시킬 수도 있고 절명시킬 수도 있다. 그 기회를 얻을 수가 없어 사흘째 길에다 시간을 버리고 있는 셈이다. 하지만 그는 살수의 기억을 가지고 있는 사람이다. 인내가 바람직한 결과를 도출해 줄 수 있다는 사실을 잘 알고 있다.

동작대교를 지나 이태원에서 남산 삼호터널을 탔다.

"일단 명동인가? 귀찮게 됐군."

아니기를 빌었지만 흰색 그랜저는 신세계백화점의 주차장으로 들어갔다. 임화평은 뒤차의 경적 소리에 밀려 주차장을 지나쳤다. 흰색 그랜저라 멀리서도 쉽게 따라올 수 있었지만 주차장으로 따라 들어가게 되면 눈에 띌 수밖에 없다.

일단 주위를 한 바퀴 돌고 나서 근처의 주차장에 차를 넣고 신세계백화점 안으로 들어갔다. 주차장으로 통하는 문을 찾아 흰색 그랜저를 찾았다. 흰색이다 보니 금방 찾았다.

애써 신영록을 찾을 생각은 하지 않았다. 주차장에서 백화점으로 통하는 입구 근처에 자리 잡고 보지도 않을 신문을 펼쳐 들었다. 30여 분이 지나서야 신영록이 나타났다. 혼자가 아니다. 20대 초반으로 보이는 늘씬한 아가씨와 함께 있다.

길거리를 지나가면 누구나 뒤돌아볼 만큼 아름다운 아가씨다. 곧고 긴 다리 선을 그대로 보여주는 청바지에 하얀 면 티, 그리고 검은 가죽 재킷을 입었다. 어찌 보면 심플한 차림이지만 그렇게 입고도 사람들의 주목을 한 몸에 받을 만큼 예쁜 아가씨다. 아가씨의 걸음걸음을 추종하는 사내들의 눈길들이 신영록에게 돌아가는 순간 질투와 부러움으로 뒤범벅되었다. 심지어는 살의마저 내비치는 눈도 있다.

'역시 주목받는 걸 좋아하는 놈인가?'

안 그래도 흰색 그랜저를 보고 취향 참 독특하다고 생각했다. 주목받는 것을 좋아하든지 의사라는 표시를 내고 싶든지 둘 가운데 하나일 거라고 생각했다. 아가씨를 보는 순간 전자로 생각이 기울었다.

신영록과 나누어 든 쇼핑백이 만족스러운 듯 아가씨는 활짝 웃었다.

"오빠, 오늘 정말 그냥 갈 거야?"

말 한마디 하는 순간 아가씨의 얼굴이 언제 웃었냐는 듯 애처롭게 변했다.

임화평은 귀를 활짝 열었다.

"미안! 오늘 동기 모임 있거든. 내일 보자. 가고 싶은 데나 먹고 싶은 것 미리 생각해 둬. 무조건 다 들어줄게."

아가씨가 얼굴을 찌푸렸다.

"음! 동기 모임 안 가면 안 돼?"

신영록은 두 손을 모아 비는 시늉을 하며 아가씨를 달랬다.

"미안, 미안! 오늘은 정말 안 돼. 내가 사는 날이거든. 운전사 노릇, 지갑 노릇 다 해야 되는 날이야. 나 정말 수진이 떼놓고 가기 싫거든. 하지만 오늘 빠지면 나 제명돼. 그러니까 한 번만 봐주라."

"어차피 저녁에 만날 거잖아? 나하고 놀다가 가면 되잖아?"

"옷은 갈아입고 가야지. 토요일 저녁에 어떻게 양복을 입고 다니니? 친구 놈들이 흉봐."

신영록은 내일을 생각해서 아이들과 조금 놀아주고 마누라 눈치도 봐야 한다는 말은 쏙 뺐다.

아가씨는 울상을 지으며 고개를 끄덕였다.

"그럼 내일 오빠 시간은 다 내 거다? 나중에 딴말하기 없기야."

"당근이지. 이해해 줘서 고마워. 우리 수진이는 정말 착해."

아가씨가 머리를 기울여 신영록의 어깨에 기댔다.

임화평은 두 사람이 지나가고 한참 후에 자리에서 일어났다. 신문을 휴지통에 넣고 느긋하게 백화점을 빠져나갔다. 차를 찾은 후 그는 바로 청담동으로 향했다.

직접 만든 햄버거와 우유로 허기를 가라앉히고 차 안에서 시간을 보냈다. 오후 6시. 빌라촌을 빠져나오는 그랜저를 따라 일식집 근처에서 대기하다가 한 시간 반 만에 다시 신영록을 보았다. 비슷한 또래의 사내 넷과 함께

다. 아가씨에게 말했던 것처럼 차를 가져온 사람은 신영록뿐인 듯, 모두가 그랜저에 동승했다.

　차가 향한 곳은 신사동이다. 그랜저는 두 군데 룸살롱 앞에 멈췄다가 다시 움직였다. 의견 일치를 보지 못한 모양이다. 결국 차에서 내린 곳은 '아카디아'라는 이름의 룸살롱이다.

　문 앞의 웨이터가 무전기를 들어 뭐라 말하자 안에서 늘씬한 여인이 나와 일행을 맞이했다. 반갑게 맞이하는 사람이 신영록이 아닌 것으로 보아 다른 사람의 단골집인 듯했다.

　"적어도 한 시간은 여유가 있겠군."

　임화평은 웨이터가 그랜저를 주차장에 넣는 것을 확인한 후 서울세관 뒤쪽의 으슥한 공사장 앞에 차를 세워두고 택시로 돌아왔다. 룸살롱 입구가 보이는 식당에서 순두부찌개백반으로 허기를 가라앉혔다. 그리고 다시 대기 상태에 들어갔다.

　룸살롱으로 들어간 지 한 시간 반 가까이 지났다.

　'절제했다고 해도 운전할 형편은 못 되겠군.'

　여자 하나만 끼어도 그랜저 하나로는 동승하지 못한다. 택시 부르고 대리를 불러야 할 것이라는 계산하에 모험을 해보기로 했다. 대리 기사와 겹치면 돈으로 해결할 작정이다.

　골목 안 어둠 속에서 벗어나 룸살롱 앞에서 간판을 쳐다보다가 전용 주차장으로 건들거리며 걸어갔다.

　"젠장! 술만 처먹으면 불러요. 내가 지 운전기사야? 토요일이잖아, 토요일! 월급도 쥐꼬리만큼 주면서 부려먹기는 소처럼 부려먹고 있어. 내일 와서 가져가면 될 거 아니야. 정말 인생 좆 같네! 아저씨! 차 빼주세요. 서울 21 다 3337 흰색 그랜저요."

들으란 듯이 말하고 주차 관리 박스 앞 간이 의자에 털썩 주저앉아 뒤통수를 벅벅 긁었다.

40대 중반쯤 보이는 주차 관리원은 임화평의 짜증난 모습에 피식 웃으며 자동차 키를 가지고 그랜저로 향했다. 연기가 얼마나 리얼한지 의심조차 하지 않았다. 주차장에 외제차도 몇 대나 있으니, 훔칠 목적이라면 굳이 그랜저를 지목하지 않을 거라고 생각했을 것이다.

차를 넘겨받은 임화평은 차창 밖으로 얼굴을 내밀고 말했다.

"낮에는 일하고 밤에는 운전기사. 이게 뭔 짓인지 몰라. 아저씨! 나처럼 안 만들려면 자식 공부 빡세게 시키세요."

주차 관리원은 피식 웃으며 대답했다.

"자식 농사가 생각처럼 되면 얼마나 좋을까? 그리고 요새는 돈이 있어야 공부도 잘하는 세상이더라고. 고생허소."

임화평은 가볍게 손을 흔들고 룸살롱 앞으로 서진했다. 임화평이 룸살롱 입구 근처에 차를 대고 밖으로 나와 침을 뱉는 모습을 보고는 주차 관리원은 가슴 한구석에 남은 의심을 털어버리고 혀를 차며 중얼거렸다.

"그려, 월급쟁이는 정말 할 짓이 아니구먼. 대기업도 저럴라나? 저 짓거리 안 하고 살게 하려면 두드려 패서라도 공부시켜야 혀. 쯔쯔쯧!"

주차 관리원은 고개를 내저으며 관리 박스 안으로 들어가 버렸다.

임화평은 차 앞에서 10여 분 정도 오락가락하다가 룸살롱 입구로 걸어가 웨이터에게 물었다.

"사장님 나오실 때가 됐는데, 총각이 좀 알아봐 줄 수 없어?"

20대 초반의 웨이터는 임화평이 절대 손님이 될 수 없다고 생각했는지 퉁명스럽게 대꾸했다.

"누구신지 알고 알아본단 말입니까?"

임화평은 부들거리는 손으로 지갑에서 만 원을 꺼내 청년에게 내밀었다.

"없는 사람끼리 좀 봐주라. 여자 친구랑 놀다가 불려왔다. 친구분하고 해서 다섯 분 들어가셨을 거야. 8시 조금 지나서 들어가셨을 거다. 총각도 나처럼 토요일 밤에 여자 친구 놔두고 한정없이 기다린다고 생각해 봐. 아주 미친다."

웨이터는 슬그머니 돈을 받고 고개를 끄덕였다. 돈 때문이라기보다는 동정심 때문이라는 것이 얼굴에 역력하게 드러났다.

임화평은 합장하면서 애처로운 표정으로 부탁했다.

"그렇다고 대놓고 물어보지 말고. 방해했다가는 나 잘린다. 그냥 룸 매니저한테만 기사 와 있다고 전해줘. 부탁해."

웨이터는 안에 들어갔다가 금방 다시 나왔다.

"파장 분위기예요. 아가씨들 하나둘씩 나오니까 옷 갈아입는 시간 생각하면 한 10분 걸릴 거예요."

"택시는 불렀어?"

"지금 부르고 있어요."

"고마워."

임화평은 다시 차 앞으로 물러서서 머리를 긁적였다. 아가씨들이 함께 나오는 것까지는 환영할 만한 일인데, 신영록까지 여자를 달고 나오면 또 다시 시간만 버리는 셈이 된다.

'이걸 어쩐다? 그냥 재워서 호텔 방에 넣어버려?'

알려지라고 대놓고 드러낸 얼굴이다. 주차 관리원과 웨이터가 본 이상 목격자 하나 더 생긴다고 해도 큰 문제가 아니다. 다만 아가씨를 처리하는 일이 귀찮을 뿐이다. 난감해하고 있을 때 입구가 소란스러워졌다.

"야, 영록아! 너 혼자만 빠지려고 그래? 오랜만에 단체로 그거(?) 한번 하자니까."

혀 꼬부라진 목소리다. 신영록의 대답에도 짙은 술기운이 배어 있다.

"아! 미안! 나 내일 중요한 약속 있어. 오늘은 얌전히 들어가서 마누라 눈치 좀 봐야 돼."

남자들과 여자들이 뒤섞여 우르르 몰려나왔다. 임화평의 뒤쪽에서 빈 택시 두 대가 거의 동시에 오고 있다.

임화평은 걸음걸이가 흐트러진 신영록에게로 다가가 공손하게 말했다.

"사장님, 차 빼두었습니다."

눈을 게슴츠레하게 뜨는 것이, 술을 제법 많이 마신 듯했다.

"음? 내가 대리 불렀던가? 택시 부르라고 했던 것 같은데?"

"마지막까지 정성스럽게 모시자는 게 저희 업소의 영업 방침입니다."

신영록은 피식 웃으며 임화평의 어깨를 두드렸다.

"그래? 서비스 굿이다. 또 와야겠네."

임화평은 허리를 살짝 숙이며 차를 향해 손을 뻗었다.

신영록은 고개를 끄덕이며 뒤를 돌아보았다.

"야, 나 먼저 간다. 잘들 놀아라."

네 친구는 아가씨 하나씩을 보듬고 자기들끼리 이야기하기 바빴다.

"이 자식들아! 나 먼저 간다고!"

그제야 한 사람이 알아듣고 손을 흔들었다. 신영록은 미련없이 돌아서서 차를 향해 걸었다. 임화평은 차 뒷문을 열었다. 신영록이 막 차에 타는데 뒤늦게 새끼마담인 듯한 여인이 다가왔다.

임화평은 차 문을 닫고 여인에게 말했다.

"저희 사장님께서 오늘 재밌었다고, 다음에 다시 와야겠다고 하시네요."

신영록이 의사임을 밝혔다면 여인이 의심할 수도 있겠다고 생각했지만 역시 사장이라는 호칭이면 이쪽저쪽 어디나 무리없이 다 통했다.

여인은 의심 대신 농염한 미소를 지었다. 임화평이 나이가 들어서 그런지 몰라도, 나이가 들었는데도 전신에서 풍기는 매력은 현역 아가씨들보다 낫다는 느낌이다.

"그러셨어요? 인사드렸으면 좋겠는데."

미약한 콧소리에서도 색기가 배어 나왔다.

임화평은 몽롱한 표정으로 대답했다.

"술이 많이 되셔서 기억 못하실 겁니다. 필름 자주 끊기시거든요."

"그럼 이거 사장님께 좀 전해주시겠어요?"

여인은 임화평에게 명함을 건네고 가볍게 눈인사한 후 돌아섰다.

임화평은 차에 탄 후 정색을 하고 백미러를 보면서 물었다.

"사장님! 어디로 모실까요?"

"음, 청담동! 청담동 골든뷰!"

알코올 기운이 계속 올라오는지 말이 딱딱 끊겼다.

"청담동 빌라촌 말씀이시지요? 모시겠습니다."

그랜저는 처음이다 보니 조심스럽게 차를 몰았다. 약간의 흔들림이 있은 후, 차는 부드럽게 서행했다. 실실 감기던 신영록의 두 눈이 완전히 감기고 고개가 모로 꺾였다.

임화평은 이내 서울세관으로 향했다. 공사장에서 잠이 든 신영록의 혈도를 짚어 대포차의 트렁크에 넣어두고 대신 작은 배낭 하나를 빼 들었다. 다시 신영록의 차를 몰아 한남대교를 타고 한강 이북으로 향했다. 그가 가야 할 분당과는 반대 방향이다.

남산 일호터널 근처에 도착하여 으슥한 곳에 차를 세운 후 가방에서 소형 진공청소기를 꺼내 운전석 주변을 깨끗이 청소했다. 작은 수건에 알코올을 뿌려 그가 손댄 차 문 등을 닦아내고 가죽으로 된 핸들 커버를 벗겨 가방에 넣었다. 혹시나 놓친 것이 없는지 차분하게 확인한 후 어둠을 타고 주택가까지 걸어 내려와 택시로 다시 서울세관으로 돌아왔다. 납치가 마무리되는 순간이다.

※

신영록은 뼛골까지 스며드는 한기에 잠에서 깨어났다. 겨우 눈을 떴지만 이상하게도 몸을 움직일 수가 없다. 자세도 이상했다. 마치 의자에 앉아 책상에 이마를 대고 자고 있는 듯한 느낌이다.

'으, 추워! 왜 이렇게 추운 거야?'

"여, 여보!"

소리쳐 불러봤지만 아무런 대답도 듣지 못했다. 눈 좌우로 불빛이 느껴지는데 앞은 캄캄하기만 하다. 도저히 상황을 이해할 수가 없었다. 기억이 나는 건 술 먹고 룸살롱이 제공한 대리 기사에 의지해 차에 탔다는 것 정도다.

드르륵!

'드르륵?'

문 여는 소리가 그렇게 생경할 수가 없다. 그의 집, 병원, 그리고 의대 그 어디에도 여닫이문이 있는 곳은 없다.

문 닫는 소리가 들리지 않았다. 대신 차가운 바람이 전신을 두드렸다. 너무나 차가워 살갗이 타는 것 같은 느낌이다.

"누, 누구요?"

"술 많이 마신 것 같은데, 생각보다 일찍 깨어났군."

듣기 좋은 중저음의 목소리와 함께 문소리가 들렸다. 이번에는 닫은 모양이다. 계속해서 살갗을 찌르던 바람이 잦아들었다.

거친 손 하나가 어깨에 닿았다. 신영록은 간단하게 밀려 의자 등받이에 등을 기댔고, 그제야 모든 것을 눈으로 확인할 수 있었다. 눈동자를 아래로 굴렸다. 사각팬티의 끝부분이 살짝 보였다. 벌거벗고 있는 것이나 마찬가지다. 그것을 알고 나니 한기가 더 혹독하게 살을 저몄다.

눈동자를 굴려 주위를 둘러보았다. 작은 방이다. 소리처럼 여닫이문이 달린 허름한 방이다. 그가 앉은 의자와 눈앞의 책상, 그리고 그 앞에 또 다른 의자가 있고, 그 뒤로 비디오카메라가 설치되어 있다. 그 외에는 아무것도 없는 방이다.

신영록은 그제야 조금 전 목소리의 주인을 찾았다. 그 순간 그의 등 뒤에서 한 사내가 천천히 몸을 드러낸 후 그의 옆에 섰다.

"신영록, 마셔라."

임화평은 먹기 좋을 만큼 따뜻한 물을 신영록의 입에 조금씩 흘려주었다. 신영록은 몸이 따뜻해짐을 느끼는 동시에 자신이 난감한 처지에 빠져 있음을 확신했다.

물을 다 마신 신영록이 부들부들 떨리는 목소리로 말했다.

"무, 무엇을 원하는 겁니까? 돈? 돈이라면 최선을 다해 마련하겠소. 3억? 아니, 5억 어떻소? 그 정도라면 오늘이라도 당장 만들어 드릴 수 있소."

임화평은 컵을 탁자 위에 내려놓고 맞은편 의자에 가 앉았다. 신영록이 마주한 임화평은 그와 비슷한 나이대의 호남형의 사내다. 인상으로만 본다면 돈을 노리고 납치극을 벌일 사람 같지는 않다.

"그 정도 돈은 나도 있어."

눈빛만큼이나 차가운 목소리다.

'돈이 아니라면 뭘 노리고?'

이해할 수가 없다. 가진 것 중에서 남들이 부러워하고 빼앗아갈 수 있는 것이라면 돈밖에 없다. 5억 정도의 돈이 있는 사람이라면 심장 전문의로서의 그를 원하는 것도 아닐 것이다. 돈만 있으면 그의 손을 빌릴 수 있을 테니까.

'원한?'

이제껏 의료사고를 일으킨 적이 없다. 인턴 시절에 자잘하게 사고를 치기는 했지만 남들의 원한을 살 정도의 사고는 아니다.

'혹시 수진이 때문에?'

임화평이 생각을 끊었다.

"무슨 생각을 그렇게 하나? 궁금하면 묻지 그러나?"

"왜 이러는 것이오? 내가 무슨 잘못을 했다고 이런 수모를 주는 것이오?"

"임초영이라는 이름, 기억하나?"

신영록은 눈을 몇 번 끔벅거린 후 바로 대답했다.

"임초영? 그런 이름은 기억에 없소. 뭔가 오해가 있는 것 같소. 난 그런 사람 정말 모르오. 보내주시오. 보내만 주면 경찰에 신고하지 않겠소."

임화평은 무심한 눈으로 신영록을 바라보다가 자리에서 일어나 창문을 활짝 열었다. 그리고 문까지 활짝 열어 밖으로 한 발 내디디며 말했다.

"찬바람 쐬면 정신이 좀 돌아올 거야. 고통을 줄이려면 기억해 내야 할 거다. 기억이 나면 소리쳐."

두 발을 모두 문밖으로 옮긴 임화평이 다시 돌아섰다. 막 소리를 지르려던 신영록이 입을 꾹 닫았다.

"소리 지르고 싶으면 마음껏 질러."

임화평의 모습이 사라졌다. 신영록은 문밖으로 시선을 돌렸다. 황량한 시멘트 마당이 보이고, 회색 블록으로 쌓은 담이 보였다. 그 담 너머로 보이는 것은 야트막한 산이다. 별 볼일 없는 시골의 풍광이지만, 신영록에게는 절망이라는 제목의 풍경화다.

신영록은 부들부들 떨면서 소리쳤다.

"도대체 임초영이 누구야? 난 몰라! 모르는 사람이란 말이야!"

메아리없는 외침이다. 신영록은 생각에 몰두했다. 우선 자신의 상태를 확인했다. 이상했다. 묶인 것도 아닌데 꼼짝도 할 수 없다. 전신마취를 하지 않고는 그렇게 될 수가 없는데, 정신이 멀쩡했고 오감 역시 살아 있다. 차라리 오감마저 닫힌 상태라면 좋았을 것이다. 적어도 춥지는 않을 테니까.

주변 상황을 떠올렸다. 외진 곳이다. 소리를 마음껏 지르라고 했던 것을 생각해 보면 인근에 인가조차 없는 곳일 것이다.

'으으으으으, 춥다! 춥다! 춥다! 아니야. 생각해, 생각해 내야 돼. 임초영이라고 했지? 임초영, 임초영이 도대체 누구야?'

신영록은 아주 오랜 옛일부터 더듬기 시작했다. 혹시 사귀다가 버린 여자 중에 임 씨가 있었는지부터 생각했다. 없다. 돈 문제를 따져 보았다. 두 번 생각할 필요도 없다. 이름난 부자는 아니었지만 그래도 유복한 집안 출신이라 평생 단 한 번도 돈이 없어 곤란을 겪어본 적이 없다.

'여자 관계, 돈 문제가 아니면 뭐야? 도대체 뭐냐구?'

너무 추워서 전신이 경련을 일으켰다. 이빨이 쉴 새 없이 맞부딪치고 있었다. 곤란하게도 얼굴과 의지로 움직일 수 없는 불수의근만 움직인다. 추위가 생각조차 막아버렸다. 손만이라도 움직일 수 있다면 비벼보기라도 했을 것이다.

'죽는다. 이대로 있다가는 얼어 죽는다.'

"이, 이보세요. 사, 살려주세요! 제발! 흐흐흐흐흑!"

두려움에 우는 것이 아니다. 너무 추워서 울었다. 흘러내린 눈물이 금세 차갑게 식어 더 춥게 만들었다. 그때 임화평이 주전자 하나를 들고 돌아왔다.

임화평은 무심한 눈으로 손목시계를 내려다보며 말했다.

"5분을 못 버티는군."

"살려주십시오. 뭐든지 하겠습니다. 제발 살려만 주세요."

임화평은 신영록의 옆으로 다가갔다.

"뭐든지 하겠다고? 그럼 생각해 내라, 네 머릿속 어느 구석에 처박혀 구겨져 있을 임초영이라는 이름을. 잠시 따뜻할 거다. 그사이에 생각해 내."

임화평은 신영록의 머리 위에서 주전자를 기울였다. 따뜻한 물이 머리를 적시고 전신으로 흘러내렸다. 임화평은 주전자를 완전히 비운 후 말없이 방을 나섰다.

신영록은 임화평의 뒤통수에 대고 악을 썼다.

"실마리라도 줘! 임초영이 도대체 누구야? 내가 그 사람에게 뭘 잘못했는데?"

임화평은 사라졌다. 잠시 몸을 덥혀주었던 물이 차갑게 식었다. 파랗게 질린 살갗이 타는 것 같았다. 말초부터 서서히 마비되어 갔다.

"살려줘! 빨리 오란 말이야!"

대답이 없다.

"살려주세요! 이보세요! 제발 살려주세요! 흑흑흑!"

임화평이 다시 주전자를 들고 돌아왔다. 그리고 그 물을 다시 머리 위에서 천천히 부었다.

"헛! 뜨거!"

물은 금세 식었다. 신영록이 잠시의 따뜻함을 즐기는 동안 임화평은 말 한마디 없이 다시 사라졌다. 그리고 살려 달라는 애원에 또다시 물을 붓고 나가 버렸다.

신영록은 임화평의 뒤통수에 대고 애걸했다.

"사람 잘못 잡아오신 겁니다. 전 의삽니다. 사람을 살리는 사람이라고요. 의료사고 한 번 낸 적 없는 놈입니다. 풀어주세요. 풀어만 주시면 신고하지 않겠습니다."

임화평은 처음으로 감정적인 반응을 보였다. 콧방귀다. 임화평은 뒤도 돌아보지 않고 나갔다가 또다시 뜨거운 물을 가지고 돌아왔다.

"힌트를 주지. 네가 여기 있는 이유는 현승 계열 병원의 심장 전문의이기 때문에 온 거다."

임화평은 물을 부어놓고 다시 나갔다.

"의사이기 때문에 납치됐다. 생각해 내야 돼. 임초영이라고 했지? 임초영! 누구냐?"

말 몇 마디 내뱉은 사이에 잠시 동안 몸을 덥혀주었던 물이 식어가고 있다. 10여 초만 더 지나도 다시 차갑게 식어 고통을 가중시킬 것이다.

"의사이기 때문이라면 여자 문제, 돈 문제는 확실히 아닌 거지? 그렇다면 환자? 죽인 환자 없어. 잘못된 환자?'

의료사고는 아니지만 수술 경과가 좋지 못해 죽은 사람은 몇 있다. 하지만 그 위험성을 충분히 설명했고, 환자와 그 보호자들도 납득한 후에야 수술했다. 가능성이 크지 않은 마지막 희망에 모든 것을 걸었던 사람들이다.

'아니야. 실낱같은 희망이 있을 때는 납득했지만 죽고 난 후에 그것을

용납하지 못할 수도 있어.'

신영록은 환자의 보호자들을 하나씩 떠올려 보았다. 임화평의 생김새와 닮은꼴을 찾아보려고 노력했다. 하지만 생각해 낼 수 없었다. 그때 임화평이 현승 계열이라고 한정한 것을 떠올렸다. 하지만 추웠다. 추위가 다시 그의 생각을 끊어버렸다.

신영록은 참고 있던 소변을 배출시켰다. 팬티를 적신 소변이 찰나의 온기를 느끼게 해주었다.

"현승과 관계된 일? 임초영? 임초영! 설마!'

그 순간 온기는 다 사라져 버리고 소변 뒤끝의 한기가 뼛골마저 얼어붙게 만들었다.

"아니야, 아니야. 뒤탈 없을 거라고 했잖아. 내 잘못이 아니야."

고개를 흔들고 싶었다. 전신으로 부인하고 싶었다. 하지만 움직일 수 있는 것은 눈동자뿐이다.

임화평이 돌아왔다. 그의 손에는 주전자 외에 호텔에서나 쓰는 목욕 수건이 들려 있었다.

"이제 생각해 냈나? 상을 주지."

임화평은 암모니아 냄새에 아랑곳하지 않고 신영록에게로 다가가 그의 상반신에 목욕 수건을 둘러주었다. 그리고 탁자 위의 컵에 따뜻한 물을 따라 그의 입에 대어주었다. 신영록이 물을 다 마시자 문과 창문을 차례대로 닫았다.

임화평은 신영록의 맞은편에 앉아 파랗게 변했던 그의 입술에 붉은 기운이 감도는 것을 묵묵히 바라보았다. 물론 상을 주고 싶은 생각은 티끌만큼도 없다. 온전하게 말할 수 있는 상태를 만들려고 했던 것뿐이다.

여전히 떨고 있지만 그래도 신영록의 얼굴에 약간의 화색이 감돌았다.

"신영록! 내가 누군지 아나?"

신영록은 아무 말도 하지 않았다. 그저 주눅 든 눈으로 바라볼 뿐이다.

"임초영은 내 딸이다."

신영록은 눈을 감았다. 눈꺼풀과 입술이 바람맞은 종잇장처럼 파르르 떨렸다. 또 다른 의미의 추위. 가장 뜨거운 심장부터 얼어붙게 만드는 추위가 휘몰아쳤다.

"눈 떠라. 날 봐. 문 열고 수건 걸을까?"

신영록은 어쩔 수 없이 눈을 떴다.

"자초지종을 잘 알고 있을 테니 내가 지금 너를 얼마나 신사답게 대하고 있는지도 알고 있겠지? 몰라? 자식 있을 테니까, 입장 바꿔 생각해 보면 쉽게 알 거야. 그렇지? 네가 상상조차 하지 못할 고통을 줄 수도 있다. 그런데도 참고 있어. 왜? 넌 하수인에 불과하니까."

분명히 참고 있다. 하지만 하수인이기 때문에 참는 것은 아니다. 온전한 정신으로 하는 말을 들어야 하기 때문이다.

"난, 난 모르는 일이오. 기억하라 해서 기억해 냈소. 난 현승에서 실시한 정기검진의 대상자를 진찰한 것뿐이오."

"그런가?"

임화평은 품속에서 검진 결과표 원본을 꺼냈다.

"의사로서 이 결과, 어떻게 보지? 건강한 사람인가, 아닌가?"

신영록은 임화평의 소름이 끼치도록 차가운 눈을 외면할 기회를 찾았다는 듯 검진 결과표를 바라보았다. 임초영의 것이다.

"거, 건강하오."

"그렇지? 그냥 건강한 정도가 아니라 마라톤 완주도 할 만큼 건강해. 그런데 왜 재검했나? 우리 아이의 일기에 보면 '우리의 친절한 신 박사'께서 직접 피까지 뽑으셨다더군. 서류상의 착오라는 개소리는 하지 말고."

신영록은 다시 눈을 감았다.

"혹시 변동 사항이 있는지 확인한 거야. 오류가 있었는지 확인한 거야. 그렇지? 눈 떠."

임화평은 검진 결과표를 거두어들였다. 그리고 다시 두 장의 종이를 꺼냈다. 신영록도 슬며시 눈을 떴다.

임화평은 한자가 잔뜩 적힌 종이 한 장을 내밀었다.

"읽을 수 있나?"

한 자 한 자는 읽을 수 있어도 그것이 문장이 되면 알지 못했다. 그리고 종이에 적힌 한자는 간자가 너무나 많았다.

"못 읽소."

임화평은 그 종이를 거두고 다른 종이를 내밀었다.

"한글 해석본이다. 내가 타이핑한 게 아니야. 위에 인쇄된 대로 주중 대한민국 대사관에서 만든 정식 문서의 사본이다. 이게 아니었다면 너를 데리고 올 생각을 못했을 거야. 읽어봐."

잠시 읽던 신영록이 신음을 내뱉으며 다시 눈을 감았.

임화평은 차갑게 말했다.

"왜, 이젠 한글도 못 읽나? 좋아, 내가 읽어주지."

임화평은 차분하게 부검서를 읽기 시작했다. 처음부터 끝까지 차분하게. 부글부글 끓어오르는 분노로 가슴속에 복수의 탑을 쌓으면서 한 자도 빠뜨리지 않고 읽었다.

"내 딸은 그렇게 죽었다. 산 채로 심장을 도둑맞아 죽었다. 그 아이 뱃속에 있던 내 손자는 세상 한번 보지 못하고 덩달아 죽었어. 내 사위? 그 아이 납치해 가는 놈들 뒤쫓다가 트럭에 치여 죽었다."

신영록의 감은 눈에서 눈물이 새어 나왔다.

"생명을 살려야 할 놈이 아무것도 모르는 아이를 사지로 내몰아? 집 그만하면 남부럽지 않을 거고, 5억 당장 준다는 거 보니 돈 걱정할 필요도 없어. 의사니까 사회적인 지위도 충분해. 뭘 더 얻겠다고 내 딸을 죽게 만든 거냐?"

신영록이 눈을 부릅뜨며 소리쳤다.

"내가 아니오! 난 모른단 말이오! 그냥 시키는 대로 했을 뿐이오!"

"의학박사라는 놈이 그딴 소리를 해? 개소리라는 거 알지?"

신영록은 다시 눈과 입을 닫아버렸다.

임화평은 처음으로 피식 웃음을 흘렸다.

"묵비권? 넌 내가 경찰로 보여? 왜? 변호사라도 불러줘?"

신영록은 눈을 번쩍 떴다.

"날 고소하시오. 이런다고 해서 달라질 것은 없소. 당신만 범죄자가 되는 것이오. 날 법정에 세워 법의 심판을 받게 하시오."

"난 널 죽일 거다. 네 옵션은 편하게 죽느냐, 고통스럽게 죽느냐 그 두 가지뿐이야. 아! 한 가지 더 있구나. 골든뷰. 솔직히 거기까지 가고 싶은데 억지로 참고 있어. 그런데 네가 날 강요하는구나, 골든뷰로 가라고. 너 모르지? 나 고아다. 마누라는 진즉에 갔어, 간암으로. 남은 건 초영이 하나뿐이었다. 너는 내게 남은 단 하나를 빼앗아간 거야. 내 삶의 유일한 낙을 가져간 거다. 이제 난 어떻게 돼도 좋아. 복수만 할 수 있다면 지옥에라도 들어갈 수 있다. 넌 그런 사람의 아이를 건드린 거야. 살고 싶어? 정말 원한다면 살려줄 수 있어. 대신 지옥을 보아야 할 거다. 네 부모부터 시작할 거야. 골든뷰로 갈 거다. 네 여자 친구를 찾을 거야. 하나하나씩 끌고 와 네 앞에서 배를 갈라주마."

신영록의 두 눈이 공포로 물들었다. 그가 바라보는 임화평의 얼굴은 그저 무심해서 차갑게 느껴질 뿐이지만, 그래서 더 몸서리치게 무서웠다.

"안 됩니다. 그, 그러지 마세요. 제 자, 자식들은 아무런 잘못도 없잖아요."

"초영이는 잘못이 있었나? 먼저 두 가지를 묻지. 누구냐? 현승의 누가 시켰어? 어떤 년이 내 딸의 심장을 훔쳐 갔지?"

자신의 죽음을 떠올린 신영록은 다시 눈과 입을 닫았다. 두 사람의 이름을 대는 순간 죽은 목숨이라는 것을 알았기 때문이다.

"더 이상은 안 되겠군."

임화평은 지체없이 일어섰다. 의자 끌리는 소리를 듣는 순간, 신영록은 공포로 물든 눈을 다시 떴다. 임화평이 신영록의 오른손을 쥐어 의자 손잡이 위에 올려놓았다. 그리고 호주머니에서 못 하나를 꺼내 손등에 들이댔다.

"일단 이것부터 시작하지."

"손? 손은 안 돼!"

"흠! 꼴에 의사라 이건가? 곧 죽을 놈이 별걱정을 다 한다."

임화평은 신영록의 아혈을 누른 후 그대로 못을 찔러 넣었다. 그러면 단번에 박아 넣을 수 있을 텐데도 아주 천천히 아주 조금씩 찔러 넣었다. 피가 튀지 않고 못을 타고 올라왔다가 다시 흘러내렸다.

신영록의 눈이 찢어질 듯 부릅떠졌다. 소리라도 지르면 고통이 줄어들지도 모르는데 조금 전까지 잘도 돌아가던 혀가 꼼짝도 하지 않았다. 신영록은 찢어지는 눈으로 자신의 손등을 찢고 들어가는 못을 바라보았다. 그 못이 완전히 박혀 못 머리만 남았다. 손이 의자 손잡이에 박혀 버렸다.

임화평은 못 하나로 신영록의 살갗을 긁으며 움직였다. 못은 팔을 지나 어깨로 타고 머리 위를 지나 반대쪽 어깨로 내려갔다가 다시 팔을 타고 손끝으로 움직였다. 그리고 못 하나가 다시 왼쪽 손등에 박혔다.

임화평은 신영록의 등 뒤로 가서 그의 오른쪽 어깨를 부드럽게 어루만지다가 가볍게 탈골시켰다. 그리고 다시 왼쪽 어깨를 탈골시켰다. 장난치듯 손가락을 뚝뚝 부러뜨리는 임화평의 얼굴은 무심할 뿐이다. 신영록이 정신을 놓아버리려고 할 때마다 또 다른 고통이 정신을 차리게 만들었다.

신영록은 고통에 겨워 쉴 새 없이 눈물을 흘리며 입을 쩍쩍 벌렸다.

임화평이 차갑게 웃으며 맞은편 의자로 돌아갔다. 신영록은 그제야 고통이 끝났다고 안도했지만, 그때 임화평이 호주머니 속에서 한 움큼의 못을 꺼내 탁자 위에 흩어놓았다.

피핏!

두 개의 못이 어깨에 꽂혔다. 다시 두 개의 못이 팔뚝에 꽂혔다. 또 다른 두 개의 못이 손목 위에 꽂혔다. 신영록의 눈은 찢어질 듯 벌어진 채 줄어들지 않았다.

임화평은 한참을 침묵하면서 신영록의 고통을 묵묵히 바라보다가 다시 일어나 그의 옆으로 다가섰다.

"비명 지르지 마라, 듣기 싫으니까. 귀 아프게 하는 순간 고통은 가중될 거다."

아혈이 풀리자 신영록은 끙끙 앓는 듯한 신음을 토했다. 어떻게든 소리 지르지 않기 위해 안간힘을 다하는 모습이다. 임화평은 다시 의자로 돌아가 앉았다. 그리고 못 하나를 들어 엄지와 검지 사이에 넣고 굴리며 물었다.

"보다시피 못은 충분해. 다음은 왼발이다. 오른발, 부러진 손가락 하나하나에 다 박아 넣어줄 수 있다. 그래도 모자라면 이걸로 포를 떠주지. 얇게 저며서 소금으로 절여주마. 이름!"

임화평은 허리춤에서 군용 대검을 꺼내 탁자 위에 내려놓았다.

신영록은 부들부들 떨면서 입을 열었다.

"유, 유, 유현조!"

임화평의 차가운 눈이 번득였다.

"유현조? 현승전자의 젊은 전무 말인가? 현승가의 셋째지, 아마? 좋아, 계집의 이름은?"

한 번 열린 입은 더 이상 닫히지 않았다. 신영록의 입에서 놀라운 이름이 튀어나왔다.

"차수경!"

"차수경?"

임화평은 눈을 치뜨며 주먹을 불끈 쥐었다. 그 이름일 것이라고는 상상도 하지 못했다.

애초에 임화평은 두 가지 가능성을 떠올렸다. 현승이 중국의 유력 인사에게 뇌물 삼아 임초영의 심장을 제공했거나, 현승가의 누군가가 필요해서 임초영을 희생시켰다고 생각했다. 그런데 의외의 이름이 튀어나온 것이다.

차수경.

나이 오십오 세. 정치 성향이 모호한 전(前) 국회의원이다. 그녀는 요절한 남편의 뒤를 이어 가구로 이름 높은 신한퍼니처의 대표이사가 되었다가 뒤늦게 정치에 입문했다. 처음 시작은 희한하게도 진보당을 표방하는 제일 야당 민주국민당이었다. 대한민국 가구 시장의 사 할을 지배하는 가구 회사 대표가 진보를 표방하는 정당에 몸을 담는다는 것 자체가 신기한 일이었다. 그녀의 행적이 민국당에 국한되었다면 '노블리스 오블리제'를 몸소 행했다고 칭송받았을지도 모른다.

속사정이야 어쨌든 그녀는 단아한 미모와 성공한 여성 CEO로서의 이미지, 그리고 여성 잡지와의 인터뷰에서 발견된 말주변을 인정받아 민국당의 대변인에 지명되었다. 거기서 투사 이미지를 쌓은 후 14대 총선을 통해 전국구 의원이 되었다. 늦은 입문에 빠른 금배지였다.

문제는 15대 총선이었다. 그녀는 민국당의 공천을 받아 지역구 의원이 된 후 바로 탈당하여 4년이 넘도록 맹공격했던 신한국당으로 이적했다. 야당에서는 효율적으로 신념을 펼칠 수 없다는 이유였다.

철새, 배신자, 이중 첩자, 변절자 등의 비난을 받았지만 그녀는 당당했다. 하지만 그녀가 15대 국회에서 한 일이라고는 억지에 가까운 상대방 비난뿐이었다. 그 어디에도 그녀가 말했던 신념이나 소신, 혹은 정치 철학이 드러나지 않았다.

그런 그녀가 2000년 봄부터 미디어에서 사라졌다. 지병을 이유로 16대 총선에도 출마하지 않았다. 임화평은 당시 이상하다고 여기면서도 다행이라고 생각했다. 그런데 그 병이라는 것이 임초영의 심장을 필요로 했던 것이다.

임화평은 한때 그녀를 안쓰럽게 생각했다. 사람들은 그녀를 정치적 철새, 변절자라고 비난했지만, 임화평의 느낌으로는 민국당과 신한국당에서 정치의 정 자도 모르는 그녀를 부추겨 정치적 방패로 이용한 것처럼 보였기 때문이다.

한때의 연민을 후회하며 임화평은 이를 악물고 차수경과 유현조의 관계를 생각했다.

'그렇군. 장모와 사위인가? 현승가 사람이 아니라고도 못하겠군.'

차수경의 딸과 현승가 셋째의 결혼이 한때 정재계의 화제가 된 적이 있다. 누구나 정략결혼이라고 말했지만, 유현조가 인터뷰에서 밝힌 바에 따르면 조금 달랐다.

유현조와 조혜인은 서로의 집안을 모른 채 미국 뉴욕에서 만났다. 유현조가 뉴욕대학 경영대학원[Stern School of Business]에서 경영학을, 조혜인이 프랫대학[Pratt Institute]에서 상업미술을 공부할 때였다. 첫 만남에서 유현조는 영혼의 끌림을 주체하지 못하고 조혜인에게 대쉬했다고 했다. 그 덕에 한 학기를 더 들어야 할 만큼 정신을 못 차렸다고 했다. 두 사람이 서로의 집안을 알게 된 것은 거의 동시에 이루어진 각자의 집안 반대에 부딪치게 된 후였다. 결국 두 사람은 연애결혼을 한 셈인데, 집안끼리는 정략결혼을 시킨 셈이 되었다.

물론 임화평은 두 사람의 러브 스토리에 관심도 없고 아는 바도 없다. 그가 아는 것은 차수경과 유현조가 장모와 사위 관계라는 정도가 다였다. 그리고 그것으로 충분했다.

가슴속에서부터 솟구쳐 오른 복수심이 용암처럼 들끓었다. 차분해지려고 노력했다. 복수심은 격한 감정에서 나오지만 복수는 감정으로 하는 것이 아니라는 사실을 잘 알고 있다. 감정에 이끌려 행동하면 광기가 된다. 광기는 복수에 아무런 도움이 못된다. 단발로 끝날 것이라면 괜찮을지 몰라도 오래 지속되어야 할 복수행의 경우, 필요 이상의 적을 만들어 자멸하기 쉽다. 이성적으로 그것이 어렵다면 기계적으로 해나갈 생각이다.

임화평은 분노의 눈빛보다 더 무서운 무심한 눈빛으로 추위와 육체적 고통 속에서 공포에 떨고 있는 신영록을 바라보았다.

"나는 인류, 종교, 국적, 정당, 정파, 또는 사회적 지위 여하를 초월하여 오직 환자에 대한 나의 임무를 지키겠노라. 나는 인간의 생명을 그 수태된 때로부터 지상의 것으로 존중히 여기겠노라. 비록 위협을 당할지라도 나의 지식을 인도에 어긋나게 쓰지 않겠노라. 그렇게 선서했겠지. 무엇이 너로 하여금 이 아름다운 히포크라테스의 선서를 깔아뭉개게 만들었나? 협조하지 않으면 죽이겠다는 협박이라도 받은 건가, 아니면 정심병원 병원장이라도 시켜준다고 하던가?"

히포크라테스의 선서 일부를 듣는 순간 눈을 감았던 신영록이 협박이라는 말에 눈을 떴다.

"후우! 후우! 다 말씀드리겠습니다."

고통에 찬 목소리와는 달리 그의 두 눈은 민활하게 움직였다. 임화평은 한눈에 그가 양심의 가책 때문에 털어놓는 것이 아님을 알아보았다. 어떻게든 살 기회를 얻기 위한 안간힘이었을 것이다.

"반년 전쯤에 갑자기 RH−B형 여자들의 건강검진 데이터 몇 장을 들고 와 차수경 씨에게 심장을 이식할 수 있는 대상자를 찾으라고 했습니다. 후우! 그 가운데 따님이 있었습니다. 저, 저도 처음엔 못한다고 했습니다. 하지만 외도 사실을 집에 알린다고……. 흐억!"

"수진이라는 그 아가씨? 예쁘더군. 그런데 그렇게 대놓고 자랑하고 다녀놓고 안 들킬 거라고 생각한 건가? 그런 면에서는 또 멍청하군."

신영록은 눈을 치떴지만 금세 수긍했다. 자신을 납치한 사람이다. 뒷조사 정도는 당연히 했을 것이라고 여겼다.

신영록은 솔직히 말하면 고통이라도 줄여주지 않을까 하는 심정으로 계속해서 말을 이었다.

"혀, 협박 다음에는 당근이었지요. 현승전자 주식 1만 주를 주겠다고 했습니다. 시가로 40억가량 됩니다. 그리고 병원과 대학 양측에서 제게 힘을 실어주겠다고 했습니다. 또 뒤탈 날 일은 절대로 생기지 않을 것이라고 했습니다. 중국에서 깨끗이 처리될 거니까 아무도 모를 것이라고 하더군요. 끄으음!"

그 말을 끝으로 신영록은 입을 다물었다. 더 할 말이 없었을 것이다. 그

다음은 누구라도 짐작할 수 있을 테니까.

"누가 주동이었지? 유현조? 차수경의 딸? 또 누가 연관되어 있나?"

"유, 유 전무의 부인은 따로 만난 적이 없습니다. 건강검진 데이터는 유 전무의 비서로부터 전달받았고, 그 이후의 일은 검진을 핑계로 차수경이 직접 나섰습니다. 으헉!"

신영록의 얼굴이 고통으로 일그러졌다. 추울 텐데도 식은땀이 흘러내리고 있었다.

"유현조는?"

"부, 부탁한다는 전화만 두 번 바, 받았습니다. 주식도 비, 비서를 통해 전달받았지요."

"호텔 숙박권 건넸지? 그 비서에게 받은 건가?"

"아닙니다. 차수경 씨에게서 직접 받았습니다."

쉼없이 묻던 임화평이 고개를 끄덕이며 잠시 생각을 정리했다. 그리고 다시 말했다.

"심장이식 수술이라는 것이 쉬운 게 아니더군. 살 확률도 그다지 높지 않고."

신영록은 마치 그 말을 기다렸다는 듯이 간절한 눈빛으로 임화평을 바라보며 대답했다.

"마, 마, 맞습니다. 그래서 제가 말렸습니다. 성공 확률이 높지 않다고요. 애꿎은 사람만 하나 죽이는 것으로 끝나 버릴 수 있다구요. 게다가 낙후된 중국에서 불법으로 하는 수술이었습니다. 자, 잘될 턱이 없다고 분명히 말했습니다. 후으! 하지만 차수경 씨는 말을 듣지 않고 끈질기게 저를 밀어붙였습니다. 마, 마지막 수단까지 다 시도해 보고 죽겠다고 했습니다. 그럼 중국 가서 찾으라고 권했습니다. 요, 요즘 심장이식은 혈액형과 심장 크기 정도만 맞으면 이식할 수 있으니까 중국에서 구하는 게 더 빠르다고 분명히 말했습니다. 끄으으!"

"반드시 내 딸일 필요는 없었다는 소리잖아. 그런데 왜?"

고통에 찌들어 있는 와중에도 신영록은 한 조각 연민이라도 발견될 수 있기를 간절히 기도했지만, 임화평의 얼굴은 오히려 일그러졌다. 신영록은 조급한 마음에 황급히 대답했다.

"차, 차수경은 자신이 심장이식 수술의 수혜자가 되기에는 나이가 많다는 사실을 잘 알고 이, 있었습니다. 혈액형과 크기 정도의 조건만 맞춘 심장으로는 실패할 확률이 높지 않느냐며 반문했지요. 혈액형과 크기만 맞추는 이식 조건은 수요와 공급이 일치하지 않아 생기는 필수조건에 불과하다며 더 높은 수준의 가능성을 찾아달라고 했습니다. 그녀는 또 무슨 병에 걸렸을지도 모르는 창녀나 노숙자의 심장을 단 채 살고 싶진 않다고 말했습니다. 심신이 건강한 젊은 여자의 튼튼한 시, 심장을 원했습니다."

임화평도 도서관에서 그에 대한 글을 읽었다. 심장이식은 1905년에 그 이론적인 배경이 성립되고, 1967년에야 최초로 시도되었다. 그 이후 시행착오를 거쳐 성공률을 높이는 몇 가지 이식 조건들이 제시되었는데, 계속해서 기술 발전이 이루어지고 약의 개발이 진척되면서 심장 크기와 혈액형을 제외한 대개의 조건들은 꼭 따지지 않아도 되는 부수적인 것으로 치부되기 시작했다. 수술이 필요한 사람은 많은데 장기를 제공할 만한 뇌사자들의 수는 적기 때문에 조건을 완화시킬 수 있는 연구들이 빠른 속도로 진행되었을 것이다.

"결국 가장 높은 가능성을 가진 심장이 초영이 것이었다?"

신영록은 임화평의 허탈한 표정과 차가운 목소리에 절망했다. 차수경의 강요를 부각시켜 연민을 얻으려고 했는데 돌아온 것은 차가운 분노뿐이다.

"병원의 또 다른 협조자는?"

신영록은 고개를 저었다.

"여, 여러 사람에게 알릴 수 있는 일은 아, 아니지 않습니까?"

"그건 그렇군. 그럼 중국 쪽 일을 한 놈들에 대해서 아는 것 있나?"

신영록은 모른다고 힘없이 대답했다.

"최근에 차수경 본 적 있나?"

신영록의 눈동자가 심하게 흔들렸다.

"언제지?"

신영록은 눈을 감았다가 뜬 후 신음을 흘리며 대답했다.

"지, 지난달 중순에 돌아왔습니다. 그 뒤로 두 번 검진했습니다."

임화평은 코웃음을 흘리며 물었다.

"수술 잘되었던가?"

"경, 경과가 좋은 편이었습니다, 상당히."

"당연히 그래야지, 누구 심장인데. 그년은 언제쯤 세상에 몸을 드러낼 것 같은가?"

"아, 앞으로 삼 개월 안에 거부반응이 일어나지 않으면, 불편없이 돌아다닐 수 있을 겁니다."

"흥! 삼 개월? 그때까지 살 수 있을지 모르겠군."

신영록은 한광이 번득이는 임화평의 눈을 차마 마주 보지 못하고 질끈 눈을 감았다. 몸을 움직일 수 없다는 것이 너무나 안타까웠다. 적어도 자신이 얼마나 심하게 떨 수 있는지는 보여주고 싶었다. 얼마나 살고 싶어하는지는 알려주고 싶었다.

임화평이 일어났다. 신영록의 눈은 태풍 속의 작은 배가 되어 주체할 수 없이 흔들렸다.

"혹시 내게 더 할 말 없나?"

"저, 저, 정말 저, 절 죽이실 겁니까? 그, 그러지 마세요. 전 그냥 시키는……."

임화평은 부드러운 목소리로 유혹하듯 말했다.

"살려 달라고 말하라니까. 말만 해. 살려준다고 했잖아."

신영록은 눈물과 콧물을 줄줄 흘리며 애걸했다.

"제발! 제발! 제발!"

피핏!

"악!"

두 개의 못이 또다시 신영록의 어깨에 깊숙이 박혔다.

임화평은 조금 전과 달리 강압하듯 목소리에 분노를 담았다.

"살려 달라고 말해. 아무렇지도 않게 손가락을 놀린 네 선택으로 인해 앞날이 구만 리 같은 세 생명이 덧없이 꺼졌다. 네 한목숨 가지고는 이자도 안 돼. 그러니까 말해봐, 살려 달라고!"

"끄으으으으윽!"

신영록은 입을 꼭 다물고 억지로 신음을 삼켰다. 살려 달라고 목 놓아 울부짖고 싶지만 억지로 참았다. 두 자식을 포함한 여섯 목숨과 바꿔야 한다는 생각이 그의 입을 닫게 만들었다.

임화평은 신영록을 향해 코웃음치고 비디오카메라를 껐다. 신영록은 그제야 지금껏 그의 모습과 말들이 모두 기록되었다는 것을 깨달았다.

"그, 그것을 공개하실 겁니까?"

"이것은 내가 너를 죽였다는 증거도 돼. 최후의 순간이 아니면 세상에 드러날 일 없어. 걱정 안 해도 돼."

말하는 사이에 임화평은 어느새 신영록의 옆에 섰다.

"안 돼요. 제발!"

"마지막 기회다. 살려 달라고 네 입으로 말해라. 약속대로 살려준다."

"사, 사, 사아아아아아… 으흐흐흐흑!"

임화평은 눈물을 줄줄 흘리며 도리질하는 신영록을 차갑게 바라보다가 입에 수건을 쑤셔 넣었다. 신영록의 눈이 부릅떠졌다. 다시 자리로 돌아온 임화평은 못을 들어 심장을 제외한 장부에 느긋하게 하나씩 던지기 시작했다.

"이건 내 사위와 수태된 때로부터 지상의 존재로 존중받았어야 할 내 손자 몫이다."

한껏 부릅떠진 신영록의 눈에 핏발이 섰다.

임화평은 죽어가는 신영록을 한참 동안 바라보다가 그에게 다가가 심장에 손바닥을 댔다.

"이건 초영이 몫이다."

퍽!

신영록의 몸이 움찔거린 후 하얀 수건이 붉게 물들었다. 내가중수법이었다. 임초영을 장기를 잃었지만, 신영록은 장기가 모두 파괴되었을 것이다. 핏발이 선 신영록의 눈에서 피눈물이 나면서 귀와 입에서도 피가 흘러내렸다.

"편하게 죽는 거다, 내 딸에 비하면."

임화평은 16㎜ 테이프 두 개에 복사를 떠놓고 방을 나섰다. 신영록이 고이 누워 있는 옆방으로 갔다. 옷은 납치했을 당시 그대로 입혀놓고 피 묻은 수건과 팬티는 따로 신영록 옆에 뭉쳐 놓았다. 그리고 그가 신영록을 납치하고 신문할 때 사용했던 옷들과 그 외의 소지품도 따로 모아두었다.

신영록에게 덮어주었던 담요에 그 모든 것들을 올려놓고 돌돌 말아 노끈으로 묶었다. 그것을 다시 커다란 비닐로 쌌다.

삽 한 자루와 함께 신영록의 시신을 들고 집 뒤쪽으로 내달렸다. 한 시간 가까이를 달려 미리 보아둔 암석 지대에 이르렀다. 시신을 내려놓고 주변부의 바위들을 발바닥으로 쿵쿵! 소리가 나도록 찼다. 어떤 것은 꿈쩍도 하지 않았고 어떤 것은 미약한 움직임을 보였다.

임화평은 움직임을 보인 바위들 가운데 시신보다 조금 더 작은 바위를 골라 삽으로 바위 주변을 파고 다시 발로 찼다. 바위가 큰 흔들림을 보였다. 임화평은 두 손을 수도로 만들어 바위와 땅이 붙은 부위에 거침없이 찔러 넣었다.

"합!"

임화평의 이마에 핏줄이 두드러지는 순간 바위가 그 뿌리를 보여주었다. 뿌리는 그렇게 깊지 않았다. 드러난 크기의 삼분지 일가량이 다시 모습을 드러냈다. 대지정력이 힘을 발휘한 것이다.

"끙차!"

임화평은 바위를 옆으로 밀어 굴렸다. 바위가 원래 있던 자리에서 한 바퀴 굴러가고 그 자리에는 시커먼 공동이 드러났다. 삽으로 계속 파 들어갔다. 5분도 채 지나지 않아 사람 하나를 넣고도 남을 충분한 공간이 생겼.

임화평은 신영록의 시신을 구멍 안에 밀어 넣고 바위를 제자리에 굴려놓았다. 땅을 파느라 생긴 흙을 바위 주변부에 고루 분산시키고 발로 다졌다. 그리고 주위에서 마른 흙을 조심씩 옮겨와 그 위에 뿌렸다.

"유현조! 이제 네 차례다."

강남경찰서 형사과 강력 3팀 소속의 형사 김창우는 경찰서 입구에서 담배를 피우다가 주차장 쪽에서 다가오는 한 사람을 보고 급히 검지를 튕겨 담배를 껐다.

강력 3팀의 팀장 최기춘이 말했다.

"창우야! 담배 끊으라 그랬지. 너 그러다가 범인 못 쫓아가."

김창우는 뒤통수를 긁적이며 최기춘을 외면했다.

"저한테 잡힌 놈들 중에 골초 아닌 놈들 없었는데요. 같이 피니까 괜찮지 않겠습니까?"

"염병을 하는구나. 하기야 너라고 안 끊고 싶겠냐? 담뱃값도 만만찮을 텐데. 그나저나 어떻게 됐어? 목격자들 다 왔어?"

"김미향 씨가 아직입니다. 지금 오고 있는 중이라고 해서 기다리고 있습니다."

"새끼마담? 그럼 주차 관리원하고 웨이터는 지금 미숙이하고 같이 있겠네?"

"예. 진술서 다 받아서 반장님 책상에 올려놨구요, 지금은 한창 몽타주 작업 중입니다."

최기춘은 차 키를 김창우에게 건넸다.

"여긴 내가 있을 테니까 넌 명동 신세계 좀 다녀와라. 신영록 씨, 토요일 날 거기서 카드 긁었어. 가서 주차장 입구하고 출구 CCTV 확인 좀 해봐. 혹시 뒤따라 들어갔다가 따라 나온 동일 차량이 있는지 보고 와."

김창우는 키를 받고 고개를 끄덕였다.

"그런데 이놈 좀 이상해요."

"뭐가?"

"감식반에서 연락 왔거든요. 운전석이 너무 깨끗하답니다. 지문 하나 없구요, 머리카락 한 올 안 남겼대요. 핸들 카바까지 벗겨갔답니다. 건진 건 신영록 씨 식구들 것하고 조수석에서 건진 60㎝가량의 여자 머리카락 몇 올뿐이랍니다. 그런 놈이 어떻게 지 얼굴은 그렇게 광고하고 다닙니까? 그렇다고 변장을 했냐? 아니거든요. 은테 안경 말고는 맨얼굴 그대로 드러냈답니다. 보통은 야구 모자 정도는 써주지 않습니까? 하기야 양복 입고 모자 쓰기는 그러네."

"뭔가 변장했는데 어두워서 제대로 못 본 건 아니야?"

"마주 서서 이야기까지 했다고 하던데요, 뭐."

최기춘은 미간을 찌푸리며 오른손 검지로 머리를 긁적였다.

"이거, 뭔가 꼬이는 느낌인데. 차 청소까지 한 놈이 얼굴은 버젓이 드러냈다? 그 얼굴 가짜라는 소리밖에 안 되는데, 목격자들은 아니라고 한다? 병원 측에서 비공식 수사비 팍팍 지원해 줄 테니까 빨리만 잡으라고 하던데… 이거, 생각보다 어렵겠다. 일단 알았어. 명동부터 다녀와."

고개를 끄덕이고 발을 떼려던 김창우가 경찰서 입구를 바라보았다. 은색 BMW 한 대가 들어오고 있었다.

"김미향 씨 같지요?"

최기춘이 구둣발로 김창우의 엉덩이를 찼다.

"야, 이 자식아. 빨리 가. 백화점에 예쁜 여자들 많잖아. 가!"

김창우가 쫓기듯이 나가고 1분도 못 되어서 군청색 정장 차림에 하늘색 가죽 반코트를 입은 늘씬한 여인이 다가왔다.

"김미향 씨?"

여자가 방긋 웃으며 목례했다.

"늦었지요? 빨리 온다고 왔는데, 위치를 잘 몰라서."

서른은 족히 넘었을 텐데도 현역 못지않게 팽팽한 피부다. 미소 띤 얼굴에서는 은근한 색기가 감돌고 콧소리가 약하게 섞인 목소리에서는 끈끈함이 배어 나왔다. 연습한다고 풍길 수 있는 기운이 아니다.

최기춘은 김미향의 몸에서 풍겨 나오는 은은한 향수 냄새를 억지로 거부하며 사무적으로 말했다.

"괜찮습니다. 저 따라오시겠습니까? 두 분이 먼저 몽타주 작업 중이니까 오래 걸리지는 않을 겁니다."

강남경찰서의 강력팀은 모두 여덟 개다. 책상만 해도 사십 개가 넘었다. 그 가운데 주인이 남아 있는 책상은 다섯 개밖에 없다. 그 주인들이 일제히 김미향을 흘끔하고 다시 고개를 숙였다.

김미향은 시선을 즐기듯이 뇌쇄적인 미소를 흘린 후 최기춘의 뒤를 따랐다. 경찰 정복 차림의 안경 쓴 여경이 두 사람과 함께 모니터 앞에 앉아 있었다.

최기춘이 기척을 내기도 전에 김미향이 모니터를 보며 말했다.

"어머? 이 사람 맞네요. 신기해라. 손으로 그리는 줄 알았는데, 흑백사진 찍어놓은 것 같네. 근데 점이 빠진 것 같다. 안경테 밑에 검은 점이 하나 있던데. 상봉아, 내 말 맞지?"

김미향은 여경의 어깨너머로 팔을 뻗어 모니터 위에 손가락을 짚었다.

"요기, 요기에 점 있었어."

그날 임화평을 도왔던 웨이터가 급히 고개를 끄덕였다.

"깜빡했네. 맞습니다. 안경테에 반쯤 가려진 점이 하나 있었습니다. 예, 고 정도 크기!"

여경이 점을 찍자 주차 관리원도 동의했다.

최기춘이 김미향을 보고 물었다.

"혹시 다른 점은 생각나시는 게 없습니까?"

김미향은 고개를 이쪽저쪽으로 갸웃거리며 모니터를 바라보다가 결국 고개를 저었다.

"보자마자 이 사람이다, 했어요. 홀쭉한 뺨하며 찢어진 눈, 다 맞네요. 아! 눈에 힘이 없었어요. 왜 정력 딸리는 사람들 풀린 눈 있잖아요? 그리고 눈동자가 조금 노랗게 보였는데, 그걸 뭐라 그러더라? 갑자기 생각이 안 나네. 술 많이 마셔서 간 안 좋은 사람이 생긴다는 거 있잖아요."

'요새 술집 아가씨들은 학벌도 좋다던데, 이 여자는 무식이 철철 넘치는구만. 새끼마담 하기 힘들 것 같은데? 역시 예쁘면 다 용서가 되는 거야. 하기야 여자 있는 술집에서 교양 따지는 놈, 위선자밖에 더 돼? 예쁘면 장땡이지.'

최기춘은 쓴웃음을 억지로 지우며 말했다.

"황달기 말입니까?"

"맞아요. 황달!"

최기춘이 주차 관리원과 웨이터의 어깨를 짚으며 확인했다. 두 사람도 동의했다.

최기춘은 여경에게 몽타주 작업의 마무리를 지시하고 자리를 옮겼다. 그는 김미향 등에게 자리를 권한 후 웨이터와 주차 관리원으로부터 얻은 진술서를 확인했다.

"정리해 봅시다. 나이는 30대 초, 중반. 키는 175㎝ 전후. 60㎏ 조금 더 나갈 듯한 마른 체구. 술 마실 때마다 불려 다니는 회사 직원을 사칭했다. 의심 한번 못해볼 만큼 언동이 자연스러웠다. 몇 시에 몇 사람이 함께 왔는지까지 다 알고 있었다. 김미향 씨, 보태실 것 없습니까?"

"전 그 사람하고 몇 마디 못해봤어요. 아! 맞다. 사장님께 전해 달라고 명함 건넸는데요, 손이 거칠었어요. 막노동하는 사람처럼."

컴퓨터 자판이 여전히 두려운 최기춘은 수기로 메모했다.

"알겠습니다. 세 분, 협조해 주셔서 감사합니다. 나중에라도 생각나는 게 또 있으면 전화 주십시오. 세 분 모두 가보셔도 좋습니다."

세 사람이 동시에 일어나 가볍게 인사하고 강력반을 떠났다. 김미향은 핸드백에서 자동차 키를 꺼내 웨이터에게 건네고 주차 관리원에게도 자기 차를 타고 가자고 말했다.

최기춘은 김미향이 사라져 안 보일 때까지 그녀의 뒷모습을 바라보다가 고개를 흔들었다. 그러고 나서야 안경 쓴 여경이 빤히 쳐다보고 있음을 확인하고 헛기침을 했다.

"험! 뭘 그렇게 보고 있어? 남자 다 똑같지, 뭐. 수컷 본능이야. 일부러 그러는 거 아니라구. 자연스럽게 그렇게 되는 걸 어쩌라구."

여경이 피식 웃으며 말했다.

"누가 뭐라 그랬어요? 도둑질했죠? 저린 발 어느 쪽이에요? 제가 밟아드릴게요."

"미숙아! 이건 절대 희롱하는 거 아니다. 근데 말이다, 조금 전 그 여자 하는 거 봤지? 그 몸동작하며 말하는 투 봐라. 여자가 그러면 남자는 그냥 뻑 간다. 남자들이 여자들한테 '시간있으세요?' 하면 진부하다 그러지? 근데 그 여자가 그 말 하면 남자 열에 아홉은 흐물흐물 녹아버린다. 거부 못하지. 배울 수 있으면 배워둬라."

"흥! 제가 보기에는 그 여자 타고났던데요. 제가 따라 하면 남자들이 넘어오기나 하겠어요? 오바이트나 안 하면 다행이지. 몽타주 뽑아냈거든요. 저 갑니다. 제 엉덩이는 보지 마세요."

최기춘은 진땀을 삐질 흘리며 진술서를 향해 이마를 박았다. 여경이 나간 후 다시 고개를 든 최기춘은 의자 등받이에 등을 기대고 한숨을 내쉬었다.

"용의주도한 뒤처리, 목격자들 이의없이 깔끔하게 그려진 몽타주, 몸값 요구 없음, 젊은 여자 것으로 짐작되는 머리카락……. 의료사고로 인한 원한 관계? 삼각관계에 있는 남자의 범행? 여자의 존재를 알아챈 부인의 분노? 뭐, 다 가능성이 없지는 않네. 의료사고 문제는 병원에 물어보면 될 거고, 일단 여자부터 찾아야 하나? 백화점 매장에도 CCTV 있지?"

최기춘은 전화를 들었다.

"반장이야. 차량만 확인하지 말고 매장 CCTV도 확인해서 누구하고 같이 있었는지 알아보고 와. 그래. 협조해 주면 테이프 챙겨오고. 안 주면 복사라도 떠와. 수고!"

최기춘은 구닥다리다. 팀제로 바뀌었지만 여전히 반장이라고 불리는 것에 익숙했고, 그 스스로도 반장이라고 칭했다.

최기춘은 볼펜으로 메모장을 콕콕 찍으며 중얼거렸다.

"용의자는 대담하면서도 치밀한 성격이야. 얼굴을 드러낸 이유가 있을 거야. 이거 곤란하네. 예상보다 훨씬 오래 걸리겠어."

최기춘은 볼펜을 던져 놓고 두 손을 깍지 껴 머리 뒤에 받치며 다시 의자에 몸을 기댔다.

⚜

윤태수는 일어나자마자 신문부터 챙겼다. 신문을 뒤적이다가 몽타주를 발견하고는 피식 웃음을 흘렸다.

"30대 초, 중반에 황달기가 있는 이런 얼굴이다? 비슷한 건 키하고 손 정도인가? 걱정 안 해도 되겠구나."

윤태수는 신문에서 손을 떼고 탁자에서 일어났다. 냉장고에서 오렌지 주스를 꺼내 컵에 가득 따른 후 그것을 들고 거실로 나왔다. TV 위에 놓인 리모컨을 가지러 갔다가 개봉하지 않은 편지 하나를 발견했다. 이상한 건 우표도 없고 우체국 소인도 없는 편지라는 것이다.

윤태수는 고개를 갸웃거리며 편지를 들어 겉봉을 살폈다.

"나한테 온 거네. 유한흥신소 소장 임유한? 흥신소? 내가 언제 의뢰한 적이 있었나?"

윤태수는 컵을 내려놓고 편지를 뜯었다. 내용은 간단했다.

의뢰인께 위로금을 전하신 분은 현승전자의 전무이사 유현조 씨로 밝혀졌습니다. 그가 그 같은 결정을 내린 데에는 그분의 장모이신 차수경 씨와 관련이 있었음을 알려드립니다. 그러므로 그분들과 관계된 분들께서 찾아오시면 호의 어린 눈빛으로 대하셔야 하겠습니다.

조사는 계속될 것입니다. 진척이 있을 때마다 연락드리겠습니다. 그리고 제가 사무실로 연락을 드렸는데 통화를 못하게 되면 전에 말씀드린 대로 제 다른 번호로 연락 주시기 바랍니다.

저희 흥신소는 비밀을 엄수합니다. 위의 정보를 제공하신 분께서도 영원히 함구하실 겁니다. 의뢰인께서도 저희 흥신소 이름이 남지 않도록 편지를 소각하여 주시기 바랍니다.

다시 연락드릴 때까지 건강하십시오.

영원히 함구한다. 죽은 자는 말이 없다는 것과 같은 뜻이다. 결국 의사가 죽었다는 소리다. 그럼에도 불구하고 윤태수는 아무런 감흥을 느끼지 못했다. 대신 편지를 와락 구기고 이를 바드득 갈았다.
"유현조였던가? 그랬지, 차수경! 어쩐지 정치판에서 사라졌다 했다. 네년이었구나. 사돈! 내가 도울 일은 더 이상 없는 거요? 하긴, 내가 생각해도 어렵겠다. 호의 어린 눈빛이라? 그것조차 쉽지 않을 텐데, 무엇을 돕는단 말인가?"
윤태수는 고개를 저으며 화장실로 향했다. 변기 뚜껑을 열어놓고 라이터로 편지와 봉투에 불을 붙였다. 까맣게 타버린 종이가 물살에 휩쓸려 사라졌다.

제9장
이제 편히 주무셔도 됩니다

2001년 2월 22일.

격렬한 정사의 여운은 사라지고 가슴속에 남은 것은 묵직함뿐이다. 유현조는 자신의 왼팔을 베개 삼아 잠들어 있는 조혜인의 머리카락을 쓸어주다가 조심스럽게 그녀의 머리를 들어 베개 위로 옮겨놓았다.

조용히 침대에서 빠져나와 방바닥에 떨어져 있는 잠옷을 입고 잠시 동안 조혜인의 잠든 모습을 내려다보았다. 소리없이 한숨을 내쉬고 거실 한구석에 자리한 바(Bar)로 향했다.

와인셀러에 손을 댔다가 고개를 젓고, 바 구석에 자리한 양주 테이블에서 발렌타인 30년산에 손가락을 댔다.

그러나 그가 결국 선택한 것은 미국 유학 시절 가끔 마셨던 잭대니얼스 블랙 올드 넘버 7이다.

잭대니얼스는 유현조의 집에 있는 양주 가운데 가장 싼 술이다. 43도의 독주인데도 부드러우면서 향취가 강해 미국인들에게 많은 사랑을 받는 대중 위스키다. 조혜인도 온더록스로 즐기는 술이라서 유학 시절에 둘이서 종종 마셨다.

유현조는 잔의 오분지 일 정도를 따라 스트레이트로 마셨다. 얼굴이 살짝 구겨졌다가 펴졌다. 단번에 마실 생각이 아니었는데 마셔 버렸다.

'도대체 신영록 씨에게 무슨 일이 생긴 건지? 여자 문제? 아니면 그냥 우연인가?'

비서로부터 신영록이 닷새째 행방이 묘연하다는 보고를 받았다. 그냥 넘겨 버릴 일이 아니다. 우선 장모 차수경의 주치의다. 합법적인 절차를 거쳐 이식을 받은 것이 아니기 때문에 다른 사람에게 그녀의 주치의를 맡길 순 없다. 빠른 시간 안에 그를 대신할 수 있는 심장 전문의를 찾을 수 없다면 그녀는 어쩔 수 없이 중국으로 가야 할 것이다.

'일단은 장모님에게 믿을 만한 사람을 찾아보라고 해야겠구나.'

조혜인은 다시는 중국에 가지 않겠다고 했다. 아예 장모 차수경도 보지 않을 생각인 듯했다.

후회하고 있다. 차수경의 회복이 조혜인을 기쁘게 할 것이라고 생각했다. 결과는 반대다. 살길이 있다는 소리에 멋모르고 중국에 따라갔다가 사실을 알게 된 조혜인은 울부짖었다. 왜 그랬냐고 소리쳤다. 그냥 죽게 놔두지 왜 그랬냐고 미친 듯이 화를 냈다.

유현조는 할 말이 없었다. 그녀에게 남은 단 한 사람의 핏줄을 살려놓고 싶었다. 자신이 살아 있어야 아내가 행복할 거라는 장모의 말에 고민을 거듭하다가 결국 결단을 내렸다. 실수였다. 아무리 돌이켜 생각해 보아도 그때 왜 그런 결정을 내렸는지 알 수 없다. 잠깐 정신이 나갔었다고밖에는 달리 설명할 길이 없다. 그 결과로 전도유망한 직원까지 생명을 잃었다. 하나가 아니라 둘을 죽인 셈이다.

'그런데 이제 신영록까지. 어떻게 된 거지? 정말 우연일까? 그런데 왜 이렇게 가슴이 답답한 거야. 어떻게 알아보지? 경찰만 믿고 있을 수는 없잖아.'

일단 비서에게 신영록의 재정 상태부터 알아보라고 지시했다. 혹시라도 사랑의 도피를 했다면 그나마 다행일 것이다. 예쁜 것만 따지면 그녀에겐 그럴 가치가 있다고 들었으니까. 그 여자와 연관된 일로 사고를 당했다면 그것도 상관없는 일이다. 그러나 그의 가슴을 묵직하게 만드는 그 알 수 없는 느낌대로라면 곤란하다.

'몽타주를 두 사람의 친인척들부터 대조해 보라고 해야겠군. 그렇지! 그들이 어디까지 알고 있는지 모르는구나. 대사관! 알아보라고 해야겠어.'

그는 냉혈한이 아니다. 오히려 꽤나 괜찮은 평판을 지닌 사람이다. 회사에서는 재벌가의 젊은이답지 않게 공평무사하고 친화력도 있고 추진력까지 갖췄다는 평판을 얻었고, 집에서는 온화하고 가정적이라는 평가를 받고 있다.

그런 그가 살인 음모에 가담했다. 그 순간부터 그의 평탄하던 삶은 깨어진 것이나 다름없다. 죄짓고는 못 산다더니, 시간이 지날수록 불안감은 커져만 갔다. 죄의식에 이제는 후회까지 겹쳤다. 신영록의 실종에 대해 과민 반응을 보이는 것도 그 때문일 것이다.

'차라리 장모가 가난한 사람이었다면…….'

돈은 얼마든지 댈 수 있다. 이미 알려질 대로 알려진 중국의 장기 밀매 시장이다. 돈을 대주는 정도로 끝낼 수 있었다면 지금처럼 불안하고 괴롭지는 않았을 것이다.

'장모가 가난했다면 혜인이와 만나지도 못했을 것이고, 결혼하기도 힘

들었겠지.'

유현조는 자조적인 미소를 지으며 고개를 저었다. 갑자기 장모 차수경의 그 창백했던 얼굴이 떠올랐다. 그 얼굴로 애절한 미소를 지으며 홀로 될 조혜인의 미래를 걱정하던 모습이 떠올랐다. 그 얼굴 그 표정으로 인해 유현조는 다른 길을 찾지 못했다. 차수경이 제시한 그 길만이 유일한 것으로 착각했다. 그때는 그렇게 생각했다.

장모는 눈물을 흘리며 살고 싶다고 했다. 도와달라고 사정했다. 살아서 조혜인의 아이들을 안아주고 싶다고 했다. 아이들의 손을 잡고 산에도 가고, 디즈니랜드에도 가고 싶다고 했다.

자신이 살기 위해서는 어차피 한 사람이 죽어야 한다고 했다. 미안하지만 살면서 조금씩이라도 그 빚을 갚을 수 있는 사람이 낫지 않은가 했다. 그 얼굴과 그 표정으로 인해 유현조는 안쓰러운 조혜인, 외롭고 불쌍한 조혜인의 얼굴을 떠올릴 수밖에 없었다. 홀린 듯이 그녀의 계획에 가담하고 말았다.

간단한 산수라고 합리화했다, 그때는. 한 사람이 죽고 한 사람이 산다면, 이왕이면 가까운 사람이 사는 게 좋겠다고 생각했다. 죽음을 눈앞에 둔 사람과 앞길이 창창한 사람의 죽음과 삶을 인위적으로 바꾸는 행위라는 생각은 하지도 못했다. 그저 주변이 변함없었으면 좋겠다고 생각했다. 마음 한 구석으로는 회사 안에서 적합한 심장이 발견되지 않기를 바라면서도, 중도에서 끝내지 못하고 끝내 일을 저지르고 만 이유가 거기에 있었다. 인생은 산수가 아닌데, 바보같이.

'거절했어야 했다. 가능한 모든 지원을 할 테니 중국에서 찾으라고 했어야 했다. 혜인이를 딸려 보내지 않았어야 했다. 허! 제대로 된 게 하나도 없었구나. 도대체 무슨 짓을 한 거야?'

딸각!

문 여는 소리에 생각이 끊겼다.

"잠이 안 와요?"

검은색 실크 나이트가운을 입은 조혜인이 문기둥에 머리를 붙인 채 바라보고 있다. 잠에서 막 깬 얼굴에 흐트러진 모습조차 아름답다. 그녀는 이브다. 유현조가 죄를 저지르도록 원인을 제공한 사람이다. 그럼에도 불구하고 유현조는 그녀를 보자마자 근심을 잊고 싱긋 미소 지었다.

"음! 옛날 생각 나서 이거 마시고 있었어. 한잔할래?"

유현조는 잭다니얼스 술병을 들어 보였다.

조혜인은 처연한 미소를 지으며 옆자리를 차지했다. 유현조는 일어나서 위스키 글라스를 꺼냈다.

"늘 마시던 것처럼 온더록스?"

"오늘은 콜라하고 주세요. 속이 답답하네요."

"잭콕? 알았어."

유현조는 술과 콜라를 일 대 삼으로 따라 잔을 흔든 후에 조혜인 앞에 내려놓았다. 그리고 자신의 잔에도 다시 술을 따른 후 조혜인의 잔에 가볍게 부딪쳤다. 두 사람은 잠시 동안 말없이 술을 마셨다.

조혜인은 반쯤 마신 잔을 내려놓고 유현조를 빤히 바라보았다.

"왜 그렇게 봐?"

"신영록 씨 때문에 걱정되나요?"

유현조는 쓰게 웃으며 고개를 끄덕였다.

"어떻게 알았어?"

"당신도 스트레이트로는 잘 안 마시잖아요? 그리고 저도 신문 봐요."

"속일 수가 없구먼. 장모님 주치의를 어떻게 구할까 고민하고 있었어."

조혜인은 씁쓸한 미소를 지으며 고개를 저었다.

"거짓말!"

"거짓말 아니야. 당신 아직 장모님 용서 안 했잖아. 주치의 구하지 못하면 중국 가서야 되는데 믿고 수행을 맡길 사람이 마땅치 않아. 걱정 안 할 수 있어, 어디?"

"신영록 씨 없어진 게 그 일하고 관련된 것 아닌지 걱정하는 거 아니에요? 그렇죠?"

유현조는 정색을 하며 고개를 저었다.

"그건 아니야. 그걸 누가 알아? 그만하자. 당신 싫어하는 얘기잖아."

유현조는 술잔을 내려놓고 조혜인을 억지로 일으켜 세웠다.

"자, 자! 들어가 자자."

유현조가 그녀의 어깨를 비비며 슬며시 밀자 그녀도 마지못해 침실로 걸음을 옮겼다. 유현조는 조혜인의 머리를 당겨 그의 어깨 위에 올려놓고 새어 나오려는 한숨을 억지로 되삼켰다.

조혜인은 그 한숨을 들었다, 가슴으로.

'바보 같은 사람! 왜 그런 일을 했나요? 물론 나 때문이겠죠. 행복하게 해주려고 사랑했는데, 당신은 사랑 때문에 불행해졌군요. 미안해요. 정말 미안해요.'

조혜인은 아랫입술을 꽉 깨물어 왈칵 쏟아지려는 눈물을 애써 참아냈다.

⚜

임화평은 일어나자마자 기본 수련을 마치고 그대로 야탑동을 향해 조깅

하는 기분으로 달렸다. 신문 한 장을 사 들고 다시 돌아와 차분하게 읽었다. 신영록에 대한 기사는 어제 나왔던 것이 전부다.

신문을 접어 한구석에 던져 두고 벽곡단을 흉내 낸 식사로 아침을 때웠다.

"집이냐, 회사냐?"

유현조는 신영록과 달리 쉽게 드러나지 않았다.

지난 나흘 동안 알아낸 것은 많지 않았다. 일단 도서관에서 유현조의 잡지 인터뷰를 찾아 그의 얼굴을 알아내고 집이 성북동 어딘가에 있다는 사실을 알아냈다. 그 후 사흘 동안 종로의 현승빌딩 주변을 맴돌며 그의 차가 자신이 이름조차 알지 못하는 외제차라는 것과 그 차번호가 무엇인지를 알아냈다. 그리고 딱 한 번 퇴근하는 모습을 봤다.

"역시 회사는 어려워."

빌딩을 현승전자가 단독으로 사용하다 보니 접근이 용이하지 않다. 다른 빌딩들과는 달리 들어가려 하면 친절한 경비들의 제지를 받는다. 그 후 리셉션 데스크로 안내되어 신분을 밝히고 방문할 사람을 알린다. 데스크에서 방문 대상자에게 연락한 후 확인이 되면 방문자 패찰을 패용하고 올라갈 수 있다.

임화평도 한 번 걸렸다. 단정한 양복 차림에 새로 구한 금테 안경까지 끼고 들어갔는데 제지를 받는 바람에 화장실이 급한 사람처럼 행동하여 쫓겨나는 것으로 위기를 모면했다. 입구에서 그 정도라면 유현조의 집무실을 찾는 것은 현실적으로 어려울 수밖에 없다.

사실 유현조를 죽이는 것은 손바닥 뒤집는 것만큼 쉬운 일이다. 빌딩 정문 앞에서 차에 오르고 내리는 사람이다. 못 하나 들고 그 시간에 맞춰 가면 그만일 것이다. 하지만 그것은 임화평이 원하는 바가 아니다. 그렇게 쉽게 죽일 수는 없다. 유현조가 딸의 이름을 알고 가기를 원한다. 무엇 때문에 죽는지 알고 가기를 원한다. 스스로 죄를 고백하기를 원한다. 그렇게 하려면 납치는 필수다.

보통 유현조 같은 일반인이 표적이라면 살수가 하는 일은 잠입해서 제거하고 사라지는 것이 전부다. 위기를 감지하고 대응할 수 있는 강호인이 표적이라도 그 과정이 조금 더 복잡해지겠지만 기본은 같다. 납치는 살수의 일이 아닌 것이다.

'신영록처럼 나돌아 다녀주면 좋은데…….'

기회를 잡지 못하면 어쩔 수 없이 집으로 갈 생각이다. 인터뷰 기사에 따르면 유현조는 분가해서 살고 있다. 본가 또한 성북동에 있지만 같이 사는 것은 아니다. 부부 두 사람이 사는 집에 몇 사람이나 같이 살까. 부자들의 사는 방식은 다르다지만, 기껏 더 있어봤자 요리사, 가정부, 운전기사 정도일 공산이 컸다. 그 외에 개를 키울 수도 있을 것이고, 방범 장치가 잘되어 있을 수도 있다. 그 정도라면 어렵지 않게 극복할 수 있는 수준이다.

'비서 놈부터 족칠까? 수족처럼 움직이는 놈이니까 알 건 다 알고 심부름할 거다. 아니야. 그놈 먼저 건드리면 유현조가 바보가 아닌 이상 눈치챌 거다. 일단은 유현조가 먼저야.'

임화평은 일어났다. 아침부터 빌딩 앞에 멍하니 대기할 생각은 없다. 퇴근 시간이 될 즈음에 가볼 생각이다. 남는 시간 동안 그가 할 일은 따로 있다. 복수와는 상관없이 중독된 듯이 재미가 붙은 수련이다.

❦

유현조는 사내 식당에서 점심 식사를 마치고 바로 사무실로 돌아와 인터

콤을 눌렀다.

"김 비서 돌아왔나? 그래? 들어오라 그래."

노크 소리와 함께 문이 열리고 20대 후반의 젊은 사내가 들어왔다. 170㎝가 조금 못 되는 왜소한 체구의 사내다. 하얀 얼굴에 알이 작은 검은색 뿔테 안경을 썼다. 그냥 보기에도 공부만큼은 남에게 빠지지 않을 것 같은 얼굴이다.

"알아봤어?"

비서 김창서는 유현조의 고등학교 후배인 동시에 대학 후배다. 넉넉하지 못한 집안의 수재인데, 유현조가 뒤를 봐줘서 돈 걱정 하지 않고 학교를 졸업할 수 있었다. 그 후 자력으로 현승에 입사했고, 유현조가 이사가 되면서부터 비서로서 계속 따라다녔다.

김창서는 다이어리를 펼치며 대답했다.

"신영록 씨 재정 상태에는 큰 변화가 없었습니다. 실종 이후 카드 사용을 한 적도 없습니다. 신문이나 뉴스 같은 것은 안 보는지, 여자는 아무것도 모르는 듯했습니다. 실종 이후에도 학교를 꼬박꼬박 다니고 있었습니다. 일단 사람은 붙여놓았습니다만, 그쪽은 아닌 것 같습니다."

"여자와 관련된 일은 아니다? 그리고?"

"윤석원 씨 직계가족 중에는 몽타주와 비슷한 사람이 없었습니다. 나이가 비슷한 사람은 윤석원 씨의 형 윤석호 씨뿐인데, 전혀 다른 인상입니다. 일가친척들에 대해서는 지금 확인 작업 중입니다만, 아무래도 그쪽도 아닌 듯합니다. 그리고 임초영 씨는 가족이 아버지 한 사람뿐이었습니다. 원래 고아였다가 자수성가한 사람인데, 부인은 7년 전 간암으로 죽었습니다."

유현조가 눈을 감자 김창서도 말을 끊었다. 유현조는 두 손으로 얼굴을 감싸고 비비다가 고개를 저었다. 가슴이 욱신거렸다. 아내의 하나뿐인 사람을 살리려고 다른 사람의 하나뿐인 딸을 죽인 셈이다. 아내 조혜인은 그나마 친척들이라도 있다. 하지만 임초영은 정말 단 하나의 핏줄이었던 것이다.

유현조는 두 손으로 뺨을 쳤다.

"위선이잖아? 난 악당이다. 그지?"

김창서는 현승 내에서 일의 전모를 아는 유일한 사람이다.

"전무님이 악당이 아니라 우리가 악당인 거지요."

유현조와 김창서는 쓴웃음을 교환했다.

"악당은 악당답게 생각하고 악당답게 살아야지?"

"이왕 저지른 짓입니다. 돌이킬 수 없으면 밀고 나가는 수밖에 없지 않습니까? 그런 의미에서 계속하겠습니다. 임초영 씨의 아버지 임화평 씨는 지금 행방이 묘연합니다. 원래 압구정동에서 초영반점이라는 중국집을 했는데, 두어 달 전에 팔아버리고 잠적했다는군요."

유현조는 딸의 이름을 붙인 초영반점이라는 상호를 듣고 다시 한 번 눈을 감을 뻔했다.

"그건 그럴 수도 있는 거잖아. 그리고 알려진 것하고는 나이부터가 너무 많이 차이 나. 그렇지?"

"그런데 주변 사람 말로는 나이보다 상당히 젊어 보인다고 합니다. 그리고 요번에 임기를 마치고 들어온 주중 북경 대사관의 사건 담당 영사 박원철 씨의 말에 따르면, 임화평 씨는 임초영 씨가 심장이식 수술 때문에 죽었다는 사실을 알고 있답니다."

유현조는 눈을 부릅뜨고 자리에서 벌떡 일어섰다.

"어, 어떻게? 중국에서 벌어진 일이야. 뒤탈 날 일이 없잖아?"

"교통사고로 차량이 전복되면서 시신과 소지품이 발견되었습니다. 임화평 씨가 그 시신을 확인했답니다."

유현조는 눈을 감고 그대로 의자에 풀썩 주저앉았다. 앞서 사실을 알았던 김창서는 냉정한 얼굴을 유지한 채 걸음을 옮겨 생수기에서 물을 받아 책상 위에 내려놓았다. 유현조는 한참 있다가 눈을 뜨고 물로 입술을 적신 후 맥 빠진 목소리로 물었다.

"그래서 어떻게 했어?"

"시간이 모자라 아직 아무런 조치도 취하지 못했습니다. 일단 임화평 씨의 사진을 확보하고, 찾아보겠습니다. 하지만 그 사람과 실종 사건을 연관시킨다는 것은 너무 앞선 생각입니다. 장기 밀매가 공공연하게 벌어지는 중국입니다. 그가 무엇을 근거로 중국에서 벌어진 일을 신영록 씨와 연관시킨단 말입니까?"

유현조는 의자에 머리를 기대고 눈을 감았다.

"그게 그렇게 되나? 머리가 복잡해서 생각을 못하겠군. 그래도 찾자. 확인을 해야 안심을 하지. 그리고 보디가드 좀 구해봐. 여자로 두 사람 구해서 와이프한테 붙이고 장모님한테도 두 사람 정도 붙여. 우리한테도 네다섯 사람 정도는 있어야 될 것 같다."

김창서는 다이어리에 메모한 후에 말했다.

"건설의 신 이사에게 부탁하는 건 어떻겠습니까? 그 양반이면 충분히 붙일 수 있을 텐데요."

"그 인간은 안 돼. 약점 잡았다고 좋아할 거다. 나중에 뒤통수 칠 거야. 그리고 보디가드는 싸움질 잘하는 조폭들이 아니라 팀워크 좋은 군 출신들이나 무술 잘하는 사람들이 나아. 조폭들을 어떻게 믿어? 제대로 된 경호회사 몇 군데에 의뢰해서 고수들로 찾아."

"알겠습니다. 그럼 나가보겠습니다."

김창서가 고개를 숙이고 문으로 걸어갔다. 그가 문고리를 잡았을 때 유현조가 눈을 뜨며 말했다.

"창서야!"

김창서가 손을 떼고 돌아섰다.

"예, 형님!"

늘 전무님이지만, 이름을 부를 때는 형님이다. 그것은 두 사람의 묵계와도 같은 것이다.

"다닐 때 조심해라. 그리고 당분간 우리 집에서 같이 있자. 싫다고 하지 마라."

김창서는 유현조의 얼굴을 빤히 바라보다가 고개를 끄덕였다.

"그리고 당분간 퇴근 시간 이후의 스케줄은 잡지 마."

김창서는 고개를 숙이고 방을 나섰다.

유현조는 남은 물을 다 마시고 자리에서 일어나 정수기 앞으로 갔다. 차가운 물 두 컵을 연달아 들이킨 후에 다시 자리로 돌아와 전화기를 노려보았다.

유현조는 한참 동안 노려보던 전화기를 마침내 들었다. 그리고 장모 차수경이 밉지 않은 것은 아니다. 마누라가 예쁘면 처갓집 말뚝 보고도 절을 한다는 말이 있는데, 그는 절을 하다가 말뚝에 머리를 찧은 격이다. 화가 났다. 악마처럼 유혹하여 파멸적인 계약을 성사시킨 차수경에 대하여 마음속 깊이 분노하고 있다. 하지만 한편으로는 차수경의 입장을 이해했다. 그녀로서는 살기 위한 최선의 방법을 강구했을 뿐이다. 그 악마의 계약은 유현조의 거절로 쉽게 무산될 수 있는 것이었다. 받아들인 그도 책임을 면할 수 없다.

유현조는 가슴속에서 새어 나오려는 분노를 억지로 가라앉히고 단축 버튼을 눌렀다.

"여보세요. 장모님! 접니다. 예. 우선 물 한 잔 옆에 가져다 두시고 제 말 들으십시오. 놀라시면 심장에 안 좋습니다. 예. 신영록 씨와 관계된 이야깁니다."

잠시간의 침묵이 있었고, 통화는 그 뒤로 한참 동안 이어졌다.

⚜

"부장님! 손님 오셨습니다."

여직원의 목소리에 고개를 든 윤태수는 사내의 얼굴을 확인하고 고개를 갸웃거렸다. 커다란 과일 바구니를 든 김창서다.

"윤태수 부장님?"

"그렇소만, 초면인데 어디서 오셨소?"

김창서는 과일 바구니를 윤태수의 책상 옆에 내려놓고 품속에서 명함 지갑을 꺼내 명함 한 장을 내밀었다.

"현승전자 비서실의 김창서라고 합니다."

윤태수는 입술을 꾹 닫으며 석화되려는 얼굴에 억지로 미소를 지었다. 저절로 쓴웃음이 되었다. 딱히 환영하는 기색도, 그렇다고 싫어하는 기색도 드러나지 않는 얼굴이다.

"일단 저 의자를 끌어서 앉으시오."

김창서는 윤태수의 얼굴을 유심히 바라보면서 고개를 숙이고 빈 의자 하나를 끌어와 자리에 앉았다. 표정에서 무언가를 찾아보려 했지만, 윤태수는 평생을 상사원으로 살아온 사람이다. 사람을 상대하는 일에는 나름대로 일가견이 있다. 임화평의 주의까지 받은 마당에 김창서 앞에서 표정을 드러낼 사람이 아니다.

"솔직히 그쪽 회사 사람 별로 보고 싶은 마음은 없소. 하지만 전에 보여준 성의를 생각하면 무작정 박대할 수도 없는 일. 그래, 무슨 일로 나를 찾아오셨소?"

말 한마디 더 보태는 것으로써 윤태수의 표정은 완벽해졌다.

김창서가 고개를 숙였다.

"회사를 대신하여 다시 한 번 심심한 애도의 뜻을 표합니다. 얼마 전에 저희 비서실에 지시가 내려왔습니다. 고 윤석원 씨가 저희 현승의 직원이면 그 부인 되시는 고 임초영 씨 역시 저희 현승의 가족이 되는 셈이니까, 그쪽에도 따로 애도의 뜻을 전하라는 지시였습니다. 그런데 압구정동 집으로 찾아갔더니 집을 팔고 이사를 가셨더군요. 그래서 아직 지시를 이행하지 못하고 있습니다. 혹시 어디로 이사 가셨는지 아십니까?"

김창서의 말을 가만히 듣고 있어야 하는 윤태수로서는 속에서 치밀어 오르는 분노를 참기 위해 안간힘을 다할 수밖에 없었다. 다행히 윤태수는 간지럼을 많이 타는 사람이다. 그는 책상 아래쪽에 숨겨진 두 손을 열심히 놀려 허벅지를 간질여 정신을 분산시켰다.

"사돈? 사돈은 지금 분당에 계시오. 아이들을 봉안한 야탑동 공원묘지 근처에 집 한 채를 구했다오. 퇴직하고 나면 가서 살 생각으로 샀는데 그 양반이 먼저 차지해 버렸소. 아침저녁으로 아이들을 찾아가시는 것 같더구려."

"아! 그렇습니까? 상심이 정말 크셨군요. 혹시 정확한 주소를 좀 알 수 있겠습니까?"

"주소? 그런 거 알 필요없소. 야탑동 지나서 공원묘지 가는 길 따라 가다 보면 공원묘지 2km 정도 못 가서 집이 하나 있소. 근처에 사람 사는 집은 그거 하나밖에 없소."

"감사합니다. 덕분에 지시를 마무리할 수 있게 되었습니다."

김창서가 자리에서 일어났다. 윤태수는 자리에서 일어나지 않았다. 일어서면 허벅지를 긁지 못하기 때문이다.

"바빠서 멀리 못 나가오. 과일 바구니는 고맙소."

김창서는 깊이 고개를 숙이고 사무실을 나섰다.

윤태수는 김창서가 문밖으로 나가고 문이 닫히는 것을 확인한 후 얼굴을 딱딱하게 굳혔다. 허벅지를 긁던 두 손으로 얼굴을 감싸고 세차게 비빈 후 심호흡으로 마음을 가라앉혔다. 온화한 표정을 되찾은 윤태수는 자리에서 일어나 과일 바구니를 들고 가까운 여직원을 향해 걸었다.

"김효원 씨, 이거, 사무실 사람들과 나눠 먹어요. 집에 들고 가기는 너무 크네. 내 것은 따로 챙기지 말아요. 속이 안 좋아."

그냥 생색만 낸 것이 아니라 최고급만을 엄선한 듯한 과일 바구니. 여직원이 반색한 것은 당연한 일이다. 그녀뿐만이 아니라 주위에 있던 여직원들이 하나둘씩 다가와 입맛을 다셨다. 여직원 네 사람이 과일 바구니 하나를 들고 우르르 몰려나갔다.

윤태수는 핸드폰을 꺼내 단축다이얼을 눌렀다.

"사돈, 별고 없으시지요? 예, 저도 그렇습니다. 방금 현승전자에서 사돈께 애도의 뜻을 전하고 싶다고 주소를 묻고 갔습니다. 예, 가르쳐 주었습니다. 바로 갈 모양이더군요. 명함에는 그냥 비서실 김창서라고 되어 있는데, 아마도 전날 호의를 보여주었던 그 양반 비서인 듯합니다. 예, 사돈께서도 건강하세요. 예, 끊습니다."

윤태수는 전화를 끊고 나서 길게 한숨을 내쉬었다.

❦

30대 중반의 직장인 모습으로 화한 임화평은 윤태수와의 통화를 마치고 고개를 저었다.

"나를 찾는다? 벌써 낌새를 차린 건가? 눈치가 빠르군. 박 영사 쪽이겠지? 허! 한동안 꼼짝 말아야 하는 건가?"

다시 들어가려던 임화평의 눈길이 그랜저로 향했다.

'저 차가 여기 없는 게 낫겠지? 소공동에서 바로 출발한다고 해도 지금 시간이면 한 시간은 넘게 걸릴 터. 그렇게 하지.'

일단 얼굴을 되돌리고 트레이닝복으로 갈아입은 후 양복을 포함한 변장에 필요한 모든 물품을 가방에 담아 트렁크에 넣고 차를 몰아 가까운 목련마을로 향했다. 아파트 관리사무소에 집수리하느라고 당분간 주차할 수가 없게 되었다는 핑계를 대고 한 달 정기 주차하기로 합의했다. 뛰어서 집으로 돌아와 발경으로 통나무들을 잘게 부순 후 마당 곳곳에 흩뿌려 놓았다. 그리고 가장 온전한 통나무를 마당 한가운데 옮겨놓고 누비로 된 개량 한복으로 갈아입었다.

다시 마당으로 나선 임화평의 손에는 전에 소망원에서 얻은 군용 대검과 몇 개의 목공 칼이 들려 있다. 나무를 세워 꼭대기를 왼손으로 누른 채 군용 대검으로 나무의 껍질을 벗겼다. 군용 대검이 한 번씩 지나갈 때마다 통나무는 하얀 속살을 드러냈다. 칼질 스무 번 정도에 통나무의 위쪽 반이 나신이 되었다. 아래쪽 반은 그대로 두고 위쪽에 투박한 칼질을 하기 시작했다. 10여 분 만에 사람 얼굴 비슷한 모양이 만들어졌다. 군용 대검을 내려놓고 과도처럼 작은 칼로 조각하듯 얼굴을 만들어 나갔다. 엉성하나마 누가 봐도 부처님 얼굴이다.

"이 정도면 알아볼 만한가?"

임화평은 통나무를 바닥에 눕혀놓고 옷을 턴 후에 서재로 들어가 반야심경 한 권을 꺼내왔다. 그것을 별실 좁은 마루에 놔두고 주방으로 들어가 부탄가스를 사용하는 작은 렌지와 다구를 준비해 다시 마루로 돌아왔다.

　　다구를 내려놓고 정문으로 걸어가 뒤를 돌아보았다.

　　"흠! 대충 분위기는 나는군. 이왕 이렇게 됐으니 차나 한잔할까?"

　　좁은 마루에 가부좌를 틀고 앉아 평심안으로 눈빛을 깊게 바꾸고 물의 차크라를 기반으로 뺨을 조금 부풀렸다. 누비로 된 풍성한 개량 한복과 통통해 보이는 얼굴로 인해 그의 풍채에서는 80kg이 넘는 푸근함이 느껴진다.

　　반야심경을 펴 내려놓고 휴대용 렌지에 불을 켜 주전자를 올려놓은 후 방으로 들어가 알이 큰 검은색 사각 뿔테 안경을 끼고 나왔다. 물이 끓고 있다. 물을 부어 녹차를 우려낼 즈음에 짙은 회색 소나타 한 대가 집 앞까지 진입했다.

　　집 앞에 차를 세운 김창서가 뒷문을 열어 과일 바구니를 꺼내 들고 안으로 들어왔다.

　　"안녕하십니까, 여기가 임화평 씨 댁이 맞습니까?"

　　임화평은 김창서가 유현조의 비서임을 한눈에 알아봤다. 한 번 본 적이 있기 때문이다. 분노를 억누르고 무표정한 얼굴로 그를 맞이했다.

　　"그렇소. 내가 임화평이오. 그쪽이 현승전자에서 온 사람이오?"

　　김창서는 부드러운 미소를 지으며 고개를 숙였다.

　　"예. 비서실의 김창서라고 합니다. 윤 부장님이 미리 전화 주셨나 보군요."

　　"그랬소. 귀찮은 사람 하나 올 거라고 합디다. 난 됐소. 그쪽 잘못은 아니지만, 내 입장에서는 안 보냈으면 죽지 않았을 거라는 원망을 하지 않을 수 없소. 현승으로부터 위로받고 싶은 마음 털끝만치도 없는 사람이니까 긴말하게 하지 말고 그만 돌아가시오."

임화평은 더 듣고 싶지 않다는 듯 바닥에 내려놓은 반야심경을 들어 읽기 시작했다.

김창서가 난감한 표정으로 임화평을 바라보았다.

"저, 임 선생님!"

임화평은 책을 향해 고개를 숙인 채 눈동자만 올려 안경 너머로 김창서를 바라보았다.

"어허! 그쪽도 어차피 윗사람 지시받고 온 것 아니오. 당신이 석원이를 아오, 영이를 아오? 애도한다고 해봤자 진심이 아니잖소. 여기까지 왔으니까 윗사람 명은 이행한 셈 아니오? 이제 됐으니까 그만 가보시오."

임화평은 다시 눈동자를 내렸다.

김창서는 더 이상 말을 붙이지 못하고 대신 슬쩍 집 안을 훑었다. 그리고 다시 임화평을 향해 고개를 숙였다.

"선생님 뜻 알겠습니다. 그럼 이것만 놓고 가겠습니다. 안녕히 계십시오."

김창서는 과일 바구니를 바닥에 내려놓고 차로 돌아갔다. 임화평은 김창서가 대로로 차를 몰고 가는 순간까지 고개를 들지 않았다. 한참 후에 반야심경을 내려놓고 느릿한 걸음으로 과일 바구니를 향해 걸었다. 비닐 포장 안쪽에 하얀 봉투 하나가 들어 있다. 비닐 포장을 걷고 봉투를 꺼내 내용물을 확인했다. 천만 원짜리 수표 세 장이다.

임화평은 피식 웃으며 봉투를 다시 과일 바구니에 꽂아둔 후 방에 들어갔다. 우선 지갑을 챙기고 숨겨둔 군용 대검을 품에 넣은 후 과일 바구니를 들고 집을 나섰다.

"야탑동에도 고아원이 있으려나? 없으면 동사무소에 맡겨 소년, 소녀가

장들 지원하라고 하면 되겠군. 현승에 감사 편지 보내라고 해야겠지?"

야탑동을 향해 느긋한 발걸음을 옮기는 동안 임화평의 눈은 예리하게 주변을 살폈다. 그의 입가에 가느다란 미소가 어렸다. 스쳐 지나간 봉고차의 운전자가 임화평을 흘깃거렸음을 확인한 후에 나온 미소다.

"한 사나흘은 꼼짝도 못하겠군. 도시락 싸 들고 애들 보러나 가야겠구나. 집을 뒤지려면 오늘 뒤졌으면 좋겠는데."

⚜

김창서는 야탑동에 이르러 차를 길가에 세우고 핸드폰을 꺼냈다.

"전무님, 김 비섭니다. 임화평 씨는 아닙니다. 나이, 풍채, 분위기, 눈빛, 그 어느 하나 의심해 볼 여지가 없더군요. 사람은 붙여두었습니다만, 의미 없는 짓 같습니다. 예, 그리고 오늘은 먼저 들어가셔야겠습니다. 경호 회사 사람들과 미팅이 있습니다. 나중에 성북동에서 뵙겠습니다."

김창서는 잠실로 차를 몰았다. 퇴근 시간이 다 된 터라 잠실을 약속 장소로 정했다. 잠실 롯데월드호텔 주차장에 차를 맡기고 일층 '더 라운지'에 도착했다.

김창서는 카운터로 가서 아가씨에게 사람을 찾아달라고 했다. 아가씨는 메모판에 최창섭과 박운길이라고 쓴 후 종 하나를 들고 손님들 사이를 오갔다. 두 사내가 자리에서 일어나서 그녀의 안내를 받아 김창서의 자리에 합류했다. 두 사람은 아는 사이인지, 서로를 발견한 순간 반색하며 악수를 나눴다.

김창서는 자리에서 일어나 두 사람을 맞이했다. 먼저 인사한 사람은 경호업체 시크릿 가드의 대표 최창섭이다. 170㎝가 조금 넘는 키에 날렵한 체구다. 얼핏 봐서는 경호와 관련된 일을 할 사람처럼 보이지 않는다. 그러나 눈매만큼은 마주치고 싶지 않을 만큼 매섭다.

"최 실장님, 오랜만에 뵙습니다."

"그렇군요. 한 2년 됐지요?"

고개를 끄덕인 김창서는 눈길을 박운길에게로 돌렸다. 박운길은 경호업체 퍼펙트 실드의 대표로, 최창섭과는 달리 체구가 컸다. 180㎝ 전후의 키에 80kg은 족히 넘을 것 같은데, 가슴이 상대적으로 너무 커서 양복이 어색하게 보인다.

김창서는 악수하고 나서 명함을 꺼내 박운길의 것과 교환했다. 그리고 손을 뻗어 자리에 앉기를 권하고 입을 열었다.

"바쁘신 두 분을 여기까지 오시라고 해서 죄송합니다. 마음은 급한데 시간이 없다 보니 어쩔 수 없었습니다. 양해해 주십시오."

두 사람 모두 의례적으로 괜찮다고 대답했다.

김창서는 미소를 지으며 최창섭과 박운길을 번갈아 보았다.

"제가 두 분 경력을 보고 적격이라고 생각해서 모셨는데, 혹시 같은 업계에 계신다고 경원시하거나 어색해하는 사이는 아니지요?"

최창섭이 빙긋 웃으며 박운길의 어깨를 어루만졌다.

"저는 아닙니다만, 이 친구는 또 모르지요. 괜찮아?"

박운길은 운동선수처럼 짧은 머리를 긁적이며 어색하게 웃었다.

"제가 좀 많이 당했지요. 혼자 옛날 생각하면 이가 갈리는데, 이렇게 직접 보면 또 좋은 기억만 떠오르는 건 왜 그런지 모르겠습니다."

그들의 인연은 707특임대에서부터 청와대 경호실까지 이어져 있다. 오랜 선후배 사이였던 것이다.

"두 분 사이가 좋아 다행이군요."

종업원이 차를 놓고 가자 이야기는 본격적으로 진행되었다.

최창섭이 물었다.

"저희 두 사람을 한꺼번에 부르신 이유를 알 수 있을까요? 국가적 행사를 치를 때는 공조하기도 합니다만, 기업 단위라면 저나 이 친구 한 사람만으로도 소화시킬 역량이 됩니다. 그리고 현승에도 저희 못지않은 경호 조직이 있는 것으로 알고 있는데……."

"일단 그룹 차원의 일이 아닙니다. 현승전자, 아니, 저희 전무님 개인 의뢰라고 보시는 게 맞겠습니다. 그룹의 경호 조직을 쓰기에는 눈치가 보이지요. 그리고 두 분의 역량을 몰라서 한자리에 모신 것도 아닙니다. 이번 의뢰는 주야를 불문한 장기 의뢰가 될 것 같습니다."

의아해하던 두 사람이 어느 정도 납득이 된 듯 고개를 끄덕였다. 요원들을 오랫동안 한 가지 일에 한정시켜야 한다면 다른 의뢰에 대한 운용 능력이 떨어질 수밖에 없다. 같은 과정이 지루하게 반복된다면 어쩔 수 없이 매너리즘에 빠지는 경향도 있다. 분위기를 한 번씩 바꾸어줄 필요가 있기 때문에 아예 두 회사를 선정하여 교대로 경호를 맡기려는 것이다.

최창섭이 박운길과 눈빛을 교환한 후 다시 물었다.

"우선 상황부터 설명해 주시겠습니까?"

"사업하다 보면 예기치 못한 원한을 살 때가 있습니다. 사람이 숫자로 치환되다 보니 가끔 생기지요. 저희 전무님께서 현승가 사람이라서 가끔 불미스러운 일의 대상이 될 때가 있습니다. 이번에도 그런 경우 같습니다만, 상대를 파악하지 못한 터라 장기로 갈 수밖에 없습니다."

"무슨 말씀인지 알겠습니다. 그럼 본론으로 들어가지요."

의견 조율은 즉문즉답을 통해 일사천리로 이루어졌다. 상이한 의견은 그 자리에서 조정되고 합의되었다. 조혜인에게는 특임대 출신의 기혼 여성 두 사람을 붙였다. 야간 경비팀이 상주할 예정이라서 출퇴근해도 상관이 없는 기혼 여성을 붙인 것이다. 차수경에게는 특임대 출신의 미혼 여성 두 사람이 함께 생활하면서 근접 경호를 하기로 했다. 그리고 유현조에게는 다섯 명으로 구성된 경호조가 붙기로 했다. 주야를 교대로 근무할 네 사람과 경비견을 담당하는 한 사람으로 구성된 경호조는 모두 군 출신들로, 오랫동안 서로 호흡을 맞춰온 사람들이다.

"이 정도면 되겠습니까?"

최창섭의 최종 확인에 김창서는 만족스런 미소를 지으며 고개를 끄덕였다.

"좋습니다. 상황이 끝날 때까지 매 2주마다 계약을 갱신하도록 하겠습니다. 두 분이 상의하셔서 세부 사항을 정리하시고 계약서 준비하셔서 내일 오전에 회사에서 다시 뵙도록 하지요. 가능하면 내일 퇴근 시간부터 경호 업무를 시작했으면 좋겠습니다. 괜찮겠습니까?"

최창섭과 박운길이 동시에 고개를 끄덕였다. 김창서는 한시름 놓았다는 듯 시원하게 숨을 내쉬고 밝게 미소 지었다.

다음날 오후 4시 무렵, 유현조의 집에 김창서와 일단의 사람들이 찾아왔다. 검은색 유니폼에 방검 조끼를 착용한 시크릿 가드의 직원들이다.

"세이프 캅 직원은 왜 안 나타나? 다시 연락해 봐."

시크릿 가드의 알파팀 팀장인 박용현은 별실에 경비 본부를 설치하고, 유현조의 집 외곽에 있는 감시 카메라와 적외선 감지기의 위치를 재조정했다. 방범 장비를 증설하고 집 내부에 있는 무선 경비 시스템에서 외곽 경비 시스템만 따로 빼내 경비 본부로 끌어들이는 작업을 하는 것이다.

옆에서 작업을 지켜보던 김창서가 물었다.

"저렇게 많은 장비가 필요합니까?"

사방 담벼락 위에 기존의 감시 카메라 다섯 대와 적외선 감지기 다섯 대가 설치되어 있다. 그런데 시크릿 가드에서 담 안쪽 보이지 않는 곳에 거치대를 달아 여러 대의 감시 카메라와 적외선 감지기를 증설했다.

"일단 세이프 캅에서 설치한 외부 감시기는 모두 드러나 있습니다. 이 정도로 대단하니까 들어올 생각조차 하지 말라는 의미지요. 그리고 보통은 그 정도로 충분합니다. 눈으로 보면서도 침투할 엄두를 못 내지요. 일단 담이 높다 보니까 저라도 힘듭니다. 따로 장비가 필요한데 그런 걸 가지고 이 동네 들어오다가는 대번에 의심을 살 수밖에 없으니까요. 그래도 장비의 특성을 잘 아는 놈이라면 어떻게든 들어오려 하겠지요. 저렇게 안쪽에 적외선 감지기를 설치해 놓으면 담을 무사히 넘었다고 해도 그대로 걸릴 수밖에 없습니다. 그것까지 피한다고 해도 방범 카메라의 눈마저 피할 수는 없지요. 그다음은 경비견에 걸립니다. 그리고 저희가 있구요. 편하게 주무셔도 됩니다."

알파팀은 팀장을 포함해서 다섯 명이다. 경비견 담당자는 별실에서 상주한다. 나머지 네 명이 항상 함께 움직이는데, 두 명씩 번갈아가며 주간 경호와 야간 경비를 담당한다. 야간에 경비를 선 두 사람은 유현조가 출근한 후 호텔에서 수면을 취하고 퇴근하는 그때부터 경비를 책임지며, 주간에 깨어 있던 두 사람은 그때부터 수면에 든다. 수면을 취하는 두 명이 유사시를 대비한 예비 전력인 셈이다.

한마디로 철옹성이다. 야간에 무인 경비 시스템을 완전히 작동시켜 두면 외부의 경비력이 무력화되는 최악의 상황까지 가더라도, 침입자가 집 안으로 침투하기 전까지 충분한 시간을 벌 수 있다. 그 정도 시간이면 경찰과 세이프 캅의 경비원들이 달려오는 데 부족함이 없다. 그리고 낮 동안 조혜인은 두 명의 여경호원의 경호를 받는데, 상주하는 경비견 담당자도 있으니 실질적으로는 총 세 명의 경호를 받는 셈이다.

'이 정도면 안심해도 되겠네.'

박용현은 안도하는 김창서의 표정을 확인하고 미소를 지으며 목례한 후 별실 안으로 들어갔다.

요즘 유행하는 원룸 형식의 별실이다. 화장실과 욕실만 빼고 모두 개방된 공간이다. 킹사이즈 베드도 있고, 대형 TV와 정수기, 그리고 기타 생활가전제품이 완비되어 있고, 싱크대와 가스레인지까지 있어 독립된 생활을 할 수 있게 되어 있다. 그 별실 한쪽이 깨끗이 치워지고 여러 대의 책상과 모니터 등의 전자 장비, 그리고 개인 장비를 담아둘 수 있는 관물대가 설치되었다.

"치선아, 어때? 장비 문제없어?"

십여 대의 모니터 앞에 앉아 있던 청년이 엄지와 검지를 모아 원을 그리며 말했다.

"카메라 오케이! 감지 센서 정상 작동! 우리 쪽 장비에는 문제없습니다."

"좋아! 세이프 캅 그 친구들만 오면 되겠네. 알았어. 몇 번 더 테스트해 봐."

"예. 그런데 시키하고 가디가 온다면서요?"

"가디는 그런대로 들어줄 만하다만 시키라고는 부르지 마라. 시크가 얼마나 영리한 놈인 줄 몰라? 너 그렇게 부르다가 물린다."

"애칭이잖아요, 애칭! 으으으! 그 자식들, 밤에 보면 정말 섬뜩하더라구요. 원더하고 퍼피는 밤에 봐도 예뻐 보이는데 그 자식들은 영 정이 안 가요."

경비견 시크와 가드는 도베르만이다. 훈련이 잘된 도베르만은 조용하고 충직하여 경비견으로서 훌륭한 견종이다. 그러나 날렵하고 털이 짧은 생김새 때문에 사람들마다 호불호가 갈린다.

원더와 퍼피는 독일 셰퍼드다. 훈련에 따라 목양견, 경찰견, 경비견, 군견 등 거의 만능의 역할을 해낸다. 똑똑하고 밝은 성격 때문에 개를 좋아하는 사람이면 대개가 좋아하는 견종이다.

박용현은 뛰어난 팀원인 김치선도 개에 대해서만큼은 일반인의 인식을 뛰어넘지 못한다고 생각하며 피식 웃었다. 그때 박용현의 방검 조끼 어깨에 달린 무전기에서 소리가 들렸다.

"알파 원이다. 알파 쓰리 말하라."

무전기를 통해서 세이프 캅 직원이 왔다는 목소리가 들렸다.

"알았다, 이상!"

통신을 끊은 박용현은 시원한 한숨을 토해냈다.

※

김창서가 다녀간 그날 누군가가 집을 뒤졌다. 흔적을 남기지 않기 위해 무척이나 조심한 모양이지만, 마당에 흩어놓은 나뭇조각들의 위치가 일부 바뀌어 있었다. 임화평으로서는 환영할 만한 일이었다. 뒤져 봐야 나올 것이 없는데 확인까지 하고 갔으니 오히려 속이 편해진 셈이다.

이틀 만에 감시의 눈은 떨어져 나갔지만 조급하게 움직이지 않았다. 임초영에게 다녀온 것 말고는 이틀을 더 집에 틀어박혀 있었다.

나흘 만에 집을 나서 현승전자로 향했다. 주차장을 나서서 미행이 없음을 확인하고, 한갓진 곳에 차를 세워 얌전한 회사원 타입으로 변장한 후 퇴근 시간보다 조금 이르게 도착했다.

"저런! 곤란하게 됐군."

퇴근하는 유현조의 모습이 보였다. 전과 많이 달라진 모습이다. 기사와 비서 외에 또 한 사람이 붙었다. 안 보는 척하면서 주위를 예리하게 살피는 것으로 보아 전문적인 경호원이다.

"허! 발 빠르구나."

유현조의 차가 떠난 후 검은색 소나타 한 대가 슬그머니 따라붙었다. 경호원 한 사람이 아니라 한 팀이 붙어 있는 모양이다.

임화평은 경호차를 따라붙었다가 오히려 추월하여 성북동으로 향했다. 삼청터널을 지나 길상사 가는 길을 다라다가다가 길상사와 정법사의 갈림길 근처에 차를 세웠다. 그가 와봤던 곳은 거기까지다. 집을 확인하기 위해 쫓아가다가 그 앞에서 놓쳤다. 들키지 않기 위해 너무 멀리서 쫓다가 갈림길에서 어디로 갔는지 확인하지 못했다.

눈앞에 세 갈림길이 있다. 아래쪽이 길상사, 위쪽이 정법사, 그 사이 길이 길상사 건너편의 또 다른 고급 주택가로 가는 길이다. 그 세 길 가운데 한 곳이 아니라면 성북동 길에서 갈라져 지금 있는 곳 사이의 어느 곳이라는 의미다.

성북동 길에서 갈라져 500m 정도 오는 동안 그가 본 집은 20여 채가 못 된다. 집 한 채의 규모가 작지 않다 보니 그 정도밖에 없다. 물론 그 뒤쪽으로도 집이 있지만 그래도 뒤져야 할 구역이 한정된다. 그것만으로도 적지 않은 수확일 것이다.

10여 분을 기다렸다. 포기하려는 순간 두 대의 검은 차가 연이어 지나갔다. 앞서 지나간 차가 유현조의 차다.

임화평은 시동을 걸려다가 멈췄다. 두 번째 차량에 탄 사람들은 프로다. 바로 쫓아가면 최소한 번호판이라도 확인하려 할 것이다. 대포차라고 추적이 안 되는 것은 아니라서 함부로 행동할 수 없다.

"이거참! 이쪽 세상이 뒤쫓기 더 힘들구먼. 모든 게 기록에 남으니."

정보 사회의 낙오자에 가까운 임화평으로서는 모든 일을 발로 뛰고 눈으로 확인할 수밖에 없다. 성북동은 그가 미행하기에 특히 어려운 곳이다. 소위 '회장님들 동네'라고도 불리는 대한민국의 전통적 부촌이면서 또한 대사관저가 많은 곳이 성북동이다. 곳곳에 감시 카메라가 있고 드문드문 사설 경비원들이 있다. 사적인 노출을 극도로 꺼리기 때문에 흔한 문패조차 볼 수 없다. 그저 번지수가 드러날 뿐이다. 그나마 도심 속의 큰 절 길상사 옆이라서 다행이지, 근처의 다른 주택가 같았으면 지금처럼 오래 주차하고 있다가는 주목을 받았을지도 모를 일이다.

임화평은 두 대의 차가 길상사로 향하는 아랫길을 택하자 몇 번의 심호흡을 하고 천천히 뒤따랐다. 시야에서는 이미 사라졌다. 결국 그가 오늘 얻은 수확은 길상사 아래쪽이라는 것 정도다.

임화평은 천천히 길을 따라 움직였다. 다시 성북동 길에 합류할 때까지 두 대의 차를 발견하지 못했다. 그사이에 갈림길은 네 곳. 지도책에 따르면 첫 골목은 길상사를 감아 도는 길이고, 두 번째 길은 연화사 쪽이다. 세 번째는 성락원 좌측이며 네 번째는 성락원의 우측으로 가는 길이다.

임화평은 네 번째 갈림길에 회의적인 시선을 보냈다. 그쪽으로 빠질 생각이면 성북동 길을 따라오는 것이 훨씬 빠르기 때문이다. 하지만 일부러 대로를 피했을 가능성도 배제하지는 않았다.

"내일부터는 사진 찍기를 좋아해야 되겠군. 차는 놓아두고 위쪽부터 한 골목씩 훑는 게 낫겠어."

임화평은 카메라를 목에 건 채 터덜터덜 걷고 있는 사람들 몇을 바라보다가 주변을 살피며 천천히 움직였다. 성북동 길로 빠져나오자마자 채 50m도

가지 않고 차를 멈춰 세웠다. 그가 바라보는 곳에 공인중개사 사무소가 하나 있다.

조금 떨어진 곳에 차를 세워두고 사무소로 들어갔다. 50대 중반의 대머리 사내가 신문을 보다가 일어났다. 퇴근 시간이 지난 7시경이라서 그런지 남은 사람은 그뿐이다.

"안녕하세요. 저 위쪽 동네에 매물 나온 거 있나요?"

사내가 쓴웃음을 지으며 소파로 손을 뻗었다. 임화평이 자리에 앉자 그도 맞은편에 앉으며 말했다.

"어디서 오셨소?"

임화평은 자연스럽게 품속에 손을 넣었다가 눈살을 찌푸렸다.

"아! 명함집을 차에 두고 왔네. 우리 사장님께서 이쪽으로 이사하셨으면 하는데, 이쪽은 매물이 거의 없다면서요?"

사내는 별 의심 없이 소파에 등을 묻으며 대답했다.

"매물이 아주 가끔 나오기도 하는데, 따지는 게 많소. 전에 졸부 하나가 이사 오려고 하니까 동네 사람들이 돈 모아서 매물 나온 걸 사버렸다는 거 아니오. 코미디언 한 사람도 오고 싶어했는데, 그 사람 오면 동네 시끄러워진다고 모두 반대해서 결국 포기했지요. 사장님이라고 하시면 어디?"

"아! 잘 모르실 거예요. 완제품 단드는 데가 아니거든요. 삼흥전기라고… 한국에는 본사만 있고 공장은 중국에 있습니다. 사실 큰 기대 안 하고 왔습니다. 저 동네에 현승전자 전무님이 산다는 기사를 읽고 한번 알아나 보라고 하셔서 길상사 구경도 할 겸 와봤습니다. 작년부터 현승전자에 납품 시작했거든요. 에휴! 그런데 여기 와봤자 별 볼일 없겠네요. 괜히 명함 내밀었다가 기만 죽겠네."

"아! 그 젊은 양반? 그렇지. 저 동네 살지. 그 양반도 집을 못 구해서 새로 지었잖소."

"예? 저 동네에 아직도 집 지을 땅이 남아 있어요? 아! 목마르네요. 냉수나 한 잔 주십시오. 속 차리게. 그런데 좀 전에 대충 둘러보고 왔는데 그럴 땅이 없던데요. 집 아니면 숲이던데."

이득 볼 손님이 아니라는 것을 알았으면서도 사내는 기꺼이 물을 가져다주었다. 말동무 생겨서 좋다는 얼굴이다.

"돈으로 안 되는 게 있겠소? 숲 조금씩 깎아먹어 가면서 미리 사둔 땅에 집을 짓기도 하지. 공사하면 시끄러우니까 서로 피하기는 해도, 정 안 되면 할 수 없는 거지, 뭐."

아쉽게도 어디인지는 말하지 않았다.

"에휴! 난 언제 저런 곳에서 살아보나?"

"회장님들 딸이나 한 명 꼬드겨서 장가나 가면 몰라도, 돈 많이 벌었다고 살 수 있는 동네는 아니지."

"그래도 어떻게 사는지 구경이나 한번 해봤으면 좋겠네요. 별천지일 거 아닙니까? 아! 어쩌면 대충은 볼 수 있을지도 모르겠네. 명절 때 되면 틀림없이 뭔가 가져다주라고 할 테니까."

"에이, 누가 안에 들여주기나 하나. 문 앞에서 받고 말지. 보안이 엄청나서 나도 제대로 못 봤소. 어떤 집은 한번 들어가려면 눈깔 사진도 찍어야 한다고 하더구먼. 등록 안 된 사람은 들어가지도 못한다더군."

"눈깔 사진이요?"

"그 있잖소? 007 영화 같은 데서 보면 문 앞에서 눈깔 대고 지문 찍고 하잖소."

"아! 눈 대면 빨간 빛 왔다 갔다 하는 거 말이지요?"

"그래, 그거 말이오."

임화평은 질렸다는 듯이 한숨을 내쉬며 소파에 등을 묻었다.

"요지경이네요. 그러고 살면 안 답답하나? 살라고 해도 싫겠다. 옆집 사람들하고 가끔 술도 마시고 화투도 치고 해야 사람 사는 맛이지, 그게 뭡니까? 감옥 속에 사는 거나 마찬가지 아닙니까? 우리 사장님 포기하라고 해야겠네. 그 양반이 좀 털털하거든요."

"흐흐흐, 그런 면이 좀 있지. 그런데 여기서 안면 튼다고? 꿈 깨라고 하시오. 아는 사람끼리 알고 지내지, 모르는 사람은 평생 얼굴도 못 봐. 속사정이야 나라고 알겠는가마는, 겉보기에는 서로 관심 안 두고 사는 것 같아."

더 이상 할 말이 없다. 임화평은 머릿속으로 길상사와 연화사, 그리고 성락원을 저울질했다.

'네 길 가운데 두 길이 통하는 곳, 성락원이지?'

임화평은 완전히 비운 종이컵을 내려놓으며 웃음 띤 얼굴로 일어섰다.

"아유! 물 잘 마셨습니다. 포기시켜야겠습니다. 일산도 좋거든요. 우리 사장님 성격에 이 동네 오면 말라 죽겠네요. 오늘 말씀 고맙습니다."

"좋은 데 사시네. 일산이면 이사 간 지도 얼마 안 됐겠구먼. 거기서 그냥 속 편하게 살라고 하시오."

사내는 장사 못한 것에 신경 쓰지 않고 미소 띤 얼굴로 일어섰다.

임화평은 문고리를 잡으려다가 돌아서서 물었다.

"아! 그 양반 성락원 근처 산다는 것 같던데, 오른쪽입니까, 왼쪽입니까? 왼쪽 맞지요?"

오른쪽은 네 번째 길이기 때문에 그렇게 물었다. 둘 다 아니라면 아닌 대로 답이 나올 것이라고 기대했다.

"왼쪽 맞소. 나도 가보지는 못했는데, 막다른 길 끝에 있으니까 찾기는 쉬울 거요."

임화평이 문을 열며 말했다.

"찾는 거야 어떻게든 찾겠지요. 박대나 안 당하면 좋겠네요."

사내가 낄낄거리며 말했다.

"손에 잔뜩 들고 갈 거잖소? 설마 박대까지 하려고. 가정부나 운전기사가 반갑게 맞아줄 거요. 문 앞에서."

"크!"

임화평은 얼굴을 찌푸리며 목례하고 문밖으로 나왔다. 차로 돌아온 임화평의 얼굴은 어느새 차갑게 굳어있다.

"흠! 세 번째 길 끝 쪽의 새집! 집 찾는 건 문제도 아니고, 이제 경호원들이 문젠가?"

입화평의 입장에서는 일종의 보표다. 문제는 현대의 보표에 대해서는 아는 것이 없다는 사실이다. 무술을 익힌 사람이거나 군 출신, 혹은 조직원들 정도가 경호원이 된다고 알고 있다. 무술을 익힌 사람이거나 조직원 출신이라면 크게 신경 쓸 필요가 없다. 문제는 군 출신들이다. 그들이 사용하는 장비에 대해서 잘 알지 못한다는 것은 문제다.

"어딜 가야 쉽게 알 수 있을까?"

임화평은 고개를 저으며 시동을 걸었다.

⚜

50대 중반의 사내가 사각 금테 안경을 추켜올리며 동대문에 위치한 원샷 총포사 앞에서 중얼거렸다.

"요즘은 옷값이 너무 많이 드는군."

눈가에 주름을 잡고 볼을 약간 부풀린 후 수염을 깎지 않은 모습의 임화평이다. 알이 큰 사각 금테 안경 속의 눈빛은 평혼안이다. 배에 여름옷 한 벌을 접어서 넣고 그 위로 복대를 찬 후 어깨를 조금 늘어뜨린 것만으로도 10년은 더 늙어 보이는 모습이 되었다.

임화평은 옷이 영 어색한지 어깨를 휘돌리고 목을 까닥거렸다. 소매와 밑단을 쫄쫄이로 처리한 풍성한 느낌의 회색 점퍼에 검은색 면바지, 그리고 웰트화를 신었다. 부티가 나지는 않지만 그렇다고 허름한 차림도 아니다.

임화평은 다시 한 번 옷매무새를 다듬고 총포사의 문을 열었다.

40대 중반의 마른 사내가 반갑게 맞이했다.

"어서 오세요. 사냥하시려고?"

사내는 손을 뻗어 원형 탁자 앞의 의자를 권했다.

임화평이 자리에 앉으며 대답했다.

"사냥이 아니고, 방범 용품에 대해서 좀 알아보려고 왔소."

"그렇습니까? 잠시만 기다리세요."

사내는 직접 생수대 앞으로 가서 티백 녹차 두 잔을 타 가지고 돌아왔다.

"방범 용품이라면 뭘 생각하시는 겁니까? 가스총?"

임화평은 사내가 내민 녹차를 받아 들며 목례하고 총포사 안을 둘러보았다.

"처음이라 뭐가 있는지 잘 모르겠소. 지금 집 허물고 작은 빌딩 하나 올리는 중이오. 오층 건물인데 꼭대기에는 내가 살고, 일층에는 금은방이 들어올 예정이오. 다 짓기도 전에 세 들어올 사람이 정해져서 좋기는 한데, 금은방이라고 하니까 은근히 걱정이 되잖소. 자기들이 알아서 경비하겠지만, 내가 직접 빌딩 관리를 하며 살 생각이다 보니까 나름대로 준비를 해야 할 것 같아서 알아보러 온 거요."

"아! 그러시군요. 금은방이면 일단 세이프 캅 달 테니까 크게 걱정할 필요 없을 겁니다."

임화평은 홀짝이던 종이컵을 내려놓으며 물었다.

"세이프 캅? 그게 뭐요?"

"세이프 캅은 일종의 무인 경비 시스템입니다. 저희 가게에도 달려 있지요. 저기 문에 세이프 캅 경비 구역이라는 빨간 스티커 보이시지요? 가입자라는 표시입니다. 감시 카메라하고 적외선 감지기 같은 게 기본으로 들어갑니다. 침입자가 생기면 그 즉시 알람이 울리고 경비 본부에 경보가 울리는 체계지요. 경보가 울리면 세이프 캅의 경비원과 인근 경찰서에서 바로 출동하게 됩니다."

임화평이 눈살을 찌푸렸다.

"아무리 빨리 와도 5분은 걸리겠네. 그 시간이면 다 털어가고도 남겠소."

사내가 피식 웃으며 고개를 끄덕였다.

"경비 시스템 체계를 아는 놈이면 그러고도 남겠지요. 하지만 일단 심리적으로 안정이 되지 않습니까? 일 저지르는 놈들도 한 번 더 생각할 거구요."

임화평은 자리에서 일어나 호기심 어린 눈으로 문으로 향했다. 주인도 함께 따라와 경비 시스템에 대해 간략히 설명해 주었다.

"그러니까 문 닫고 나갈 때 그 카드로 이것만 작동시켜 두고 나가면 나머지는 세이프 캅이라는 회사에서 다 알아서 감시해 준다는 말이지요?"

주인이 고개를 끄덕였다.

임화평은 내심 놀랐다. 적외선 감지기의 경우에는 그냥 영화에서나 나오는 상상의 산물인 줄 알았는데, 현실에서 이미 상용화되고 있었던 것이다.

임화평이 고개를 끄덕이며 자리로 돌아갔다.

"그럼 내가 금은방 걱정까지 해줄 필요는 없겠구려. 그래도 찜찜하네. 나는 말이오, 우리 집에 세 들어온 사람이 장사 잘돼서 오랫동안 바뀌지 않았으면 좋겠소. 내가 최선을 다했는데 안 되면 할 수 없겠지만. 그건 그렇고, 아까 가스총 이야기하던데, 그건 어떻게 쓰는 거요? 누구나 쉽게 다룰 수 있소?"

주인이 자리에서 일어나 진열대로 갔다. 임화평도 따라갔다. 주인은 권총 형태의 몇 가지 샘플을 꺼내놓았다.

"이건 서부 영화에 나오는 권총을 작게 만든 것처럼 생겼구려."

"리볼버라고 하는 건데, 잔고장이 없어서 좋습니다. 경찰이나 경비 회사에서 주로 쓰는 모델이지요. 요렇게 다섯 발 들어갑니다. 분사 거리는 한 5m라 보시면 됩니다. 코앞에서 맞으면 기절, 조금 떨어져서 맞으면 정신 못 차리지요. 그때 아랫도리 한 방 차버리면 그걸로 끝장입니다. 경찰서에 신고해서 허가서를 얻어야 하지만 요식행위나 마찬가지입니다."

"죽지는 않소?"

주인이 빙긋이 웃음 지었다.

"죽으면 권총이나 마찬가지게요? 죽고 싶을 만큼 괴롭기는 하지요."

임화평은 가스총을 손에 쥐고 요모조모를 살피며 말했다.

"이것 말고 다른 건 또 뭐가 있소?"

주인은 다시 진열대 밑을 뒤져 조금 투박한 면도기 같은 것을 꺼냈다.

"스턴 건이라고 하는데, 우리말로 하자면 전기 충격기지요. 5만 볼트 이상의 고압전류가 한순간에 흘러들어 가 상대를 무력하게 만들어 버립니다."

임화평은 권총을 내려놓고 스턴 건을 들었다.

"계속 대고 있어야 하는 거요?"

"우리가 집에서 쓰는 전기의 전압, 220볼트 아닙니까? 5만 볼트라고 상상해 보십시오. 접촉 즉시 정신을 못 차리게 되지요. 한 3초만 대고 있어도 기절해 버립니다."

"아! 영화에서 본 기억이 있소. 그때 그건 총처럼 쏘던데?"

"테이져 사의 전기 충격기를 말씀하시는 거군요. 일반인들보다는 주로 경비 업체에서 쓰지요. 상대와 거리를 두고 사용할 수 있으니까 조금 더 유리할 수도 있겠지요. 일장일단이 있습니다."

임화평은 근 미래를 조명한 SF영화에서나 보던 장비들이 모두 현존하고 있다는 사실에 다시 한 번 놀랐다.

"뭔가 거꾸로 된 것 같소. 일반인이 흉악범하고 붙어서 싸우고, 무술 잘하는 경호원이 거리를 두고 싸우다니, 말도 안 되는구먼. 그것도 사거리가 5m는 되는 것 같던데, 그런 걸 약한 일반인이 써야지."

"테이져 건 사거리는 6m라고 하는데, 실제로는 2, 3m 정도밖에 안 됩니다. 6m는 최대사거리지요. 손 닿는 곳에 꽂히면 이렇게 뿌리쳐 버리는 것으로써 기절 전에 벗어날 수도 있고 한번 발사되면 같은 사람에게 재사용하기가 힘들기 때문에 이 핸드형 스턴 건으로 밀어붙이는 것보다 못한 점도 있습니다."

임화평이 스턴 건에 관심을 갖자 스턴 건의 장점을 부각시켰다.

"영화에는 몽둥이같이 생긴 전기 충격기도 나오던데, 그런 게 실제로도 있소?"

"다 있지요."

주인은 삼단봉으로 된 전기 충격기를 꺼내 보였다.

"모양만 다르지 원리는 다 똑같습니다. 휴대하기는 아무래도 이 핸드형이 제일 낫지요."

임화평은 진열대 위에 놓여 있는 것들을 하나씩 살펴보면서 물었다.

"가격은 어떻게 되오?"

살 생각이 없기 때문에 가격에는 관심이 없다. 묻지 않으면 의심을 살 수도 있어 예의상 물은 것이다.

"가스총이든 전기 충격기든 간에 20만 원 전후면 쓸 만한 걸 구입하실 수 있습니다."

"부담스럽지는 않은 가격이구면."

임화평의 말에 분위기가 고조되었다. 임화평은 삼단봉 형식의 전기 충격기를 들어 보이며 물었다.

"아! 이거 보니까 생각나는데, 비슷하게 생긴 무기가 있는 것 같던데?"

"삼단봉 말씀하시는가 보군요."

"그건 가격대가 어떻게 되오?"

"5만 원 정도면 쓸 만할 거고 좋은 건 20만 원 이상 합니다."

"몇 개 봅시다."

임화평은 실망하는 기색이 역력한 주인의 뒤통수에 대고 다시 말했다.

"가격 따지지 말고 좋은 걸로 보여주시오."

얼굴 표정은 보이지 않았지만 발걸음이 한결 가벼워 보였다. 주인은 샘플 하나와 투명한 포장이 된 상품 몇 가지를 가지고 돌아왔다.

임화평은 샘플을 받아 쥐고 주인의 얼굴을 바라보았다.

"아! 세차게 뿌린다는 느낌으로 휘두르면 펴집니다."

임화평은 삼단봉을 허공에 휘둘렀다.

쉭!

길이 50㎝가량의 강철봉이다. 몇 번 휘둘러 보다가 물었다.

"너무 가볍구려. 조금 더 무겁고 긴 것 없소?"

"검도 좀 하셨습니까? 폼이 무작정 휘두르는 것 같지는 않습니다만."

몇 번 하다 보면 익숙해지지만, 초보자는 보통 한 번에 펴지 못한다. 가끔 여자들도 구입하는데, 보통은 두 손으로 쥐고 후려치듯 휘둘러야 겨우 편다. 그걸 임화평은 단번에 해냈던 것이다.

"젊었을 때 잠깐 했소. 이제 좀 여유가 생겼으니까 운동 삼아서 다시 한 번 해볼 생각이오."

"그러시군요. 그렇다면 이거 한번 들어보시지요. 좀 비쌉니다만, 세계적으로 알아주는 물건입니다. 길이도 70㎝ 가까이 됩니다."

포장된 상태로 들어보니 무게가 두 배 정도는 되는 듯했다. 임화평은 한글로 번역된 설명서를 읽었다.

"길이 68㎝에 580g. 강철에 크롬 도금? 좋다는 소리겠지. 세계제일의 경도를 자랑한다?"

임화평은 그 자리에서 포장을 뜯었다. 주인이 살짝 놀란 얼굴을 했지만 임화평은 상관하지 않았다. 발포 고무로 된 그립을 쥐는 순간 손에 쩍 달라붙었다. 땀이 나도 비틀리거나 미끄러질 일은 없을 듯했다.

"좋군."

쉭!

70㎝가량의 검은 몸체가 드러나는 순간 허공을 상대로 몇 차례 휘둘러보았다. 조금 가볍다는 느낌이지만 쉽게 적응할 수 있을 것 같았다. 길이를 줄이는 방법은 간단했다. 바닥에 대고 누르니까 접혔다.

임화평은 고개를 갸웃거렸다. 찌르기에는 취약점이 드러났기 때문이다.

"이거, 팰 수는 있어도 찌르기는 못하겠네."

주인은 임화평이 검도를 했었다는 말을 상기하며 대답했다.

"쓰는 사람들 말로는 많이 휘두를수록 연결 부위가 탄탄해진다고 하더군요. 몇 번 휘두른 후에는 찌르기도 문제없을 겁니다."

"그래요? 얼마요?"

"많이 비쌉니다. 20만 원은 주셔야 되겠습니다. 대신 가죽으로 된 홀더를 끼워드리겠습니다."

"사겠소."

주인의 눈이 휘둥그렇게 변했다. 20만 원짜리 스턴 건을 팔려고 그렇게 입을 놀렸는데도 꿈쩍도 하지 않더니, 싸면서도 쓸 만한 게 많은 삼단봉은 최고급으로 쉽게도 구입한다는 대답이 나왔기 때문이다.

임화평으로서는 당연한 일이다. 직접 사용할 무기다. 5만 원짜리에 비해서 네 배 더 좋은 건 아닐 테지만 비싼 데에는 나름의 이유가 있을 것이다. 그 조금의 차이가 생사를 가를지도 모르는데 돈 몇 푼 아낄 이유가 없다. 그가 과거에 쓰던 무기는 석 자가 조금 넘는 찌르기 위주의 협봉검이다. 끝이 뭉툭하고 날이 없는 삼단봉이지만 지금 임화평의 수준이라면 쓰기에 큰 무리가 없다. 사람들의 눈을 의식하지 않고 들고 다닐 수 있는 삼단봉이 마음에 들지 않을 턱이 없고, 그런 무기에 돈을 아낄 그가 아니었다.

"설명서에 뒤쪽 캡이라는 거, 바꿀 수 있다고 되어 있는데, 무게도 늘이고 길이도 늘일 만한 것 없겠소?"

주인은 급히 진열대 밑을 뒤져 몇 개의 모델을 꺼냈다. 임화평은 각각 들어보고 검은색 크롬 도금을 한 캡을 선택했다.

"모두 얼마요?"

주인은 통가죽으로 된 반도 하나를 꺼내주며 말했다.

"24만 5천 원인데, 24만 원만 주십시오."

임화평은 그 자리에서 10만 원짜리 자기앞수표를 꺼냈다가 집어넣고 점퍼 안주머니에서 현금 뭉치를 꺼내 계산했다. 그리고 바로 점퍼를 벗고 홀더를 걸치고 삼단봉을 수납한 후 점퍼를 입었다.

"집 다 지어지려면 아직 멀었으니까 가스총이나 전기 충격기는 완공될 즈음에 다시 생각해 보겠소. 아! 그리고 녹차 한 잔 더 주시려오?"

주인은 기쁜 마음으로 다시 녹차를 가져왔다. 임화평은 지나가는 말처럼 이것저것 물었다. 방검복과 방탄복의 차이도 설명 듣고 부잣집의 방범 시스템에 대한 주인의 상식적인 이야기도 귀 기울여 들었다. 20만 원짜리 삼단봉을 주저없이 산 임화평이다 보니, 미래의 단골에 대한 환상을 품고 아는 것은 무엇이든 성의있게 대답해 주었다.

❦

총포사에 나타났던 그 얼굴에 구제 옷 파는 곳에서 구입한 베이지색 병거지 모자와 바바리형 하프 코트를 입었다. 목에는 10년도 넘은 니콘 필름 카메라가 걸려 있다. 임화평은 그 모습으로 유현조의 집 앞에 나타났다.

생각보다 더 쉽게 찾았다. 삼일절이다 보니 경호 회사의 차와 김창서의 차가 집 앞에 주차되어 있다.

막다른 골목 앞에 서서 어디가 어딘지 모르겠다는 표정으로 주위를 둘러 보았다. 누가 봐도 낭패한 모습이다. 그러나 매처럼 날카로운 그의 두 눈은 유현조의 집 주변 구석구석을 살폈다.

'흠! 곤란하군.'

눈에 보이는 감시 카메라만 네 대다. 집 뒤쪽에도 그 이상의 카메라가 있을 것이다. 담도 높다. 경사진 곳에 지어져 족히 6m는 되어 보인다. 높다고 해도 상관없는 일이지만, 사각이 없어 보이는 고정형 감시 카메라의 눈을 피해서 접근하기가 용이하지 않다.

다시 한 번 담 위를 스치고 지나간 눈이 적외선 감지기를 찾아냈다. 감시 카메라의 눈을 피한다고 해도 담에 손발이 닿는 순간 발각될 것이다.

'정말 곤란하구나. 경호원이 최소한 네 명에, 고용인도 그 정도는 될 것이다. 그리고 제압해야 할 자들이 모두 셋! 최소한 열 명이다. 경호원들을 상대하는 시간이면 경보를 울리기에 충분하겠지. 그들을 모두 제압하고 빠져나가기에는 시간이 너무 모자란다.'

막다른 길이다. 더구나 회장님들 동네인 성북동이다. 일단 경보가 울리면 다른 곳보다 더 빨리 움직일 것이다. 경비원과 경찰들이 골목을 막아버리면 사람을 데리고는 꼼짝도 하지 못할 것이다.

'인질극? 말도 안 되지.'

임화평이 씁쓸한 미소를 짓던 그때 유현조의 집의 작은 문이 열리면서 검은색 유니폼을 입은 사내가 모습을 드러냈다.

"거기 아저씨! 남의 집 앞에서 지금 뭐 하시는 겁니까?"

임화평은 반색하며 사내에게로 다가갔다.

"이보게, 길상사가 이 근처 어디 있다고 하던데, 길을 못 찾겠어. 어디로 가야 하나?"

사내가 눈살을 찌푸렸다. 그가 사는 곳이 아니라서 알지 못했던 것이다. 사내는 무전기를 열어 말했다.

"여기는 알파 쓰리! 알파 원 나와라."

무전기에서 목소리가 들렸다.

"여기는 알파 원! 말하라."

"길상사 찾는 사람이다. 어딘지 아는가?"

"길을 잘못 들었다. 갈림길까지 내려가서 위로 올라가야 된다."

"알았다. 이상!"

사내는 무전기를 끊고 임화평에게 말했다.

"골목 잘못 들어오셨다네요. 아래쪽으로 내려가셨다가 다시 올라가시면 된답니다."

"아이고! 고맙네."

임화평은 모자를 벗어 인사하고 집 앞을 떠났다. 아쉬웠다. 내부 전경을 조금이라도 엿볼 수 있었으면 좋으련만, 사내의 등 뒤로 보이는 것은 계단뿐이다. 그렇다고 소득이 없었던 건 아니다. 우선 유현조의 집을 찾았다. 그리고 경호원의 기본 무장을 확인했다. 왼쪽에는 가스총, 오른쪽에는 삼단봉을 차고 있다. 다른 사람들까지 모두 그러하리라고는 생각지 않았지만 대동소이라는 말에서 벗어나지 않을 것이다.

'그렇군. 꼭 여기일 필요는 없지 않은가.'

임화평의 눈길이 스치듯이 집 너머의 위쪽을 훑었다. 풍수학자들의 말에 따르면, 성북동은 '밝은 달빛 아래 비단을 펼쳐 놓은 형세인 완사명월형(浣紗明月形)'의 양택(陽宅) 명당이다. 그러나 임화평의 눈에는 산동네다. 비탈진 곳에 고급 주택들이 계단처럼 지어졌을 뿐이다.

'저기라면 대충 집 형세 정도는 엿볼 수 있겠어.'

임화평은 어깨를 늘어뜨리고 터덜터덜 내려갔다.

※

2001년 3월 28일.

침투와 제압, 그리고 도주의 가능성을 생각하다가 결국 포기한 임화평은 일단 끈기있게 기다려 보기로 했다. 그냥 죽여 버릴 생각도 했지만 아무리 생각해 봐도 그것은 너무나 편한 죽음이다. 그리고 임화평은 차수경이 어디에 있는지 알지 못한다. 그녀를 찾기 위해서는 최소한의 심문은 필수다.

신영록의 사건은 진전이 없을 것이고, 시간도 많이 흘렀다. 사람들 뇌리에서 지워지기에 충분한 시간이 흘렀다. 유현조도 그 일에 무감각해지면 경호가 헐거워질 것이라고 생각하고 차분히 기다렸다.

그동안 임화평은 마음을 가라앉히고 삼단봉을 재가공했다. 가장 먼저 한 일은 청계천에서 중고 그라인더와 용접기, 그리고 바이스 같은 공구들을 구입하는 일이었다. 그리고 공구상의 소개로 알게 된 선반업체에 들러 새끼손가락 길이의 강철봉을 총알 모양으로 만들고 뒤쪽에 구멍을 뚫었다.

삼단봉의 동그란 끝을 그라인더로 갈고 총알 모양의 캡을 씌워 용접한 후 다시 그라인더로 용접 부위와 총알의 끝을 날카롭고 매끈하게 갈았다. 처음 해보는 작업이라서 조심스러웠다.

포장 케이스에 그려진 삼단봉의 단면도에 따르면, 봉 안쪽에 스프링 같은 것이 들어 있다. 잘못해서 절단이라도 되면 삼단봉 자체를 다시 구해야 한다. 그래서 우선 선반업체에서 사용법을 배우고, 싸구려 삼단봉을 구해 연습해 본 후 두 번째로 작업했다. 검은빛 광택이 나는 크롬 도금이 벗겨졌지만, 그래도 노력한 보람이 있었다.

임화평이 삼단봉의 끝을 날카롭게 연마한 것은 그것으로 직접 찌르기를 시도하기 위해서가 아니다. 검기의 효율적인 사용을 위한 조치였고, 결과적으로 만족했다. 삼단봉 끝에서 뭉툭하게 방사되던 기운이 검기처럼 날카롭게 뻗어나갔다.

휴대용 협봉검이 된 삼단봉의 무게와 길이에 적응하는 작업을 시작했다. 삼단봉은 과거의 그것에 비해 20cm 이상 짧고, 무게도 70퍼센트 수준이다. 익숙해지기 위해서는 많이 휘두를 수밖에 없다. 그 작업을 하는 동안,

삼단봉의 특성을 알게 되었다. 총포사 주인의 말처럼 휘두를수록 연결 부위의 결합력이 단단해져 어지간해서는 접히지 않았다. 속도만 충분하다면 삼단봉의 본체만으로도 사람을 꿰뚫는 것이 가능할 듯했다. 그리고 임화평에게는 그만한 속도를 낼 만한 검법이 있다.

1234년 금나라를 멸하고 장강 이북을 차지한 후, 몽골이 가장 먼저 경계한 이들은 개개인의 무위가 뛰어난 강호의 제 문파들이었다. 대개가 한족으로 이루어진 강호의 제 문파들이 남송과 연합하면 작지 않은 힘이 될 것을 우려했기 때문이다.

몽골은 압박과 회유를 반복하며 강북의 제 문파들의 결속력을 약화시켰다. 강북의 제 문파들은 멸문과 영합의 갈림길에서 갈팡질팡했다. 몽골은 초원과 강북을 잇는 길목에 자리한 종남파를 본보기로 삼아 초토화시켰다. 그 결과 가문의 유지를 우선시한 강호세가들 대개가 영합을 택했고, 화산과 소림, 그리고 무당은 굴욕적인 봉문을 맹세했다. 그 같은 예에 따라 중소 문파들도 영합과 굴복을 선택했다.

1271년 몽골의 대칸 쿠빌라이는 국호를 원(元)으로 정하고, 1273년 양양을 함락시키고, 1276년 남송의 수도 임안에 무혈입성함으로써 대원을 완성시켰다.

그 와중에 멸문에 가까운 타격을 입은 종남의 생존자들이 주축이 되어 비밀결사를 만들었다. 영합이 아닌 봉문을 택한 소림, 화산, 무당의 제자들이 비밀리에 합류하고 뒤따라 곤륜이 참여했다. 사천과 운남의 문파들과는 달리 속가 세력이 붕괴되었다고 할 만큼 심한 압박을 받은 문파들이었다.

한때 강호의 거파로 군림하던 오파가 모였다지만 참여한 사람은 소수에 불과했다. 감시의 눈길이 보통 매서운 것이 아니었다. 그리고 그들이 직접 나서서 싸울 수 있는 상황도 아니었다. 그들의 무공이 드러나면 봉문한 본산이 종남처럼 초토화될 것이 분명했다.

결사는 각파의 무공을 모아 무공의 특성이 드러나지 않게 재조합했다. 몇 가지 기본 무공과 절기라고 할 만한 무공들이 만들어졌다. 그렇게 만들어진 무공들은 은밀하고 독랄한 경향이 있었다. 각파의 무공들 가운데 살기가 진한 무공들이 주류를 이루고, 거기에 결사의 한이 합쳐진 탓이었다. 결사는 고아들을 모아 그 무공들을 가르쳤다. 그렇게 만들어진 것이 회천살문이었다.

반원복송의 뜻을 품은 회천살문은 살문이라는 이름으로 살수문을 꾸려 나갔다. 승하는 기운을 막을 수 없다는 이치를 잘 알기 때문에, 직접적인 공격을 피하고 그들이 원하는 대상을 상대로 청부업을 시작했다.

백성과 나라를 살리는 충신을 죽이고 간신을 흥하게 한다!

회천살문이 청부를 받은 대상은 원나라를 흥하게 할 만한 모든 이들이었다. 개인적으로는 존경할 만한 이들이지만 대국적인 견지에서 보자면 적일 수밖에 없는 이들을 대상으로 삼았다. 대개의 청부자들은 나라를 망하게 할 만한 간적 흉신들이었다. 회천살문은 그들로부터 유지비를 얻어 결과적으로는 원나라를 혼란으로 빠뜨렸다.

역사에 드러나지 않은 회천살문의 활동은 원나라의 몰락을 가속화시켰고, 원나라는 1279년 애산전투에서 남송의 잔당을 뿌리 뽑고 중국을 일통한 이후, 채 100년도 견디지 못하고 1368년 초원으로 물러났다.

원나라를 멸하기 위해 대를 이어가며 삶을 바친 회천살문 사람들, 그들의 말로는 기구했다. 한족들의 세상을 되찾기 위해 그 많은 피를 흘렸건만, 결국 같은 한족에게 이용당해 멸문당했다.

원의 몰락이 가시화되던 시기, 회천살문은 살수 문파로서의 활동을 접고 평범한 낭인들의 입장에서 무림군에 합류했다. 원나라 초기부터 암약하며 원의 기반을 흔들어왔던 회천살문이지만 세상은 그들의 활약을 몰랐고 그들도 자신을 알아달라고 주장하지 않았다. 그것은 회천살문의 구성원들이 모두 원의 지배하에 돌이킬 수 없는 피해를 당한 자들로 구성되어 있어서 가능한 일이었다. 그들이 원했던 것은 명예나 이권이 아닌 원의 멸망이었기 때문이다.

원 황실의 기밀 보관실로 짐작되는 전각 하나를 치는 데 동원된 낭인 부대는 막대한 피해에도 불구하고 끝내 임무를 완수했다. 그러나 그 순간 뒤를 치고 들어온 일단의 무사들에게 전멸당했다. 생존자는 단 일인. 눈 하나와 다리 하나를 잃고 겨우 살아남은 그는 기밀 보관실이 실제로는 원이 백여 년간 수집한 강호 비급들의 보관실인 무림각임을 알게 되었다. 결국 그 비급들을 독점하기 위해 아무것도 모른 채 공격에 가담한 낭인들 모두가 몰살을 당했던 것이다. 그로 인해 그는 한족의 세상에서도 여생을 편히 지내지 못하고 복수를 위한 삶을 살았다. 그가 바로 임화평의 스승이었다.

그는 원수의 주변을 맴돌며 그를 대신하여 복수해 줄 인재를 찾아다녔다. 그 가운데 하나가 임화평이었다. 묘한 것은 한족의 비밀결사였던 회천살문이 해동인 임화평을 받아들였다는 사실이다. 그것은 회천살문의 마지막 생존자와 임화평의 원수가 같았기 때문에 가능했다. 결국 정상적인 사제 관계라기보다는 대신 복수해 주겠다는 약속을 토대로 한 계약 관계에 가까웠다.

한족이 아닌 임화평은 회천살문에 애착이 없었다. 그에게 있어 회천살문은 복수의 도구를 제공해 준 문파일 뿐이었다. 문파의 맥을 잇는다는 생각조차 하지 않았고 그의 스승도 그것을 기대하지 않았다. 다만 임화평은 그의 스승에게 복수를 대신해 주겠다는 맹세를 했고, 끝내 그 약속을 지켰다. 임화평을 제외한 회천살문의 마지막 제자 네 사람은 복수를 하는 과정에서 모두 죽었다. 임화평도 복수를 완성한 시점에서 죽었으니, 회천살문의 맥은 그것으로 끊긴 셈이었다.

팡! 팡팡! 파파파팡!
삼단봉이 연이어 공간을 두드렸다. 파공음이 쉼없이 이어졌다. 그 와중에 삼단봉의 결속은 하나의 몸체를 가진 무기처럼 단단해졌다.
삼단봉을 늘어뜨리고 고요함 속에 서 있던 임화평이 갑자기 손을 뻗었다.
쉿!
허공을 가른 삼단봉이 회수되려는 순간 파공음이 일었다. 일섬탈혼(一閃奪魂)이다.
쉑!
거두어졌다고 느껴지는 순간 삼단봉은 어느새 허공을 가로질렀다. 신뢰분광(迅電分光)이다.
파바바바바방!
삼단봉이 허공을 사정없이 후려쳤다. 회초리 같은 삼단봉이 바람을 일으켰다. 바로 그 순간, 바람 속에서 갑자기 뻗어나가는 일격이 있었다. 풍중뇌격(風中雷擊)이다.
쩡!
삼단봉의 끝이 닿지도 않은 허공에서 대기가 터지는 듯한 파동을 일으켰다. 그때 임화평의 신형이 허공으로 떠올랐다.
쉬쉬쉬쉬쉬쉭!
허공에서 내리꽂히는 와중에 삼단봉이 춤을 췄다. 수십 줄기 무형의 검기가 시차를 무시하고 허공을 갈랐다. 천뢰만균(千雷萬均)이다.

발로 바닥을 찍는 순간 임화평의 신형은 뒤로 물러섰다. 동시에 삼단봉도 연이어 십자를 그리며 허공을 난자했다.

짜자자자자작!

허공을 수놓은 검기가 부딪치면서 비명을 질렀다. 뇌전연환살검(雷電連環殺劍)의 유일한 구명절초인 전운성망(電雲成網)이다.

뇌전연환살검은 그 뒤로도 수차례나 거듭됐다. 같은 초식이 같은 곳을 지나치는 법은 단 한 번도 없었다. 머릿속에서 매번 다른 상황과 다른 장소에서 다른 상대와 생사를 가르기 때문이다.

수련의 시간이 길어지면서 하나씩 구분되던 초식들이 연환되고 뒤섞였다. 처음에 펼치던 초식과는 전혀 다른 모양새를 드러낸 것이다. 전운성망이 한순간에 풍중뇌격으로 바뀌고, 천뢰만균 속에 신뢰분광이 펼쳐졌다.

"후우!"

삼단봉을 중단으로 겨누었다가 늘어뜨린 임화평이 호흡을 가다듬었다.

"연환(連環)과 탈형(脫形)이 가능해졌으니, 구성은 된다 할 것이다."

뇌전연환살검은 회천살문의 삼대절기 가운데 하나다. 명문정파 종남파의 무공으로는 그 살기가 너무 짙어 봉인된 능광검(凌光劍)의 빠름과 날카로움을 기본으로 하고, 곤륜의 절기 분광뇌풍검법(分光雷風劍法)에서 상대를 압박하는 무거운 기세를 취하고, 화산의 매화검(梅花劍)에서 현란한 변화를 취해 만들었다.

살수의 검으로는 은밀함이 현저히 부족했지만 어쩔 수 없는 일이었다. 회천살문은 살수를 가장한 비밀결사일 뿐이었다. 아무리 오대문파의 합작품일지라도 살수의 무공을 만들어내기에는 한계가 있었다. 시간이 흐르면서 조금씩 만들어내고 수집할 수 있었지만 회천살문의 뼈대 무공은 오대문파의 근간을 벗어나지 못했다.

　살수의 검으로 어울리지 않아서 그렇지, 뇌전연환살검은 강호의 일절이라고 해도 부족함이 없는 검법이다. 특히 살인이라는 목적을 달성하기 위한 수단으로써는 그 어떤 검법에도 뒤지지 않는 장점이 있다.

　뇌전연환살검의 장점은 검법 자체의 빠름과, 상대를 죽일 때까지 끊임없이 몰아치는 초식의 연환과, 무리함없이 초식 속에 초식을 담아 눈을 어지럽히는 변초를 만들어낼 수 있는 탈형에 있다. 다섯 개의 초식을 능히 펼치는 경지가 칠성, 초식 간의 지체없이 모든 초식을 연환할 수 있는 경지가 팔성, 연환을 넘어 새로운 변초를 만들어내는 탈형이 구성이다. 뇌전연환살검의 진정한 위력이 드러나는 이 탈형의 경지에 이르면 다섯 개밖에 없는 초식의 한계에서 벗어난다. 압도적으로 공력 차이가 나는 상대가 아니라면 수세를 걱정하지 않고 끊임없이 상대를 몰아붙일 수 있다. 일반적으로 살수에게 불리한 정면 대결에서도 상대에게 밀리지 않을 강력한 수단인 것이다.

　"아쉽군. 결국 나이가 문제인 건가?"

　20여 일 만에 구성이면 결코 모자란 성취는 아닐 것이다. 전생에서도 임화평을 제외한 나머지 제자들의 성취는 모두 팔성 이상을 성취하지 못했다. 대지정력과 유가술을 익힌 임화평만이 변초 속에 변초를 녹이는 경지인 대성에 도달했을 뿐이다.

　현재의 문제는 그의 나이에 있다. 유연성과 지칠 줄 모르는 체력을 요구하는 검법이다 보니 구성에서 나아가지 못했다. 젊은이 못지않은 체력을 지니고 있다지만, 임화평의 근력과 유연성이 전성기를 따라가지 못하는 것은 당연한 일이다. 그나마 전생의 성취를 뛰어넘은 유가술로 단련된 탄력적인 육체 때문에 구성이나마 성취한 것이다.

"그래도 이 정도면 충분하다."

임화평의 왼쪽 어깨 부위의 공기가 일렁거렸다.

꽝!

육안으로 분별하기 어려울 정도의 속도로 움직인 왼손이 허공을 때린 결과가 파공음으로 드러났다. 회천살문의 삼대절기 가운데 하나인 무영제뢰수(無影制雷手)다. 무당의 무영신나수(無影神拿手)를 바탕으로 소림 단금인(斷金印)의 오의를 더했다. 느꼈다면 이미 당했다고 생각해야 하는 가공할 속도의 수법이다. 속도에 치중하다 보니 위력이 본래의 단금인에 못 미치지만, 오성만 성취해도 날아가는 새를 잡고 철판에 장인을 남길 수 있다.

팔의 잔상이 남는 것으로 봐서 임화평의 수준은 팔성이다. 작년까지 제대로 수련한 적이 없지만, 반평생 주방 생활은 무영제뢰수를 수련할 수 있는 기반을 마련해 주었다. 초영반점의 면발이 끝내준다는 말이 괜히 나온 것이 아니었다. 무의식적으로 수련해 왔던 것이다. 거기에 쾌에 중점을 둔 뇌전연환살검을 익힘으로써 자연스럽게 경지가 상승되었다. 요즘 말로 시너지 효과를 본 것이다.

모자라지 않다고 자부했다. 삼대절기의 남은 절기 금강정혼지(金剛淨魂指)는 수련이 아닌 단련이 필요한 무공이라서 엄두도 못 내지만, 나머지 두 절기라면 무공이 필요한 그 어떤 난관도 넘어설 수 있을 거라고 확신했다.

임화평은 왼손으로 삼단봉의 몸체를 쥐었다. 삼단봉이 전율했다. 그토록 단단했던 삼단봉의 결합이 한순간 풀려 버렸다.

임화평은 짧아진 삼단봉을 홀더에 수납하고 세면장으로 들어갔다.

❦

일주일 단위로 확인했지만, 경계 태세는 허물어지지 않았다. 경호팀이 사라지기는커녕 줄어들지도 않았다. 인내심이 바닥났다. 유현조가 마지막 타깃이라면 조금 더 기다릴 수 있었을 테지만, 그는 시작에 불과하다. 딸의 심장을 달고 버젓이 살아가고 있는 차수경, 그리고 규모조차 짐작할 수 없는 중국의 조직이 있다. 유현조 때문에 더 이상 시간 낭비할 생각이 없다.

임화평은 도서관에 들렀다가 예전과 같은 차림으로 원샷총포사를 찾았다. 주인이 알아보고 반갑게 맞이했다.

"어이구, 벌써 집 다 지으셨습니까?"

"아니오. 이제 겨우 껍데기 쌓아놓았으니, 속 채우려면 한참 남은 셈이오. 집 짓는 거 구경하고 있다가 혹시나 해서 들러봤소."

녹차를 챙겨온 주인이 맞은편에 앉았다.

"내가 말이오, 요즘 용인 근처 시골집에서 지내고 있소. 마누라는 진즉에 가버렸고, 자식새끼 하나 있는 건 미국에 상사원으로 가 있다 보니 혼자란 말이오. 그래서 운동 삼아 또 소일거리 삼아 할 만한 게 없나 싶어 궁리하다가 활 쏘는 것도 괜찮겠다 싶어 한번 와봤소."

주인의 입가에 살짝 미소가 감돌았다.

"활 좋지요. 정신 집중도 되고, 삼매경에 빠지면 시간 가는 줄도 모른다더군요. 그리고 정심에 한번 맞으면 그 쾌감, 말도 못한다고 하더라고요. 그런데 사냥하시려는 건 아니지요?"

임화평은 두 손을 내저으며 대답했다.

"아니오. 쓸데없이 피 보는 건 좋아하지 않소. 시골 땅이 한적하고 제법 넓은 편이라서 과녁 세워두고 혼자 즐겨볼 생각이오."

"석궁도 괜찮은데, 어떻습니까?"

침투 장비로 활을 떠올린 것은 강상일의 사무실에서 석궁을 봤기 때문이다. 그러나 석궁은 '총포도검화약류 등의 단속법'에 규정 사항이 있다. 즉, 주소지 관할 경찰서장의 소지 허가를 받아야 한다는 의미다. 그러나 활은 그렇지 않다.

석궁은 요령만 알면 바로 무기로 전환될 소지가 있지만, 활을 제대로 사용하려면 기술이 필요하다. 활로 인한 사고는 생겨도 범죄에 사용된 적은 없고, 또 대한민국의 양궁이 세계를 제패하는 만큼 석궁에 비해 상대적으로 관대하다.

임화평이 고개를 저었다.

"석궁은 금방 싫증날 것 같소. 뭔가 어려운 맛이 있어야 질리지 않고 취미를 이어갈 수 있지 않겠소?"

주인의 얼굴에 살짝 실망감이 어렸다. 임화평은 주인에게 오층짜리 건물의 주인이며 시골에 넓은 땅을 가진 사람, 좋은 물건에는 가격을 따지지 않는 사람이라고 인식되어 있다. 그가 보유한 석궁의 가격대는 최저 50만 원대에서 최대 100만 원대가 넘는다. 그러나 활의 가격대는 조금 낮게 형성되어 있다. 이왕이면 비싼 것을 팔고 싶은 것이다.

주인은 판매 전략을 바꾸었다. 가스총이나 전기 충격기를 사게 될 가능성이 많은 고객이다. 파는 데 급급해서 기분이라도 상하게 되면 단골 될 사람을 놓치게 될 것이다. 게다가 그가 가진 활들은 모두 수렵용이다. 양궁장에서 쓰는 활들을 사겠다고 나가 버리면 그것도 곤란했다. 처음부터 제일 비싼 것을 권하는 대신 초급자용부터 차근차근 팔아 재구매 의욕을 높이는 게 나았다.

"한번 보시겠습니까?"

주인은 자리에서 일어나 다섯 개의 활을 진열대 위에 차례로 내려놓았다. 그가 하나씩 짚어가며 설명했다.

"요게 초보자용입니다. 이게 중급자용, 그리고 이게 가장 많이 나가는 조립식 활입니다. 수렵용으로 수출도 많이 되는 국산이지요. 그리고 이 두 개는 가격이 좀 나갑니다. 컴파운드 보우라는 것으로, 요기 도르래가 달려 있지요? 당길 때는 힘이 드는데 일단 당겨놓은 뒤로는 힘이 훨씬 덜 들기 때문에 여유있게 조준할 수 있다고 합니다. 제가 생각하기에는 저렴한 가격대의 이 초급자용이나 이 조립식 활로 일단 취미를 붙여보시고, 계속할 만하다 싶으면 더 나은 걸 구입하시는 게 좋을 것 같습니다."

임화평은 활들을 하나씩 들어보며 물었다.

"이거 직사로 한 50m는 나가오? 그 정도는 돼야 잘 안 맞아서 간질간질해지는 느낌이 있을 것 같은데……."

임화평이 들어 보인 활은 세 쪽으로 분리된 상태에서 두 개의 나사로 간단히 조립해서 만들 수 있는 활이다. 꺼내놓는 순간 그것으로 결정을 내린 상태다. 풀어놓으면 배낭에 간단히 넣을 수 있기 때문이다.

"물론이지요. 제대로 쏠 수만 있다면 직사 90m는 나간다고 하더군요. 가격도 부담없고 시작하기도 좋은 놈입니다."

"알겠소. 이걸로 시작해 보겠소. 얼마요?"

"화살 열세 발, 암가드, 화살통 같은 거 다 해가지고 29만 원 주시면 되겠습니다. 그런데 가방하고 다다미는 따로 팝니다. 어떻게 해드릴까요? 표적지는 제가 서비스로 충분히 드리겠습니다."

"저 정도 담을 가방은 집에 몇 개 굴러다니더구려. 그리고 표적은 심심풀이로 내가 만들어볼 생각이오. 신통찮다 싶으면 다시 오겠소."

임화평은 세트 구성품의 용도에 대한 설명을 대강 듣고 커다란 종이봉투를 든 채 이제 다시는 찾지 않을 총포사를 빠져나왔다.

평생 쓴 돈보다 최근 몇 개월 사이에 쓴 돈이 더 많다는 느낌이다. 그 결과로 열흘 만에 원하는 것을 얻었다. 티타늄 합금 주물로 만든 화살촉. 정확히 말하면 화살촉이 아닌, 앞에 네 갈래 갈고리가 달린 것이다. 무게는 가볍고 강도는 탄소강보다 뛰어날 거라고 했다.

티타늄은 주물하기가 상당히 까다로운 금속이다. 주물공장을 찾는 데만 사흘이 걸렸고, 물건을 받기까지 꼬박 일주일이 걸렸다. 용도를 물어 상당히 곤란했지만, 개인적으로 쓸 암벽 등산 장비라고 설명했다. 선물로 나눠 줄 거라면서 다섯 개를 주문했다.

뚫린 구멍을 화살촉에 꽂아 사용하는데, 적당한 접합력을 유지하기 위해 접착제의 양을 조절하고 시간을 맞추는 일이 힘들었다. 날아가는 중에 떨어져서는 안 되고, 너무 단단히 붙어 안 떨어져서도 안 되기 때문이다.

피아노선은 주물에 뚫린 구멍에 넣어 고정시켰다. 화살이 날아가는 동안 피아노선이 잘 풀려 나가도록 하는 것도 연구 대상이었다. 화살이 땅에 떨어진 후 피아노선이 늘어지는 것도 조심해야 했다. 비슷한 지형에서 수백 번의 반복 실험을 통해 적정한 감각을 찾아냈다.

임화평은 마당 한가운데서 허공으로 솟아올랐다. 그는 만유인력의 법칙을 무시하고 허공에 떠 있다. 마주 보는 마당의 벽 사이에 걸어놓은 피아노선에 올라선 것이다. 신법은 풍중일우다. 바람 속에 떠도는 깃털처럼 몸을 가볍게 하여 선을 따라 오갔다. 충분히 견뎌준다는 느낌이다.

10여 분 정도 줄을 타고 놀다가 가볍게 내려선 후 줄을 걷었다. 갈고리 화살촉에는 아무런 이상이 없다. 그대로 주저앉아 갈고리 앞부분에 두껍게 청테이프를 붙였다. 딱딱한 바닥에 부딪치는 소리를 최소한으로 줄이려고 노력했다. 무게가 늘어나 제어가 힘들어지고 사정거리도 짧아지겠지만 큰 부담은 아니다.

그다음 실험은 낚시질이다. 피아노선이 달린 화살촉을 멀리 집어 던져 소리가 나지 않도록 잡아당기는 연습이다. 1m를 끌어당기는 작업에 1분이 넘게 걸렸다. 그래도 사각거리는 소리가 들리는 듯했다. 두 마리 경비견을 생각하면 큰 소리일 것이다. 갈고리 끝에 본드 칠을 거듭했다. 5m를 당긴 후 확인해 보니 본드가 다 벗겨졌다. 하지만 소리는 현저하게 줄어들었다.

임화평은 비슷한 환경을 만들고 모든 작업을 한 번의 실험으로 시도해 보았다. 어려운 일은 아니다. 표적이 작은 것도 아니고 거리가 먼 것도 아니다. 곡사로 50m를 날려 넓은 지붕에 안착시키기만 하면 그만이다. 만족할 만한 성과가 나왔다. 화살과 갈고리는 제대로 분리되었고 소음은 거의 들리지 않았다.

임화평은 수십 번을 반복한 후 중얼거렸다.

"내일이다."

『무적자』 2권에 계속…